KB081826

Us

어스

내 인생 최고의 여행

DAVID NICHOLLS

데이비드 니콜스 지음 · 박유안 옮김

호메로스

나의 아버지,

알란 프레드 니콜스를 그리며

차례

그대가 내게 가르친 건 내게 심장이 있다는 사실이었다오. 당신은 내 영혼의 저 위와 아래 깊은 데로 환한 빛을 비추었다오. 그대는 내게 나 자신을 보여준 사람. 당신의 도움이 없었다면, 나는 기껏해야 내 그림자를 보고 그게 난 줄 알았을 게 틀림없소. 벽 위에서 펄럭거리는 그 그림자를 보고, 내 환영이 내 실제 행동이라고 착각했을 것이오…

사랑하는 그대여, 당신이 내게 해준 게 얼마나 큰일인지 이제는 아시겠지요? 그러고 보면 아주 섬뜩한 일 아닙니까? 만약 상황이 조금만 바뀌었더라도 우리가 만나지 못했을 거라는 게 말입니다.

나다니엘 호손 「소피아 피바디에게 보낸 편지」

1840년 10월 4일

BOOK ONE

•••

그랜드 투어

1부

…

잉글랜드

1.

강도들

지난 여름, 내 아들이 진학하느라 집을 떠나기 얼마 전, 아내가 한밤중에 나를 깨웠다.

처음에 나는 그녀가 강도 때문에 나를 깨우는 줄 알았다. 시골로 이사한 이래 아내는 조그맣게 삐걱대거나 바스락대는 소리나 신음소리에도 벌떡 일어나곤 했다. 그럴 때면 난 라디에이터 소리야, 혹은 천장틀이 어디 느슨해진 게지, 빽빽해진 거거나, 혹은 여우들이 어슬렁대나 보네, 그러면서 아내를 달랬다. 그러면 아내는, 맞아요, 여우가 랩탑을 들고 가고 있어공요, 여우가 자동차 키를 가져가네요, 같은 소리를 했고, 우리는 같이 누워서 좀 더 귀를 기울여보곤 했다. 침대 옆엔 늘 '비상 벨'이 있었지만, 그 소리에 누가 놀랄까 봐 나는 그걸 누르는 건 생각도 해보지 않았다. 이를테면 강도가 놀라면 어쩌냔 말이다.

나는 그다지 용감한 남자가 아니고, 체격이 우람하지도 않다. 하지만 그날 밤에는 시간을 본 뒤 — 갓 네 시가 넘었더라 — 한숨을 쉬고 하품을 하며 아래층으로 내려갔다. 쓸모라곤 전혀 없는 우리 개를 타고 넘어 이 방 저 방을 살금살금 살피며 창문이랑 방문을 꼭꼭 여민 뒤, 다시 위층으로 올라왔다.

"다 괜찮아." 내가 말했다. "아마 수도관에 에어가 찼나 보지."

"대체 무슨 말을 하는 거예요?" 일어나 앉아 있던 코니가 말했다.

"별일 아니라구. 강도는 흔적도 없어."

"내가 언제 강도 얘기를 했다구 그래요. 내가 얘기한 건, 우리 결혼생활 이제 그만 끝내자는 거였어요, 더글라스. 나 이제 당신을 떠나야 할까 봐요."

나는 침대 모서리에 한참을 앉아 있었다.

"그래도, 강도는 아니었다 이거지." 내가 그렇게 말했지만, 아무도 웃지 않았다. 우리는 그날 밤 다시 잠들지 못했다.

2.
더글라스 티모시 피터슨

우리 아들 앨비는 10월이면 이 집을 떠나는데, 그 후 아내도 곧장 떠난다는 것이었다. 이 두 일은 너무나 긴밀히 연관되어 있어서, 난 만약 앨비가 시험을 망쳐서 재수를 해야 한다면 우리가 아주 원만한 결혼생활을 한 해 더 연장할 수 있었을 것이라는 생각까지 했다.

이 얘기를 좀 더 보태기 전에, 또 바로 그해 여름에 벌어진 다른 사건들을 얘기하기 전에, 내 얘기부터 좀 해야겠다. 그러니까 '글로 쓴 자화상' 같은 거 말이다. 길게는 하지 않겠다. 내 이름은 더글라스 피터슨이고, 이제 쉰넷이다. 피터슨(Petersen)의 '슨'이 son이 아니라 sen인 게 흥미로우신가? 우리 집안 혈통에, 그러니까 먼 조상 중에 스칸디나비아 출신이 있었다는 건데, 난 거기 가본 적도 없고 스칸디나비아에 대한 흥미로운 얘깃거리도 전혀 아는 바 없다. 보통 스칸디나비아 사람들은 흰 피부에 잘생기고 원기왕성하며 거침없는 기질의 소유자들로 여겨지는데, 난 거기에 아무 해당 사항이 없다. 나는 잉글랜드인이다. 지금은 돌아가신 내 부모님은 나를 입스위치에서 길렀다. 아버지는 의사였고, 어머니는 생물선생이었다. 어머니가 한때 좋아했던 할리우드 스타 더글라스 페어뱅크스의 이름에서 내 이름 더글라스가 나왔으니, 이 또한 정체불명의 기원인 셈이다. 오래도록 나는 '더그' 혹은 '더기' 혹은 '두기'로 불리곤 했다. 피터슨 집안에서 유일하게 '대범한 성격'을 지녔다고 스스로 평가하는 내 여동생 카렌은 나를 '디', '빅 디', '더 디스터', '디 교수'(내가 감옥에 가면 이게 내 이름이 될 거라고 그녀는 말했다) 따위로 불렀는데, 그 어느 것도 널리 인기를 끌지 못했고, 그래서 난 그냥 더글라스였다. 내 미들네임은 우연히도 티모시인데, 이건 도대체 어느 누구에게 갖다 붙여도 신통찮은 이름이다. 더글라스 티모시 피터슨. 내 직업은 생화학자이다.

용모. 내 아내는 날 처음 만났을 때 "완벽하게 괜찮은 얼굴"이라고 말했다. 처음 만나 서로의 얼굴과 성격에 대해, 상대의 어떤 점이 '사랑스러운지' 등에 대해 끊임없이 얘기 나누는 그 시절에 말이다. 그 표현에 내가 실망하는 기색을 내보이자 아내는 얼른 "눈이 정말 선해 보인다"는 알아먹지 못할 말을 덧붙였다. 아무튼 그건 사실이다. 나는 완벽하게 괜찮은 얼굴이고, 선해 보이는 내 눈은 갈색 중에서도 갈색이며, 코의 크기도 그만그만하다. 사진 속의 내가 머금은 미소를 보면 사람들은 사진을 얼른 치워버린다. 더 설명할 게 뭐가 있나? 어느 디너파티에서 "당신의 생애를 영화로 만들면 누가 당신을 연기할까?"란 주제로 대화가 이어졌다. 여러 영화배우나 텔레비전의 유명인들과 비교하면서 사람들은 웃고 즐겼다. 내 아내 코니 역으로 어느 무명의 유럽 여배우 이름이 나오자, 그녀는 손을 내저었지만 — "그 배우는 나보다 훨씬 글래머인데다 아름답잖아요." — 난 그녀가 비행기 태우는 걸 즐기고 있음을 눈치 챘다. 게임은 계속되었지만, 내 순서가 되자 홀연 침묵이 흘렀다. 손님들은 포도주 잔을 홀짝였고 턱을 톡톡 쳤다. 안 들리던 배경음악까지 귀에 들어올 정도였다. 인류 역사를 통틀어 나랑 비슷한 유명인이나 특징적 인물은 전혀 없는 듯했다. 그러니까 나는 아주 독특하거나 혹은 그 정반대인 것인데…. "치즈 드실 분?" 파티 호스트가 그렇게 외쳤고, 우리는 얼른 대화 주제를 코르시카와 사르디니아 섬의 비교, 혹은 그 비슷한 거로 바꾸었다.

어쨌든. 난 쉰네 살이고 — 말했던가? — 아들이 하나 있다. 아들의 이름은 앨비이고, '에그'라는 별명으로 불린다. 나는 아이에게 헌신적이지만, 그 애는 간혹 나를 정말 완전하고도 꾹꾹 눌러 담은 경멸로 대하곤 한다. 그럴 때면 나는 너무나 슬프고 후회스러워 말을 못할 지경이 된다.

이렇게 우리 가족은 고작 셋이어서 너무 작고 좀 모자란 느낌이다. 난 우리 셋이 모두 그런 생각이어서, 어떤 완충 역할을 할 수 있는 다른 누군가가 더 있었으면 하고 바란다고 생각해 왔다. 코니와 나 사이에는 제인이라는 이름의 딸이 하나 있었지만, 그 아이는 태어나자마자 죽었다.

3.

포물선

사내아이는 대개, 어느 지점까지는, 자라면서 좀 더 보기 좋아진다고 사람들은 믿는다. 만약 그렇다면 나는 그 포물선의 정점을 지나 내리막에 접어들었다. "수분크림 발라요!" 처음 만났을 때 코니는 그렇게 말하곤 했지만, 내 목에 문신을 하면 했지 난 그런 일을 결코 하려들지 않았다. 그 결과 지금 나는 흘러내리는 지방덩어리 같은 용모의 소유자가 되었다. 티셔츠를 입으면 허술해 보인 지가 벌써 여러 해째지만, 나는 건강을 챙기기 위해 애쓰고 있다. 나는 음식을 가려 먹는데, 심근경색으로 제 수명보다 일찍 돌아가신 아버지의 운명을 반복하지 않기 위해서이다. 아버지의 심장은 "폭발한 거나 다름없다"는 게 의사의 부적절해 보이는 설명이었다. 따라서 나는 틈 날 때마다 조깅을 한다. 팔을 어떡해야 좋을지 몰라 쩔쩔매면서 말이다. 등 뒤에 두 팔을 붙이고 뛰어야 하는 걸까. 난 코니와 배드민턴 치기도 즐겼다. 비록 그녀는 그 게임이 "좀 웃긴다"면서 낄낄대고 장난치듯 했지만. 그런 편견은 널리 퍼져 있다. 배드민턴은 젊은 출세자들이 으스대며 즐겨 하는 스쿼시나 테니스의 낭만과는 좀 거리가 멀긴 하지만, 그래도 여전히 세계적으로 가장 인기 있는 라켓 스포츠이며, 뛰어난 배드민턴 선수들은 킬러 본능으로 무장한 세계 최정상급의 육상인들이다. "셔틀콕은 시속

350킬로미터 속도로 날아다녀." 코니가 웃느라 허리를 접고 네트를 잡고 있으면, 난 그렇게 말하곤 했다. "그만 웃어!" "하지만 셔틀콕엔 깃털이 달렸잖아요." 그녀는 그렇게 말했다. "이 깃털 달린 걸 쫓아가서 찰싹찰싹 때리는 게 너무 웃겨. 꼭 참새 잡겠다고 법석 떠는 거 같잖아요." 그러면서 그녀는 또 웃곤 했다.

다른 건 또 뭐가 있을까? 내 쉰 번째 생일에 코니는 근사한 경주용 자전거를 사주었다. 가끔 나는 그걸 타고 풀밭 길을 누비며 자연의 교향악에 귀를 기울이면서, 만약 그렇게 대형트럭과 부닥치면 내 몸이 어떻게 될까를 상상하곤 한다. 쉰한 번째 생일 때는 조깅복이었고, 쉰두 번째엔 귀털 및 코털 면도기였다. 그걸 쓸 때마다 나는 경악하면서 동시에 매료된다. 마치 초소형 잔디깎이가 내 두개골 깊이 침투해 울부짖는 것 같아서 말이다. 그런데 이런 선물들의 저의는 모두 같은 것이다. 가만 있지 마라. 늙지 않기 위해 뭔가를 해라. 당연하다고 받아들이면 안 된다.

어떻게 그걸 부인할 수 있겠는가. 난 이미 중년이다. 양말을 신으려면 반드시 앉아야 하고, 일어설 때마다 신음을 내지른다. 불안하게도 자신의 존재를 내게 알려주는 나의 전립선은, 엉덩이 사이에 마치 호두 같은 게 들러붙어 있는 듯한 느낌을 준다. 나는 노화가 빙하의 움직임처럼 살금살금 천천히 점차적으로 진행되는 과정이라고 믿었다. 이제 보니 그건 지붕에서 쏟아져 내리는 눈덩이처럼 난데없이 들이닥치는 것이었다.

이와는 대조적으로 쉰둘의 내 아내는 우리가 처음 만났을 때처럼 여전히 매력적이다. 내가 이런 말을 꺼내면 그녀는 말할 것이다. "더글라스, 그건 그냥 선이에요. 주름살이나 새치라는 말 쓰지 마요. 아무도 안 좋아해." 그러면 난 이렇게 말하겠지. "그래도 이런 게 깜짝 놀랄 일은 아니잖아. 난 우리가 만난 그날 이후 늘 당신이 나이 먹는 걸 지켜보고 싶었어. 그게 날 심난하게 한다고? 내가 사랑한 건 얼굴 그 자체야. 스물여덟의 얼굴이나 서른넷, 마흔셋 때의 얼굴이 아니라 말야. 그건 그냥 그 얼굴이라구."

그녀는 아마 이런 말을 들으면 좋아했겠지만, 난 이 말을 입 밖으로 내는 데는 실패했다. 언젠가는 그런 말을 건넬 시간이 있을 거라고 생각했는데, 지금 새벽 네 시에 침대 끄트머리에 앉아, 강도 따위는 깡그리 잊어버린 채, 나는 너무 늦어버린 게 아닌가를 생각했다.

"얼마나 된 거야? 그런 생각 한 지—?"

"꽤 됐죠."

"그럼 언제쯤—?"

"몰라요. 당장은 아녜요. 앨비가 집을 떠나기 전에는 아니고. 이번 여름이 지난 뒤. 가을에나, 내년쯤?"

마지막 질문: "왜 그러는지 물어봐도 될까?"

4.
코니 이전, 그리고 코니 이후

이 질문, 그리고 그에 대한 답변을 제대로 이해하려면 배경을 좀 알아야 한다. 내 인생은 현저하게 나뉘는 두 부분으로 이루어져 있다. 코니 이전, 그리고 코니 이후로. 그러니까 그해 여름에 무슨 일이 벌어졌는지를 시시콜콜 얘기하기 전에, 우리가 어떻게 만났는지를 먼저 일러드리는 게 도움이 될 것 같다. 이건, 아시겠지만, 러브스토리다. 거기에 사랑이 없었을 수 없다.

5.

'L'로 시작하는 다른 말

사랑(love)만 L로 시작하는 게 아니다. 외롭다(lonely)는 말도 그렇다. 이 골치 아픈 말은 함부로 들먹여서는 안 된다. 대번에 분위기 싸해지는 게, 꼭 '슬픈' 혹은 '이상한' 같은 드센 형용사를 남발한 뒤의 서먹함 같은 걸 유발하니까. 사람들은 늘 날 좋아했다(고 나는 생각한다). 평판은 좋았고 나쁜 평가도 없었다. 물론 적이 없다는 게 친구가 많다는 뜻은 아니다. 당시 내가 외톨이는 아니었어도, 내가 바라던 것보다 훨씬 더 혼자 도는 청년이었던 건 틀림없다.

대부분의 사람들은 20대 때면 최고 수준의 무리 본능을 발휘하여 떼지어 다닌다. 그렇게 실제 세계로 나와 모험에 착수하고, 직업을 찾고, 적극적으로 신나는 사교생활을 즐기고, 사랑에 빠지고, 섹스와 마약에 빠지고 한다. 내 주변 애들이 그렇게 산다는 건 나도 알고 있었다. 나이트클럽이나 갤러리 오프닝 쇼, 라이브 공연, 데모 따위를 모르지도 않았다. 숙취로 고생하는 친구나 연달아 같은 옷을 입고 나타나는 애들, 지하철에서의 키스, 학교 구내식당에서 울고불고 하는 장면도 보았다. 하지만 그 모든 게 내게는 두터운 강화유리 너머에서 벌어지는 일인 듯 보였다. 정확히 말해, 그때는 온갖 고난과 역경에도 불구하고 꽤나 흥미진진한 시대였던 1980년대 말이었다. 문자 그대로, 또 모습 그대로 장벽들은 무너졌고, 정치의 주역들도 바뀌었다. 그걸 혁명이라고, 혹은 어떤 첫새벽이라고 부를 수 있을지는 잘 모르겠다.(유럽과 중동에서는 전쟁과 폭동, 경제적 혼란이 일어났다.) 그렇지만 적어도 그때가 어떤 예측 불가능한, 어떤 변화의 느낌이 충만한 때이기는 했다.

신문의 컬러판 부록에서 제2의 사랑의 여름[1988년 영국 젊은이들이 지중해의 이비사 섬으로 몰려가 클럽뮤직과 약물에 취하던 러쉬를 비꼬는 표현이다] 기사를 잔뜩 다루었던 걸 나는 기억한다. 첫 사랑의 여름[1968년의 전 세계적인 학생운동 러쉬를 가리킨다]을 경험하기엔 난 너무 어렸고, 이 둘째 기간 동안에는 박사 학위(「단백질-RNA 상호작용과 변형과정에서의 단백질접힘 현상」)를 마치느라 여념이 없었다. 내가 당시 실험실에서 즐겨 쓰던 말이 있다. "이 건물 안에서 유일한 애시드는 디옥시리보누클레익 애시드야." 하지만 이 농담은 마땅히 누렸어야 할 대접을 받지 못했다.

그래도 80년대가 저무는 동안 온갖 일들이 일어났다. 나한테가 아니라, 다른 데서 다른 사람들한테. 나는 그저 조용히 생각했다. 내 인생에도 어떤 변화가 일어날까? 어떻게 그런 변화를 가져올 수 있을까를.

6.
드로소필라 멜라노가스터

내가 밸럼으로 이사했을 때 베를린 장벽은 여전히 서 있었다. 나이 서른을 앞둔 나는 생화학 박사가 되었고, 엄청난 모기지 대출을 끼고 하이 로드 바로 뒤편에 조그만 세미-빌트인 아파트를 장만한 것이다.

일하느라 또 대출금 갚느라 기진맥진하던 시절이었다. 평일과 주말 대부분을 나는 드로소필라 멜라노가스터라고 불리는 노랑초파리와 씨름했다. 박사학위를 받은 후 첫 과제인 이 연구는, 특히 고전적인 돌연변이 탐색 과정에서 돌연변이 유발 요인들을 활용하는 것이었다. 유기체 게놈을 읽어내고 조작하는 도구를 개발하는 이 연구 자체는 정말 흥미진진한 것이어서, 직업적으로 — 개인적으로가 아니라 — 이 시기는 내 인생의 황금기 같았다.

지금은 과일바구니에서 만날 때를 빼면 노랑초파리 볼 일이 없다. 요즘 내 일터는 민간 부문이고 — 내 아들은 그걸 '악의 기업'이라고 부른다 — 연구개발실장이라는 거창한 직함을 걸고 있지만, 실제로는 기초과학의 자유와 흥분을 더 이상 경험하지 못한다는 뜻일 뿐이다. 내가 하는 일은 조직관리나 전략 같은 것들이다. 우리는 대학 연구소에 투자한다. 그들의 학문적 전문성과 혁신성, 그리고 열정을 쪽쪽 빨아먹기 위해서다. 그러니 모든 연구 결과는 실용적으로 '적용 가능한' 것이어야 한다. 나는 이 일이 좋고 또 잘하는 편이며 여전히 실험실을 방문한다. 다만 예전에 내가 하던 일을 하고 있는 젊은이들을 조율하고 관리하는 게 내 일일 뿐이다. 나는 이른바 기업괴물이 아니다. 나는 내 직업에 충실하며, 그에 따른 성공과 안정을 누린다. 다만 이 일이 예전처럼 나를 감동에 떨게 한다든지 하는 경우는 없다.

과거엔 정말 감동에 떨고 그랬다. 소수의 헌신적이고 정열적인 사람들과 함께 일하던 그 수많은 시간들. 그때 과학은 내게 엄청난 기쁨이었고, 영감의 원천이자 없어서는 안 될 것이었다. 20년 동안 계속된 그 초파리 실험은 우리가 상상도 못한 의학적 혁신으로 이어지겠지만, 당시 우리는 그저 놀이를 하는 기분으로, 순수한 호기심으로 거기에 몸담았다. 그건 정말 무지무지 재미있었다. 내가 생화학과 사랑에 빠져 있었다고 말해도 과장이 아닐 정도로 말이다.

하지만 이 말은 온갖 시시콜콜한 일들을 하지 않아도 된다는 뜻은 아니었다. 걸핏하면 맛이 가는 컴퓨터는 아주 원시적인 수준이어서, 덩치 크고 둔한 계산기 정도일 뿐, 지금 내 주머니 안의 아이폰보다 더 형편없었다. 데이터 입력 작업은 정말 지긋지긋하고 힘들었다. 그리고 초파리가 실험용 유기체로서는 아주 많은 장점을 지니지만 — 번식이 좋고, 성장이 빠르며, 형태학적 특징도 뚜렷하다 — 달리 특별한 매력은 없었다. 우리는 실험실의 곤충함에 노랑초파리 한 마리를 애완용으로 넣어두곤 했다. 그 특별한 단지 안에는 조그만 러그와 인형의 집 가구들도 들어 있었고, 그 파리의 수명이 다하면 다른 애를 넣어주고 했다. 초파리의 성별을 분간하는 건 쉽지 않지만, 우리는 그 애를 브루스라고 불렀다. 생화학자 전용 유머집에 대표적으로 실릴 만한 이야기 아닌가?

그런 조그만 여흥은 꼭 필요한 것이었다. 왜냐하면 파리 집단을 통째 마취시켜서 하나씩 하나씩 현미경과 미세한 빗자루로 점검하면서 눈알의 색소 침착이나 날개 모양에 어떤 미세한 변화가 있었는지를 찾아내는 일은 그야말로 사람 얼을 빼놓는 일이었으니까. 이건 그러니까 엄청난 크기의 그림 맞추기 퍼즐과 같다. 처음에는 재밌을 거 같다. 라디오도 켜고 차도 한잔 곁들인다. 그리곤 깨닫는 거다. 어, 이거 그림 개수가 너무 너무 너무 많잖아? 게다가 어째 죄다 하늘이야?

그 결과, 난 그 금요일 밤에 내 여동생의 파티에 가기엔 너무 피곤했다. 단지 피곤했던 것만도 아니다. 마땅한 여러 이유들 탓에 썩 내키지 도 않았다.

7.
중매꾼

나는 내 여동생의 음식 솜씨가 염려스러웠다. 늘 그랬듯, 싸구려 치즈를 올린 파스타는 시꺼멓게 타 있었고, 같이 나오는 건 참치 통조림이거나 번들대는 껍데기 밑에 잠복한 기름투성이 다진 고기였다. 파티도, 특히 디너파티가 염려스러웠다. 그건 피도 눈물도 없는 검투사들의 난투극이었다. 가장 위트 있고 성공적이며 매력적인 인물에게는 월계관이 주어지고, 패배자들의 시체는 페인트칠한 마루 위에 피 흘리는 채 버려진다. 그런 경기장에 던져져 나의 가장 멋진 모습을 보여주기 위해 혈안이 되어야 하다니, 그건 예전부터 날 얼어붙게 했고 지금도 그렇다. 그런데도 내 여동생은 자꾸 그 링에 오르라고 나를 떠민다.

"남은 인생을 죄다 집에서 보낼 참이야, 디."

"집에 머물긴 뭘 머물러. 난 전혀…"

"그 처참한 구멍 속에, 혈혈단신 나 홀로 앉으셔서."

"구멍은 무슨… 난 혼자서도 완벽하게 행복해, 카렌."

"그게 무슨 행복이야. 그건 행복이 아냐! 오빠가 어떻게 행복해? 오빠는 안 행복해! 안 행복하다구!"

그랬다. 그 2월의 밤 이전까지는 그 집에 환희가 넘치는 일은 거의 없었다. 불꽃놀이를 할 이유도, 환호성을 터트릴 일도 없었다. 난 동료들을 좋아했고 그들도 날 좋아했지만, 대부분의 경우에는 토요일 오후에 집에 들어가며 경비원 스티브에게 인사를 할 때 입을 열고서는 아무 말도 하지 않다가 월요일 아침 스티브에게 다시 인사할 때에야 입을 떼곤 했다. "주말 잘 보냈어요, 더글라스?" 스티브가 그렇게 인사하면 난 "오, 조용했죠, 스티브. 엄청 조용했어요"라고 대꾸해야 했다. 그래도 나는 직장생활이 즐겁고 만족스러웠으며, 한 달에 한 번은 펍 퀴즈에 가고, 금요일 밤이면 동료들과 맥주도 한잔씩 마셨다. 간혹 내 생활에 뭔가 빠져 있나 싶을 때도 있었지만, 아니, 누구나 다 그런 거 아닌가?

내 여동생은 그렇지 않았다. 20대 중반의 카렌은 온갖 친구들을 무차별적으로 만났고, 우리 부모님 표현으로는 "예술한다는 무리들"과 어울려 다녔다. 연기자 지망생, 극작가와 시인들, 음악가, 무용수, 겉만 번지르르하지 될 것 같지 않은 일만 쫓아다니는 젊은이들 말이다. 이들은 밤늦게까지 잠을 안 자다가, 눈 뜨자마자 찻잔을 앞에 두고 오래도록 감정적인 만남을 갖느라 평일의 시간을 다 쓴다. 내 여동생에게 인생은 하나의 기나긴 그룹 허그 같았고, 그녀는 자기 애송이 친구들 앞으로 날 사열시키는 걸 왠지 즐기는 거 같았다. 카렌은 내가 어린 시절 없이 바로 중년으로 월반해 버린 경우라고 소개하길 좋아했다. 한번은 "엄마 뱃속에 있을 때 이미 마흔셋이었다"고도 했다. 하긴, 난 한 번도 젊은 기분을 내본 적이 없었던 것 같다. 정말 그렇다면, 카렌은 왜 그토록 절박하게 날 오라고 졸랐던 걸까?

"왜냐하면 여자들이 있으니까—"

"여자들? 여자들이라… 그래. 여자들 얘기 들었지."

"특히 한 여자라구—"

"나 여자들 알아, 카렌. 여자들 만나고 얘기도 하고 그런다고."

"이 여자애 같진 않을걸? 내 말 들어."

한숨이 나왔다. 왜 카렌은 '여자친구로 나를 바로잡는 것'에 이렇게 집착하는 걸까? 동생은 겸손과 강제를 교묘히 섞어가며 그 목표를 이루려 했다.

"평생 혼자 있고 싶어? 그래? 응? 그러냐고?"

"영영 혼자 있고 싶은 생각은 전혀 없어."

"그럼 어디 가서 여자를 만날래, 디? 옷장 속에서? 소파 밑에서? 실험실에서 여자를 기를 거야?"

"이런 얘기 그만하자, 정말."

"내가 이렇게라도 말하는 건 다 오빠를 사랑해서야." 카렌은 온갖 분통 터지게 하는 일을 저지르고서도 사랑을 알리바이로 들이밀었다. "오빠를 위해서 내가 이렇게 자리를 편 거라니까. 그러니까 오빠가 안 오면 오늘밤은 완전 망치는 거야!" 그 말과 함께 카렌은 전화를 끊었다.

8.
참치 파스타 베이크

그리하여 그날 밤 나는 투팅의 콩알만 한 아파트에 가게 되고, 원래 벽지에 풀 바르는 용도로 나온 허술한 테이블 주위로 열여섯 명이 다닥다닥 붙어서 내 여동생의 콩알만 한 부엌에 구겨넣어졌다. 비틀거리는 테이블 한복판에 그녀의 악명 높은 파스타 베이크가 갓 떨어진 운석처럼 연기를 풀풀 날리며 고양이 사료를 구운 듯한 냄새를 내뿜고 있었다.

"여러분, 여기, 나의 사랑하는 오빠 더글라스예요. 잘 대해줘요, 부끄럼 많으니까!" 왜 그러는지 몰라도, 카렌은 부끄럼 타는 사람을 가리키며 부끄럼쟁이라고 소리 높여 외치는 걸 아주 좋아했다. 안녕하세요, 안녕, 반가워요 더글라스, 내 경쟁자들의 인사가 쏟아졌고, 나는 몸을 움츠리며 콩알만 한 접이의자에 앉았다. 내 양쪽으로 검정 쫄바지에 줄무늬 조끼 차림의 털복숭이 훈남과 엄청나게 아름다운 여인이 앉아 있었다.

"난 코니라고 해요." 여인이 말했다.

"만나서 반가워요, 코니." 내 목소리는 수술칼을 휘두르듯 날카로웠다. 나는 그렇게 내 아내를 만났다.

그리고는 한참동안 침묵이 흘렀다. 파스타를 좀 달라고 해볼까, 그런데 그러면 먹어야 할 테니까, 그 대신에 멋진 질문을….

"코니, 하는 일이 뭐예요?"

"좋은 질문이네요." 좋지 않았지만, 어쨌든 코니는 그렇게 말했다. "내 생각엔 아티스트 같아요. 예술 공부를 했으니까요. 그런데 아티스트라 그러면 좀 빼기는 거 같아서…."

"전혀요." 나는 그렇게 대답하며, '맙소사, 아티스트라니!'라고 생각했다. 만약 그녀가 분자생물학자라고 말했다면 나는 저돌적으로 달려들었을 테지만, 그런 사람을 만나는 일은 흔치 않았고, 더군다나 내 여동생의 집에서는 더더욱 아니었다. 아티스트라. 어떻게 보더라도 난 예술을 싫어하는 사람은 아니지만, 예술에 대해 아무것도 모르고 있다는 건 너무 싫었다.

"그럼, 수채화, 아님 유화?"

그녀가 웃었다. "그것보다는 좀 더 복잡해요."

"헤이, 나도 아티스트인데!" 내 왼쪽의 훈남이 어깨를 밀치고 들어오며 끼어들었다. "곡예 아티스트!"

그 뒤로 나는 별 말을 하지 않았다. 쫄바지에 조끼를 입은 털복숭이 제이크는 서커스 공연단에서 일했고, 자기 일을 사랑하고 나아가 자기 자신도 흠뻑 사랑하는 인물이었다. 중력의 법칙을 거스르며 돈을 버는 사람과 나는 애초부터 경쟁상대가 될 수 없었다. 대신 나는 가만히 앉아 곁눈질로 그녀를 살폈다. 그 관찰의 결과는 다음과 같다.

9.
그녀에 대한 아홉 가지 사실

1. 머리가 참 예뻤다. 멋진 헤어컷에 말쑥하고 반들대는 그녀의 머리는 거의 검정물감처럼 검었다. 귀 뒤에서 앞으로 넘긴 포인트(포인트, 이 말 맞나?)는 그녀의 멋진 얼굴을 더욱 돋보이게 했다. 헤어스타일 묘사가 내 장기는 아니기에 어떤 말로 묘사할지 아리송하지만, 거기엔 50년대풍 영화배우의 분위기가 깃들어 있었다. 내 어머니라면 그걸 "잘 했네" 정도로 표현하셨겠지만, 그건 틀림없이 첨단유행이면서 아주 현대적이기도 했다. '첨단유행'이라니, 내가 이런 말을 다 쓰다니! 어쨌든 나는 자리에 앉으면서 그녀의 샴푸 향과 향수 내음을 맡았다. 그렇다고 내가 무슨 오소리처럼 그녀의 목 뒤에 코를 들이대고 킁킁댔

던 건 아니다. 그 정도는 나도 안다. 다만 그 테이블이 정말 콩알만 하게 작았을 뿐이다.

2. 코니는 잘 듣는 여자였다. 내 여동생과 그녀의 친구들에게 '대화'란 순서를 기다렸다 자기 말을 내뱉는 거에 불과했지만, 코니는 손을 볼에 대고 새끼손가락을 가만히 입꼬리에 걸친 채 우리의 곡예 아티스트 양반의 말을 귀담아 들었다. 지긋하고 차분한 성미의 코니는 조용한 지성미를 갖춘 듯해 보였다. 그녀가 쓰는 표현들을 가만히 보면 강한 관심을 보이면서도, 완전히 알랑거리지도 재미를 놓치지도 않았다. 그래서 그녀가 무언가를 멋지다고 생각하는지 혹은 터무니없다고 생각하는지 분간하기는 불가능했는데, 코니의 그런 태도는 우리 결혼생활 내내 지속되었다.

3. 비록 코니가 사랑스러운 여인이긴 했지만, 그 자리에서 가장 매력적인 여자는 아니었다. 사람들은 사랑하는 사람과의 첫 만남을 묘사하면서 무슨 광채 같은 걸 내뿜었다고 얘기하곤 한다. 그게 전통이란 건 나도 잘 안다. "그녀 때문에 방 안이 환했죠"라든가 "다른 건 눈에 들어오지도 않았어요" 따위 말이다. 사실 나는 다른 데를 둘러보기도 했고, 그 결과를 나의 일상적 언어로 표현해 본다면, 아마도 그녀는 그 방에서 세 번째로 아름다운 여자였다. 아주 뽐내는 '대범한 성격'의 소유자인 내 여동생은 엄청나게 '쿨한' 사람들에 둘러싸이는 걸 좋아했지만, 쿨함과 자상함을 동시에 갖추기란 거의 불가능하다. 그래서 이 사람들이 정말 끔찍하고 잔인하며 뻐기기 좋아하는 바보 천치들이라는 사실은, 내 여동생에게, 그들의 글래머스러운 후광을 즐기는 데 따르는 대가일 뿐이었다. 그렇기에 그날 밤 거기에 매력적인 사람들이 많기는

했지만, 난 코니 옆에 앉아 있는 게 너무 좋았다. 비록 그녀가 첫눈에 보기에도 보글보글 매력을 내뿜거나 백열등처럼 빛을 발하거나 하지는 않았지만 말이다.

4. 그녀는 아주 호소력 짙은 목소리를 지녔다. 나지막하고 딱딱하면서 약간 허스키한 게 그녀의 런던 억양을 더욱 돋보이게 했다. 여러 해가 지나면서 그녀는 이런 목소리를 잃어버렸지만, 당시에는 살짝 자음 발음을 뭉개는 억양이 틀림없이 있었다. 보통 이런 건 당사자의 사회적 배경을 보여주는 척도이지만, 내 여동생의 무리들 사이에서는 그렇지 않았다. 진한 코크니 억양을 쓰던 여동생 친구 중 한 명은 자신이 마치 [잉글랜드 서부의 시골인] 바스 앤 웰스 대주교의 아들임에도 불구하고 노점상을 하고 있는 듯한 말투로 얘기했다. 코니가 던지는 질문들은, 아이러니와 유머를 바닥에 깔고 있으면서도 진정성과 지성미를 물씬 풍겼다. "광대들 말예요, 그 사람들 무대에서처럼 현실에서도 그렇게 웃겨요?" 그런 질문들 말이다. 그녀의 목소리에는 본능적으로 코미디언의 울림이 들어 있었다. 그녀는 웃지 않으면서 농담을 하는 재주를 타고났는데, 나는 그게 늘 부러웠다. 드물지만 내가 사람들에게 농담을 하는 경우, 난 마치 놀란 침팬지처럼 얼굴을 찌푸리지만, 코니는 예나 지금이나 무표정한 얼굴을 구사한다. "그럼 말예요." 코니는 가면을 쓴 듯한 표정으로 얘기했다. "파트너한테로 날아가고 있을 때 말이죠. 그 마지막, 진짜 최후의 순간에 이런 거 한 번 해보고 싶었던 적 없어요?" 그러면서 그녀는 엄지를 코에 대고 나머지 손가락들을 나풀나풀 저어댔는데, 아, 그건 정말 너무 대박이었다.

5. 그녀는 엄청나게 마셨다. 잔이 비기도 전에 다시 채우는 몸짓은

마치 와인이 동이 나면 어떡하나 걱정하는 것 같았다. 술을 마신 표시도 별로 내지 않았는데, 다만 대화가 좀 더 끈끈해지는 정도? 초집중할 때처럼 말이다. 술을 마시는 코니는 만취하는 걸 자랑스러워하는 듯 보일 정도로 정말 속편해 보였다. 정말 재미있는 여자였다.

6. 그녀의 스타일은 너무 멋있었다. 비싼 명품이나 과시하는 옷차림은 아니지만 뭔가 그녀에게 딱 맞는 그런 느낌. 당시는 '배기 룩'이 유행하던 시절이어서, 그곳의 손님들은 마치 엄마 아빠의 티셔츠를 입고 온 어린이들 같았다. 하지만 코니는 고풍스런 옷들을 — 나중에 난 그런 걸 '빈티지'라고 부른다는 걸 알게 되었다 — 걸치고도 말쑥하고 멋졌다. 그 안성맞춤으로 편안해 보이는 옷들은 그녀 몸의 '굴곡'을 — 이런 말을 써서 정말 미안하지만, 달리 어떻게 표현할 길이 없다 — 도드라져 보이게 했다. 맵시 있고 독창적인 그녀는 무리들보다 성큼 앞서가는 듯 보이면서 동시에 흑백영화의 등장인물처럼 고풍스러워 보이기도 했다. 대조적으로 내 경우에는, 뒤돌아보건대, 아무리 느낌 있게 입으려고 해도 결국 아무 느낌도 아닌 게 되곤 했다. 당시 내 옷장은 두더지색에서 회색 사이의 색깔들로 가득차 있었다. 이끼를 떠올리게 하는 그런 색들 말이다. 고르고 고르다 대개 치노 면바지를 걸치고 숨어버리는 게 안전한 선택 같았다. 어쨌거나 그 위장술은 통했던 거 같다. 왜냐하면….

7. 내 오른쪽의 여인은 내게 단 한 올의 관심도 보이지 않았으니까 말이다.

10.
공중곡예를 하는 대담한 젊은이

그녀는 그래야 할 이유가 전혀 없었다. 곡예 아티스트인 제이크의 코앞에선 죽음이 어른거렸으나, 내 코앞에선 밤마다 텔레비전만 번득거릴 뿐이었으니. 그리고 제이크가 하는 건 그냥 서커스가 아니라 펑크 서커스, 즉 일종의 뉴웨이브 서커스였다. 전기톱을 들고 저글링을 하고, 기름 드럼통에 불을 붙이고서는 마구 난타하는 공연이었다. 이젠 그런 서커스가 섹시한 거거든. 춤추는 코끼리의 시대는 가고 누드 곡예사의 시대가 왔다 이거지. 제이크의 설명이 이어졌다. 끝도 없는 폭력, '일종의 무정부주의적 난장판이자 심판 이후 〈매드 맥스〉의 미학!'

"그럼 광대들이 자동차 몰고 가다 바퀴 마구 빠지고 하는 건 없단 말예요?" 코니가 무표정하게 물었다.

"절대! 그딴 건 개나 줘! 차는 그냥 폭파용이지! 다음 주에 클래펌 코먼에서 공연하니까, 두 사람 표 드릴게, 같이 와요."

"오, 우린 같이 온 거 아니에요." 그녀가 말했다. 너무 잽싼 거 아닌가, 싶었다. "우린 막 만났어요."

"아!" 제이크가 끄덕였다. 마치 '그럼 그렇지'라는 식으로 말이다. 잠깐 침묵이 돌자, 난 그 틈을 메우려고 물었다.

"그럼, 곡예 아티스트라서 말이죠, 좋은 조건에 자동차보험 드는 게 어렵고 그렇진 않나요?"

때에 따라 그 비율이 바뀌긴 하지만 내가 말하는 것들 중 어떤 것들은 내게도 도무지 이해가 되지 않는 것들이다. 어쩌면 난 그걸 농담이라고 했는지 모른다. 어쩌면 쓴웃음 머금고 눈썹을 치켜세우며 코니의 말수 적은 말투를 흉내 내고 싶었을지도. 만약 그런 거였다면 별 효과는 없어 보였다. 코니는 웃는 대신 와인을 더 따르고 있었으니까.

"아뇨. 곡예 한다는 거 얘기 안 하거든요." 제이크는 어느 반군의 우두머리인 양 거들먹대며 말했다. 그것 참 무정부주의적이긴 한데, 이봐, 덩치 큰 양반아, 나중에 보험금 받으려 할 때 아무 일 없기를 바라. 대화를 보험 문제로 돌린 게 머쓱해서 나는 문제의 그 참치 파스타 베이크를 한 덩이 퍼 담다가 끈적대는 체다치즈 가닥들로 코니의 손등을 데게 했다. 용암처럼 뜨거웠을 그 치즈를 코니가 떼어내는 동안, 제이크는 술을 찾아 나를 가로질러 몸을 뻗으며 자신의 독백을 다시 시작했다. 나는 곡예사라고 하면 미끈하고 어깨가 넓은 버트 랭카스터 같은 인물을 생각했다. 머릿기름을 바르고 사근사근하게 생겨서 쫄바지를 입은 인물 말이다. 제이크는 농구공 색깔의 무성한 체모로 뒤덮인 몸을 한 드센 사내였지만, 그래도 틀림없이 잘생겼고 탄탄한 몸매였으며, 셀틱 문양의 문신이 이두박근 둘레를 감싸고 있었다. 마구 자란 붉은 머리칼은 쪽을 지고 올려 기름투성이 헤어밴드로 묶여 있었다. 그는 말을 할 때 — 정말 말이 많은 친구였다 — 중간에 있던 나를 완벽하게 관통해 코니를 집어삼킬 듯 응시했다. 그건 아무리 보아도 노골적인 유혹의 눈길이었다. 나는 어중간한 기분에 흔적만 남은 샐러드나 뒤적거렸다. 몰트 식초와 식용유에 흠뻑 적신 그 샐러드를 맛보며, 나는 내 여동생이 어쩌다 상추를 과자봉지 맛이 나게 하는 재주를 갖게 되었는지 의아했다.

"몸이 허공에 떠 있는 그 순간에는 말야." 제이크가 천장을 향해 몸을 펴면서 말했다. "밑으로 떨어지는데 그게 꼭 나는 거 같단 말이지. 그 느낌은 정말 죽여요. 그 느낌에 푹 젖어 있고 싶은데, 그건… 금세 끝나지. 그건 마치 오르가즘에 계속 젖어 있고 싶어 하는 거나 같지. 그런 느낌 알아요?"

"아냐구요?" 심드렁한 표정의 코니가 말을 받았다. "지금 한창 느끼고 있는 게 바로 그건데요."

나는 그 말에 그만 크게 웃음을 터뜨렸다. 제이크는 그런 나를 오만상을 찌푸린 채 쏘아보았고, 난 얼른 시큼한 맛의 샐러드 쟁반을 집어 들고 외쳤다. "아이스버그 상추 드실 분? 아이스버그 상추요!"

11.
케미칼

뜨거운 진흙 같은 참치 파스타 베이크도 얼추 동이 났고, 제이크의 독백은 이른바 '후식'이 — 깡통 크림과 스마티즈, 젤리 토츠 등이 듬뿍 얹힌 셰리 트라이플 과자였는데, 2등급 비만의 출발점으로는 완벽해 보였다 — 나오는 동안에도 끝없이 이어졌다. 코니와 제이크는 나를 향해 몸을 기울인 채 페로몬을 마구 내뿜었다. 그 에로틱한 힘에 밀리고 밀린 나머지 내 의자는 테이블에서 훌쩍 멀어져서 여러 대의 자전거와 전화번호부들로 어지러운 통로로 거의 밀려나 있었다. 어느 순간 코니가 이것을 목격했는지, 나를 향해 눈길을 돌리고서는 물었다.

"맞다, 다니엘. 당신 직업은 뭐예요?"

다니엘이라니, 더글라스와 얼추 비슷했다! "저요? 전 과학잔데요."

"맞다, 당신 여동생이 얘기했죠. 박사학위도 있으시다던데. 전공이?"

"생화학인데요, 지금은 드로소필라를 연구 중이죠. 초파리요."

"계속해요."

"계속해요?"

"더 얘기해 줘요." 그녀가 무표정하게 말했다. "일급비밀 직전까지는요."

"아뇨, 비밀이라서가 아니라, 사람들은 보통 더 얘기해 달라고 안 그러는데. 아무튼, 뭐냐 하면… 그게, 화학약품을 써서 유전적 돌연변이를 일으키는 일이죠…."

제이크가 무슨 그런 일을 하냐는 듯한 신음을 질렀다. 그가 포도주 쪽으로 몸을 기울이자 그의 털이 내 얼굴을 쓰윽 쓰다듬는 느낌이었다. 어떤 이들에게 '과학자'라는 말은 맛이 간 눈빛의 미치광이 혹은 007영화의 엑스트라 캐릭터처럼 광신도들의 조직을 위해 일하는 하얀 실험복 차림의 아첨꾼을 연상시킨다. 아마 제이크도 그렇게 느낀 듯했다.

"돌연변이라고?" 제이크가 화난 목소리로 말했다. "왜 초파리를 돌연변이시켜요? 존나 불쌍하네, 걔들 그냥 놔두면 안 돼요?"

"그게요, 돌연변이가 자연을 거스르는 짓이라고 생각할 건 없어요. 그건 단지 진화의 다른 말…"

"난 자연을 함부로 손대는 데 반대예요." 그러면서 그는 테이블 쪽으로 돌아앉았다. "농약, 살균제. 그런 건 악이란 말입니다."

하나의 가설로서 그건 전혀 그럴듯하지 않았다. "화학합성물 자체가 악이 될 수 있는지는 잘 모르겠네요. 무책임하게나 멍청하게 사용될 수는 있겠지만, 또 애석하게도 그런 경우가 있기도 했지만—"

"이봐요. 저 친구는 스토크 뉴잉톤에 주말농장이 있어요. 완전 유기농이죠. 그녀의 음식이 얼마나 아름다운지 알아요? 완전 아름답다구요…."

"물론 그렇겠죠. 하지만 스토크 뉴잉톤에 전염병이나 메뚜기가 있지는 않겠죠? 또 해마다 가뭄이 닥친다거나, 토양 영양소 부족으로 시달린다거나—"

"당근은 당근 맛이 나야죠." 그가 외쳤다. 그건 마구 건너뛴 불합리한 추론이었다.

"죄송하지만, 무슨 말인지—"

"케미칼. 다 그놈의 케미칼들 때문이죠!"

불합리한 추론의 챔피언이시구만. "그런데요… 케미칼 아닌 게 없어요. 당근은 온통 케미칼로 구성된 거구요, 이 샐러드도 다 케미칼이거든요. 이 샐러드는 특히 더 그런 거 같지만요. 제이크, 당신도 케미칼들로 이뤄져 있어요."

제이크의 표정이 일그러졌다. "미쳤어요? 내가 무슨 케미칼이라니." 옆에서 코니가 웃었다.

"미안합니다만," 내가 말했다. "케미칼 맞으세요. 당신은 여섯 가지 기본 원소로 이뤄져 계시구요, 65%의 산소, 18%의 탄소, 10%의—"

"다 사막에서 딸기를 기르려 드는, 그런 사람들 때문이라구요. 동네에서 기른 것만 먹는다면, 그러니까 케미칼 하나 안 쓰고 자연이 길러

준 것만 먹는다면—"

"그럼 아주 멋지죠. 그런데 만약 그 땅의 필수 영양소가 부족하다면, 만약 당신 가족이 진딧물이나 곰팡이균 때문에 굶주린다면, 당신은 그런 악의 케미칼들에게 감사하게 될걸요." 내가 다른 어떤 말을 할 수 있었을까. 나는 내 일이 참 좋았고, 그게 가치 있고 유익한 일이라고 믿었다. 물론 그런 당위론 말고도 질투가 어느 정도 작용했음은 틀림없다. 평소보다 술도 살짝 많이 마신데다, 그날 밤 내내 보살핌을 받다가 무시를 당하다가를 거듭하다 보니, 보다 길고 거창한 록 콘서트에서 질병과 기아의 해법을 찾아야 한다는 학설의 신봉자인 내 라이벌에게 호의를 가질 수가 없었다.

"세상엔 벌써 모두가 나눠 먹을 식량이 풍족해요. 다 엉뚱한 놈들이 독차지하고 있어서 그렇지."

"맞아요. 그런데 그건 과학의 잘못이 아니죠. 그건 정치고 경제문제죠. 과학은 가뭄이나 기근, 질병을 일으키는 게 아녜요. 그런데 그런 일들은 벌어져요. 그럴 때 과학이 필요한 거거든요. 우리는 책임을 다해서—"

"책임을 다해서, DDT를 더 많이 주시겠다? 더 많은 탈리도마이드 기형아를?" 이 마지막 한 방을 날리고 제이크는 씩 웃으면서 좌중을 둘러보며 아주 흡족해 했다. 다른 이들의 불행이 그에게 멋진 논쟁 포인트를 제공해 준 게 너무 기쁘다는 표정이었다. 그런 비극들은 정말 끔찍했지만, 나는 그게 꼭 집어서 나나 내 동료들의 잘못인 것은 아니다 싶었다. 그건 모두의 책임 아닌가. 인도적인 훌륭한 사람들, 사회와 윤리를 의식하는 모든 사람들의 책임인 것이다. 더군다나 그런 사례들은 과학이 우리에게 선사한 놀라운 발전들에 견주어 극소수 비정상일 따름이다. 나는 그 순간, 내가 커다란 봉우리에 대롱대롱 매달린 채 외줄 로프를 주머니칼로 미친 듯이 자르고 있는 이미지를 선명하게 떠올렸다.

"이럼 어쩔 건데요?" 내가 큰 목소리로 물었다. "만약 당신이 곡예를 하다 떨어져서 말이죠, 제발 그런 일은 없어야 하겠지만, 다리가 부러졌어요. 그리고 감염도 많이 됐구요. 그런 상황에서 말예요, 제이크, 내가 하고 싶은 건 딱 이런 거네요. 당신 침대 옆에 서서 항생제와 진통제를 저 멀리 치우며 말하는 거죠. 많이 아프겠지만 이걸 너한테 줄 순 없겠어. 알잖아, 얘들은 케미칼이니까. 과학자들이 만든 거니까. 미안해. 참, 이것두 미안한데, 이젠 감염된 네 다리를 전부 잘라야겠다. 마취제 없이!"

12.
침묵

내가 좀 너무했나 싶었다. 간절함을 담고자 한 게 좀 미친 놈처럼 들리진 않았을까? 내 말속엔 악의가 담겨 있었고, 디너파티에서 그런 공공연한 악의를 좋아할 사람은 아무도 없었다. 이글거리는 눈빛으로 나를 쳐다보며 얼어붙은 여동생의 손끝에서는 나눠주려던 카스타드가 스푼 아래로 줄줄 흐르고 있었다.

"자자, 더글라스. 그런 일은 없기를 우리 기도하자구." 그녀가 모기 목소리로 말했다. "트라이플 더 드실 분?"

나는 무엇보다 코니 앞에서 내가 이런 꼴이 된 게 괴로웠다. 아주 잠깐 얘기를 나눈 것밖엔 없지만, 난 이 여인이 너무 좋았고 좋은 인상을 남기고 싶었다. 내 오른쪽을 훔쳐보려니 온몸이 살짝 떨렸다. 그녀는 손바닥을 턱에 댄 채, 예의 그 태연하고 읽기 힘든 표정을 짓고 있었다. 그리고 그녀가 얼굴에서 손을 떼서 내 팔에 얹고 웃음 지었을 때는 그 이전보다 훨씬 더 사랑스러웠다고 기억한다.

"미안해요, 더글라스. 내가 아까 다니엘이라고 불렀죠?"

바로 그때, 불이 번쩍 켜지는 느낌이었다.

13.

종말론

우리 결혼생활 이제 그만 끝내요, 그녀가 말했다. 난 당신을 떠나야 할까 봐요.

그렇지만 내가 지금 이렇게 삼천포로 빠져서는 보다 행복했던 시간들을 음미하고 있다는 걸 잘 안다. 어쩌면 내가 지금 그 장밋빛 광채를 억지로 갖다 붙이고 있는지도 모르겠다. 커플들은 흔히 그런다. "우리가 어떻게 만났냐 하면"이라면서 온갖 디테일과 의미를 부여하는 거 말이다. 그러면서 첫 만남은 무슨 창조 신화인 양 감상적으로 둔갑하여, 자신과 후손들에게 그게 '무릇 그러해야 했던 거'라고 확신하게 만든다. 이런 점을 염두에 두고 잠시 호흡을 가다듬으며 이야기의 출발점인 바로 그날 밤으로 다시 돌아가보는 게 좋겠다. 첫 만남 이후 사반세기가 지난 그날 밤, 그 총명하고 재미나며 매력적인 여인이 나를 깨워서는 말하는 거다. 더 행복해지려고, 그녀의 미래를 더욱 풍성하고 기름지게 하려고, 모든 것을 고려해 보건대 보다 '살아 있음'을 느끼려고, 그녀가 더 이상 내 곁에 머무르고 싶지 않다고.

"상상해 봤어요. 앨비 없이 당신과 나만 여기 남아 있는 걸. 애가 좀 욱하게 만드는 건 나도 알아요. 그렇지만 그 애가 바로 우리가 여기에 있는, 아직껏 함께 있는 이유잖아요…."

앨비가 '바로 그 이유'라고? '유일한 이유'라고?

"…난 애가 집을 떠나는 거, 생각만 해도 너무 힘들어요, 더글라스. 난 그… 구멍을 생각하면 무서워요."

구멍이 뭔가? 내가 그 구멍이란 말인가?

"무슨 구멍이 생긴다고 그래? 구멍 같은 건 없을 거야."

"이 큰 집에서 휑뎅그렁하게 우리 둘만 데굴데굴 굴러다닌다니…."

"뭘 굴러다녀! 우린 어엿하게 잘살 거야. 이것저것 하느라 바쁠 거야. 함께 이것저것 하는 거야. 우리 함께, 같이 그 구멍을 메울 거야."

"난 새 출발이 필요해요. 장면의 전환 같은."

"집을 옮길까? 이사하면 돼."

"집 문제가 아니잖아요. 앞으로도 계속 우리 둘이 서로 맨날 같이 붙어 지내야 한다는 거잖아요. 그건 마치… 베케트 연극 같아요."

베케트 연극이라니? 보지 않아 알 도리는 없지만, 나쁜 거임에는 분명했다. "그게 그렇게 끔찍해, 코니, 당신과 내가 둘만 같이 있는 게? 난 우리가 원만한 결혼생활을 해왔다고 생각했는데…."

"그랬죠, 지금도 그렇고. 당신과 함께한 게 아주 행복했어요, 더글라스, 아주. 그런데 미래는—"

"그런데 왜 그걸 내팽개치려는 거야?"

"난 우리가 남편과 아내라는 역을 맡은 하나의 극단 같다는 거고, 우린 잘 해냈어요. 최선을 다했잖아요. 이젠 옮겨야죠. 우리 일은 끝났어요."

"난 그걸 일이라고 생각해 본 적도 없어."

"내겐, 그래요, 어떨 땐 일 같았어요. 이제 앨비가 떠나니까, 그게 어떤 새로운 것의 출발이면 좋겠어요. 끝의 시작이 아니라."

끝의 시작이라. 지금 날 두고 저런 얘길 하는 거지? 그녀는 내가 무슨 종말론적 인물이라도 되는 듯 느끼게 했다.

대화는 한동안 계속되었다. 코니는 속마음을 털어놓고서도 전혀 개운해 보이지 않았고, 난 그 사실을 받아들이려 애쓰느라 앞뒤 분간도 못하며 어지러웠다. 대체 코니는 얼마나 이렇게 느낀 걸까? 정말 그렇게 물리고 그렇게 불행했던 건가? "자신을 재발견"하고 싶다는 코니의 맘은 이해하지만, 왜 날 옆에 두고 자신을 재발견하면 안 된단 말인가? 왜냐하면, 코니 말대로라면, 우리 일은 끝났으니까.

우리 일은 끝났다. 우리는 아들 하나를 길렀고, 그 애는… 그래, 그 애는 건강했다. 아이는 행복해 보였다. 특히 누가 보는 사람이 없을 때면. 학교에서는 인기가 좋았고, 언뜻 봐도 독특한 매력이 있었다. 그는 물론 사람을 돌게 만드는 재주가 있고, 늘 내 아들보다는 코니의 아들 쪽이었다. 둘은 늘 가까웠고, 애는 항상 '코니의 팀' 소속이었다. 내가 있어 태어난 아이임에도 불구하고, 아이는 엄마 쪽이 더 잘할 수 있었을 거라고 생각하는 듯했다. 아무리 그래도, 그 애가 우리의 20년 결혼생활의 유일한 목표이자 산물이요, 유일한 일이었다니?

"난 정말… 생각도 못했네… 난 늘 생각하길…" 거의 탈진해서 난 말을 이어가기가 힘들었다. "난 항상 우리가 함께한다고 생각했어. 둘이 함께 있고 싶어 했으니까. 우린 대부분 행복하게 지냈으니까. 난 우리가 서로 사랑한다고 생각했어. 난 또 생각했지… 틀림없이 잘못 생각한 거였구나 싶지만. 우리가 함께 나이 드는 걸 기대하고 있구나 싶었어. 나랑 당신이랑, 함께 나이 들고 함께 죽는 거."

코니가 머리를 베개에 붙인 채 나를 돌아봤다. "더글라스, 대체 제 정신 박힌 사람 누가 그딴 걸 기대한대요?"

14.
도끼

어느새 밖이 밝아왔다. 6월의 맑은 화요일이었다. 우리는 곧 고단한 몸을 일으켜 샤워를 하고 이를 닦고 싱크대에 함께 설 것이다. 거대한 지각변동을 잠시 뒤로 하고 함께 하루의 일상을 시작하는 것이다. 아침을 같이 먹고, 자고 있는 앨비에게 고함을 쳐 인사를 건네고 애가 뒤척이며 끙끙대는 소리를 잘 가라는 인사 삼을 것이고, 집앞 자갈 진입로에서는 가볍게 포옹도 할 것이다—

"벌써 짐 싸고 그러는 거 아녜요, 더글라스. 우리 얘기 더 나눠요."

"그래요. 더 얘기합시다."

—그리고 난 직장으로 차를 몰고 갈 것이고, 코니는 기차역으로 가 런던행 0822 기차를 타고 일주일에 사흘 일하는 직장으로 갈 것이다. 난 동료들에게 인사를 건네고 그들의 농담에 웃음으로 맞장구치고, 이

메일 답신을 보내고, 교수 손님들과 연어와 물냉이로 이뤄진 간단한 점심을 먹으면서 그들의 연구 성과에 대해 얘기를 들을 테고, 연신 끄덕끄덕 고개를 주억거릴 것이다.

우리 결혼생활 이제 그만 끝내요. 나 당신을 떠나야 할까 봐요.

그건 마치 머리에 도끼를 박은 채로 회사 일을 하려고 드는 기분이었다.

15.
휴가

물론 무사히 하루 일을 마쳐야 했다. 절망감을 만천하에 드러내고 다니는 건 프로답지 못하니까. 하지만 내 평정심은 마지막 미팅 즈음해서 허물어지기 시작했다. 난 초조함에 꼼지락대며 식은땀을 훔쳤고, 주머니 속의 열쇠를 연신 매만졌다. 그리곤 회의록에 사인을 하기도 전에 먼저 간다고 말하고선 전화기를 들고 황급히 일어나느라 의자까지 달고서 허둥지둥 문 쪽으로 향했다. 연신 실례한다고 중얼거리면서 말이다.

우리 사무실은 피아짜라는 웃기는 이름으로 불리는 공터 둘레에 지어져 있다. 동료들이 모두 지켜보는 가운데 난, 희한하게도 하루 종일 햇볕 한 줌 들지 않게 만든 그곳으로 나갔다. 겨울이면 질척거리고 여름이면 바싹 말라 먼지만 풀풀 날리는 형편없는 잔디밭 위에 콘크리트 벤치가 무기처럼 자리 잡고 있었다. 나는 이 황무지 같은 공간을 초조하게 서성거리면서 한 손을 입에 대고 통화했다.

"그랜드 투어 가기로 했던 거, 취소해야겠지?"

코니의 한숨. "좀 두고봐요."

"이런 기분으로 어떻게 유럽 여기저기를 돌아다녀? 그게 어떤 기분일 거 같아?"

"그래도 우린 가야 할 거 같아요. 앨비를 위해서."

"하긴, 앨비는 행복하니까."

"더글라스. 나 일 마치고 집에 가면 얘기해요. 이제 그만 가야 해요." 코니는 런던의 크고 유명한 박물관 교육부서에서 일한다. 학교들과 연계 프로그램을 짜고 특정 작업에 대해 아티스트들과 협력하고, 그 밖에 내가 잘 이해하지 못하는 여러 일들을 한다. 갑자기 난 그녀가 옆에 있는 로저든 알란이든 혹은 크리스든 어느 놈에게 속삭이는 모습을 떠올렸다. 아마 그 멋부리는 꼬맹이 크리스일 거야. 쪼그만 안경에 조끼 차림이던. 남편한테 얘기했어, 크리스. 그래? 반응은 어땠는데? 힘들어하지 뭘. 자기야, 잘했어, 잘한 거야. 드디어 우리 자기가 그 구멍을 탈출하는구나….

"코니, 혹시 나 말고 누가 또 있는 거야?"

"오, 더글라스…."

"그래서 이러는 거야, 지금? 다른 놈 때문에 날 떠나려는 거냐구?"

코니가 피곤한 목소리로 말했다. "우리 집에 가서 얘기해요, 응. 앨비 앞에서는 말구요, 응."

"지금 당장 얘기해 봐, 코니!"

"다른 사람이랑은 아무 상관 없어요."

"혹시 크리스야?"

"뭐라구요?"

"꼬맹이 크리스 말야. 조끼 입는 크리스!"

그녀가 웃었다. 그녀의 웃음을 들으니 억울했다. 난 이렇게 머리통에 도끼를 박고 다니는데 어떻게 웃을 수가 있는 거지?

"더글라스, 크리스 봐서 알잖아요. 내가 미쳤어요? 아무도 없다니까요. 크리스는 물론이고. 이건 순전히 당신과 내 문제예요."

이로 인해 문제가 더 좋아졌는지 나빠졌는지 나는 알 길이 없다.

16.
폼페이

진실은 이렇다. 난 내 아내를 너무 사랑해서 어떻게 표현해야 할지를 몰랐고, 그래서 표현하지 않았던 것뿐이다. 날마다 그런 생각을 한 것은 아니지만, 난 우리가 함께 생을 마감하리라고 여겼다. 물론 재난사고의 경우가 아니라면 누군가 먼저 가야 하기에 이런 바람은 헛된 것이기 십상이다. 폼페이에 있는 유명한 한 작품을 보면 — 이번 여름에 계획했던 그랜드 투어에서 우리가 보러 가려 했던 것이다 — 두 연인의 몸이 물음표처럼 구부러진 채 서로 안고(혹은 '뭔가를 떠먹이고') 있다. 펄펄 끓는 유독가스의 구름이 베수비우스의 언덕을 흘러내려와 그들의 몸을 뜨거운 재로 집어삼킬 때까지 그러고 있었던 것이다. 그건 흔히 생각하듯 미라나 화석이 아니라, 그들의 몸이 타들어가고 난 뒤에 남긴 3차원의 거푸집 같은 거다. 물론 이 두 인물이 남편과 아내인지, 아니면 형제자매인지, 아버지와 딸인지, 아니면 간통범들인지 알

길은 없다. 하지만 내게 그들은 결혼의 상징이었다. 편안함과 친밀감. 그 유황가스로부터 서로를 지키려는 피난처. 결혼생활에 대한 그다지 기분 좋은 광고도 아니지만, 또 그렇게 나쁜 상징도 아니었다. 무시무시한 결말을 맞았지만, 적어도 둘은 함께였다.

하지만 우리가 사는 이 버크셔에서는 화산활동이 너무 드물다. 그래서 우리 중 누군가 먼저 가야 한다면, 나는 그게 무조건 나이기를 소원했다. 이런 얘기가 좀 음울한 건 잘 알지만, 난 그게 옳은 일이고 마땅한 일이라고 생각한다. 그도 그럴 것이, 내 아내는 내게 내가 원한 모든 것을, 훌륭하고 가치 있는 것들을 가져다주었고, 너무나 많은 일들을 둘이 함께 헤쳐왔기 때문이다. 그녀가 없는 삶을 상상하라니, 그건 정말 생각도 할 수 없는 일이다. 문자 그대로 그렇다. 난 그걸 생각조차 할 수 없었다.

그래서 난 결심했다. 절대 그런 일이 일어나도록 놔두지 않겠다고.

2부

…

프랑스

17.

스스로 다짐하노니

성공적인 유럽 '그랜드 투어'를 위한 몇몇 가이드라인.

1) 에너지! "너무 피곤해" 혹은 "그럴 기분 아냐" 따위는 금물.

2) 앨비와의 다툼을 피하자. 느긋하게 장난치듯 애를 대할 것. 감정을 다 드러내 호되게 꾸짖는 건 절대 불가. 꾸준히 유머를 발휘할 것.

3) 모든 일에 항상 옳은 쪽만 주장하려 들지 말 것. 비록 상황이 그렇더라도 말이다.

4) 열린 마음으로 기꺼이 새로운 걸 시도하자. 가령, 비위생적인 주방에서 나온 색다른 음식, 실험적인 예술, 색다른 관점 등.

5) 재미있게! 코니, 앨비와 정감 어린 농담 주고받으면서.

6) 여유를 갖자. 당분간은 미래에 대한 염려를 접자.

7) 계획은 철저하게. 하지만—

8) 즉흥적인 게 재미있을 수도 있다는 걸 잊지 말자.

9) 어떤 경우든 코니에게 신경을 쓰고, 그녀의 말을 귀담아 들을 것.
10) 앨비와 싸우지 않도록 애쓸 것.

18.
초호화판 인터레일 여행

이번 휴가는 코니의 발상이었다. "그랜드 투어를 가는 거야. 18세기에 그랬듯이, 넌 어른들의 세계를 만날 준비를 하는 거지."

그랜드 투어에 대해서는 나도 별로 아는 게 없었다. 코니는 그게 한때 특정 계급 특정 나이 젊은이들이면 누구나 따라하는 전통이었다고 했다. 즉 전통적인 루트가 있어서 현지 가이드들의 안내를 받으며 여러 고대 유적과 예술작품들을 음미하는 여행이어서, 그렇게 다닌 경험들 덕분에 보다 세련된 문명인으로 영국에 돌아온다는 것이다. 실제로는 문화라는 게 술 마시고 오입질하며 바가지 뒤집어쓰는 데 대한 핑계였을 뿐이고, 약탈한 예술품이나 토속 주류, 성병 따위를 훈장처럼 달고 왔을 따름이었다.

"그럼 난 그냥 이비사로 가면 안 되나?" 앨비가 중얼거렸다.

"날 믿으렴." 코니가 말했다. "이게 훨씬 더 재밌을 거야." 어느 일요일 아침 우리는 식탁에 앉아 있었다. 아내가 그 선언을 하기 전, 우리가 훨씬 행복했던 시절이었다. 내 낡은 〈타임스 아틀라스〉의 서유럽 편을 펴놓고 얘기하는 코니의 얼굴이 환했다. 한동안 볼 수 없었던 광채 같은 것이 어른거렸다.

"이 모든 게 기계로 찍어내는 저렴한 모조품의 등장 이전 얘기란 걸 생각해 봐. 그랜드 투어는 젊은이들이 온갖 명작들을 볼 수 있는 유일한 기회였던 거야. 조악한 흑백 판화로만 보던 것들을 말야. 고대와 르네상스가 남긴 그 유명한 작품들 하며, 샤르트르 대성당, 피렌체의 두오모 성당, 상마르코 광장, 콜로세움까지. 펜싱 레슨을 받을 수도 있고, 알프스 산맥도 넘을 거고, 고대 로마의 포룸 광장도 살필 거야. 베수비우스 화산의 분화구도 보고, 나폴리의 길거리들을 거니는 거라구. 물론 술 마시고 여자애들 만나고 싸움박질에 끼기도 하겠지. 그래도 돌아올 때는 남자가 되어 있을걸."

"그건 이비사로 충분하다니깐요." 앨비가 다시 중얼거렸다.

"같이 가자, 에그! 같이 놀자니까." 마치 진격하는 장군처럼 그녀의 손가락이 지도책 위에서 춤을 췄다. "여기 봐. 우린 파리에서 시작할 거야. 잘 알겠지만, 루브르, 오르세 미술관, 모네와 로댕을 보러 가는 거야. 거기서 기차를 타고 암스테르담으로 가서는 라익스뮤제움[국립박물관]에서 렘브란트를 보고, 반 고흐도 보고, 그리곤 비행기나 차 안 타고, 기차로 알프스를 넘어 베네치아로 가는 거야. 베네치아는 베네치아니까! 거기서 파두아로 가서 스크로베니 교회를 보고, 비첸차에서는 팔라디오의 빌라들을 볼 거야. 베로나도 가야지. 정말 어여쁜 곳이야, 베로나는. 밀라노에서는 〈최후의 만찬〉이 우릴 기다려. 피렌체에서는 우피치 미술관에서 보티첼리를 봐야지. 피렌체는 그 자체가 볼거리이기도 하고. 그 다음은 로마. 로마는 정말 아름다워. 폼페이 가는 길에 헤르쿨라네움에도 잠시 들를 거고, 끝나는 데는 바로 나폴리야. 물론 보다 이상적으로는 비엔나로 되돌아가서 쿤스티스토리셰스[미술사박물관]를 보고 베를린까지 가야겠지만, 우선은 네 아버지가 어디까지 버티는지 봐야겠지."

식기세척기를 비우고 있던 나는 세척용 린스가 부족한 것과 그 여행의 엄청난 비용 탓에 은근히 짜증이 났다. 하지만 코니는 그 생각에 꽤나 흥분한 것 같았고, 어쩌면 최근의 가족 휴가와는 색다른 재미가 있을 것도 같았다. 값비싼 빌라에서 모기에 뜯기거나 화상을 입은 채 따분함에 몸을 뒤척이거나, 인파로 가득한 지중해의 어느 해변에서 어떻게든 조그만 자리라도 하나 차지하려고 서성이던 그런 휴가들과는 말이다.

앨비는 여전히 뚱했다. "그러니까 인터레일 패스 여행을 엄마아빠랑 하는 거라, 이 말이죠?"

"바로 그거지, 행운아 앨비." 코니가 말했다.

"그런데… 그게 그렇게 멋진 통과의례인데 두 분이 다 거기 계신다면, 그건 좀 본말이 전도된 거 아닌가?"

"아니지, 에그. 왜냐하면 넌 예술에 대해 배울 테니까. 만약 네가 아주 그림을 좋아하는 옛날 아이였다면 이런 게 너한텐 훈련이 되는 거야. 너의 대학이 되는 거지. 지금도 마찬가지야. 스케치도 하고 사진도 찍고 하면서 전부 네 거로 흡수하는 거야. 그걸 일로 삼고 싶다면, 넌 이런 걸 봐야만 해—"

"그 수많은 옛 거장들. 그 수많은 옛날꼰날의 유럽 백인들."

"—비록 다 옛날 일들이라곤 해도, 넌 적어도 딛고 올라설 어떤 걸 보게 될 거야. 게다가 피카소는 옛날꼰날의 유럽 백인이지만, 넌 피카소 좋아하잖아."

"그럼 우리 '게르니카'도 보는 거예요? 나 '게르니카' 정말 보고 싶은데.”

“그건 마드리드에 있단다. 그건 다음에 하자.”

“아니면 저한테 그냥 돈 주시면 나 혼자 가면 되죠!”

“이번 경우는 교육이 목적이야.” 코니가 말했다.

“이번 경우는 네가 아침마다 알아서 일어나야 한다는 거지.” 내가 말했다.

앨비가 신음소리를 내며 팔에다 머리를 묻었고, 코니는 숙인 앨비의 목뒤 머리칼에 손가락을 넣고 쓰다듬었다. 둘은 이런 짓을 자주 했다. 코니와 앨비는 그럴 때면 마치 서로 털을 다듬어주는 원시인들 같았다. “재미도 있을 거야. 아빠가 재미있는 일정도 잡아놓도록 내가 확실히 해둘게.”

“4일에 한 번씩. 너무 많나?” 나는 식기세척기로 돌아갔다. 세척용 린스뿐만이 아니었다. 소금도 문제였다. 뭔가 과열되고 있었고, 난 어떻게 그걸 재설정할까를 고민했다.

“여자애들 만날 수도 있고 술도 마실 수 있어.” 코니가 말했다. “다만 그걸 나랑 네 아빠가 지켜보는 가운데 하기만 하면 돼. 지켜보고 알려주고 하도록 말이야.”

앨비는 한숨을 쉬면서 주먹으로 뺨을 괴었다. “라이언이랑 톰은 콜롬비아로 배낭여행을 간다던데.”

“너도 그럼 되지. 내년에.”

“안 돼.” 난 식기세척기에다 대고 소리쳤다. “콜롬비아는 절대 안 돼.”

“조용해요, 더글라스! 에그, 사랑하는 내 아들. 이번 여행은 아마 우리 모두가 함께하는 마지막 여름휴가일 거야."

난 고개를 들다가, 주방 가구의 모서리에 세게 머리를 부딪쳤다. 마지막이라고? 그래? 정말 그래?

"이번만 같이 가고, 그 다음부턴 네 맘대로 하렴." 코니가 말했다. "그러니까 당장은, 이번 여름 멋진 시간을 갖도록 같이 노력하는 거야, 응? 이번이 마지막이니까."

어쩌면 이미 그때부터 코니는 탈출을 계획하고 있었던 건지도 모른다.

19.
들판을 요란하게

아내가 나뭇잎 색깔이 바뀔 때쯤 떠나겠다고 했을 때, 그때 내 삶은 끝나버렸던가? 산산조각 만신창이가 되었거나, 혹은 일상생활을 영위하는 데 실패했던가?

물론 이 여행을 앞두고 잠 못 이루는 밤들이 이어졌고, 눈물과 원망으로 얼룩진 나날들이 계속되었지만, 그래도 난 신경쇠약으로 주저앉을 순 없었다. 또 그때는 앨비도 예술과 사진 '공부'를 마무리하는 중이어서, 스크린인쇄를 하거나 물병에 유약을 바르느라 밤마다 녹초가 되어 돌아오곤 했다. 그래서 우리는 조심조심하며 우리 개를 — 미스터 존스라는 이름의 나이든 래브라도 — 데리고 집에서 꽤 멀리까지 산보를 나가곤 했다. 들판에서 미스터 존스의 머리 위로 우리들의 요란한 언쟁이 오고갔다.

"당신이 나한테 불쑥 이러다니, 믿기질 않아."

"불쑥 이러는 게 아니에요. 이런 식으로 느낀 지 벌써 여러 해째예요."

"한마디 말도 없었잖아."

"꼭 말해야만 했나요?"

"이런 때에, 나한테 불쑥 이렇게…"

"미안해요. 난 되도록 당신한테 솔직하려고—"

"난 아직도 그랜드 투어 취소해야 한다고 생각해…."

"왜 그래야 해요?"

"아직도 가고 싶은 거야? 이런 기분으로?"

"그래요, 나는—"

"장례행렬을 끌고, 이탈리아로 배낭여행을…"

"그럴 건 없어요. 재밌을 수도 있다구요."

"호텔 취소하려면 지금 얘기해야 해."

"방금 말했잖아요, 우리 모두 가자고. 왜 말을 귀담아 안 듣고—?"

"왜냐구? 이런 산지옥에 갇혀 있는 신세라면 당신도—"

"연속극 쓰지 마요, 여보. 그건 아무 도움이 안 돼요."

"원하지도 않으면서 당신이 왜 그런 걸 하자고 했는지, 난 정말 모르겠어—"

"원했어요, 나는. 지금도 원하구요!" 그녀가 말을 멈추고 내 손을 잡았다. "가을이 올 때까지 다른 결정은 일단 미뤄둬요, 우리. 그냥 모두 함께 여행을 떠나서, 앨비와 함께 멋진 시간을 보내도록 해요—"

"그리고 나서 다 함께 돌아와서 작별인사를 나누자? 당신은 아예 짐을 풀 필요도 없겠네. 짐 가방을 그대로 택시에 던져 넣고는 휭 떠나면 되겠네….”

그 순간 그녀는 한숨을 쉬면서 마치 아무 일도 없었다는 듯 내 팔에 자기 팔을 감았다. “우리 두고 봐요. 어떤 일이 벌어질지 두고 보자구요.” 그리고 우리는 미스터 존스를 데리고 집으로 걸었다.

20.

지도

여행 루트가 모습을 드러냈다. 파리, 암스테르담, 뮌헨, 베로나, 베네치아, 피렌체, 로마, 나폴리. 코니는 물론 이곳들 대부분을 이미 다녀왔을 터이다. 대마초를 피고 그 동네 남자애들과 키스하며 보낸 그 대서사시의 여정들 속에서, 그녀는 예술학교를 시작하기 전 시간들을 웨이트리스로, 투어 가이드로, 보모로 일하며 보냈다. 우리 관계의 초창기에, 내 일과 우리의 보잘것없던 주머니 사정이 허락하는 한도 내에서 우리 둘도 가끔 유럽의 여러 도시들로 저가항공편을 이용해 날아다녔다. 그럴 때면 코니는 어떤 벤치나 바, 카페 따위를 발견하고서는, 한때 친구들과 함께했던 옛적의 자신을 회상하며 몽상에 젖곤 했다. 그리스 크레타 섬의 한 벤치에서 일주일을 함께 잤던 친구들, 프라하 외곽의 버려진 공장에서 벌어졌던 끝장 파티, 84년 리옹에서 만나 미친 듯 사랑에 빠졌던 어느 남자애 따위를 말이다. 끝내 이름을 밝히지 않았던 그 남자애는 시트로엥 자동차의 기능공으로 두터운 손아귀에 부러진 코를 지녔고, 머리칼에서는 엔진오일 냄새가 났다고 했다. 난 애써 웃음 지으며 다른 얘기를 꺼냈지만, 아무리 생각해도 '좋은 여행'이란 게 코니에겐 전혀 다른 걸 뜻하는 것 같았다. "저기 갔었고, 그놈이랑 했었지." 그게 우리의 농담이었다. 유럽은 첫사랑과 석양, 싸구려 레드 와인과 숨 가쁜 만지작거림을 뜻했다.

내게는 그런 통과의례가 없었다. 일부분은 아버지 때문이었다. 열렬한 애국자였던 아버지는 빌어먹을 전 세계가 잉글랜드처럼 열심히 일하고 훌륭한 영어를 배워서 잉글랜드인처럼 살려고 하지 않는다며 분개했다. 그렇기에 '외국'과 관련된 모든 게 그를 의심케 했다. 올리브오일, 미터법, 외식 문화, 요거트, 마임, 솜이불, 쾌락 등등을 말이다. 그의 외국인 혐오는 유럽에 국한되지 않았다. 그건 국제적이었고 국경불문이었다. 내 박사학위 수여식에 참석하러 부모님이 런던에 오셨을 때 나는 그만 깜박하고 두 분을 투팅의 중국 식당으로 모시고 갔다. 그건 그분들에게 내 선부른 코스모폴리타니즘을 휘두른 만행이었다. 치앙마이라는 이름의 그 레스토랑은 미심쩍을 정도로 싸고 겁나게 환한 조명을 갖췄다는 점에서 — "그러니까, 무슨 빌어먹을 음식이 내 목구멍으로 넘어가는지 잘 보이겠구만!" — 내 아버지의 핵심적 레스토랑 평가기준을 잘 충족했지만, 아버지 앞에 나무젓가락 한 짝이 놓였을 때의 그 표정을 나는 잊지 못한다. 아버지는 그걸 들고 마치 잭나이프를 다루듯 웨이터를 겨냥했다. "칼이랑 포크. 칼. 그리고. 포크."

물론 아버지의 외국인 혐오를 두고 말싸움이 벌어졌다. 아버지는 채널터널이 "대문을 활짝 열어두는 꼴"이라고 했다. 무슨 일이 일어날 거라고 생각하시는데요? 내가 물었다. 토레아도르[투우사]와 트라토리아[이탈리아 간이식당] 웨이터들, 그리고 [프랑스의] 양파 상인들이 대거 무리

지어 켄트 주의 포크스톤 항을 덮쳐 약탈이라도 할까요? 참고로 말씀드리자면, 아버지는 자신의 아버지를 1944년 벨기에에서 잃었다. 아마 그 때문에 자신의 적대감을 끝도 없이 정당화할 수 있었을 것이다. 아무리 그래도 너무나 합리적이었던 아버지에게 그런 비합리적인 생각은 정말 안 어울렸다. 내 아버지에게 '외국'은 우유가 괴상한 맛인데다 이상하게도 오래 보존되는, 희한하고 알 수 없는 그런 곳이었다.

그래서 난 여행을 많이 다니질 못했다. 사실 코니를 만날 때까지 나는 유럽을 거의 알지 못했다. 어디를 가든 그녀에게는 이미 가본 곳이었다. 그녀의 유럽 지도는 배낭 잃어버린 곳, 비행기 놓친 곳, 잘 꾸며진 공원에서의 나른한 키스, 임신의 두려움, 나무에서 딴 신선한 오렌지, 아침에 마신 우조 해장술 등을 뜻하는 빨강 핀들로 빽빽했다. 내가 난생처음으로 그녀의 아파트에 갔을 때 본, 냉장고에 붙어 있던 사진들 속에는 뉴웨이브 코니의 모습이 담겨 있었다. 예술학교 친구들과 찍은 한 사진에서는, 시칠리아 섬의 어느 발코니에서 젤을 바른 파마머리의 여인들이 토플리스 차림으로 담배를 피면서 카메라를 향해 키스를 날리고 있었다. 토플리스! 게다가 담배까지!

난생처음으로 그녀의 아파트에 갔던 날. 난 아직 그 문을 넘어서지도 못했다. 코니는 아직 제이크랑 얘기 중이다.

21.

비상탈출용 의자

내 여동생의 아이러니한 셰리 트라이플을 물린 다음 우리는 모두 자리를 바꿔 서로 '섞어 앉기'를 제안받았고, 코니와 제이크는 비상탈출용 의자의 속도로 자리를 비웠다. 섞어 앉는 건 알고 보니 테이블의 다른 곳으로 가서 하던 대화를 계속한다는 의미였고, 나는 그 곡예사가 어디에선가 — 대체 어디에서 꺼냈을까? 아마 쫄바지 어디에서? — 칙칙한 사탕이 든 지퍼락 봉지를 꺼내 코니에게 권하는 걸 보았다. 코니는 거의 체념하고 받아들이는 듯 고개를 까닥하며 사탕을 받은 뒤, 봉지를 내 여동생에게 전했고, 그렇게 봉지는 테이블을 한 바퀴 돌았다. 그건 그리 훌륭한 사탕이 아니었던 듯하다. 왜냐하면 모두들 얼굴을 찡그리며 그걸 입에 넣고서는 물을 들이켜 꿀꺽 삼켰으니까. 어느새 나는 약에 절은 두 배우 사이에 앉아 있었고, 그 자리는 여러 정식 학술지 게제 논문들이 이미 확증해 보였듯이 한 명의 생화학자가 앉아 있기엔 최악의 자리였다. 그 배우들 중 한 명은 자신의 1인 공연의 요약판을 펼쳐 보이고 있었는데, 내가 보기엔 그 1인도 너무 많은 거 아닌가 싶었다. 그때 지퍼락이 우리에게 도착했고, 그는 공연을 멈추고 그걸 내 코밑에다 대고 흔들었다. 테이블의 다른쪽 끝에서 여동생이 나를 보며 고개를 끄덕이고 있었다. 그녀의 커다랗게 뜬 눈이 한 번 해보라고 권하고 있었다.

"전 괜찮아요." 나는 말했다.

"함께하지 않겠다구요?" 그 배우는 입술을 비쭉 내밀며 말했다. "해

봐요! 반만 먹어봐요. 이거 끝내줘요."

"미안해요. 하지만 내 집에서 유일한 애시드는 디옥시리보누클레익 애시드라서—"

"헤이, 누구 껌 없어요, 껌?"

나는 테이블에서 일어났다.

카렌이 침대 위에 놓인 거대한 코트 더미 속에서 내 코트를 찾고 있던 나를 낚아챘다.

"갈려고? 열 시도 안 됐어."

"카렌, 여긴 아무리 봐도 내가 있을 '무대'가 아냐."

"뭘 해보지도 않았으면서 그걸 어떻게 아니?" 그녀는 너무나 기분 좋아 보였다, 내 여동생이. 부모님 면전에서 반항을 일삼을 만큼 용감하지 않았던 그녀는 나를 부모님의 대리물 삼아 그러기를 즐겼다. 내가 제일 가까이에 있고, 제일 만만했던 것이다. "어쩜 그렇게 지루하게 살아, 디?"

"아, 그거 밤마다 연습하거든."

"정말 미친다니까, 내가!"

"그래? 그럼 내가 가면 되겠네." 나는 코트를 발견했고, 목에 스카프를 둘렀다.

"가지 말고, 좀 해봐라, 응?"

"싫어."

"왜 안 해?"

"내가 싫으니까, 이 엉터리 딜러야! 왜 그렇게 내가 싫다는 걸 자꾸 해보라고 하는 건데?"

"왜냐하면 오빤 자꾸 해봐야 하니까! 그래야 오빠 성격의 새로운 면도 드러날 테고."

"글쎄다, 실망시켜 미안하다만 더는 안 할래. 이 정도면 됐어. 진짜 됐어."

카렌은 내 가슴에 손을 얹었다. "내가 보기엔 코니가 오빠를 좋아하는 거 같아."

"아. 그래."

"실은 코니가 나한테 그렇게 말했다구."

"거짓말도 참 어지간하다, 카렌."

"걔가 오빠는 참 흥미로운 사람 같대. 그 온갖 과학 이야기들 있잖아. 자기가 아는 사람들은 전부 자기 자신만 아끼는데 오빠는 다른 뭔가를 아끼는 게 신기했대. 새로웠대."

"장갑 한 짝이 어디 갔지? 여기 어디쯤 있었는데…."

"코니는 오빠가 아주 매력적이라고도 했어."

나는 웃었다. "그래? 약효가 좀 도나 보네."

"나도 알아! 나도 오빠만큼 뜻밖이야."

"그리고… 내가 코니를 좋아하리라는 걸 니가 어떻게 알아?"

"말투가 벌써 다르잖아. 그리고, 안 좋아하면 미친 거게? 코니 안 좋아하는 사람이 어딨어. 걘 짱이라구."

"내 장갑 한 짝 찾으면, 잘 보관해 주라. 어떻게 생겼냐면… 그래, 당연히 이쪽처럼 생겼겠네. 알겠지?"

카렌이 침대방의 문을 막아서고서 내 목의 스카프를 풀기 시작했다. "있어. 30분만 더. 사람들이 서로의 얼굴을 만지기 시작할 때, 그때 가도 돼."

22.

흐리멍텅해진 사진

서너 알의 메틸렌디옥시-니트로겐-메틸암페타민이 참치 파스타 베이크에 스며드는 데는 그리 오랜 시간이 걸리지 않았다. 마치 보이지 않는 누군가가 방 안을 돌아다니면서 마법의 지팡이로 각자의 머리를 짚어 하나하나 바보로 만들어버리는 것 같았다.

"우리 포근하게 앉아요!" 눈이 부리부리해진 내 여동생의 명령에 따라, 손님들은 다들 부엌에서 나왔다. 나는 파이렉스 접시를 개숫물에 담그고 있었는데, 누군가가 나를 콩알만 한 거실로 끌고 나갔다. 집안의 베개는 모두 거기 나와 쌓여 있어 초라한 하렘 같은 분위기를 연출하는 가운데, 자욱한 담배연기 속에 촛불이 위태롭게 커튼 밑자락께에서 어른거렸다. 캐롤 킹의 〈태피스트리〉 앨범은 양철 쇠줄 뜯는 소리와 뚝뚝 끊어지는 피아노로 바뀌어 있었다. '베이스'란 가사가 '페이스'와 라임을 맞추는 가운데 곧 춤이 시작되었다. 카렌의 친구들 중 한 명은 덩거리 멜빵바지만 입은 토플리스 차림이었다.

난 내가 너무 멍청한 짓을 하고 있다 싶었다. 그건 마치 전혀 탈 맘이 없는 롤러코스터를 기다리느라 줄을 선 기분이었다. 왜 나는 구석에 기댄 채 희곡 편집자랑 이 부자연스러운 대화를 계속해야 한단 말인가. 내 유일한 동기부여인 그녀는 빈 백 의자에 몸을 기대고 누워 있었고, 제이크는 그녀의 발치에서 거대한 적갈색 고양이처럼 몸을 말고 있었다. 카렌이 옳았다. 난 이 여자를 대번에 좋아했다. 그녀의 숨길 수 없는 지성미가 좋았고, 그녀가 사람들에게 기울이는 주의 깊은 자세가 좋았다. 그녀의 입꼬리와 얼룩진 눈가에서 끊임없이 샘솟는 그녀의 유머가 좋았다. 그리고, 물론, 그녀의 얼굴, 그녀의 몸매는 매력적이었으며….

그래, 요즘 들어 코니의 몸매는 끊임없는 관리와 거듭되는 말꼬리 잡기의 대상이 되었으니 — 몸이 완전 엉망이야, 아냐 당신 괜찮아, 아니긴 엉망인데 뭘, 당신은 멋져 보이기만 해 — 이 끝없는 주고받기를 벗어날 방도가 내게는 없었다. 그녀는 예전에도 그랬고, 지금도 자기 몸이 너무 크다고 느낀다. 당신은 멋져 보인다고 난 말한다. 그녀는 어깻짓으로 내 말을 거부한다. 난 흐리멍텅해진 사진 같아 보여요, 그녀가 말한다. 이제 광대뼈도 안 보이고! 그럴 땐 마치 누구나 얼굴에 그게, 광대뼈가 있어야만 한다는 소리 같다. 사실 나는 그 첫날밤에 그녀를 보고 느낀 것과 똑같은 걸 지금의 그녀를 보고도 느낀다. 너무 강경한 어조라도, 그게 사실이다. 우리 둘 사이에는 공통점이 거의 없었다. 그 북적대는 방에서, 아니 당시의 내 세계에서, 그녀는 다른 누구보다 더 많은 재치와 우아함, 그리고 생기를 지닌 인물이었다.

그래서 나는 기다렸다. 그리고 결국 그녀가 내 눈을 보면서 멋지게 웃어 주었고, 이어서 제이크도 그런 나를 쳐다보았다. 그는 나직하게 으르렁거리면서, 약간 비틀대며 일어서려는 그녀의 손목을 잡으려고 했다. 코니는 그의 손을 뿌리치고 방을 가로질러 내게로 왔다.

"잠시만요." 나도 그 드라마 편집자에게 양해를 구했다.

23.

자석

“아직 여기 있었네요!” 그녀가 내 귀에다 대고 말했다.

“일단은요.” 나도 그녀의 귀에다 말했다.

“사과하고 싶었어요. 저녁 먹으면서는 우리 거의 얘기 나눌 기회가 없었잖아요. 제이크가 아주 재미있긴 하지만, 유머 센스가 없어요, 사람이. 호기심도 없고.”

“제가 보기에도 그렇더군요.”

“제이크 다리 두 쪽을 다 자르겠다고 한 거, 그거 좋았어요.”

“내가 그랬어요? 내가 진짜 그랬죠?”

“그때 당신 얼굴을 보고 있었죠. 정말 유창하고, 아주 열정적이었어요. 물론 당신이 하는 말 절반은 알아듣질 못했지만. 과학과 관련해서는 난 완전 열등반이에요. 뭐가 뭐로 분해된다는 소리인지, 하늘이 왜 푸른지, 원자와 분자의 차이가 뭔지 도무지 알 수가 없었거든요. 정말 곤란했죠. 지난여름에 조카딸이랑 바닷가에 갔는데, 애가 나한테 왜 파도가 들락날락하는지 물었어요. 내가 뭐랬는지 알아요? 그건 어떤 자석들 때문에 그렇다고 했다니까요.”

웃으며 내가 말했다. “그죠. 그것도 하나의 이론이죠.”

그녀가 내 팔에 손을 얹었다. “자석 맞아요? 제발, 제발, 자석 맞다고 말해 줘요.”

난 달의 중력이 지구의 거대한 바닷물에 어떤 영향을 미치는지 한참을 설명했는데, 그녀가 문득 양손을 자기 가슴에 얹고선 눈을 크게 떴다.

"미안해요." 그녀가 말했다. "뭔가 느낌이 확 밀려와서요. 당신은 아직 아닌가 봐요?"

"약물요? 아, 사실 저는 그런 거 잘 안 해요."

"아주 현명하신 거예요. 아주."

우리는 방 안을 둘러보았다. 마약이 사람들의 몸에 처참한 효과를 일으키고 있었다. 다들 어깨를 구부정하게 해서는 머리를 까닥거리는 게 무슨 고혈압 환자들의 디스코 같았다. 특히 내 여동생은 다람쥐처럼 몸을 돌돌 말고서 입술을 안쪽으로 말아 문 채 잔뜩 집중한 모습으로 마치 가상의 마라카스[쿠바 악기]를 흔드는 듯한 몸짓을 계속했다.

"저들 좀 봐요." 코니가 머리를 저으며 말했다. "사람들은 늘 말하죠. 이거 먹어봐요, 꿀꺽 마셔요, 그럼 거리낌 없게 해줄 거예요. 그런데 우리한테 정말 필요한 건 거리낌을 되찾는 거다 싶네요. 자, 이거 함 해봐요, 엄청 현명하게 만들어줄 거예요. 그러면 우리 모두 훨씬 더 좋은 시간을 보낼 텐데 말이죠. 다음날 아침 일어나서 이렇게 중얼대는 거죠. 우와, 간밤은 정말 거리낌으로 충만했어."

"사실, 내가 늘 말하는 게 바로 그거예요."

그녀가 웃었다. 처음으로 내게 웃어준 거라고 나는 생각했다. "다행이네요! 아주 근사한데요." 서로 웃는 거 말고는 달리 할 게 없는 순간이 잠시 흘렀다. 그리고. "여기 너무 시끄럽다. 물 좀 마실래요. 우리 부엌으로 갈까요?"

나는 제이크를 보았다. 그는 반도 넘게 감긴 눈으로 자기 텃밭을 노려보고 있었다. "사실, 저는 막 집에 가려던 참이었어요."

"더글라스." 그녀가 어깨 너머로 말하면서 손을 뻗었다. "너무 쉽게 굴복하시는군요." 나는 그녀를 따라가며 그 말이 무슨 뜻인지 궁금했다.

24.

주걱

부엌에 들어서면서부터 나는 테이블 위를 싹 치워버리고 싶은 욕망과 싸움을 벌였다.

"당신 여동생이 저한테 당신이 천재라고 한 거 알아요?"

"걔 '천재' 기준이 엄청 후하니까요. 아마 저 방에 있는 누구나 다 천재라고 부를걸요."

"그래도 그건 좀 다르지 않나? 그건 재능이죠. 그리고 대개는 재능도 아녜요. 자기확신, 그게 전부죠. 그러니까 그녀가 저 사람들을 '천재'라고 그럴 땐 아주 큰 목소리를 지녔다는 뜻인 거죠. 당신은, 당신은 정말 뭔가를 알잖아요. 다시 얘기해 봐요. 그 초파리들."

나는 최선을 다해 일상인의 언어로 그걸 설명했다. 그녀는 싱크대에서서 파인트 잔의 물을 단숨에 꿀꺽 마시곤 고개를 젖힌 그 자세 그대로 한참을 머물러 있었다. 상당한 양의 물이 그녀의 목을 타고 내려갔다.

"…그런 뒤 다음 세대의 초파리들을 관찰하는 거죠. 화학약품이 어떤 변화를… 당신 괜찮아요?"

다시 정신을 차리면서 그녀는 눈을 깜박이고 고개를 약간 저었다. "저요? 예, 괜찮아요. 너무 많이 마셨나 봐요, 그리고 이제…" 그녀는 한숨을 내쉬며 양손으로 얼굴을 쓸어내렸다. "빌어먹을, 정말 멋진 아이디어죠! 나 막 누구랑 헤어졌단 말이죠, 알아요?"

"아, 미안해요."

"아뇨, 잘한 거였어요, 정말 끔찍스런 관계였거든요. 그건 그냥… 무려 4년이었어요, 알아요?"

"긴 시간이네요."

"계속 얘기해 줘요, 응? 어디 가지 말구."

난 어디로 갈 맘이 전혀 없었다. "어떤 변화가 있는지를 찾는 거죠. 그러니까 초파리의 페노—"

"누구 만나는 사람 있어요, 더글라스?"

"저요? 아뇨. 지금은 없어요. 한참이나 없었죠. 일이 워낙 힘들어서." 난 마치 그게 이유였다는 듯 말했다.

"당신이 싱글인 거 알고 있었다구요."

"그게 다 보여요?"

"아뇨, 내 말은, 여동생이 말해 줬다 이거죠. 여동생이 우리 둘 잘됐으면 하고 바라는 눈치던데요."

"맞아요, 맞아. 죄송해요."

"사과 말아요. 당신 잘못도 아닌데요. 내가 당신한테 딱이라고 확신하던데요? 아님 당신이 나한테 딱이라던가? 뭐 어느 쪽이든, 아무 일도 일어나지 않을 거예요."

"오." 그 말은 내게 너무 직설적으로 들렸다. "그럼요. 물론이죠. 그럴 리가요."

"미안해요, 미안해. 당신 때문이 아니라— 당신은 정말, 아주 좋은 사람 같은데— 그건 왜냐면, 알죠, 다시 시작하고 어쩌고 하는 게. 저는 좀….”

시간이 조금 흘렀다. “전 당신이 저 친구한테 관심이 있는 줄—”

“제이크요? 맙소사, 아녜요!”

“저녁 드실 땐 그런 거 같던데요.”

“그랬나요? 미안해라. 당신이랑 얘기하고 싶었는데 그 사람이 멈추질 않아서. 제이크요? 정말, 나랑은 아니죠. 상상해 봐요. 거구의 적갈색 곰이 팔을 활짝 펴고 당신한테 날아온다? 난 손 안 내밀고 딴전 필래요. 밑에 그물망이 있든 말든.” 코니는 레드 와인을 파인트 잔에 채운 뒤 그게 마치 레몬 보리차라도 되는 듯 꿀꺽 마셨다. “만약 내가 자기밖에 모르는 자존심덩어리 환자가 필요하다면, 차라리 전 남친에게 전화를 걸겠죠.” 그녀가 불안정한 손가락을 내게 겨누었다. “날 전 남친에게 전화 걸게 하지 마요.”

“안 그러죠.”

잠시 침묵이 흘렀고 그녀가 웃었다. 립스틱이 지워진 자리에 검은 포도주 자국이 앉아 있었고, 그녀의 검은 앞머리는 땀으로 끈적거렸다. 눈동자가 한껏 팽창한 그녀의 눈은 환상적이었다. 그녀가 자기 드레스의 앞자락을 붙잡았다. “여기 안이 더운 건가요? 아님 내가 그런 건가?”

“당신이 그런 거예요.” 내가 말했다. 난 그녀에게 키스하면 어떤 기분일지를 상상하고 있었다. 마지막 지하철을 놓쳤을 때의 기분과 뭐가 다를지를 가늠하면서 말이다. 키스해도 될 거 같긴 했다. 하지만 화학적으로 낮아진 그녀의 기준을 이용해 먹는 짓은 신사답지 못하다 싶었다. 그건 확실히 그랬다. 코니는 이제 바들바들 떨다가, 웃으며 말했다.

"이거 오해하진 말아요, 더글라스. 그런데 이리로 와서 저를 좀… 붙잡아 주시면 안 될까요?"

그때였다. 시뻘건 머리통이 쏜살같이 부엌 안으로 굴러 들어왔다. 제이크는 코니를 번쩍 들어 올려 자기 어깨에 걸쳐 놓고 말했다. "여기 숨어 있었구나, 작은 아씨?"

"이봐요, 나 좀 내려놔 줄래요, 제이크?"

"닥터 프랑켄슈타인이랑 달아나시다니…." 그는 마치 카펫 롤을 옮기는 사람처럼 그녀를 자기 어깨 위에서 이리저리 옮겼다. "가서 나랑 춤춰요. 지금!"

"그만해요, 당장!" 그녀의 얼굴이 붉게 상기되었다. 창피하고 화난 표정이었다.

"이봐요, 제이크. 코니 내려놓는 게 좋지—"

"그래, 이것 보라구. 당신 이거 할 수 있어, 닥터 프랑켄슈타인?" 만약 코니가 그걸 원했다면 아주 대단한 재주라고 했을 거다. 제이크는 그녀를 공중으로 휙 던진 뒤 손바닥으로 그녀를 받았다. 단단하게 고정된 그의 팔꿈치 탓에 그녀의 머리가 탁 튀기면서 전등갓에 부딪쳤다. 검은 드레스가 말려 올라가자 코니는 한 손으로 그걸 끌어내렸다. 억지웃음으로 그녀의 얼굴이 굳어 있었다.

"안 들려. 내. 려. 놔."

그 말이 내 목소리였다는 걸 나 자신도 믿기가 어려웠다. 나는 팔을 앞으로 쭉 뻗어 참치 파스타 베이크가 덕지덕지 묻은 주걱을 무슨 칼처럼 휘두르고 있었다. 제이크가 고무주걱을 힐끗 쳐다보고 이어서 나를 보더니 웃으며 코니를 땅으로 내려놓았다. 그리곤 조심스런 서커스용 잰걸음으로 부엌을 떠났다. "미친 넘"이라는 욕을 중얼거리면서.

"사람들이 네 그물망을 싹 걷어치웠음 좋겠다!" 코니가 드레스 자락을 바로잡으면서 소리쳤다. "우쭐대는 새끼."

"괜찮아요, 당신?"

"저요? 괜찮아요. 고마워요." 그녀의 눈길을 따라가니, 내 손엔 아직도 그 고무주걱이 들려 있었다. "그걸로 뭘 하려고 그랬던 거예요?"

"재가 당신 내려놓지 않으면 뭘 먹여주려고 그랬죠."

그녀가 웃으며 어깨를 빙빙 돌리고 손을 목에 갖다 댔다. 부상이 어느 정도인지 살피는 몸짓이었다. "기분 너무 안 좋다. 밖으로 나갈래요."

"같이 갈게요."

"실은…" 그녀가 내 팔에 손을 얹었다. "…그냥 나가는 게 아니라, 집으로 갈래요."

"지하철은 끊겼을 텐데요."

"맞아요. 걸어갈 거예요."

"어디 사시는데요?"

"화이트채플요."

"화이트채플? 그럼 14.5킬로도 넘을 텐데요?"

"맞아요. 그래도 좋아요. 갈아신을 신발도 있고. 괜찮겠죠, 뭘. 다만…." 양손으로 가슴을 짚으며 그녀가 말을 이었다. "그 길을 다 걸어가려고 하다 보면, 나 혼자서 그렇게 가다 보면… 어디 이상한 데로 가거나. 이상한 사람을 만나게 되거나."

"내가 같이 갈게요." 내가 말했다.

잠깐의 침묵. "고마워라." 그녀가 말했다. "그럼 감사하죠."

"간다고 얘기하고 올게요."

"아뇨" 그녀가 내 손을 잡았다. "우리 프랑스식으로 빠져나가요."

"프랑스식으로?"

"간다는 인사 안 하고 떠나는 거요."

"그런 거 처음 듣는데."

프랑스식으로 빠져나가기. 초대해 주셔서 고맙습니다 없이. 정말 재미있었어요 없이. 그냥 걸어 나가는 것, 쿨하고 무심하게. 내가 과연 그렇게 할 수 있을지 궁금했다.

25.
미스터 존스

출발하는 날, 우리는 새벽 다섯 시 반에 일어나 미스터 존스와 다정한 인사를 나눴다. 우리가 그랜드 투어를 떠나는 한 달여 동안 이웃인 스테프와 마크가 미스터 존스를 돌봐주기로 했다. 멀리 떠날 때면 우리는 늘 미스터 존스가 너무 그리워 놀라곤 했다. 개의 기준으로 본다 해도 미스터 존스는 바보여서, 걸핏하면 나무에 박치기를 하고 들판의 배수로에 빠지고 수선화를 먹어치우곤 했다. 코니는 그걸 "유머 센스"라고 했다. 미스터 존스에게 물어오라고 막대기를 던지면 십중팔구 누가 버린 속옷을 물고 오기 십상이었다. 방구도 정말 대단해서, 무기 수준이었다. 하지만 그 애는 멍청하고 충직하며 다정했기에, 코니는 그를 너무 사랑했다.

"안녕, 늙은이. 엽서 보낼게." 코니가 개의 목에 입을 비비며 달콤하게 속삭였다.

"굳이 무슨 엽서까지." 내가 말했다. "갠 그냥 먹어치울 텐데?"

코니가 깊이 한숨을 쉬었다. "정말로 보낸단 소리가 아니잖아요."

"아니지? 안 할 거지? 이제야 알겠네." 코니가 떠나겠다는 선언을 한 뒤 우리는 서로의 농담을 일부러 씹곤 했다. 그 선언은, 별 탈을 일으키진 않을지언정, 우리가 하는 모든 일들 밑에 도사리고 있었다. 미스터 존스에게 작별인사를 하는 그 순간에도 그랬다. 개는 누가 맡을 건가?

그리고 우리는 앨비를 깨웠다. 여덟 시 전에 깨우는 건 인권 침해라고 생각하는 아이였다. 우리는 택시를 타고 레딩으로 가서 붐비는 패딩턴행 통근열차에 올랐다. 앨비는 가는 내내 잠을 잤다. 아니면 자는 척했거나.

그러지 말자는 내 다짐에도 불구하고 우리는 간밤에 또 싸웠다. 앨비가 이번 유럽여행에 기타를 들고 가겠다고 우기는 바람에 벌어진 말다툼이었다. 내 생각에 그건 말도 안 되는, 쓸데없는 장식품이었다. 그 바람에 앨비는 계단이 부서져라 올라가버렸고, 코니는 늘 그렇듯 한숨과 함께 천천히 고개를 가로저었다.

"애가 버스킹 할까 봐 걱정된다 말이오." 내가 말했다.

"그럼 그냥 하게 내버려둬요! 열일곱 살짜리가 할 수 있는 더 나쁜 일들도 있잖아요."

"그런 일들도 할까 봐 걱정이지."

하지만 그에게 기타는 여권만큼 필수품인 듯했다. 그 기타 케이스를 들고 유로스타 터미널의 회전문을 밀고 들어가고, 보안검색대를 통과하고, 비좁은 기차의 짐칸에 구겨 넣은 사람이 나였음은 두말할 필요 없다. 자리에 앉으면서 보니 손목에서 뜨거운 커피가 줄줄 흐르고 있어서 냅킨으로 훔치기 시작했다. 여행에는 그 특유의 지저분함이 있다. 샤워 후 편안한 새 옷을 갈아입고 우리는 유쾌하게 여행을 시작한다. 이번 여행은 영화 속의 여행 같으려니 생각하면 활기와 희망이 넘친다. 창가에 햇살은 눈부시고, 서로의 어깨에 머리를 기대고 가벼운 재즈풍 배경음악에 웃음이 넘실댄다. 하지만 실제로는, 심지어 보안검색대를 통과하기 전부터, 여행의 지저분함이 개입하기 시작한다. 손목과 목둘레에는 먼지가 끼고 입에서는 커피 냄새가 나고, 등줄기로는 땀이 흐른다. 짐은 너무 무겁고 걸어야 할 길은 멀다. 주머니엔 환전한 돈이 엉켜 있고, 대화는 지나치게 의식적이고 급작스럽다. 고요함도, 평화로움도 없다.

"자— 굿바이 잉글랜드!" 침묵을 메우려고 내가 말했다. "4주 후에 봅시다!"

"아직 떠나지도 않았거든요." 앨비가 말했다. 열두 시간 만에 내게 건넨 첫마디였다. 그리곤 니콘 카메라를 들고 자기 신발 바닥을 근접 촬영하기 시작했다.

26.
앨버트 새뮤얼 피터슨

앨비는 엄마를 닮아 머리가 검다. 구불구불하고 긴 그의 검은 머리는 눈을 덮을 정도로 더부룩하다. 그게 꼭 각막을 긁어먹고 있는 것 같아서 나는 늘 그 치렁치렁한 머리를 뒤로 시원하게 제껴버리고 싶은 충동을 느낀다. 아이의 큰 눈은 갈색에 촉촉하다. "혼이 담긴" 눈이라는 저간의 평가이다. 눈언저리의 피부는 마치 멍이 든 듯 짙다. 코는 길고, 입술은 두툼하고 검붉은 게, 어떻게 보더라도 매력적인 젊은이이다. 코니의 한 여자친구는 앨비가 카라바조[17세기 이탈리아 화가]의 어느 악당 같다고 해서, 난 그게 뭔 말인가 싶어 찾아보기까지 했다. 그런데 세상은 희한하게도 지리멸렬한 얼굴 털과 폐병을 지닌 르네상스 후기 강도를 흠모하는 경향을 지녀서, 여자아이들은 그에게라면 "제대로 된 얘기를 할 수 있겠다"면서 그에게 끌리곤 한다. 리나, 니나, 소피, 시타 등, 퉁명스럽고 무책임하고 개인 위생에 신경 쓰지 않는 걸 '거부할 수 없는 매력'으로 느낀 수많은 여자아이들의 이름을 일일이 기억하는 걸 나는 진작 포기했다.

어쨌든 앨비는 쿨하고 오묘하다(고 사람들은 말한다). 사람들은 그에게 끌리고, 이 점에서(다른 모든 점에서처럼) 앨비는 자기 엄마의 아들이다. 애는, 칼리지 선생님의 말을 따르자면 "타고난 학자는 아니지만, 그에게는 놀라운 감성지능이 있다"고 한다. 그 말에 나는 어안이 벙벙했다. 감성지능이라니, 완벽한 모순어법이군! "아니 감성지능을 대체 어떻게 측정한대? 감성지능이 뛰어나면 뭘 할 수 있다는 거지?" 차를 타고 돌아오는 길에 나는 코니에게 그렇게 물었다. "무슨 다중선택 같은 건가? 방 안에 여섯 명을 넣어두고 가서 누구를 포옹할 것인지 고르라고 하는 거야?"

"그 말은 애가 공감능력이 있다는 거예요." 코니가 냉담하게 대답했다. "다른 이의 느낌을 알고 거기 관심을 기울일 줄 안다는 말이라구요."

그러니까 앨비가 내 조상 쪽으로부터 물려받은 건 아버지의 앙상하게 큰 키밖에 없는 듯하다. 물론 애는 이런 것조차 황당하고 화난다는 눈치지만. 그의 어깨는 탄탄했지만, 구부정한 자세로 성큼성큼 시원하게 걸을 때면 팔이 마치 손의 무게를 감당할 수 없다는 듯 덜렁거린다. 아, 나의 아버지로부터 물려받은 게 또 있다. 바로 담배다. 그 문제에 대해서는 내 눈치를 보느라 그는 몰래 피는 쪽을 택했다. 하지만 그 비밀을 지키느라 그리 애를 쓰는 편은 아니다. 수많은 라이터와 리즐라 [말이담배 브랜드] 팩을 아무데나 흘리고 다니는 것도 그렇고, 옷에서 풍기는 냄새나 지저분하기 짝이 없는 자기 침실의 창문 선반에 남긴 검은 흔적들도 그랬다. "이 시커먼 자국들은 대체 어찌 된 거냐, 앨비?" 내가 물었다. "제비 아닐까요? 면세품 담배 빠는 흡연 제비들이겠죠?" 그러면서 애는 웃으며 방문을 발로 차서 닫았다. 그 좁은 가슴에 폐기종과 암, 심장병을 열심히 키우고 있는 것뿐만 아니라, 이 아이는 무서운 병에 걸려 있는데, 그건 하루에 열두 시간 이상을 자야만 하는 병이었다. 그리고 그 열두 시간은 반드시 새벽 두 시가 넘어야만 시작될 수 있는 것이었다.

또 뭐가 있을까? 그는 정신 나간 듯 짧은 브이넥 티셔츠를 좋아해서 갈비뼈를 하염없이 드러내놓고 다닌다. 소매에서 팔을 빼내 양손을 겨드랑이에 끼우고 다니는 버릇도 있다. 그는 마치 코트가 '고지식하고' 쿨하지 않다는 듯, 마치 저체온증이 '섹시한 유행'인 듯 한사코 코트 입기를 거부한다. 또 하나의 정신 나간 짓이다. 대체 무엇에 맞서느라 그러는 걸까? 따뜻함에? 편안함에? 애가 가슴을 훤히 드러낸 채 돌풍 속으로 걸어나가는데도 코니는 "놔둬요. 그런다고 죽지는 않아요"라고 한다. 하지만 죽을 수도 있다. 그리고 애가 안 죽더라도, 그게 너무 불만이어서 그 탓에 내가 죽을지도 모르겠다. 애의 방 상태를 예로 들어보자. 그의 방은 너무 지저분해 자연스레 출입금지 구역이 되어버렸다. 커다란 접시 위의 토스트 부스러기에는 온갖 털이 꼬여 세균배양 접시 꼴이 되어 있고, 더 큰 깡통들도 데굴데굴 굴러다니고, 처참한 몰골의 양말들은 언젠가 체르노빌처럼 콘크리트로 밀봉해 버려야 할 지경이다. 이 모든 게 그의 게으름 탓만은 아니다. 절대 그렇지 않은 게, 앨비는 자극 효과를 극대화하기 위해 주도면밀하게 이런 상황을 연출하는 데 엄청 공을 들인다. 나를 자극하려고 말이다! 애 엄마가 아니라, 나를, 나를 말이다. 그러니까 그건 단순한 침실이 아니라, 거대한 앙심의 표현인 것이다.

그리고 앨비는 말을 중얼중얼 삼킨다. 지난 6년을 아주 양호한 버크셔의 동네에서 보냈음에도 불구하고 그는 코크니 발음을 길게 빼며 느릿느릿 구질구질하게 말한다. 왜냐하면 자기 아버지가 열심히 노력해 애를 잘 키웠다고 사람들이 생각하면 큰일이니까. 왜냐하면 잘 보살핌을 받고 편안하게 사랑받는 아이라고, 부모 양쪽의 사랑을(비록 자신은 오로지 한쪽의 사랑만 원하지만) 동등하게 받고 자란 아이라고 사람들이 생각해서는 절대 안 되니까.

짧게 말해 내 아들은 나를 양아버지 취급한다.

난 과거에 짝사랑을 한 경험이 제법 있는데, 분명히 말해 그건 그리 유쾌한 일이 아니었다. 하지만 자신의 하나뿐인 아이를 짝사랑하는 건 그것만의 독특한 상처를 남겼다.

27.
헬무트 뉴튼

그러나 이미 기차는 움직이기 시작했고, 가차 없이 진실을 전하는 앨비의 카메라 렌즈는 그새 자신의 신발끈을 떠나 런던 동부의 터널 벽을 향해 있었다. 지저분한 콘크리트 사진은 아무리 찍어도 충분할 수 없으니까 말이다.

"네가 에펠탑 사진을 많이 찍었으면 좋겠구나, 앨비." 충분히 다정하게 장난스런 목소리로 나는 그렇게 말했다. "나랑 네 엄마가 엄지손가락 치켜세운 채 서 있는 모습은 어때?" 우리 둘은 그 몸짓을 해보였다. "아니면, 이것도 괜찮겠네, 내가 손을 이렇게 뻗고 있으면, 내가 마치 그걸 들고 있는 듯…"

"그게 어디 사진인가. 그건 여행 스냅이라 그래요." 농담 씹기는 전염되는가 보다. 코니는 내게 눈을 찡긋하며 탁자 아래 내 무릎도 슬쩍 꼬집었다.

아들은 우리가 대주는 돈으로 3년짜리 사진 과정 공부를 곧 시작할 터였다. 비록 이런 걸 좀 아는 나의 아내가 아이한테 재능과 '안목'이 있다고 주장하기는 했지만, 나는 그게 걱정이었고, 그 걱정을 날마다 억눌러야 했다. 한때 아이는 연극을 공부하려고도 했고 — 연극을! — 적어도 그 싹은 내가 초장에 잘라내는 데 성공했다. 그런데 그 다음은 사진이었다. 사진은 '거리 예술', 스케이트보드, 디제잉, 드럼 등 잠깐씩 그의 마음을 사로잡았던 열정들의 끝이었고, 그 지난 열정들의 잔해는 지금 지하실과 다락방, 차고 곳곳에 처박혀 있다. 물론 거기에는 내가 사주고 걔가 휙 던져버린, 밝은 미래를 위한 화학실험 세트, 뜯지도 않은 희망의 현미경, 먼지만 쓰고 있는 '당신만의 크리스탈 만들기!' 박스도 있었다.

아이에게 열의가 있다는 건 부인할 수 없었다. 카메라를 든 앨비는 뭔가 볼거리였다. 긴 몸을 물음표 모양으로 뒤틀어 쪼그리고 있을 때면 '사진가' 역할을 연기하는 배우 같았다. 팔을 쭉 뻗어 셔터를 누를 때면 나는 '저게 갱스터 스타일이라는 건가?' 생각하기도 했고, 어떨 때는 투우사처럼 허리를 활 모양으로 굽힌 채 발끝으로 서서 찍기도 했다. 처음에는 애가 카메라를 꺼내 들면 나는 그걸 보고 서서 웃어주기도 했지만, 내가 프레임에서 물러나지 않으면 아이가 셔터를 누르지 않을 것임을 곧 깨달았다. 사실 앨비가 찍은 수천 장의 사진들 중에는 엄마를 찍은 — 그녀의 눈, 그녀의 미소 — 사랑스런 인물사진도 상당했고, 물에 젖은 마분지 박스, 차에 받힌 오소리 등 특유의 레퍼토리가 다양했지만, 내 사진은 한 장도 없었다. 그러니까 내 얼굴은 전혀 없었다는 뜻이다. 흑백으로 콘트라스트를 세게 준 내 손등의 초근접촬영 정도뿐이었는데, 칼리지 때 프로젝트의 하나로 찍은 사진이었다. 나중에 알고 보니 그 프로젝트의 이름은 '폐허/퇴락'이었다.

사진에 대한 앨비의 열정은 다른 방식으로 갈등의 요인이 되기도 했다. 내 서재에는 최고급 컬러 프린터가 한 대 있다. 컬러 출력 하나 하려면 엄청난 시간이 걸리는데다 유지비도 상상을 초월했다. 하루는 퇴근해 보니 그 프린터가 뭔가를 한창 뱉어내고 있었다. 대뜸 화가 난 나는 8x10 사이즈의 커다란 출력물의 맨 위 한 장을 집어들어 살폈다. 그것은 센 콘트라스트를 준 아주 정밀한 흑백 사진이었는데, 무슨 시커먼 이끼 같은 걸 찍은 거였다. 그런데 자세히 뜯어보니 그건 벌거벗은 여자의 옆모습이었다. 순간 나는 그 사진을 떨어뜨렸고, 그 아래 프린트를 조심조심 살폈다. 그 뿌연 흑백사진은 무슨 눈 덮인 산맥 같은 거라고 해도 좋을 것 같았다. 그 봉우리 꼭대기에 창백하고 움푹한 홈이 파인 젖꼭지만 없었다면 말이다. 그새 세 번째 사진이 프린터에서 밀려 나오고 있었는데, 그때까지 인쇄된 모습만으로도 그건 엉덩이인 게 명확해 보였다.

나는 코니를 불렀다. "앨비 어딨소?"

"방에 있죠. 왜요?"

내가 사진들을 들어 보였고, 그녀는 예상했던 대로 손으로 입을 막으며 웃었다. "오, 에그. 당신은 이걸 갖고 뭐 하시는 거예요?"

"왜 얘는 멀쩡한 얼굴 사진은 안 찍고 이런 것만 찍어?"

"열입곱 소년이니까요, 더글라스. 그때는 그러는 거예요."

"난 안 그랬어. 난 야생을 찍었지. 새랑 다람쥐랑 철망 요새들 말야."

"그러니까 당신은 생화학자고 쟤는 사진가인 거죠."

"그래 좋아. 하지만 이런 거 뽑는 데 드는 카트리지 값이 대체 얼만지 알기나 안대?"

그 사이에 코니는 엉덩이 사진을 유심히 살피고 있었다. "아이고, 이

건 영락없는 록산느 스윗[성인소설 작가]이네." 그녀가 사진을 빛에 비춰 보았다. "꽤 괜찮은데요? 물론 빌 브란트[누드사진 작가] 흉내 낸 것들이긴 하지만, 나쁘진 않아요."

"우리 아들이, 포르노 작가라니."

"포르노그래피가 아녜요. 누드 작업이지. 만약 애가 실물 드로잉 시간에 누드를 그리고 있는 거였으면, 아마 당신도 전혀 안 놀랐을 거면서." 그녀가 그 프린트를 내 서재 벽에다 붙이며 말했다. "아니면 당신이 부디 놀라지 않기를 바라야 하는 건가요? 정말 모르겠네요…."

28.
열정

얼마 뒤 앨비는 그저 취미인 줄 알았던 사진에 자기 인생을 바치겠다고 선언했다. 난 코니에게 물었다. 왜 앨비는, 다른 사람들처럼, 보다 실용적인 전공을 공부하고 주말이나 밤에 자기가 즐기는 걸 하면 안 되냐고? 왜냐하면 예술 관련 전공들은 그렇게 하는 게 아니니까. 그게 코니의 대답이었다. 그는 도전도 받아보고, 자기 '안목'도 기르고, 자기 도구들 활용하는 법도 배워야 하니까. 그렇다면 그냥 사용설명서 읽는 게 더 싸고 빠른 방법 아닌가? 만약 내가 젊었을 때처럼 사람들이 아직도 암실을 사용한다면 용납이 될 것도 같았지만, 그런 노하우는 이제 모두 무용지물 아닌가. 그리고 누구나 전화기와 노트북만 있으면 능숙하게 사진가 흉내를 내는데 앨비가 어떻게 그들을 능가할 수 있겠는가? 심지어 앨비는 신문사나 광고 혹은 카탈로그를 위해 사진을 찍는 포토저널리스트나 상업 사진가가 되려는 것도 아니었다. 그는 모델이나 결혼식, 체육선수, 혹은 사슴을 쫓는 사자 따위의 돈이 되는 사진을 찍으려고 하는 게 아니라, 아티스트가 되겠다는 거였다. 불 탄 자동차나 나무껍질을, 도대체 뭐가 뭔지 알아볼 수 없는 앵글에서 찍는 아티스트가 된다니. 3년 동안 이 애는 담배 피고 자는 것 말고 실제 무엇을 하겠는가? 그리고 그 3년이 끝나면 과연 어떤 전문 직업을 얻겠는가?

"사진가죠!" 코니가 말했다. "앨비는 사진가가 되는 거예요."

우리는 화난 채로 설거지를 하며 부엌을 서성거렸다. 정말 화난 채로 말이다. 포도주를 마신 뒤였고, 늦은 시간이었다. 늘 그렇듯 앨비는 이 사태를 불러일으켜 놓곤 훌쩍 떠나버렸고, 우리 둘의 길고도 걱정 섞인 말다툼은 그렇게 끝나가고 있었다. "왜 그래요, 대체?" 코니가 서랍에 포크랑 나이프를 밀어 넣는 소리가 요란했다. "아무리 어려워도 앨비는 해봐야 해요. 걔가 좋아하면 우린 하게 해줘야 하는 거구요. 애 꿈을 그렇게 늘 짓밟아야 속이 시원해요?"

"난 걔 꿈에 반대하는 거 하나 없어. 실현 가능한 꿈이라면 말이야."

"실현 가능한 꿈이라면 이미 꿈이 아니죠."

"그렇지. 그러니까 시간 낭비라는 거야." 난 고집을 꺾지 않았다. "네가 원하는 건 뭐든지 할 수 있다고 말하는 게 왜 문제인지 알아? 그건 객관적으로 또 사실적으로 부정확해. 만약 그게 옳다면 세상은 온통 발레 댄서와 팝스타들로 가득해야 하는 거 아냐?"

"앨비가 팝스타가 되겠다는 게 아니잖아요. 걔는 사진을 찍고 싶어 하는 거라구요."

"그래도 내 말은 여전히 옳아. 충분히 좋아하기만 하면 뭐든지 이룰 수 있다는 소리는 그저 틀린 말이야. 절대 안 그렇다니까. 인생은 한계들로 가득해. 앨비가 이 사실을 보다 일찍 깨달을수록 개 인생도 더 편안해질 거야."

그랬다. 난 그렇게 말했다. 난 내가 아이의 앞날을 깊이 염려하고 있다고 믿었다. 그래서 난 내 뜻을 굽히지 않고 목청을 높였던 거다. 앨비가 보다 안락한 직업을 갖고 멋진 삶을 살기 바라니까 말이다. 위층의 자기 방에서 앨비는 이런 내 말을 고스란히 다 들었을 것이다. 내 진심은 하나도 이해하지 못한 채로.

그런데도 이 입씨름은 내 쪽으로 기울지를 않았다. 목소리에 날을 세워 독불장군처럼 고집을 부리면서도, 난 코니의 모습을 보며 슬며시 긴장했다. 코니는 손목으로 이마를 누른 채로 가만히 서 있었다.

"더글라스, 당신 언제부터 이렇게 된 거예요?" 그녀의 목소리가 가라앉아 있었다. "대체 언제부터 만사에서 열정을 쏙 빼버리기 시작한 거냐구요?"

29.
신기한 세계

"그래서, 어쩌다 과학자가 된 거예요?"

"다른 걸 해보겠다는 생각을 아예 안 해봤으니까요."

"하지만 왜… 미안해요, 전공이 뭐라고 그랬죠?"

"생화학이요. 내 박사학위 전공이죠. 말 그대로 생명을 다루는 화학이에요. 생명이 어떻게 작동하는지, 그게 알고 싶었죠. 우리들의 생명

뿐만 아니라 살아 있는 모든 것들에 대해 말예요."

"그게 언젠데요?"

"열한 살, 열두 살."

코니가 웃었다. "난 그때 미용사가 되고 싶었는데."

"그게요, 엄마는 생물선생님이었고, 아버진 보건소 의사셨어요. 그런 기운이 충만했죠, 그러니까."

"의사가 되겠다는 생각은 안 했어요?"

"그러기도 했죠. 하지만 침대에 누운 사람 돌보는 걸 잘할 자신이 없었죠. 게다가 우리 아버지 설명에 따르면, 생화학이 의료직보다 훨씬 좋은 게, 거기선 아무도 자기 엉덩이를 좀 봐달라고 하지 않는다는 거죠."

그녀가 또 웃었다. 난 그게 너무 흐뭇했다. 깊은 밤에 거니는 클래펌 하이 스트리트는 그렇게 멋지지 않았고, 새벽 한 시를 막 넘긴 시간인지라 거기에 따르는 섬뜩함도 있었지만, 난 그녀와 얘기하는 게 즐거웠다. 어쩌면 그녀에게 얘기를 들려주는 거 같았다. 그녀가 말했듯 코니는 너무 취해 듣는 거 이상을 하기 벅차 했다. 매섭게 쌀쌀한 밤이었기에, 내 팔에 매달린 그녀는 아마 온기를 찾고 있었을 게다. 하이힐을 투박한 운동화로 갈아신은 그녀는, 어떤 털 모양 깃이 달린 낡았지만 멋진 검정 코트를 걸쳤다. 난 그녀를 지키고 있는 그 상황이 자랑스러웠다. 취객들과 노상강도 같은 이들 사이로, 법석을 떨어대는 남녀 행인들 사이로 걸어가는데도 희한하게 편안했다.

"너무 지겨운 얘기만 하나요, 제가?"

"아뇨." 그녀의 눈꺼풀이 무거워 보였다. "계속 들려줘요."

"부모님이 저한테 사주시던 잡지는 〈신기한 세계〉 같은 그런 이름이었어요. 〈댄디〉나 〈위저 앤 칩스〉 같은 멍청한 건 절대 집안에 들여놓지 못하게 하셨죠. 그래서 전 그 끔찍하게 무미건조하고 고색창연한 잡지를 보면서 컸어요. 온갖 프로젝트와 도표로 가득한 그 잡지 안엔 식초와 중탄산나트륨으로 할 수 있는 재미있는 일이며, 레몬을 전지로 바꾸는 거며—"

"진짜로요? 레몬으로요?"

"식은 죽 먹기죠."

"진짜 천재시네."

"다 〈신기한 세계〉 덕분이죠. 재밌는 사실들로 가득한. 세슘의 원자번호가 55번이란 거 알아요? 뭐 그런 거죠. 그 나이 때는 누구나 거대한 스펀지 같으니까, 난 뭐든 쭉쭉 빨아들였나 봐요. 근데 내가 제일 재밌어 했던 건 '위대한 과학자들의 생애'라는 연재만화였어요. 아르키메데스에 대한 건 지금 당장 그려서 보여드릴 수도 있어요. 아르키메데스가 욕조 안에 앉아서 부피와 밀도의 관계에 대해 한창 고민하다가, 벌거벗은 채로 길거리로 뛰어나가 춤을 추는 거죠. 뉴튼과 사과 이야기도, 마리 퀴리 이야기도 그렇고, 난데없이 놀라운 깨달음을 얻는다는 게 그렇게 좋더라구요. 에디슨에게 백열전구가 반짝 켜지던 그때처럼 말이죠. 어떤 한 사람이 이런 번쩍거리는 통찰을 경험하는데, 그러면 갑자기 세상이 확 바뀌는 거죠."

지난 몇 년간 난 이렇게 많이 떠든 적이 없었다. 코니는 조용했다. 난 그게 내가 끝내주게 흥미로워서일 거라고 믿고 싶었다. 하지만 그녀의 눈을 들여다보니 쑥 꺼져 보이는 게 멍해 보였다.

"괜찮아요?"

"아, 미안해라. 완전 맛이 가서 그래요."

"아, 괜찮아요. 얘기 그만할까요?"

"아뇨. 정말 좋은데요. 덕분에 내가 가라앉는데, 난 그게 좋아요. 와우. 눈 진짜 크네요, 더글라스? 당신 눈이 얼굴 전체를 막 들어 올리고 있어요."

"그래요, 음… 그럼, 얘기를 계속할까요?"

"네, 계속해요. 목소리가 참 듣기 좋네요. 마치 해상기상통보 듣는 거 같아요."

"어이쿠 지루해라."

"듬직한 거죠. 우리 계속 걸어요. 얘기 더 해봐요."

"그런데 그런 얘기들이 알고 보면 죄다 헛소리예요. 아니면 너무 단순화한 얘기거나. 대부분의 과학의 진일보는 정말 엄청난 고투 끝에 오는 거거든요. 또 그런 진일보는 대개 어떤 거룩한 번쩍거림 덕택이 아니라 같은 길을 가며 야금야금 한 발짝씩 나아가는 수많은 사람들이 하나의 공동체를 이뤄 그 안에서 서로 대화한 덕분에 만들어진단 말이죠. 뉴튼이 사과 떨어지는 걸 본 건 사실이지만, 그 한참 전부터 중력에 대해 생각하고 있었어요. 다윈도 마찬가지였구요. 다윈이 어느 날 일어나 가만히 생각하다가 '자연 도태!'를 외친 건 아니란 말이죠. 여러 해에 걸친 긴긴 관찰과 토의, 논쟁이 있었다 이거죠. 좋은 과학은 아주 느려요. 방법에 충실하고 증거에 기반하죠. 방법. 결과. 결론. '가정(assume)하려면 엉덩이(ass)가 필요해, 너(u)랑 내(me) 거가 말야.' 제 지도교수님은 그렇게 얘기하곤 했죠." 난 이 대목에서 그녀가 웃지 않을까 기대했다. 하지만 그녀는 입을 헤벌린 채 실룩대는 자기 손가락을 쳐다보느라 여념이 없었다. "그래도 전 거기 푹 빠졌죠. 뭔가 영웅적이잖아요. 내가 그런 영웅 엇비슷한 게 될 가능성도 있어 보이고. 보통 애들은 축구선수나 팝스타, 군인이 되고 싶어 했지만, 난 과학자가 되고 싶었어요. 그런 멋진 순간을 만든다는 게, 정말 기가 막히지 않나요? 완벽하게 획기적인 발상을 하는 거 말예요. 어떤 치료법을 찾아내고, 공간과 시간에 대한 깨달음을 얻고, 수력엔진을 만드는 것 같은 거."

"그런 순간이 있었어요, 당신한테도?"

"아직까진요."

"이제 겨우 시작이니까."

"물론 옛적에는 그게 한결 쉬웠어요. 태양이 지구 둘레를 돌고 사람 몸에 네 가지 체액이 있어 성격과 건강을 결정한다고 믿던 시절엔 자신의 족적을 남기기가 비교적 쉬웠겠죠. 지금 내가 그런 돌파구를 만들어낼 가능성은 거의 없어요."

"아니, 안 그래요!" 그녀가 진심을 담아 얘기했다. "그건 사실이 아녜요!"

"아무래도 그런 거 같은데요. 과학은 일종의 경주예요. 먼저 거기 도착해야 하는 거죠. 2등상은 없어요. 다윈 보세요. 당시 그런 발상들이 널리 퍼져 있었지만, 그가 처음으로 그걸 책에 실어 펴냈어요. 내 이름으로 뭔가 과학적 성취를 이뤄내려면, 어디 보자, 1820년쯤으로 내가 되돌아가면 되겠네요. 그럼 진화론에 대한 비망록을 슥슥 적을 수 있을 테고, 왕립외과협회에 가서 왜 손을 씻는 게 좋은지 설명할 수 있겠죠. 내연기관이나 백열등, 비행기, 사진, 페니실린도 발명할 수 있을 테구요. 만약 내가 1820년으로 돌아간다면 난 아마 아르키메데스나 뉴턴, 파스퇴르, 아인슈타인보다 더 위대한, 세상이 일찍이 본 적 없는 과학자가 될 겁니다. 유일한 장애물이라면 내가 170년쯤 늦었다는 거뿐예요."

"그렇다면 지금 당신이 해야 할 일은 타임머신을 발명하는 거겠군요." 그녀가 말했다.

"그리고 그건 이론적으로 불가능하죠."

"저런, 또 부정적이시다. 레몬 가지고 전지도 만들면서, 그게 뭐 그렇게 어렵다고 그래요? 당신이라면 틀림없이 할 수 있을 거예요."

"저에 대해 아시는 거 거의 없잖아요."

"그래도 사람은 알아봐요. 느낌으로 말이죠. 더글라스, 당신은 언젠가 아주 놀라운 일을 해낼 거예요."

물론 그때 코니는 거의 제정신이 아니었지만, 잠깐만이라도 그녀가 그렇게 진심으로 나를 믿고 있다고 나는 생각했다. 또 그게 사실일 수도 있겠다는 생각까지 했다.

30.
터널과 다리

그렇게 우리는 여행을 계속했다. 우리 셋 사이에 흐르던 침묵은 그럭저럭 다정했다. 런던을 뒷문으로 빠져나오니 송전탑과 고속도로로 수놓인 지루한 전원지대가 펼쳐졌다. 난데없이 나타난 강(메드웨이 강인가?) 위를 빽빽이 채운 휴가용 선박들은 찌푸린 잉글랜드의 여름 하늘을 원망하는 표정이었다. 그러다 보다 남루한 수목지대가 나오고, 다시 고속도로가 나오기를 되풀이했다. 이내 차장이 곧 채널터널에 진입할 것임을 알렸고, 말 잘 듣는 승객들은 뭔가를 보길 기대한다는 듯 창밖을 응시했다. 뭘 본다고? 수족관 유리 속에서 형형색색 물고기들이 떼 지어 헤엄치는 모습을? 바다 밑으로 뚫린 터널은 사람들의 기대만큼 시각적으로 그리 인상적이지 않지만, 상당히 대단한 것임에는 틀림없다. 채널터널의 설계자는 누구일까? 아무도 그 이름을 모른다. 브루넬이나 스티븐슨 같은 작가의 이름으로 터널이 기억되는 법은 없다. 터널은 (그 본질상) 저 멋진 다리들에 준하는 관심을 얻지 못하지만, 그래도 여전히 놀라운 업적이다. 나는 그런 내 생각을 피력했다. 즉 터널이 얼마나 과소평가되었는지, 그리고 저 어마어마한 땅과 물을 우리 머리 위에 이고서도 이렇게 안전하게 느낄 수 있다는 게 얼마나 기적 같은지를 말이다.

"난 하나도 안 안전하다고 느끼는데요." 앨비가 말했다.

자리에 몸을 묻으며 나는 생각했다. 엔지니어링이라. 왜 내 아들은 엔지니어가 될 생각을 안 한 걸까?

다시 햇볕 속으로 나오니, 담장과 콘크리트 벙커, 급경사지 같은 군용시설의 풍경이, 뒤이어서는 단조로우면서도 산뜻한 시골 평원이 파리까지 계속 펼쳐졌다. 지도 위에 그려진 임의의 경계선을 가로지르는 일이 반드시 어떤 분위기나 기분의 변화와 맞물려야 한다는 생각은 물론 환상이다. 들판은 그저 들판이고 나무는 그저 나무지만, 그래도 뭔가 프랑스만의 기운이 느껴졌다. 프랑스 승객들은 집에 돌아왔다는 안도감을 내뿜고, 나머지 승객들은 '외국'에 나왔다는 흥분을 내뿜어서

일까. 기차 안의 공기도 사뭇 달라진 느낌이었다.

"드디어 왔구나! 프랑스!"

이 사실에 대해서만은 앨비도 그다지 트집 잡을 게 없는지, 조용했다.

난 잠을 잤다. 목에서는 경련이 일어났고, 이는 악문 채, 머리는 창문에 기대 기차 진동에 맞춰 춤을 추는 채 말이다. 기차가 파리 교외에 접어든 오후에야 나는 비로소 눈을 떴다. 벽그림과 도시의 지저분한 땟국물을 본 앨비도 귀를 쫑긋 세우는 표정을 지었다. 난 우리 여정의 북유럽편이 — 호텔 주소, 전화번호, 기차 시간, 해야 할 일들에 대한 간단한 메모 등이 — 담긴 A4 크기의 투명서류철을 나눠주었다. "엄격한 스케줄이라기보다는 가이드라인 같은 거야."

앨비가 종이를 앞뒤로 뒤집으며 살폈다. "아빠, 이거 왜 코팅 안 하셨대요?"

"그러게. 왜 코팅을 안 하셨을까?" 코니가 말했다.

"아빠 너무 대충 하신다." 내 아내와 아들은 내게 야유 퍼붓는 걸 즐긴다. 그게 그들에게 기쁨을 준다는 걸 알기에, 나도 웃으며 그들과 함께 즐겼다. 결국에는 모두 나에게 감사하리라고 확신하면서 말이다.

기차에서 내리자 홀연 힘이 솟는 기분이었다. 무릎을 탕탕 때려대는 기타 케이스도, 내 위장을 쥐어뜯는 커피도, 그 희한하게 생긴 역의 불안함도 대수롭지 않게 느껴질 정도였다. "가방들 잘 살펴." 내가 주의를 주었다.

"어느 기차역에서든, 이 세상 어디서든 말야." 코니가 앨비에게 말했다. "네 아빠는 너한테 가방들 잘 살피라고 얘기할 거야. 그건 확실해."

잠시 후 북역의 바깥으로 나오니, 푸르게 탁 트인 하늘이 우릴 반기

듯 화창했다.

"어때? 흥분되니?" 택시에 오르는 아들에게 내가 물었다.

"전에도 파리 와봤어요." 애가 어깨를 으쓱했다. 시트 뒤편으로 코니가 나를 쳐다보며 눈을 찡긋했고, 우리는 출발했다. 코니와 나는 우리 아들을 중간에 두고 평소보다 더 밀착해서 앉았다. 매정하고 보기 싫은 도시의 속알맹이를 지나 세느강 쪽으로, 간선도로를 따라 꾸역꾸역 내려가다 보니 어느새 칙칙하게 우아한 튈르리 정원이, 아름답고도 웃기는 루브르가, 세느강의 다리들이 차례차례 모습을 드러냈다. 콩코드 다리? 루아얄 다리? 근사한 다리라고는 두셋에 불과한 런던과는 달리 세느강의 다리들은 다리 양쪽에서 시야가 탁 트인 게 내 눈엔 모두 멋있어 보였다. 코니와 나는 이쪽저쪽을 번갈아보다가 서로 시선을 맞추다가 했다. 앨비는 내내 고개를 떨군 채 자기 전화만 만지작거리고 말이다.

31.

런던 브리지 위에서

2시 45분이 막 지날 무렵 우린 런던 브리지를 건넜다. 그 당시의 시티 지역[런던 도심 동부의 금융업무지구]은 오늘날과 사뭇 달랐다. 보다 땅딸막하고 덜 뻔뻔스러웠다고 할까. 마치 월스트리트의 축소 모델 같은 게, 토트넘 코트 로드 동쪽으로는 거의 다닌 적이 없는 사람들에게는 아주 낯선 땅이었다. 어떤 임박한 재난을 앞두고 버려진 땅 같은 그곳에 진입한 우리는 모뉴먼트를 지나 펜처치 스트리트를 따라 걸었다.

밤 공기 속에서 우리의 목소리는 맑았다. 그렇게 우리는 새로운 사람들을 만날 때 하는 얘기들을 서로 주고받았다.

말하는 능력을 회복한 코니는 자신의 얽히고설킨 대가족에 대해 많은 얘기들을 했다. 히피였던 그녀의 어머니는 경박하고 감정적인 술꾼이었고, 그녀의 생물학적 아버지는 그녀에게 성(姓)만을 남긴 채 오래도록 소식이 없는 상태였다. 그 성은? 무어였다. 코니 무어. 멋진 이름인데, 나는 생각했다. 아일랜드 시골 마을 이름 같네. 한편 그녀의 양아버지는 달라도 너무 달랐다. 키프로스 출신인 그는 우드그린과 월섬스토에 미심쩍은 케밥 가게를 여럿 경영하는 사업가였다. 그런 집안에서 예술을 하는 똑똑한 그녀는 다분히 비정상이었다. "내게는 키프러스인 이복형제가 셋 있어요. 세 마리의 불도그 새끼들 같은 애들이죠. 모두 그 케밥 가게들에서 일하는데, 내가 뭘 하는지는 전혀 몰라요. 아버지도 마찬가지예요. 그분은 텔레비전을 보거나 [요크셔] 데일 풍경을 보러 다니시죠. 함께 휴가를 갔다가 석양을 보거나 올리브 나무를 보면 나한테 이렇게 말하죠. (코니는 아버지의 말투를 흉내 냈는데, 정말 그 재주가 훌륭했다.) '코니, 저거 보이니? 그려라. 얼른. 그려 봐!' 저한테 정색하고 일을 맡기려고도 해요. '네 엄마 그려 봐라. 정말 아름다운 여인이잖아. 그림으로 그려 줘. 내가 돈 줄게.' 케말에게는 그게 아티스트 최고의 업적인 거죠. 같은 쪽을 보고 있는 눈들을 그리는 게."

"아니면 손을 그리거나."

"그렇죠. 손도. 손가락 다섯 개를 다 그려 넣을 줄 알면, 그럼 티치아노 급인 거죠."

"손도 그릴 줄 알아요?"

"자꾸 그럴래요? 하지만 전 그분 사랑해요. 케말요. 제 동생들도요. 다들 엄마한테 홀딱 빠져 있는데, 우리 엄마는 그걸 쪽쪽 빨아먹죠. 그렇지만 난 그들과 하나라는 생각이 안 들어요. 엄마랑도요."

"아버지랑은 어때요? 생물학적인—"

그녀가 몸서리쳤다. "내가 아홉 살 때 집을 나간 사람이에요. 그 사람 얘기 꺼냈다가는 엄마가 폭발하니까 난 입밖에도 내지 않았죠. 아주 잘생겼다는 건 알아요. 정말 매력적인 음악가였대요. 유럽으로 달아났는데. 그 사람은… 저기 어디… 어딘가에 있어요." 그녀가 동쪽을 가리켰다. "사실 관심 없어요." 그렇게 말하고 코니는 어깨를 으쓱했다. "다른 얘기 해요. 다른 거 물어봐요."

이럴 때 우리가 들려주는 인생 이야기는 결코 중립적이지 않다. 그녀가 그때 보여주고자 한 이미지는 외로운 한 영혼이었다. 그녀는 감상에 젖거나 자기연민에 빠지는 인물이 전혀 아니었지만, 허세를 싹 걷어내고 나니 그녀의 자신감도, 자기확신도 보다 위축되어 보였다. 그리고 나는 그녀의 솔직함에 으쓱한 기분이 들었다. 나는 그날 밤에 나눈 우리의 대화가 아주 좋았고, 특히 그녀의 환각이 사라진 뒤의 대화는 더욱 그랬다. 내게는 묻고 싶은 질문이 끝도 없었기에, 그녀가 지난 시절을 실시간으로 꼬치꼬치 회상해 주면 정말 행복하겠다는 생각까지 했다. 그녀가 원하기만 하면, 화이트채플을 지나, 라임하우스도 지나, 에섹스까지, 아니, 템즈강 하구를 지나 바다까지 가도 좋겠다 싶었다. 또 그녀도 나를 궁금해 했다. 누가 나를 궁금해 하는 건 꽤 오랫동안 경험해 보지 못한 일이었다. 우리는 서로의 부모님과 형제들 얘기를 나눴고, 서로의 일과 친구들, 학교와 어린 시절 얘기도 나눴다. 마치 그런 정보들이 우리의 미래를 위해 꼭 알아둬야 할 것이라도 되는 양 말이다.

물론 거의 사반세기가 지나고 나니 우리의 먼 과거에 대한 질문은 거의 빠짐없이 상대에게 던져졌고, 이제는 겨우 "오늘 어땠어?"나 "집에 언제 와요?", "쓰레기 밖에 내놨어요?" 따위만 물을 뿐이다. 이제 우리의 인생 이야기는 서로 속속들이 얽혀 있어서 거의 모든 페이지마다 두 사람이 함께 등장한다. 둘이 함께이니 답변을 훤히 알고, 그래서 물을 일도 없다. 그렇게 서로에 대한 호기심은 사라졌고, 옛일에 대한 향수만이 남았다.

32.

우리 짭조름한 침실에 이상한 말들이 너무 많아요

우리의 여행을 계획하면서 나는 애초에 '돈 걱정은 접자'는 자세로 임했으나, 총비용의 윤곽이 드러나는 시점에 이르러서는 '안락하게, 하지만 불필요한 서비스는 빼고'로 정책을 수정했다. 7번 구의 호텔 봉뗑(굳이 뜻을 살피자면 '좋은 시절' 호텔)에 우리 짐을 풀게 된 것도 그 정책 탓이었다. 602호실은 틀림없이 "아무리 작아도 이 정도면 더블침대 넣을 수 있지 않을까?"라는 도박의 산물이었다. 야하고 천박한 노란색의 그 침대 프레임은 병 속의 배처럼 안에서 조립된 게 틀림없었다. 꼼꼼히 뜯어보니 그 방은 또한 유럽의 모든 남아도는 머리털들을 모아둔 저장소였다.

"이런 거보다는 베개 위에 초콜릿 올려둔 게 더 나은데 말이죠." 코니가 그 털들을 털어내면서 말했다.

"카펫에서 나온 부스러기들 아닐까?" 내가 희망을 섞어 말했다.

"없는 데가 없어요! 메이드 아줌마가 한보따리 들고 들어와 골고루 뿌려놓은 거 같은데요."

갑자기 고단해진 나는 침대에 벌렁 드러누웠고, 코니도 옆에 합류했다. 침대커버에서 정전기가 일어나면서 반 데 그라프 발전기처럼 불꽃이 파르르 튀었다.

"우리가 왜 이런 데를 골랐더라?" 코니가 중얼거렸다.

"당신이 여기가 좀 별나 보인다고 그랬어. 웹사이트의 사진 보고 막 웃었잖아."

"아이고, 하나도 안 웃기네요, 이제. 미안해라."

"아냐, 내 실수지 뭐. 좀 더 살폈어야 하는 건데."

"당신 잘못 아녜요, 더글라스."

"모든 게 완벽하길 바랐는데."

"괜찮아요. 와서 다시 치워달라고 그럼 되죠."

"딴 사람 머리카락을 불어로 뭐라 그러나?"

"그런 건 배운 적 없어요. 그런 게 나올 리가 없잖아요. 거의."

"이건 어때. Nettoyer tous les cheval intimes, s'il vous plait."

"Cheveux죠. Cheval은 말이에요." 그녀가 내 손을 잡았다. "뭐. 여기 오래 있을 거도 아니잖아요."

"여기서 자야 하는데?"

"맞네. 자야 할 곳이네요."

나는 벌떡 일어나 앉았다. "우리 얼른 나갈까?"

"아뇨. 눈 좀 붙여요. 여기서."

그녀가 내 손을 잡고, 머리를 내 어깨에 기댔다. 우리 다리는 마치 강둑에 앉은 듯 밑에서 달랑거렸다. "더글라스?"

"응?"

"우리 얘기한 거… 말예요."

"지금 그 얘길 하고 싶어?"

"아뇨. 그게 아니라, 내 말은, 우리 지금 파리잖아요, 날씨도 좋고, 가족이 함께 여기 온 거잖아요. 그러니까 그 얘기는 하지 말아요, 우리. 휴가가 끝날 때까지는 기다려요. 응?"

"좋아. 난 좋아."

그렇게, 마지막 밥상을 받아든 사형수에게, 적어도 치즈케이크는 맛있을 거라는 귀띔이 전해졌다.

우리는 졸았다. 15분 뒤 옆방에 묵는 앨비가 저녁때까지는 "자기 할 일을 하겠다"는 문자를 보내 우리를 깨웠다. 우리는 일어나 기지개를 켜고 이를 닦은 후 방을 나왔다. 프런트에 가서 나는 불어로(난 불어로 얘기한다고 했지만, 워낙 틀린 단어에 추측에 틀린 발음으로 가득해 아마 딴 나라 말로 들렸을 게다) 담당 직원에게 알렸다. "내가 망가졌다. 그러나 우리의 짭조름한 침대에 이상한 말들이 너무 많다"고 말이다. 그리고 우리는 파리의 오후 속으로 걸어 나갔다.

33.

잃어버린 시간을 찾아서

그르넬 거리의 햇볕 드는 쪽을 따라 7번 구에서 6번 구로 걸어가면서 코니는 계속 웃었다. "대체 어디서 배운 불어예요?"

"그냥 대충 만들어서 말했지, 뭘. 왜? 뭐가 이상했어?"

"단어, 억양, 구문. 당신은 에쎄 께(est-ce que)[이게, 그거] 반복부에서 계속 틀려요. '우리를 그거 호텔로 데려가는 그 택시가 간다는 이것 그게 가능해요?'"

"내가 그걸 공부했으면, 당신처럼…"

"난 공부한 게 아니죠. 프랑스 사람들한테 배운 거지."

"프랑스 남자애들한테. 열아홉 살짜리 프랑스 남자애들."

"그렇죠. '너무 빨라'라든지, '네가 좋지만, 친구로서야'라든지, '담배 하나 줄래?', '꼭 편지 쓸게' 같은 것들. Ton cœur brisé se réparera rapidement."

"무슨 뜻이야…?"

"가슴 아파도 금방 괜찮아질 거야."

"쓸모 많았겠네."

"쓸모 있었죠. 스물한 살 때는. 지금은 별로 안 그렇지만." 그녀가 말했다. 우리가 생제르망에 도착하는 순간까지도 그 말이 머릿속에 맴돌았다.

코니와 내가 처음으로 여기 온 건 우리가 '추잡한 주말들'이라고 부르던 때였다. 그때 우리는 파리에 취했다. 이 도시의 아름다움에, 거기에 함께 있다는 사실에 취하고, 또 문자 그대로 자주 취하기도 했다. 파리는 정말 너무… 파리스러웠다. 나를 사로잡은 건 그 모든 삐딱함의 경이였다. 낯선 서체들, 수퍼마켓의 상표명들, 차원이 다른 벽돌과 바닥돌들까지. 정말 조그만 어린아이들까지 너무나 유창하게 프랑스 말을 하다니! 치즈 종류가 그렇게 많은데 체다 치즈는 절대 없고, 샐러드에다 견과류를 넣고. 뤽상부르 공원의 의자들을 보라! 축 처지고 푹 꺼진 접이의자에서는 볼 수 없는 넘치는 침착함과 우아함. 그리고, 바게트! 그때 나는 바게트를 '프랑스 막대기'라고 불러 코니를 웃겼다. 우리는 영국으로 돌아가는 비행기의 머리 위 짐칸에 잔뜩 사온 바게트를 구겨넣으며 깔깔 웃곤 했다.

하지만 바디숍 매장은 세계 어디서나 똑같고, 때로는 생제르망 대로가 옥스포드 스트리트와 크게 다르지 않아 보이기도 한다. 익숙함, 지구화, 저가여행, 권태 따위가 외국에 대한 우리의 감각을 무디게 했다. 파리는 기대했던 것보다 더 익숙했다. 우리 둘은 말없이 걸었고, 예전에 우리가 누렸던 재미를, 또 미래에 누릴 재미를 그녀에게 떠올리게 하려면 제법 애를 써야 할 것 같았다.

"약국이다. 무슨 약국이 저렇게 많담?" 씁쓸한 미소를 머금은 관찰자의 목소리로 나는 말했다. "아직도 저렇게 많다니. 약국 숫자로 보자면 이 사람들은 끝도 없는 독감을 앓고 있는 게야. 영국엔 핸드폰가게 천지고, 여기는 약국 천지구만."

그래도 그녀는 말이 없었다. 작은 길을 건너며 나는 길가 배수로에 빠르게 물이 흐르고 있는 걸 보았다. 주요 배수구는 모래주머니로 막아 놓았다. 파리에만 있는 것 같은 이 독특한 도시 위생의 혁신을 보며 나는 늘 놀라웠다. "이곳 사람들은 마치 거대한 욕조를 씻어내고 있는 거 같아."

"맞아요. 당신은 여기 올 때마다 그 얘길 했어요. 아까 그 약국 얘기도 그렇고."

그랬던가? 난 내가 그런 얘기를 전에 한 줄 몰랐다. "우리가 여기 온 게 몇 번이나 되지?"

"글쎄요. 대여섯 번?"

"당신은 그거 다 기억할 수 있어?"

코니가 생각하느라 얼굴을 찌푸렸다. 우리 두 사람의 기억력은 요즘 한창 망가지고 있었다. 최근에는 어떤 이름이나 사건을 떠올리느라 애쓰다 보면 마치 다락방을 치울 때처럼 물리적으로 몸이 피곤해지는 느낌이었다. 특히 적절한 명사를 떠올리는 게 어려웠다. 동사와 형용사가 그 다음 차례일 것이고, 결국에는 대명사와 명령문 몇몇만 우리에게 남을 것이다. 먹어! 걸어! 이제 자! 먹어! 우리는 어느 빵집 앞을 지났다.

"저것 봐— 프랑스 막대기다!" 그러면서 코니를 슬쩍 찔렀지만, 코니의 시선은 텅 비어 보였다. "우리가 처음 파리 왔을 때 내가 '우리 프랑스 막대기 좀 사자'고 했더니 당신이 웃으면서 촌놈 같다고 했어. 우리 어머니가 늘 그렇게 불렀다고 얘기했잖아. 아버지는 그게 미개하다고 하셨구. '죄다 부스러기잖아!'"

"아버님다운 말씀이시네."

"당신이랑 처음 파리 왔을 때, 아마 스무 개쯤 사 가지고 돌아가는 비행기에 탔을걸."

"기억해요. 내가 끄트머리만 야금야금 먹는다고 당신이 호통 쳤죠."

"내가 무슨 호통을. 그럴 리가 없어."

"그러면 빵이 눅눅해진다고 당신이 그랬어요."

다시 침묵이 흐르는 가운데 우리는 세느강으로 가는 북쪽 길로 접어들었다.

"앨비는 뭘 하나 모르겠네." 코니가 말했다.

"자고 있겠지, 뭐."

"하긴, 그래도 되죠. 맘껏 해도 된다고 했으니."

"아니면 창턱에 왜 곰팡이 낀 머그 잔이 없을까를 궁리하고 있겠지. 아마 벌써 창가에 앉아 커튼에 담배 구멍을 내고 있는지도 모르지. 룸서비스죠! 여기 바나나 껍질 세 개랑 가득 찬 재떨이 하나 갖다 주세요…"

"더글라스— 바로 그런 걸 피해 우리가 여기 온 거 몰라요?"

"알아. 안다구."

그녀가 발걸음을 늦추더니 멈춰 섰다. 거기는 자코브 가였고, 길가에 불안하게 낡아 보이는 조그만 호텔이 서 있었다.

"봐요. 우리 호텔이에요." 그녀가 내 팔을 잡으며 말했다.

"당신도 기억하는구만."

"그 여행은, 기억하죠. 어느 방이었더라?"

"3층의 모퉁이 방이지. 노랑 커튼. 저기 보이네."

코니가 머리를 내 어깨에 기댔다. "대신 저 호텔로 다시 갔어도 됐을 텐데."

"생각은 해봤지. 그런데 앨비를 데리고 거길 가는 건 좀 이상하겠다 싶었어."

"아뇨, 걔도 좋아했을걸요. 얘기 못할 거 뭐 있어요. 앨비도 이제 애가 아닌데."

34.
자코브 가의 그 호텔

딱 18년 전이었다.

우리 딸의 첫 생일이 금세 다가왔고, 물론 뒤이어 아이가 떠난 날도 닥칠 터였다. 코니가 힘들어 하리라는 건 불을 보듯 뻔했다. 그녀의 슬픔은 파도처럼 들락날락거리기를 반복했다. 그 간격이 차츰 길어지기는 했지만, 또다시 높은 파도가 덮치리란 건 분명해 보였다.

나는 거의 윽박지르듯 서툴게 코니의 기분을 좋아지게 하려고 애썼고, 그 결과는 광란에 가까운 재잘거림이었다. 아침방송의 디제이처럼 화사한 말들을 끝도 없이 지저귀었고, 직장에서도 걸핏하면 사랑한다는 전화를 해댔고, 지나치게 만지고 안고 정수리에 키스하고 하는 일을 멈추지 않았다. 그러다 혼자 있을 때면 도대체 그녀의 기분을 낫게 만들 방도가 없다는 절망감에 벽을 때리며 좌절했다. 어쩌면 그건 내 기분을 어쩔 줄 몰랐기 때문이기도 하다. 나에게도 그런 죄책감과 슬픔이 어찌 없었겠나?

내가 잘 안 될 때면, 코니를 사랑하는 많은 친구들이 나를 도와주리라 기대하는 게 상례였다. 하지만 그들은 다들 아기를 기르고 있었으니, 우리 둘에게는 그들의 아기 사랑이 견디기 힘들었다. 또 우리가 거기 있으면 그 신참 엄마아빠들은 눈치를 보며 움츠리고 당황했다. 코니는 늘 엄청난 사랑을 받았고, 늘 인기 있고 재미난 인물이었지만, 그녀의 불행은… 사람들은 그녀의 불행 탓에 상처를 입는 듯했고, 특히 그들의 기쁨과 자랑이 망가진다 싶을 때 더욱 그랬다. 그래서 우리는 두말 않고 뒤로 물러나 우리 둘만의 작은 세계 안에서 조용히 앉아 있기로 했다. 걷고, 일하고. 밤마다 텔레비전이나 보고. 또 아무 이유 없이 좀 많다 싶을 만큼 술을 마시곤 했다.

물론 얼른 다시 아기를 가지는 게 좋을 거라는 생각은 했다. 코니도 다시 아기를 갖고 싶어 했다. 우리가 그렇게 다정하게 서로를 아끼고, 어찌 보자면 예전보다 더 가까워지긴 했지만, 그래도 그렇게 지내는 게 쉬운 일은 아니었다. '임신 노력'의 스트레스와 고통이 여러 차례 우리를 괴롭혔다. 그러는 와중에 벌어졌던 온갖 일들은… 음, 그걸 시시콜콜 말하지는 않겠다. 다만, 화, 죄책감, 슬픔, 이런 게 형편없는 정력제였음은 분명했고, 한때 너무나 즐거웠던 우리의 성생활은 뭔가 집요하게 추구해야 할 의무 같은 게 되어버렸다. 더 이상 그게 재미있지를 않았다. 도무지 재미난 게 없었다, 아예.

그리곤, 파리였다. 봄날의 파리가 해답일 수도 있었으니까. 그런 생각이 얼마나 진부한지 잘 안다. 내가 그 여행을 완벽하게 준비하느라 쏟은 공을 다시 떠올려보면 움찔 놀랄 정도다. 일등석을 예약하고, 호텔 방에 꽃다발과 샴페인을 준비시키고, 너무 멋지고 비싼 비스트로를 예약해 두었는데, 이 모든 걸 인터넷이 없던 시절에 해결했다. 즉, 거의 박사논문 연구에 준하는 수고와 내가 잘 알아듣지도 말하지도 못하는 언어로 떠들어야 했던 피곤하기 짝이 없는 전화통화들에 매달려야 했던 것이다.

그래도 5월 초의 파리는 사람을 멍하게 만들 정도로 아름다웠고, 우리는 제일 멋진 옷을 걸치고 영화 속 등장인물들처럼 파리의 길거리를 거닐었다. 오후를 로댕미술관에서 보낸 뒤 호텔로 돌아와 조그만 욕조에 앉은 채 샴페인을 마신 우리는, 띵한 채로 내가 미리 찜해 둔 레스토랑으로 가 저녁을 먹었다. 그런 식당들은 충분히 프랑스풍이되 지나치게 만화스럽지는 않고 맛나며 조용했다. 그때 우리가 나눈 얘기를 다 기억하진 못해도 우리가 나눈 음식은 또렷이 기억한다. 껍질 아래 송로버섯을 넣어 생전 처음 먹어보는 맛이었던 닭 요리와, 아무거나 콕 찍어 고른 것인데도 너무 맛있어서 천상의 딴 음료 같았던 포도주. 흔해빠진 영화 속 한 장면처럼 우리는 테이블 위로 손을 맞잡았고, 그런 뒤 자코브 가의 그 호텔 방으로 돌아와 사랑을 나누었다.

그 후 잠에 빠지려는 찰나 나는 코니가 우는 걸 발견하고 깜짝 놀랐다. 섹스와 눈물의 조합은 충분히 당황스러운 것이어서, 내가 뭘 잘못했냐고 물었다.

"미안해 할 거 전혀 없어요." 그렇게 말하며 나를 쳐다보는 그녀의 얼굴을 보니, 그 얼굴은 틀림없이 웃고 있기도 했다. "오히려 감사해야죠."

"뭐가 우스워서 그래?"

"더글라스, 우리가 해낸 거 같아요. 진짜, 해낸 거 확실해요."

"뭘 해내? 우리가 뭘 해냈다는 거지?"

"나 임신했어요. 확실해요."

"나도 알아." 우리는 그렇게 함께 누워 웃었다.

물론 그걸 '알 수 있는' 방법은 절대 없었다. 사실 그 소중한 순간엔 절대 그런 일이 벌어질 수 없었다. 생식세포들이 서로 만나 수정란을 형성하기까지는 상당한 시간이 걸리니까 말이다. 코니의 임신 '느낌'은 '확증 편향'의 한 사례일 뿐이었다. 우리가 믿고 싶어 하는 것들을 확증해 주는 증거들만을 편애하려는 욕망 말이다. 많은 여인들이 섹스 후에 자신이 임신했음을 확실히 "알 수 있었다"고 우긴다. 대부분의 경우에 그렇듯 임신이 아니라고 밝혀지면, 사람들은 자신의 애초 주장을 금세 잊어버린다. 반면 아주 드물게 임신이 사실로 드러나면 사람들은 이게 무슨 초자연적인 힘이나 육감의 존재를 확증해 주는 것으로 받아들인다. 그래서 확증 편향이라는 것이다.

그럼에도 불구하고 2주 후 임신 테스트를 통해 우리가 이미 '알고 있었던' 사실이 확인되었고, 그로부터 37주가 지나 앨버트 새뮤엘 피터슨이 우리의 세상에 나왔고, 그 축포와 더불어 우리의 우울함도 멀리 날아가 버렸다.

35.
가느다란 햇살 한 줄기

"세상에, 앨비야!"

"뭐가 문젠데요?"

"그냥 우리랑 같이 가자니까?"

"전 하고 싶은 게 따로 있다구요!"

"벌써 세 명 자리로 예약했단 말이다!"

"누가 뭐라 안 그래요. 그냥 엄마랑 가서, 두 분이 열심히 쳐다보시든가 하세요."

"넌 뭐 할려구?"

"돌아다니며 사진 찍죠. 음악 들으러 갈지도 모르고."

"그럼 우리도 같이 다닐까?"

"아뇨, 아빠. 그건 좋은 생각이 아니에요. 아니, 좋은 생각의 정반대네요, 그건."

"하지만 이번 여행에서는 우리 모두 하나의 가족으로 시간을 같이 보내자, 그게 요점 아니었니?"

"우린 날마다 그랬잖아요. 함께 엄청난 시간 보냈는데 뭘…."

"파리에서는 안 그랬지!"

"파리랑 집이 뭐가 달라요?"

"뭐가 다르냐고? 이번 여행에 얼마나 돈을 많이 썼는지 아니?"

"기억하실지 모르겠지만, 전 이비사에 가고 싶었다구요."

"이비사는 안 된다."

"좋아요. 그럼 얼마나 썼는지 말해 줘요. 얼마예요, 네?"

"얼만지는 중요한 게 아냐."

"계속 그 얘기 들먹이시면서 뭐가 중요한 문제가 아니라는 거예요? 얼만지 일러주고, 딱 3등분하면, 내가 그만큼 아빠한테 꾼 걸로 할게요."

"얼만지 난 관심없다. 다만, 내가 원하는 건, 함께 가족으로 같이 시간 보내는 거야."

"내일 보면 되잖아요, 아빠! 돌겠네 정말."

"앨비!"

"아침에 뵐게요."

"좋다. 알았어. 내일 아침에 보자. 늦잠은 안 돼. 8시 30분 정각에 만나야 해. 아니면 줄이 엄청날 테니까."

"아빠. 그러니까, 이번 휴가 내내 난 느긋하게 쉬긴 틀린 거네요?"

"잘 자라, 앨비."

"오브와. 아비앙투. 참, 아빠?"

"왜?"

"저 돈 좀 필요해요."

36.
여행상담사

우리가 그 유명한 닭 요리를 먹었던 레스토랑은, 파리지엔들이 르와르나 뤼베롱이나 미디-피레네 지역의 휴양지로 대거 빠져나가는 연례행사 탓에 문이 닫혀 있었다. 나는 이 대규모 탈출의 대담함을 늘 마지못해 경탄하곤 했다. 그건 마치 저녁식사에 초대받아 갔더니 초대한 사람들은 외출해 버리고 샌드위치 접시만 덜렁 남겨져 있는 듯한 느낌이었다. 대신 우리는 동네 비스트로엘 갔는데, 거긴 너무나 '파리지엔'풍이어서 꼭 코미디 상황극의 세트 같았다. 양초 불빛이 어찌나 어른거리는지 포도주 병이 거의 안 보일 지경이었고, 피아프가 라이브로 부르는 듯한 음악이 흘렀으며, 벽이란 벽에는 죄다 골루아즈[프랑스 담배]나 페리에[프랑스 생수] 포스터들로 빼곡했다.

"Pour moi, je voudrais pâté et puis l'onglet et aussi l'épinard. E ma femme voudrait le salade et le morue, s'il vous plaît."

"쇠고기에다, 여자분께는 대구 요리, 바로 준비해 드리겠습니다." 웨이터가 그렇게 말하며 떠났다.

"내가 프랑스 말로 얘기하면 왜 다들 영어로 대답하는 걸까?"

"아마 당신이 쓰는 프랑스어가 프랑스 사람들 같지 않아서 그러는 거겠죠."

"하지만 그걸 어떻게 안대?"

"저한테도 그건 미스터리네요." 그녀가 웃었다.

"전쟁에서 말야, 내가 적 후방에 침투한다면, 내가 잉글랜드 사람이란 걸 저들이 알아내는 데 얼마나 걸릴까?"

"낙하산이 펴지기도 전에요."

"반면 당신은—"

"나야 누구도 알아채지 못하게 어슬렁거리다 다리를 폭파하고 막 그럴 테구요."

"시트로엥 공장의 젊은 기계공을 꼬시면서 말이지."

그녀가 머리를 흔들었다. "당신은 내 과거에 대해 비뚤어진 편견을 갖고 있어요. 그런 게 아니었어요. 전혀요. 설령 그랬다고 해도, 그건 신나는 일과는 거리가 멀었어요. 당시에 전 그다지 행복하지 않았다구요."

"그럼, 언제 행복해지셨는데?"

"더글라스," 그녀가 내 손끝을 잡으며 말했다. "낚시 그만해요."

고마운 건, 우리가 의무적으로 끊김 없이 대화를 이어가야 한다고 생각하는 나이는 지났다는 점이었다. 코스 요리가 나오는 중간 중간 코니는 소설을 읽고 나는 가이드북을 펼쳐 루브르의 개장시간과 입장권 구입에 관한 정보를 살폈다. 다음 날 점심과 저녁 때 이런저런 레스토랑이 어떠냐고 제안하기도 했다.

"그냥 걸어다니다 적당한 데 고르는 걸로 해요." 그녀가 말했다. "자연스럽게 하면 되죠, 그런 건." 코니는 가이드북을 싫어했다. 늘 그랬다. "당신은 왜 다른 사람들이랑 똑같은 경험을 하고 싶어서 그래요? 왜 그런 무리를 따라다녀요?" 정말 그랬다. 우리 주변의 손님들에게서도 잉글랜드와 미국 사람들 목소리가 더 크게 들렸고, 그곳의 직원들도 우리가 원하고 기대한 것을 경험시켜 주겠다는 듯 일했다.

그렇지만 음식은 훌륭했다. 버터와 소금을 후하게 쓰면 레스토랑 요리는 그저 맛있어지는 건가 싶었다. 우리는 생각보다 포도주를 많이 마셨고, 나는 거기다 코냑까지 곁들여서 내 아내가 새 삶을 원한다는 사실마저 살짝 까먹을 정도였다. 사실 호텔의 작은 방으로 돌아올 때쯤엔 우리 둘 다 느긋하게 기분이 풀렸고, 요즘 들어 그걸 할 때면 늘 경험하는 가벼운 놀라움을 느끼며 우리는 사랑을 나눴다.

다른 이들의 섹스 생활은 마치 그들의 휴가와 엇비슷하다. 재미있게 즐겼다니 기쁘긴 한데, 거기 같이 있지도 않은 당신이 굳이 그들의 사진까지 보고 싶지는 않은 거다. 우리 나이쯤 되면 너무 장황하게 디테일을 늘어놓으면 머릿속에선 마구 호루라기가 울리고 고개를 푹 떨구고 있게 된다. 또 어휘의 문제도 있다. 아무리 정확한 것이라 해도 과학 용어들은 그 자극적이고 비밀스러운 강렬함 등등을 전달하기에는 역부족이며, 비유나 은유(가령 골짜기, 난초, 정원 등의)를 쓰는 것도 내키지 않는다. 물론 욕지거리를 써서 그런 얘기를 하고 싶은 생각도 전혀 없다. 그러니까 더 이상의 디테일을 얘기하지는 않겠다는 거다. 다만 우리 둘 다 아주 흡족했다는 점만은 말해 둘까 한다. 뿌듯하고 기분이 좋았는데, 그건 마치 아직도 앞구르기가 된다는 걸 깨달았을 때의 느낌과도 같았다. 섹스를 마친 뒤 우리는 팔다리를 서로 엮어 부둥켜안고 있었다.

'팔다리를 엮다'니. 난 이런 말을 어디서 들은 걸까? 아마 코니가 내게 읽으라고 준 소설들 어디에서겠지? 그들은 팔다리를 엮은 채 함께 잠들었다. "신혼여행 온 커플처럼." 코니가 말했다. 그녀의 얼굴이 바로 코앞이었고, 늘 그랬던 모습 그대로 웃고 있었다. 눈가의 잔주름, 입가의 큰 웃음을 보며, 갑자기 말할 수 없는 슬픔의 파도가 나를 세게 강타했다.

"이건 항상 괜찮았어, 그치?"

"뭐가요?"

"이거 말야. 우리 관계에서 이거는."

"그랬죠. 알면서. 왜 그래요?"

"언젠가, 어느 날 밤이면 우리가 이걸 마지막으로 하는 날이 오겠구나, 갑자기 그런 생각이 들어서."

"아, 더글라스." 그녀가 웃으며 얼굴을 베개에 파묻었다. "흥. 그러니까 재미가 싹 달아나는 게 멋진데요?"

"막 그런 생각이 든 것뿐이야."

"더글라스, 누구에게나 그런 일은 닥치기 마련 아녜요?"

"그렇지? 그래도 이건 왠지 너무 일찍 닥친 거 아닌가 싶어서 말이지."

그녀가 내게 키스했다. 그녀의 손은 늘 그러던 방식 그대로 내 목뒤를 타고 내려갔다. "걱정하지 마요. 이게 마지막이 아니라는 거 하나는 확실하니까."

"오, 그것 참 다행이군."

"마지막일 때는 내가 일러줄게요. 종을 칠까요? 내가 수의를 입고 느릿느릿 장례식 행진을 한 번 하죠, 뭐." 우리는 키스했다. "약속할게요. 마지막이 닥치면, 그땐 당신한테 일러줄 거예요."

37.
첫 경험

우리가 처음 사랑을 나눴을 때도 혼란스럽긴 했지만 상황은 크게 달랐다. 이 또한 구체적으로 얘기하진 않겠지만, 단 한 단어로 그걸 요약하라면 그건 아마 '끝내줬다'일 것이다. 코니라면 더 멋진 말을 찾아내겠지만, 그게 끝내줬다는 데는 동의해 줬으면 좋겠다. 그럼 사람들이 좀 놀랄지도 모르겠다. 자랑을 늘어놓고 싶지는 않지만, 내가 그 점에 있어서는 다른 사람들이 생각하는 것보다는 훨씬 좋았다. 우선 난 그걸 늘 간절히 원하는 편이고, 그때 당시엔 배드민턴을 꽤 열심히 쳐서 몸도 아주 탄탄했다. 또한 당시엔 코니가 항상 어떤 인공 흥분제의 영향 아래 있었음도 상기해야 하며, 나도 그걸 인정한다. 이런 말은 좀 그렇지만, 당시 우리 사이에는 '케미'가 있었다. 한 번은 코니에게 얘기한 적이 있다. 그때 그녀가 제정신이었으면 날 집에 데려가지 않았을 거라고. 그녀는 부인하지 않고 웃었다. "당신이 맞을지도 몰라요." 그녀가 말했다. "'그냥 아니라고 말해'에 이유 하나 더 추가요!"

우리가 화이트채플 로드 뒤쪽의 차분해 보이는 테라스 하우스에 도착한 건 새벽 네 시 직전이었다. 이 지역은 그 후 아주 세련된 곳으로 변모했는데, 어쩌면 코니와 그녀의 친구들이 그 씨앗을 뿌린 건지도 모른다. 하지만 당시엔 나 같은 사람에게 그곳은 미지의 영토였다. 올바 원이나 피자익스프레스 매장으로 가려면 해머스미스나 푸트니, 배터시까지 나가야 했고, 내 친구나 동료들 대다수가 살던 일종의 교외 지구들과도 꽤 거리감이 느껴졌다.

"옛날 이스트 엔드 느낌이 약간 있지만 이젠 대부분 방글라데시죠. 난 그게 참 좋아요. 도시의 옛 모습이니까. 여피들이 들이닥치기 이전의." 코니가 문을 열며 말했다. 나도 들어오라는 말일까?

"그럼… 저는 이만 가봐야 하는 거겠죠?" 어깨를 움찔하며 말했더니, 코니가 웃었다.

"벌써 네 신데요?"

"걸어가면 되죠."

"밸럼까지요? 바보 같은 소리 그만하구, 들어와요."

"심야버스도 있을걸요, 아마. 트라팔가 스퀘어까지만 가면, 거기서 갈아타고 N77번을 타면…"

"맙소사, 더글라스." 그녀가 웃었다. "박사님, 원래 이렇게 대박 둔하세요?"

"함부로 가정하는 거, 안 하려고 그랬죠."

"가정(assume)하려면," 그녀가 내 말을 받았다. "엉덩이(ass)가 필요해, 너(u)랑 내(me) 거가 말야." 그러면서 그녀는 몸을 앞으로 숙여 내 목뒤에 손을 얹고는 약간 세게 내게 키스했다. 그리곤 그건— 그 또한 끝내줬다.

38.

라임, 보드카, 껌

그 집은 하나의 잘 구성된 혼돈이었다. 벽이란 벽은 죄다 모조 명화와 엽서, 밴드나 클럽 포스터, 사진, 스케치 따위로 가득했다. 코니는 그걸 '큐레이팅'했다고 불렀다. 가구는 다분히 '절충 양식'이었다. 긴 교회 의자, 학교 의자들, 거대한 흰 가죽의 쥐 플랜(G Plan) 소파, 그 위를 잔뜩 덮은 벗은 옷, 잡지, 책, 신문들. 바이올린과 베이스 기타, 그리고 여우 박제까지 보였다.

"나 보드카 마실 건데!" 부엌에서 코니가 소리쳤다. 그 부엌의 꼴이 어땠는지는, 음음…. "근데 얼음이 없어요. 보드카 괜찮아요?"

"작은 잔으로요." 내가 대답했다. 그녀가 술을 들고 돌아왔다. 거기 다녀오는 새 코니는 립스틱을 새로 바르고 나타났고, 그에 맞춰 내 심장도 노래를 불렀다.

"보시다시피, 청소해 주시는 분들이 막 다녀가셨네요."

내가 잔을 받았다. "여기 라임도 넣었네요?"

"그럼요! 멋지죠!" 라임 조각을 입에 물고 그녀가 말했다. "클럽 트로피카나."

"이 그림들 중 당신 것도 있어요?"

"아뇨. 그런 건 잘 싸서 꼭꼭 숨겨뒀죠."

"좀 보고 싶네요. 당신 작품들."

"그럼, 내일?"

내일?

"프랜은요?" 코니는 내게 그녀의 하우스메이트인 프랜에 대한 모든 걸 얘기해 줬다. 유사 이래 모든 하우스메이트들처럼 그녀 또한 '완전히 미친' 사람이라면서.

"자기 남자친구한테요."

"아. 그렇구나."

"당신이랑 나뿐이에요."

"그래요. 기분은 괜찮아요?"

"좀 좋아졌어요. 아까 막 약 먹고 맛이 가서 미안해요. 그 알약 그거 먹는 게 아닌데, 멍청하게. 그래도 당신이 나랑 같이 있어줘서 너무 고마워요. 내가 원하던 게 그런… 진정제 같은 사람이었어요."

"지금은 어때요?"

"지금, 지금은… 완전 좋아요."

우리는 미소를 머금었다. "그럼, 저는 프랜 침대에서 자면 되겠네요."

"놀래라. 그런 일은 절대 없기를!" 그녀가 내 손을 잡았고 우리는 다시 입을 맞췄다. 그녀에게서 라임 맛과 더불어 껌 냄새가 났다. 사실 그 껌은 아직 코니의 입안에 있었고, 금방이라도 내 입으로 건너올지 몰랐다.

"미안. 더럽죠?" 그녀가 껌을 꺼내며 웃었다. "안에서 막 굴러다녀."

"난 괜찮은데."

그녀는 껌을 문틀에 눌러 붙였다. 그녀의 손이 내 등을 쓰다듬었고, 내 손은 그녀의 허벅지에 있었다. 처음에는 드레스 위에, 다음엔 그 아래에. 손놀림을 멈추고서 나는 숨을 돌렸다. "아무 일도 일어나지 않을 거라 하더니?"

"맘을 바꿨어요. 당신이 내 맘을 바꿔놨어요."

"레몬 전지 얘기 때문인가?" 내가 그렇게 중얼거리자, 그녀는 입을 맞추며 웃었다. 오 예스, 난 정말 재치 있는 농담도 잘하시지!

"내 침대는 재난지역 한복판이에요." 그녀가 내게서 떨어지며 말했다. "문자 그대로, 모습 그대로."

"상관없어요." 나는 그녀를 따라 계단을 올라갔다.

이렇게 얘기하는 내 모습이 너무 달달해 보이는가? 아니면 너무 초연하고 무심해 보이는지? 사실은 내 심장이 너무 거세게 주먹질 해대서 갈비뼈를 뚫고 튀오나오려는 줄 알았다. 물론 떨리긴 했지만 내 심장이 요동친 건 흥분 때문이 아니었다. 그건 드디어, 마침내, 뭔가 멋진 일이 내게 막 벌어지려 하고 있다는 느낌 탓이었다. 그 변화가 바로 내 코앞에 있었다. 내 인생의 무언가가 변화하기를 나는 얼마나 갈망했던가. 지금도 그런 느낌을 다시 맛볼 수 있을까? 아니면 우리한테 그런 일은 딱 한 번뿐일 걸까?

39.

한 장으로 요약한 예술사

동굴벽화들. 진흙을 거쳐 청동으로 만들어진 조상(彫像)들. 그 후 1,400년간 그려진 그림은 죄다 성모 마리아와 아기 예수, 혹은 십자가를 노골적이고도 기초적인 솜씨로 그린 것들이었다. 어떤 현명한 분께서 멀리 있는 것일수록 더 작아 보인다는 걸 깨달았고, 그 덕분에 성모 마리아와 십자가 그림이 엄청나게 진일보했다. 사람들의 손재주와 표정이 갑자기 훌쩍 좋아졌다 싶었더니, 그 무렵부터 조각품도 대리석으로 만들어졌다. 포동포동 살찐 천사들이 등장하기 시작한 한편, 다른 곳에서는 실내 장식에 혈안이 되어 있었고, 여인네들은 창가에 앉아 바느질하는 모습을 연출하는 데 매진했다. 죽은 꿩과 포도송이들, 그리고 엄청난 디테일들. 아기천사들이 사라졌고 대신 동화 속의 이상향 같은 풍경들이 풍미했고, 이어서 말 탄 귀족들의 초상화가, 이어서 전투장면과 난파선을 그린 초대형 그림들이 득세했다. 그 후 다시 여인들이 등장하는데, 이번에는 소파에 누워 있거나 욕조에서 나오는 모습이었으며, 보다 칙칙한 느낌에 디테일 묘사도 훨씬 덜했다. 이어 엄청난 숫자의 포도주 병과 사과들이 등장했고, 그 다음은 발레 댄서들의 차례였다. 회화는 좀 비판적으로 말하자면 온갖 얼룩들의 집합으로 발전하여, 원래 그리려고 했던 대상과 전혀 닮지 않은 수준까지 나아갔다. 변기에 사인을 한 작가 양반이 등장했고, 그 후 정신 나간 짓들이 이어졌다. 반듯반듯한 원색의 네모들을 모아두더니, 거대한 에멀젼 페인트 판때기도 등장했고, 그 뒤는 수프 깡통들의 차례, 이어 비디오카메라를 든 작가가 나타났고, 다른 작가는 콘크리트를 마구 쏟아 부었다. 그렇게 모든 게 못 말릴 지경으로 산산조각 나서 결국 뭐든지 허용되는 어질어질한 게 예술이 되었다.

40.
속물 취향

아내를 만나기 전까지 내가 이해한 예술의 역사(예술의 '서사'라고 불러야 하나?)라고 해야 고작 그런 수준이었다. 아내를 만난 후 몇몇 새로 알게 된 게 있긴 해도, 지금의 내 취향도 거기서 더 세련된 건 아니다. 그러니까 예술에 대한 내 이해도는 내 프랑스어 수준과 엇비슷하다. 만난 지 얼마 안 됐을 때 코니는 아주 열렬히 나를 예술의 세계로 인도하려 했다. 행복하지만 가난했던 시절인지라 중고서점에서 산 책을 몇 권 내게 건네며 읽기를 권하곤 한 것이다. 곰브리치의 『예술사』나 로버트 휴즈의 『새로움의 충격』 같은 책들은 모던 예술을 못마땅해 하는 나를 교화하려고 장만된 것이었다. 음, 후끈한 연애 초창기에 상대가 뭘 읽어보라고 그러면 멋지게 잘 읽어줘야 하는 법이다. 그리고 그 책 두 권은 모두 대단한 책이었다. 비록 읽고 난 후 내 맘속에 간직된 내용이라곤 하나도 없었지만 말이다. 어쩌면 나도 코니에게 답례로 유기화학 입문서라도 권해야 했을지 모르지만, 그녀는 거기에 하등의 관심도 보이지 않았다.

사실 난 아직도 예술이라고 하면 당혹감부터 느낀다. (이런 걸 코니에게 털어놓으려 하면 아직도 주춤거리게 된다. 아마 코니는 벌써 알고 있을 테지만.) 그건,

내 몸에서 예술을 담당하는 부위가 어디로 사라져버린 듯한 느낌이다. 아니면 그런 부위가 내겐 아예 없었거나. 나도 소묘 실력이나 능숙한 색의 사용을 감상할 줄 안다. 사회적 역사적 맥락을 이해할 줄도 안다. 하지만 나름 열심히 노력했건만 내 반응들은 내가 보기에도 끔찍이 천박했다. 무슨 말을 해야 할지, 뭘 느껴야 할지 도무지 종잡을 수가 없었다. 인물화를 보면 나는 늘 내게 익숙한 얼굴이나 — "저것 봐, 토니 삼촌 같다." — 영화배우들을 찾아내려 한다. 마담 투소 학파의 예술 감상법이라고나 할까. 리얼리즘 작품들에서는 디테일에 주목한다. 놀라운 붓놀림을 보고 "저 눈썹 좀 봐!"라고 탄성을 지르는 내 모습은 내가 봐도 멍청해 보인다. "저 남자 눈에 그림자 진 거 봐!" 추상화를 볼 때는 색깔에 매달린다. "저 파란색 정말 좋네." 그건 마치 로스코나 몬드리안의 그림들이 큼지막한 색상 차트인 양 감상하는 식이다. 말하자면 나는 물체를 실물 그대로 보는 데서 오는 표피적 전율을 잘 이해하는 것이다. 그건 그랜드 캐니언과 타지마할, 시스틴 성당을 전혀 구분하지 않고 관광의 대상으로 삼는 관점이다. 물론 그 작품들이 희귀하고 독특하다는 건 인정한다. "얼마짜리죠?"라고 묻는 평론가가 바로 나란 인물인 것이다.

물론 내게도 심미안이 있다. 내 일을 하면서, 나는 늘 아름다운 모습들을 본다. 완벽한 대칭으로 쪼개진 개구리 수정란, 염색된 제브라피시 배아의 줄기세포, 혹은 흔히 애기장대 꽃이라고 불리는 아라비돕시스를 전자현미경으로 들여다보았을 때의 모습들은 모두 아름답다. 또 형태와 무늬도 즐길 줄 안다. 회화에서처럼 기분이 흐뭇해지는 비율과 비례가 있는 것이다. 하지만 이런 것들을 제대로 된 그림이라고 할 수 있나? 내 취향이 이상한 건가? 내게 뭔가 부족한 건가? 물론 이건 주관적인 문제고, 확실한 정답이 있을 수 없지만, 난 미술관에 가면 늘 경비원이 날 곧 문밖으로 쫓아낼 것처럼 쭈뼛댄다.

아내와 아들은 그런 불안에 시달리지 않는다. 물론 루브르 궁의 이탈리아관에는 그런 그림들이 걸려 있지 않았고, 코니와 앨비는 거기서 누가 하나의 그림을 더 오래 쳐다보는지 게임을 하고 있었다. 그 그림은 보티첼리의 프레스코 벽화였고, 잔뜩 금이 가고 색이 바랬지만 아주 예쁘기는 했다. 하지만 그렇게 오래 볼 게 뭐가 있다는 건지? 둘이서 내가 보지 못한 것들, 즉 붓놀림, 빛과 어둠의 조화 등등을 죄다 음미할 때까지 난 한참을 기다렸다. 드디어 둘은 움직이기 시작했고, 우리는 그렇게 끝없이 이어진 십자가 처형도와 성탄도, 채찍질 당하거나 화살을 맞은 순교자들, 머리에 칼을 맞고도 무심한 표정을 짓고 있는 성인들의 그림 앞을 느릿느릿 지나갔다. 어느 그림에서 성모 마리아는 — 여인이 나오면 으레 마리아였다 — 비행운을 남기며 쏜살같이 날아오는 천사를 보고 움찔 놀라는 모습을 하고 있었다. "틀림없이 브라세스코 작품이지, 저게. 제트 엔진을 단 천사로군." 난 무슨 대단한 발견이라도 한 듯 그렇게 말했고, 우리는 계속 걸어갔다.

우리는 우첼로라는 사람이 그린 멋진 전투장면 그림 앞을 지났다. 하나의 시커먼 고슴도치 모양으로 병사들이 뒤엉켜 있었는데, 캔버스에 금이 가고 물기가 찬 흔적이 오히려 희한하게 그림의 위대함을 더 깊어지게 했다. 그리고 거대한 주전시관에 이르렀을 때 한 수염 기른 남자의 초상화가 내 눈길을 끌었다. 그런데 가만히 보니 그의 얼굴은 사과, 버섯, 포도, 호박 등으로 이뤄져 있었고, 코는 잘 익은 배 한 알이었다. "앨비. 저것 봐. 아르침볼도의 〈라톤느〉다. 저 사람 얼굴 과일이랑 채소로 그려진 거야."

"키치." 앨비가 말했다. 앨비의 눈은 내게 '미술관에서 행해진 가장 진부한 발언 상'을 수여한다는 눈빛이었다. 아마 이래서 미술관의 그 모든 오디오 가이드들이 그렇게 인기를 끄는 건지도 모른다. 그림을 보며 무엇을 생각하고 느껴야 하는지 당신 귀에다 다 일러주는 그 믿음직한 목소리 말이다. "왼쪽을 보세요. 주목해서 잘 보셔야 해요." 그 목소리를 비단 미술관에서뿐만 아니라 인생을 통틀어 늘 데리고 다닌다면 얼마나 좋을까.

우리는 계속 걸었다. 마치 지저분한 안경을 끼고 보는 것처럼 흐릿한 다빈치 그림도 있었다. 두 여인이 아기 예수를 어르고 있는 장면이었는데, 이 명작도 코니와 앨비의 관심을 끌지는 못했다. 이쯤 되고 보니 더 유명하고 더 친숙한 작품들일수록 그들은 더 짧게 보고 지나치는 게 아닌가 싶을 정도였다. 그러니 르네상스 예술의 하드락카페라고 할 '모나리자'는 아무런 눈길도 받지 못했다. 그 그림은 다른 무시당한 그림들이 좌우에서 쏘아보는 가운데 거대하고 층고가 높은 방의 한 복판에, 소매치기 조심하라는 경고문들 사이에 근엄하게 걸려 있었다. 아침 이른 시간인데도 관람객이 아주 많았고, 연예인과 어깨동무를 했을 때 나오는 바로 그 '믿을 수 없어' 미소를 머금은 채 사진을 찍고 있었다. "앨비, 앨비! 나랑 네 엄마 사진 좀 찍어줄래…" 하지만 그들은 이미 모나리자를 코웃음 친 뒤 건너편에 걸린 조그만 그림 앞에 가 있었다. 이 음침한 티치아노의 그림은 문자 그대로, 또 모습 그대로 그늘 속에 잠겨 있었다. 그림 속에서 거구의 두 여인이 피리 콘서트를 열고 있었다. 보고 또 보는 두 사람을 보면서, 나는 생각했다. 이 그림을 보고 뭘 느껴야 하나? 저 둘이 보는 건 뭘까? 나를 왕따 당한 느낌에 젖게 만드는 이 놀라운 예술의 힘에 나는 다시 한 번 더 충격을 받았다.

다시 주전시관으로 돌아와 앨비는 피에로 델라 프란체스카의 작은 초상화 앞에서 멈추고서는, 조그맣고 값비싼 가죽 장정의 스케치북을 펼쳐 목탄으로 베껴 그리기 시작했다. 난 가슴이 철렁했다. 미술관에서 걸어다니는 게 왜, 가령, 헬벨린 산을 등산하는 것보다 훨씬 더 힘든 일인지는 아마 과학논문의 주제가 될 수도 있을 것이다. 추측컨대 그건 근육을 긴장시키는 데 드는 에너지에다, 무슨 말을 할지 고민하는 데 드는 정신적 에너지까지 소모시키기 때문이겠지. 이유가 무엇이든 난 가죽 벤치에 몸을 묻고 대신 코니를 쳐다보았다. 치맛자락이 그녀의 엉덩이를 따라 펼쳐진 모습이나, 그녀가 그림을 쳐다보려 고개를 들 때 그녀의 손과 목의 놀림 따위를. 저게 예술이지. 바로 저기 있네. 저게 아름다움이지.

그녀가 나를 바라보고 미소 지으며 전시실을 가로질러 와 뺨을 맞추었다. "어르신, 피곤하세요? 간밤에 힘드셨나 보네?"

"예술 너무 많아, 여기. 뭘 봐야할지 모르겠어."

"최고, 최악?"

"누가 내게 저게 좋은 작품이다, 콕 집어서 일러줬음 좋겠어."

"좋은 작품 꼽으라고 하면, 사람들마다 다 다를걸요."

"무슨 말을 할지도 모르겠고."

"무슨 말을 해야 할 필요 없어요. 그냥 아무 반응이나 보이면 돼요. 느껴요, 그냥."

그녀가 나를 일으켜 세웠고, 우리는 이 방대하고 장엄한 예술품들의 창고를 계속 답사했다. 고대 유리 유물과 대리석, 청동을 지난 19세기 프랑스에 이르기까지.

41.

예술 감상법

지난날의 섹스에 대한 향수는 혼자서나 음미할 일이지 떠들고 다닐 일은 아니다. 하지만 우리가 함께한 첫 주말은 정말 눈이 번쩍 뜨이는 것이었다. 그 2월의 주말은 어둑어둑하고 바람이 거셌기에 우리는 화이트채플의 그 조그만 집 밖으로 나서려고 들지를 않았다. 물론 나로서는 토요일에 연구실로 가야 할 이유가 없었기에, 우리는 자고 영화를 보고 얘기를 나눴다. 그러다 밤에는 인도 음식을 포장해 오려고 후다닥 다녀왔다. 그 음식점에서 코니는 아주 유명했고, 모든 직원들이 그녀에게 인사를 건넸다. 그들은 우리에게 공짜 포파덤 빵과 아무도 원하지 않을 생양파 절임을 연신 권했다.

"그래, 이 멋진 젊은이는 누구신가?" 수석 웨이터가 물었다.

"제 포로예요." 코니가 말했다. "자꾸 도망치려고 그러지만, 제가 어디 놔주나요."

"사실이에요." 난 그렇게 말했고, 코니가 주문하는 동안 냅킨에 "살려주세요!"라고 써서 치켜들었다. 사람들이 웃었고, 코니도 웃었다. 나는 그 포근하고 다정한 분위기가 너무 좋았다. 그리고 약간 부럽기도 했다. 코니의 삶에 담긴 활력이 말이다.

일요일 아침에는 마치 황홀했던 휴가의 마지막 날 같은 서글픔이 깃들어 있었다. 우리는 동네 가게로 나가서 신문과 베이컨을 산 뒤 그녀의 침대에 은신했다. 물론 큰 부분을 차지하기는 했지만, 섹스, 섹스, 섹스가 전부는 아니었다. 우리는 수다도 떨었고, 코니가 좋아하는 레코드를 내게 들려주기도 했다. 또 코니는 정말 많이 잤다. 낮과 밤 언제든 때를 가리지 않고 말이다. 그럴 때면 나는 뒤죽박죽 엉킨 담요와 침대보와 퀼트를 헤치고 나가 곳곳을 기웃거렸다.

코니의 침실은 침침하고 어둑했으며, 벽 아래쪽의 굽도리널은 수백 권의 책들에 가려 자취를 감추었다. 그 책들은 주로 예술, 빈티지 급의 '루퍼트 애뉴얼', 고전 소설들, 사전류 등이었다. 그녀의 옷은 긴 가로봉에 걸려 있었다. 옷장은 아예 없었다. 그렇게 하고 사는 게 참 쿨해 보였다. 나는 그녀가 옷을 걸치는 모습을 상상하며 그 옷걸이들을 죄다 낱낱이 살펴보고 싶은 강한 충동마저 은밀하게 느꼈다. 코니의 그림들이 담긴 포트폴리오도 있었다. 비록 그녀가 그걸 보게 허락하지는 않았지만, 난 그녀가 잘 때 리본을 풀고 훑어보았다.

그림들은 주로 인물화였다. 약간 삐딱한 각도로 얼굴 모습을 그린 그림들은 꽤 세련된 느낌이었다. 어떤 것들은 보다 리얼리스틱해서, 얼굴의 높낮이를 가는 잉크 선으로 표현한 게 마치 어떤 삼차원 그래프 같았다. 풀이 죽은 눈망울에 바닥으로 숙인 얼굴들. 그녀의 작품은 내가 생각했던 것보다 훨씬 볼만했고, 통상적이기까지 했다. 하지만 아주 우울한 기운을 머금은 게, 내게는 진짜 너무너무 좋았다. 물론 그때 나는, 그녀의 것이기만 하다면 쇼핑 리스트까지도 아마 좋아했을 테니까, 뭐.

아래층의 거실은 스타일 넘치게 초라하고 어지러웠다. 잔뜩 쌓인 어린이용 보드게임부터 중국음식점 간판, 낡아빠진 서류정리함, 70년대식 장식품들 따위에 어떤 깊은 생각들이 불어넣어진 듯했다. 겨자색 굵은 올의 카펫은 진득진득한 부엌 타일 앞에서 뚝 끊어졌고, 엄청난 크기의 주크박스가 위용을 뽐냈다. 무명의 전자음악과 펑크밴드가 70년대의 신기한 음반들과 마구 뒤섞여 있었다. 프랭크 자파와 톰 웨이츠의 노래가, 토킹헤즈와 아바가, AC/DC와 잭슨 파이브가 나란히 있는 식으로 말이다.

내게는 분명 버거운 콜렉션이었다. 아이러니, 그게 아마 나와 달랐던 걸까? 내 문화 취향은 그다지 세련된 게 아니었지만 적어도 일관성은 있었다. 대체 나쁜 취향의 나쁜 유형과 나쁜 취향의 좋은 유형을 내가 어떻게 구별하겠는가? 어떻게 사람이 음악을 아이러니하게 들을 수 있지? 그렇게 귀를 조정하면서 들을 수 있는 건가? 아바 앨범이 내 손에 있으면 조롱거리가 되겠지만 코니에게 그건 쿨한 거였다. 음악은 그저 가사 나오고 합창 나오고 또 가사 나오는 그대로인 채로 말이다. 레코드판은 누가 플레이하느냐에 따라 다른 기운을 부여받는 걸까? 가령 난 오래도록 빌리 조엘의 음악을 좋아했다. 특히 그가 초중반기에 내놓은 앨범들을. 나의 그런 취향은 유행에 민감한 생화학자들에게 웃음거리였다. 그들은 빌리 조엘을 밋밋하다고 했고, 그건 너무 미지근하고 신중하단 소리였다. 그런데 여기 코니의 주크박스엔 그보다 훨씬 세련미가 떨어지는 배리 매닐로우까지 있다. 대체 코니는 '맨디' 같은 곡을 '쿨'하게 만드는 어떤 조화를 부리는 걸까?

장식에 대해서도 같은 이치가 적용되었다. 코니와 그녀의 플랫메이트에게 아트스쿨 학생답다는 믿음을 부여하는 물건들, 즉 의대에서 쓰는 인간 뼈대, 마네킹의 일부, 박제한 동물 따위가 나한테 있으면 그건 연쇄살인범의 콜렉션처럼 보일 터였다. 코니가 밸럼의 내 아파트를 보게 될 날이 두려웠다. 조립식 가구에 휑한 연미색 벽, 혼수상태인 용설란 화분, 혼자 두드러져 보이는 텔레비전. 그런데 더 두려운 건 그녀가 과연 거기에 올 수나 있을까 하는 생각이었다.

42.

프랑스 엽서

물론 이런 기억들을 되살려주면 그녀는 몹시 당황할 것이다. 아이러니한 나쁜 취향은 안락한 어느 가족의 집에서라면 뿌리내리기 쉽지 않다. 그런 데서는 가재 모양의 전화기가 그다지 큰 웃음을 자아내지 못할 테니까 말이다. 이제 그 취향의 바통은 앨비에게 넘겨졌고, 얘는 신기한 도로표지판이나 잘린 인형 머리통 따위를 죽어라고 찾아다닌다.

코니와 앨비가 아직도 공유하는 건 엽서 탐닉이다. 앨비는 엽서가 아주 비싼 벽지인 양 그걸로 방을 도배했다. 따라서 우리는 루브르의 선물용품점에 들를 수밖에 없었고, 두 사람은 엄청난 양의 프랑스 엽서를 고르기 시작했다. 나도 그 게임에 참여해 보려고 시도했다. 내가 고른 엽서는 제리코의 〈메두사의 뗏목〉이었다. 그 그림은 직접 보니 거기 담긴 놀라운 드라마가 참 좋았다. '초대형 프랑스 회화실'에 걸린 그림이었는데, 같이 걸린 그림들은 고대의 전투 장면이나 불타는 도시, 나폴레옹의 대관식, 모스크바로부터의 후퇴 등을 그린 것들이었는데, 거의 집채만 한 크기들이었다. 제리코의 그 그림은 리들리 스콧 예술학파 같은 느낌으로, 온갖 효과와 강렬한 빛, 수천의 등장인물 등을 자랑했다. 우리가 그 거대한 '메두사' 그림 앞에 섰을 때 나는 "저런 거 그리려면 얼마나 걸리는 거야…", "여기 이 사람 봐. 얘 이제 큰일 났다, 큰일 났어", "우리라면 저런 상황에서 어떻게 할까?" 따위의 코멘트를 날렸다. 난 그 엽서를 앨비에게 보여주었다. 그 이미지의 힘이 엽서 크기로 압축되어 있어서일까. 아이는 어깨를 으쓱한 뒤 자기가 고른 엽서 뭉치를 내게 건넸고, 이내 코니가 고른 것도 건넸으며, 나는 그걸 다 들고 계산대로 갔다.

43.
엽서들

화이트채플의 코니 집 부엌 벽 전체는 엽서로 뒤덮여 있었다. 어떤 데는 두세 장이 겹쳐 있기도 했고, 간간이 그녀의 아트스쿨 친구들이 찍힌 폴라로이드 사진도 있었다. 담배를 손에 든 펑크풍의 여자아이들도 있었지만, 내가 놀란 건 거기 전시된 잘생긴 남자들의 숫자가 엄청나게 많았다는 점이었다. 대개 코니나 프랜이 그들을 아주 사랑스럽게 안고 있거나 입술을 내밀고 키스를 날리는 장면들이었다. 카키색 군복이나 페인트가 묻은 작업복 차림의 남자들. 신기한 얼굴 털을 지닌 남자들. 웃음기 없는 겁나는 얼굴의 남자들. 특히 그중 한 명은 박박 깎은 머리에 아주 푸른 눈의 사내였는데, 입에 담배를 물고 손에는 맥주병을 들고 있었다. 그가 마치 액션영화의 용병 같은 눈초리로 카메라를 쏘아보는 가운데 코니는 그에게 대롱대롱 매달려 있거나, 그의 민머리 정수리에 입을 맞추거나 뺨을 맞추고 있었다. 사랑의 열병에 들뜬 그녀의 모습은 외면할 수가 없었고, 그래서 더욱 힘들기도 했다.

"이 사진들은 이제 떼버려야겠네." 그녀가 뒤에서 말했다.

"이 사람이…"

"그 사람이 안젤로예요. 전 남친." 안젤로. 이름마저도 셌다. 더글라스라는 이름의 소유자가 어떻게 안젤로란 이름의 소유자와 겨룰 수 있겠는가? "아주 잘생겼네요."

"그렇죠. 뭐, 이젠 나한테 아무 의미도 없는 사람이에요. 말했지만, 사진도 떼버릴 거구요." 그러면서 그녀는 제일 눈에 띄는 사진을 벽에서 툭 뜯어내 자기 가운의 주머니에 집어넣었다. 쓰레기통이 아니라 가슴 주머니에 말이다. 바로 자기, 음, 가슴 앞에 말이다.

잠시 침묵이 흘렀다. 일요일 오후가 닥쳤고, 이 시간은 늘 거의 참을 수 없는 우울함으로 찰랑거리기 마련이다. 그래서 난 아주 쿨하게 떠나야겠다고 생각했다. "가는 게 좋겠어요."

"포로가 도망친다."

"정말 달아나면, 날 막을 건가요?"

"모르죠. 막았음 좋겠다는 거죠?"

"아무래도 괜찮아요."

"오케이." 그녀가 말했다. "그럼 다시 침대로 가요."

44.

로맨틱 코미디에나 나올 일

엄청 짜증나시는 거 잘 안다. 하지만 우리에게도 서로 그렇게 말하고 그러던 시절이 있었다. 전혀 새로운 목소리였다. 뭔가 중요한 게 바뀐 거였고, 그 일요일 밤 드디어 그 집에서 탈출하여 만화 속 등장인물처럼 마구 헝클어진 채 끙끙대며 텅 빈 기차를 타고 밸럼으로 돌아가면서 나는 확신했다. 내가 코니 무어와 사랑에 빠졌음을.

이건 결코 축하할 일이 아니었다. 사랑에 빠지는 걸 왜 현악 부분의 연주가 한껏 고조되는 음악 같은 아주 경이로운 일로 여겨야 하는 건지 의아할 때가 있다. 사랑은 너무나 흔히 굴욕과 절망감, 끔찍이도 잔인한 행동들로 끝나곤 한다. 지난 내 경험들에 비추어 사랑에 더 잘 어울리는 건 〈죠스〉의 테마 음악이고, 〈사이코〉의 바이올린 연주이다.

내게도 분명 두세 번의 '진지한' 관계가 있었다. 그 각각은 여섯 알들이 계란 꾸러미의 유효기간보다 약간 더 긴 시간 동안 지속되었다. 행복하고 애정이 넘치는 순간들이 있긴 했지만, 두 사람의 가슴 중 어느 하나라도 불타오른 경우는 없었다. 아, 그리고 '데이트'를 하기도 했다. 그건 마치 원하지도 않는 자리를 위한 취직 인터뷰 같았다. 그런 회동은 주로 극장에서 벌어졌는데, 아마 얘기를 하지 않아도 된다는 이유 때문이었을 것이다. 몰티저 과자를 너무 많이 먹어 속이 느글거리는 가운데 집에 돌아오면 9시 45분도 안 되었을 때가 잦았다. 이런 데이트들에서는 사랑과 욕망의 역할이 거의 없었고, 당혹감과 부끄러움이 주된 감정이었다. 만남이 거듭될수록 불편함은 기하급수적으로 늘어나 결국 한 명이 지극히 상투적인 "우리 친구로 지내요"란 말을 꺼내기에 이르면 총알같이 관계를 정리하곤 했다. 낭만적 사랑이라는 진짜 경험이 내게 딱 한 번 일어나긴 했지만, 리사 고드윈을 추억하는 일은 마치 타이타닉 호의 선장이 문제의 그 빙하에 대해 정답게 회상하는 일과 같다.

우리는 대학 진학 첫날 만났다. 그녀는 그 대학에서 현대언어를 공부했고, 우리는 금세 절친이 되었다. 그 뗄 수 없을 것 같던 친분은 내가 어느 셰리 파티에서 그녀에게 사랑 고백을 하다 일이 엉망으로 꼬여버린 날 끝났다. 그녀는 내 키스를 무릎을 써서 잽싸게 몸을 낮춰—마치 헬리콥터 날개를 피하려는 사람처럼— 피하고선 후다닥 도망가 버렸다. 그 사건 탓에 우리의 우정은 식어버렸고, 나는 우리가 생활하던 기숙사의 그녀 방문 밑으로 쪽지와 편지를 밀어 넣기 시작했다. 한때는 가까이 사는 게 서로 즐거웠지만, 이제 리사는 그걸 못 견뎌 다른 데로 이사해 버렸다. 나는 밤늦게 그녀에게 전화를 걸곤 했다. 살짝 취한 채 말이다. 왜냐고? 아니, 자정 넘어 걸려와 사람 돌게 만드는 전화보다 더 매혹적이고 거침없는 것이 어디 있을 것이며, 그보다 더 여인의 마음을 잘 녹일 게 무엇이란 말인가?

리사 나름대로는 내가 그러는 데 대해 동정하고 이해하려 했다. 그런데 그것도, 럭비 팀원 두어 명이 나더러 당분간 "물러나 있으라"고 얘기하는 순간 끝이 났다. 그들의 개입으로 모든 게 분명해졌고, 사랑과 폭력의 싸움에서 폭력이 승리했다. 나는 리사 고드윈에게 다시는 말을 걸지 않았다. 지금도 난 그때 내가 너무 심각했다고 생각한다. '과다복용'이라는 말까지 쓰기는 좀 그렇고, '안전지침의 무시' 정도가 보다 정확한 표현이겠다. 그건 물에 녹여 마시는 아스피린이었는데, 그것, 음, 다섯 알을 녹이는 데 드는 물의 양은 상당했고, 그래서 결국 화장실 가고 싶어 미칠 것 같아 깨어났고, 그때 내 머리는 너무나 말똥말똥했다. 돌아보면 그 모든 게 너무 나답지를 않았다. 내 청소년기 연애극의 그 순간은 창피하기도 하다. 난 뭘 이루려고 했던 걸까? 그건 '살려달라는 외침'과는 거리가 멀었다. 그런 걸 외친다는 건 내게 너무 부끄러운 일이었다. 그래서 그때 내가 한 일은 '살려달라는 헛기침' 같은 거였다. 으흠 하는 인기척 같은 거.

그러니 불면증이나 어지러움, 혼란 같은 증상이 이어지다 결국 우울과 찢어진 가슴을 남기게 될 상황이 되풀이되는 데 대한 두려움은, 내게 전혀 터무니없는 게 아니었다. 노던라인 지하철이 밸럼 역에 도착할 때 이미 의문들이 떼를 지어 밀려들었다. 심지어 코니의 결정은 합리적인 판단의 결과물도 아니지 않나? 새벽 세 시에 그녀가 느꼈던 열정이 다음 데이트 날인 목요일까지 과연 지속될까? 그때면 맨 정신에 서로 쑥스러워 하는 사이가 되는 거 아닌가? 아, 그리고 안젤로도 거기 있었다. 아직도 그녀의 가슴 가장 가까이 가운 주머니 속에 숨어 있는 그 안젤로가. 어느 것 하나 마음 놓이는 게 없었다. 코니 무어의 마음을 얻는 것, 코니 무어를 내 곁에 두는 것은 큰 도전일 것임에 분명했다. 그 도전은 파리에서의 어느 날 오후까지도 계속되었으니….

45.

잔디밭에 출입금지

…파리에서의 그날 오후, 우리는 점심을 먹고 뤽상부르 정원에서 낮잠을 잤다. 너무 우아하고 잘 손질된 공원이어서 신발을 벗어야 하는지 고민할 지경이었다. 공원 남쪽 끝의 비좁은 잔디밭 위에서만 누워 있는 게 허락되었기에, 일광욕하는 사람들이 거기에 마치 뒤집힌 유람선의 선체 밑바닥에 덕지덕지 들러붙은 조난자 꼴로 모여 있었다. 레드 와인과 짠 오리요리 탓에 입이 끈적거렸고, 우리는 거품을 잃어버린 지 한참 된 짭짤한 탄산생수를 번갈아 마시며 갈증을 달랬다.

"프랑스 사람들은 어떻게 이걸 하지?"

"뭘 한다는 거예요?" 코니는 내 배를 베개 삼아 누워 있었다.

"점심 때 와인 마시는 거. 난 마취제라도 맞은 것 같은데."

"파리 사람들이 그렇게 하긴 하나? 우리 같은 관광객들만 그러는 거 아니구요?"

우리의 왼쪽에는 랭귀지스쿨에 다니는 이탈리아 학생 네 명이 플라스틱 쟁반 위에 놓인 중국 레스토랑의 포장 음식을 먹고 있었다. 뜨겁게 가라앉은 대기에 식초와 시럽의 향이 그득했다. 우리 오른쪽으로는 말라깽이 러시아 청년 세 명이 휴대폰의 스피커로 슬라브 힙합 노래를 듣고 있었다. 박박 밀어버린 머리 위로 손을 놀리며 그들은 이따금씩 늑대처럼 울부짖었다.

"프루스트의 도시." 코니가 탄식했다. "트뤼포와 피아프의 도시."

"즐기고 있는 거 아냐, 안 그래?"

"아주 잘요." 그녀가 머리 뒤로 팔을 뻗어 내 손을 찾았다. 하지만 너무 힘이 드는지 이내 팔을 떨어뜨렸다.

"당신 생각엔 앨비도 행복한 거 같아?"

"아버지 돈으로 파리에서 으스대며 돌아다니는 게요? 안 행복할 이유가 없죠. 갠 행복하다는 걸 절대 드러내지 않는 게 원칙인 애잖아요. 아시면서."

"대체 틈만 나면 어디로 그렇게 사라지는 거지?"

"여기 친구가 있을지도 모르죠."

"무슨 친구? 걔는 프랑스에 친구가 없어."

"요즘 애들한테 친구는 우리 때와는 다른 뜻이에요."

"어떻게 달라?"

"그게요, 온라인에다 이렇게 쓰는 거예요. '헤이, 나 파리 왔어.' 그럼 누가 말하죠. '나도 파린데!' 아님 이럴지도 모르죠. '내 친구가 파리 살아. 만나봐.' 그렇게 만나는 거예요."

"끔찍하군. 아니 어떻게…"

"알아요. 완전 다른 사람에, 완전 즉흥적이죠."

"난 펜팔 친구 하나 두는 것도 어려웠는데."

그녀가 배를 깔고 누우면서 새로운 사실에 반응했다.

"더글라스, 당신 펜팔도 했어요?"

"뒤셀도르프의 귄터였지. 그 친구, 나한테 와서 자고 가기까지 했는데, 대실패였지. 우리 어머니 음식을 입에도 못 댔으니까. 마구 수척해지는 게 눈에 보일 정도였어. 난 이 비쩍 말라버린 애를 독일로 돌려보냈다가는 큰 난리가 날 것 같아 겁이 났어. 결국 아버지가 귄터를 거의 의자에 묶다시피 앉혀 놓고 강제로 간과 양파 요리를 다 먹게 했어."

"멋진 추억이네요. 당신도 뒤셀도르프로 초대 받았어요?"

"아니. 희한하지?"

"주소 찾아봐요. 귄터를 찾아내야죠."

"그럴까. 당신도 펜팔 했어?"

"프랑스 여자애, 엘로디요. 필요도 없는 브라를 하고선, 내게 담배 마는 법을 가르쳤죠."

"그것 참 교육적이었군." 코니가 다시 몸을 돌리고 눈을 감았다.

"그 애랑 불쑥 마주치고 그럼 좋겠네." 내가 말했다. "때때로."

"귄터요?"

"우리 아들 말야."

"오늘 밤에 볼 거잖아요. 내가 단단히 못 박아 뒀어요. 나 이제 잘래요."

우리는 러시아어 힙합을 자장가 삼아 졸았다. 그 노래는, 마치 가능한 한 더 많은 세계인을 화나게 하려는 듯, 상소리 부분만 영어로 되어 있었다. 오후 늦게 일어나 앉아 하품을 하며 코니는 자전거를 빌려 타자고 했다. 여전히 취기가 남은 채로 우리는 외바퀴 수레처럼 굴리기 힘든 시영 자전거를 타고 내키는 길 아무데로나 몰고 다녔다.

"우리 어디 가는 거야?"

"일부러 길을 잃는 중이에요!" 그녀가 소리쳤다. "가이드북 금지, 지도 금지예요."

잔뜩 안개 낀 날씨에 도로를 역주행하며 무거운 자전거를 타는 게 쉽지는 않았지만, 나는 될 대로 되라는 식으로 '맘껏 가보자구'라는 기세로 정체된 차들의 사이드미러를 무릎으로 툭툭 쳐대며 주먹을 휘두르는 택시운전사를 무시하고 달렸다. 얼굴 가득 웃음을 머금고서. 웃고 또 웃으면서.

46.
프랑수아 트뤼포

저녁이 올 때까지도 이 안락한 기분은 계속되었다. 코니는 이탈리아 광장에서 멀지 않은 어느 공원에 야외 상영 스크린이 내걸린 걸 발견했고, 거기 가서 영화를 보자고 했다. '좋은 시절' 호텔에서 슬쩍해 온 침대 시트로 피크닉 담요를 삼았고, 그 위에 로제 와인과 빵, 치즈를 펼쳤다. 저녁 날씨는 포근하고 청명했으며, 앨비마저도 거기 함께 있는 걸 즐기는 듯했다.

"프랑스어 영화겠죠?" 스크린 앞에 자리를 펴는 동안 앨비가 그렇게 물었다.

"앨비야, 걱정 마. 다 이해할 거야. 날 믿으렴."

그 영화의 제목은 〈400번의 구타〉였고, 추천할 만한 영화였다. 나는 스릴러나 SF/판타지 장르의 영화를 좋아하지만, 이 구타 없는 구타 영화도 아주 재미있었다. 영화는 앙투안이라는 똑똑하지만 책임감 없는 젊은이에게 벌어진 여러 사건 사고들을 다루는데, 결국 앙투안은 법을 어기기까지 한다. 어머니로부터 배신당한 그의 다정한 아버지는, 어린 앙투안의 나쁜 짓들이 이어지자 화가 난 나머지 아이를 소년원으로 보내버린다. 그곳을 탈옥한 앙투안은 바다로 달려간다. (바다를 한 번도 보지 못한 앙투안이다.) 거기서 그 젊은이가 도발하듯, 다 너희들 탓이라는 원망의 눈초리로 카메라를 노려보며 영화는 홀연 끝난다.

줄거리의 측면에서 말하자면 이건 〈본 아이덴티티〉에 댈 게 아니었지만, 난 그래도 보는 게 즐거웠다. 영화는 시와 반항, 젊음의 의기양양함과 혼란을 이야기한다. (내 젊음은 안 그랬다. 다른 사람의 젊음 말이다.) 앨비는 이 영화에 심취했다. 어찌나 푹 빠졌는지 벌컥벌컥 술 마시던 것도 까먹은 앨비는 무릎을 꿇고 양손을 허벅지에 올린 채로 영화를 봤다. 앨비의 그런 자세를 마지막으로 본 건 초등학교 때 체육관 매트 위에서였다.

하늘이 점점 어두워지면서 스크린의 영상은 점점 또렷해졌다. 휙휙 날아다니는 제비(혹은 박쥐, 혹은 둘 다)는 영화 필름 위의 얼룩 같았다. 앨비는 거기 앉아 주인공 앙투안에게 격렬하게 감정이입했다. 내가 보기엔 앙투안에 비해 너무 안정적인 어린 시절을 보낸 게 사실이었지만 말이다. 이따금 나는 고개를 돌려 흑백화면의 빛을 받아 뽀얗게 된 그의 옆얼굴을 지켜보았다. 그러면서 나는 느꼈다. 내가 아들을, 아들과 아내 둘 다를, 너무나 좋아한다는 걸. 우리 피터슨 가족이 너무 사랑스러웠고, 우리의 결혼생활이, 우리 가족이 그리 나쁘지 않았음을, 평균치 이상임을 확신했고, 이 가족을 지킬 수 있을 것임을 굳게 믿었다.

정말 너무 맘에 드는 분위기여서 그런지 영화가 너무 일찍 끝나버리는 느낌이 들 정도였다. 화면 가득 마지막 장면이 — 앙투안 두아넬이 우리를 쏘아보는 그 모습이 — 정지되어 있는 가운데, 앨비는 양손바닥으로 눈 밑을 눌렀다. 마치 쏟아지려는 눈물을 막으려는 듯 말이다.

"아, 이 빌어먹을 영화, 이때껏 내가 본 것 중 최고예요." 그가 선언했다.

"앨비, 꼭 그런 말 써야겠니?" 내가 말했다.

"그리고 영상도 정말 끝내줬고."

"맞아. 나도 영상 참 좋더라." 나는 희망에 차 그렇게 끼어들었지만, 앨비와 애 엄마는 서로 꼭 안고 있었다. 앨비가 안은 팔에 꽉 힘을 주자 둘이 함께 웃음을 터뜨렸고, 그 뒤 앨비는 여름 밤 속으로 달음박질쳐 사라졌다. 코니와 나는 다시 자전거를 타고 돌아가기엔 너무 취해 있었기에, 손을 맞잡고 13번 구, 5번 구, 6번 구, 7번 구를 거쳐 숙소로 걸었다. 젊은 사랑의 꿈처럼.

47.
두 번째 데이트는 난감하여라

박사학위 소지자임에도 불구하고 나는 두 번째 데이트에서 대체 뭘 해야 할지 종잡을 수가 없었다. 레스토랑은 죄다 너무 딱딱하고 넘치거나 아니면 너무 평범하고 싸구려 같았다. 2월말이었기에 하이드파크를 걷기엔 너무 추웠고, 내가 애용하던 극장도 적당하지 않은 것 같았다. 극장에서는 서로 얘기할 수도 없고, 그녀를 볼 수도 없을 테니까.

우리는 내가 박사 후 과정으로 일하던 실험실 밖의 캠퍼스 광장에서 만나기로 약속했다. 코니는 아트스쿨을 마친 뒤 세인트제임스에 있는 상업 갤러리에서 주 4일 근무했다. 그녀는 그곳을 혐오했다. 취향은 없고 돈만 있는 사람들이 형편없는 작품들을 사러 오는 곳이라며 말이다. 하지만 그 덕분에 그녀는 집세를 낼 수 있었고, 친구들과 함께 쓰는 런던 동부의 스튜디오에서 자기 그림을 그릴 수도 있었다. 그들은 이런 스튜디오를 '콜렉티브'[공동체]라고 불렀고, 그들 모두 자신의 돌파구도 열리기를 기다리고 있었다. 직업 전망 측면에서 보아 이런 생각은 내가 보기에 너무 가망 없이 대충하는 일 같았다. 하지만 세인트제임스의 갤러리는 적어도 그녀가 집세와 밥값을 번다는 뜻이었다. 나는 코니에게 전화로 더듬더듬 어떤 버스를 타면 되는지를 설명했다. 19번과 22번, 38번의 노선을 죄다 늘어놓으면서 말이다. "더글라스, 나 런던에서 자랐어요." 그녀가 내게 말했다. "버스 어떻게 타는지 정도는 안다구요. 6시 30분에 보기로 해요." 6시 22분에 나는 시계탑 아래에 서서 최신호《생화학자》를 쏘아보았다. 그래봤자 눈에 들어오는 것도 없었지만. 6시 40분에도 나는 여전히 그 학술지를 쏘아보고 있었고, 그녀를 보기 전에 그녀의 발자국 소리를 먼저 들었다. 이 인근의 캠퍼스에서 그렇게 또각거리는 하이힐 소리는 좀처럼 듣기 힘든 소리였다.

요즘 같은 디지털 시대에는 온갖 전자기기들을 통해 누군가의 얼굴을 아무 때든 들춰볼 수 있다. 하지만 당시에는 얼굴이 마치 전화번호 같았다. 중요한 건 기억해 둬야 했던 것이다. 그런데 지난 주말의 장면들에 대한 내 기억은 벌써 흐릿해지고 있었다. 세찬 바람이 부는 잔뜩 흐린 평일에 순수하고 말짱한 정신으로 다시 보면, 나는 어쩌면 실망할지도 몰랐다.

하지만 그럴 일은 없었다. 나는 고개를 들어 그녀를 보았고, 실제는 내 기억을 훨씬 능가했다. 코니의 멋진 얼굴은 올려 세운 검은 롱코트의 깃으로 보기 좋게 가려져 있었다. 코트 아래엔 짙은 빨강의 빈티지풍 드레스를 입었고, 꼼꼼한 화장에 짙은 눈, 그리고 드레스 색깔에 맞춘 입술까지. 그 모습에 나는 '랫 앤 패럿' 펍에서 참새우 요리 따위를 먹을 수는 없겠구나 싶었다.

우리는 엉성하게 키스를 나눴다. 나는 그녀의 귓불에, 그녀는 나의 머리칼에. "정말 멋지게 입으셨네요."

"이거요? 일하러 갈 땐 이렇게 입어요." 그녀의 말이 꼭 "널 위해 입은 건 아니라구"처럼 들렸다. 8초의 시간이 흘렀을 뿐인데, 키스는 망쳐버렸고 내 마음은 무시당했다는 생각으로 얼룩졌다. 앞으로 함께할 저녁시간이 무슨 거대한 계곡 위에 걸린 외줄처럼 느껴졌다. 이 데이트의 중차대함을 감안하여 나는 내게 있는 최고의 재킷을 걸쳤다. 초콜릿 브라운 색의 독특한 코듀로이 상의에 짙은 자두색 니트 타이를 맨 것이다. 그녀가 내 타이의 매듭을 바로잡아 주었다.

"아주 멋져요. 세상에, 이 주머니에 지금 정말로 펜 꽂고 있는 거죠?"

"과학자로서, 그래야만 해요. 이건 내 유니폼이라구요."

그녀가 미소지었다. "여기가 일하시는 데?"

"저 위쪽이죠. 실험실에서."

"초파리들도 저기에?"

"저 안에 있죠. 가서 보실래요?"

"내가 가도 돼요?모든 실험실은 일급비밀인 줄 알았는데."

"영화에서나 그렇죠."

그녀가 양손으로 내 양팔을 잡으며 말했다. "그럼 나 초파리 볼래요!"

48.

곤충

새까맣게 날아다니는 파리 떼에 시선을 빼앗긴 그녀의 얼굴은 꼭 소녀 같았고, 넋이 반쯤은 나간 모습이었다. 내가 그녀를 유니콘 보호구역으로 데리고 들어간 건가 싶을 정도였다.

"왜 초파리예요? 개미나 풍뎅이, 베짱이가 아니라?"

그녀의 관심이 진심인지, 과장된 건지, 혹은 그런 척하는 건지 나는 알 수 없었다. 아마 그녀는 그 곤충통들이 어떤 설치미술 같다고 느낀 게 아닐까. 나도 그런 걸 예술이라고 주장하곤 한다는 걸 알기는 안다. 이유야 어떻든, "왜 초파리예요?"라는 질문을 내가 얼마나 듣고 싶어 했던가. 나는 고속 증식과 저렴한 유지비, 쉽게 판별할 수 있는 외적 형질 따위를 설명했다.

"외적 형질이라면…?"

"눈에 띄는 특징이나 유전 형질, 유전자와 환경 변화에 따른 표현 같은 걸 가리켜요. 초파리의 경우에는 날개가 작아지거나, 눈에 색소침착이 일어나거나, 생식기 구조의 변화가 발생하죠."

"'생식기 구조'라니. 그거 내 밴드의 이름이에요."

"그러니까 돌연변이의 징조를 아주 단시간에 살필 수 있다는 뜻입니다. 초파리는 현재진행형의 진화 그 자체랍니다. 그게 우리가 초파리를 사랑하는 이유죠."

"진행형의 진화. 그럼요, 생식기 구조를 살피려면 어떻게 해요? 제발, 제발 개들 다 죽인다는 말만은 하지 말아요."

"주로 기절시키죠."

"조그만 경찰봉 같은 걸로 때려서요?"

"이산화탄소로요. 다 끝나면 다시 비틀비틀 두 발로 서서 서로 섹스도 하고 그래요."

"저의 여느 주말이랑 똑같네요."

잠시 침묵이 흘렀다.

"저도 하나 가질 수 있어요? 저는…" 그녀가 유리병에 손가락을 하나 갖다 댔다. "…저기 저 애가 좋아요."

"얘들은 풍물장터의 금붕어가 아니에요. 과학의 도구거든요."

"그렇지만, 봐요— 쟤들이 날 정말 좋아하잖아요!"

"그거야 당신한테서 농익은 바나나 냄새가 나니까 그러죠!" 다시 침묵이 흘렀다. "농익은 바나나 냄새가 나는 건 아니에요. 미안해요, 내가 왜 당신한테서 농익은 바나나 냄새가 난다고 했는지 모르겠네요."

그녀가 고개를 돌려 나를 보고 미소지었다. 나는 그녀를 우리의 애완 초파리인 브루스에게 소개했다. 즐거운 시간을 누릴 줄 아는 게 아트스쿨 무리들만은 아님을 보여주듯이 말이다.

49.
신중함

투어는 계속되었다. 나는 그녀에게 냉각실을 보여주었고, 거기서 우리는 그 방이 얼마나 냉각되는지에 대해 얘기를 나눴다. 그 다음은 37도실이었다.

"왜 37도예요?"

"그게 인간 신체 내부의 온도거든요. 누군가의 몸 안에 들어가면 이런 느낌이라는 거죠."

"섹시하다." 코니가 무표정한 얼굴로 그렇게 말했고, 우리는 다음 방으로 자리를 옮겨 드라이 아이스와 작동 중인 원심분리기를 구경했다. 현미경을 통해 우리는 기생충에 감염된 생쥐의 혀 단면부를 관찰했다. 아, 정말, 그건 정말 근사한 데이트였고, 늘 그렇듯 늦게까지 일하고 있던 동료들의 신기해 하는 표정이 내 눈에 띄기 시작했다. 실험용 접시와 시험관을 들여다보는 이 아름다운 여인을 본 그들은 입을 다물 줄 몰랐고 눈썹도 치켜세웠다. 나는 그녀에게 물감 섞을 때 쓰라고 세균 배양접시 몇 개를 건넸다.

그녀가 투어를 충분히 즐긴 뒤에 우리는 그녀의 제안에 따라 조그만 동유럽 레스토랑으로 갔다. 내가 여러 차례 지나친 식당이었지만 난 내가 거기 들어가리라는 상상조차 해본 적이 없었다. 희미한 조명 아래 바랜 색깔의 그 집은 마치 세피아 톤의 사진 속으로 걸어 들어가는 느낌을 주었다. 등이 굽은 노인 웨이터가 코트를 받고 우리를 칸막이 방으로 안내했다. 코니가 권하는 대로 우리는 작고 도톰한 잔에 보드카를 마셨고, 이어 연한 암적색의 부드러운 수프와 속이 꽉 찬 맛난 만두, 팬케이크를 먹고 달콤한 레드 와인을 마셨다. 거의 텅 빈 방의 구석에 나란히 앉은 우리는 금세 몽롱해졌고, 즐거웠으며, 불편한 느낌을 싹 잊어버렸다. 바깥엔 비가 내렸고 창에는 김이 서렸다. 막대전열기는 벌겋게 열을 내뿜었고, 그 모든 게 환상적이었다.

"제가 과학을 왜 부러워하는지 아세요? 확실성이에요. 당신은 취향이나 유행을 염려하지 않아도 되잖아요. 영감이 솟아나길, 행운의 추가 변하길 기다리지 않아도 되고, 거기엔… 방법론이 있으니까— 방법론 맞아요? 어쨌든, 요점은, 당신은 열심히 일하면 된다는 거죠. 열심히 깎아내다 보면 결국엔 제대로 된 걸 만들어낸다, 이거예요."

"다만, 그렇게 쉽지는 않다는 점. 게다가 정말 열심히 일해야 하구요."

그녀가 어깨를 으쓱하며 손을 저었다. "그거야, 나도 그랬어요."

"당신 그림들 좀 봤어요. 완전 멋진 것 같던데요."

그녀가 얼굴을 찡그렸다. "언제 그걸 봤어요?"

"지난 주말에. 당신이 잘 때. 아름다운 그림이었어요."

"그랬다면, 그건 아마 내 플랫메이트 건가 보네요."

"아뇨, 당신 그림이었어요. 그녀 그림은 전혀 좋질 않았어요."

"프랜은 크게 성공했어요. 그림이 잘 팔려요."

"그래요? 왜 그런지 모르겠군요."

"재능이 많아요, 프랜은. 제 친구라구요."

"물론 그렇지만, 그래도 저는 당신 게 좋아요. 제 생각엔 그 그림들 굉장히…" 나는 뭔가 예술 용어를 떠올리고 싶었다. "아름다웠어요. 그러니까 제 말은, 제가 예술은 잘 몰라서요—"

"그렇지만 당신이 뭘 좋아하는지는 아신다구요?"

"바로 그거죠. 그리고, 손도 기가 막히게 잘 그리시던데요?"

그녀가 웃음을 머금고 자기 손을 지그시 보더니 손가락을 쫙 펼쳐 내 손 위에 올렸다. "우리 예술 얘기 그만해요. 초파리도요."

"그러죠."

"대신, 지난 주말은 어땠어요? 무슨 일이 일어난 거죠, 그러니까?"

"좋았어요." 그렇게 말하며 나는 생각했다. 드디어 나왔군, 볼트 건! "무슨 말이 하고 싶었던 건데요?"

"잘 모르겠어요. 아니, 알았던 거 같긴 한데."

"계속해요."

그녀가 머뭇거렸다. "당신 먼저 말해요."

난 잠시 생각했다. "그래요. 내겐 간단해요. 지난 주말은 정말 멋진 시간이었고 난 당신 만나는 게 무지 좋았어요. 재미있었어요. 다시 또 그러고 싶어요."

"그게 다예요?"

"그게 다죠." 그게 다일 리가 없다. 하지만 난 그녀를 놀라게 하고 싶지 않았다. "당신은요?"

"저는… 저도 같은 생각을 했어요. 행복한 시간이었거든요, 여느 때 같지 않게. 당신은 정말 달콤했어요. 아니다, 틀렸다, 그게 아니라, 내 말은, 당신이 아주 사려 깊고 흥미롭고 또 당신과 같이 자는 것도 좋았구요. 아주 좋았죠. 재미있었어요. 당신 여동생이 맞았네요. 당신은 내가 원하던 사람이었어요."

어쩐지 이런 상황이 익숙하게 느껴졌다. 이제 곧 '그렇지만…'이라는 단서가 이어질 것까지도.

"그렇지만, 난 관계 맺기에 서툴러요. 이전의 관계들은 행복하지 못했거든요. 특히 바로 지난번엔."

"안젤로?"

"그래요. 안젤로. 그 남자는 나한테 좀 함부로 했어요. 덕분에 난, 그러니까, 음, 신중한 여자가 되어야겠다고 맘먹었어요. 난 우리 관계도 신중하게 나아갔으면 해요."

"그러니까 나아가고 싶다는 거네요?"

"신중하게."

"신중하게라. 이를테면?"

그녀가 입술을 깨물고 잠시 생각했다. 그리곤 몸을 앞으로 숙이며 말했다. "이를테면, 당장 계산서를 달라고 해서 밖으로 나가 택시를 잡아 당신 집의 침대로 가면, 아주 행복하겠다는 거죠."

그리고 그녀는 내게 키스했다.

…

…

…

"웨이터!"

50.

603호실에서의 광란의 파티

그 파티는 여느 파티가 마땅히 끝났어야 할 시간에 시작했다. 일렉트로닉 음악의 최고음역과 붐-츠크 붐-츠크의 베이스가 마무리되고, 낮은 음역의 움-파 움-파에, 빗에 종이를 끼워 부는 윙윙대는 소리들이 곁들여지는 그런 시간에 말이다.

"저거… 아코디언 아닌가?"

"그런 거… 같죠." 코니가 중얼거렸다.

"앨비는 아코디언 못 하잖아?"

"그럼 아코디언 연주자를 데려왔나 보네요."

"아이구, 세상에."

천식 환자의 거친 숨소리처럼 칙칙대던 아코디언 소리가 어느새 익숙한 네 박자의 단조 화음으로 바뀌어 무한반복되며 귓속을 콕콕 찔러댔다. 내 아들이 발을 구르고 허벅지를 찰싹찰싹 때려대는 퍼쿠션의 곁들임도 요란했다.

"이 노래 뭐지? 아는 건데."

"'스멜즈 라이크 틴 스피릿'인 거 같네요."

"뭐라고?"

"들어봐요!"

그랬다. 틀림없이 그 노래였다.

아코디언 연주자라고 하면 나는 얼른 올리브색 피부에 가로줄무늬 브레통 셔츠를 입은 남자를 떠올린다. 그런데 지금 소외된 젊은 영혼에게 바치는 너바나의 울부짖음을 토하고 있는 건 틀림없이 원초적인 여자 목소리였다. 유난히 감정이 풍부한 옛 마을 알림꾼의 목소리 같았다. 앨비는 이제 기타를 퍼쿠션처럼 치면서 그녀의 연주를 도왔는데, 코드 바꾸는 게 늘 반 박자 늦었다.

"저런 걸 재밍이라고 하지?"

"손가락으로 귀를 틀어막는 그 재밍 말이죠?" 코니가 말했다. [영어단어 재밍(jamming)에는 두 가지 뜻이 다 있다.]

잠을 자기는 틀렸다 싶어서 나는 불을 켜고 읽다 만 2차세계대전사 책을 집어들었다. 코니는 두 개의 발포고무 베개 사이에 머리를 묻고 갈매기 괄호 자세를 취했다. 아코디언은 백파이프처럼 돈 내고 배우려다 금방 포기하고 마는 대표 악기들 중 하나이다. 하지만 내 아들의 미스터리 손님은 그 주름통의 음악적 한계를 장장 45분간 시연해 보였다. 덕분에 '좋은 시절' 호텔의 6층, 7층, 8층 손님들 대부분은 그 오밤중에, 대표곡 몇몇만 소개하자면, 떠들썩한 버전의 〈새티스팩션〉, 활기찬 〈루징 마이 릴리전〉, 그리고 너무나 길게 늘어져서 시간의 구조 자체를 길쭉하게 늘여버릴 듯한 〈퍼플 레인〉까지를 감상하는 행운을 누렸다. "공연 참 즐겁구나, 앨비." 문자를 보내지 않을 수가 없었다. "그런데 약간 늦었지." 나는 전송 버튼을 누르고 잘 수신되는지를 살피며 기다렸다.

벽 너머에서 문자 수신음이 들렸다. 잠깐 조용해지더니, 폐기종에 걸린 말벌이 부르는 듯한 〈문댄스〉가 들려왔다.

"애가 문자를 안 본 거 같은데?"

"음."

"프런트에 전화해서 항의할까? '603호의 아코디언 연주자 좀 치워주세요'를 불어로 어떻게 하나?"

"음."

"그런데 내 아들을 고발하는 거 같아 좀 찜찜하네."

"예전엔 거리낌 없이 잘도 그러시더니."

"아니면 가서 문을 두드려—?"

"더글라스, 하고 싶은 거 뭐든 해요. 당신 말만 좀 그만한다면!"

"헤이! 내가 아코디언 울려대는 것도 아닌데 왜 그래?"

"아코디언이 더 낫겠다 싶을 때도 있어요."

"그게 무슨 소리야?"

"무슨 말이 아니라— 2시 반이잖아요, 어휴…."

그때 소음이 멈췄다.

"아이쿠, 감사해라." 코니가 말했다. "자 이제 자요."

그렇지만 짜증의 구름은 한동안 맴돌았고, 우리는 그 아래 누워 보냈던 여러 밤들을 떠올렸다. 친절하지 못했던 그 순간들. 참을성도 없고 배려심도 없었던 그 순간들을. 우리 결혼생활 이제 그만 끝내요. 나 당신을 떠나야 할까 봐요.

그때, 바로 머리 뒤에서 베이스 드럼이 쾅 하고 터지는 충격파가 전해졌다. 이어서 침대 머리판이 벽을 쿵쿵쿵 때려대는 소리가 계속 울렸다.

"쟤들 또 재밍하는데?" 내가 말했다.

"오, 앨비." 코니가 팔을 들어 양쪽 눈을 다 덮으며 말했다. "아주 완벽하구나."

51.
록 아코디언 연주자

다음날 아침 호텔 지하의 식당으로 내려갔을 때, 우리는 그 수수께끼의 뮤지션을 만났다. 앨비답지 않게도 두 사람이 우리 앞에 모습을 드러낸 것이었다. 처음엔 여자애의 얼굴을 잘 볼 수 없었다. 마치 거머리처럼 앨비에게 찰싹 달라붙어 있었기 때문이다. 나는 헛기침을 했고, 둘은 그제야 떨어졌다.

"안녕하세요! 더글라스랑 코니, 맞으시죠! 우와, 코니, 세상에, 정말 아름다우세요! 아드님이 그렇게 후끈한 게 당연하네요. 정말 초미인이세요." 호주 쪽 억양에 걸걸한 목소리였다. 그녀가 내 손을 잡았다. "그리고 당신도 아주 아름다운 분이세요, 더기! 하! 지금 아침 좀 먹고 있었어요. 여기 아침 완전 짱인데요. 게다가 공짜래!"

"글쎄요, 정확히 말해 공짜는 아닌…"

"여기 앉으세요— 스티브 저리 치울게요." 스티브는 그녀의 아코디언을 가리키는 것 같았다. 스티브는 자기만의 의자에 보란 듯이 앉아 이빨을 훤히 드러내고 웃고 있었다. "스티브, 일루 와. 이 불쌍한 피터슨 씨 좀 앉게 해드리자. 완전 맛이 가셨잖아."

"간밤의 콘서트는 아주 즐거웠어요."

"아, 감사합니다!" 그녀는 미소짓고는, 손가락을 이용해 얼굴을 슬픈 표정의 광대로 둔갑시켰다. "혹시, 그거 진심이 아니신 건가요?"

"연주가 아주 좋았어요." 코니가 말했다. "아마 자정 전에 들었더라면 더 좋았을 텐데."

"오, 노! 죄송해라. 졸라 망가져 보이는 게 그 때문이군요, 피터슨 씨? 보다 편한 시간에 제가 연주하는 거 보러 오세요."

"진짜 콘서트도 하시는 건가요?" 코니가 미덥지 못하다는 투로 물었다.

"에이, 콘서트라 그럼 너무 거창하구요. 퐁피두 바로 바깥에서요."

"버스커군요?"

"저는 '길거리 공연자'라고 불리는 걸 더 좋아하지만, 네, 맞아요."

나는 낙담한 표정을 짓지 않으려고 노력했다. 하지만 '길거리'라는 접두사가 붙은 모든 활동들을 나는 미심쩍어 하는 편이다. 길거리 예술, 길거리 음식, 길거리 연극 등 모든 길거리표 뭔가는 실내에서 할 때 더 근사하니까 말이다.

"얘가 연주하는 〈퍼플 레인〉 정말 끝내줘요." 앨비가 중얼거렸다. 벽에 붙은 긴 의자에 비스듬히 가로질러 앉은 게 마치 뱀파이어에게 낚인 포로 같았다.

"아, 우리도 알아, 앨비. 우리도 알아." 코니가 그렇게 말하면서, 눈을 가늘게 뜨고 그 아코디언 연주자를 살폈다. 한편 그 여자애는 여러 개의 잼 병을 비워 크로아상 하나에다 덕지덕지 바르고 있었다. "이렇게 조그만 병에 내놓는 거 정말 짜증나요, 그쵸? 환경에 똥 싸지르는 짓인데다, 퍼내긴 또 졸라 힘든 게!" 그러면서 병 하나 안에다 혀 전체를 넣어 쓱 핥았다.

"미안한데, 아직 우리 이름도—"

"캣이에요. '캣 인 더 햇'의 그 캣이죠!" 그녀가 머리 뒤에 걸치고 있던 검은 벨루어 중절모를 톡톡 치면서 말했다.

"호주에서 왔어요, 캣?"

앨비가 혀를 차며 말했다. "뉴질랜드에서 왔거든요."

"똑같죠 뭐!" 그녀가 크게 웃었다. "얼른 아침 드세요. 아님 제가 다 먹어치울 거니까. 자, 자, 출발!"

52.

아침 뷔페의 윤리학

여러 해에 걸쳐 학술회의나 세미나에 참석하며 나는 숱하게 아침 뷔페 시스템을 경험한 바 있다. 얼핏 보아 '공짜' 같은 그 음식 테이블에 서면 어떤 이는 아주 적당하게 행동하는 데 비해 어떤 이는 마치 생전 베이컨을 먹어본 적이 없는 사람처럼 행동하곤 한다. 그런데 캣은 얼마나 많이 먹을 수 있는지에 도전하는 사람들의 부류에 속했다. 그녀는 주스기계 앞에 서서 한 잔을 가득 채워 벌컥 마신 뒤 다시 잔을 채워 그걸 또 비웠다. 나라면 그걸 '손에 땀을 쥐게 하는 주스 마시기'라고 불렀을 것이다. 저럴 거면 아예 꼭지를 틀어놓고 그 밑에 입 딱 벌리고 누워 있지? 나는 웨이터에게 미소를 지어 보였고, 그는 고개를 천천히 가로젓는 걸로 내게 대답했다. 그러다 문득 걱정스러웠다. 간밤의 아코디언 사태와 지금 막 자기 그릇에 딸기와 자몽을 산처럼 쌓고 있는 저 여인이 서로 연루되어 있음을 저 사람들이 알아차린다면? 그럼 우리는 곤경에 빠질 게 분명했다.

우리는 서둘러 캣에게 돌아갔다. "그래, 이 영원한 도시에는 어쩐 일로 왔어요, 캣?"

"파리는 영원한 도시가 아니예요." 코니가 말했다. "영원한 도시는 로마라구요."

"그리고 영원하지도 않아요." 앨비가 말했다. "그런 느낌이 나는 것뿐이지."

캣이 킬킬대며 입에서 주스를 훔쳤다. "나 여기 사는 거 아녜요. 그냥 지나가다 들른 거? 칼리지 마치고선 유럽에서 계속 돌아다녔죠. 여기서 살다, 저기서 살다. 오늘은 파리, 내일은 프라하, 팔레르모, 암스테르담— 어디든지요."

"옳지. 우리도 그래요." 내가 말했다.

"하지만 우리한텐 코팅된 여정이 있다는 거죠." 코니가 텅 비어버린 자몽 접시를 쳐다보면서 말했다.

"코팅된 거 아니잖소. 내 말은, 우리도 내일 암스테르담으로 간다는 뜻이라오."

"좋겠다! 저 담 뎁따 좋아해요. 뭐, 매번 후회할 일만 하다 끝났지만. 뭔 말인지 아시죠? 파티 타운이니까!" 그녀는 이제 두 번째 음식을 채우는 중이었다. 접시를 팔뚝에 올린 게 프로의 자세 같았고, 이번에 그녀가 주목하는 건 단백질과 탄수화물이었다. 베이컨 통의 투명 뚜껑을 들어올리면서 그녀는 눈을 감고 그 기름진 냄새를 들이마셨다. "난 엄격한 채식주의자죠. 절인 고기만 빼고." 그렇게 말하면서 그녀는 이미 치즈와 훈제연어, 브리오슈 빵, 크로아상 따위로 넘치는 접시에 베이컨을 줄줄 흘리며 덥석덥석 쌓아올렸다.

"엄청난 아침식사 같은데요!" 딱딱한 미소를 지은 채 나는 말했다.

"알아요! 앨비랑 저, 엄청 땀 흘려서 졸라 배고파서요." 그러면서 그녀가 아주 저속하고 추잡한 웃음을 머금으면서 베이컨 집게로 앨비의 엉덩이를 톡 쳤다. 앨비는 내내 멋쩍은 듯 자기 접시만 보며 웃고 있었다. "어쨌든, 이거 대부분 있다 먹을 거예요."

아, 이건 아니구나, 싶었다. 뷔페가 피크닉 준비를 하는 데는 아니지 않은가. 누구든 들러달라고 문을 활짝 연 식품저장실도 아니고 말이다. 난 앨비의 새 친구와 그들의 희한한 짓거리를 최대한 품위 있게 대하려고 결심했지만, 이건 명약관화한 도둑질이었다. 그녀의 벨벳 바지의 큼직한 주머니 안으로 꿀병에 이어 바나나가 사라지는 걸 보는 순간, 내 참을성은 바닥나 버렸다.

"그것들 다시 돌려놔야 된다고 생각 안 해요, 캣?" 나는 최대한 별일 아니라는 목소리로 그렇게 말했다.

"뭐라구요?"

"그 과일, 그 꿀병들 말이오. 하나면 되지 않아요? 아니면 두 개든지?"

"아빠!" 앨비가 말했다. "지금 무슨 말을 하는 거예요?"

"아니, 너무 많은 거 아닌가 싶어서 말이다…."

"아, 쑥~스러워라!" 캣이 오페라 가수의 파르르 떨리는 가성으로 말했다.

"캣이 지금 이거 다 먹을 건 아니잖아요."

"그러니까 말이다, 앨비."

"아냐. 됐어. 완전 됐어. 자, 여기, 여기…." 그러면서 캣은 병과 과일을 테이블 위 여기저기에 아무렇게나 내려놓았다.

"아뇨, 아뇨, 챙긴 건 그냥 가져가요. 다만 주머니에 뭘 넣는 건 좀 안 했으면—"

"봤지, 캣?" 앨비가 손바닥을 펴 나를 가리키며 그렇게 말했다.

"앨비…"

"내가 말했지. 이런다니까!"

"앨비! 그만 해. 앉아." 코니의 말이었다. 그녀의 표정이 아주 엄했다.

앨비도 더 이상 대꾸해서는 안 된다는 걸 잘 알았다. 우리는 그렇게 자리로 돌아가 앉아 캣의 이야기를 들었다.

53.

캣 인 더 햇

저는 뉴질랜드를 사랑해요, 정말 아름다운 곳이죠, 하지만 제가 자란 덴 오클랜드의 따분한 교외였어요. 똑같은 집들이 끝도 없이 이어지는 재미없는 중산층들의 동네죠. 거기선 아무 일도 안 일어나는 거 같아요. 아니면 사실 일어나긴 하는데, 아주 끔찍한 일들이 말이죠, 그런데 아무도 그에 대해 말을 안 하는 거죠. 그냥 눈을 감아버리고, 자기들의 따분하고 틀에 박힌 지루한 삶을 계속 살면서 죽음을 기다리는 거죠.

“우리 사는 데 얘기 같네.” 앨비가 말했다.

코니가 한숨을 쉬었다. “나는 그렇게 생각 안 해, 앨비. 네 생애를 통틀어 어떤 끔찍한 일들이 일어났는지 하나만 말해 봐. 하나만 말이야. 캣, 여기 이 불쌍한 앨비는 우리가 지난 2004년에 코코 팝스[시리얼] 안 사줬다고 상처를 입은 애랍니다.”

“나에 대해 다 알지도 못하면서, 엄마는.”

“아니, 사실은 다 안단다.”

“아뇨, 엄만 몰라요.” 앨비가 배신당한 자의 억울함을 내비치며 대들었다. “그리고 대체 언제부터 이렇게 열렬한 가정의 수호자가 되신 거예요, 엄마? 엄마도 그게 끔찍이 싫다고 했잖아요.”

그랬나? 코니가? 코니가 말을 돌렸다. "캣, 우리 애가 괜히 저러는 건 다 당신을 도와주려고 그러는 거예요. 계속해요. 무슨 얘기 하고 있었죠?"

캣은 지저분한 엄지손가락으로 살라미를 바게트에 억지로 쑤셔 넣고 있었다. "뭐, 제 아버지는, 진짜 완전 잡놈인데요, 저더러 대학에서 엔지니어링을 공부하랬어요. 그건 완전한 시간 낭비였죠…."

앨비가 나를 보고 씨익 웃었지만, 나는 아이의 눈을 피한 채 커피를 더 따랐다. "글쎄, 완전한 시간 낭비는 아니겠죠." 내가 말했다.

"죽어라 싫은데 시간 낭비 맞죠. 난 세상을 경험하고 직접 보고 싶었어요."

"그래서, 대신 무슨 공부를 했어요?"

"복화술요." 그녀가 마멀레이드 병을 귀에 갖다대자 조그만 목소리가 "살려줘요! 살려줘요!"라고 하는 게 들렸다. "그 덕에 인형극이나 즉흥극을 하다가 이 거리극 단체에 들어갔죠. 엄청나게 큰 꼭두각시 인형극을 하는 데였는데, 유럽 전역을 돌며 여행했어요. 엄청난 시간들이었죠. 그러다 다들 겁쟁이가 되어서는 고향으로 돌아가 찌질한 직장과 찌질한 집을 오가며 따분하고 뻔하고 찌질한 삶을 살고 있죠. 그러니 나 혼자 계속할 수밖에요. 혼자 여행하는 거죠. 대박 좋아요! 부모님 못 본 지 이제 4년이네요."

"오 캣, 그건 너무해요." 코니가 말했다.

"너무하긴요. 저한테는 끝내주는 일이죠. 뿌리 없이, 집세도 없이, 정말 엄청난 사람들을 만나는데요, 뭘. 내가 원하는 데 어디서나 살 수 있어요. 포르투갈 빼고요. 거긴 제가 맘대로 얘기해 드릴 수 없는 어떤 이유 때문에, 못 들어가는 데고…."

"하지만 부모님은 어쩌고?"

"엄마한테는 엽서 보내요. 1년에 두 번 전화도 하죠. 크리스마스에, 그리고 생일에. 제가 잘 있는 거 아세요."

"엄마 거요, 아님 당신 거요?" 코니가 물었다.

"뭐라구요?"

"어머니한테 크리스마스랑 생일 때 전화한다 했잖아요. 그 생일이 어머니 생일이에요, 아님 당신 생일이에요?"

캣은 무슨 저런 질문이 다 있나, 하는 표정이었다. "내 생일이죠. 당연한 거 아녜요?" 그녀의 말에 코니도 고개를 끄덕였다.

"그리고 당신 아버지는?" 내가 물었다.

"아버지는 가서 엿이나 먹으라 그래요." 그녀는 입에 빵을 집어넣으면서 당당하게 말했다. 앨비의 얼굴에 탄복의 기미가 어리는 게 보였다.

"그건 좀 심하지 않아요?"

"직접 만나 보심 그런 말씀 안 하실걸요. 딱 만나보심 제 말이 정~말로 딱이라니까요." 그녀가 다시 특유의 웃음소리를 냈다. 영화에서 미친 사람이 내곤 하는 그 소리에, 웨이터의 눈초리가 더 매서워졌다. 아무리 노력해도 나는 이 캣이라는 애랑은 친해질 수가 없었다. 그녀는 앨비보다 꽤 나이가 많았고(그 탓에 난 바보같이 더욱더 앨비를 지켜야겠다는 생각을 했다), 피부가 꼭 무엇에 쓸려서 벗겨진 듯한 게 마치 사포 같은 걸로 박박 문질러 놓은 것 같았다(내 아들의 얼굴이 범인일지도). 눈 주위의 시커먼 판다 곰 화장, 입 주위의 빨간 자국들(이 또한 내 아들 탓이리라), 마치 그린 듯 아주 높이 동그란 눈썹. 어디서 본 듯한 얼굴인데 말이지? 대학에 막 입학했을 때 난 앞서 말한 리사 고드윈과 함께 〈로키 호러 픽처 쇼〉를 보러 갔다. 가장 무도회 복장들을 입고 보는 자리였는데, 내 인생 최초로 억지로 괴짜 행세를 해야 하는 정말 미치도록 피곤한 밤이었다. 그 모든 게 다 사랑을 위해서였다! 나는 종교적인 사람이 아니지만 그날, 립스틱으로 일그러진 웃음을 얼굴 가득 그려놓고 리사 고드윈의 찢어진 스타킹을 입은 채 좌석에 앉아 있을 때, 나는 기도했다. 신이시여, 제발 이런 시간 뒤틀기(time warp)를 다시는 하지 않게 해주소서.

맞다. 캣에게는 뭔가 록키 호러 급의 기색이 있었다. 아마 우리 아들이 그런 데 끌렸는지도 모른다. 앨비의 손은 캣의 허리 뒤에 있었고, 캣의 손가락은 찢어진 청바지 안으로 앨비의 무릎을 만지고 있었다. 그 모든 게 나는 언짢고 불편했다. 그녀가 그런 나를 크게 안심시키는 말을 했다.

"자, 우리 착하신 여러분, 만나 뵈어서 아주 반가웠어요. 정말 근사한 젊은이를 두셨어요, 여기!" 강조의 표시로 그녀가 앨비의 허벅지를 찰싹 때렸다.

"그럼요, 우리도 잘 알아요." 코니가 말했다.

"그럼, 구경 잘 하시구요! 젊은이, 날 현관까지 에스코트하시게나. 뷔페 경찰이 날 땅바닥에 깔아뭉개고서 알몸 수색하는 건 싫으니까!" 큼지막한 너털웃음과 떠들썩한 의자 끌리는 소리와 더불어 그녀는 스티브라는 이름의 아코디언을 스티브 전용석에서 집어 들고 중절모를 푹 눌러썼다. 스티브가 고음의 까르르 소리를 냈고, 그렇게 그들은 사라졌다.

우리는 대충돌 직후의 정적 속에 한참 앉아 있었다. "중절모 쓴 여자는 절대로 믿지 말 것." 코니가 말했다.

우리는 웃었다. 부부지간에 같은 걸 싫어할 때 느끼는 그런 달콤한 기쁨을 만끽하면서 말이다. "'엄마, 아빠, 제가 결혼할 여자예요.'"

"더글라스, 그런 건 농담도 하지 마요."

"뭐, 난 그녀가 좋던데."

"아하, 그래서 아침상 도로 물려놓으라고 그러셨구나?" 코니가 낄낄거렸다.

"내가 너무 한 건가? 당신도 그렇게 생각해요?"

"아뇨, 더글라스. 이번엔 아니에요."

"그런데 우리 애는 그 여자애 어디가 좋다는 걸까? 그 웃음소리인가?"

"웃음소리만은 아니겠죠. 아마 섹스도 한몫 하는 거 같은데. 오 앨비." 그녀가 한숨을 쉬었다. 그녀의 얼굴에 깊은 수심이 가득했다. "더글라스." 그녀가 머리를 내 어깨에 기대며 말했다. "우리 꼬마가 이제 다 커버렸나 봐요."

64.
지나친 나눔, 부족한 나눔

파리에서의 마지막 날을 나는 우리 셋이 같이 보낼 줄 알았다. 하지만 코니는 피곤하다면서 좀 언짢은 목소리로 괜찮으면 1분만 혼자 있고 싶다고 했다. 법에 저촉되지 않는다면 딱 1분만, 말이다. 아들과 난 둘이 다니면 거의 소동과 경악을 일으키기 십상이었지만, 우리는 마음을 모질게 먹고 둘이서 오르세 미술관으로 향했다.

날씨도 심상찮았다. 도시가 낮고 빽빽한 구름 아래 습기로 가득 차 있었다. "비가 쏟아질 거 같지?" 내가 말했다.

앨비는 말이 없었다.

"우린 캣 좋더라." 내가 말했다.

"아빠, 그런 척 안 해도 돼요. 왜냐면, 난 신경 안 쓰니까."

"진짜야. 진짜라니까. 갠 아주 재미난 친구 같더라. 또 도전적이고." 바로 옆의 아들은 또 말이 없었다. 그래서. "너희 둘, 서로 계속 연락할 거냐?"

앨비가 콧잔등을 찌푸렸다. 아들과 나는 속 깊은 얘기를 나눈 적이 별로 없었다. 친구들 중에는 — 주로 코니의 친구들 — 아이들과 유난히 허심탄회하게 대화를 주고받는 이들이 있었다. 펑퍼짐한 소파에 한없이 쭈그려 앉아 교제나 섹스, 마약, 정서적 정신적 건강 따위를 의논하는 것이다. 그럴 때면 아이들은 10대라면 누구나 그런 걸 갈망한다는 듯 틈만 나면 벌거벗은 채 돌아다니고 말이다. 시간에 따른 몰락이 어떤 것인지를 눈앞에서 증명하겠다는 듯이? 비록 이런 접근법은 너무 젠체하고 인위적인 것이라는 게 나의 평가이긴 하지만, 그런 나에게도 개선의 여지가 있다는 건 인정한다. 아들과의 관계에서 너무 과묵한 건 극복해야 할 일이니까. 내 아버지가 아들과의 관계를 '보다 개방적으로' 만들고자 취했던 가장 전향적인 조치는, 보건소의 성병 안내 소책자들을 골라 와 내 베개 위에 펼쳐놓아 둔 일이었다. 그건 대학으로 떠나는 내게 건넨 이별의 선물이었고, 인간의 가슴이 어떻게 작동하는지에 대해 내가 알아야 할 모든 정보였다. 어머니는 두 사람이 입 맞추는 장면만 나오면 텔레비전 채널을 돌렸다. 두 분 다 관용의 1960년대를 아무 영향 받지 않고 통과했다. 거의 1860년대에 살았어도 좋았을 분들이다. 내 여동생과 내가 어떻게 탄생할 수 있었는지는 아직도 미스터리다.

하지만 정서적으로 교류하기, 이건 내가 노력하기로 했던 항목이 아닌가? 어쩌면 이번 기회에 아들도 내게 10대의 혼란에 대해, 나는 그에 답해 결혼생활의 기쁨과 힘든 점을 두런두런 얘기할 수도 있으리라. 그런 생각 아래, 나는 자코브 가 쪽으로 길을 둘러갔다. 18년 전 코니와 내가 묵었던 호텔이 보이자, 나는 멈춰 서서 앨비의 팔을 잡았다.

"저 호텔 보이지?"

"네."

"저 창문 말이다, 저 위에? 3층 구석에, 노란 커튼 있는 방?"

"저게 왜요?"

내 손을 아이의 어깨에 올려놓으며 나는 말했다. "저 방이 말이다, 앨버트 새뮤얼 피터슨, 네가 임신된 그 침실이란다."

너무 많은 걸 너무 한꺼번에 압축해서 얘기한 걸까. 난 뭔가 시적인 느낌이 들길 원했다. 정자와 난자가 결합해 앨비가 생겨난 바로 그곳을 직접 보는 게 말이다. 나는 한편으로 아이가 재미있어 하리라고 생각했다. 젊은 시절의 부모를, 지금 우리보다 훨씬 덜 엄격했을 그 모습을 상상하면서. 어쩌면 애가 감동할지 모른다는 기대도 했다. 사랑을 나누며 자신을 만들어낸 기억을 따뜻한 애틋함으로 추억하는 — 내 기억 속에선 늘 그렇다 — 아빠의 모습에.

아니면, 내가 너무 쉽게 생각했던 걸까.

"뭐라구요?"

"바로 저기야. 저 방에서. 거기서 네가 만들어졌다고!"

애의 얼굴이 뒤틀려 역겨움으로 가득 찬 가면으로 변했다. "우와, 평생 잊지 못할 이미지 하나를 만들어주셨네요."

"아니, 달리 어떻게 그런 일이 일어날 수 있었겠니, 앨비?"

"그런 일이 일어난다는 건 나도 알아요. 다만 억지로 그걸 생각하고 싶지는 않다는 거죠."

"난 너도 알고 싶어 할 거라고 생각했지. 내 생각엔 네가…"

앨비가 다시 걷기 시작했다. "아빠, 도대체 왜 이러는 거예요?"

"이러다니, 뭘?"

"이런 얘기 막 하는 거요. 진짜 이상하잖아요."

"뭐가 이상해? 이건 그냥 친구끼리 하는 얘기라구."

"아빠가 제 친구예요? 아빤 아빠죠."

"그 뜻이 아니라… 그래, 어른이라고 하자. 우리 둘 다 이제 어른이잖니. 우리도 어른들끼리의 얘기를 얼마든지 나눌 수 있겠다 싶었던 거야."

"예에, 지나치게 많이 나눠주셔서 정말 감사합니다, 아빠."

우리는 계속 걸었고, 나는 지나치게 나눈다는 것의 의미를 곱씹었다. 그럼, 부족한 나눔은 어떤 것인가? 그리고 그 둘 사이의 어느 지점에 자리 잡는 게 대체 가능한 것일까?

55.

부르주아 대 아방가르드

곧 우리는 오르세 미술관에 도착했고, 미술관으로 변신한 옛 기차역의 거창한 중앙 홀에 서 있었다. "저 엄청난 시계 좀 봐라!" 난 탄성을 질렀다. 탄성을 지르기에는 너무 쿨한 앨비는 계속 걸어가서 그림들을 음미하기 시작했다. 나는 인상파 그림들을 좋아한다. 그게 그리 특별히 인기 좋은 예술 취향이 아니라는 건 나도 잘 안다. 하지만 앨비는 그 그림들을 그야말로 개무시했다. 마치 그 포플러 나무들과 피아노에 앉아 있는 그 소녀들을 내가 그리기라도 한 것처럼 말이다.

그러다 갑자기 우리 앞에 그의 관심을 끄는 게 나타났다. 구스타브 쿠르베의 〈세상의 기원〉이었다. 그림의 스타일이나 기법은 발레 무용수나 과일 바구니를 그린 그림들과 다를 게 없었다. 그런데 이 그림의 주제는 쩍 벌린 한 여자의 다리였고, 다리의 주인공 얼굴은 화면 밖으로 사라져 있었다. 그 그림은 보는 이를 아주 당혹스럽게 하는, 적나라하고 단호한 그림이었고, 그래서 내 눈엔 좋아 보이지 않았다. 대개의 경우 나는 충격 받는 걸 싫어한다. 내가 얌전 떠는 체질이어서가 아니라, 어린애들 장난 같아 너무 쉬워 보이기 때문이다. "저런 생각들은 대체 어디서 나오는 걸까?" 그렇게 말하며 힐끗 그 작품을 본 뒤 난 계속 걸어갔다.

하지만 앨비는 나를 불편하게 만들 이 절호의 기회를 놓치고 싶지 않은지, 우뚝 멈춰 서서 뚫어져라 그 작품을 보고 또 보았다. 깐깐하게 보이지 않으려고 굳게 결심한 터라, 나는 급히 몸을 돌려 아이의 곁으로 돌아갔다.

"자, 이거, 이거, 이거야말로 지나친 나눔이시네!" 내가 말했다.

반응은 없다.

"뭔가 한판 하자는 것 같지 않니?" 내가 말했다. 앨비는 코웃음을 치며 머리를 갸웃 기울였다. 그 각도가 아주 중요하다는 듯 말이다. "이게 1886년에 그려졌다는 건 정말 놀랍구나."

"왜요? 그때면 벌거벗은 여자들도 지금과는 달랐을 거라고 생각하세요?" 그는 앞으로 쭉쭉 걸어가 캔버스를 유심히 뜯어보기 시작했다. 너무 가까이 가서 그러는지라 나는 경비원이 달려올까 겁이 났다.

"그게 아니라, 지난 과거는 원래 보수적이었다고 생각하곤 하잖아. 그런데 저 작품을 보면, 노골적인 불편함이 20세기 말의 발명품인 건 아니란 말이지." 이거 괜찮군, 나는 생각했다. 이런 멘트는 코니가 말했을 법한 그런 거 아닌가. 그런데도 앨비는 얼굴만 찌푸렸다.

"이게 뭐가 노골적이고 불편해요? 내겐 그저 아름답기만 한데."

"나한테도 그래." 말은 그렇게 했지만 확신은 없었다. "위대한 그림 맞아. 멋지지." 나는 그림 설명을 다시 한 번 더 살폈다. 〈세상의 기원〉. 나는 신경질이 나고 불안해지면 뭐든지 읽곤 한다. 설명, 도로표지 등을. 때에 따라선 여러 번씩. "〈세상의 기원〉이라니, 재치 있는 제목이네." 그러면서 나는 그게 나를 얼마나 깊은 히스테리에 빠지게 했는지 보여주려는 듯 콧김을 매섭게 내뿜었다. "저 모델은 어떤 기분이었을지 궁금하네. 아마 그녀가 다시 돌아와 그림을 보고서 '구스타브, 이거 꼭 거울 보는 거 같잖아요'라고 했을 거 같지 않니?"

그렇지만 앨비는 벌써 가방에서 스케치북을 꺼내고 있었다. 이 이름

모를 여인의 은밀한 부분을 그냥 쳐다보는 것만으로는 만족할 수 없었기에, 앨비는 기어이 그걸 그려 가고 싶은 모양이었다.

"선물상점에서 만나자." 그렇게 말하고 나는, 미친 듯 연필을 놀려 그림에 음영을 넣고 있는 애를 남겨두고 그곳을 떠났다.

56.
안전지대

그 뒤 파리에서의 마지막 날 밤, 우리는 모두 베트남 레스토랑으로 갔다. 하지만 나는 수프를 먹다 부상을 입어 일찍 그곳을 떠나야만 했다.

나는 아주 매운 음식을 먹으면 늘 탈이 나는 편이었다. 그러다 보니, 손가락을 후끈하게 하는 거면 뱃속에 넣어서도 안 된다는 제법 그럴듯한 믿음이 생겨났다. 물론 앨비는 불같은 음식을 척척 잘도 먹었다. 그게 자신의 맹렬한 개성이나 정치 같은 걸 반영한다고 생각하는 모양이었다. 코니는 그 아침뷔페 사태 이후 기분이 약간 회복된 상태였지만, 더 이상 비스트로에 가는 건 싫다고 했다. "두고 봐요, 다시 오리 다리를 보는 날엔 내가 비명을 확 질러버릴 테니까." 베트남 레스토랑에 가자는 건 앨비의 제안이었다. 또, 나는 일찍이 새로운 걸 해보기로, 나의 소위 '안전지대'에만 머무르지 않기로 결심하지 않았던가! 그렇게 앨비의 제안을 따라 우리의 비틀대는 자전거 부대는 몽파르나스의 한 베트남 음식점으로 출발했다.

"Authentiquement epice!" 앨비가 맘에 든다는 듯 메뉴를 읽었다. "이건 딱 '졸라 맵다'는 뜻이에요!"

내가 주문한 건 일종의 비프 수프였다. 콕 집어 "너무 맵지 않게 부탁해요"라고 불어로 말했는데도, 도착한 접시를 보니 작고 지독한 빨간 고추들로 완전 범벅이 되어 있어서, 처음에 나는 이거 무슨 농담 아닌가 싶었다. 어쩌면 앨비가 그들로 하여금 그렇게 많이 넣게 한 건지도 몰랐고, 어쩌면 요리사들이 조그만 둥근 창에 얼굴을 붙이고 나를 보며 씩 웃고 있는지도 몰랐다. 어느 쪽이 됐든 나는 불타는 내 입천장을 식히기 위해 엄청난 양의 맥주를 마셔야만 했다.

"아빠한텐 너무 많은 건가?" 앨비가 싱긋 웃었다.

"약간 그럴 뿐야." 나는 맥주를 한 잔 더 시켰다.

"그것 봐요." 코니도 웃었다. "삶은 고기를 고깃국물 소스에 담아 나오는 거 아니면 뭐든지…"

"그렇지 않아, 코니. 그런 게 아니란 거, 몰라?" 내 말투가 좀 퉁명스러웠을지도 모르겠다. "사실을 말하자면, 맛은 아주 좋다구."

하지만 그 맛조차 곧 사라지고 말았다. 나는 이빨 사이로 그 고추들을 걸러 가며 수프를 먹고 있었는데, 어느 놈이 그걸 뚫고 들어간 건지 갑자기 입안이 활활 타올랐다. 나는 맥주를 단숨에 비웠고, 빈 잔을 털썩 내려놓다가 그만 수프에 담겨 있던 커다란 도자기 숟가락을 때렸다. 그러면서 거의 한 국자 분량의 수프가 내 오른쪽 눈으로 발사되었다. 라임 주스와 고추를 듬뿍 넣어 맛을 낸 수프였던 탓에 나는 순간적으로 눈앞이 캄캄했고 더듬더듬 테이블을 헤적이며 냅킨을 찾았다. 마침 집어든 건 앨비가 버린 냅킨이었는데, 그건 돼지갈비에서 닦아낸 칠리소스로 흠뻑 젖어 있는 것이었다. 나는 그걸 저격당한 눈을 닦는데 썼고, 그러다 어찌하여 다른 쪽 눈도 그걸로 훔쳤다. 아마 앨비가 웃고 있지 않았더라면 그때 나를 말렸을 것이다. 하지만 이미 일은 벌어져 내 얼굴 가득 눈물이 펑펑 흐르고 있었다. 눈이 먼 채 화장실로 더듬대며 가는 나를 보며, 앨비와 코니의 웃음은 당혹감과 염려로 바뀌었다. 몇몇 손님들과 부딪친 끝에 비드 발을 걸어둔 화장실에 들어서니 여자화장실이었다. 죄송합니다! 죄송합니다! 겨우 남자화장실로 들어선 나는 세상에서 가장 작고 쓸모없는 세면대를 찾아내 거기에 억지로 얼굴을 담그려 했다. 그 와중에 수도꼭지가 내 이마를 좌악 긁어놓았고, 눈을 씻으려 튼 물은 오지게 뜨거운 물이었다. 드디어 찬물을 틀어 허리를 잔뜩 비튼 자세로 나는 세찬 수돗물에 눈알을 갖다댔고, 그 뒤 참으로 고맙게도 마비 증세를 보이기 시작한 내 입도 거기에 댔다. 그 화학작용에 의한 심장박동은 몇 해 전 사랑니 하나를 제거할 때의 그것을 떠올리게 했다.

나는 그 상태로 한참을 거기 머물렀다.

드디어 나는 고개를 들어 거울 속의 내 모습을 확인했다. 셔츠는 흠뻑 젖어 몸에 들러붙어 있었고, 이마에서는 피가 흘렀다. 혀와 입술은 퉁퉁 부어 벌갰으며, 내 오른쪽 눈도 너무 부어 뜰 수가 없을 정도였다. 눈꺼풀을 들어 안을 보니 눈동자에 온통 빨건 핏줄이 서서 거의 토마토 수프 색깔을 하고 있었다. 천장을 올려다보니까 시야의 한쪽 구석에 마치 카메라 렌즈에 머리카락이 묻었을 때처럼 흠집 같은 게 나 있었다. 눈알을 굴려보니 그 흠집도 따라 움직이다 시야 밖으로 사라지기도 했다. 상처를 입다니. 이러니까 안전지대가 필요한 거야. 왜냐하면 거기선 편안하니까. 안전지대를 떠나 우리가 얻을 수 있는 게 대체 무엇이란 말인가?

자리로 돌아가자 앨비와 코니는 심각한 얼굴로 나를 살폈으나, 이내 연신 웃으며 떠들어댔다. 웃음이 터질 때 나도 그 웃음에 합류하려고 했다. 웃음의 대상이 되는 것보다는 나도 웃는 게 차라리 나았으니까. 이럴 때 써먹으려고 준비해 둔 말이 있었다. "봤지? 이러니까 우리가 실험실에서 보호용 고글을 쓰는 거거든." 내 농담의 효과는 거의 없었다.

"당신, 의자에 묶여서 흠씬 두들겨 맞은 사람 같아요?" 코니가 말했다.

"괜찮아. 멀쩡해." 나는 웃으며 말했다. 웃으면서 그 접시를 멀찍이 밀어버렸다. "자, 이거 당신이 먹어."

"이곳 음식 정말 맛있는 거 같아요."

"그래? 그거 기쁜 일이네." 내가 말했다. "하지만 나 개인적으로는 날 해치지 않는 음식들이 더 좋아."

코니가 한숨을 내뱉으며 말했다. "무슨 음식이 당신을 해쳤다고 그래요, 더글라스?"

"해쳤지! 진짜로 내 눈동자에 상처를 냈단 말이야. 이제부터 나는 하얀 평면을 볼 때마다 이 수프를 보게 될 거라구."

이 말이 다시 그들을 웃게 만들었고, 나는 갑자기 피곤해졌다. 그래, 이제 됐어. 나도 노력했어. 최선을 다했고, 애도 엄청 썼단 말이지. 나는 벌컥벌컥 맥주잔을 비웠다. 세 잔째, 혹은 네 잔째였을 것이다. 그리고는 일어나 가려고 의자를 뒤로 뺐다.

"자, 난 이제 걸어서 호텔로 돌아가겠소."

"더글라스." 코니가 손을 내 팔에 얹으며 말했다. "그러지 말아요."

"아냐. 나 없는 게 훨씬 더 좋지 않아? 여기…." 나는 지갑에서 돈을 꺼내, 영화에서 본 것처럼 아주 호전적으로 지폐를 테이블에 던졌다. "이 정도면 밥값 되겠지? 암스테르담 기차, 9시 15분이야. 그러니까 일찍 나서야 해. 늦지 않으시도록!"

"더글라스. 앉아요. 우릴 좀 기다려줘요, 응?"

"난 시원한 바람 좀 쐬어야겠어. 안녕. 안녕. 난 잘 찾아갈 거야."

57.
미안하지만, 그게 무슨 말이야?

난 길을 잃었다, 물론. 시커먼 콘크리트 괴물 같은 몽파르나스 타워 건물이 뒤에 있다가 앞에 나타났다가, 오른쪽이었다 왼쪽이었다를 거듭했다. 뒷골목 길을 여럿 지나고 나니 크고 단조롭고 인적 없는 큰 길이 나오고, 또 우아한 중앙분리대를 갖춘 대로가 나왔는데, 그 길은 결국 페리페릭[파리 내부순환도로]까지 이어진 길이었다. 맥주와 수프, 물과 땀에 젖은 채 나는 고속도로를 향해 걷고 있었던 것이다. 취기가 돌고 한쪽 눈은 어두웠다. 사랑받을 만하지도 않고 나를 사랑하는 사람도 없이, 신경질과 좌절감, 자기연민으로만 꽉 찬 채 이렇게 헤매다니. 길까지 잃고, 이 멍청한 도시에서. 이 멍청한 망할 놈의 빛의 도시에서.

난 그 생각에 사로잡혀 있지 않으려 애썼다. 하지만 여행길에 나서고 보니 어쩌면 이 여행이 우리 사이를 고쳐주지 않을까 하는 기대가 생겼다. 코니의 마음이 흔들리는 정도까지는 말이다. 나 당신을 떠나야 할까 봐, 라고 했지. 그런데 그 '할까 봐'에는 약간의 의심이, 설득의

가능성이 남아 있지 않은가? 어쩌면 이 새로운 환경 덕분에 우리는 서로 새로운 사람으로 만났던 때를 되새길지도 모른다. 하지만 어떤 도시가 우리 사이를 바꾼다니, 이 얼마나 웃기는 소리인가. 유화와 대리석상과 스테인드글라스가 뭘 바꾼다고…. 장소는 우리 문제와 하등 무관한 것을.

자줏빛 하늘을 배경으로 금빛으로 빛나는 앵발리드의 거대한 돔 앞에 섰다. 에펠탑의 서치라이트는 도망자를 쫓듯 여기저기를 훑고 있었다. 대기는 임박한 여름 폭풍을 암시하는 기운들로 가득했고, 난 아직도 호텔까지 갈 길이 멀다는 걸 깨달았다. 내 가족은 이제 잠자리에 들었거나 편안히 자고 있겠지. 내 가족. 곧 내게서 사라지려 하는 가족. (벌써 잃어버린 건 아닐까…) 그 길고 지루하고 적막한 큰길을 터벅터벅 걸어가며 나는 생각했다. 왜 내 계획은 실패할 수밖에 없었던 걸까?

로댕미술관을 끼고 오른쪽 길로 접어들었다. 벽에 난 틈새로 옹기종기 모인 다섯 남자의 조각상이 보였다. 온갖 절망을 내뱉고 있는 그 한탄의 몸짓들을 보며, 나는 여기가 내가 쉬어가야 할 곳이구나 싶었고, 도로턱에 주저앉았다. 그때 전화가 울렸다. 물론, 코니였다. 받지 말까 싶었지만, 코니의 전화를 무시하는 일은 내게 가능하질 않으니.

"여보세요."

"어디에요, 더글라스?"

"여기 로댕미술관 밖인 거 같아."

"대체 거기서 뭐하는 건데요?"

"전시회 보지."

"새벽 한 시예요."

"길을 살짝 잃었나 봐. 별일 아니야."

"호텔에서 기다리고 있을 줄 알았더니."

"금방 갈 거야. 얼른 자요."

"여기서 당신 없이 어떻게 자요?"

"나랑 있어도 잘 못 자는 거 아냐?"

"아뇨. 아니다, 그게 맞네요. 그러니까… 딜레마네요."

잠깐 침묵이 흘렀다.

"아까는 좀… 흥분했지. 사과할게." 내가 말했다.

"아뇨. 내가 사과해야죠. 앨비랑 당신이 서로 놀려대곤 한다는 건 잘 알지만, 내가 그래선 안 되는 거였는데."

"그 얘긴 더 하지 맙시다. 내일은 암스테르담에 가니까."

"새로운 출발이네요."

"그렇지. 새 출발."

"그래요. 서둘러요. 비가 쏟아질 거 같잖아요."

"얼마 안 걸릴 거야. 이제 얼른—"

"우리 모두 당신 사랑해요. 알죠? 그래요, 잘 표현하진 않아요. 그건 나도 알아요. 하지만 우린 당신 사랑해요."

나는 크게 심호흡을 했다. "그래. 이미 말했지만, 금방 갈게."

"응. 얼른 와요."

"안녕."

"안녕."

"안녕."

나는 잠시 앉아 있다가 벌떡 일어나 금방 퍼붓기 시작할 비를 피하겠다는 일념으로 발걸음을 재촉했다. 내일이면 암스테르담이다. 암스테르담은 다를지도 모른다. 암스테르담에서는 아마 모든 게 제대로일지도 모른다.

3부

…

벨기에, 네덜란드

58.

공기펌프 속 새 실험

하지만 아, 사랑의 기쁨, 날마다 거듭되는 그 기쁨과 그 완전한 행복감과 전율, 그것은 이전에 내가 경험한 그 무엇과도 달랐다. 드디어 사랑에 빠진다는 게 어떤 것인지, 그건 정말로 어질어질할 지경이었다. 다른 모든 건 그저 오진이었고, 미혹 혹은 집착일 뿐이었지만, 이건 참으로 색다른 상황이었다. 이건 완전한 행복이었고, 전혀 새로운 것이었다.

두 번째 데이트 이전부터 전혀 새로운 이런 변신은 시작되었다. 난 일종의 그릇된 삶을 오래도록 살아왔고, 밸럼의 우중충한 내 아파트는 그 상징이었다. 휑한 목련색의 벽, 독신 전용 가구들, 먼지 앉은 종이 블라인드, 그리고 100와트 전구들. 코니 무어처럼 쿨한 여자가 이런 것들을 견딜 수는 없는 법이다. 이 모든 게 바뀌어야 했다. 새로 필요한 것들은… 음, 그다지 확신은 없었지만, 난 그것들을 24시간 이내에 새

것들로 바꿔놓아야 했다. 그래서 데이트 전날 밤, 나는 일찍 실험실을 나와 버스를 타고 트라팔가 스퀘어로 가서 내셔널 갤러리에 들러 예술품 대량 구매에 나섰다.

티치아노와 반 고흐, 모네와 렘브란트의 작품들로 된 엽서를 사고, 쇠라의 〈아르니에르에서 멱 감는 사람들〉과 다빈치의 〈성모 마리아와 아기 예수〉로 된 포스터를 샀다. 반 고흐의 〈해바라기〉와, 그와 대비되는 작품으로 더비의 조셉 라이트의 〈공기펌프 속 새 실험〉 복제품도 샀다. 다소 엽기적인 이 계몽 회화는 앵무새를 질식시키는 실험을 하는 남자를 그린 것이었는데, 예술과 과학에 대한 우리 둘의 관심을 잘 융합시켜 둔 것이었다. 갤러리를 나와 리전트 스트리트의 백화점으로 가서는 딸깍이 액자와 쿠션(내 생애 최초의 쿠션들!), 조그만 러그와 소파 씌우개(이게 맞나? 씌우개?)를 샀고, 쓸 만한 와인 잔과 속옷, 양말, 그리고 낙관론에 부풀어 새 침대 시트도 샀다. 이 단순하고 스타일리시한 새 시트는 어머니가 80년대 중반에 사주셨던 눈금 그래프 디자인의 시트를 대신할 것이었다. 화장실용품 코너에서는 면도기와 로션, 향유를 사고, 스크러핑이 뭔지는 모르지만 스크러핑 로션도 샀다. 치실과 구강세척제, 그리고 계피, 백단향, 향나무, 소나무 등 모든 수목원의 향기를 머금은 비누와 젤도 샀다. 큰 재산을 투자한 이 쇼핑의 결과물들을 들고 나는 택시에 올랐다. 커다란 블랙 캡 말이다! 왜냐하면 버스에는 완전 새로워지고픈 나를 위한 여유가 없었으니까.

밸럼에 돌아와 나는 이 새로운 나의 분신들을 적재적소에 배치하느라 저녁시간을 보냈다. 가능하면 이게 내가 늘 살아온 모습인 것처럼 보이게끔 많은 신경을 기울였다. 책을 흩어놓고 씌우개를 씌웠다. 새 과일바구니에는 신선한 과일을 채웠고, 슬픈 용설란과 말라비틀어진 다육이들과는 이별하고 그 자리를 꽃들로 채웠다. 막 꺾어온 싱싱한 꽃들로! 실험실에서 해방시켜 온 500밀리리터들이 콘 모양의 실험용 파이렉스 플라스크는 꽃병으로, 쟈잔! 그건 싸고 또 즐거운 일이었다! 이제 만약 — 만약 — 그녀가 내 방에 발을 들이더라도, 그녀는 나를 전혀 새로운 사람으로 보게 될 것이었다. 근사한 취향에 단순하게 사는, 아주 독립적으로 확신에 찬 생활을 하는 독신남으로, 반 고흐 프린트와 쿠션을 지닌, 나무 향을 풍기는 능수능란한 남자로 말이다. 코미디 영화를 보면 주인공이 미친 듯이 변장을 하는 장면들이 나오곤 하는데, 그날 밤이 딱 그런 느낌이었다. 비록 가발이 삐뚤어지고 수염이 입술에서 떨어지고 과일바구니에 가격표가 대롱대롱 매달려 있다 해도, 비록 이 변장이 엉성해 보이고 벨크로 찍찍이로 대충 붙인 것이긴 해도, 뭐 어때, 언제든 고치면 되지.

59.
해바라기

그렇게, 둘째 데이트의 다음날 아침, 검사의 시간이 닥쳤다. 차를 준비하면서 나는 문틈으로 코니가 낡은 티셔츠를 걸치는 걸 보았다. 아, 세상에, 그 모습은 정말! 그녀는 바구니에서 싱싱한 사과를 한 알 집어 이리저리 살피더니 설렁설렁 곳곳을 기웃거렸다. 사과를 입에 문 채 앨범을 꺼내고, 책과 카세트, 비디오테이프의 제목들을 훑어보고, 새 코르크 메모판에 너무나 자연스럽게 붙여둔 엽서와 벽에 걸린 액자 속 그림들을 살폈다.

"앵무새를 질식시키는 그림도 있네요?"

"더비의 조셉 라이트죠!" 내가 고함쳤다. 퀴즈의 정답을 외치듯. "공기펌프 속 새 실험이요."

"그리고 반 고흐도 정말 좋아하시구요?" 부엌 쪽으로 그녀가 외쳤다.

그랬나? 그래야 하는 건가? 좋은 일이겠지, 그건? 반 고흐를 너무 많이 써먹은 건가? 반 고흐는 누구나 좋아하는 줄 알았더니? 누구나 좋아한다고 해서 설마 반 고흐가 형편없는 게 된 건 아니겠지? 나는 떨어지려는 수염을 꾹 눌러 다시 붙였다.

"아주 좋아하죠." 내가 대답했다. "당신은 안 그래요?"

"저도요. 하지만 이 그림 말고요." 그렇구나, 코니, 당장 떼버릴게. "그리고 빌리 조엘도. 빌리 조엘 음반 진짜 많으세요."

"초기 앨범들은 정말 죽이죠!" 나는 거의 비명을 지르듯 대답했다. 그런데 진짜 찻잎으로 우려낸 얼그레이를 뽀얀 단색의 차이나에 담아 새 우유병에 담은 우유와 함께 가져갔더니, 그녀가 사라지고 없었다. 〈해바라기〉 그림을 본 충격에 창문으로 뛰어내린 건가? 샤워 소리가 들려왔다. 나는 차 쟁반을 든 채 그 자리에 멍청하게 얼어붙었다. 8분에서 12분 사이 정도를 나는 고민했다. 같이 들어가도 될까? 그럴 권리를 얻긴 얻은 걸까? 결국 그녀가 욕실 문을 열고 나왔다. 새 수건을 감고 나온 그녀의 머리는 촉촉하고 민낯은 반짝였다. 아, 스크러핑을 한 걸까? 어찌 됐든, 그녀는 아름다웠다. "차 좀 드세요." 그렇게 말하며 그녀를 위해 준비한 차를 내밀었다.

"이제껏 내가 본 그 어느 남자보다도 더 많은 욕실용품을 갖고 계세요."

"그렇군요. 보시는 대로죠."

"보시는 대로, 뭔가 좀 이상한 거 있죠? 전부 새것들이란 거."

대답할 말이 없었지만, 상관없었다. 고맙게도, 그녀의 숨결에서 사과와 민트 향을 느끼며 우리가 서로 키스하기 시작했으니까.

"이제 쟁반 좀 내려놓아요, 응?"

"좋은 생각이시다." 그러면서 우리는 소파에 같이 앉았다. "그렇게 끔찍한 데는 아니죠, 여기?"

"아뇨. 전 좋아요. 질서정연한 게. 엄청 깨끗하구요! 우리 집에서는 며칠 전 먹은 케밥이나 누군가의 얼굴을 밟지 않고는 한 발짝도 못 떼잖아요. 그런데 여기는 정말… 단정해요."

"그럼 합격한 거네요?"

"현재로서는요." 그녀가 말했다. "늘 개선의 여지는 남겨둬야죠."

그녀는 그 말을 바로 실행에 옮겼다.

60.
피그말리온

지금 나는 일정한 나이가 지나면 우리의 취향이나 직감, 성향 같은 게 콘크리트처럼 단단하게 굳어버린다고 생각한다. 하지만 당시 나는 젊었고 보다 기꺼이 변화를 받아들였으며, 코니와 함께라면 나는 행복한 공작 점토였다.

그 후 여러 주 동안, 이어서 여러 달에 걸쳐 그녀는 런던의 미술관과 공연장, 극장을 돌며 전면적인 문화 교육을 실시했다. 코니는 대학에 갈 만큼 그리 '학구적'이지는 않았고, 사실 이 때문에 간간이 자신 없어 하는 것 같기는 했지만, 아니, 대체 누가 그녀를 보고 뭔가 아쉽다고 생각한단 말인가. 문화에 관한 한, 그녀는 나보다 27년 정도 앞서 출발한 셈이었다. 예술, 영화, 소설, 음악 중 그녀가 보거나 읽거나 듣지 않은 건 하나도 없는 것 같았다. 독학자의 열정과 선명하고 깔끔한 마음가짐으로 그 모든 걸 해치웠던 것이다.

가령 음악을 예로 들어보자. 내 아버지는 가벼운 영국 클래식과 전통 재즈를 좋아했고, 어린 시절 나의 사운드트랙에는 〈댐 파괴자들의 행진곡〉, 〈성자가 행진해 올 때〉가 이어지다 다시 〈댐 파괴자들의 행진곡〉이 수록되어 있곤 했다. 그는 '얌전한 박자'의 '얌전한 곡조'를 좋아했고, 토요일 오후면 한 손에는 앨범 커버를 다른 손에는 담배를 들고서 전축의 수호자처럼 앉아서 발가락으로 엉성하게 장단을 맞추면서 애커 빌크[클라리넷 연주자]의 눈을 쏘아보곤 했다. 음악을 즐기는 아버지의 모습을 보는 건 그가 크리스마스 때 종이 왕관을 쓴 모습을 보는 것과 같았다. 너무 불편했다는 말이다. 아버지가 그걸 벗어버렸으면 좋겠다고 나는 생각했다. 내 어머니는 음악이 없어도 사는 덴 아무 문제가 없다고 생각한 분이었다. 그들은 비틀스를 보고 진심으로 경악한 최후의 영국인이었다. 윙스[폴 매카트니의 밴드]의 베스트 앨범을 조그만 소리로 듣는 게 내가 행했던 거의 유일한 펑크 실험이었다.

그에 반해 코니는 음악이 없는 방에서는 불편해 했다. 실종된 그녀의 아버지 무어 씨는 음악가였고, 그가 남긴 건 엘피판 콜렉션뿐이었다. 오래된 블루스, 레게, 바로크 첼로, 자연의 새소리, 스택스와 모타운레이블의 소울 앨범, 브람스의 교향곡, 비밥과 두왑 등의 그 음반들을 코니는 틈만 나면 내게 들려줬다. 그녀는 사람들이 — 예컨대 코니가 — 술이나 마약을 이용하듯 노래에 기댔다. 자신의 감정을 어루만지고 기운을 북돋우거나 영감을 불어넣기 위해서 말이다. 화이트채플에서 그녀는 엄청난 양의 칵테일을 마시면서 뭔가 흐릿하고 고색창연하게 지직거리는 디스크를 올리고선 고개를 까닥거리며 춤추고 노래 불렀다. 그럴 때는 나도 열렬히 동참하거나 그러는 척했다. 누군가 예전에 음악을 체계적으로 정리된 소리라고 규정했는데, 이 소리들의 대부분이 내게는 아주 엉망으로 정리된 것처럼 들렸다. 내가 "이거 누가 부르는 거야?"라고 물으면, 그녀는 입을 크게 벌리고 나를 쳐다보았다.

"이걸 몰라?"

"모르겠는데."

"어떻게 이 트랙을 모를 수 있어, 더글라스?" 그랬다. '트랙'이었다. 노래가 아니라.

"그러니까 묻는 거 아냐!"

"평생 뭘 했던 거지, 뭘 듣고 살았냐구요?"

"말했잖아, 난 그다지 음악에 빠져 살지 않았다고."

"하지만 음악을 안 좋아하는 게 어떻게 가능해? 그건 음식 안 좋아한다는 소리나, 섹스 안 좋아한다는 말하고 똑같잖아."

"나 좋아해. 그냥 당신만큼 알지는 못할 뿐이지."

"자기는 말야." 그녀가 내게 키스하며 말하곤 했다. "나를 만난 게 엄청난 행운인 거 알지."

그랬다. 난 엄청난 행운아였다.

61.

현대무용 포럼

그녀의 문화교육은 음악에 그치지 않았다. 긴긴 교육의 끝에 현대무용이 있었다. 그건 내게 손톱만큼의 이해도 허락하지 않는 완전한 불투명의 지대였다. 어떤 언어로도 형용할 수 없는 것. 내가 무슨 말을 할 수 있으랴. "난 말야, 저 사람들이 벽에 가서 막 부딪히는 게 참 좋네?"

"당신이 뭘 좋아하고 뭘 안 좋아하고의 문제가 아니야." 코니의 대답은 그랬다. "그걸 보고 당신이 어찌 느끼느냐가 중요하지." 그 덕분에 나는 종종 내가 너무 바보 같고 구식이라고 생각하게 되었다. 연극도 마찬가지였다. 내게는 연극이 늘 텔레비전의 침울한 형태 같았다. 그리스인들의 시대 이래 연극을 보고 나오면서 "저거 좀 더 길었으면 좋았을 텐데!"라고 말한 이가 어디 있단 말인가. 틀림없이 나랑 맞지 않는 연극들을 보러 다닌 것이었으리라. 우리는 펍 위층의 조그만 방에서 하는 공연도 보고, 거대한 창고들이 늘어선 데서 하는 노천 공연도 관람했다. 도살장에서 공연된 〈한여름밤의 꿈〉은 그야말로 피투성이였고, [노엘 코워드 경의 코미디인] 〈사생활〉은 포르노그래피였으니, 내가 어찌 지루할 수 있었겠나. 연극을 보러 갔는데 누군가 딜도를 들고 나와 흔들지 않는 밤이 거의 없었으니까. 그렇게 나는 단련이 되었다. 아니면 적어도 내가 받은 충격을 감추는 법을 익혔다. 그건 문화교육이기도 했지만, 내게는 하나의 오디션이기도 했기 때문이다. 나는 코니가 좋아하는 것을 좋아하고 싶었다. 그래야 코니가 나를 좋아할 테니까. 그러니 이런 것들이 더 이상 '유난스러워' 보이지 않았다. 그것은

'아방가르드'일 뿐이었다.

사실 내가 정말 즐겼던 문화 행사들도 많았다. 특히 영화가 그랬다 (그때만 해도 벌써 무비가 아니라 '필름'이라고 불렀다). 그전에 내가 좋아하던 도피주의자들의 작품과는 많이 달랐다. 우주선이 등장하는 경우도 거의 없었고, 마구 날뛰는 연쇄 살인범이나 폭탄 발사를 향한 카운트다운도 없었다. 우리가 가는 극장은 읽기 위해 가는 곳이었다. 커피와 당근케이크를 파는 조그만 독립영화관에서 우리는 잔인함과 빈곤, 비통함에 대한 영화들을 보았다. 누드장면이 간혹 나오고, 잔혹한 장면은 보다 잦았다. 나는 궁금했다. 왜 사람들은 실생활에서 접할 경우 그 절망감에 미쳐버릴 것 같은 경험들을 곧이곧대로 영상으로 옮겨 보고 싶어하는 걸까? 예술은 하나의 도피이자 웃음, 위안과 전율이 아니었던가? 아니지, 코니는 말했다. 드러내는 데서부터 이해가 가능한 거지. 생의 가장 처참한 비극을 직면해야만 그것을 이해하고 맞서 싸울 수 있거든. 그리고는 그곳을 떠나 다시 다른 연극을 보러 가서 인간에게 퍼붓는 인간의 비인간성을 구경했다. 공연과 관련해 하나 덧붙이자면, 우리는 [코미디 공연인] 기그도 자주 보러 갔다. (코니는 내 '기그' 발음을 아주 좋아했다.) 그럴 때면 나는 공연자가 시키는 대로 풀쩍풀쩍 뛰거나 희한한 소리를 지르는 데 최선을 다해 참여했다.

오페라도 있었다. 코니에게는 오페라 쪽에서 일하는 친구가 있었고 — 왜 없겠는가, 그런 친구가 — 우리는 싼 표를 얻어 베르디나 푸치니, 헨델, 모차르트의 오페라를 보았다. 나는 그런 밤들이 아주 좋았다. 어떨 때는 코니보다 더 많이. 비록 오페라 감독이 〈여자는 다 그래〉 작품을 울버햄튼의 실업자수당지급소로 옮겨 놓았다 하더라도, 난 그냥 눈질끈 감고 코니의 손을 잡고서 그 멋지게 정리된 소리를 즐길 수 있었으니까.

내가 좀 속물처럼 들리는가? 깊이도 없고 상스런 소리 같다? 어쩌면 그랬는지도 모른다. 하지만 강제수용소의 삶을 네 시간 동안 있는 그대로 보여주는 모래 씹는 맛의 영화가 있는가 하면, 멀티플렉스에서는 볼 수 없는 방식의 격정과 우아함, 지성미를 보여주는 것들도 많았다. 심지어 무용까지도 그 자체로 아름다워 보이기도 해서 감사할 정도였다. 내 아내가 나를 교육했다. 이건 모든 커플들에게 꽤나 공통적인 현상이지만, 내가 아는 많은 남편들은 이걸 인정하지 않으려 하거나 마지못해 인정할 뿐이었다. 과학자의 한 사람으로서 나는 예술에 대한 당찬 주장들이 — 지평의 확대, 마음의 확장, 해방된 상상력 등이 — 때로는 의심스럽기도 했고 때로는 그에 대해 화가 나기도 했지만, 만약 문화가 무언가를 개선하는 것이라면 내 대답은 예스였다. 난 개선되었으니까. 그리고 히틀러가 오페라를 좋아하기도 했다는 건 나도 잘 안다. 그래도 내 삶이 뭔가 꼬집어 말할 수 없는 방식으로 바뀌었다는 걸 나는 강하게 느꼈다. '영혼'의 변화라고까지는 차마 말 못하겠지만, 사는 게 훨씬 풍요로워진 건 확실했다. 그런데 그게 현대무용 덕분이었을까, 아니면 내 곁의 그녀 덕분이었을까?

지금도 이 과거 시제는 나를 괴롭힌다. 그때 코니가 어땠고, 한때 코니가 그랬고, 코니가 이러곤 했다는 것들. 만남이 시작되었을 때 우리 사이에는 하나의 약속이 있었다. 함께 외출하는 거 절대 피곤해 하지 않기. 항상 '노력하기'. 하지만 이 숭고한 약조도 다른 것들처럼 깨지기 마련이었다. 어쩌면 그녀가 내게 보여주고 싶은 게 더 적어진 것일 수도 있다. 결혼 후, 런던을 떠난 후, 부모가 된 후, 우리는 점점 모험으로부터 멀어졌다. 결국 24년 내내 데이트만 하고 살 수는 없는 노릇 아니겠는가. 그리고 요즘 대체 누가 기그 따위에 가고 싶어 한단 말인가! 뭘 먹고, 어디에 앉고, 우리 손은 대체 어떡해야 좋단 말인가? 그 대신 우린 항상 뭔가 다른 걸 할 수 있었다. 파리에 가고, 암스테르담에 가고.

그렇지만 나는 아직도 모차르트를 듣는다. 제일 높은 꼭대기 좌석에 코니 옆에 앉아서가 아니라, 내 차에서 혼자 말이다. 하이라이트 선집이나 베스트 앨범으로. 내 차의 스테레오는 가히 최상급 제품이지만 음악소리는 에어컨 소음이나 A34번 도로의 러시아워 소음 정도에도 밀려난다. 너무나 익숙하게도 음악은 일종의 소리로 된 신경안정제가 되어버렸고, 적극 귀 기울여 듣는 게 아닌 배경음악이 되었다. 고단한 하루의 피로를 달래는 진토닉 한잔 같은. 늘 같은 음의 음악인데도 항상 달리 들리곤 할 때면 약간 창피하기도 하다. 하지만 점점 더 좋게 들리니, 뭐 어떠랴.

62.
벨기에에서의 새 출발

하지만 이런 건 흥미진진하지 않나? 완전 새로운 딴 세상에서 새로운 날을 맞고 새 출발을 하는 것이? 파리를 떠난 기차는 브뤼셀, 안트베르펜, 로테르담을 찍고서 세 시간 남짓이면 우리를 암스테르담으로 데려갈 것이었다. 이번에 우리는 브뤼헐이나 몬드리안, 그 유명한 헨트 제단화, 그림 같은 도시 브루제 등을 생략할 것이라는 게 코니의 설명이었다. 하지만 암스테르담의 라익스뮤제움이 여정에 있었고, 나는 그 당시에도 이미, 파리에서 기차를 타고 취리히나 쾰른, 혹은 바르셀로나에서 내릴 수 있는 유럽대륙에서의 기차 여행에 매료되어 있었다.

"기적 같지, 정말, 안 그래? 아침엔 크로아상을, 점심 때는 치즈 토스트 샌드위치를." 북역에서 0916 기차에 오르며 나는 그렇게 말했다.

"굿바이, 파리! 아니지, 굿바이 대신 오브와라고 해야 하나?" 기차가 햇볕 속으로 나아갈 때는 그렇게 말했다.

"내 전화기의 지도에 따르자면, 우리는 벨기에로… 지금 막 들어왔네!" 국경을 넘으면서는 그렇게 말했다.

정말 안 좋은 습관이긴 하지만, 난 닫힌 공간 안에서 조용히 있는 게 너무 숨 막힌다. 그래서 말 안 듣는 잔디깎이에 시동 걸려고 애쓰듯이 나는 말을 걸고 또 걸었다.

"벨기에엔 처음이군! 헬로, 벨기에." 나는 또 말했다. 시동아 걸려라, 읏쌰, 읏쌰, 읏쌰.

"이 기차 와이파이 완전 꽝이에요." 앨비가 말했지만, 나는 미소만 짓고 창밖을 내다보았다. 나는 간밤의 권태를 털어내버리기로 맘먹었다. 의식적으로 최선을 다해 노력하면 즐기지 못할 것도 없었다.

나의 그 신나는 기분은 바깥 경치와는 대조적이었다. 대부분 산업화된 경작지들이 이어지다 드문드문 조그맣고 단정한 마을이 나오고, 교회 첨탑들은 꼭 지도에 표시하는 푸시핀처럼 보였다. 간밤의 비바람 탓에 나는 잠을 이루지 못했고, 마구 마셔댄 맥주 탓에 속도 느글거렸다. 그러나 눈은 많이 가라앉았고, 이제 곧 암스테르담에 있을 것이었다. 내게 암스테르담은 늘 문명화된 곳이면서도 파리와는 달리 털털하고 낙천적인 곳 같았다. 어쩌면 이 도시의 그런 느긋한 여유가 우리를 좀 어루만져주지 않을까? 나는 좌석을 뒤로 젖히며 물었다. "나, 이 미끈한 기차 너무 좋네. 왜 유럽대륙의 기차가 훨씬 더 편한 걸까?"

"매혹적인 볼거리들이 널렸잖아요." 그렇게 말한 코니는 읽던 소설을 내려놓으며 한숨을 쉬었다. "왜 이렇게 힘이 넘치실까?"

"흥분되니까. 다른 이유가 뭐 있겠어? 내 가족과 함께 벨기에를 가로질러 가니까. 그게 날 흥분시키는 거지."

"제발 책이나 읽어요." 그녀가 말했다. "안 그러면 우리 둘이 당신을 기차 밖으로 던져버릴 테니." 두 사람은 다시 책을 보기 시작했다. 코니는 제임스 샐터의 『스포츠와 취미』라는 책을 읽고 있었다. 표지에는 형편없이 작은 욕조에서 목욕 중인 웅크린 여인의 나체가 흑백사진으로 실렸고, 뒤표지에는 이 소설이 '자극적이고 도발적인, 에로틱 리얼리즘의 걸작'이라고 묘사해 놓았다. '에로틱 리얼리즘'이라는 말이 내게는 좀 모순되는 표현처럼 들렸지만, 아무튼 암스테르담의 호텔에는 잘 어울릴 것 같았다. 한편 앨비는 알베르 카뮈의 『이방인』을 읽고 있었다. 빌리 조엘의 스튜디오 앨범 제5집도 같은 제목이었지만, 그 둘이 서로 연관되었을 거란 생각은 해본 적이 없다. 그 책은 코니가 준 선물이었다. 코니는 W나 Z, V 등의 철자를 잔뜩 포함한 이름의 유럽 작가들의 번역 소설을 앨비에게 벌써 여러 권 선물했다. 내 생각엔 너무 주눅 들게 하는 도서목록이 아닌가 싶었고, 『이방인』과 힘겹게 씨름하고 있는 걸로 보아 앨비도 같은 생각인 듯했다. 하지만 그렇다 해도 앨비는 소설에 관한 한 나보다는 더 나은 학생이었다.

63.
소설에 대하여

서로 사귀기 시작하던 무렵이었다. 아마도 그리스로 여행 가던 때였던 듯한데, 나는 깜박하고 책 없이 비행기에 올랐던 적이 있었다. 그런 실수는 두 번 다시 저질러서는 안 될 일이었다.

"두 시간 동안 대체 뭘 할려고?"

"잡지들 있잖아. 학술지 같은 거. 가이드북도 있어."

"그런데 읽을 소설은 없다, 이거지?"

"난 소설 읽느라 그렇게 열심히 애쓰고 그러진 않았어." 내가 말했다.

그녀가 고개를 저었다. "난 항상 궁금했어. 소설을 안 읽는 저런 괴물들은 대체 누구냐고. 그런데 당신이네! 괴물." 이 말을 하는 내내 그녀의 입은 웃고 있었지만, 그래도 난 자꾸 미끄러져 내려가는 느낌인 게, 그녀의 애정을 독차지하고 있다는 확신조차 약해지는 듯한 기분이었다. 내가 무슨 인종적 편견을 스스럼없이 드러낸 것도 아닌데 말이다. 지어낸 이야기의 쓸모를 전혀 알지 못하는 남자를, 그럴 시간에 자기 주변의 실제 세계만 파고들겠다는 남자를 코니는 과연 진정으로 사랑할 수 있을까? 그때 이후 나는 손에 책을 들지 않고서는 그 어떤 형태의 대중교통에도 오른 적이 없다. 그게 소설이라면 코니가 사준 것일 공산이 컸다. 그런 책들은 대부분 무슨 상을 받은 것인지는 몰라도 그다지 복잡한 내용은 아니었다. 아마 우리 아버지의 '얌전한 박자의 얌전한 곡조' 원칙을 문학에 적용시킨 결과물이었을 것이다.

나는 논픽션을 아주 많이 읽는다. 내가 보기에는, 존재하지도 않는 사람들 사이의 지어낸 대화들보다는 논픽션이 더 나은 말의 쓰임새인 것 같았다. 학술논문들을 빼면 나는 보다 심도 깊은 대중과학서나 경제학 책들을 읽고, 내 또래의 많은 남자들처럼 전쟁사 읽기도 즐긴다. 코니는 이런 책들을 "당신이 읽는 파시즘의 행진 책들"이라고 부르곤 한다. 왜 이런 책들에 끌리는지는 나도 잘 모르겠다. 아마 우리 아버지나 할아버지들이 직면했던 그런 파국의 상황 속에서 자신의 모습을 상상하거나, 자신이 시험에 닥쳤을 때 어떻게 할 것인지, 본색을 드러낼 것인지, 그렇다면 그 본색은 무엇일지 따위를 상상하기 위해서가 아닐까. 추종자 아니면 주도자, 반군 아니면 협력자? 한 번은 이런 견해를 코니에게 얘기했더니 그녀는 웃으며 내가 교과서적인 협력자일 것이라고 단언했다. "만나서 아주 반가워요, 헤르 그루펜퓌러[지도자 양반이란 뜻의 독일어]!" 코니는 양손을 비비며 아부하는 자세를 취했다. "원하는 게 있으심 뭐든 말씀하세요…." 그리고 그녀는 한참을 더 웃었다. 살아있는 사람 중 코니보다 나를 더 잘 아는 이는 없지만, 이 점에 있어서는 코니가 나를 잘못 봤다고 생각한다. 눈에 띄게 드러나 보이진 않을지라도 난 철저한 레지스탕스였을 것이다. 다만 그걸 입증할 기회를 아직 갖지 못했을 뿐.

64.
아르덴 대공세

기차가 브뤼셀 시내로 들어설 무렵 나도 내 책을 펼쳤다. 두텁지만 잘 읽히는 2차대전 역사책이었다. 1944년 3월의 상황이었는데, 오버

로드 작전을 위해 계획이 착착 진행 중이던 시점이었다. "맙소사." 난 다시 책을 내려놓았다.

"이번엔 또 왜요?" 코니가 마지막 참을성을 발휘하며 물었다.

"막 깨달았는데, 저쪽으로 조금만 가면 거기가 아르덴이야."

"아르덴에 뭐 특별한 게 있어요?" 앨비가 물었다.

"아르덴이 뭐냐 하면," 내가 말했다. "네 증조할아버지가 거기서 돌아가셨단다. 여기…."

내 책의 중간쯤을 펼쳐 아르덴 대공세 지도를 보여주면서 나는 말을 이었다. "우리가 여기쯤이거든. 전투는 저쪽에서 벌어졌고." 그렇게 말하며 지도 위의 파랑과 빨강 화살표들을 가리키긴 했지만, 그것으로 실제 거기 있었던 병사들의 땀과 죽음을 표시하기에는 역부족이다 싶었다. "여기가 바로 '벌지'란다. 미군에 맞서 독일군들이 마지막 반격을 시도한 곳이지. 전투는 끔찍했단다. 한겨울에 숲속에서, 정말 최악 중의 최악이었지. 지독스런 최후의 발악이었거든. 주로 독일인과 미국인들이었지만, 약 1천 명 남짓의 영국인들도 관련되었는데, 네 증조부가 그중의 한 분이었지. 거의 디-데이 급의 엄청난 사상자를 냈는데, 저쪽으로 30분만 가면 되는 곳이야." 내가 동쪽을 가리켰다. 앨비는 무슨 증거를 찾으려는 듯 창밖을 빼꼼히 내다봤다. 연기 기둥이 보이든가, 혹은 독일 폭격기가 컴컴한 데서 찢을 듯한 소음과 함께 튀어나오기를. 하지만 보이는 건 무성하고 조용하며 평화로운 농장들뿐이었다. 얘는 어깨를 으쓱했다. 마치 내가 그 모든 얘기를 지어냈다는 듯이 말이다.

"할아버지의 전투 훈장들이 내 책상 서랍에 들어 있지. 앨비야, 네가 어릴 땐 그걸 보여 달라고 떼쓰고 그랬단다. 기억나니? 네 증조부가 묻힌 곳도 저기야. 오튼이라는 데지. 내 아버지는 그 묘지에 딱 한 번 가셨어. 어린 소년일 때 말이다. 아버지가 퇴직하셨을 때 내가 모시고 가려고 했더니 — 기억나, 코니? — 여권 갱신하는 게 싫다고 그러셨지. 자기 아버지의 무덤을 한 번밖에 못 보다니, 그건 너무 안타까운 일 아니냐? 하지만 아버지는 그런 일로 감상에 젖고 싶진 않다고 하셨어."

평소와 달리 말이 많아졌고 살짝 감정이 북받치기까지 했다. 가족사를 떠올리며 향수에 젖곤 하는 그런 인물이 아닌데다, 아는 거라곤 가계도의 가장 최근 인물들 조금뿐이지만, 이 이야기는 조금 흥미롭지 않은가? 우리 가족의 유산이자, 우리가 역사 속에서 맡았던 조그만 역할이니. 테렌스 피터슨은 엘알라메인과 노르망디 전투에도 참여했다. 우리의 유일한 아이인 앨비가 그의 전투훈장들을 물려받아야 할 것이었다. 그렇다면 앨비는 그런 유산들과 조상의 희생에 대해 마땅히 존중의 뜻을 표해야 하지 않을까? 그렇지만 앨비는 자기 핸드폰의 와이파이 수신 신호를 살피는 데 정신이 팔려 있었다. 만약 내가 그러고 있었다면 아버지는 그 물건을 내 손에서 낚아채 박살을 내버렸을 것이다.

"나라도 거길 갔어야 했는데 말이다." 나는 말을 계속했다. "아니, 우리 모두 가봐야 하는 거 아니겠니? 브뤼셀에서 내려 차를 빌려서. 내가 왜 이 생각을 미리 못했지?"

"다른 때 같이 가 봐요." 읽고 있던 책을 덮은 코니는 약간 근심어린 눈초리로 나를 쳐다보았다. "누구 커피 먹고 싶은 사람?"

하지만 내 귀에는 저 멀리서 말싸움이 벌어진 듯한 소리가 들렸고, 그때 나는 태풍이 얼른 몰아치기를 바랐다. "넌 거기 관심 있니, 에그?

너는 같이 따라갈래?" 나는 애가 안 그럴 거라는 걸 알았지만, 애가 직접 얘기하는 걸 듣고 싶었다.

그는 어깨를 으쓱했다. "어쩌면요."

"별 관심이 있는 것 같질 않구나."

애가 양손으로 머리카락을 쓸어 넘겼다. "그건 역사예요. 난 거기 관련된 사람 아무도 몰라요."

"나도 모른다. 그래도…"

"워털루는 저쪽이고, 솜므는 저쪽 뒤의 어디죠. 거기에도 피터슨 가문의 누가 없었나요? 무어 집안 사람이 있었을지도 모르겠네."

"이건 내 할아버지 얘기야."

"그렇지만, 아빠도 말했잖아요. 그분 아예 알지도 못했다고. 난 할아버지도 기억 안 나요. 미안해요. 하지만 그 옛날에 일어났던 일들 탓에 내 가슴이 젖진 않아요."

가슴이 젖어? 무슨 바보 같은 소리인가. "겨우 70년 전 일이야, 앨비. 두 세대 전에 나치가 파리와 암스테르담을 점령했다구. 앨비는 아주 유대인스러운 이름이니—"

"됐어요, 너무 섬뜩한 얘긴 그만하시고." 코니가 유난히 밝은 목소리로 말했다. "커피 드실 분?"

"적어도 넌 징집영장을 받긴 했을 거다. 그게 어떤 거였을지 상상이라도 되니? 벨기에의 숲속에서 한겨울에 겁에 질려 서 있는 게? 내 할아버지처럼 말이다. 와이파이 신호 안 잡힌다, 앨비!"

"두 사람 다 목소리 좀 낮춰줘요, 제발? 그리고 주제도 좀 바꾸고?"

나는 기차의 소음을 약간 넘어서는 정도로만 목소리를 올렸을 뿐이었다. 고함을 질러댄 건 앨비였다. "아빤 날 멍청한 새끼로 만들어야 속이 시원해요? 내가 그걸 모르나? 나도 다 알아요. 뭔 일이 있었는지 다 안다구요. 아는데, 난 다만… 2차대전에 집착하지는 않아요. 미안해요. 하지만 난 그렇진 않아요. 우린 이미 딴 세상에 살잖아요."

"우리? 우리가?"

"그래요, 우리는. 어딜 가나 그게 우리들 눈에 보이나요? 지도 보면서 그런… 화살표들을 가는 데마다 찾아다니진 않아요. 그래도 되는 거 아닌가, 안 그래요? 그게 건강한 거 아녜요? 새로운 세상으로 나아가 유럽인이 되는 거? 끝도 없는 책들이나 읽으면서 그 안에서 뒹굴 게 아니라."

"내가 뒹군다구? 내가—"

"아, 미안해요, 아빠. 하지만 난 숲속에서 벌어진 탱크 싸움 가지고는 아무런 향수도 못 느껴요. 그리고 나한테 아무런 의미도 없는 거에 대해 신경 쓰는 척하지도 않을 거구요."

아무 의미도 없다? 이건 내 아버지의 아버지 얘긴데? 내 아버지는 아버지 없이 자랐다. 어쩌면 앨비는 그런 걸 아주 흔쾌히 받아들이거나 아니면 아예 바람직하다고 생각할지 모르지만, 그렇다고 저렇게 무관심하게 코웃음이나 치다니, 이건 정말… 배신자나 할 남자답지 못한 짓이었다. 나는 내 아들을 사랑한다. 그것만은 분명히 못 박아 둬야 한다. 하지만 바로 그 순간에는 그 애의 머리통을 붙들고 창문에다 거세게 집어던지고 싶었다.

그러는 대신 나는 한숨을 돌린 뒤 말했다. "그래, 솔직히 말해, 그건 정말 개 같은 태도로구나." 침묵이 흘렀다. 그 침묵 속에서 이 말은 머리통 집어던지기만큼이나 폭력적인 듯 느껴졌다.

65.
스위스

대안적 관점들은 좀 멀찍이 떨어져서 보면 보다 쉽게 이해된다. 시간이 지나면 그렇게 비켜나서 사태를 보다 객관적으로, 보다 덜 감정적으로 보게 되는데, 그 대화를 되돌아보면 내가 과민반응을 보인 게 확실했다. 그러나 전쟁이 끝나고 약 15년이나 지나 태어났음에도 불구하고 그 전쟁은 내 어린 시절의 거의 모든 부분에 그림자를 드리우고 있었다. 장난감, 만화, 음악, 놀이, 정치 등, 거의 모든 것들 속에 말이다. 자신들이 어린 아이였을 때 접했던 충격과 공포가 시트콤이나 아이들의 놀이터 게임에 다시 등장하는 걸 보았을 때, 그게 내 부모에게는 어떤 느낌이었을지 누가 짐작이나 할 수 있겠는가. 부모님이 그런 것에 대해 지나치게 예민해 하거나 상처를 받지는 않았다는 게 확실했다. 나치는 내 아버지가 재미있어 한 몇 안 되는 것들 중 하나였다. 자기 아버지를 잃은 게 그를 속상하게 했는지는 몰라도, 아버지는 그렇다는 걸 드러내진 않았다. 아버지는 신경질을 제외하면 다른 모든 격한 감정들을 감추고 살았던 분이니까.

반면에 내 아들은 동맹국과 추축국으로 나라를 나눠 생각하는 세대가 아니었다. 또 자기 할아버지가 어느 편이었나에 따라 사람을 평가하지도 않는 세대이고. 비디오 게임으로 접해 본 전쟁 말고는 아무 전쟁도 앨비의 맘속에 전혀 흔적을 남기지 않았고, 어쩌면 그건 정말 건

강한 일이었다. 아마 그런 걸 진보라고 할 수 있을 것이다.

그래도 기차에서는 그게 진보 같지 않았다. 그건 무례함이나 무지, 속 편한 생각 같았다. 그래서 내가 그렇게 얘기한 거고, 앨비는 그에 대한 답으로 자기 책을 탁자에 팽개쳤다. 씩씩거리는 숨소리 중간중간 뭔가를 중얼대면서 아이는 코니를 타고 넘어 복도로 나가 어디론가 사라졌다.

우리는 다른 승객들이 다시 신문을 읽기 시작할 때까지 기다렸다. "당신 괜찮아요?"라고 조용히 묻는 코니의 억양이 "당신 미쳤어요?"처럼 들렸다.

"난 끝내주게 괜찮아. 고마워."

그렇게 2킬로 혹은 3킬로미터쯤을 우리는 침묵 속에 잠겨 있었다. 그러다 내가 말했다. "그러니까, 이건 분명히, 완전한 나의 잘못인 거지?"

"100프로 그렇진 않아요. 80대 20 정도?"

"누가 80인지는 안 물어도 뻔하군."

다시 2킬로미터가 지나갔다. 그녀는 자기 책을 들었지만 페이지가 넘어가지는 않았다. 들판, 창고들, 다시 들판들, 주택의 뒷마당들. 난 말했다. "내 말은 이런 경우에 당신이 내 편을 들어줘도 좋지 않나, 이 말이야."

"나야 그러죠." 코니가 말했다. "당신이 옳다면요."

"난 전혀 기억이 안 나는데—"

"더글라스, 난 중립이에요. 나는 스위스라구요."

"그래? 그런데 왜 내겐 당신이 어느 나라 편인지—"

"어느 나라 편이라니, 이게 무슨 전쟁이에요? 물론 전쟁처럼 느껴질 때도 있긴 하지만."

우리는 브뤼셀을 통과했지만, 내가 그에 대해 해줄 수 있는 말은 거의 없다. 왼편의 공원에 세계박람회에 맞춰 세워진 스테인리스강 구조의 아토미움[미술관]이 언뜻 보였다. 그 건물은 1950년대에 세워진 '당대 최고 수준'의 전시공간인 셈이다. 내가 보고 싶었던 것 중의 하나였지만, 그에 대해 아무 말도 할 수 없었다. 내가 겨우 한 말은 "아이의 태도가 거슬렸단 말이오"였다.

"좋아요, 이해해요." 코니가 이제는 내 팔에 손을 얹고 말했다. "하지만 재는 젊은 애고, 당신은 너무… 으스대는 말투였어요, 더글라스. 당신 꼭 늙어빠진 얼간이가 징병제를 다시 도입해야 한다고 얘기하는 것 같았다니까요. 당신, 정말, 누가 말하는 거 같은지 알아요? 꼭 당신 아버지 같았다구요."

이런 얘기는 처음 들었다. 그런 말을 들을 줄은 몰랐고, 그 충격을 받아들이는 데는 시간이 필요할 것 같았다. 하지만 코니는 말을 계속했다.

"왜 그냥 내버려두질 못해요? 당신은 모든 걸 자꾸 들들 볶아요, 앨비한테도. 지금 모든 게 편안할 수는 없다는 거 알아요. 나라고 편한 줄 알아요? 그런데 당신은 오르락, 내리락, 조증에 빠져 미친 듯 떠들다가, 불에 덴 듯 벌컥 화를 내고. 그러면… 힘들어요. 너무 힘들다구요." 목소리가 낮아졌다. "그러니까, 다시 물을게요. 정말 괜찮아요? 솔직히 말해 줘요. 이 여행 계속할 수 있겠어요? 아니면 우리 모두 집으로 돌아가요?"

66.

평화회담

기차가 안트베르펜에 도착할 때 나는 앨비를 찾아냈다. 그는 뷔페차의 높은 스툴에 앉아 조그만 프링글 통을 비우고 있었다. 아이의 눈이 약간 붉게 물들어 있었다.

"여기 있었니!"

"네에. 여기요."

"브뤼셀에서 여기까지 다 걸어왔잖니! 네가 어디로 내려버린 줄 알았어."

"뭐, 여기 있잖아요."

"프링글 먹기엔 시간이 좀 이르지 않니?"

앨비가 한숨을 터뜨렸고, 나는 얼른 요점을 꺼내야겠다 싶었다. "많이 민감한 얘기잖아, 전쟁이란 게."

"네. 알아요."

"내가 화를 참지 못한 것 같구나."

애가 과자통 안의 남은 부스러기를 입에 털어 넣었다.

"네 엄마가 나더러 사과해야 할 거래."

"엄마가 말하니까 하시겠다는 거죠?"

"아냐. 내가 원해. 내가 사과하기를 원한다구."

"그럼 됐어요. 이제 됐어요." 앨비가 손가락 끝을 빤 뒤 그걸로 과자통 바닥을 훑기 시작했다.

"그래, 그럼 자리로 돌아올 거지, 에그?"

"좀 있다가요."

"그래, 그래라. 암스테르담 기대되지?"

앨비가 어깻짓을 했다. "무지하게요."

"그래. 나도 그래. 나도. 음…." 나는 손을 아이의 어깨에 댔다가 얼른 뗐다. "좀 있다 보자."

"아빠?"

"그래, 앨비?"

"정말 원하심 전몰자 묘지에 아빠랑 같이 갈게요. 먼저 가보고 싶은 데가 몇 군데 있긴 하지만…."

"그렇구나." 내가 말했다. "기억하고 있으마." 나는 이 평화협정을 매듭짓기 위해 주위를 둘러봤다. "먹고 싶은 거 더 없니? 저런 와플도 있고, 킨더 부에노[초콜릿 바]도 있네?"

"아뇨. 나 여섯 살 아니거든요."

"아니지. 그렇지." 그렇게 말하고 나는 자리로 돌아왔다.

그리고 그게 사실 벨기에에서 우리에게 일어난 일의 거의 전부였다.

67.
그라흐텐고르들

한 번은 코니와 함께, 또 여러 학술회의에 참석하느라 나는 암스테르담을 자주 찾았다. 그래서 내 경험이 좀 선택적이었을 수는 있지만, 그래도 난 암스테르담을 '나쁜 짓 하는 도시'로 보는 평판이 좀 터무니없어 보였다. 그건 마치 챌트넘 온천[잉글랜드 서부]의 한복판에서 거대한 마약 소굴을 만나게 되리라는 소리 같이 들렸다. 중앙역에 내려 짐을 끌고 서쪽의 카이저스그라흐트 방면으로 구불구불한 길을 걸어가는 동안, 이 도시의 두 얼굴 — 고상한 그리고 악평이 무성한 — 모두를 엿볼 수 있었다. 높고 우아한 17세기 타운하우스, 빼어난 인테리어의 거실, 구리 냄비가 걸린 부엌, 메모장과 양초를 파는 조그만 선물가게들뿐만 아니라, 비키니를 차려입고서 분홍 불빛 속에 서서 머그잔의 차를 홀짝이면서 이른 저녁 근무에 나선 창녀들, 약을 맞고 맛이 간 스케이트보더들로 꽉 들어찬 빵집과 카페들, 바퀴 고정식 자전거를 파는 가게까지. 암스테르담은 유럽 도시들의 트렌디한 아빠였다. 직업은 건축가? 맨발에 수염을 안 깎은. 헤이, 가이즈, 내가 말했지, 토니라고 불러! 암스테르담은 자기 아이들에게 그렇게 말하며 모두에게 맥주를 콸콸 따라주는 것이다.

우리는 헤렌스트라트에서 다리를 건넜다. "우리 호텔은 그라흐텐고르들에 있어. 지금 막 그 동네로 들어선 거야. 그라흐텐고르들, 말 그대로 운하로 둘러싸였다는 뜻이야!" 약간 숨이 찼지만 나는 이번 여행의 교육적 측면을 거듭 상기시키려고 애썼다. "지도로 보기엔 아주 멋있네. 이 동심원 여러 개가 꼭 나무 나이테 같아. 아니면 크고 작은 말발굽의 편자를 끼워넣은 거 같거나…." 하지만 앨비는 듣고 있지 않았다. 여기저기를 기웃거리느라 앨비는 바빴다.

"앨비야, 대단하네." 코니가 말했다. "여기 힙스터들의 천국인가 봐."

우리는 이 말에 모두 웃었다. 비록 힙스터가 뭔지 딱 부러지게 얘기하라면 나로서는 좀 곤란했지만. 그게 필요도 없는 커다란 안경을 쓰고 빈티지 드레스를 걸친 채 금방이라도 부서질 것 같은 높은 자전거를 타고 가는 저 어여쁜 여자애들을 가리키는 게 아니라면 말이다. 왜 다른 도시의 젊은이들은 그렇게 매력적으로 보이는 걸까? 네덜란드 사람들도 길포드나 배싱스토크 같은 [잉글랜드의 지방] 도시들을 거닐면서, 우와, 이 사람들 좀 봐, 그러는 걸까? 아마 아니겠지. 하지만 앨비는 암스테르담에 한껏 들떠 보였다. 제 아무리 품위와 우아함이 가득하다 해도 앨비에게 파리는 좀 힘들고 버거웠던 건가? 하지만 여기, 이곳은 애가 맘껏 주무를 수 있는 그런 도시였다. 문제는, 다른 모든 암스테르담 여행 때와 마찬가지로, 섹스와 마약이 과연 얼마나 빠르게 자신들의 지저분한 대가리를 쳐들 것인가였다.

불과 8분도 채 안 되어 그런 일이 벌어졌다.

68.
섹스 던전

'부티크'라고 자신을 광고했던 그 호텔은 웹사이트에서 보기엔 아주 쾌적해 보였다. 실상은, 마치 최고급 매음굴처럼 보이게 하려고 겉을 치장한 곳이었다. 매력적이고 공손한 여장 남자인 프런트 직원은 코니와 내가 허니문 스위트로 업그레이드되었다는 뉴스로 우리를 맞았다. (나는 '이게 무슨 아이러니 스위트란 말인가'라고 생각했다.) 그가 안내한 내려가는 복도는 검은 비단과 새틴, PVC 등으로 다채롭게 수놓여 있었다. 양다리를 벌린 채 당황한 눈빛의 표범을 올라탄 코르셋 차림의 여자가 여성상위 체위란 이런 것임을 선보이고 있는 큰 그림도 지나고, 혓바닥 하나가 체리 두 알을 아무 이유 없이 희롱하고 있는 팝아트 액자도 지나, 온갖 로프로 꽁꽁 묶여 근심에 찬 얼굴을 하고 있는 일본 여인의 그림도 지났다. " 저 언니," 코니가 말했다. "팔다리가 몹시 저리겠어요."

"아빠." 앨비가 물었다. "우리더러 섹스 호텔에 묵으라고 예약한 거예요?" 내가 열쇠를 끼우느라 낑낑대는 사이에 두 사람은 발작적으로 웃기 시작했다. 우리 방은 '털 속의 비너스'라는 이름의 스위트룸이었고, 앨비의 옆방은 '비너스의 삼각주'였다.

"섹스 호텔이 아니야. 여긴 부티크 호텔이었어!" 나는 주장했다.

"더글라스." 코니가 줄로 묶인 일본 여자 그림을 톡톡 치며 말했다. "이게 반 매듭이에요, 아님 보우라인 매듭이에요?" 그건 보우라인이었지만, 나는 대답하지 않았다.

허니문 스위트는 콩팥색이었다. 거기서는 백합과 감귤향의 방충제 냄새가 났고, 캐노피 없는 거대한 네 기둥 침대가 방의 분위기를 압도하고 있었다. 대체 그럼 이 기둥들은 무슨 용도일까? 구조적으로는 아무런 쓰임새도 없는 게 틀림없었으니까. 검은 시트, 핫핑크의 긴 베개 받침, 보랏빛 쿠션, 진홍색의 베개 따위가 겹겹이 쌓여 웃기지도 않는 히말라야 산맥을 이룬 채 마치 꼭 필요한 것인 양 자리를 잡고 있었다. 아마도 이 경우에는 어떤 포르노 분위기를 연출하게끔 조성된 것인 듯했다. 온통 적갈색의 마호가니와 벨벳 일색인 가운데 아주 눈에 띄는 황백색 합성수지 장비가 침대 바로 옆의 따로 마련된 받침대 위에 놓여 있었다. 그건 꼭 노인 전용 주거에서나 봄직한 특수한 목욕통 같았다.

"아이구, 저건 또 뭐래?" 코니가 아직도 키득대며 말했다.

"우리만 쓰는 자쿠지지!" 계기판의 낡은 버튼들 중 하나를 눌렀더니 기계의 아래쪽부터 분홍과 초록 불이 들어오기 시작했다. 다른 버튼을 누르니 그 물건이 호버크래프트처럼 휘돌면서 삐걱거리기 시작했다. "우리 허니문 같군." 그르릉대는 소음 위로 내가 소리쳤다.

코니는 이제 거의 히스테리 상태가 되었고, 옆방에 있다 연결된 문을 열고 우리 방에 들어서 웃기 시작한 앨비 또한 그런 상태였다. "아빠 호텔 고르시는 솜씨 하난 진짜 끝내준다니까."

앨비의 빈정거림에 나는 다시 신경질이 솟구치려 했다. 내가 모든 걸 챙겨 예약할 때만 해도 이 호텔은 근사한 선물이겠거니 싶었다. 그래도 나는 유머감각을 잃지 않으려고 최대한 노력했다. "네 방은 어떠니, 에그? 감히 물어봐도 될까?"

"여자 거시기 속에 들어가 자야 될 거 같은데요."

"앨비야! 제발…"

"침대 위로 키스하는 레즈비언들 사진이 엄청 큰 게 걸려 있는데, 정말 돌겠어요."

"우리한텐 이런 걸작이 있단다." 코니가 착색된 거대한 캔버스를 가리켰다. 그림 속에서는 삐죽삐죽한 머리를 한 여자가 뭔가 빛을 내뿜는 형광 튜브 같은 걸 입에 넣고 빨고 있었다. "내가 예술을 잘 모르긴 하지만, 내가 뭘 좋아하는지는 잘 알겠어."

"저런 거 빨다가 감전될 텐데 말이야." 내가 말했다.

"너무 심한 거 아녜요, 이거?" 코니가 말했다. "정말 지저분해. 행주로 박박 문질러 다 없애버렸으면 속이 시원하겠네."

"이것 봐." 내가 말했다. "차 만드는 거지, 이게?"

"그것두 변태네. 아침뷔페가 어떨지도 막 기대되는데요." 앨비가 말했다.

"굴이 나오겠지." 코니가 말했다. "그리고 코카인 접시도 잔뜩 있을 테고."

"뭐, 난 좋아." 내가 말했다. "부티크잖아!" 그러면서 나는 최선을 다해 껄껄 웃었다.

모두 잠잠해졌을 때 우리는 밖으로 나가 노더마르크트의 어느 쾌적한 카페엘 들렀다. 그곳은 예쁜 교회 앞 광장에 있었다. 치즈 샌드위치를 먹고 조그만 잔에 맛난 맥주를 마시며 서로 네덜란드 액센트 흉내를 내보았다. 그 발음은 정말 외계의 발음 같았다. "약간의 코크니에, 약간의 싱송[억양 없는 목소리]까지." 코니가 말했다. "그리고 S 발음이 거의 항상 쉬 소리를 내. 그래쇼, 우리의 쉑스 호텔에 오쉰 걸 환영합니다. 슈갑이나, 페니쉴린이나, 뭐든 필요하쉬믄 말씀만…"

"누가 그렇게 말한다고 그래?" 괜찮은 농담이긴 했지만, 나는 그렇게 토를 달았다.

"난쉔스[말도 안 돼]. 완벽하잖아요."

"엄마 꼭 숀 코너리 같아요."

"왜냐하면, 에그, 그게 바로 여기 발음이니까 그런 거야. 숀 코너리가 게르만 풍의 코크니 발음으로 떠들 듯이 말야." 점심 시간의 맥주 덕분일까. 혹은 얼굴 가득 내리쬐는 햇볕, 혹은 바로 그 동네 특유의 매력 덕분일 수도 있었겠다. 우리 세 명의 피터슨 가족은 암스테르담을 아주 좋아하는 것 같았다. 한 가족인 우리에게 아주 잘 어울리는 곳 같았다.

69.

깊은 밤의 방문자

그때까지 내가 알고 있던 암스테르담은 겨울의 비 내리는 암스테르담이었다. 우리가 여기 처음 왔던 때는 11월이었다. 첫 만남 이후 9개월쯤 지났을 무렵이었지만, 여전히 우리는 기나긴 수습 연애 같은 걸 하고 있었다. 코니는 나를 자기가 교류하는 사람들과 어울리게 하려고 계속 노력했다. 동물원의 동물들을 야생으로 풀어놓을 때 들이는 공을 기울여가며 말이다. 암스테르담에 갈 때는 제네비에브와 타일러도 함께였다. 그 둘은 코니의 칼리지 친구들이었고 갓 결혼한 상태였다. 아티스트들이었으니까 그들은 렘브란트나 베르메르를 열심히 보리라 짐작했으나, 그들은 오히려 온갖 커피하우스들을 돌아다니며 고개를 끄덕거리고 있는 데만 매진했다. 나는 대마초를 피우는 데 별 관심이 없었다. 나도 해보긴 했다. 퍼플 헤이즈를 — 체리 밤, 아니면 래핑 붓다였나? — 한 모금 빨아본 결과, 내 기준으로 보아도 정말 놀라운 열망과 피해망상이 일어나는 게 느껴졌다. 내 얼굴에서 핏기가 싹 가시고 오싹한 두려움이 나를 집어삼키는데, 킬킬거리고 앉아 있는 건 내 취향에 맞지를 않았다. 나는 그들을 거기 내버려두고 대신 오후 내내 혼자서 앤 프랑크의 집을 방문하는 걸로 시간을 보냈다.

그때는 코니와 내가 동거를 시작하기 직전의 일이었고, 둘이 함께한 첫 봄과 여름의 기억은 내게 지금도 또렷한 향수로 남아 있다. 우리는 매일 만났지만, 각자의 아파트와 각자의 가족과 친구, 사회생활은 그대로 둔 채였다. 물론 앞서 말한 문화적 방문들을 함께하긴 했지만, 코니가 자신의 아트스쿨 친구들과 "늦게 뭘 한다"거나, 아니면 클럽에 가서 "진탕 놀자"고 하면 난 그녀 혼자 가라고 했고, 그러면 코니도 구태여 날 끌고 가려 애쓰지 않았다. 나로서는 간혹 '그런 애를 좀 쓰지' 싶기도 했으나, 그것 때문에 투정을 부리진 않았다. 그런 파티가 끝나는 새벽 두 시, 세 시 혹은 네 시에라도 그녀는 늘 나를 보러 왔다. 그 무렵 코니는 내 집 열쇠를 가지고 있었고 — 정말 행복한 날이었다, 그녀를 위해 집 열쇠를 복사하던 그날은 — 조용히 집으로 들어와 아무 말 없이 내 침대로 오르곤 했다. 그녀의 몸은 따뜻했고 화장은 번져 있었으며 그녀의 숨결에서는 포도주와 치약, 그리고 '교제의' 담배 냄새가 느껴졌다. 그렇게 그녀는 내 품에 폭 안겼다. 때로는 함께 사랑을 나누기도 했지만, 때로는 그녀 혼자 몸을 실룩실룩 꼼지락거리며 땀을 흘리곤 했다. 그건 틀림없이 술이나 어떤 마약 탓에 몸이 들썩대는 것이었지만, 나는 꼬치꼬치 캐물으며 설교를 늘어놓고 그러지는 않았다. 그녀가 잠을 못 이루면 우리는 잠깐 이야기를 나누기도 했는데, 그럴 때면 코니는 말짱해 보이려고 애를 썼다.

"파티 좋았어?"

"늘 그렇죠, 뭐. 당신한텐 별로였을 거야."

"누구누구 있었어?"

"이런저런 사람들. 얼른 자요."

"안젤로도 있었어?"

"아닐걸. 어디 있었을지도 모르지만. 우린 얘기 잘 안 해요."

조금만 생각해 봐도 그건 좀 말이 안 되었다.

"당신 아직도 그 사람 사랑해?"

물론 이 마지막 질문을 내뱉지는 않았다. 늘 내 머릿속 한복판에 자리 잡은 질문이었지만, 잠이 더 급했으니까. 새로운 관계를 시작하는 사람들은 대부분 사랑의 열병, 불장난과 추파, 엄청났던 정사의 기억, 첫사랑들, 섹스의 기억들 따위로 분류된 서류철을 안고 게임에 뛰어든다. 줄무늬 A4용지 한 장에 깔끔하게 정리된 내 서류철과는 달리, 코니는 커다란 문서캐비닛 서랍이 세 개나 달린 서류 묶음을 들고 우리 둘의 게임에 입장했다. 하지만 나는 그 얼굴들을 뒤적거려 보고픈 생각이 전혀 없었다. 결국 그녀는 내 옆에 있으니까. 그렇지 않은가? 새벽 두 시, 세 시, 네 시에, 그 황홀했던 첫 봄 내내, 그 찬란했던 첫 여름 내내.

하지만 안젤로를 피할 도리는 없었다. 코니는 한때 자신과 안젤로가 소울메이트라고 믿었다. 그가 런던 곳곳에 다른 수많은 소울메이트들을 두고 사는 사내란 걸 알기 전까지는 말이다. 그런 노골적인 부정 말고도 그가 저지른 못된 짓은 부지기수였다. 그는 그녀의 믿음을 갉아먹었고, 그녀의 작품을 조롱했으며, 그녀의 겉모습이나 몸무게에 대해 이러쿵저러쿵했다. 공공장소에서 그녀에게 고함을 질러대거나 물건을 집어던졌고, 심지어 그녀의 돈을 훔치기도 했다. 우리의 자비로운 코니는 그를 두고 넌지시 "침실에서는 꽤나 음흉했다"는 짤막한 암시를 남기기도 했지만, 신체적 폭력이 수반된 싸움까지 벌어진 게 확실했고, 그 말에 나는 충격과 분노에 휩싸였다. 비록 코니는 "당한 만큼 되갚아줬다"고 했지만 말이다. 그는 술꾼에, 중독자에, 신뢰할 수 없는 호전적인 성격이었고, 어린애처럼 발끈거리고 무례했다. "혹독했죠." 코니는 그렇게 말했다. 한마디로 말해 그는 나와 정반대였다. 그렇다면 이제 그가 코니에게 무슨 매력이 있겠는가? 모든 게 학생 때의 일이라고, 코니는 얘기했다. 게다가 안젤로에게는 예쁘고 쿨한 새 여자친구가 생겼다. 둘은 겹치는 친구도 많으니 서로 부닥칠 수밖에 없지 않겠는가. 그러니 나쁜 것도, 걱정할 것도 없다. 머지않아 나도 안젤로를 만나게 되겠지.

70.
코듀로이

그럴 기회가 왔다. 제네비에브와 타일러의 결혼식에서였는데, 이 결혼식이 벌써 대단한 관습 파괴 사건이었다. 신랑신부는 오토바이를 타고 식장에 입장했다. 또 둘이 함께하는 첫 춤으로는 프랑스 펑크 음악에 맞춰 스카이콩콩을 타듯 미친 듯이 날뛰었다. 제네비에브와 타일러는 뽀얀 대형 천막을 치고 어쩌고 할 사람들이 아니었다. 결혼식 피로연은 블랙월 터널 진입로 인근의 곧 허물어질 인공 팔다리 공장에서 열렸다. 그 무렵, 제법 익숙해진 그런 결혼들 중에서도 이 결혼은 특히 더 통렬하고 반체제적인 것이었다. 산업공간에 그렇게 많은 비쩍 마른 인간들이 몰려 있는 것도 난생처음 보는 풍경이었고, 다들 서른이 안 된 나이에 — 요란한 모자를 쓴 흥겨운 이모님들은 아예 없었다 — 다들 복고풍 케밥 뷔페를 즐기고 있었다. 난 새로 산 코듀로이 정장을 걸치는 모험을 벌였는데, 따듯한 9월의 날씨에 이 두툼한 천은 그런 데를 쑥스러워하는 내 기질과 결합하여 깜짝 놀랄 분량의 땀을 흘리게 만들었다. 재킷 안쪽으로 땀에 젖은 시커먼 원이 그려졌다. 손 말리는 기계에 붙어 서서 아무리 몸을 뒤틀어봐도 소용이 없었다. 그래서 그냥 그렇게 땀을 뻘뻘 흘리면서 코니가 아름다운 사람들과 얘기하는 걸 지켜보는 수밖에 없었다.

솔직히 말해 나는 내가 좋아할 수 없는 생화학자를 만난 적이 전혀 없다. 내 친구와 동료들이 특히 멋있는 건 아닐 수 있지만, 그들은 개방적이고 너그러우며 재미있고 친절하고 겸손했다. 따뜻이 누군가를 맞이하고 말이다. 코니의 무리들은 그와 달랐다. 시끄럽고 빈정대며 겉모습에 지나치게 매달렸다. 몇 차례 그들의 공동 스튜디오에 — 해크니의 어느 차고였다, 진짜로 — 들렀던 때나 특별초대전에 갔을 때 나는 겉도는 느낌인 게 불편했다. 마치 가게 밖에 묶어둔 개처럼 가장자리를 빙빙 돌면서 말이다. 난 코니의 작업에 대해서는 기꺼이 관여하고 싶었고, 흥미와 열의를 보이고 싶었다. 왜냐하면 그녀는 정말 대단한 화가였기 때문이다. 그런데 그녀의 예술가 친구들과 어울리다 보면, 별거 아니라고 생각했던 차이들이 자꾸 눈에 띄었다.

물론 그 사람들이 죄다 괴물인 건 아니었다. 아티스트들이란 기이한 기질의 무리들이어서, 대부분의 실험실들에서는 지체없이 처단되고 말 습벽들을 가지기 마련이지만, 그런 건 어느 정도 당연한 걸로 여길 수 있었다. 그들 중 몇몇과는 좋은 친구가 되었고 지금도 그렇다. 또 그 중 두엇은 함께하는 행사에서 어울리기 위해 공을 들이기도 했다. 그렇지만 대화가 "당신은 어떤 일을 해요?"로 접어들기만 하면 그들은 갑자기 "화장실 좀"이라면서 내빼기 일쑤였다. 그래서 나는 그 결혼식에서 인간 이뇨제가 되어 말라리아에라도 걸린 듯 흘러내리는 땀 속에서 첨벙대고 서 있었다.

"아니, 꼴이 이게 뭐래! 탈수증 걸리겠네." 코니의 오랜 하우스메이트인 프랜이었다. 난 프랜의 진심이 무엇인지 알 수 없었고, 그건 그녀가 앨비의 대모가 된 지금까지도 변함이 없다. 그녀에게는 사람을 끌어안으면서 동시에 밀쳐내버리는 특별한 재주가 있었다. 마치 서로 밀어내는 자석 둘을 붙여둔 것처럼 말이다. 그때 그녀는 뒤로 움찔 물러나며 내 팔에 떨어진 담뱃재를 털어냈다. "왜 이걸 벗지 그래요?"

"지금은 안 돼요."

그녀가 웃옷 단추를 붙잡고 늘어졌다. "어서요. 벗으라구!"

"안 돼요. 셔츠가 너무 젖었어요."

"아, 그렇구나." 그녀가 내 명치 위쪽에 손가락 하나를 얹고는 온몸의 하중을 거기에 실었다. "내 친구 어떡해? 악순환에 빠지셨어."

"바로 그거예요. 악순환!"

"아아." 그녀가 내 팔을 쓰다듬으며 말했다. "코니의 사랑스럽고 재미나고 사랑스런 남자친구 분. 당신이 그녀를 그렇게 행복하게 한다면서요, 더기? 우리 코니를 그렇게 잘 보살피고 말야, 진짜로. 그리고 코니는 정말 그런 대접을 받을 만해요. 그렇게 힘든 개 같은 일을 겪은 뒤니까 말예요."

"그런데, 어디 있어요, 코니는?"

"저쪽 디제이 옆쪽으로요. 안젤로랑 얘기하잖아요."

거기 안젤로가 있었다. 코니한테 몸을 숙이고, 그녀의 탈출을 막으려는 듯 두 팔로 그녀를 둘러싸고서. 코니는 딱히 탈출하려는 생각도 없는 것 같았다. 웃음을 터뜨리며 머리를 만지고 얼굴을 만지는 코니. 나는 맥주 두 병을 들고 그쪽으로 갔다. 이 특별한 날을 기리고자 안젤로는 면도를 한 머리에 다림질한 점프수트형 작업복 차림이었다. 코니의 시선을 쫓아가다 내가 다가오는 걸 본 안젤로는 양손을 들어 두피를 쓰다듬었다.

"안젤로, 이쪽은 더글라스야."

"와우, 더글라스."

"만나서 반가워요, 안젤로." 어색해 하거나 앙심을 드러내 보여서는 안 된다. 최대한 친근하게 즐거워하는 표정을 지어야지. 신랄한 느긋함 같은 거 말이다. 하지만 그는 맥주를 들고 있는 내 양손을 덥석 잡고서는 자기 쪽으로 끌어당겼다. 안젤로의 키는 나와 비슷했지만 골격이 훨씬 컸다. 아주 새파란 눈은 부리부리했고, 널리 칭송받던 그 '혹독함'으로 살짝 미친 듯 이글거렸다. 그에 따라 우리의 대화는 눈싸움 한 판으로 변했다.

"뭐지, 친구 양반? 뭐가 신경 쓰여요?" 내가 눈길을 피하자 그가 말했다.

"아뇨, 전혀. 내가 뭘 신경 쓴다고?"

"완전 미친 놈처럼 땀을 흘리시잖아."

"아, 그건. 이 재킷 때문에. 잘못 고른 거죠, 뭐."

그가 이번엔 내 옷깃을 잡았다. "코듀로이. 불어로 'cord du roi', 왕의 옷이란 소리지."

"그건 몰랐네요."

"그럼, 내가 뭔가 가르쳐 드렸네? 숭고한 옷감이지, 이거. 완전 왕실인 거. 그리고 걸어다닐 땐 당신 바지한테 귀를 기울이는 게 좋지. 그래야 사람들이 당신이 온다는 걸 알 거든. 뭔 말이냐 하면, 사람들한테 살금살금 다가가 부—" 그의 "부!" 소리에 나는 깜짝 놀랐다. "—부, 하면 안 된다는 거지." 놀라는 내 모습을 보며 그가 웃었다.

"안젤로—" 코니가 말했다. 이 남자한테 밀리고 있다는 게 느껴졌다. 나는 새로운 독기, 더 강력해진 독기를 품고 그를 증오하고 있음을 깨달았다.

"코니는 확실히 운이 넘치는 아가씨야." 그가 계속했다. "내가 휙 떠나준 건 적어도 큰 행운이니까. 코니가 내 얘긴 했을 테죠?"

"아뇨, 아뇨." 난 말했다. "안 그랬던 거 같은데요."

안젤로는 씨익 웃으면서 내 넥타이의 매듭을 잡았다. "여기, 뭐가 풀리는 것 같은데?"

"안젤로, 그냥 놔둬요, 제발." 그의 팔에 손을 얹으면서 코니가 말했다. 안젤로가 뒤로 물러나며 껄껄 웃었다.

"그래, 우리 같이 만나자. 넷이서 말야. 응? 내 여자친구는, 음, 저쪽에 있네. 수린이죠." 그러면서 안젤로는 브라 차림에 사슴사냥 모자를 쓰고 공장 바닥에서 춤을 추고 있는 여자를 가리켰다. "자, 이거…." 그가 질척한 냅킨으로 내 이마를 닦고는, 그걸 내 가슴 주머니에 꽂았다. 그리곤 늑대 짖는 소리를 내뱉으며 천천히 달려갔다.

"저 사람 정말 취했어." 코니가 말했다. "취하면 좀 정신없는 사람이거든요."

"뭐, 난 저 친구 좋아. 난 저 친구 아주 좋아."

"더글라스…."

"난 저 친구 눈 안 깜박이는 게 정말 좋아. 아주 매력적이야."

"그러지 말아요, 제발."

"뭘?"

"발정기 수컷들이나 하는 짓 말예요. 저 사람은 아주 오래, 오래전에 내 인생의 큰 부분이었던 사람이잖아요. 중요한 건 '이었다'는 거예요. 오래전에 그랬다는 거. 과거 시제라는 거. 그때 내 삶에서 필요했던 건 저 사람이었다는 거."

"그리고 바로 지금 당신 삶에서 필요한 건?"

"그딴 건 대답할 필요도 없죠." 그녀가 내 손을 잡았다. "이리 와요. 지붕에 올라가서 내가 당신 말려줄 테니."

71.
첫 경험들

어떤 관계든 초창기에는 온갖 첫 경험들이 계속해서 일어난다. 첫 만남, 첫 대화, 첫 웃음, 첫 키스, 첫 알몸 노출 등. 둘이 함께한 이런 획기적 사건들은 시간이 여러 날에서 여러 해로 바뀜에 따라 점점 드문드문해지고 별거 아닌 게 되어가다가, 결국 둘이 함께 내셔널 트러스트 문화재를 방문하는 첫 경험 같은 것들만 남는 처지에 이른다.

우리는 그날 밤 처음으로 크게 말다툼을 벌였다. 이 첫 경험은 모든 관계에서 아주 획기적인 일이면서 동시에 아주 속상하는 일이기도 하다. 왜냐하면 그 시점에 이르기까지의 모든 일들은 그야말로 완전한 행복이었기 때문이다. 이 사실은 이미 밝혔다고 생각한다. 완전한 행복이었다는 거.

늘 그렇듯 코니는 계속 술을 마셨고 — 우리 둘 다 많이 마셨다 — 춤을 추기 시작하더니 그걸 멈출 의사가 거의 없어 보였다. 그녀가 남

다른 댄서였다는 거, 내가 이미 말했던가? 그녀의 춤은 스스로 완벽했고 좀 고고해 보이는 것이었다. 춤출 때 보여주는 그녀의 독특한 표정은 몰입과 자아도취의 그것이었다. 입술은 벌어지고, 눈꺼풀은 무거운. 사실 그 모습엔 꽤나 자극적인 구석이 있었다. 어느 가족의 결혼식장에서 내 여동생은 날더러 이를 악문 걱정스러운 얼굴로 설사 난 사람처럼 춤춘다고 말한 적이 있다. 그래서 난 그 후로 어느 댄스 플로어에서도 '자리를 빛내'지 않기로 했다. 대신 나는 벽에 기대어 안젤로에게 퍼붓고 싶었던 말들의 목록을 머릿속으로 곱씹었다. 물론 그 자는 아직 거기에 있었다. 등에 수린을 태우고 손에 샴페인 병을 든 채 춤을 추면서.

어느새 집에 가야 할 시간이 되었다 싶어, 나는 플로어를 가로질러 코니에게 갔다. "난 집에 가야 할 거 같아." 금속성의 음악이 요란한 가운데 내가 그녀에게 외쳤다.

코니가 손을 내 팔에 올리고선 숨을 돌렸다. "그래요." 그녀가 말했다. 화장이 번지고, 머리칼은 이마에 들러붙고, 드레스에도 시커먼 얼룩들이 많았다.

"같이 갈래?"

"아뇨." 그녀가 뺨을 내 뺨에 대며 말했다. "당신은 가요."

그때, 나는 그냥 갔어야 했다. 집에서 그녀를 기다려야 했다. 그런데….

"있잖아, 그냥 딱 한 번만이라도 나를 붙잡으려 애써주면 안 되나?"

그녀가 얼떨떨한 표정을 지었다. "그래요? 그럼, 더 있다 가요. 응?"

"싫어. 여기 더 있는 거 싫다구. 말할 사람도 없고. 지루해. 가고 싶어."

그녀가 어깨를 으쓱했다. "그러니까 가요. 뭐가 문제라는 건지 모르겠네."

나는 머리를 가로젓고 걸어나가기 시작했다. 그녀가 따라왔다. "더글라스, 뭐가 문제인지 말을 안 하면, 난 상상할 수밖에 없어요."

"어떨 때는 내가 옆에 없어야 당신이 더 행복한 거 같아."

"어떻게 그런 말을 해요! 그건 말도 안 돼요."

"그럼 왜 우린 당신 친구들하고 같이 안 놀지?"

"여기서 이렇게 놀고 있잖아요, 안 그래요?"

"하지만 둘이 함께는 아니지. 날 데려오기만 하고 당신은 가버리잖아."

"집에 가고 싶다고 한 사람은 당신이에요!"

"그렇지만 당신은 나더러 더 있다 가라고 별로 붙잡지 않았어."

"더글라스, 다 큰 어른이 왜 이래요? 가고 싶음 가요. 우리가 무슨 엉덩이가 붙어 있나?"

"왜냐하면 우린 절대 그렇게 가까워질 수는 없으니까!"

그녀가 웃는 척했다. "미안해요, 이해가 안 되는데 — 당신 지금 내가 즐기고 논다고 화 난 거예요? 안젤로가 여기 있다고 그러는 건가? 자꾸 가지 말고, 설명을 해요."

우리는 콘크리트 계단실에서, 키스하고 담배 피거나 뭔지 모를 일을 하고 있는 엉큼한 손님들을 지나 층계를 부리나케 내려갔다. "왜 나를 당신 친구들한테 절대 소개 안 해주는 건데?"

"내가? 안 했다고?"

"어쩔 수 없을 때만 그랬지. 우리가 놀러 나가면 늘 당신이랑 나만

갔잖아."

"그거야, 당신이 안 즐거워할 거니까. 클럽 가는 거나 밤새도록 노는 거 별로잖아요. 일하는 거 염려하느라 바쁘니까 초대 안 한 거구."

"당신은 내가 재미난 걸 망칠 거라 생각해."

"난 당신이 재미있어 하지 않을 거라 생각했고, 그건 곧 나도 재미없다는 소리구."

"다른 이유도 있는 것 같은데?"

"말해 봐요."

"당신은 가끔 나 때문에 창피해 하는 것 같아."

"더글라스, 그건 진짜 터무니없는 말이다. 나 당신 사랑해요, 내가 왜 당신 땜에 창피해 해요? 밤마다 내가 당신한테 가지 않나요?"

"주변에 아무도 없을 때만 말이지."

"그래서요? 그게 더 낫지 않아요? 우리 둘만? 그거 안 좋아요? 왜냐하면, 난 좋거든요! 난, 젠장, 그게 너무 좋고, 그래서 당신도 그러는 줄 알았어."

"나도 그래! 나도 그래."

어느새 건물 밖의 길 위였다. 길이라기보다는 크고 작게 허물어진 온갖 건물들의 폐허 같은 곳이었다. 우리 위의 공장 지붕에서는 웃음과 음악이 들려왔다. 내려다보는 얼굴도 있었다. 안젤로도 거기서, 콘크리트 블록과 포장된 바닥들 사이에서 언쟁 중인 우리를 보고 있을지도 몰랐다. 우리의 말다툼은 이미 한풀 꺾여 멍청한 짓처럼 보이기 시작했다.

"있다 내가 당신한테 갔으면 좋겠어요?" 그녀가 물었다.

"아니. 오늘밤은 아냐."

"그럼, 당장 당신이랑 같이 갔으면 좋겠어요?"

"아니, 가서 재밌게 놀아. 방해했다면 미안해."

"더글라스…."

나는 걸어가기 시작했다. 하늘이 어두워지고 있었다. 여름이 끝나고 가을이 오고 있었다. 올해의 마지막 좋은 날, 나는 우리가 만난 이후 처음으로 '그녀 없는 삶'이라는 저 유서 깊은 가공할 슬픔을 느꼈다.

"더글라스?"

나는 뒤돌아보았다.

"그쪽 아니에요. 기차역은 저쪽이에요."

그녀가 옳았다. 하지만 뒤돌아가 그녀를 지나쳐 가는 건 내 자존심이 허락하질 않았다. 그대로 건물 잔해들 속을 헤매다, 경비견을 피해 철조망을 기어오르고, 자동차전용도로를 걸어가다 거대한 트럭들을 피해 가드레일을 끌어안는 등 대책없이 헤맨 뒤에야, 그러고 나서야 나는 문득 깨달았다. 우리의 첫 말다툼이 다른 첫 경험 하나를 꿀꺽해 버렸다는 것을.

그녀가 내게 나를 사랑한다고 말한 것이다.

그때까지 어느 누구도 아무런 부가문 없이 내게 그 말을 건넨 적이 없었다. 그 말을 했다고 내가 상상했던 걸까? 아닌 것 같았다. 아니었다. 틀림없이 코니가 그 말을 했던 것이다. 나는 기뻐서 탭댄스라도 추었어야 했다. 블랙월 터널 진입로에서 탭댄스를 춘 최초의 사람이 되어서 말이다. 하지만 나는 그 순간을 날려버렸다. 심술과 자기연민으로 엉망진창이 되어서는, 질투와 술기운에 너무 취한 나머지 나는 그 말을 제대로 알아채지도 못하고 만 것이었다. 나는 멈춰 서서 나를 돌아보고 주변을 둘러보았다. 그리곤 걸어온 길로 다시 돌아가기 시작했다.

그렇게 큰 건물인데도 그 공장은 도대체 어디 처박혀 있는지 오리무중이었다. 거의 30분 넘게 그 폐허를 헤맨 뒤에야 나는 너무 늦을 것 같다는 생각을 했다. 파티가 끝나버렸을 수도 있었다. 내가 포기하고서 가까운 지하철을 찾아야겠다고 맘먹었을 때였다. 밤하늘에 세 줄기의 빛이 번쩍거렸다. 잠시 후 펑하는 소리도 들렸다. 불꽃놀이였다. 마치 구명 조명탄처럼 그 공장 위에서 불꽃이 터진 것이었다. 나는 몸을 돌려 그쪽으로 뛰었다.

사람들은 복고풍의 느린 노래들을 부르고 있었다. 내 기억으로는, 내가 걸어 들어갈 때의 노래는 〈쓰리 타임즈 어 레이디〉였다. 코니는 댄스플로어의 건너편에 팔꿈치를 무릎에 대고 혼자 앉아 있었다. 나는 그녀에게 걸어갔고, 그녀의 표정에 미소와 찡그림이 빠르게 번갈아드는 걸 보았다. 그녀가 말을 꺼내기 전에 내가 먼저 말했다.

"미안해. 내가 바보였어."

"당신 가끔 그래요, 진짜."

"사과할게. 그리고… 안 그러도록 노력할게."

"아주 열심히!" 그렇게 말하면서 그녀가 몸을 일으켰고, 우리는 서로에게 팔을 둘렀다. "어떻게 그런 생각들을 할 수가 있어요, 더글라스?"

"나도 모르겠어. 내가 아마… 신경 쓰였나 봐. 어디로 갈 거 아니지, 응?"

"그런 계획은 없었어요. 안 그럴 거라구요."

우리는 키스했다. 그렇게 한참 후 내가 말했다. "그런데 말야, 나도 그래."

"뭐가 그래?"

"나도 당신 사랑한다고."

"어이쿠." 그녀가 말했다. "서로 합의가 된 셈이니 다행인가요?"

다음해 1월, 만난 지 11개월 무렵 코니는 화이트채플에서 밸럼으로 이사했다. 빌린 밴에 짐을 싣고 가면서 나는 누가 미행하지는 않나 보려는 듯 연신 백미러를 살폈다. 코니가 이제 내 곁을 떠나는 일은 없으리라는 기대와 희망으로 내 가슴은 부풀었다.

72.
에로틱 리얼리즘

우리는 허니문 스위트에서 전혀 허니문 같지 않은 밤을 보냈다. 요다안 지구의 어느 카페에서 이른 저녁을 먹고 돌아온 뒤, 나는 혹시 코니도 함께하지 않을까 기대하며 자쿠지에 물을 채웠다. "우리 이 애를 활활 불태워 볼까!" 나는 그렇게 말하며 자쿠지 안으로 기어올랐다. 하지만 그 느낌은 포츠머스에서 쉘부르로 가는 페리선의 프로펠러에 내동댕이쳐진 듯했고, 소음도 엄청나서 코니는 찡그린 얼굴로 책이나 읽겠다며 침대에 누웠다.

"들어오지 그래?" 나는 요염하게 울부짖었다.

"아뇨. 당신이나 즐겨요." 그녀도 소리쳤다.

"이렇게 하면 터보야." 제트엔진이 따로 없었다. "아주 편안해!"

"더글라스, 좀 꺼요. 책 좀 읽게." 코니는 소리를 지르고서 다시 책을 보았다. 즐거운 하루를 보냈음에도 불구하고 우리는 기차에서의 장면들을 아직 털어내지 못했고, 나는 또 다시 곱씹었다. 왜 요즘 들어 우리 말다툼의 뒤끝이 점점 더 길어지는지를 말이다. 그건 마치 감기나 숙취처럼 털어내는 데 엄청난 시간이 걸렸고, 급기야 찾아온 화해란 것도 예전에는 봄눈을 녹이는 변화였으나 이젠 물에 물 탄 듯할 뿐이었다. 나는 그 지옥의 기계에서 나왔고, 우리는 함께 벨벳 베개와 실크 쿠션의 거대한 덩어리를 해체해 침대 아래로 던져버린 뒤, 눈을 감았다. 다음 날은 라익스뮤제움이었고, 나는 침착하게 처신해야 했다.

73.

사스키아 반 에이른부르

너무나 당당하고 거리낌 없는 걸 하나 꼽으라고 한다면, 암스테르담에서의 자전거 타기만한 게 또 있을까. 자전거와 자동차 사이의 전통적 역관계는 이제 완전히 역전되었고, 거기서 자전거를 타는 당신은 압도적인 숫자를 자랑하는 종족의 일원이다. 자전거 라이더들 사이에 높이 앉아서, 아직까지 차를 몰아야 할 만큼 멍청하거나 혹은 약한 사람들이 몰고 가는 자동차의 보닛을 굽어본다. 여기 사람들은 진짜 무모하다 싶을 만큼 함부로 자전거를 탄다. 자전거를 타면서 전화를 하고, 아침을 먹는다. 눈부시게 화창한 8월의 어느 날, 헤렌그라흐트 길을 따라 골든 코너 쪽으로 자전거를 타고 가다 보니, 세상에 이보다 더 좋은 것은 없으려니 싶었다.

거기서 오른쪽이 라익스뮤제움이었다. 국립박물관이란 이러해야 한다는 어떤 기준이 있는 건 아니겠지만, 비록 그렇다 해도 나는 깜짝 놀랐다. 그건 라익스뮤제움이 너무 수수해서라기보다는 가장과 허식이 전혀 보이지 않아서였다. 즐비한 기둥도, 하얀 대리석도 없었고, 고전 양식에 대한 동경도 없었다. 루브르의 대궐 같은 웅장함은 아예 없었고, 다만 시민들의 일상 편의만을 고려한 멋진 기차역 혹은 야심찬 시청사 같은 느낌이었다.

실내의 중앙홀은 어마어마하게 큰데다 아주 환했고, 나는 — 아마 우리 모두는 — 이번 투어에 대한 열정이 새로워지는 걸 느꼈다. 간밤에 어디 가서 모험을 즐기다 왔는지 벌건 눈에 매캐한 냄새를 풍기던 앨비조차도 그 모든 게 원기회복제 같았던지 "멋진데요"라며 기쁨의 탄성을 질렀다. 우리는 그렇게 전시실로 향했다.

참 좋은 아침이었다. 이따금씩 코니는 내 손을 잡기까지 했다. 평소에 난 그런 건 아이들이나 노인들이 하는 일이라고 여겼지만, 이 경우에는 날 용서한다는 뜻 아닌가 싶었다. 우리는 루브르에서처럼 이 방 저 방으로 빙하가 움직이듯 느릿느릿 움직였지만, 난 이제 그게 성가시지 않았다. 미술품뿐만 아니라 지프차 크기만 한 갤리온 돛단배 모형도 있었고, 흉악한 무기들로 가득한 유리 상자들도 있었다. 그리고 특별한 그림들로 꽉 차 있는 〈명예의 전시실〉이 나왔다. 이미 얘기했듯 내가 예술평론가는 아니지만, 네덜란드 회화는 어찌나 익숙하고 친근한지 놀라울 정도였다. 그리스나 로마의 신들은 여기서는 자취를 감추었다. 십자가나 성모도 없었다. 부엌, 뒷마당, 골목, 피아노 연습, 쓴 편지와 받은 편지 따위였다. 굴은 만지면 촉촉할 것 같았고, 한창 따르는 장면으로 그려진 우유는 너무 생생해서 맛을 볼 수 있을 것 같았다.

그런데도 어느 것 하나 상투적이거나 무미건조한 느낌은 아니었다. 그림에 묘사된 일상 속의 장면들과 실제 인물들은 흠투성이에 시시하지만, 흐리멍덩하고 어리석지만, 거기에 자긍심이 있었고, 심지어 기쁨조차 있었다. 땅딸막하고 거친 얼굴의 나이 든 렘브란트는 결코 미남이 아니었다. '사도 바울처럼 그린 자화상'에서 렘브란트는 말 그대로 기진맥진한 모습이었다. 눈썹을 치켜 올리고, 망가진 얼굴은 쭈글쭈글한 게, 그 얼굴에 깃든 고단함은 내가 너무나 기꺼이 인정할 수 있는 그런 것이었다. 비록 화려하긴 하지만 루브르의 성인들과 신, 괴물들 앞에 서서 내가 느낀 건 이런 '인정'이 아니었다. 이것이야말로 위대한 예술이었고, 엽서 값으로 엄청난 돈을 써야 할 게 분명했다.

어느 인상적인 감색의 방에서 우리 셋은 어깨를 나란히 하고 〈야경꾼〉 앞에 섰다. 내 가이드북에 따르면 이 그림은 세상에서 네 번째로 가장 유명한 그림이었다. "그럼, 1, 2, 3등은 뭐지?"라고 내가 물었지만, 아무도 내가 제안한 게임에 반응하지 않았고, 나도 잠자코 그림만 쳐다보았다. 그림 속에선 뭔가 많은 일들이 진행 중이었다. 내 아버지라면 이걸 보고 "얌전한 박자, 얌전한 곡조"를 다시 읊조렸겠지만, 난 혹시 앨비가 놓치지나 않을까 싶어 가이드북이 일러준 온갖 자잘한 디테일들을 — 웃기는 표현들, 농담들, 사고로 발사된 총 따위 — 하나하나 짚어 나갔다. "너 그거 아니?" 내가 말했다. "렘브란트는 이 그림 이름을 붙이지 않았다는 거. 이 장면은 사실 밤에 일어난 게 아니야. 광택제가 바래면서 점점 어두워졌지. 그래서 '야경꾼'이 된 거야."

"재밌는 얘기들을 어쩜 그리 많이 아실까." 코니가 말했다.

"이 그림에 렘브란트의 자화상도 숨어 있다는 건 알아? 저 뒤쪽이야.

저 남자 어깨 뒤에서 앞을 내다보고 있는 저 얼굴이지."

"가이드북 좀 내려놓으면 안 될까요, 더글라스?"

"이 그림에 대해 하나의 비판만 해보라고 한다면—"

"와. 멋지네." 앨비가 말했다. "아빠가 어디서 그림 설명서를 입수했나 봐요."

"하나의 비판, 그건 바로 저 금색 옷을 입은 여자애야." 중앙에서 약간 왼쪽에 환한 빛을 받고 있는 여덟, 아홉 살쯤의 여자아이가 호화스러운 옷을 멋지게 차려입고서, 좀 이상하게도 닭 한 마리를 허리춤에 차고 있었다. "난 이렇게 말할 거야. '이보게, 렘브란트. 그림이 참 좋긴 하네만, 저 닭을 매단 소녀 한 번 더 봐주겠나? 재가 말야, 너무 늙어 보이잖아. 얼굴이 꼭 마흔다섯 먹은 아줌마 얼굴이야. 그게 너무 당황스러워서, 관심을 막 분산시키는 게—'"

"그건 사스키아예요."

"사스키아가 누구예요?" 앨비가 물었다.

"렘브란트의 아내야. 여러 그림에서 그녀가 모델로 등장해. 렘브란트는 아주 헌신적인 남편이었어. 그랬다고들 말하지."

"아. 그래?" 가이드북에는 이런 얘기가 없었다. "당신 생각은 그녀도 저걸 좀 이상하다고 했을 거 같지 않아?"

"어쩌면요. 아니면 좋아했을 수도 있어요. 남편이 자신의 젊은 날을, 만나기 전의 모습을 상상한 거니까. 어쨌든 그녀는 저걸 보지도 못했을 거예요. 렘브란트가 이걸 그리는 동안 죽었으니까."

이 모든 게 내게는 너무 이상하게 들렸다. "그러니까, 죽어가고 있는 아내의 모습을 보면서 렘브란트가 저걸 그렸거나…"

"아니면 기억을 되살려 저 얼굴을 그렸거나겠죠."

"소녀의 옷을 입은 나이든 아내의 모습을."

"그녀를 사랑했던 기억을 되새기면서요. 그녀가 떠난 뒤, 그녀에게 꽃을 바치듯이."

나는 정말, 뭐라 할 말이 떠오르지 않았다. 굳이 말한다면, 예술가들은 정말 괴상한 사람들이라는 정도였겠지만.

74.
진짜 암스테르담

오후가 될 때까지 우리는 라익스뮤제움에 머물렀다. 몸은 피곤했지만 정신은 한껏 부풀어 올랐고, 이어질 일정도 잘 준비되어 있었다. 뮤제움플렌[라익스, 반 고흐, 스테들르크 세 박물관 사이의 광장]에 앉아서 나는 근처에서 점심 먹을 데 몇 곳을 찾아냈다. 앨비는 핸드폰 액정만 쳐다보면 낄낄거리고 있었는데, 그게 다 이유가 있었다. 누가 두 손가락으로 내 등을 쿡 찌르는 게 아닌가.

"꼼짝 마, 피터슨! 뷔페 경찰이다! 네가 팽 오 쇼콜라를 숨기고 있다는 거 다 안다."

"캣! 아이구, 깜짝아!" 코니의 말투가 좀 빡빡했다. "앨비, 이 사기꾼." 앨비는 예뻐해 줄 수 없는 웃음을 짓고 있었다. 자신의 멋진 조크를 펼쳐 보이고서 득의만만한 표정이었다.

"파리서부터 여기까지, 계속 추적했다구요, 미스터 피! 저 땜에 도망가신 건 아니죠? 앨비가 어디 있다고 얘기했는데, 아, 도저히 못 참겠더라구요. 어이쿠, 내 미소년! 이리 오삼." 캣은 양손으로 우리 아들의 얼굴을 붙잡고 광장이 쩌렁쩌렁 울릴 정도로 요란한 키스를 퍼부었다. "[암스테르]담은 어때요? 신나게 즐기시는 중? 굉장하죠, 여기?"

"아주 멋진 시간 보내고 있어요. 고마워요."

"예에. 앨비가 말했어요. 선생님 덕분에 매음굴 같은 변태호텔에 묵게 됐다고. 아, 말만 해도 히스테리 돋네."

"변태호텔이 아니고," 난 꾹 참으며 말했다. "부티크호텔이라오."

"그래, 뭐 하셨어요? 어디 가셨고, 뭘 할 건지, 다 말해 줘요!"

"꽃시장 가고, 자전거로 운하 돌고. 내일은 반 고흐 박물관 갔다, 시간 되면 운하 크루즈도 타고."

"너무 관광객스러우시다. 뭔가 다른 암스테르담도 보셔야죠. 우리 한번 같이 나가 놀아볼까요? 지금 당장은 뭐 하실 거예요?"

내 여정표가 위험에 처했음을 난 본능적으로 깨달았다. "사실 지금 우린 앤 프랑크 하우스로 가는 중이고, 있다 렘브란트 하우스 박물관도 가야 해요."

"뭐, 꼭 그래야 하나요?" 코니가 말했다. "내일 가면 되죠."

"저희 없이 가시면 안 돼요?" 앨비가 희망에 차 물었다. 우리 넷이 함께 '나가 논다'는 건 나한테처럼 앨비에게도 말이 안 되는 불편한 짓 같았던 것이다. "저랑 캣이랑은 여기저기 돌아다닐라구요."

"앨비야, 나 정말 너랑 앤 프랑크 하우스 가고 싶다. 넌 꼭 거길 봐야 해."

"더 뭘 하기엔 너무 피곤해요, 더글라스." 배신자 코니의 목소리였다. "내일 아침에 가면 안 될까요?"

"안 돼! 안 돼. 내일은 반 고흐 박물관이야. 오후엔 떠나야 하고."

"진짜 암스테르담 보는 게 훨 나을 텐데?"

아니거든, 캣, 빌어먹을, 아니라구! 진짜 암스테르담 따위 절대 안 보고 싶어. 우리들의 진짜는 저기 버크셔에 있는데, 여기까지 와서 무슨 진짜 타령이야! 여기서 진짜 어떤 일들이 벌어지는지는 관심 없단 말이다! 완벽하게 잘 짜인 관광 일정표가 내 눈앞에서 갈기갈기 찢어지고 있었다. "오늘 앤 프랑크 하우스엘 안 가면 모든 계획이 엉망이 돼." 내 목소리가 날카롭게 째지는 것 같았다.

"그냥 점심부터 먹어요. 열도 좀 식히고, 네? 자전거 가져올게요. 데 파이프에 제가 아는 근사한 채식주의 뷔페가 있는데…"

75.

견딜 수 있는 한 양껏 먹기

석회암 알갱이 같은 병아리콩. 아무 맛도 없는 스폰지 같은 커드 치즈. 중국 바닷가의 해조류처럼 흐물흐물한 시금치, 민달팽이 한 바구니를 부어놓은 듯한 식어빠진 오크라. 괴사 상태의 아보카도, 모래알 같은 쿠스쿠스 요리[으깬 밀로 만든 북아프리카 음식], 물로만 만든 듯한 초록-회색의 워터 소스에 담긴 축 늘어진 긴 호박. 강낭콩! 막 개봉한 깡통에서 멋지게 비워내 놓았음에 틀림없는, 휑하고 차가운 강낭콩.

"놀랍지 않아요? 고기 따위 누가 먹는대요!" 캣은 그렇게 말했다. 지난번 내가 보았을 때 마치 미친 박제사처럼 자기 백팩에다 베이컨을 구겨넣던 캣이 말이다.

"우린 파리에서 고기 엄청 먹었어요. 엄청." 코니가 말했다. 너무나도 대담하게 새로운 충성 맹세를 하는 코니였다.

"푸아그라는 안 드셨으면 좋았을 텐데." 캣이 그렇게 경고하면서 한 손가락을 들어 내 얼굴에다 대고 흔들었다.

"아니, 주로 오리였어. 스테이크에 오리에, 파테, 오리, 스테이크…"

"그리고 다 맛있었지, 내 생각엔."

"아빠는 얼굴이 없는 건 아예 안 드시려고 그래."

"그때는 아무도 불평 안 했잖아?"

"파리에선 쓸 만한 베지[채식주의] 음식 찾기가 어려워요. 한참 헤매다 겨우 먹는 게 무슨 코르크 뚜껑 같고 말이죠." 캣이 볼을 부풀려 숨을 내뿜으며 말했다. "특히 그 바게트랑 같이 먹는 건 정말, 아휴. 이 빵은 적어도 괜찮은 데가 있거든요." 캣이 말한 그 빵은 무슨 고무 같은 게 창문 끼울 때 쓰는 접착제인 퍼티처럼 질겼고, 제빵사의 쓰레받기에서 떨궈놓은 먼지들로 장식되어 있었다. "난 다시 가야지! 기똥찬 베지 더 드실 분?" 캣과 앨비가 총총 뷔페 바로 걸어갔다. 은빛 음식통 아래의 손가락만 한 장식양초들이 요리를 기분 좋은 뜨뜻미지근한 온도로 덥히고 있었다.

나는 한숨을 쉬며 접시의 음식을 뒤적였다. "여긴 어째 벽에 던지면 쩍 들러붙어 꾸물꾸물 흘러내릴 것들밖에 없어."

"빵은 빼야죠." 코니가 웃었다.

"그건 고무공처럼 튕겨 나오다 내 눈알을 하나 빼놓을걸?"

"뭐, 기꺼이 새로운 걸 해보자고 당신이 그랬잖아요."

"내가 좋아할 만한 새로운 걸 해본다고 했을 뿐야." 내 말에 코니가 또 웃었다. "저 여자애는 오직 뷔페에서만 밥을 먹는 건가, 응?"

"그냥 놔둬요. 나는 걔 좋아요."

"정말? 말하는 톤이 어째?"

"차분할 때는 괜찮지 않아요? 그리고… 저 둘 좀 보세요. 달콤하기도 해라." 뷔페에서 두 사람은 어깨를 나란히 하고 서서 노로바이러스와 리스테리아 균 사이에서 무엇을 고를지 고민하고 있었다. "젊은 연인들. 더글라스, 우리도 한때 저렇지 않았을까요, 응?"

"3시 15분이네, 벌써. 안네 프랑크 하우스 갈려면 이제 나서야 해."

"더글라스, 그냥 좀 놔두면 안 될까요? 무슨 게슈타포도 아니면서 어째 거길 못 가 이렇게 안달이실까?

"코니!"

"앨비랑 함께 보내요. 걔가 원하는 걸 하면서요. 그게 당신이 원했던 거 아니에요?"

그렇게 우리는 물맛 나는 커드를 잽싸게 해치우고 계산한 뒤 자전거를 타고 오후 내내 암스테르담의 바깥쪽 원 주변을 둘러보았다. 캣은 끊임없이 끝내주는 작은 바와 그녀가 한때 무단 점유했던 집, 스케이트보드 공원, 거대한 주거단지, 길거리시장 따위를 가리켰다. 사실 그 대부분은 아주 좋았다. 모로코계와 수리남계, 터키계 사람들이 사는 곳을 보는 건 흥미롭기도 했다. 그렇지만 도심으로 다시 돌아오면서 결국 우리는 그렇고 그런 데를 향하고 있다는 게 분명해졌다.

"바로 여기죠." 캣이 말했다. "제가 진짜 좋아하는 커피집!"

결국 이렇게 될 거였구나. 우리가 암스테르담에 도착한 이래 앨비가 길가의 이런 곳들을 힘끔힐끔 쳐다보는 눈초리는 아이일 적에 장난감

가게를 보던 앨비를 떠올리게 했다. 이제, '나이스 카페'라는 이름의 그런 집 앞에 서서, 앨비는 땅을 보며 씩 웃고 있었다.

"제대로 기분 좋은 집이죠. 조그만 게 생기 넘치고, 죽이게 다정하다는 거." 캣이 다시 그렇게 안심시켰다. "내가 여기 버드-텐더를 잘 아니까, 잘 해줄 거예요."

"아, 나는 됐어요, 캣."

"왜 이래요, 미스터 피. 로마에 오면…"

"고맙지만, 됐어요. 나는 정말 별로예요."

"해보지도 않았으면서 어떻게 아세요?" 앨비가 말했다. 그건 내가 앨비에게 양배추를 먹일 때 사용한 바로 그 논리였다.

"해봤어. 해봤다니까, 앨비. 나도 한때는 젊은이였어!"

"오호, 그러셨구나. 깜박할 뻔했네." 코니가 말했다.

"코니, 무슨 소리야, 당신도 함께였잖아. 제네비에브랑 타일러도. 이따만 한 허연 걸 빨았잖아. 기억 안 나?"

"'이따만 한 허연 거'." 앨비가 키득거렸다.

"미스터 피. 완전 다크호스시네. 한 번 더 해보시죠?"

"아뇨. 됐어요. 캣."

"됐네. 아빠는 빠지고." 앨비가 정말 다행이라는 표정을 감추지도 않고 말했다.

"당신은요, 미시즈 피?" 캣이 그렇게 말하자, 모두의 눈이 코니를 향했다.

"엄마?" 앨비가 말했다.

코니가 자기 맘을 저울질했다.

“오케이.” 그녀가 말했다. “좋아.” 그러면서 그녀는 자전거를 묶어놓으러 갔다.

76.
와인 속의 물

앨비의 10대 시절 동안 여러 차례에 걸쳐 나는 이런 상황에 직면하곤 했다. 주말판 신문에 등장하는 ‘생의 딜레마’ 상황들 말이다. 좀도둑질을 한 아이에게 부모는 어떻게 현명하게 대처해야 하나? 놀이터에서 옳지 않은 친구들과 사귀면? 애한테서 술이나 담배 냄새가 나면? 서랍장에서 돈이 사라지면? 집 컴퓨터에서 희한한 검색 결과가 발견되면? 와인을 주면서 물은 얼마나 넣을지? 여자친구가 밤새도록 놀다가도 좋다고 허락을 한다? 문을 잠가버리거나 험한 말을 썼을 때, 나쁜 행실이나 나쁜 식습관에 대해서는 어떻게?

최근 들어 이런 딜레마들이 잇따라 반복되었고, 나는 어찌할 바를 몰라 했다. 왜 부모들을 위한 엄격한 가이드라인이 제시되질 않는 걸까? 내 부모님들도 나 때문에 이렇게 윤리적인 몸부림을 치셨을까? 나는 절대 그러지 않았다고 생각했다. 내가 10대 시절에 저지른 가장 은밀한 짓은 가끔 밤에 몰래 ITV[영국의 상업 공중파 채널]를 보는 것 정도였다. 그런데 또 내게 이런 상황이 닥치다니. 암스테르담 한복판에서, 라디오 고민상담에 전화를 걸어야 하는 상황이. 코니가 자전거를 묶는 동안 나는 옆에 서 있었다. “당신 정말 이거 하려고 그래?”

“정말인데요? 더글라스?”

"당신 정말 애한테 그런 걸 시켜야 하겠어?"

"내가 시키는 거 아니에요. 난 그냥 그런 거에 대해 위선자인 척 안 하려는 것뿐이에요. 앨비는 지금 암스테르담에 여자애랑 함께 있어요. 10대잖아요. 솔직히 말해, 걔가 그런 걸 안 하려고 그랬다면 더 걱정스러웠을 거예요."

"그래도 그런 걸 승인하고 그럼 안 되지."

"내가 그걸 어떻게 승인한다고 그래요, 더글라스?"

"아니, 같이 한다는데, 그게 그거지!"

"그냥 애를 가만히 지켜볼 거예요. 또, 까짓거, 나도 몇 모금 빨아보고 싶기도 하고."

"당신도? 진짜?"

"그게 그렇게 이상해요? 진짜, 더글라스?"

캣과 앨비가 우리 둘을 보고 있었다. "좋아, 좋아. 하지만 만약에 걔가 버드-텐더 되겠다고 나서는 날엔, 다 당신 책임인 줄 알아."

"앨비는 버드-텐더 될 리가 없어요."

"당신이 알아서 해."

"그러지 마요."

"내가 없는 게 더 재밌을 테니까."

"그래요." 그녀가 으쓱 어깻짓을 했다. "나중에 봐요." 그리고 나는 다시 또 그 생각을 했다. 있잖아, 그냥 딱 한 번만이라도, 나를 붙잡으려 애써주면 안 될까.

우리는 기다리는 아이들에게로 돌아갔다. "나는 가고, 엄마는 여기 있을 거야."

앨비가 주먹을 쥐었다 내리며 "예스ㅇㅇㅇㅇㅇㅇ!"라는 탄성을 질렀다. 그로서는 최선의 결과였던 것이다.

"그래도 스페이스 쿠키는 먹지 마라." 내가 말했다. "대마초가 얼마나 들어가 있는지 아무도 모르니까."

"맞아요. 멋진 말씀이세요, 미스터 피." 캣이 내 팔을 두드리며 말했다. "깊이 새겨들어야 할 말씀이세요."

"호텔에서 봐요, 여보. 아마 저녁 때." 코니가 볼을 맞대며 말했고, 그들은 나이스 카페로 들어갔다.

77.
바다와 같은 염려

어느새 앤 프랑크 하우스엘 가고 싶은 마음이 싹 사라졌다. 앨비 없이 거길 간다는 건 쓸데없는 짓이었다. 대신 들른 렘브란트 하우스 박물관은 좋은 분위기에 배울 게 많았지만 — 특히 17세기 판화의 놀라운 기술 진보와 혁신이 — 나는 그저 마음이 어수선하고 불편하기만 했다.

그러니까… 엄마와 함께 오후 내내 같이 앉아서 대마초를 피는 거, 그건 아주 즐겁고 정말 쿨한 일, 아니겠나? 그렇게 재미있는 게 어디에 또 있을 것이며, 그런 추억을 공유한다는 건 또 얼마나 멋진가! 그래도 난 내 아들이 야망을 갖기를, 투지와 힘, 순수하고 치열한 정신을 갖기를 원했다. 나는 아이가 호기심과 현명함을 겸비하고서 세상을 바라보기를 원했다. 대마초에 취해 몽롱한 자들이 드러내는 저 지독한 유아

독존과 어리석음이 아니라 말이다. 기억력 감퇴와 냉담함, 정신병, 중독, 강한 마약에의 노출 등 의학적 위험성을 도외시하면서, 멍청하게도 그 '쿨하게 놀기'에 매달리다니. 나는 내 인생 내내 느긋하게 여유를 부려본 적이 한 번도 없었다. 내게는 그게 사는 이치였던 것인데, 거기에 무슨 문제가 있단 말인가? 줄타기용 줄처럼 팽팽하게, 빈틈없이 철저하게, 주위의 위험들을 잘 살피면서 사는 거, 그건 감탄해야 할 일 아닌가?

암스테르담의 동쪽 운하들을 따라 자전거를 타고 왔다갔다 하면서 나는 그런 생각을 했다. 그곳은 그라흐텐고르들의 운하보다는 덜 예뻤지만 보다 실용적이었다. 아, 그들 모두는 나이스 카페에서 멍청해지는 경험을 사서 하면서 멋진 시간을 보내고 있으리라. 보나마나 그 등신 같은 곳에서 빈 백에 털썩 주저앉아 대마를 넣어 만든 바나나 빵을 먹고 파란색이 뭐 저렇냐고 낄낄대겠지. 아니면 내가 피웠던 그 웃기지도 않는 옛날 대마초 얘기를 들먹이면서 새로운 경험을 두려워하는 나를 놀려대고 있을지도 모른다. 하지만 그들은 왜 내 진심을 있는 그대로 인정하지 못했던 걸까? 그건 편협함이 아니었다. 경고나 보수주의도 아니었다. 그건 관심과 염려였다. 엄청난 염려, 바다와 같은 염려. 내가 그들을 말린 건 내가 그들을 염려하고 아끼기 때문이었다. 이걸 왜 모른단 말인가?

암스테르담에 대한 내 사랑은 그렇게 식어갔다. 우선 자전거가 거의 손쓸 수 없을 정도로 너무 많았다. 자전거는 마치 외계의 잡초처럼 다리와 거리, 가로등마다 들러붙어 숨통을 죄고 있었다. 그중에는 거의 고물이 된 것들도 아주 많았다. 나는 내가 암스테르담 시장이 된다면 저 망할 놈의 고물딱지들을 어떻게 처분할지를 상상하기 시작했다. '1인당 1대씩만'이라는 엄명을 내린 뒤, 버려진 거나 탈 수 없는 것들은 전부 절단기를 이용해서라도 수거해서 녹여버리는 거다. 사실, 이미 내 맘이 비뚤어진 뒤였던지라 난 그 생각에 꽤나 흥분했다. 전부 잡아들이는 거다. 조명이 신통찮거나 한 손으로 타는 인간들, 안장이 너무 높거나 경건한 척하는 암스테르담 라이더들을 전부 다! 칼리굴라가 되는 거다. 가차없이, 거침없이, 죄다 불질러버리는 거다. 그래, 녹여버리는 거다. 저 망할 놈의 자전거들을!

78.
드 발렌

나는 어느새 홍등가에 와 있었다.

변명하려는 건 아니지만, 내가 다시 가고 싶었던 중국 음식점이 하나 있었다. 여러 해 전에 코니와 함께 들렀던 곳이었다. 점심 때의 그 지독한 오크라에 대한 복수로 나는 북경오리 한 마리를 통째 먹어버릴 작정이었다. 아직 초저녁이어서 날은 훤하고 따뜻했다. 청춘남녀들과 눈이 동그래진 커플들, 오토바이 라이더 등이 한꺼번에 바에서 운하 위의 다리로 넘쳐 나오면서, 드 발렌 일대는 특별할인 시간대 특유의 기운으로 넘실거렸다. 붉은 커튼 아래의 여인들이 옛 친구를 보듯 내게 손을 흔들고 웃었다. 나는 엉망진창으로 뒤엉켜 있는 지저분한 자전거와 오토바이들 사이에서 자전거 세울 데를 찾고 있었다. 체인과 따로 노는 페달, 브레이크 선과 따로 노는 손잡이 등 주변 가득 쓰레기들이 넘쳤다. 자전거 버팀대를 차서 내린 뒤 나는 몸을 숙여 자전거를 묶었다. 그런데 몸을 일으켜 거기서 빠져나오다 내 엉덩이가 왼쪽의 자전거를 살짝 건드렸던가 보다. 그러면서 마치 희한한 환영 같은 슬로우 모션으로 그 자전거가 옆 자전거로, 또 그 옆으로, 옆으로, 옆으로 자빠지기 시작했다. 나는 그걸 멍하니 지켜보았다. 그 연쇄반응은 마치 자전거를 이용한 기발하고 야심찬 도미노 게임 같았다. 꽈당꽈당 넘어지는 자전거들의 운동에너지는 네 대, 다섯 대, 여섯 대까지 모이고 모여 네 대의 빈티지 오토바이들이 몰려 있는 데까지 이르렀다. 흠집 하나 없이 반지르르 광택이 흐르는 그 물건들은 주인들이 술을 마시고 있는 바 바로 앞에 세워져 있었다. 그래야 안전할 테니까. 그래야 아무 해도 입지 않을 테니까.

그 물건들이 긁히는 소음은 정말 심했다. 마지막 자전거의 브레이크 손잡이가 첫 오토바이의 반짝거리는 빨강 연료통 깊이 긴 줄을 긁어놓았고, 그리고는 그 오토바이도 맥없이 땅으로 자빠졌다. 하나, 둘, 셋, 넷, 모두 다. 그리곤 정적이었다. 북적대는 도시의 길거리에서 정적을 듣는 것, 그건 정말 이상했다. 거의 섬뜩할 정도였다. 하지만 정적은 금세 깨졌다. 누군가가 웃었다. "우와, 좆 됐네." 다른 목소리는 그렇게 말했다. 오토바이 주인들이 있던 바에서도 — 그곳 이름은 '발할라'인 것 같았다 — 거대한 몸집의 남자들이 벌게진 얼굴로 뛰어나와 사람들을 밀치면서, 반짝이는 크롬들의 커다란 덩어리로 한데 자빠져 헛바퀴만 빙빙 돌리고 있는 자기 애마들에게 달려오며 함성을 질렀다.

이 모든 게 겨우 10초 남짓 사이에 벌어졌으며, 나는 바보같이 고민에 빠졌다. 그냥 가도 될까? 결국 내 잘못이 확실한 건 아니니까 말이다. 그건 중력의 탓이고, 자전거 탓이고, 연쇄 반응 탓이고, 그 모든 게 나와는 무관했다. 내가 그냥 가버리면, 만화에서 보듯이 걸어가면서 태연하게 휘파람이나 불어주면, 아무도 모를 수 있지 않을까?

그렇지만 나는 그 거대한 파괴의 현장 한복판에 홀로 서 있었고, 곧 그 네 명의 사내들이 한 주먹 안의 손가락들처럼 일사불란하게 내게로 달려왔다. 그들의 눈에서 불꽃이 튀었다. 그토록 사근사근하던 네덜란드 말이 더 이상 그렇게 들리지 않았다. 거칠고 거슬리는 말을 내뱉으며 그들은 순식간에 나를 에워쌌다. 내 어깨를 붙든 손의 악력으로 미루어 금세라도 주먹이 날아들 것 같았다. 내 코에 자기 코를 거의 갖다 댄 사내는 바이킹 같은 블론드 머리였고, 얼굴은 정육점에서 아무렇게나 잘라준 싸구려 고깃덩어리 같았다. 이빨은 군데군데 빠져 있었고 — 절대 좋은 징조가 아니었다 — 숨결에서는 맥주 냄새가 풍겼다. "노 스피크 더치." 나는 멍청한 말투로 "노 스피크 더치"를 연발했다. 올바른 영어보다는 그런 엉터리 영어가 더 잘 이해될 것 같았다. 하지만 어느 나라 말에서든 욕설은 금세 짚어낼 수 있는 법. 네 명의 서로 다른 손이 내 양팔을 잡고서, 경기 구경하러 모여든 군중들을 뚫고 나를 들어 옮기듯 끌고 갔다. 세 대의 오토바이를 다시 세우고 피해를 살피는 사이에도, 가장 가까이에 있던 오토바이는 숨이 넘어가는 말처럼 여전히 옆으로 드러누워 있었다. 자신의 애마 옆에 쭈그리고 앉은 주인은 나지막이 애끓는 소리를 내면서 아주 반짝이는 연료통에 난 끔찍한 흉터를 엄지로 문질렀다. 네덜란드 남자로서는 좀 독특하게도 그는 할 수 있는 영어가 아주 제한적인 듯했다. 내가 알아들을 수 있는 말이라곤 "네가 돈 내, 네가 돈 내"였고, 언어에 대한 자신감이 좀 더 커진 뒤에도 "네가 돈 크게 내" 정도뿐이었기 때문이다.

"내가 그런 거 아니에요!"

"당신 자전거가 그랬어."

"내 자전거 아니에요. 내 자전거는 저기 있어요." 나는 그 재난의 현장 너머로 완벽한 직립 자세로 잘 서 있는 내 자전거를 가리켰다. 어쩌면, 피해의 정도와 '책임'을 따지는, 의도적인지 우연인지를 따지는 아주 흥미로운 논쟁이 벌어질지도 몰랐다. 하지만 시간을 아끼려면 그냥 지갑을 꺼내는 편이 나을지도 몰랐다. 오토바이 도색 따위를 내가 해봤을 리가 없다. 돈이 얼마나 들까?

난 협상을 시도했다. "제가 드릴 수 있는 게… 80유로쯤 되는데요?" 그랬더니 불쾌하다는 듯한 웃음이 터지면서, 거대한 곰발바닥 같은 게 내 지갑을 가로채서는 샅샅이 뒤지기 시작했다. "저기요— 그거 좀 돌려주실 수 있으실까요?"

"안 되지, 이 양반아." 블론드가 말했다. "은행 가자구!"

"그 사람 돈 돌려줘!" 한쪽에서 그런 목소리가 들려왔다. 어깨 너머로 돌아보니 커다란 몸집의 흑인 여자가 인파를 뚫고 다가오고 있었다. 흑인인데도 희한하게 금발이었다. 질끈 묶은 실내용 가운 아래로는 하얀 그물로 만든 전신 스타킹 같은 걸 입고 있었다. "자, 받아요." 그녀가 지갑을 낚아채 내게 돌려주었다. "당신 거잖아. 내가 말할 때까지 꽉 쥐고 계셔."

그 순간 네덜란드어 고함이 와락 일어났다. 여인은 손가락으로 — 동그랗게 휘어진 그녀의 긴 손톱에는 형형색색 그림이 그려져 있었다 — 우두머리 오토바이 주인의 가슴을 팍팍 찔렀다. 그리곤 그녀가 어깨를 뒤로 빼며 가슴을 우두머리에게로 내밀었다. 그게 마치 폭동 진압용 방패라도 된다는 듯 말이다. 그러면서 손으로 나를 가리키고서는 위아래로 움직였다. 그녀가 무슨 소리를 내지르자 인파 속에서 웃음이 터졌고, 오토바이 주인들은 밀린다는 듯 어깨를 으쓱했다. 그러자 갑자기 그녀가 어투와 전략을 바꾸었다. 그녀는 양팔을 그 우두머리의 양어깨에 드리운 채 마치 추파를 던지는 듯한 몸짓을 취했다. 그는 웃으면서 코를 꽉 집고 생각에 잠겼다. 나를 위아래로 보면서 말이다. 나는 분명 어떤 협상의 대상이 되어 있었던 것이다.

"당신 지갑에 얼마 있어요?" 전신스타킹으로 보건대, 아주 외향적이거나 혹은 창녀인 것으로 보이는 그녀가 내게 물었다. 이 여자도 은행에 가자고 하는 걸까? 어쩌면 이 여자가 내 동맹군이 아닐지도 몰랐다. 이들이 합작해 나를 속속들이 빨아먹은 뒤 운하에 처박아버릴지도 몰랐다. "250유로쯤요." 나는 어쩔 수 없이 그렇게 말했다.

"150 줘봐요." 그러면서 그녀는 손가락 두 개를 펴 보였다. 내가 머뭇거리자, 그녀가 낮고 빠르게 말했다. "얼른 줘요. 그럼 당신 목숨은 건지니까."

난 돈을 건네줬다. 그녀는 그걸 조그맣게 말아 그 우두머리의 주먹에 끼워줬다. 그리고는 그가 그 돈이 얼마나 되는지 헤아려 보기도 전에 그녀는 내 팔을 잡고 인파들을 헤집고 나왔다. 뒤에서 그 사내들이 거칠게 항의하는 소리가 들렸다. "네가 돈 더 내! 더 내!" 하지만 그 여인은 어림없다는 몸짓을 하면서 경찰이 어쩌고 하는 쉿쉿 소리를 내질렀다. 그리고 나를 데리고 붉은 불빛의 현관을 지나 타운하우스의 계단을 부리나케 올라갔다.

79.
폴 뉴먼

내 구세주의 이름은 레지나였고 — 아마도 가명이었겠지만 — 그녀는 정말 멋있었다.

“당신 이름은 뭐야, 나의 새 친구?”

“폴입니다.” 이렇게 대답한 뒤 덧붙일 수밖에 없었던 다음 이름은 더 끔찍했다. “뉴먼이죠. 폴 뉴먼이에요.” 이런 가명을 왜 떠올렸을까? 그건 그럴듯하지도 않았고, 사실 필요하지도 않은 거였다. 내가 잘못한 것도 없지 않은가. 하지만 너무 늦었다. 당분간 나는 폴 뉴먼이어야 했다.

“헬로, 폴 뉴먼. 이리로….”

나는 비닐 플랫폼처럼 생긴 벤치에 엉덩이를 걸쳤다. 이 침실은 — 잠자는 용도는 아닌 것 같았지만 — 싱크대 하나와 아주 기본적인 샤워시설을 갖춘 방이었고, 조명은 짙은 빨강이었다. 그 방에서 사진을 인화하면 아주 제격이겠다는 생각을 잠시 했다. 있으나 마나 한 싸구려 선풍기가 돌고 있었고, 구석 바닥에는 주전자도 하나 있었다. 전자레인지 하나도 있었고, 코코넛 냄새 같은 화학약품 냄새가 흥건했다.
“창문에서 그걸 다 봤다니까요. 당신 참 운도 없어요, 폴 뉴먼.” 그녀가 말을 마치고 웃었다. “진짜 덩치 좋은 놈들이었잖아요. 사람 잡을 거 같았어요. 적어도 당신 은행을 다 털어버리거나.”

“그 사람한테 뭐라 그랬어요?”

“보험 청구나 하라고 그랬죠. 보험도 들었으면서. 그럴 때 쓰는 거잖아요, 보험이! 지금 떠는 거예요?” 그녀가 손을 파르르 흔들었다. “차라도 좀 드실래요?"

"차 좋겠네요. 감사합니다." 찻물이 끓기를 기다리면서 보니, 살집으로 잔물결 무늬가 진 그녀의 커다란 엉덩이가 실오라기 하나 걸치지 않은 채 내 얼굴 50센티미터 앞에서 움직이고 있었다. 나는 창문으로 가 거리를 내려다본 뒤, 거기서 방 안을 살펴보았다. 그녀의 회전의자가 한때 내가 실험실에서 쓰던 것과 똑같은 것이었지만, 그녀에게 그렇다는 얘기는 하지 않았다. 대신 나는 텔레비전 얘기를 꺼냈다.

"야, 여기서도 〈다운튼 애비〉[다섯 시즌째 방영 중인 영국 시대극 드라마] 보시는군요?"

레지나가 으쓱했다. "다른 거 보실래요?" 그러면서 그녀가 몇몇 포르노 DVD가 쌓여 있는 쪽을 가리켰다.

"아뇨, 아뇨. 〈다운튼〉이면 충분해요." 묻지도 않고 그녀는 설탕 두 스푼을 차에다 넣어 머그잔을 내게 내밀었다. 내 손이 정말 심하게 떨렸다. 왼손바닥을 컵받침으로 써야 할 정도였다. 할 말을 잃은 탓에, 내가 물었다. "그럼— 여기서 일한 지 오래된 겁니까?"

레지나는 이 일을 6년 혹은 7년째 하고 있다고 했다. 그녀의 부모는 나이지리아인이었지만, 그녀는 암스테르담에서 태어났고, 한 친구의 소개로 여기서 일하기 시작했다. 혹독한 겨울 날씨 탓에 관광객이 없으면 월세 내기도 힘들 정도인데, 다행히 그녀에게는 믿을 만한 단골들이 있었다. 반면 여름은 너무 바빴다. 징글징글하게 많이 오지, 그녀가 한심하다는 듯 고개를 저었다. "밤만 되면 수컷들이 난리를!" 그녀는 마치 내가 그들을 이끌고 오기라도 했다는 듯 내게 거푸 손가락질을 했다. 그 수많은 사내들은 용기를 내고자 술을 마셔야 했고, 그 탓에 정작 일을 못 치렀다. "그래도 돈은 내야지!" 그녀가 손가락 하나를 위협적으로 곧추세웠고, 나는 웃으며 고개를 끄덕였다. 당연하지, 당연해요. 같은 일을 하는 다른 여자들도 아느냐고 물었더니, 그녀는 다들 아주 다정하다고 했다. 다만 러시아나 동유럽에서 속아서 여기로 오게 된 여자들도 있다고 하며, 너무 불쌍하고 화난다고 했다. "댄서 일을 한대서 따라왔다는 거야, 글쎄. 맙소사, 댄서라니. 세상에 뭔 댄서가 그렇게 많이 필요하다고!"

잠깐 뒤 그녀가 말했다. "당신은 무슨 일 해요, 폴 뉴먼?"

"보험요." 나는 나의 이 엉뚱하고 말도 안 되는 임기응변이 깜찍하고 아찔했다. "여기 아내랑 아들이랑 휴가 왔어요."

"나도 아들 있어요." 그녀가 말했다.

"내 아들은 열입곱이에요."

"내 아들은 겨우 다섯 살요."

"참 예쁜 나이네요, 다섯 살." 참 멍청한 말 아닌가. 나이가 더 이상 안 예뻐지는 건 대체 언제란 말인가? 다섯 살은 예쁘고 쉰넷은 개뿔이고, 뭐 그런 건가? 레지나의 다섯 살 아들은 안트베르펜에서 할아버지 할머니와 함께 산다고 했다. 그 누구에게도 그녀가 일하는 모습을 보이고 싶지 않아서였다. 그 순간 실내의 공기가 아연 숙연해져 우린 말없이 1분 가까이 앉아서, 〈다운튼〉의 하인들 장면을 묵묵히 응시하며 부모 노릇의 만만찮음을 곱씹었다.

하지만 전반적으로 우리의 대화는 흥미롭고 유익했다. 그날 밤에 내가 그런 대화를 기대했을 리 없다. 우리 사이에 어떤 끈이 생긴 듯한 느낌마저 들었다. 반면 내가 그녀의 시간을 좀먹고 있다는 것도 잘 알았고 또 그녀가 거의 발가벗다시피 하고 있었으므로, 나는 일어나 지갑을 찾았다.

"레지나, 정말 너무 친절하게 해주셔서. 그런데 내가 너무 많이 떠들어서, 정말로 제가 돈을 좀 드려야 할 것 같은데…."

"끝장서비스에 50이에요."

"아, 아뇨. 아니, 아니, 그게 아니고. 끝장서비스는 됐구요."

"오케이, 폴 뉴먼. 그럼 원하는 게 뭔지 직접 말해 봐요."

"난 원하는 거 없어요! 난 지금 가족이랑 여기 왔다구요."

그녀가 다시 으쓱하고선, 내 손에서 머그잔을 가져갔다. "가족은 누구한테나 있죠."

"아니, 우린 라익스뮤제움 보러 여기 왔어요."

"옳지. 그것두 자주 듣던 레퍼토리네." 그녀가 웃었다.

"아내는 지금 애랑 놀고 있어요. 내가 여기 온 건 오로지 어느 중국음식점을 찾다가, 그만." 그녀의 웃음소리가 더 커졌다. "제발 비웃지 말아요, 레지나. 제 말 사실이에요. 난 그냥 어디 가서… 난 그냥 거길 찾아가서…" 그때다. 지체된 충격이었던 걸까. 갑작스레 북받친 감정이 지난 며칠의 스트레스와 결합했던 걸까. 난 어느새, 우스꽝스럽게도 숨을 들쭉날쭉 헉헉대면서 울고 있었다. 비닐 벤치 위에 웅크린 채, 한 손을 마치 가면처럼 두 눈 위에 눌러 붙인 채 말이다.

레지나가 이때 돈을 집어넣으라고 말하고 자신의 따뜻하고 부드러운 가슴에 나를 안고서 나의 고단함을 달래주었으면 얼마나 좋았을까. 마치 예술영화나 소설의 한 장면처럼, 두 방황하는 영혼의 만남 같은, 그런 말도 안 되는 장면처럼 말이다. 하지만 실제 세계에서 방황하는 영혼들은 만나지 않는다. 그들은 그저 방황한다. 솔직히 말해 그녀도 나처럼 당황했던 것 같다. 홍등가의 골방에서 정신줄을 놓고 울어버리다니, 그건 에티켓 위반이었고, 레지나는 참으로 잽싸게 남은 100유로를 챙긴 뒤 일어나 문을 열었다.

"굿바이, 폴 뉴먼." 그녀가 내 어깨에 손을 얹고 말했다. "가요. 가서 가족들 찾아요."

80.
멜로우 타임즈

멜로우 타임즈 카페에서는 봅 말리의 베스트 앨범을 틀고 있었다. 그건 심지어 나조차도 좀 뻔하다고 내칠 만한 그런 음악이었다. 키가 크고 듬성듬성 수염이 난 얼굴의 내 버드-텐더 토마스는 혀 짧은 발음에 플루트 소리 같은 목소리로 내게 뭘 원하는지를 물었다. 나는 나를 진정시키면서 동시에 기분을 북돋우는 걸로, 너무 세지 않은 걸 달라고 했다. 그런 게 과연 있을까? 있긴 있는 것 같았다. 토마스가 건넨 건 파인애플 골드라는 이름이었고, 그는 마치 유능한 보건소 의사처럼 그걸 알코올과 섞는 건 피하라고 했다. 그렇지만 이미 난 여러 바를 다닌 뒤였던지라, 그 충고는 조금 늦은 셈이었다.

허니문 스위트에 돌아와 전화를 꺼내보니 코니에게서 온 여러 개의 문자들이 마치 광기의 소용돌이처럼 뱅뱅 돌고 있었다.

어디에요?

전화줘요!!!

여기 잼나요!! 일루 와요

와서 즐겨요

당신 괜찮으심?

웃기는 아저씨 전화주삼!!!

무쟈게 사랑해요

그렇지만 이 마지막 문자조차도 내 기분을 끌어올리진 못했다. "나는 당신을 사랑해요"는 참 재미있는 문장이다. 주어인 '나는'을 빼버리고 '무척'이나 '무쟈게' 같은 말을 덧붙이는 그 조그만 변화 때문에도 금세 무의미한 문장이 되어버리니 말이다. 나는 창문들을 죄다 활짝 열고서 자쿠지를 마사지 모드로 설정한 뒤, 내 '약'을 자쿠지 모서리에 올려둔 접시 위에 두고 안으로 들어갔다.

환각에 따른 대탐험 같은 걸 들려드릴 수 있다면 얼마나 좋을까. 그 대신 나는 박싱데이[크리스마스 다음날, 연휴 마지막 날] 오후 세 시쯤 흔히 느끼곤 하는 고열을 동반한 멜랑콜리 같은 느낌에 빠졌다. 세상에, 이런 거 때문에 사람들이 감옥에 간다고? 머릿속에서는 너무 뜨거운 목욕물에 들어갔을 때의 불쾌한 지끈거림 같은 게 연신 윙윙거렸다. 그 불쾌감은 내가 무슨 끔찍한 찌개처럼 부글부글 휘도는, 너무 뜨거운 목욕물 안에 실제로 앉아 있다는 사실로 인해 더욱 심해졌다. 그 마약은 내가 그토록 원했던 기억상실을 가져다주지도 않았다. 내가 품었던 희망이 산산조각 났다는 걸 난 더 뼈저리게 느끼고 있었다. 내 노력에도 불구하고, 혹은 어쩌면 그 때문에, 피터슨 가족은 휘청대고 있었다. 만약 우리가 둘이었다면, 혹은 넷이었다면, 그럼 균형이 맞았을까? 다리 셋뿐인 강아지의 우아함으로 우리는 절뚝거리고 있었다.

슬슬 몸이 아파왔다. 침실은 무슨 지독한 향신료 선반 같은 냄새로 가득했고, 게다가 거기는 금연실이었다! 덕분에 나의 피해망상은 더 심해졌다. 심장이 너무 빨리 뛰어서 곧 내 아버지 심장처럼 터져버릴 것 같았다. 그럼, 어느 락 스타처럼 죽는 건가? 암스테르담의 어느 섹스 호텔 바닥에서, 세 잔의 맥주와 아주 순한 대마초 두 모금 빼끔한 뒤에 변사체로 발견! 아직도 물에 젖은 채인 가슴에 한 손을 얹고서 나는 그 멍청한 침대로 가서 눅눅한 시트 아래에 몸을 누이고 코니가 돌아올 때까지 기다렸다.

그녀는 마치 첫 여름에 그랬듯 새벽 세 시에 돌아왔다. 뚱해 있으리라 작정을 했건만, 취한 채로 졸려 하는 그녀는 사랑스러웠다. 팔베개를 한 그녀의 머리칼에서 매캐한 냄새가 났고, 낯선 술 냄새와 그리 나쁘지 않은 땀 내음도 풍겼다.

"아이구 세상에나." 그녀가 중얼거렸다. "대단한 밤이네."

"재밌었어?"

"음, 10대스럽게 재밌었다? 밴드 공연 보러 가고! 내 문자 봤어요? 오지 그랬어요. 어디 계셨대?"

"창녀를 만났지. 레지나라고 하더군. 그리고선 자쿠지 안에서 과다복용을 했지."

그녀가 웃었다. "아, 그래요?"

"앨비는 어딨고?"

"옆방에 있죠. 친구들을 여럿 데려오는 거 같던데요." 그 말은 옳았다. 연결 방문 사이로 웃음소리가 들려왔고, 이어서 〈브라운-아이드 걸〉을 연주하는 아코디언 소리도 들려왔다.

81.

나무바닥 드러내기

이제부터는 새벽 세 시나 네 시에 집에 돌아오는 일이 더는 없을 것이었다. 이제 우리는 함께 침대에 들고 함께 일어났으며, 싱크대에서 같이 설거지를 하고 같이 이를 닦았다. 둘이 함께하는 생활의 습관과 몸짓들을, 그 꿈틀거림과 춤사위들을 함께 만들어갈 것이었다. 놀랍고 새로웠던 것들이 점차 익숙해지는, 온갖 흠이 앉혀지고 사랑으로 다독여지는 그런 과정을 시작할 것이었다. 구체적으로 말하자면….

코니는 알람을 끄고 나서도 항상 다시 졸고, 나는 발딱 일어난다. 코니는 다른 어느 옷보다 먼저 브라부터 걸치고, 나는 아래부터 챙겨 입은 뒤 위쪽을 챙긴다. 코니는 그냥 칫솔을, 나는 전동칫솔을 고집한다. 코니는 몇 시간씩 통화를 하지만, 난 요점만 간단히 한다. 코니는 통닭구이를 외과의사처럼 썰고, 나는 스튜 요리 전공이다. 코니는 비행기 시간에 늘 늦지만, 나는 출발 두 시간 전이라는 엄명을 꼭 지키는 사람이니, 그게 별거 아니라면 그들이 그런 엄명을 내렸을 리 없지 않은가? 코니는 흉내 내기나 춤의 재능을 타고났지만, 난 안 그렇다. 코니는 머그잔을 싫어하지만 찻잔 받침은 좀체 사용하지 않으며, 걸핏하면 토스트를 태워먹고, 자기 귀를 만지거나 거기에 속삭이는 걸 소스라치게 싫어한다. 그녀는 나이프에 묻은 잼을 핥고, 얼음 얼린 걸 깨물어 먹으며, 때로는 내게 충격을 주려는 듯 도마 위의 생 베이컨을 집어먹기도 한다. 코니는 리얼리즘 쩌는 영화제 수상작이나 옛 뮤지컬을 좋아하고, 뉴스에 나오는 정치인들을 마구 씹는다. 난 극한 기후 상황을 다룬 다큐를 좋아한다. 그녀는 튤립과 장미를, 꽃양배추와 스웨덴 순무를 싫어하며, 토마토를 무슨 사과처럼 먹고, 턱에 흐르는 주스를 엄지 손가락으로 훔친다. 그녀는 일요일 밤 텔레비전을 보면서 발가락에 매니큐어를 바르고, 그럴 때면 양쪽 다리를 번갈아 들어올리는 우아한 동작을 선보인다. 그녀는 엄청난 양의 머리칼을 배수구 구멍으로 흘러보내지만 절대 그걸 치우지는 않는다. 그녀의 머리에는 끔찍한 흉터가 있는데, 어릴 때 다이빙대에서 장난치다 얻은 그 상처를 그녀는 '철판'이라고 부른다. 코니의 이빨에는 검게 때운 데가 놀랍도록 많고, 왼쪽 어깨에는 도톰한 점이 있으며, 양쪽 귀에 두 개씩의 피어싱을 하고 있다. 그녀는 늘 베개에다 자신만의 냄새를 남기고, 화이트보다는 레드와인을 좋아하며, 초콜릿 좋아라 하는 사람들을 이해하지 못하며, 잠에 관한 한 타의 추종을 불허하는 능력을 지니고 있어서 원한다면 서서도 잘 수 있다.

우리는 매일매일 이런 사실들을 거듭 발견했고, 침대의 양쪽 끝에 따로 서서 옷을 벗은 뒤 우리가 함께한 밤들의 90퍼센트 동안, 그 뒤로는 80퍼센트, 이어 70퍼센트 동안 사랑을 나눴다. 우리는 그 모든 자질구레한 병치레들도 지켜보았다. 배탈이 나고 흉부 감염 탓에 쌕쌕거리는 걸 보았다. 일그러진 발톱과 꼬부라진 털이 파고든 속살을 보았고, 숱한 부스럼과 피부병을 보았다. 그 사람을 처음 만났을 때 느낀 후광 같은 빛을 싹 지워버리는 그런 것들을 말이다. 그런 일이 일어나건 말건 우리는 신경 쓰지도, 놀라지도 않았고, 태연하게 함께 음식 장을 보러 다녔다. 처음에는 트롤리를 미는 게 너무 가정적인 일 같아서 좀 어색했지만 말이다. 우리에게는 '드링크 캐비닛'이라는 신통한 이름으로 부르던 보관함이 있었는데, 외국여행을 할 때마다 가져온 온갖 충격적인 리큐어들을 거기 담아두었다. 코니는 평범한 티백보다 향이 진하고 무슨 약 같은 차를 좋아해서, 우리는 실랑이를 벌이기도 했다. 그녀가 냉동칸에 낀 성에를 드라이버로 때려 떼어내다 내 냉장고를 망가뜨렸을 때도 또 한 번 실랑이가 벌어졌고, 그 다음은 한방 의약품의 효능에 대해서, 그 다음은 나의 완벽하게 쓸 만한 소파베드를 내다버리고 코니의 뿌연 색깔의 흐물흐물한 벨벳 물건으로 바꾸었을 때 실랑이가 있었다. 아무리 써도 지겹지 않은 평범함을 선택 기준으로 해서 골랐던 나의 근사한 카펫은 — 그녀는 '사무실 카펫' 같다고 했다 — 뜯어버려야 했다. 우리는 젊은 커플들의 필수 코스인 양, 함께 나무바닥을 칠했다.

다른 변화들도 있었다. 그 당시 코니는 말도 못하게 어수선했다. 요즘 코니는 그렇지 않으니까, 나는 그게 나로 말미암은 변화가 아닐까 생각하지만, 당시에 그녀가 지나간 자리에는 펜 뚜껑, 사탕 포장지, 헤어밴드나 머리 핀, 머리 집게, 머리 고무줄, 옷에 다는 온갖 장식들, 귀걸이 끼우개들, 온갖 휴지 뭉치, 호일에 싼 껌, 전 세계의 동전 따위가 굴러다녔다. 열쇠를 꺼내려고 그녀의 큼직한 외투 주머니에 손을 넣으면 조그만 스패너나 훔친 재떨이, 말라비틀어진 사과 속이나 돌처럼 딱딱해진 망고 따위를 꺼내기 일쑤였다. 화장실 선반에 책을 펼쳐 엎어놓는가 하면, 벗은 옷들이 낙엽처럼 방구석에서 굴러다녔다. 그녀는 '그릇을 물에 담가 놓는' 걸 좋아했지만, 그런 자기기만에 나는 늘 치를 떨었다.

그렇지만 대부분의 경우 나는 크게 신경 쓰지 않았다. 다른 사람이 방에 들어가면 빛의 이동마저 달라진다. 거기서 빛은 반사되고 굴절되어서, 그녀가 가만 있거나 자고 있을 때조차도 나는 그녀가 거기 있다는 걸 알 수 있었다. 나는 그녀가 거기 있었음을 보여주는 흔적들을 사랑했다. 그건 그녀가 돌아오리라는 약속 같았다. 난 그녀로 인해 그 우울한 골방 같던 아파트의 냄새가 바뀌고 있는 게 너무 좋았다. 거기서 나는 불행했지만, 이제 그건 과거의 일이었다. 나를 잠식하던 질병이 이제 완치된 느낌이었고, 나는 그 성공에 환호했다. '집안의 황홀', 내가 이 말뜻을 그렇게 가슴 뭉클하게 느끼게 될 줄은 몰랐다. 무슨 부적절한 의도로 말하는 건 아니지만, 세상에나, 내 라디에이터 위에서 마르고 있는 코니의 속옷보다 더 날 행복하게 만든 건 내 인생에 아무것도 없었다.

82.
킬번

런던도 바뀌었다. 예전에 런던은 내게 뭔가 심술궂고 쓸쓸한 곳, 엉성하게 만들어진 곳, 실용성은 없고 고집만 센 곳 같았다. 그랬던 곳이 완전 새로워졌다. 코니는 택시운전사처럼 런던을 속속들이 잘 알았다. 길거리시장과 주당들의 소굴, 중국·터키·태국 가게와 레스토랑, 그리고 작고 싼 식당들까지. 그건 마치 당신이 살던 꾀죄죄한 집에 사실은 방이 백 개나 더 있었음을 깨닫는 일 같았다. 희한한 것들로, 아름다움 혹은 소음으로 꽉 찬 각각의 방들이 서로 잘 연결되어 있는… 그런 느낌 말이다. 내가 살던 이 도시가 그 안에 코니 무어가 있다는 이유만으로 홀연 의미심장해진 것이다.

18개월을 함께 지낸 뒤 우리는 밸럼의 내 아파트를 팔고, 둘의 예금을 다 끌어모아 두 사람 명의로 주택담보대출을 얻어 우리 것이라는 느낌이 드는 곳을 구입했다. 이번에는 강의 북쪽이었다. 킬번의 꼭대기층 아파트인 그곳은 더 크고 환해 파티를 열기에도 더 좋았으며 — 예전엔 이런 기준 따위 안중에 없던 나였는데 — 작지만 충분히 쾌적한 여유 방도 있었다. 이 여유 방의 목적은 불분명했다. 누가 와서 묵고 갈 수도 있었고, 어쩌면 코니가 새로 그림을 그릴 수도 있었다. 그녀는 내 부추김에도 불구하고 오래도록 그림을 그리지 않았다. 같이 쓰던 스튜디오에서 나온 뒤로 코니는 세인트 제임스에 있는 갤러리에서 상근으로 일했다. 작가는 학교 졸업 후 몇 년 안에 평판을 얻어야 하는데 자기는 그러지 못했다는 거였다. 코니는 그래도 드문드문 작품을 팔았지만, 그 빈 자리를 새 그림으로 채우지는 않았다. 그래도 상관없었다. 어쩌면 그녀는 이제 자기가 필요로 하던 공간을 얻은 건지도 몰랐다. 코니는 프랜에게 문을 활짝 열며 말했다. "여기는… 애기 방입니다!" 그리곤 두 사람이 한참을 웃었다.

우리는 그 집의 카펫도 뜯어버렸고, 집들이 파티를 함께 열었다. 그건 내가 주최한 최초의 파티였다. 내 실험실 친구들은 코니의 예술쪽 친구들을 유심히 살폈다. 마치 10대들의 디스코에서 상대편 일당들을 체크하듯 말이다. 칵테일이 제공되었고, 코니의 음악가 친구들 중 한 명이 디제잉을 하면서 곧 춤판이 벌어졌다. 내 집에서, 세상에나, 춤을! 두 일당은 과장된 악수를 나누곤 하나로 얽혀 놀았다. 밤이 깊어지면서 이웃들의 항의방문이 이어졌다. 코니는 그들에게 술병을 쥐어주면서 파자마 갈아입고 와서 같이 즐기자고 권했고, 이윽고 그들도 춤판에 어울렸다. "보여요, 이거." 내 여동생 카렌이 말했다. 뿌듯하게 취한 그녀가 양팔로 나와 코니의 목을 단단히 감아쥐었다. "이게 다 내 아이디어잖아!" 그녀가 목을 감은 팔에 더 힘을 주었다. "그냥 상상해 봐, 디. 그날 밤에 그냥 집에 있었으면 어땠겠어, 응? 상상해 봐!"

드디어 마지막 손님이 떠나자 우리는 진한 커피를 내리고 싱크대에 함께 서서 잔들을 씻었다. 활짝 열어젖힌 창밖에서는 늦여름의 새벽빛 너머로 북서부 런던의 건물 지붕들이 모습을 드러냈다. 억지스럽긴 해도, 난 누이에게 감사할 게 많음을 인정했다. 비록 내 전공은 아니지만, 대체현실 게임이란 게 뭔지는 잘 알았다. 그래도 내가 최고로 꼽는 게 내 차지가 되니, 아무래도 어안이 벙벙했다.

83.

싱글 침대 두 개를 이어붙이다

그 몇 해 동안 너무나 많은 변화가 일어나 내 부모님에게 더 이상 사실을 감출 수가 없었기에, 어느 해 부활절에 우리는 차를 몰고 동쪽으로 갔다. 코니는 지나치게 자신만만한 운전자였다. 그녀의 차는 낡은 상처투성이 볼보였는데, 창틀에서 이끼가 자라고 있었고 바닥에는 과자봉지가 마치 숲속의 낙엽처럼 수북했다. 금이 간 카세트테이프 케이스, 낡은 도로교통지도까지. 그녀는 기어보다 음악을 더 자주 바꾸면서, 공격적으로 대충대충 차를 몰았다. 그래서 부모님의 집, 즉 깔끔한 잔디밭과 곱게 손질된 자갈밭을 거느린 19세기말의 빅토리아풍 적벽돌 집 앞에 차를 세울 때쯤엔 우리 모두 이미 신경이 잔뜩 곤두서 있었다.

나는 코니의 가족을 여러 차례 보았다. 코니는 가족과 아주 친했고, 그래서 나로서는 보지 않을 도리가 없었다. 전반적으로 우리는 잘 어울렸다. 코니의 이복형제들은 가족 행사 때면 내 주위를 둘러싸고 나를 "교수님"이라고 부르면서 내개 런던 북동부에 있는 여러 포장음식점들에 들르라고 졸랐다. "교수님이 원하는 건 전부 공짜"라면서 말이다. 그녀의 양아버지인 케말은 내가 "진짜 신사"라면서, 그녀가 주로 집에 데려오던 훌리건들보다 훨씬 낫다고 했다. 오직 코니의 어머니인 셜리만이 내게 회의적이었다. "안젤로는 어떻게 지내?" 그녀는 그렇게 묻곤 했다. "안젤로는 뭐한대? 안젤로 봤니?" "안젤로가 엄마한테 추근대고 노닥거려서 저러는 거야." 코니가 설명했다. 나도 그럼 추근대야 하는 걸까? 다행히 그런 뜻은 아닌 것 같았다.

부모님 집에 도착하면서 나는 생각했다. 코니가 내 아버지한테 추근대서 어쩌면 그를 철옹성에서 끄집어낼 수 있지 않을까? 그런 시도를 해볼 가치가 있을까? 차를 대고 있는데 창문의 커튼이 확 열렸다. 아버지는 창문에서 손을 들어 보였고, 어머니는 정문에서 우리를 기다렸다. 어서 와요, 괜찮으면 신발 좀 벗어줄래요?

물론 코니는 완벽하게 매력적이었지만, 나는 이상하게도 사람들이 부모를 만나면 세관직원이나 경찰관에게 말할 때처럼 공손하고 또박또박한 발음으로 딱 틀에 박힌 대화만을 나누는 거라고 생각했다. 집이 참 예쁘네요, 꽃 좀 사왔어요, 저는 와인 그만 마실래요! 그렇지만 우리의 코니는 자기 말투를 전혀 바꾸지 않는 멋진 쇼를 펼쳤다. 그냥 부모님이 평범한 사람들인 양 대한 것이다.

하지만 그들은 평범한 사람들이 아니었고, 내 부모님이었다. 코니는 매력적이고 똑똑했지만, 아버지는 그녀에게서 예술 냄새가 난다는 걸 알아챘고, 그로 인해 불편해 했다. 어머니는 망연해 했다. 내 아들 손을 잡고 있는, 매력적이고 매혹적이며 거리낌 없이 말하는 저 생명체는 대체 누구래니? "아주 발랄한 애로구나." 주전자가 끓고 있을 때 어머니가 내게 속삭였다. 그건 마치 내가 무지하게 큰 모피 코트를 입고 현관에 나타난 느낌이었을 것이다. 각방을 쓰라고 하는 건 너무 모진 일이라고 생각하신 걸까? 그래도 부모님은 멀쩡하게 좋은 더블침대 방이 있는데도 굳이 싱글침대 두 개가 놓인 방으로 우리를 안내했다. "여기다! 이 죄도, 부끄러운 줄도 모르는 족속들아!"라고 우리를 힐난하듯 말이다. 코니가 이런 기세에 눌려 물러설 여자는 아니었다. 아마 부모님은 아래층에서 담배를 입으로 가져가다 말고 얼어붙은 채 천장을 노려보고 있었을 것이다. 코니와 내가 낄낄거리며 침대를 밀어붙이는 소리를 들으면서 말이다. 10대들의 반란을, 나이 서른셋에 해치우다니!

혁명은 저녁시간에도 계속되었다. 두 분은 한 쌍의 불타는 타이어처럼 담배를 피웠지만, 술에 대해서는 왠지 적극적이지 않았다. 몇 안 되는 케케묵은 술병들은 정원 끄트머리의 헛간에 거미와 함께 보관되어 있었다. 자질구레 하찮은 일들에는 셰리를, 충격적인 일에는 브랜디를. 알코올은 억제를 느슨하게 하는 것이기에, 억제의 공화국인 그 집에는 어울리지 않는 것이었다. 내 부모님이 우리가 들고 온 술병을 따지 않을 게 확실해 보이자, 그게 저 정원 끝의 자잘한 미니어처 위스키 병들과 못 쓰게 된 애드보카트 신세로 전락할 듯해 보이자, 코니는 차에 가서 아예 두 병을 더 들고 와서는 '와인 좀 더 따 보실게요'라는 이름의 멋진 쇼를 펼쳤다. 나중에 드러난 일이지만, 그녀의 코트에는 작은 병의 보드카도 숨겨져 있었다.

알코올 덕분에 일이 보다 순탄하게 풀렸다고 말할 수 있으면 얼마나 좋았을까. 어쩐 일인지 기름진 돼지 요리를 먹으면서 이민자 정책 얘기가 나왔다. 이민자 문제는 사람들을 하나로 뭉치게 만드는 유명한 주제였으니까 말이다. 어느새 우리 모두 — 특히 코니와 내 아버지는 — 술을 마시고 있었고, 어머니가 밸럼과 비교한 킬번의 상대적인 인종혼합에 대해 물었다. 거기 아직도 아일랜드 사람들 많니? 서인도제도나 파키스탄 사람들 말고. 어머니의 이 말은 어쨌든 아일랜드인이라면 '그리 나쁘진 않다'는 뜻이었을 것이다. 코니는 담담하게 대답했다. 거기엔 온갖 공동체들이 많다. 사람들이 파키스탄계라고 말하는 게 알고 보면 방글라데시계를 뜻하기도 한다. 이탈리아랑 스페인을 혼동하듯 말이다. 인종 혼합은 런던에서 살아가는 기쁨과 짜릿함의 일부를 이룬다. 그러자 아버지가 물었다. 코니는 밤에 안전하다고 느끼는지?

그 후의 주장들을 여기 옮기는 건 불필요할지도 모른다. 내 부모님의 입장이 사실 보편적인 것이긴 했지만, 그걸 적절치 못한 분노로써 표현한 건 심했다. 아버지는 날조된 '사실들!'을 들먹일 때마다 손가락을 구부려 가상의 창문을 노크하는 동작을 취했다. 그러니 코니가 고함을 지르기까지는 그리 오랜 시간이 걸리지 않았다. "내 양아버지는 터키계 키프로스 사람인데, 그럼 고국으로 돌아가야 하나요? 내 이복형제들은요? 반은 잉글랜드고, 반은 키프로스인데? 내 엄마는요? 잉글랜드에 아일랜드에 프랑스까지 섞여 있지만, 여기서 그들 중의 한 명과 결혼해 있잖아요. 엄마도 어디로 꺼져야 하나요?"

"우리 주제 좀 바꾸죠." 내가 제안했다.

“아니, 바꾸긴 뭘 바꿔.” 코니가 강조했다. “왜 걸핏하면 주제 바꾸자고 그래?”

그래서 대화는 계속되었다. 코니의 입장에서 보기에 내 부모님은 시골 억보들이었다. 코니는 그걸 강하게 암시했을 뿐만 아니라, 어쩌면 노골적으로 말했는지도 모르겠다. 반면 내 부모님의 주장은 코니가 “진짜 세상을 잘 모른다”는 것이었다. 아이 셋 딸린 상태로 지방정부에서 제공하는 공공임대주택 입주권을 기다려본 적이 없어서 그런다는 것이었고, 멋진 갤러리에서 근무하는 탓에 폴란드에서 온 배에서 막 내린 누군가 때문에 직장을 잃을 것 같지는 않기 때문이라는 것이었다. “폴란드에서 누가 배를 타요?” 코니가 심술궂게 말했다. “비행기를 타죠.”

침묵. 다들 엉겨 붙은 저녁 접시들만 노려보았다.

“넌 말이 없구나.” 상처 입은 목소리로 어머니가 말을 했다.

“글쎄요.” 내가 말했다. “전 코니 말이 맞다고 생각해요.”

대부분의 경우, 나는 정말 코니 말이 맞다고 생각했다. 그렇지만 만약 코니가 달이 완전히 치즈로 만들어진 것이라고 주장했더라도 나는 코니 말이 맞다고 했을 것이다. 나는 이제부터 늘 코니의 편이 될 것이었고, 부모님은 이걸 보고 슬퍼했다(고 나는 생각한다). 하지만 내게 무슨 선택권이 있었겠나? 싸움이 벌어지면 사랑하는 사람 편에 서야 한다. 그래야 하는 거다.

84.
거대한 손목시계들

아침 뷔페의 세 남자들은 큰 체구에 자신감이 넘치는 네덜란드인, 미국인, 러시아인이었다. 그들은 잘 차려입고, 티크색으로 선탠을 한, 코를 찌를 듯한 향수 냄새를 풍기는 금융 회계 쪽 사람들이었다. 그러니까 사람을 시켜 면도를 하고, 요트를 타고 노는 그런 부류들이었다. 그들이 찬 거대한 손목시계들은 자신들이 다른 종족임을 보여주는 징표 같았고, 우리 넷은 그들에 비해 시무룩하고 조용했다. 코니와 나는 잠을 잘 못 잤고, 캣과 앨비는 아예 안 잤으며, 여전히 술이나 약, 혹은 그 둘 다에 취한 상태였다. 그들에게서 맥주와 독주 냄새가 진동했다면, 내게서는 못마땅함의 기운이 진동했다. 앨비와 나 사이에 심판의 시간이 다가왔다. 간밤의 소란에 대해 호텔 직원이 내게 항의했고, 나는 절대 안 된다는 판정을 내릴 타이밍을 엿보고 있었다. 미니바 이용요금을 나더러 내라고? 절대 안 되지! 숙취 탓에, 백미가 되었어야 할 암스테르담에서의 마지막 아침을 망쳤는데 행복하냐고? 절대 아니지! 그렇게 우리 일곱 명은 침침한 지하 식당의 다닥다닥 붙은 테이블에 앉아 매캐한 커피를 곁들여 비닐봉지에 포장되어 나올 듯한 크로아상을 먹었다. 옆자리의 사업가들은 요란하게 지껄였다.

"요즘 제조 비용 얘기들 하잖아요?" 잘생긴 미국인의 말이었다. "우리가 어디 바본가요? 그것도 하나의 요인이긴 하지만, 아니, 지랄 같은 제품을 받아들면, 우리는 어쩌라구요?" 서른도 되지 않은 그의 면도한 턱이 파르스름했다. 맞춤 셔츠 아래의 몸은 탄탄한 근육질이었다. "지금 우리한테 납품하는 업자들 제품 중 10에서 15퍼센트가 불량이라 돌려보내야 한다니까요?"

"경제가 엉망이에요." 보다 마른, 보다 덜 나서는 네덜란드인이 고개를 끄덕이며 말했다. 무슨 중개인이나 거간꾼 같아 보였다. 아마 여기서 비즈니스 회의나 박람회 같은 게 열리는 모양이었다.

"바로 그거죠. 엉망인 경제. 우리가 이렇게 열심히 일하는 이유가 따로 있는 게 아니잖아요. 우리한테, 응, 꾸준하게, 효율적으로, 배송망 잘 짜서…"

"믿을 만해야죠…." 러시아인이 말했다.

"그래야 윈-윈 상황이죠." 네덜란드인이 말했다. 그는 모든 상황에 딱 맞는 경제용어를 찾아내는 데 귀재였다. 그들의 대화는 무척 시끄럽고 야단스러웠다. 나는 체크아웃 시간이나 짐 맡기는 거, 신경 써서 짐 싸는 게 중요하다는 지적 등을 꺼내며 우리끼리 대화를 이어가려고 노력했다. 그날 밤 우리는 침대열차로 뮌헨으로 가서, 알프스를 넘어 베로나로, 비첸차, 파두아, 그리고 베네치아까지 갈 예정이었다. 예약할 때 이 일정은 정말 낭만으로 가득 찬 것 같았으나, 이제는 위험만 그득해 보일 뿐이었다.

하지만 앨비와 캣은 꼼짝도 하지 않은 채 우리 오른쪽의 사내들 말에 경악하느라 정신이 없었다. 그들이 시간 효율과 이윤 마진, 브랜드 따위를 운운할 때마다 동그래진 눈으로 마주 보고 머리를 조그맣게 같이 젓고 경멸의 뜻으로 함께 씩씩거리고 쯧쯧거렸다. "이 모델 한번 보세요…." 미국인이 번들대는 광고책자를 테이블로 쑥 내밀며 말했다. 우리한테도 빤히 보일 정도였다.

무슨 전투용 소총 같은 총을 안내하는 책자였다. 커피 잔들 사이에 놓인 여러 팸플릿들 중 하나였다. 손을 뻗으면 우리도 집어볼 수 있을 정도의 거리였는데, 나는 순간 앨비가 그렇게 하지 않으려나 걱정이 될 정도였다. 미끈하게 근접 촬영한 총 사진이나 분해한 총을 어느 용병이 안고 있는 모습들이 보였다. 난 전투용 무기의 전문가가 아니지만, 내게도 그건 아주 말도 안 되는 물건 같았다. 망원 조준기와 온갖 잡지 스크랩, 스웨터를 찢어놓는 총검들 따위로 꾸민 이 책자 속의 총은 10대 소년이 그린 듯한 우주 무기 같은 총이었다. 실제로 그 사업가들은 특별한 여가활동이나 사냥 얘기도 하면서, 어떤 부대용품이나 장비, 장치들이 팔릴지에 대한 얘기도 곁들였다. 그거 재밌군, 나는 생각했다. 이 사람들 무기 제조업자들이야, 그러면서 나는 마지막 커피를 마셨다. "자, 캣." 내가 말했다. "이제 그만 헤어져야 할 시간 같네요!"

하지만 아무도 내 말을 듣지 않았다. 모두 최선을 다해 옆자리로 허튼 소리 그만하라는 눈빛을 쏘아내느라 바빴다. 캣은 그들을 향해 목을 길게 빼고 어깨를 뒤로 젖힌 채 눈을 커다랗게 뜬 게, 딱 거리극 스타일이었다. 그 남자들은 자본가인 걸로 이미 충분히 나쁜 놈들이었는데, 게다가 이 대낮에 우리 커피 잔을 덜덜 떨릴 정도로 떠들썩하게 그런 거래를 공공연히 해제끼다니?

"자, 박물관 열 시면 문 열어요!" 나는 그렇게 말하며 일어서려 했다.

"여기 휴가 오신 건가요?" 도저히 눈총을 참을 길이 없었는지, 네덜란드인이 그렇게 물었다.

"딱 이틀이라, 좀 아쉽죠!" 내 대답은 충분히 중립적이었다. "자, 모두 갑시다. 체크아웃도 해야 해."

앨비는 의자를 거세게 밀어내며, 양손을 그들의 테이블에 짚었다. "화장실은 저쪽이요." 내가 흔히 듣지 못했던, 아주 또렷한 말투로 앨비가 말했다.

미국인이 어깨를 좍 펴며 물었다. "그래, 왜 우리가 화장실이 필요하다는 거지, 젊은이?"

"당신들 손에 묻은 피를 씻어내야지." 앨비가 그렇게 말했고, 뒤이어 한꺼번에 여러 일이 일어나, 그 모든 게 내겐 좀 뒤죽박죽이었다. 내 기억으로는 미국인이 일어나 한 손을 앨비의 목 뒤에 얹어 앨비의 얼굴을 자신의 다른 손바닥에 찍어 누르면서 말했다. "어디? 피가 어디 있지, 젊은이! 어디 있냐구?" 코니가 그 미국인을 개새끼라고 부르면서 그의 팔에 매달려 손을 치우려 하는 게 보였다. 네덜란드인은 내게 화난 몸짓을 했고 — 왜 남의 일에 참견하고 야단이냐? — 재미난 듯 지켜보던 웨이터가 아연 놀란 눈빛으로 급히 달려왔다. 큰 체구의 러시아인은 껄껄대며 웃고 있다, 캣이 일어나 오렌지주스 잔을 들어 안내책자마다에 그걸 쏟아부어 흥건히 젖게 만들고, 결국 그게 자신의 무릎으로 주르륵 흐르자 벌떡 일어났다. 그의 체구가 어찌나 큰지 무슨 몸개그 코미디를 보는 것 같았다. 그걸 보고 캣은 고소하다는 듯 낄낄대며 도발하는 웃음을 웃었고, 그러자 러시아인은 그녀를 미친년이라고, 멍청한 미친년이라고 부르기 시작했다. 그리고 이 모든 게 캣을 더욱 크게 웃게 만들었다.

적어도 내 기억으로는 그런 일들이 벌어졌다. 주먹이 오고간 게 아니니 딱히 싸움이랄 것도 없었다. 서로 멱살을 잡고 실랑이를 하며 극도로 추한데다 무의미하기까지 한 야유와 조롱을 던진 것뿐이었다. 내 느낌은 그랬다. 나는 뭘 했느냐 하면, 엉킨 팔들을 떼어내고 침착하라고 하면서 평화 중재자 역할을 맡으려 했다. 상황을 가라앉히려는 게 내 의도였고, 그러다가 어느 시점에 난 앨비를 양팔로 안고서 뒤로 떼어내려 했다. 그런데 그때를 노려 미국인이 앨비의 어깨를 거칠게 밀쳤다. 세게 때린 게 아니라 모욕적으로 툭 치는 정도였다. 난 앨비를 단단히 붙잡고 뒤로 떼어냈다. 그 무리들에게서 떼내 내가 내 가족을 위해 예정했던 일정을 진행하려고 최선을 다했던 것이다. 이미 말했지만, 그 모든 게 뒤죽박죽 엉켜서 흐릿했다. 그렇지만 분명한 것은, 모든 사람이 뒤에 기억하였듯, 내가 앨비를 끌어내면서 어느 순간에 이런 말을 사용했다는 것이다.

"우리 애가 한 짓 사과드릴게요."

85.
다시, 해바라기

앨비는 반 고흐 박물관에 오지 않았다. 코니도 거의 안 갈 뻔했다. 어찌나 퉁퉁 부어 화를 내는지 몰랐다. 자전거에서도 고개를 푹 숙이고 분노의 질주를 일삼았다. 수신호 따위는 아예 잊어버린 채 말이다.

우리는 〈해바라기〉 앞에 서 있었다. 반 고흐가 그린 여러 해바라기 그림들 중 하나였는데, 알고 보니 내가 벽에 걸어둔 그 해바라기 그림이었다. "당신 기억나? 내 밸럼 아파트에 말야? 당신한테 잘 보이려고 저 거 샀잖아?" 하지만 그녀는 향수에 젖을 기분이 아니었고, 캔버스 위의 물감 두께나 현란한 색상 등에 대한 내 관찰은 아내의 경멸로 가득 찬 맘속에 아무런 흔적도 남기지 못했다. 그녀는 너무 화가 나서 엽서 사는 것도 까먹을 정도였다. 우리의 마음을 달래주던 위대한 예술의 힘은 다 어디로 가버린 걸까.

도저히 참을 수 없었는지, 밖으로 나오면서 폭발이 일어났다.

"당신이 뭘 어쨌어야 좋은지 알아요? 그놈이 앨비 몸에 손을 댔을 때 말예요? 그 자식의 코에 주먹을 날렸어야죠. 애 팔을 붙잡아줘서 그놈이 때리게 만들 게 아니라."

"그 자가 애를 때린 건 아냐. 슬쩍 밀친 거였지."

"뭐가 달라요, 그게?"

"앨비가 먼저 시작했어! 사납게 굴었어. 잘난 척하면서 말야."

"그래서 뭐 어쨌다구요, 더글라스!"

"아니 내가 뭘 어쨌어야 한다는 거지? 그 사내가 날 때려 눕혔을지도 몰라! 그럼 좋았겠다는 거야, 내가 사람들 앞에서 두들겨 맞아 떡이 되는 게? 그래야 좋았다는 건가, 당신 지금?"

"그래요! 그래! 그 남자가 당신 코를 부러뜨리고 당신 입술을 찢어놨을 수도 있지만, 난 그럼 당신한테 키스했을 거예요, 더글라스. 왜냐하면 당신이 당신 아들을 위해 누군가와 맞선 거니까! 그러기는커녕 히죽히죽 웃어대기만 했죠, 당신은. '재밌게 보내고 있는 중이에요. 딱 이틀이라 아쉽긴 하지만'이라면서, 세상에."

"그건 첨부터 얼빠진 말다툼이었어! 세상에, 당신 초딩이야? 그래, 그 작자들 총 만들어. 총 필요하잖아? 경찰은? 군대는? 누군가는 그걸 만들어야 할 거 아냐? 그들이 하는 게 못마땅하다고 합법적인 사업에 욕이나 퍼붓고, 그건 초딩들끼리나 하는 짓이지…."

"더글라스, 어쩜 그렇게 사람 말귀를 못 알아들어요? 제발 한 번만이라도 내 말 좀 귀담아 들어봐요, 네? 그 논쟁이 뭐가 중요해요? 뭔 얘기였든 아무 상관 없잖아요. 앨비가 너무 순수하거나 어리석었을 수 있죠. 거들먹거리거나, 다른 뭐든 했을 수 있어요. 하지만 당신이 사과를 하다니! 애 때문에 창피하다니, 어떻게 그런 말을? 당신은 거기서 그 무기중개상들 편을 들었다구요! 당신 아들 — 우리 아들 — 편이 아니라, 그 빌어먹을 무기상들 편을요. 바로 그게 잘못이에요. 그건 잘못된 짓이에요. 왠줄 알아요? 싸움이 일어나면 사랑하는 사람 편에 서야 하는 거니까요. 그래야 하는 거니까요."

86.

거의 재난급 상황들을 꿈꾸다

내 아들이 나에게서 빠져나가려는 걸 처음 느꼈을 때 — 내가 정신없이 붙들고 있었더니 손가락을 꼼지락거리며 빠져나가려던 그때가 아마 아홉이나 열 살쯤이었을 것이다 — 난 어떤 유별난 공상에 잠겼다. 아주 이상한 소리로 들리리란 건 잘 알지만, 내가 그때 바랐던 것은 어떤 재난 혹은 거의 재난급의 어떤 상황이었다. 그래야 그 상황의 요청에 따라 영웅처럼 등장해 내가 얼마나 헌신적인지를 보여줄 수 있었을 테니까 말이다.

플로리다 주의 에버글레이드 습지에서 앨비는 어찌 된 일인지 신발 안으로 기어든 뱀에 물린 적이 있었는데, 난 아이의 지저분한 뒤꿈치에서 독을 빨아내주었다. 스노도니아의 산악 하이킹 때는 갑자기 폭풍이 몰아쳐서 앨비가 미끄러져 발목을 다쳤고, 나는 아이를 데리고 안개와 비를 헤쳐 안전한 데로 내려왔다. 라임 레지스의 방파제에서는 난데없이 들이친 파도 때문에 앨비가 바다로 떨어졌는데 나는 지체 없이, 주머니 안의 자동차 키나 전화기를 꺼내 잘 놔둔다는 생각조차도 없이, 몰아치는 파도 속으로 뛰어들어 뿌연 바닷물 속으로 거푸 잠수하면서 애를 찾아 바닷가로 데리고 나왔다. 앨비가 콩팥을 필요로 하는 상황이 벌어지고, 내 콩팥이 딱 맞는 것으로 밝혀진다. 어휴 그럼요. 둘 다 가져가세요! 앨비가 만약 그런 위험에 빠진다면, 나는 내가 본능적으로 용기와 헌신을 발휘할 것임을 전혀 의심치 않는다.

그런데 내가 어느 암스테르담의 호텔, 조그만 아침뷔페에서 그런 일을 만난다면….

나는 사과할 것이다. 그게 내가 해야 할 일이니까. 나는 애를 조용한 데로 데려가 설명할 것이다. 내가 피곤했다고, 간밤에 잠을 못 잤다고. 그리고 애는 못 느꼈을지 모르지만, 애 엄마와 나 사이에 약간의 갈등이 있었음을, 그래서 내가 조금 과민 상태였음을. 그렇다 해도 내가 그를 너무나 사랑하며, 그러니까 이제 앞으로 나아가면 안 되겠냐고? 문자 그대로, 모습 그대로, 말이다. 두 시간이면 뮌헨행 기차가 떠날 것이었고, 이틀이면 우리는 이탈리아에 있어야 했다.

그렇지만 내가 호텔에 돌아왔을 때, 난 코니가 프런트 데스크에 기대 양손으로 눈물 가득한 눈을 누르고 있는 걸 보았다. 고개를 들지도 않은 채 그녀가 편지를 내게 내밀었다. 내 일정표의 뒷면에 앨비가 휘갈겨 쓴 편지였다.

엄마, 아빠.

정말, 재밌더군요!

이번 여행에 들인 노력과 그 엄청난 돈은 감사합니다만, 아무래도 이 그랜드 투어가 잘 굴러가는 건 아닌 것 같네요. 난 계속 꾸중만 듣는 게, 저한텐 휴가 같지도 않아요. 그래서, 깜짝아, 깜짝아, 난 가버릴 테니까 대신 두 분이서 함께 다니세요. 이젠 적어도 일정표 지키는 덴 문제가 없겠네요, 아빠!

어디로 갈지는 나도 잘 몰라요. 캣이랑 같이 있을 수도 있고, 그러지 않을 수도 있겠죠. 방에서 여권 챙겼으니까, 또 돈도 좀 가져가니까— 걱정은 마시길. 아빠, 돈은 꼭 갚을게요. 미니바 비용도요. 장부에 달아놔 주세요.

저한테 이메일이나 문자, 전화 같은 건 하지 마세요. 시간이 되면 제가 연락할게요. 그때까지는, 저도 머릿속을 좀 정리하고 곰곰이 생각해 봐야 할 것들도 있으니, 시간이 필요해요.

엄마, 걱정마세요. 그리고, 아빠, 내가 실망시켜 드렸다면 미안해요.

언제 다시 볼 때까지

앨비

4부

…

독일

87.

침대기차

우리는 이미 침대기차를 타본 적이 있었다. 2년째 가을, 인버네스까지 가는 기차였고, 거기서 스카이프 섬으로 이동해 자전거를 타고 휴가를 즐겼다.

그 여행은 깜짝 생일선물이었다. 거기로 그 시간에 나와. 여권이랑 수영복 챙기고. 그런 까불대는 장난은 난생처음이었다. 코니가 여권도 수영복도 불필요하다는 걸 알고 실망했는지는 몰라도, 그녀는 그걸 드러내지는 않았으며, 우리는 유스턴 역에서 출발하는 침대기차의 조그만 객실 안에서 참 많이 웃었다. 내 어린 시절의 영화들에서 침대기차는 '세련된 짓궂음'의 줄임말 같은 거였다. 그러나 현실 속의 침대차 객실은, 사우나나 자쿠지처럼, 우리가 그리던 후끈하게 짓궂은 놀이터와는 거리가 멀었다. 소설 속의 대표 거짓말 중 하나라고 해도 좋을 정도였다. 이 실제 체험을 맛보고 싶으면, 전속력으로 질주하는 트럭의 짐칸에 실린 옷장에 갇힌 채 사랑을 나누기 위해 200파운드를 지불해 보면 될 것이다. 그래도 우리는 쥐가 날 정도로 비좁은 거기서도 킥킥거리며 서로를 사랑했고, 그러다 프레스톤과 칼라일 사이 어디쯤에서 그만 피임에 실패하는 사고를 저지르기에 이르렀다.

우리는 그 점에 있어서 늘 유난스러울 정도로 조심했다. 그렇지만 법석을 부리고 수선을 떠는 대신, 우리는 부모가 된다는 게 어떤 느낌일지, 어떤 모양일지를 머릿속으로 곰곰 생각했다. 스카이프의 돌풍 속을 자전거로 달리면서도, 위스키를 마신 뒤 여러 민박집의 낯선 침대에 누워 있을 때도, 정신없이 퍼붓는 비를 피하러 가까운 대피소를 찾느라 지도를 살필 때도, 그 생각은 우리의 머릿속을 맴돌았다. 심지어 우리는 농담도 했다. 여자애면 칼라일이라 부르고, 남자애면 프레스톤이라고 하자고. 물론 아무리 농담이라도 그건 좀 많이 심하긴 했다. '임신의 두려움'이란 게 전통적인 표현이긴 했지만, 우리는 전혀 두렵지 않았다. 그건 또 하나의 이정표 같기도 했다.

런던으로 돌아오는 중에 우리는 좀 커 보이는 아기침대 정도에 불과한 침상에 같이 누웠고, 거기서 코니는 임신이 아니었음을 밝혔다.

"야, 그거 좋은 소식이네." 내가 말했다. 그리고 덧붙였다. "그렇지?"

코니는 숨을 내쉬곤 돌아눕더니 손을 들어 이마를 짚었다. "몰라. 그런 거겠지? 예전엔 늘 좋은 소식이었지. 사실 이번엔 좀 실망스럽기도 하네."

"나도 그래." 우리는 좁은 침상에 함께 누워 이 일의 의미를 음미하느라 한참을 그렇게 잠자코 누워 있었다.

"그렇다고 우리가 막 미친 듯이 노력해야 한다는 건 아니지? 아직은?"

"아니지. 하지만 만약에 진짜로 말야…."

"그렇지. 진짜로— 자기 괜찮아?"

"그냥 쥐 난 거야." 실은 내 두 다리 모두 아무 감각이 없다시피 했지만, 그래도 난 아직은 몸을 떼고 싶지 않았다.

"그냥 내 생각인데…." 그녀가 말했다.

"말해 봐."

"그냥 내 생각인데, 어쩌면 우린 좀 잘할 거 같아. 부모 노릇 말야."

"그래, 나도 동감이다." 내가 말했다. "동감이야."

그리고 나는 내 침상으로 돌아갔다. 그녀는 적어도 반은 옳았다.

88.

침대기차 2

뮌헨으로 가는 침대기차에서 우리는 서로 별 말이 없었다. 우리는 선반 위에 가지런히 쌓인 물건처럼 가만히 누워 있기만 했다. 연미색 플라스틱으로 마감한 방은 먼지 한 점 없이 깔끔했고, 온갖 충전용 소켓들도 잘 갖춰져 있었다. 아주 미끈하고 기능적인 곳이었지만, 웅웅대는 에어컨 소리와 창밖의 어둠 탓에 우리는 마치 우주 교도소 감방에 갓 들어온 수감자 같은 느낌에 젖었다.

물론 이탈리아로 비행기를 타고 갈 수도 있었다. 하지만 난 우리가 — 우리 셋이 — 적어도 독일과 오스트리아 땅을 찍고 가기를 원했다. 또 이 거대한 대륙 유럽의 한복판을 미끄러져 가는 빨간 점이 된다는 게 너무 재밌고 한결 낭만적이지 않은가? 적당한 가격에 예약한 침대차에서 카드 게임을 하고 와인을 마시는 동안, 옆방에선 앨비가 기타를 뜯고 카뮈 책을 넘기다가, 우리 모두에게 새 도시인 뮌헨에 산뜻하게 발을 내딛는 거지. 알테 피나코테크에는 라파엘로와 뒤러가, 노이에에는 모네와 세잔의 작품들이 있고, 유명한 브뤼헐의 그림, 터너의 그림이 있었으니— 코니가 터너를 얼마나 좋아하는데. 앨비를 데리고 비어 가든엘 가서 8월의 태양 아래 앉아 느긋하게 라거와 고기를 즐기노라면 뮌헨은 참으로 멋진 곳이 되었을 텐데.

하지만 이미 앨비는 어느 정신 나간 아코디언 연주자와 함께 유럽의 어딘가로 사라져버렸고, 코니는 근심에 빠져 멍한 채로, 나는 죄책감에 시달리며 비틀거리기만 했다. 코니가 위쪽 침상에 누워 책을 읽는 척하고 있는 동안, 나는 창밖만 망연자실 쏘아보았다.

"아마 애는 우리가 없으면 더 좋은 시간을 보낼 거야." 그렇게 말한 게 처음은 아니었다. 묵묵부답도 처음은 아니었다. "아무래도 애한테 전화해야겠어."

"뭐하게요?"

"말했잖아. 사과하고, 얘기하게. 잘 있는지 물어보고 말이지."

"우리 그냥… 그냥 놔두는 게 어때요, 더글라스. 응?" 코니는 불을 꺼버렸고 기차는 계속 달렸다. 저기 어디쯤에 뒤셀도르프가, 도르트문트가, 부퍼탈과 쾰른이, 게르만의 산업중심지와 웅장한 라인 강이 있을 테지만, 내 눈에 보이는 건 오로지 아우토반의 불빛들뿐이었다.

89.
마가렛 피터슨

우리가 스카이프 섬에 다녀온 지 얼마 안 되어 내 어머니가 돌아가셨다. 내 인생의 길에서 처음으로 열린 무덤을 본 때였고, 그 또한 하나의 이정표였다.

어느 생물시간에 책상에 가만히 앉은 채로 뇌졸중이 온 모양인데, 너무 순한 학생들은 멍하니 지켜보다 한참이 지나서야 사태를 바깥에 알렸다. 병원으로 달려간 아버지는, 이동침상에 누워 진찰을 기다리던 어머니가 두 번째 뇌졸중을 견디지 못하고 숨을 거뒀다는 얘기만 들어야 했다. 그로부터 두 시간 후 내가 도착했을 때까지도 아버지는 깜짝 놀랄 수준의 분노를 터뜨리고 있었다. 망할 놈의 학생 새끼들은 멍청하게 자리에 앉아 쳐다봤단다! 선생 놈들과 병원 놈들도 다 똑같아! 생사를 판가름하는 이 모든 업무의 담당자들이라면 누구든 아버지의 분노를 피할 수 없어 보였다. 아버지의 표현으로, 내 어머니의 죽음은 "지지리도 등신 같은 죽음"이었다. "빌어먹을 2년이면 정년인데 말이다!" 아버지의 비통함은 처음에는 분노로, 그 다음엔 누군가에 대한 격분으로 나타났다. 그건 마치 어떤 행정 착오가 있었다는 듯 여기는 태도였고, 어디선가 누군가가 잘못 하는 바람에 일이 엉망이 되어버려, 그 대가를 아버지 혼자 계속 살아야 하는 걸로 치러야 한다는 데 따른 노여움이었다. 남자 혼자! 그건 당치 않았다.

나도 슬펐다. 그 슬픔이 커서 나도 놀랄 지경이었다. 어머니와 내가 특히 가깝다거나 다정한 사이였다고 하면 그건 왜곡일 것이다. 물론 그런 때도 있기는 했다. 어머니는 평생 진정한 자연 애호가였고, 시골에만 가면 기분이 풀려서 아주 정답고 유머 넘치는 사람이 되었다. 나무와 새 이름을 일러줄 때면 학교 수업시간엔 그럴 리가 없을 텐데 싶을 만큼 다정했고, 내게 팔을 두르고 이야기들을 들려주기까지 하였다. 그렇지만 집에만 돌아오면 그녀는 다시 엄격하고 보수적인 여인이 되었다. 교문에서 친구들을 기다리던 다른 엄마들을 보면서, 나는 왜 내 엄마는 엄한 아버지를 보완하는 다정하고 환한 엄마가 아닌지 의아해 했다. 하지만 그게 어쩌면 내 부모님의 비밀일지도 모른다. 마치 한 쌍의 드럼 채 같았으니, 참으로 완벽한 궁합 아니었겠나.

그래도 내가 어머니의 죽음을 두고 느낀 그 어마어마한 비통함과 우리가 살면서 다졌던 친근함(혹은 친근함의 결핍) 사이의 관계를 쉽게 뭐라고 얘기하기는 힘들어 보였다. 문득 그런 생각이 들었다. 어쩌면 이 비통함이라는 감정은 우리가 잃어버린 것들에 대한 슬픔이기도 하지만, 그에 못지않게 우리가 아예 해보지도 않았던 것들에 대한 후회이기도 하겠구나. 위안이라면 내 곁에 코니가 있다는 사실이었다. 처음 신고 전화부터 장례식까지의 온갖 자질구레한 일들을 준비하고, 옷가지를 정리해서 자선단체의 가게에 기부하고, 슬픔 속에 진행된 은행 계좌와 유언의 정리, 너무 커진 집을 팔고 아버지를 위해 조그만 아파트를 사는 일까지 코니는 놀라운 능력을 발휘해 처리했다. 코니와 내 어머니가 사이좋게 지낸 적은 한 번도 없었고, 오히려 아예 공공연하게 다툼을 벌인 적이 여러 차례였지만, 코니는 그런 건 염두에도 없다는 듯 꾸준히 자리를 지켰고 경의를 표했다. 그녀의 태도는 충분히 다정했지만, 그렇다고 질릴 정도로 감상적이거나 연속극스럽거나 너무 관대하거나 하진 않았다. 참 유능한 간호사 같았다.

12월의 어느 아침에 우리는 어머니를 묻었고, 부모님이 살던 집에 돌아오니 실내가 아주 춥고 어두웠다. 우리는 한 번 더 싱글침대를 하나로 밀어 붙였다. 코니는 장례식용 드레스를 벗었고, 우리는 침대 커버 밑으로 들어가 손을 잡고 누웠다. 이런 장례식을 앞으로 세 번 더 치러야 하는구나. 코니의 말썽쟁이 생부까지 나타난다면 네 번인가? 그 모든 과정을 우리 둘이 함께 치르겠지.

“당신이 나보다 먼저 죽는 일은 없어야 할 텐데.” 내가 말했다. 형편없는 소리였지만 그런 상황에선 용납이 될 것 같았다.

“내가 최선을 다해 볼게요.” 그녀가 대답했다.

어쨌든 그 주가 지나갔다. 위로와 동정의 말들이 건네졌고, 눈알 뒤쪽이 시큰거리던 느낌도 사라졌다. 시간이 지나면서 부모를 잃은 자라는 특수 지위도 사라졌고, 평범한 일상인으로 되돌아와 우리는 함께 우리의 길을 갔다.

그로부터 20년. 코니의 양아버지는 아직도 건강하고, 우리가 아는 한 그녀의 생부도 그런 듯하다. 코니의 어머니인 셜리는 손으로 마는 조그만 담배와 럼주에 탁월한 생명 연장 효능이 있음을 증명하는 산 증인처럼 불멸의 조짐으로 충만하다. 담배에 훈제되고 럼주에 피클이 되어서 그녀는 불사조가 될 듯해 보이니, 어쩌면 그 점에서는 내가 코니를 도울 일이 없을지도 모르겠다.

90.
고마워요, 잘 있어요

뮌헨에서 내가 예약한 호텔은 최초로 딱이다 싶었다. 빅투알리엔마르크트 주변의 한 가족이 운영하는 이 작은 호텔은 유쾌하고 편안하며 가식 없어 보였다. 예스러워 보이면서도 저속하지는 않은 곳이었다. 동화 속에서 늘 늑대에게 잡아먹히는, 그런 할머니 한 분이 우리를 맞으며 문을 열어주었다.

"다른 손님 한 분은요? 미스터 앨비…?"

옆에서 코니가 경직되는 게 느껴졌다.

"제 아들인데요. 애석하지만, 같이 오질 못했네요." 참을 수가 없었다. 더 이상, 견딜 수가 없었다. 내 아들에게 사과를 해야겠다….

"저런, 안타깝네요." 할머니가 안타까움에 인상을 찌푸리며 말했다. "죄송합니다만 미리 말씀해 주시지 않아서 환불은 곤란하겠습니다."

"당케 쉔." 내가 왜 고맙다는 말을 하는지 이유도 모르면서, 나는 그렇게 말했다. 당케 쉔[고맙다는 인사말]과 아우프 비더젠[헤어질 때의 인사말]이 내가 아는 유일한 독일어였고, 실상 내가 여기서 할 일도 감사하는 일, 그리고 떠나는 일이어야 할 판이었다.

공식 체크인 시간까지 두어 시간 남았음에도 불구하고 할머니는 우리를 방으로 안내해 주었다. 그림 형제의 이야기를 떠올리게 하는 그 방은 아주 기분 좋은 분위기였고, 코니가 좋아하리라고 기대했던 소박한 바바리아 가구들로 가득 차 있었다. 아주 낡고 언뜻 험악한 느낌까지 드는, 그런 가구들이었다. 그렇지만 기차에서 잠을 이루지 못한 코니는 커다란 침대에 올라가 몸을 동그랗게 말고 드러누웠다. 그녀는 아직까지도 간혹 저런 소녀 같은 몸짓을 하곤 했다. "독일 베개는 아주 얇군." 그렇게 말하며 코니를 보니 이미 눈을 감고 있었다. 나는 흔들의자에 앉아 물을 따라 마시고 브뤼헐에 대한 글을 읽었다. 물잔 테두리에서 살짝 퀴퀴한 냄새가 나긴 했지만, 그것만 빼면 모든 게 최고였다.

91. 게으름뱅이의 천국

브뤼헐이라는 이름은 정말 많다. 얀 브뤼헐, 피테르 브뤼헐도 많고, 아버지 브뤼헐, 아들 브뤼헐까지! 거기다 세례명을 정성 들여 짓는 재주까지 모자라다 보니 브뤼헐을 분간하는 일은 더 어려워졌다.

하지만 이 브뤼헐 집안 중에서 가장 빼어난 인물은 역시 아버지 브뤼헐이다. 남아 있는 그의 그림은 마흔다섯 점 정도에 불과하며, 그중에서도 제일 유명한 게 저 우람한 알테 피나코테크에 있었다. 그날 오후 우리는 그곳을 찾았다. 도중에도 얀이나 피테르의 그림들이 볼만한 게 많았다. 놀라운 디테일을 보여주는 꽃병이나 시골 장터 그림들은 그림맞추기 퍼즐로 만들면 참 좋을 것 같았다. 하지만 아버지 브뤼헐의 그림은 뭔가 완전히 달랐다. 그림이 걸려 있는 방도 수수한 게 요란스럽질 않았다. 〈쉴라라펜란트〉는 신화에 나오는 '젖과 꿀이 흐르는 땅'을 묘사한 그림이다. 파이 기왓장을 얹은 지붕, 소시지로 만든 울타리, 그리고 정면에 퉁퉁 부은 세 남자들이 등장하는데, 이 세 명의 군인과 농부, 그리고 서기나 학생 같아 보이는 남자들 주변에는 먹다 말고

버린 음식들이 널려 있고, 바지 앞섶은 풀어 헤친 채로 그려져 있다. 너무 뚱뚱하고 배가 불러서 일도 못하는 사람들인 것이다. 이 그림은 여러 '충격적'인 그림들 중 하나인데 — 칼을 꽂은 채 달아나는 돼지 그림 혹은 조그만 다리가 나와 있는 삶은 달걀 같은 게 등장한다 — 거기에 담긴 풍자를 얘기하고 싶어 나는 입이 근질거렸다.

"너무 많이 드시진 마세요."

"뭐라구요?" 코니가 말했다.

"저 그림 말야. 지붕이 파이로 만들어진 저런 동네에 살려면, 먹는 걸 스스로 조절할 줄 알아야 한단 뜻이잖아. 제목을 '점심식사의 탄수화물 함량'이라고 붙이지 말야."

"더글라스, 나 돌아가고 싶어요."

"현대미술관은 안 가고?"

"호텔 말구요. 집 말야. 잉글랜드에 있는 집. 지금 거기로 돌아가고 싶어."

"아. 아, 그래." 내 눈은 그림에 고정되어 있었다. "세 놈 다 파리떼처럼 널브러져 있군."

"우리… 어디 좀 앉아요."

더 큰 방으로 들어서니 십자가 처형과 아담과 이브 그림들이 걸려 있었다. 그곳의 가죽 벤치에 앉으니, 곁에 서 있는 미술관 경비원 탓에 악명 높은 교도소 면회 장면 같은 분위기가 연출되었다.

"당신이 바랐던 게 뭔지는 나도 알아요. 일이 잘 풀리면 우리에게도 미래가 있으려니 했겠죠. 내 맘도 바꾸고 싶었을 테고. 사실 나도 내 맘을 바꿀 수만 있으면 그렇게 하고 싶어. 당신과 함께하면 행복하리란 걸 내가 확실히 알 수만 있음 정말 좋겠는데…. 근데 이 여행은 행복하질 않아요, 내가. 이 여행… 너무 힘들어. 누군가의 발목에 묶여 끌려다니는 건 휴가가 아니잖아. 나한텐 생각할 공간이 필요해요. 집에 가고 싶어요."

이 끔찍한, 내 생애 최악의 실망감 앞에서도 나는 내내 미소를 머금고 있었다. "그랜드 투어를 포기하고 그럼 안 되지, 코니!"

"원하면 당신은 계속해요."

"당신도 없이 내가 어딜 가. 무슨 재미로?"

"그럼 나랑 같이 돌아가요."

"사람들한텐 뭐라 그러게?"

"꼭 뭐라고 설명해야 하나요?"

"우린 애가 달아나버리는 바람에 예정보다 12일 일찍 돌아왔어요! 그런 창피한 일이 어디 있어."

"우린 그냥… 식중독에 걸렸다고 하든가, 어느 이모님이 돌아가셨다고 하면 되죠. 앨비야 친구들 만나러 갔다고, 자기 일정대로 움직인다고 그럼 되고. 아님 그냥 집에 있으면서 커튼 다 닫고 숨어 지내요. 여행 계속하는 것처럼."

"베네치아나 로마 사진을 한 장도 못 찍었는데…?"

그녀가 웃었다. "인류 역사를 통틀어 누가 그딴 사진 보자고 그런대요?"

"누가 다른 사람들한테 보여주려고 찍나. 우릴 위해서 찍고 싶단 말이지."

"그럼… 그냥 사람들한테 사실대로 말하든가요?"

"당신이 여기서 나랑은 잠시도 더 못 있겠다고 그런 걸 말이야?"

우리 어깨가 서로 맞닿을 만큼 코니가 벤치 위를 미끄러져 다가왔다. "그건 사실이 아네요."

"그럼 뭔데?"

그녀가 어깨를 으쓱했다. "지금은 서로 꼭 붙어 지내기 딱 좋은 시간이 아니라는 거?"

"당신이 그러자고 했잖아."

"그랬죠. 하지만 그건 애가 이러기 전에… 미안해요. 당신이 이거 다 계획하고. 그 수고는 고맙지만, 이건 정말… 수고스럽네요. 너무 힘들어서 어쩔 줄을 모르겠어요. 너무 헷갈려요."

"환불도 안 돼. 예약할 때 전부 다 결제했잖아."

"지금 돈이 제일 중요한 게 아닐지도 몰라요, 더글라스."

"좋아. 좋아. 비행기 알아볼게."

"내일 아침 10시 15분에 히드로로 가는 비행기 있어요. 점심때면 집에 갈 수 있을 거예요."

92.
카르토펠크뇌들을 곁들인 슈바인스학세 요리

우리가 함께한 유럽에서의 마지막 날은 그렇게 흘러갔다.

미술관의 남은 전시실들을 돌긴 했지만, 가르칠 학생인 앨비가 없으니 그랜드 투어 자체가 쓸모없어 보였다. 뒤러와 라파엘로, 렘브란트를 보기는 했지만, 인상적인 것도, 말할 것도 없었다. 곧 우리는 호텔로 돌아왔고, 코니는 짐을 싼 뒤 책을 읽었고, 나는 거리로 나가 걸었다.

뮌헨은 일면 웅장한 기념식 같은 분위기이면서, 일면 술에 취한 장군처럼 으리으리하게 맥주스러웠다. 우리 모두는 여기서 훈훈한 8월의 저녁을 함께 만끽할 수 있었을 것이다. 그 대신 나는 혼자서 빅투알리엔마르크트 근처의 어마어마한 비어홀에 가서, 어느 바바리아 브라스밴드의 음악을 들으며, 밥통 크기만 한 라거와 돼지 뒷다리 로스트를 시켜 기분을 끌어올려 보려고 애를 썼다. 인생의 많은 것들처럼 그 첫맛은 아주 달았지만 시간이 지나 힘줄과 뼈, 연골 따위가 차츰 모습을 드러냄에 따라 그 고기는 곧 해부학 실습시간에나 써먹을 소름끼치는 살덩이 같아 보이기 시작했다. 그 물건을 밀어낸 뒤 나는 패배감에 젖어 남은 맥주를 비우고 터벅터벅 호텔로 돌아와 침대에 누웠다. 다시 눈을 뜨니 새벽 두 시가 갓 지난 시간이었다. 햄 냄새가 진동했다. 난 바짝 마른 햄 껍데기 같은 반미치광이 꼴이었다….

93.
소화기

…내가 대체 코니에게 해준 게 뭐란 말인가? 내가 얻는 혜택은 분명했다. 하지만 우리가 함께한 시간 동안 친구들과 웨이터들, 가족과 택시운전사들의 얼굴에 그런 질문이 언뜻 스치는 걸 나는 알았다. 저 여인은 저기서 뭘 하는 거지, 저런 남자랑 함께? 다른 사람들은 전혀 못 보는데, 그녀만이 읽어낸 내 장점이 대체 뭘까?

그녀가 혹시 인상만 찌푸리고 대답을 못 할까 봐 나는 이 질문을 직접 그녀에게 하고 싶지 않았다. 난 내가 코니의 예전 남자들과 다른 어떤 대안이라고 — 코니가 내게 그렇다고 말했다 — 믿었다. 난 자만심이 강하지도 않고, 성질을 부리거나 믿을 만하지 않거나 욱하는 기질도 아니었다. 마약이나 술 문제를 일으키지도 않았고, 그녀의 돈에 손대거나 그녀 몰래 바람을 피지도 않았다. 난 유부남도 아니었고, 양성애자나 미친 우울증 환자도 아니었다. 즉 나는 그녀가 10대 때부터 20대 말까지 불가항력으로 끌리던 것들을 하나도 갖추지 않은 사람이었던 것이다. 내가 그녀에게 크랙(crack)을 피자고 그럴 리도 없었다. 내겐 이게 파트너에게 해야 할 기본 중의 기본이요 아주 초보적인 필수조건이었고, 난 그 기본에 충실할 수 있는 사람이었다. 나의 장점 하나, 그건 바로 내가 사이코패스가 아니라는 점이었다.

내가 놀림감이 될 만큼 그녀를 사랑한다는 것 또한 누가 봐도 알 수 있을 정도였다. 비록, 내가 경험을 통해 아는 대로, 헌신이란 게 항상 사람들의 맘을 끄는 특성인 건 아니지만 말이다. 그리고 우리의 섹스 생활도, 앞서 얘기했듯, 항상 만족할 만한 수준을 넘어서는 것이었다.

코니는 항상 내 일에 관심이 많았다. 비록 과학이 내게 온갖 좌절감을 안겨주었다 해도 나는 과학적 노력에 대한 믿음을 잃지 않았고, 코니는 나의 이런 점을 높이 샀다. 내가 일 이야기를 할 때 가장 멋있었다고 코니는 항상 얘기했다. 주제를 이해 못하는 대목에서는 좀 더 길게 설명해 보라고 나를 부추기기도 했다. "빛이 켜지는 느낌이라니까요." 그녀의 말이었다. 내가 일하는 데를 바꾸면서 그 빛이 깜박거리긴 했지만, 코니는 애초부터 우리 사이의 여러 차이들을 — 예술과 화학, 감성과 이성 — 높이 샀다. 아니, 대체 누가 자기 그림자와 사랑에 빠지고 싫어 한단 말인가?

보다 실용적인 면을 얘기하자면, 나는 실용적인 사람이었다. 기본적인 수도 배관이나 목공일 및 몇몇 전기 배선까지도 난 척척 해냈다. 어느 방에든 들어가면 내력벽이 어느 것인지 짚어낼 수 있었고, 장식 일도 아주 꼼꼼하고 철저하게 해냈다. 진득진득한 데를 흑사탕 비누로 박박 문지르는 거나, 빗을 쓰고 나서 항상 씻어놓는 건 내 특기였다. 우리 둘의 자금을 통합한 뒤로 나는 연금, 은행 계좌, 보험 등 모든 걸 도맡아 어느 것 하나 문제가 생기지 않도록 열심히 관리했다. 휴가 계획은 마치 군사작전 짜듯 엄밀하게 챙겼고, 자동차 정비도, 라디에이터에서 공기를 빼는 일도, [섬머타임에 맞춰] 봄가을로 시계를 맞추는 일도 모두 내 몫이었다. 내 몸에 숨이 붙어 있는 한 코니가 AA사이즈의 건전지가 없어 난처할 일은 없을 것이었다. 이런 게 보잘것없고 따분해 보일 수 있지만, 이야말로 그녀가 그전에 알고 지내던 자기만 아는 실없는 탐미주의자들과는 극명하게 다른 점이었다. 이 모든 건 은근히 남자다움을 드러내는 일들이었고, 그건 코니에게 새로우면서 동시에 위안이 되는 일이었다.

보다 신났던 건, 내가 위기 상황에서 아주 믿음직했다는 점이다. 비가 퍼붓는 밤에 3번 고속도로 갓길에서 타이어를 간 일이나, 지하철 노던라인에서 다른 이들이 멍하니 앉아서 얼빠진 표정으로 쳐다보는 가운데 간질 환자를 도와준 일 등은 일상 속의 영웅을 보여준 아주 소소한 사례들이었다. 거리를 걸을 때면 나는 항상 차가 다니는 도로 쪽에 서서 걷고자 신경을 썼고, 그녀는 이걸 웃긴다고 하면서도 좋아했다. 나와 함께 다니는 건 커다란 구식 소화기를 항상 휴대하고 다니는 것 같다고 코니는 얘기했다. 나는 그런 내 역할이 아주 만족스러웠다.

다른 건 또 뭐가 있을까? 아마도 난 아내에게 도저히 지속할 수 없는 자신의 생활양식에서 빠져나올 탈출구를 보여주었다고 생각한다. 내가 만났던 코니 무어는 항상 테이블 위에서 춤추던 파티 걸이었고, 나는 그런 그녀에게 손을 내밀어 아래로 내려오게 했다. 그녀는 아티스트로 먹고 살겠다는 꿈을 적어도 당분간은 접었고, 갤러리에서 상근으로 일하는 쪽을 택했다. 자기 작품을 만들지는 않고 남의 작품을 홍보한다는 게 어찌 쉬웠겠나. 하지만 코니의 재능이 거기 있다면, 우리가 일단 안정되고 그녀의 그림 스타일이 유행을 타게 되면, 그녀는 언제든 그림 그리는 일을 다시 시작할 수 있었다. 그러는 동안 우리는 아주 재미난 시간을 보냈다. 친구들과 함께 저녁을 먹고 늦은 밤까지 같이 놀고 그랬다. 하지만 숙취의 횟수나, 새벽의 후회, 정체불명의 멍 같은 것들의 횟수는 점점 줄어들었다. 난 가장 안전한 항구였지만, 또한 재미있기도 했다는 걸 정말 강조하고 싶다. 아마도 사람들이 많이 모인 데서는 별로였지만, 압박감이 덜한 때, 우리 둘만 있는 때라면 우리는 다른 어디보다도 둘이 함께 있는 그곳이 좋았다.

오늘날의 교제에서는 유머의 중요성이 아주 크게 강조된다. 서로를 웃게 만드는 한 모든 게 순조로울 것이란 게 널리 퍼진 믿음이다. 그렇다면 결혼생활은 50년간의 애드리브 공연인 셈인가? 뭔가 새로운 우스개를 찾아야 한다고 느끼는 사람에게는 이게 근심거리가 아닐 수 없다. 바로 내가 그랬다. 내 영혼의 건조하고 기나긴 밤 시절에. 나는 코니를 웃기는 게 항상 즐거웠다. 내가 보기에 웃음은 놀라움에 기인하고 놀라는 건 좋은 거기 때문에, 코니가 웃으면 난 만족스럽고 든든한 기분이었다. 하지만 전성기가 지난 운동선수처럼 내 반응시간도 느려졌고, 요즘은 어떤 농담에 대꾸할 재치 있는 추임새를 몇 년이 지나서야 발견하는 게 다반사였다. 그 결과 나는 옛날 농담과 옛날 이야기에만 매달리게 되었고, 그래서 때로는, 첫 3년간 내 농담에 웃었던 코니가 그 후 21년간은 같은 걸 듣고 탄식하고 있다는 생각을 하기에 이르렀다. 그러는 사이 언제부턴가 나는 유머감각 따윈 잃어버리고, 유머와는 결코 같은 것일 수 없는 말장난만 늘어놓는 인물이 되어버렸다. "난 부르스트가 두려워!"[독일어 부르스트('소시지')가 영어 워스트('최악')와 비슷한 걸 이용한 유머] 비어홀에서 난 이 농담이 떠올랐고, 다음날 아침때 써먹을 수 있을지를 생각했다. 코니한테 멀건 소시지를 권한 후 그녀가 거절하면 말하는 거다. "코니, 당신 문제가 뭔지 알아? 항상 부르스트를 두려워한다는 거지!" 아무리 봐도 그럴 듯한 농담이었다. 그것만으로 우리 결혼생활을 구해 내기엔 좀 역부족일 테지만 말이다.

물론 한때는 내가 코니를 끊임없이 웃게 만들던 시절이 있었다. 아빠가 되면서 나는 이 즐거운 페르소나를 더욱 발전시키고자 했다. 로알드 달 소설에 나오는 인물들처럼 별나면서도 현명한, 그런 캐릭터면 좋겠지? 여러 인물이나 이야기들을 마구 지어내면서 우리 애들을 나한테 대롱대롱 매달리게 만드는 거다! 그럴 때면 아이들의 얼굴은 웃음과 기쁨, 사랑으로 환히 빛날 테지? 하지만 이 꿈은 수포로 돌아갔는데, 왜 그랬는지 이유를 모르겠다. 어쩌면 우리 딸에게 일어난 일 때문인지도 모른다. 그 일은 분명 나를 바꾸었고, 우리 둘 다를 바꾸었다. 그 후 인생은 좀 더 무거워 보였다.

어쨌든 앨비는 내가 쾌활하게 굴어도 그걸 즐기지 않았다. 최선을 다해도 내 행동은 뭔가 불안해 하고 쭈뼛거리는 것이어서, 마치 애들 앞에 선 마술사가 '이번 공연은 틀려먹었군'이라며 자책하는 꼴이기 일쑤였다. 난 엄지의 첫 마디를 사라지게 했다가 다시 붙이는 마술을 할 수 있었지만, 아이가 어지간히 둔해야 이런 게 통하지, 대부분은 실패였다. 그리고 앨비는 어지간히 둔한 애가 절대 아니었다. 책을 읽어 주며 웃기는 목소리를 지어내면 앨비는 눈에 띄게 황당하다는 표정을 지었다. 내가 다쳤을 때 같은 경우 말고, 내가 아들을 웃게 만든 게 언제인지 사실 기억이 잘 나질 않는다. 난 코니가 앨비에게 이런 말을 좀 해줬으면 싶기도 했다. "에그, 넌 이런 게 재미없나 본데 말이다. 네 아빠가 한때는 말이지, 날 너무 많이, 정말 많이 웃겼단다. 우린 밤새도록 얘기하며 웃었지. 눈물이 나도록 말이야. 한때는 그랬어."

아, 나는 부르스트가 두려웠다.

94.
소프트 민트

슬프게도 우리는 아침이 오기도 전에 호텔을 나와 택시를 타고 깊이 잠든 도시를 가로질러 뮌헨 공항으로 갔다. 그러니 공항에 대해서도 할 말이 거의 없다. 그냥 공항을 그려보시라.

난 잉글랜드가 무서웠다. 꼭 9대 0 정도의 치욕적인 패배를 당하고 돌아가는 축구팀처럼 우리는 출국 라운지에 앉아 기다렸다. 한마디 말을 꺼내기도, 심지어 눈을 들기도 힘들 지경이었다. 내 아들에게 사과하고 싶다. 그때 앨비의 얼굴 표정, 그 충격과 부끄러움은 평생 나를 따라다닐 것임에 틀림없었다. 그건 마치 내가 아이의 뺨을 때린 것 같았고, 실제로 어느 정도 그런 측면도 있었다. 바로 이 대목에서 축구팀 비유는 삐걱거린다. 우리는 한 팀이 아니었다. 나는 아홉 골을 혼자 다 먹어버린 골키퍼였다.

난 2주나 일찍 사무실로 출근해야 하는 걸까? 사람들이 뭐라 그럴까? 뭔가 낌새를 차리겠지? 이 인간이 휴가를 얼마나 망쳤으면 가족이 깨졌대! 다들 도망갔대. 정말 도망갔대. 한 명은 네덜란드에서, 한 명은 독일에서. 내가 출근을 않더라도, 커튼을 닫은 채 코니와 함께 집에 머문다 하더라도, 우리는 앨비의 부재로 인해 고문당할 것이었다. 이미 수차례 얘기했듯, 앨비는 완벽한 문명의 시간을 보낼 수 있을 터였다. 아이에게는 여권이 있고 전화와 돈, 카뮈, 그리고 엄청난 '섹스'를 자랑하는 여자친구가 있었다. 어떻게 보자면 그건 부러운 상황이었다. 하지만 확실한 걸 알지 못하는 처지이기에, 그런 처참한 말들을 서로 주고받았던 처지이기에, 근심으로 꿈틀대지 않을 수는 없었다. 내 아들에게 사과를. 아이는 지금 베를린의 어느 마약 소굴에 있는 게 아닐까? 체코 공화국의 어느 허름한 간이역에서 술에 취해 뻗어 있을까? 로테르담의 어느 빈 집에서 약에 취해 있을지도? 마드리드의 어느 골목에서 두드려 맞아 쓰러져 있으면 어쩌나? 아이는 언제 돌아올까? 9월? 10월? 크리스마스에? 과연 오기는 올까? 비록 대충대충이나마 자신이 원해서 쟁취해 낸 그 공부를 앨비는 포기하려는 걸까? 만약 유럽이 앨비를… 삼켜버리고 뱉어내지 않으면 어쩐다?

가만히 앉아 있을 수가 없었다. "나 좀 걷다 올게." 내가 말했다.

"지금요?"

"시간 넉넉하잖아."

"게이트에서 만나요, 그럼." 그녀가 으쓱했다. "가방 들고 가요."

공항에서 산보를 나서는 데는 분명 어떤 낙관론이 존재한다. 대체 뭘 찾기를 기대한단 말인가? 뭔가 새롭고 넋이 나갈 것을? 내 산보의 목적은 독일 신문가판대는 어떤 모양인지를 보기 위한 것이었고, 그게 영국 가판대와 거의 똑같다는 걸 발견한 뒤 나는 남은 유로화 잔돈을 털어 소프트 민트나 사려고 하고 있었다. 그때 전화벨이 울렸다.

"씨뇨르 피터슨?"

"네, 그런데요." 난 이게 뭔가 하면서도 이탈리아어로 대답했다.

"봉주르노. 여기는 펜시오네 알베르티니인데요. 예약하신 거 때문에요?"

"네, 네." 난 다른 쪽 귀를 손가락으로 막으면서 대답했다.

"제가 최선을 다해 봤습니다만, 너무 급히 연락 주셔서 아무래도 예약을 앞당기기는 좀 어렵겠습니다. 죄송합니다."

"제 예약을요?"

"계획 변경 말씀입니다. 내일 밤에 베네치아에 도착하신다고 하셨죠?"

"아뇨, 아뇨. 아닙니다. 3일인가, 4일 후죠, 그게." 우리 계획이 그랬다. 알프스를 기차로 넘고 베로나, 비첸차, 파두아에서 각각 하루씩 묵은 뒤 베네치아로 가는 거. "언제 걔가, 아니, 그러니까, 제가 전화를 했더랬죠?"

"15분 정도 되지 않았나요?"

"전화로요?"

뭐 이런 미친 놈이 다 있나라는 생각을 하는지, 잠깐 침묵이 흐른다.

"씨…."

"제 예약은 싱글룸 하나랑 더블룸 하나였는데, 제가 어느 걸 예약 변경하려고 그랬죠?"

"더블룸이죠, 손님."

"내일로요?"

"네, 내일로요. 그런데 이거 15분 전에 다 얘기한 건데—"

"제가 혹시 말입니다, 어디서 전화 거는지도 말씀드렸던가요?"

"네? 무슨 말씀이신지…?"

"씨뇨르 피터슨이었단 말이죠?"

"씨."

앨비였다. 전화를 건 건 틀림없이 앨비였고, 내 일정에 손을 대서 우리 호텔 예약을 활용해 돈을 아껴보려 한 게 분명했다. 그렇다면 두 사람은 베네치아로 가고 있다는 소리였다.

"그렇군요. 신경 써주셔서 아주 고맙습니다."

"그럼 이전에 예약된 대로 4일 후에 베네치아에서 뵙는 걸로 하겠습니다?"

"씨, 씨, 씨. 4일 후에요."

"잘됐네요."

"아주 큰 도움이 됐습니다. 아우프 비더젠! 챠오!"

통화를 하면서 계속 걸었는지, 이미 그 뉴스가판대에서 훌쩍 떨어진 데였다. 그런데 손 안에선 값을 치르지도 않은 소프트 민트가 미지근하게 덥혀지고 있었다. 도주범 같으니! 나는 얼른 출발 안내판을 살폈다. 탑승이 시작되었다. 주머니도 살폈다. 전화, 여권, 지갑, 필요한 건 다 있었다. 손가방 안에는 전화 충전기와 태블릿, 그리고 2차세계대전사. 나는 중앙 홀로 가서 코니가 어딨는지 찾아본 뒤, 라운지 위의 어느 발코니로 올라가는 계단을 찾아냈다. 그 계단을 올라가 다시 코니를 보았다. 코니는 나를 볼 수가 없었다.

출발시간이 다가오는데도 나는 거기서 15분간 코니를 살폈다. 불법 취득한 소프트 민트를 먹으면서, 진짜 악당처럼 말이다. 나는 그녀를 정말 정말 사랑이 가득한 눈길로 바라보았다. 물론 코니는 내가 사라져서 눈에 띄게 조바심을 내며 안절부절 못하고 있었다. 그리고 나는 결정했다.

아내와 아들을 이렇게 잃어버리지는 않으리라.

그런 생각이 내게 용납 불가능한 것이라면, 나는 그걸 용납하지 않으리라. 지금 이렇게 잉글랜드로 돌아가 우리의 마지막 여름을 서서히 가정을 해체하는 데 쓰지는 않겠다! 코니가 내게서 떨어져 나가 우리를 둘로 쪼개, 나를 포함하지 않는 미래를 계획하는 걸 멀뚱멀뚱 지켜보고 있지는 않겠다! 내가 그 집에서 손으로 만지고 눈에 담은 모든 것들을 — 늙은 개 미스터 존스, 침대 옆 라디오, 벽의 그림들, 아침 차를 마시는 컵들 — 내 것과 그녀의 것으로 곧 나눠야 한다니, 그렇게는 살지 않겠다! 우리가 함께 헤쳐 온 게 얼마나 많은데? 나는 그걸 용납할 수 없었다. 또 내 아들이 아버지가 자신을 창피하게 생각한다고 믿으면서 이 대륙을 헤매고 다니게 놔둘 수 없었다. 그런 일은 일어날 수 없었고, 일어나게 놔두어서도 안 될 일이었다.

훔친 민트가 동이 났다. 어느 팝송에 인용된 말 중에 이런 게 있다.

당신이 누군가를 사랑한다면 그들을 자유롭게 풀어주라고. 그건 정말 말도 안 되는 소리이다. 당신이 누군가를 사랑한다면, 당신은 그들과 당신을 단단한 쇠사슬로 꽁꽁 묶어놓아야 한다.

95.
히드로행 비행기가 곧 출발하오니…

코니는 그새 일어나서 연신 좌우를 번갈아보며 근심어린 눈빛으로 나를 찾고 있었다. 틀림없이 이런 생각을 했겠지. 이건 이상해. 전혀 이 사람답지 않잖아. 항상 출발 두 시간 전이 원칙인 사람인데. 랩탑은 별도 트레이에, 액체와 젤은 지퍼락 봉지에 따로 담는 사람인데. 그래, 하지만 더 이상은 안 그래, 내 사랑. 새로워진 나는 코니에게 전화를 걸었다. 그녀가 핸드백을 뒤져 전화기를 찾아 액정을 노려보다 전화를 받았다….

"더글라스, 지금 어디서 뭐해? 게이트가 5분 후면 닫힌다는데—"

"난 그 비행기 안 탈 거야."

"지금 어디야, 더글라스?"

"택시 안이야. 사실 공항 떠난 지 좀 됐어. 난 잉글랜드로 안 돌아가."

"더글라스, 바보같이 이러지 마요. 지금 우리 이름 부르고 있어—"

"그럼 나 없이 당신 혼자 타. 나는 안 탄다고 그 사람들한테 얘기 꼭 하고. 나 땜에 괜히 늦어지는 거 싫으니까."

"당신 없이는 이 비행기 안 탈 거예요, 나도. 미쳤어요?"

"내 말 잘 들어, 코니, 응? 난 이 일을 바로잡기 전에는 집에 못 가겠어. 우선 앨비부터 찾을 거야. 그리곤 얼굴을 보면서 사과하고, 애를 데리고 집으로 갈 거야."

"더글라스, 애가 어디 있는지도 모르면서 무슨 말예요!"

"그래도 내가 찾아낼 거야."

"어떻게 찾는다고 그래요? 지금쯤 유럽 어디를 갔을지 모르는데? 지구 어느 구석에 있는 줄 알고…"

"내가 방법을 찾겠어. 난 과학자야, 알지? 방법. 결과. 결론."

그녀가 다시 자리에 주저앉는 모습이 보였다. "더글라스, 나 땜에… 나한테 뭔가를 증명하려고… 이러는 거라면, 어휴, 정말 감동적이긴 하지만, 그게 중요한 건 아니잖아요, 진짜."

"나 당신 사랑해, 코니."

코니가 한 손을 들어 이마를 천천히 쓸었다. "나도 당신 사랑해요, 더글라스. 하지만 당신 지금 지쳤잖아요. 스트레스도 엄청 받았고, 논리적으로 무슨 생각을 하기엔…"

"나 혼자서 해볼 거야. 날 말리려고 애쓸 거 없어."

잠깐의 시간이 흐른 뒤, 코니가 다시 일어섰다. "그게 당신이 원하는 거예요, 진짜로?"

"맞아."

"사람들한테는 뭐라 그래요?"

"아무래도 괜찮아."

"나한테 전화는 할 거죠?"

"내가 애를 찾으면. 그 전엔 안 해."

"진짜 말리고 싶다."

"아냐. 그래 봤자야."

"좋아요, 좋아. 그게 정말 당신이 원하는 거라면."

"당신이 여행가방 직접 끌어야겠네. 택시 타, 응?"

"당신, 입을 옷도 없잖아요?"

"지갑이랑 칫솔 있으니 됐지, 뭐. 어디서 사면 돼."

그녀가 머리를 뒤로 축 늘어뜨렸다. 아마도 내가 내 옷을 직접 산다고 하니 골이 띵했던 것이리라. "알았어요. 당신이 정 그렇다면. 좋은 걸로 사요. 몸도 잘 챙기고?" 그녀의 손이 두 눈을 가렸다. "엉망으로 지내면 안 돼요, 응?"

"안 그럴 거야. 코니, 둘이 다시 베네치아에 함께 가지 못해 아쉽네."

"나도 아쉬워요."

"엽서는 보낼게."

"부디요."

"미스터 존스한테 내 키스도 전해 줘. 아니면 악수를 전해 주든가."

"그럴게요."

"개 침대에서 재우면 안 돼."

"그런 건 꿈도 안 꿔요."

"진짜야. 개 그런 버릇 들이면—"

"더글라스. 안 한다니까요."

"사랑해, 코니. 내가 말했던가?"

"지나가는 말로 그러긴 했죠."

"당신 실망시켰다면 미안해."

"더글라스, 당신은 그런 적 절대—"

“다시는 실망시키지 않을 거야.”

그녀가 말이 없었다.

“이제 비행기 타는 게 좋겠다.” 내가 말했다.

“응. 그래야겠어요. 게이트…?”

“게이트 17번.”

“게이트 17번.” 그녀가 백을 어깨에 걸고 걷기 시작했다.

“책 빠뜨렸다.” 내가 말했다. “의자 위에.”

“고마워요.” 그녀가 책을 집으면서 말했다. 그리곤 잠시 주춤했다. 잠시 후 그녀가 위쪽의 발코니에 선 나를 찾아냈다. 그녀가 손을 들었고 나도 손을 들어 인사했다.

“언제든 다시 볼 때까지 안녕.” 내가 말했다.

하지만 그녀는 이미 전화를 끊은 뒤였다. 코니가 걸어가는 모습을 지켜본 뒤 나는 내 아들을 구하기 위해 출발했다. 아이가 원하든 원치 않든 간에.

BOOK TWO

•••

르네상스

5부

…

베네치아와 베네토 주

96.
청혼

베네치아에서 난 코니에게 청혼했다.

그다지 독창적인 시나리오는 아니었다는 걸 나도 안다. 사실 우리가 만난 지 3주년이 되던 그해 2월의 여행 자체가 그다지 유별난 게 아니었다. 화창한 날씨 속에 우리는 수상택시를 타고 그 도시로 들어갔다. 버건디 와인 색 가죽시트에 몸을 묻고 베네치아 내해 위를 탕탕 튀듯 미끄러지며 바람을 맞다 보니, 어느새 베네치아가 눈앞에 펼쳐지기 시작했다. 그때 두 가지 생각이 내 머릿속을 가득 메웠다. 세상에 이 보다 더 아름다운 게 있을까? 세상에 이보다 더 비싼 게 있을까? 돌아보면 베네치아에서의 내 마음은 늘 그랬다. 경탄과 근심의 혼재. 그건 마치 깨뜨리면 변상해야 한다는 표지판이 곳곳에 즐비한 멋진 골동품 가게를 둘러보는 느낌이었다.

그렇게 우리는 겨울의 베네치아에서 관광객 놀이를 했다. 우리는 비를 피해 웅크리고 있다가, 날이 개면 어마어마하게 아름답고 우아한 그늘진 광장들의 한켠에서 진한 핫초코를 마셨다. 어둑하고 비싼 바에서는 벨리니 칵테일을 홀짝이면서 어마어마한 계산서를 받아들 마음의 준비를 하였다. "이건 아름다운 거에 붙는 세금이야." 코니가 지폐를 꺼내면서 말했다. "이 아름다운 데가 심지어 싸다고 해봐. 누가 떠나려고 하겠어?"

물론 코니는 베네치아를 잘 알았다. 그녀의 지론에 따르면, 베네치아를 잘 즐기려면 얼른 상마르코 광장을 본 뒤 잽싸게 섬의 외곽으로 달아나라는 것이었다. 요령은 즉흥적으로, 호기심 가득하게, 길을 잃으라는 것이었다. 나처럼 열렬하고 능숙하게 지도에 매달리는 사람에게 베네치아는 놀라운 도전의 연속이었다. 내가 길을 찾으려고 걸핏하면 멈춰 서서 지도만 들여다보고 있자, 코니는 내 지도를 뺏어버렸다. 손가락으로 내 턱을 들어올린 코니는 제발 한 번만이라도 고개를 들고서 그곳의 아름다운 우울함을 만끽해 보라고 명령했다.

내가 베네치아에 대해 가장 놀란 것은, 그곳이 너무나 음울하고 칙칙하다는 것이었다. 그 수많은 관광객들이 스냅을 찍고는 얼른 다시 죽음을 생각하는 곳이 바로 거기였다. 베네치아는 이탈리아에서 내가 처음 가본 곳이었다. 그런데 대체 내가 기대했던, 밀가루 묻힌 손을 휘두르는 맘마와 헝클어진 머리를 한 녀석들은 어디 있단 말인가? 그 대신 베네치아는 닫힌 문의 도시였다. 포로 신세인 이 도시의 시민들은 겨울에도 끊임없이 들이닥치는 — 집 안으로 들이닥쳐서는 아무리 눈치를 줘도 떠날 궁리를 안 하는 손님들 같은 — 관광객의 물결을 실눈을 뜨고 화난 표정으로 맞이한다. (그 심정도 이해가 된다.) 심지어 축제도 우울하다. 베네치아 사람들은 무릇 좋은 시절이라면 모두가 해골처럼 보이게 옷을 입어야 한다고 생각한다. 이런 게 어쩌면 전염병이 남긴 흔적일 수도 있고, 도시의 침묵 혹은 그늘, 검은 운하 혹은 녹지공간의 부족 탓일 수도 있지만, 인적 끊긴 골목길과 비에 젖은 해변 길을 거닐면서 나는 베네치아의 멜랑콜리가 무척 거세기도 하지만 동시에 묘하게 즐겁기도 하다는 걸 깨달았다. 아무리 생각해도 나는 슬프면서 동시에 행복하게 살았던 적이 한 번도 없는 인간인데 말이다.

어쩌면 이렇게 모호한 데서 청혼을 하는 건 최고의 선택이 아닐지도 몰랐다. 물론 그런 의심은 이미 늦은 일이었다. 잘 포장된 약혼반지가 장갑의 한 손가락 안에 숨겨져 있었고, 레스토랑의 자리도 예약되어 있었다. 공동묘지 섬인 상미셸에서 우리는 느긋한 아침을 보냈다. 두꺼운 코트를 걸친 코니는 포즈를 잡기도 하고 비석 사진을 찍기도 했다. 그리곤 팔짱을 끼고 카나레지오에서 도르소두로까지 걸으면서, 그 길에서 만난 침침한 교회들이나 음울한 광장들을 기웃거렸다. 그 시간 내내 나는 고민했다. 그녀에게 청혼할 때 무릎을 꿇어야 하나? 이게 우리 둘 다한테 즐거운 일일까? 아니면 당황스런 일? 그녀는 단순히 "나랑 결혼할래?"를 좋아할까? 아니면 시대극 같은 데 나오는 "그대여, 내게 그대를 아내로 맞는 영광을 허락해 주시렵니까?"를 좋아할까? 아니면 진짜 아무 일 아니란 듯 "헤이, 우리 결혼하자!"고 하는 걸? 우리는 호텔로 돌아와 옷을 차려입고 다시 나가, 참치 카르파치오와 그릴에 구운 생선 요리로 멋진 저녁을 먹었다. 내 손은 웃옷 주머니에 넣어둔 반지 — 고풍스런 은반지에 싱글 다이아몬드 — 를 연신 매만졌다. "속 괜찮아?" 코니가 물었다. "가슴앓이가 문제야." 내가 대답했다. 무슨 아몬드 소화제 같은 황홀한 젤라또 아이스크림까지 먹은 뒤 우리는 머리가 빙빙 도는 가운데 쾌청한 겨울밤 속으로 다시 걷기 시작했다.

"우리 라 살루테까지 걸어갈까?" 나는 최대한 평범하게 그렇게 제안했고, 거기서, 그 아름다운 대리석 교회가 달빛 아래 마그네슘 불꽃처럼 활활 타오르듯 빛나는 곳에서, 그랜드 운하 건너편 상마르코 광장이 훤히 내다 보이는 곳에서, 웃옷에서 반지를 꺼내 코니에게 물었다.

"내 아내가 되어줄래?"

그녀가 예스라고 대답했다면 그게 얼마나 낭만적이었을지 상상해 보시라. 그런데 코니는 웃다가 욕하고, 얼굴 찡그리고 입술 깨물다가 나를 껴안고, 욕하다 키스하고, 웃다가 다시 욕하고서는 말했다. "나 생각 좀 해봐도 돼?" 물론 이건 아주 이성적인 반응이다. 그보다 더 인생을 바꿔놓을 결정이 또 있겠는가. 그렇긴 해도 왜 내 청혼이 그렇게 놀라운 일이었는지 의아하긴 했다. 사랑은 결혼으로 이어지는 거고, 우리는 서로 사랑하고 있지 않았던가?

고맙게도 예스 결정이 내려졌다. 비록 몇 달이 걸리긴 했지만 말이다. 그러니까 내 청혼은 그랜드 운하의 달빛 아래에서 '퐁'하고 꺼냈지만, 그 답변은 킬번 하이 로드의 세인즈버리 슈퍼마켓의 조리식품 코너에서 나왔다. 어쩌면 코니는 거기서 내가 고른 올리브를 보고 예스 결정을 내린 것인지도 모른다. 어찌 됐든, 하몽과 치즈를 고르는 내내 나는 기쁨과 안도감에 들떴고, 눈물과 격한 감정이 솟구치는 계산대에서의 풍경이 연출되었다.

어쩌면 난 코니를 거기로 다시 데려가야 했던 걸까. 킬번 세인즈버리 슈퍼로 말이다. 적어도 그 정도까지는 우리가 다시 되돌아갈 수도 있었을 텐데 말이다.

97.
한니발

하지만 지금 나는 앞으로 갔다 동시에 뒤로 갔다, 널을 뛰고 있다. 여기는 아직도 독일이다. 아내가 걸어가는 모습을 보고 난 뒤 나는 택시를 잡아 타고 다시 뮌헨으로 돌아왔다. 어수선한 중앙역 발권기의 터치스크린을 두드려서는 늦은 아침에 출발하여 알프스를 넘고 인스부르크를 경유해 베로나에서 갈아타 베네치아로 가는 기차에 올랐다. 내 짐은 어깨에 매는 백과 여권이 전부였다. 무슨 제이슨 본처럼 말이다.

기차의 칸막이방도 스파이나 저격수들이 좋아하는 그런 모습이었다. 기차가 교외를 벗어나면서부터는 더욱 흥미로웠다. 너른 초록의 평야지대를 가로질러 산악지대를 향해 달리는구나 했더니, 겨우 몇 백 미터쯤 갔나 싶었는데 어느새 알프스였다. 입스위치에서 나고 자란 터라 나는 산을 보고 무덤덤해 한 적이라고는 없다. 그렇지만 알프스는 정말 특별했다. 봉우리는 하운드의 앞니처럼 뾰족했고 계곡은 현기증을 불러일으킬 정도로 깊었다. 신이나 아주 야심찬 컴퓨터 그래픽 특수효과 감독이라야 꿈꿔볼, 그런 풍경이었다. 대단하구나, 나는 혼자 중얼거리면서 본능적으로 전화기를 꺼내 사진을 찍었다. 그래 봤자 이런 산만하고 보잘것없는 사진을 다음에 누가 본다든가 어디에 쓴다든가 하는 일은 전혀 없을 터였다. 그러면서 나는 아들을 생각했다. 그 애는 아마 운석이 떨어지다 저 최고봉 꼭대기에 대롱대롱 매달려 늘어져 있어도 사진기를 꺼내들 생각을 안 하겠지.

인스부르크를 지나면서 지형은 더욱 놀랍게 변했다. 거기가 무슨 오지는 아니었다. 슈퍼마켓과 공장, 주유소가 거기 다 있었다. 그렇지만 한여름의 날씨 속에서라도 사람들이 거기서, 그런 환경에서 살고 일하고 있다는 게 — 그런 지대 한복판으로 기찻길을 놓은 건 차치하고 — 뭔가 미친 짓 같았다. 기차가 다시 급사면에 접어들었다. 아래로 곤두박질치는 계곡 끄트머리부터는, 내가 열입곱 열여덟 시절까지 만들곤 했던 기찻길 모형에서 보던 바로 그 라임그린 색깔의 초원이 펼쳐졌다. 나는 코니 생각을 했다. 그녀는 곧 집에 도착해 미스터 존스와 반갑게 인사를 나누고, 편지함을 열어보고, 환기를 위해 창문을 활짝 열 테지. 텅 빈 채 케케묵은 냄새가 나는 냉장고를 열어젖힐 테고, 세탁기에 빨래를 집어넣겠지. 그녀가 이 모든 놀라운 풍경을 보기를 내가 얼마나 기대했던가….

하지만 경탄은 몇 시간이 넘게 계속되기에는 너무 센 감정이다. 그래서 곧 그 모든 게 지루해졌고, 나는 뷔페에 가서 모차렐라 치즈(이게 안 들어간 음식이 없었다)와 파스트라미를 곁들여 크로아상 하나를 먹었다. 칸막이방으로 돌아와 잠깐 눈을 붙이고 일어나니 어느새 표지판의 브레너가 브레네로로 바뀌어 있었다. 교회의 첨탑 모양도 바뀌었고, 산들은 부드러운 언덕으로 낮아졌고, 소나무 숲이 밀려난 자리에 끝없는 포도밭이 펼쳐졌다. 독일과 오스트리아는 벌써 저만치 뒤로 물러났고, 난 이제 이탈리아 알프스에 있었다. 머지않아 곧 베로나에 당도할 것이었다.

98.

우리가 연출하는 것들

사랑스러운 도시 베로나는 8월 오후의 이글대는 태양 아래서 소박한 적갈색과 바짝 마른 장밋빛으로 반짝였다. 아이의 흔적을 쫓는 게 급선무였으므로, 나는 여기서 두 시간만 보내기로 했다. 그러려면 아름다운 광장이건 멋진 중세의 다리건 휙휙 걸어서 지나쳐야 했다. 하나하나 목록에서 틱, 틱, 지워 나가며. 그건 한 도시를 보는 너무 끔찍한 방법이었고, 애초 내가 그랜드 투어를 계획하던 때의 의도를 거역하는 짓이었다. 그래, 어쩔 수 없다. 지금은 문화보다 더 중요한 게 있지 않은가. 저게 세계에서 세 번째로 큰 로마의 원형극장이란 말이지. 틱! 토레 데이 람베르티도 보이네. 저건 피아짜 델레 에르베, 저 번쩍거리는 건 피아짜 데이 시뇨리. 틱, 틱, 틱.

대리석으로 바닥을 깐 쇼핑가를 지나면서 나는 행인들을 따라 골목으로 들어섰고, 이내 석조 발코니를 올려다보는 어느 엉성한 마당에 이르렀다. 저게 아마 '줄리엣의 발코니'인 모양이군. 그건 마치 벽에다 풀로 붙여둔 꼬락서니를 하고 있었다. 내 가이드북도 그게 1935년에 만들어진 것이라고 코웃음 치고 있었다. 하지만 줄리엣 자체가 이미 소설 속의 등장인물일 뿐인데, 뭐 그딴 일로 코웃음씩이나. "로미오, 로미오, 어디에 계신가요, 로미오." 세계 곳곳에서 온 익살꾼들이 여기저기서 그렇게 외쳤다. 여름 한낮의 열기 속에서 그 마당은 그야말로 관광객들 잡는 함정이었다. 그렇지만 나는 의무감으로 지켜보았다. 땀을 뻘뻘 흘리는 방문자들은 셰익스피어의 여자주인공이라고 만들어둔

조잡한 동상 앞에서 번갈아가며 포즈를 취했다. 수백만의 손길이 거쳐 간 그녀의 오른쪽 가슴은 닳아서 회색에 가까웠다. 줄리엣의 오른쪽 가슴을 애무하라. 그러면 행운이 찾아온다? 한 일본인 노신사가 내 팔을 쿡 찌르며 카메라 셔터를 누르는 마임 연기를 했다. "사진 찍어줄까요?"라는 그 몸짓 언어를 보면서, 나는 어느 여자 동상의 가슴을 쥐어짜는 내 모습이 너무 모욕적일 것 같아서 정중하게 거절했다. 출구를 찾아 인파를 헤집고 나오면서 나는 잠깐 서서 벽의 그라피티들을 읽어보았다. 시몬느 4 베로니카, 올리+커스틴, 마르코 에 카를로타 같은 것들이 겹겹이 적혀 있었다. 나도 한 줄 곁들여볼까 싶었다. 코니 앤 더글라스, 4에버, 그런 걸? 나는 소리내어 읽어보았다. 주 뗌므, 띠 아모, 익 호우 반 예, 그 사랑의 말들은 어찌나 촘촘하게 새겨졌는지 무슨 잭슨 폴락의 작품 같았다.

잭슨 폴락. "봤어, 코니? 내가 이만큼이나 배웠다구." 나는 크게 소리내어 말했다. "익 호우 반 예."

99.
페로비아

베네치아로 들어가는 유일한 방법은 이른 아침 수상 택시를 타고 내해를 가로질러 가는 것이다. 내가 기차에서 내릴 때는 벌써 밤이었다. 함께 도착한 배낭여행자들과 학생들은 들뜨고 어리둥절한 모습으로 기차역 밖으로 우르르 몰려 나왔다. 꽤 우아하면서도 낯선 모습의 그 역은 낮은 대리석 슬라브 천장을 이고 있었는데, 그건 꼭 정강이를 부닻치곤 하는 커피 테이블을 연상시켰다. 나는 거의 반대편 끝에 있는 카스텔로 지역의 어떤 기대에도 부응 못할 한 펜시오네에 겨우 방을 잡았다. 거리가 상당했지만 걷기로 했다. 그 시간에도 붐비는 스트라다 노바를 따라 걸으면서, 젊은 얼굴들만 보이면 벌써 앨비가 와 있지는 않나 싶어 유심히 들여다보곤 했다. 한여름의 베네치아는 내게 새로운 경험이었다. 대기는 꿉꿉했고, 운하의 불쾌한 암모니아향이 가는 데마다 따라다녔다. 그런데 가만 살펴보니 그 썩은 냄새는 당혹스럽게도 내게서 나는 것이었다. 뮌헨과 베네치아 사이 어디에선가부터 나는 운하 같은 냄새를 풍기고 다니기 시작했던 것이다. 호텔 방에 가면 이 악취부터 해결하리라 맘먹었다.

하지만 난생처음 내 길 찾기 능력이 낙제점을 맞았다. 폰다멘타, 리바, 살리타, 살리짜다 등이 계속 나오며 나를 맴맴 돌게 만들었다. 그러다 아르세날레의 그늘 아래 비좁게 엉겨 붙어 있는 낡은 펜시오네 벨리니에 도착하니 이미 자정이 훌쩍 넘어 있었다.

자정이 지나 호텔에 도착하는 건 무언가 수상쩍고 경우에 어긋나는 일 같다. 미심쩍은 표정으로 화를 숨기지 않은 야간 지배인은 나를 계단 꼭대기까지 데리고 가 더블베드 크기의 다락방으로 안내했다. 싱글침대 하나가 놓인 그 방의 얇은 벽 너머에서는, 그르릉대고 있다 갑자기 우당탕 소리를 내지르며 돌아가는 호텔의 보일러가 자리 잡고 있었다. 알전구 하나로 불을 밝혀 놓고 나는 거울을 들여다보았다. 열기와 습기는 아마존을 연상시켰고, 땀에 젖은 이마를 문지르니 지우개의 부스러기 같은 회색 때가 묻어 나왔다. 내가 거쳐 온 일곱 나라의 먼지가 거기 그렇게 쌓여 있었던 거다. 파리를 떠난 이후 나는 면도를 하지 않았다. 암스테르담부터는 거의 자지도 못했고, 뮌헨부터는 옷을 못 갈아입었다. 베로나의 태양은 내 코를 붉게 태웠고 — 오직 코만 꽃병 색깔처럼 붉게 태웠다 — 눈 아래 피부는 피곤에 절은 청회색이었다. 누가 봐도 초췌해 보이는 그 얼굴은, 금방이라도 비디오 메시지를 녹화할 포로처럼 보일 정도였다. 앨비가 이런 모습을 보면 놀라자빠지겠지만, 당장은 이걸 어떻게 할 기운이 없었다. 복도에 있는 공동화장실까지 갈 기운조차도 낼 수가 없었기에, 대신 나는 콩알만 한 싱크대에서 탁한 수돗물과 비누로 겨드랑이를 씻고 썩은 내 나는 옷들을 헹궈서 창문턱에 미역처럼 걸쳐둔 뒤 삐걱거리는 매트리스 위로 쓰러져 누웠다. 호텔 배관시스템의 그르릉 우당탕 소리를 자장가 삼아 나는 금세 곯아떨어졌다.

100.

생쥐 실험

베네치아를 축소한 모형이 있다고 치자. 큰 도시는 결코 아니다. 레딩보다 조금 큰 정도? 하지만 훨씬 복잡 미묘하고, 외곽의 경계는 더 뚜렷한 곳이다. 자, 여기에 마찬가지로 축소한 두 인물을 집어넣을 것이다. 이들은 마치 미로 속의, 음, 생쥐처럼, 열두 시간 내내 오른쪽이나 왼쪽으로 임의로 방향 바꾸기를 반복한다. 이 미로는 규칙적이지 않다. 넓은 길과 거대한 광장이 좁은 골목들과 깔때기 모양의 통로 역할을 하는 다리들과 마구 교차한다. 가령 열네 시간을 쉼 없이 돌아다니게 하면 이 두 인물이 서로의 모습을 보게 될 확률은 얼마일까?

비록 통계학자는 아니지만, 난 그 확률이 아주 낮다는 걸 본능적으로 안다. 그래도 생각도 못할 수준은 절대 아니다. 그리고 난 또 베네치아의 걸음걸이들이 대개 어떤 특정 유명 루트를 — 페로비아에서 상마르코까지, 상마르코에서 페세리아까지, 아카데미아까지, 다시 페로비아까지 — 따라 모인다는 걸 이미 알고 있으니, 그것도 도움이 될 것이다. 우리는 스스로를 아주 자유로운 영혼을 지닌 탐험가인 듯 착각하지만, 베네치아를 거니는 방문객들은 어찌 보면 슈퍼마켓이나 호텔, 혹은 미술관 같은 데를 거니는 것과 엇비슷한 방식으로 걷게 된다. 그건 의식적으로 혹은 무의식적으로 여러 요인들이 작용한 결과이다. 이 어둑하고 지린내 쩌는 골목으로 걸어갈까, 아니면 저 예쁜 작은 빵집 쪽으로 갈까? 이런 행태들은 많이 연구되어 왔다. 우리는 스스로가 아주 독립적이고 창조적이라 여기지만, 우리에게 주어진 걸어다닐 자유는 사실 궤도 위의 전차 정도밖에 안 된다.

그렇게 보니 미로는 애초보다 많이 작아 보였다. 내가 찾는 게 한 명이 아니라 두 명이라는 점, 또 이들이 계속 돌아다니지는 않을 거라는 점, 아코디언 소리는 절대 흘려들을 수 없을 거라는 점 따위의 요인 덕분에 난 그들을 찾아낼 수 있을 거라고 상당히 확신했다. 뭐, 이번 프로젝트를 앞두고 내가 별 두 개짜리 이탈리아 아침을 — 스폰지 케이크, 오렌지 스쿼시, 세상에서 제일 딱딱한 파인애플 — 먹기 위해 앉았을 때, 내가 꽤나 흥분한 상태였다고 말해도 좋다. 내 미션은 뭔가 스파이스러운 냄새도 나는 것이어서, 난 내가 그 옛날 들고 다녔던 낡은 베네치아 지도를 펴놓고 수성펜으로 오늘의 동선을 그어가며 계획하는 게 무척 즐거웠다. 지도는 코팅이 되어 있어서 그 위에 뭔가를 썼다가도 오늘 일이 끝나면 쓱 지워버릴 수 있었다.

"그것 참 편리해 보이는데요?" 그 식당의 유일한 다른 손님이 말했다. 웃고 있는 그 여인은 독일인이거나 스칸디나비아 사람 같았다.

"고맙습니다." 내가 대답했다. 지난 24시간 내내 거의 입을 연 적이 없었던지라 내 목소리를 다시 듣는 게 꽤나 낯설었다.

"어떤 도시에서 지도가 하나 필요하다면, 그땐 바로 그 지도네요." 그녀가 말했다.

나도 미소를 지었다. 무례해 보일 이유가 없었다. "좋은 지도 사는 데는 돈을 아껴서는 안 되죠." 호기심을 자아내려는 듯한 목소리로 내가 말했다.

그녀가 차를 홀짝였다. "베네치아 잘 아세요?"

"한 번 와본 적 있어요. 벌써 20년도 더 지난 일이네요."

"그 뒤로 엄청나게 변했겠죠." 그녀가 말했다.

"아뇨. 사실은 아직도 그대로— 아, 아, 맞네요. 그럼요, 알아볼 수도 없을 지경이죠. 저 새로 지은 빌딩들 하며!" 그녀의 농담은 아주 훌륭했다. 어쩌면 그녀의 농담을 조금 변형해서 나도 써먹을 수 있을 거 같기도 했다. "그때 당시엔, 길거리가 침수되는 일도 없었죠!" 기껏 생각한 게 그 정도였는데, 그녀는 뭔 말인가, 하는 표정이었다. 그래서 난 얼른 지도를 접어, 뷔페에서 훔친 바나나 하나를 마른 토스트와 함께 가방에 집어넣고 일어섰다. 그래, 캣, 이 아가씨야, 나도 이제 이 정도 나쁜 짓은 거뜬히 해낸다구.

우선 장비부터 갖춰야 했다. 섬사람들이라서 그런지 베네치아인들이 고를 수 있는 남자 옷은 한정되어 있었다. 난 같은 양말 세 켤레와 속옷 세 벌, 연한 파랑과 회색, 흰색 티셔츠 셋, 그리고 저녁 외출용으로 버튼다운 셔츠 둘을 샀다. 서늘할 때를 대비해 얇은 점퍼 하나도 장만했다. 햇볕으로부터 예민한 내 머릿가죽을 지키기 위해 야구모자도 하나 샀다. 내가 본 것 중 가장 특징 없는 걸로 산 그것은 내 생애 최초의 야구모자였다. 물론 상파울로나 산타크로체 교회의 그늘 속에 숨어 있다 보면 모자가 크게 필요하진 않겠지만 말이다. 아마도 거의 하루 종일 걸어다닐 것이기 때문에, 형상기억 플라스틱으로 만들었다는 좀 요란해 보이는 운동화도 샀다. 내 발에 딱 맞게 신발이 모양을 잡을 것이라는 얘기였는데, 너무 큰데다 무슨 우주선 신발 같기도 했다. 화장실용 물티슈도 하나 샀고, 물은 한 병을 사서 다시 채워가며 쓰기로 했다. 펜시오네 벨리니로 다시 돌아온 나는 산 물건들을 잘 정돈해 놓고 거울 속의 나를 다시 한 번 들여다보았다.

푹 잤더니 좀 나아 보이긴 했다. 아직 면도를 하지 않았기에, 뭔가 눈길을 끄는 수염이 자리를 잡기 시작했다. 희끗희끗한 부분도 눈에 띄는 그 수염은, 마치 할리우드 배우들이 좀 덜 멋져 보이려고 기르는 수염 같았다. 난 그게 맘에 들었다. 난 뭐랄까… 낯설어 보였다. 새 선글라스를 끼고 야구모자를 눌러쓴 뒤, 나는 운하로 출격했다.

101.
시간의 형상

시간이 엄청 긴 종이 모양이라고 상상해 보시라.

물론 시간은 그런 모양이 아니다. 시간은 하나의 차원, 혹은 개념적으로 어떤 방향이나 벡터일 뿐 아무 모양도 없지만, 단지 비유의 편의상 시간이 기나긴 종이나 셀룰로이드 롤이라고 생각해 보자. 자, 이제 그 긴 종이에 두 번 가위질을 할 것이다. 그렇게 잘라낸 조각의 양끝을 서로 이어 붙여 하나의 루프로 만든다. 잘라낸 조각은 당신 맘이니 길 수도 짧을 수도 있다. 하지만 이 둘을 한번 이어붙이면 그 시간만 무한 반복되는 것이다.

내게 있어 첫 번째 가위질을 할 곳은 꽤나 분명하다. 그건 내가 코니 무어를 만난 그날 밤, 런던 브리지를 반쯤 건넜을 즈음이다. 하지만 두 번째 가위질을 어디에 할지는 좀 고민이다. 아마 다른 사람들도 다 그렇겠지? 행복이 사라지는 때는 대개 기쁨이 시작하는 때보다 훨씬 흐릿하고 불분명하지 않은가. 그래도 내 가위는 대충 자리를 잡는다. 어디쯤이냐 하면….

아니다, 아직은 아니지. 아직 결혼도 안 했잖아.

102.
'아내' 라고 말하기는 참 어려워

우리의 결혼, 아 그건 정말 재미난 일이었다. 코니와 나는 정말 엄청나게 많은 결혼식엘 다녔다. 마치 우리가 3년짜리 결혼경영학 과정을 시간제로 듣고 있는 것 같았으니까. 우리 둘이 원하지 않는 결혼식의 모습은 분명했다. 그건 야단법석 거창한 결혼식이었다. 깔끔한 도회형 결혼식, 혼인신고소, 그리고 동네 이탈리아 레스토랑에서 가까운 친척과 친한 친구들만 함께하는 식사…. 그런 작지만 스타일리시한 결혼식을 우리는 원했다. 코니가 맡은 일은 하객 명단, 낭독, 장식, 메뉴, 음악, 뒤풀이 등이었다. 내가 맡은 일은 제 시간에 나타나는 일이었다.

아, 그리고 연설문도 물론 내 몫이었다. 결혼식이 다가오면서 나는 그 문장을 거듭거듭 손보았다. 단백질-RNA 상호작용에 관한 내 박사 논문을 쓴 이래로, 그 연설문은 아마 내가 가장 공을 들인 글쓰기였다. 비록 둘 중 어느 것이 더 나은 농담을 담고 있는지는 논란거리이긴 하지만 말이다. 14포인트의 아리엘 서체로 마지막 한 자까지 깔끔하게 써둔 스크립트를 원했기에, 나는 결혼 당일의 감정이 어떨지 몇 달 전부터 미리 예측해서 써내려가야 했다. 난 그녀가 아름다울 거라고 예측했으며, 내가 행복하고 뿌듯할 거라고 예측했다. 아니, 그녀 옆에 선다는 거보다 더 행복하고 더 뿌듯한 일은 아예 없다고 예측했으며, 그 모든 예측들은 사실로 판명되었다. 코니는 그날 놀라운 모습이었다. 몸에 꽉 끼는 검은 색 로우컷 드레스를 입은 그녀는 옛 영화의 배우들 같았다. 전통적인 순백색 드레스와는 정반대의 아이러니를 추구한 선택이었다. 훗날 그녀는 그 선택을 후회했다. "대체 내가 무슨 생각을 했던 건지 모르겠네. 나 꼭 펠리니 영화의 창녀 같잖아요." 하지만 분명히 말하지만, 그녀는 정말 대단해 보였다. 난 물론 행복하고 뿌듯했으며, 감사하고 안심이 되었다. 이 '안심'이라는 감정은 좀 과소평가된 면이 많다. 그 어느 누구도 "지금 이 순간이 저의 인생에서 가장 안심이 되는 순간이군요"라고 말하면서 부케를 선사하는 사람은 없다. 그렇지만, 생각해 보라. 난 결혼을 하리라는 기대를 하지도 않았고, 더군다나 이 여인과 결혼하리라는 기대는….

짧은 예식이 진행되는 동안 코니의 친구 프랜은 T. S. 엘리엇이 쓴 시를 낭송했다. 참 고운 목소리였지만, 난 누가 그 시를 훌륭하고 평범한 일상어로 옮겨주실 분 안 계시냐고 손을 들어 외치고 싶었다. 내 여동생은 전자 키보드에 앉아 너무 실험적으로 리메이크한 비틀스의 〈인 마이 라이프〉를 연주했다. 눈물과 콧물을 있는 대로 펑펑 쏟아내면서도 동생은 연주 내내 활짝 웃었다. 코니와 내가 비행기 사고로 죽은 직후였다면 그 퍼포먼스가 딱 제격이었을 텐데, 우리 둘 다 눈을 뜨고 지켜보는 중이었으니, 그 기괴함에 코니가 킥킥대며 웃음을 터뜨리기 시작했고 곧 나에게도 그걸 전염시켰다. 웃음을 참으려고 억지로 딴 데를 쳐다보느라 나는 팔꿈치를 무릎에 대고 몸을 숙여 앉아 있는 아버지의 모습을 보게 되었다. 콧잔등을 꼬집고 있는 모습이 꼭 코피를 멈추려는 몸짓 같았다.

그리곤 결혼 서약이 이어졌고, 반지 교환, 기념 촬영 순서였다. 모든 과정이 너무 즐거웠지만, 무릇 결혼식은 신랑신부를 무슨 연예인처럼 관심의 한복판에 서게 한다. 하지만 우린 둘 다 그런 관심에 익숙하질 않았고, 그 시절에도 서로에게 좀 부끄럼을 타던 처지였다. 사진 속의 나는 수줍어하며 넋이 나간 표정이었다. 마치 무대 옆 귀퉁이에 숨어 있다가 무대 한복판으로 훌쩍 옮겨진 사람처럼 말이다. 우리는 물론 행복하고 사랑에 찬 모습이다. (사진으로 그걸 어떻게 분간하는지는 잘 모르겠지만.) 누구나 결혼식 날 신랑신부의 대화는 "당신이 나를 완성시켰어요" 같은 달콤한 사랑 표현들로만 가득 차기를 희망하지만, 사실 신경 쓸 게 한둘이 아니었다. 택시 차편도 맞춰 놓아야 했고, 좌석배정표, 사운드 시스템 등 확인해야 할 것들투성이였다. 물론 연설들도 있었다. 첫 연설자는 일찌감치부터 스스로 신랑들러리를 하겠다고 나선 내 여동생이었다. 그녀의 연설은 나와 코니의 현재와 미래 행복이 다 어떻게 자신의 머릿속에서 나왔는지를 끊임없이 자랑하는 것이었고, 더불어 그 막대한 빚을 도대체 어떻게 되갚을지 모르겠는데 아직 우리가 아무것도 하지 않고 있는 게 의아하다는 원망 섞인 소리였다. 코니의 양아버지인 케말은 비교적 재미있는 연설을 했다. 하지만 내 아내의 용모에 대해 참기 힘든 수준까지 장황하게 묘사하느라 연설 시간의 대부분을 써버렸다. 그 다음은 내 차례였다.

나는 앞서 여기에 밝힌 얘기들을 몇몇 소개했다. 우리의 첫 만남, 곡예 아티스트 제이크, 킬번 세인즈버리의 조리식품매장 계산대에서 코니가 한 청혼 수락 등을. 난 타고난 이야기꾼이 결코 아니지만, 다행히 꽤 많은 웃음이 쏟아져 나왔다. 물론 코니의 예술학교 친구들이 앉은 테이블 쪽에서는 투덜거림이나 김빠지는 소리가 나오기도 했다.

왜냐하면 안젤로가 거기 있었기 때문이다. (내가 말했던가?) 결혼을 앞둔 몇 달간 안젤로의 참석을 두고 언쟁이 좀 있었다. 하지만 그녀의 옛 남친들을 죄다 명단에서 뺀다는 건 지나치게 관습에 묶인 과대망상 같았다. 더구나 그러면 하객 명단이 절반으로 줄어들지도 몰랐다. 그리하여 이 오랜 옛 친구 안젤로가 거기 있게 되었고, 엄청 퍼마시면서 내 짐작으로는 그 행사에 대한 온갖 빈정대는 코멘트를 쏟아냈을 것이다. 안젤로네 무리들이 보기에 나는 오노 요코 같은 인물임에 틀림없었다. 하지만 그건 내가 신경 쓸 일은 아니었고, 난 오로지 내 아내에게만 집중했다. '아내'라니, 그 말이 어쩜 그리 낯설게 들리던지. 익숙해지는 날이 오기는 할까 싶었다. 꽤나 감상적인, 하지만 진심을 담은 결론으로 연설을 마친 뒤 나는 아내에게 — 낯설군, 정말 — 키스했다. 그리고 그녀에게 바치는 건배를 제안했다.

우리는 엘라 피츠제랄드의 〈나이트 앤 데이〉 레코딩에 맞춰 춤을 췄다. 코니가 고른 곡이었다. 내가 내건 유일한 조건은 우리의 첫 춤은 너무 빠르거나 거친 것만 아니면 된다는 것이었고, 그래서 우리는 애기들의 모빌처럼 느리게 빙빙 돌며 췄다. 어쨌든 그 춤은 그다지 볼 만한 게 못 되었을 것이다. 왜냐하면 처음 몇 회전이 끝난 뒤에 코니가 즉흥적으로 머리를 휙 숙이거나 제자리 돌기를 시도하는 바람에 우리 둘은 막 엉키기도 하고, 그 바람에 하객들의 웃음이 터졌기 때문이다. 그리고 우리는 케이크를 잘랐고, 하객들 사이를 돌며 인사했다. 그러는 간간이 내 눈은 어느 동료나 어느 삼촌의 어깨 너머로 방 안을 둘러보며 코니를 찾았다. 서로 눈이 맞으면 우리는 빙긋 웃거나 인상을 구겨 웃기거나 활짝 웃어주거나 했다. 내 아내. 내게 아내가 생겼다.

어머니가 돌아가신 뒤 점점 수척해 보이던 아버지는 일찍 자리를 떴다. 그날 밤은 호텔에서 주무시라고 했지만, 그런 방종은 아버지를 경악하게 할 뿐이었다. 그에게 호텔은 왕실 사람들이나 바보들만의 것이었다. "내 집에는 완벽하게 좋은 침대가 있다. 어쨌든 낯선 침대에서 잠을 잘 수는 없어." 아버지는 이어서 "네 여동생이 또 노래를 부를지도 모르니까"라며 서둘러 입스위치행 열차를 타야겠다고 했다. 우리는 웃었고, 아버지는 내 어깨에 한 손을 얹고 말했다. "잘했어." 내가 운전면허라도 땄다는 듯한 말투였다. "고마워요, 아버지. 잘 가세요."

"잘했어"는 안젤로의 말이기도 했다. 그는 나를 포악하게 안으면서 담뱃재를 내 어깨 너머로 털었다. "잘했어, 이 친구야. 당신이 이겼네. 코니한테 잘해, 응? 코니는 멋진 여자야. 금덩어리라니까." 코니가 금덩어리라는 데 나도 동의했고, 나는 고맙다고 했다. 다른 사람의 작품에 대해 매의 눈으로 비평하기를 일삼는 내 여동생은 잔뜩 취해 한껏 고양된 기분으로 내 목에 대롱대롱 매달려 내 연설을 평가해 주었다. "멋진 연설이었어, 디." 그녀가 말했다. "그런데 코니가 얼마나 멋진 사람인지 말하는 거 까먹은 거 알아?" 내가 그걸 빼먹었다고? 내가 그런 말을 안 했다는 건 부당하다. 난 그런 사실이 너무나 명백하게 드러나도록 밝혔다고 생각했다.

그리고 자정이 넘어선 시간이 되어 녹초가 된 우리는 입에서 와인 향을 풍기며 택시에 올랐다. 우리의 행선지는 메이페어의 말쑥한 호텔이었다. 이것만은 좀 호사를 부렸달까. 그날 밤 우리는 사랑을 나누지 않았다. 요즘 결혼하는 사람들 사이에서 이건 그리 특별한 일도 아니라고 하더라만은. 대신 우리는 마주 보고 누웠다. 서로의 숨에서 샴페인과 치약 냄새가 풍겼다.

"안녕, 남편."

"안녕, 아내."

"느낌이 다르신가?"

"별로. 당신은? 갑자기 넌더리 나거나, 올가미에 걸려 묶인 듯해? 억눌린 그런 느낌?"

"어디 보자…." 그녀가 어깨를 빙빙 돌리고 손목도 구부려 돌렸다. "아냐. 아닌 거 같아. 두고 봐야 알겠지만."

"당신 사랑해."

"나도 당신 사랑해."

그날은 우리 삶의 가장 행복한 날이었을까? 아마 아니겠지. 진정 행복한 날이라면 그렇게 많은 준비된 행사에 얽혀 있지는 않을 테고, 훨씬 더 사적이고 그렇게 비싸지도 않았을 테니까. 행복의 날들은 예상치 않게 불쑥 닥친다. 하지만 적어도 내게는 그날이 여러 행복한 날들 중에서도 최고였고, 뒤이은 여러 행복한 날들의 최선봉이었던 것 같다. 모든 게 예전 그대로였지만, 그래도 그냥 그대로는 아니었다. 그리고 잠들기 전의 그 순간에 나는 어떤 불안감에 휩싸여 떨었다. 아주 길고 복잡한 여행을 떠나기 전날 밤이면 엄습하는 그런 불안감 말이다. 모든 게 잘 준비되었다. 티켓, 예약, 환전한 돈, 여권 등이 가지런하게 복도의 탁자 위에 놓여 있다. 우리가 늘 최선을 다한다면, 혹은 적어도 그러기 위해 노력한다면, 모두가 멋진 시간을 보내지 못할 이유가 없다.

그래도, 길 위에서 뭔가 잘못되면 어떡하나? 비행기 엔진이 고장나거나, 자동차가 제멋대로 굴러가버리면? 비가 내리면 어떡하나?

103.
물고기

베네치아를 하늘에서 보면, 도미나 농어 같은 몸통이 넓적한 물고기가 입을 쩍 벌리고 있는 모양새다. 그랜드 운하는 그 물고기의 내장이 지나가는 길이다. 내 루트는 그 물고기의 꼬리 부분에서 시작한다. 이곳, 도시의 동쪽 끝인 카스텔로는 옛날 부두와 더불어 유럽에서 가장 어여쁜 일꾼들의 집이라 할 기나긴 테라스들이 있는 동네다. 거기서 등지느러미인 북쪽 해안을 따라 카나레지오 운하를 거쳐 가는 루트인데, 이곳의 길들은 훨씬 밝은 햇살을 누리고 있어서 거의 해안선의 전망을 자랑한다. 거기서 게토를 지나 기차역까지 간다. 그 다음은 꾸물꾸물 움직이는 관광객들의 주축 행렬을 쫓아가, 리알토 다리에 발을 딛고 올라서기 위해 오랜 시간 줄을 서는 데까지 이를 것이다. 한 도시가 대체 얼마나 많은 가면을 필요로 하는 걸까? 빛이라곤 들지 않는 쇼핑가의 붐비는 인파 속을 꾸역꾸역 지나며 나는 그런 생각을 했다. 그러다 그 어떤 관광객 인파라도 메울 수 없을 정도로 크고 환한 상마르코 광장에 도달한다. 물론 그곳의 관광객도 광장을 메울 기세로 많다. 베네치아 물고기의 부레라 할 그랜드 운하 옆에서 난 잠시 쉬어간다. 그날 아침 난 편도선을 앓고 있는 듯한 목소리의 기타리스트, 와인 잔들을 두드려 연주하는 〈수가플럼 요정의 춤〉, 걸핏하면 물건을 떨어뜨리던 형편없는 저글러 등의 거리 공연을 보았지만, 내가 예상했던 것보다는 적었다. 전화기로 '버스커'와 '베네치아'를 검색해 보니, 이 도시는 버스커들에게 꽤나 적대적인 곳이라고 했다. 열심히 일하는 폴리지아 무니시팔레[도시경찰]들에 의해 움직일 수밖에 없었던 인간 동상들의 원망과 분노가 인터넷에 널려 있었다. 허가증을 받아야 길거리 공연을 할 수 있다는 것인데, 나는 캣이라면 틀림없이 그런 이탈리아 관료제에 굴복하지 않고 아주 자유분방하고 무모하게 굴었을 것이라고 생각했다. 어쩌면 홀연히 나타나서 후다닥 공연을 해치우고 번개처럼 관중들 속으로 사라지는 게릴라 아코디언 연주자를 검색해야 하는 것인지도 몰랐다. 그렇다면 쉬고 있을 시간이 없었다. 에너지 보충을 위해 거무죽죽 변색한 바나나를 먹고 길을 재촉했다. 사람들 사이를 뚫고 페니체 극장으로 갔더니 피에로 복장의 한 버스커가 〈여자의 마음〉을 요들송 부르듯 불렀다. 피곤했다. 사람이 정말 너무 많았다. 이번에는 남쪽을 파고들기로 했다. 핸드백을 팔고 있는 서아프리카 남자들을 지나 물고기의 배꼽인 도르소두로 쪽으로 걸었다.

104.
마카다미아

온통 고색창연한 돌로 된 구조물들만 보다가 나무로 된 아카데미아 다리를 보니 뭔가 홀가분하고 임시적이어서 좋았다. 거기 잠깐 서서 동쪽으로 그랜드 운하의 입구를 바라보며 풍경을 음미했다. 이 음미한다(taking in)는 말에 담긴 뭔가를 섭취하듯 하거나 간직한다는 뜻이 참 희한하게 느껴졌다. 그 풍경의 우아함과 조형미에 감탄을 터뜨리는 와중에도, 나는 바로 나를 둘러싼 이 거대한 관광의 몸집을 느끼고 있었다. 또한 위태로울 정도로 바닷가에 딱 붙여 그 멋진 건물들을 세운 베네치아 건축가들의 놀라운 용기도 느낄 수 있었다. 습기는 어떡하지? 물이 차 넘치면 어쩌나? 집이랑 저 물 사이에 잔디밭이나 정원 같은 걸 완충지대로 뒀으면 좋지 않았을까? 하지만 그러면 베네치아가 아닌 게 되죠, 내 머릿속에서 코니의 목소리가 들렸다. 그러면 그건 스테인스(Staines)[잉글랜드 서리 주의 테임즈 강변 도시]인 거죠.

다시 걷기 시작했다. 그런데 이번에는 다른 목소리가 들렸다. “그 지도, 말 잘 들어요?” 외국 도시에서 내게 말을 거는 사람이라면 틀림없이 돈을 달라는 거라고 믿고 있었기에, 나는 일단 계속 걸었다. 그러다, 가만, 뒤를 돌아보니 펜시오네의 아침식당에서 본 그 여인이었다. 왔던 길을 다시 뛰어갔다.

"말 참 잘 들어요. 아카데미아 들어가려고 줄 서신 거예요?" 내 질문은 좀 바보 같았다. 왜냐하면 그녀는 아카데미아에 들어가려고 줄을 서 있었기 때문이다.

"아카데미아." 그녀가 말했다.

"뭐라구요?"

"아카데미아라구요. 아카데미아가 아니라. 호텔 데스크의 직원이 내 발음을 바로잡아 줬어요. 첫째랑 셋째 음절에 악센트 줘서, 아카데미아라는 거죠. 그 유명한 너트처럼."

"예? 무슨 너트요?"

"마카다미아 너트요."

"아뇨, 그러니까 마카다미아 너트 말씀이시잖아요!" 내가 말했다.

글로 쓴 단어가 나의 이 멋진 받아치기를 얼마나 잘 전달할 수 있을지 의문이지만, 난 너무 흐뭇한 나머지 목구멍 뒤쪽을 울려 제법 날카로운 목소리를 낼 지경이었다. 그리고 그 여인은 인류 역사상 최초로 시도된 너트 발음 조크에 웃고 있었다. 우리 둘 중 그 어느 쪽도 그 이상의 어떤 말을 할 수 있을 것 같지는 않았기에, 나는 "미술관 구경 잘 하세요"라고 말했고, 그녀는 "아침에 봐요"라고 대답했다. 나는 계속해서 캄포 산타 마르게리타까지 갔다. 거기서 기름기 많으면서도 맛난 거대한 피자 조각을 1리터짜리 탄산생수를 곁들여 삼킨 뒤, 남몰래 트림을 하면서, 물고기의 아가리에 해당하는 피아짤레 로마의 매연과 엔진 소음 속으로 걸어갔다. 머리에서 꼬리까지 세 시간이 좀 안 걸려 도착한 것이다.

그런데 정말 힘든 건 물고기의 몸통 부분이었다. 상파올로와 산타크로체의 어두운 골목과 굽은 길들, 그리고 나침반을 무용지물로 만드는 지그재그 길은 그야말로 난공불락이었다. 여기서는 지도가 쓸모없었다. 어느 쿨하고 섬세한 안마당에 도착하고서 내가 보이는 반응은 "정말 우아해, 정말 아름다워"가 아니라 "이건 정말 시간 낭비야"였다. 한 시간 남짓 낙담하며 헤매고 난 뒤, 나는 물고기의 배지느러미 격인 자테레의 산책로가 있는 남쪽으로 방향을 틀었다. 물 위에 떠 있는 납작한 배 위에서 관광객들이 젤라티를 먹고 있었다. 예상보다 시간을 지체한 나는 발길을 서둘렀고, 라 살루테에 다가갈 무렵에는 낙심이 한결 더 깊어져 있었다. 거기서 대리석 계단에 털썩 주저앉고 보니, 바로 근처가 22년 전 어느 겨울밤에 내가 코니에게 청혼했던 곳이었다. 지금은 앨비의 나이쯤 되어 보이는 젊은 버스커가 거기 서서 오아시스의 노래[원더월]를 부르고 있었다. 아마 그가 태어나기도 전에 만들어진 노래일 것이다. 아마 헤드폰으로 따라 부르며 배운 노래여서인지 원래 가사에서 자음을 거의 지워버린 채였다.

"운 메이이, 우아 고나 비 어-운 어 세이브 미이~"

아내가 그리웠다. 그녀는 얼마나 내 아내로 남아 있을까. 내 아들도 그리웠다. 그 애를 찾아 집으로 데려가는 건 이제 단념해야 할 것 같았다. 나는 손바닥으로 눈을 세게 눌렀다.

"안 아프 아우우우, 우아 마이 우너와우."

나는 배낭을 집어들고 운하를 운행하는 바포레또에 올라타고 다시 물고기의 꼬리로 가서, 그 모든 길을 한 번 더 걸었고, 또 한 번을 더 걸었다.

105.

고원

아이였을 때 나는 결혼생활이 이러리라 짐작했다.

결혼식 다음 날, 두 사람은 손을 맞잡고 이 거대한 고원을 가로지르기 시작한다. 저 멀리 앞쪽에는 장애물들이 흩어져 있는 게 보인다. 하지만 거기엔 당신이 원한다면 기쁨도 있을 것이다, 작은 오아시스 같은. 아이들을 낳아 건강하고 사랑스럽고 튼튼하게 기를 것이고, 손자들, 크리스마스 아침, 휴가, 든든한 은행 잔고, 직장에서의 성공 같은 오아시스도 있을 것이다. 실패도 있을 테지만, 당신의 생명을 집어삼키는 것은 없다. 오르막과 내리막이 있을 것이며, 평원의 기복이 있을 것이다. 그래도 대부분 무엇이 앞에 일어날지 내다보고 그것을 향해 걸어갈 것이다. 당신 둘이서 손을 맞잡고 30년, 40년, 50년 동안을 말이다. 그러다 한쪽이 끄트머리로 미끄러져 떨어지고 곧 다른 이도 뒤를 따른다. 어린아이의 눈높이에서 올려다보면 결혼이란 그런 모습을 하고 있는 듯 보였다.

지금 내가 당신에게 말할 수 있는 건 결혼생활은 절대 고원이 아니라는 점이다. 거기에는 협곡과 깎아지른 봉우리투성이이며, 숨은 크레바스들도 있어서 두 삶이 함께 곤두박질쳐 어둠 속을 헤매야 하기도 한다. 거기엔 무료하고 바싹 마른 지대도 있다. 끝이 보이지 않는 그곳에서는 대부분의 여행이 침묵 속에 진행되며, 어떨 때는 상대가 보이지 않기도 하고, 어떨 때는 상대가 너무 멀리 휩쓸려 가서 시야 밖으로 사라지기도 한다. 그 여행은 참으로 힘들다. 그건 진짜 아주 아주 아주 힘들다.

결혼식 후 6개월째, 내 아내는 바람을 피웠다.

106.
직장의 그 사람

사실 그 바람 핀 사건에 대해 내가 얼마나 얘기할 수 있는지 모르겠다. 난 거기 없었기 때문이다. 외도는 당사자 입장에서 얘기하는 게 훨씬 쉬운 법이다. 그들은 표정과 웃음, 은밀한 신체 접촉, 가슴 떨림, 전율, 그리고 죄책감까지 모두 공유하지만, 뒤통수 맞은 인간은 그 어느 것도 알지 못한다.

나는 또 흥미로운 힌트나 단서, 점차적인 전개 과정을 소상하게 일러줄 수도 없다. 미심쩍은 전화도 없었고, 내가 간 적이 없는 레스토랑의 신용카드 전표가 굴러다니다 눈에 띈 적도 없었고, 내가 눈치를 채고 탐정 노릇을 펼치지도 않았다. 내가 알게 된 건 코니가 얘기를 해서였다. 만약 그녀가 고백하지 않았다면 나는 아마 알지 못했을 거다. 어느 토요일 아침, 그녀는 아무 준비 작업 없이 내게 말했다. 아내는 머리를 찬장에 기대며 뭘 어떡해야 좋을지 모르겠다고 했다.

"뭘 어떡해?" 내가 물었다.

"이제 어떡하냐고."

"뭘 어떡한단 말야?"

"앵거스 말이야."

"앵거스?"

"앵거스, 내 친구. 내 직장의 그 사람."

그랬지. 직장엔 늘 그 사람이 있었지. 앵거스 이야기를 할 때면 항상 그 사람이어서, 그게 귀에 거슬린다는 생각을 하기는 했다. 앵거스는 코니가 이제 상근으로 일하고 있는 갤러리에서 최근 전시회를 연 아티스트다. 밤늦게까지 일하면서 두 사람은 와인을 약간 마셨고 키스를 했다. 코니는 그 키스가 계속 떠올랐고, 그리하여 그 남자 앵거스와 그다음 주에 호텔까지 간 것이다.

"호텔? 말도 안 돼. 당신 밤마다 여기 있었잖아! 항상 여기 있었잖아! 대체 언제—"

"어느 날 오후였어. 2주쯤 됐을 거야. 맙소사, 더글라스. 정말 아무 눈치도 못 챘어? 변화를 전혀 못 봤단 말야?"

나는 못 봤다. 아마 살피질 않았거나, 둔감했거나, 아님 너무 맘을 놨을 것이다. 우리는 예전처럼 자주 사랑을 나누진 않았지만, 그건 전혀 이상한 게 아니었다. 이건 결혼에 대한 가장 오래된 조크 아닌가? 우리는 아기를 가지려 노력했다. 하지만 그에 대한 애초의 열의를 좀 잃었다고 해서 그게 그리 놀랄 일인가? 하긴, 코니가 좀 멀게 느껴진다거나 말이 안 통한다고, 정신을 딴 데 두고 있다고 느끼는 순간들이 있긴 했다. 부엌 싱크대에서 오전 차 마시는 시간의 직장 동료들처럼 서로 비켜갈 때도 있었고, 침대에서 그녀의 숨소리가 고르지 않은데도 왜 그러냐고 묻지 않고 그냥 그 소리를 들으며 잠든 적도 있었다. 하지만 그 무렵 나는 한 프로젝트를 마무리하고 다음 프로젝트를 위한 펀딩을 따오느라 정말 너무너무 열심히 일하고 있어서 — 내 관심과 내 시간을 끝도 없이 필요로 하는 일이었다 — 어떤 때는 밤을 새기도 했다.

이제 코니도 내 관심을 끌었다. 난 그다지 열정적인 사람이 아니다. 목소리를 높이는 일 없이 몇 달이나 몇 년이 지나기도 한다. 이걸 사람이 순해서 그런 거라고 오해들 하기도 한다. 하지만 내가 마음의 평정을 잃을 때면, 음, 적당한 비유는 동역학과 정역학 에너지의 차이 정도 되겠다. 강물의 흐름과 터지기 일보 직전의 댐의 차이 같은 거 말이다. 맙소사, 끔찍했던 그 주말의 기억이란. 고함 지르고 눈물 쏟다가 벽을 주먹으로 갈기고, 다시 지독한 말다툼이 반복되고. 코니는 왜 그랬을까? 그를 사랑해서였나? 아니, 아니었다. 그녀는 여전히 나를 사랑하나? 그랬다. 물론 그랬다. 그럼 왜? 그를 사랑했기 때문에? 아니, 아니었다고, 등등이 밤새도록 이어졌다. 이웃들이 불평했지만 이번은 춤 때문이 아니었다. 이튿날 충격과 분노가 조금 가라앉았고, 우리는 아무 의식도 없이 종잡을 수 없는 걸음걸이로 흐느적흐느적 이 방 저 방을 돌아다녔다. 우리는 집을 나서서 리전트 운하를 따라 걸었다. 행복하지 않은 우리를 위해 새로운 곳이 필요했다. 그녀가 왜 이런 짓을 했을까? 지루했나? 아니다. 혹은 아주 가끔씩만 그랬다. 불행했나? 아니다. 혹은 아주 때때로만 그랬다. 그녀는 말하길, 가끔은 젊어지고 싶었다고, 뭔가 새로워지고 싶었다고 했다. 변화. 그럼 그녀는 우리 결혼이 계속되길 바라는가? 물론이다. 물론 그러길 바란다. 아이를 갖는 것도? 그렇다. 그것도 원했다. 나랑 같이 우리의 애를? 물론. 아니 그럼 대체 왜…?

일요일 밤쯤 우린 모두 녹초가 되었다. 그 이틀간은 무슨 지독한 열병 같았고, 그 끝에서 우리는 그 병의 위험이 지나가기를 희망했다. 그렇긴 해도 난 코니더러 다른 데 가서 자라면서 그녀를 프랜에게로 보냈는데, 나로서는 그러는 게 통상적인 거라고 생각했다. 옷가방을 싸서 기다리던 택시를 타고 떠나는 거? 그녀가 결심을 할 때까지 나는 그녀를 보고 싶지도 그녀의 얘기를 듣고 싶지도 않았다.

하지만 택시가 집에서 멀어지자마자 난 후다닥 그 택시를 쫓아가며 손을 흔들고 싶어졌다. 한번 멀리하고 나면 그녀가 다시는 돌아오지 않을 것 같은 두려움이 엄습했기 때문이다.

107.
코니에게서 걸려 온 전화

"내가 깨웠나요?"

"약간은."

"누굴 약간 깨운다는 게 뭐예요?"

"내 말은 막 잠들려고 그랬다는 거지. 시차가 있다는 거, 몰라?"

"겨우 한 시간, 더글라스! 미안해요. 도로 잘 거예요, 그럼?"

"아냐, 아냐. 얘기해요." 나는 쿨렁거리는 침대 위쪽으로 몸을 일으켰다. 열한 시였다.

"전화하면 안 된다는 거 알지만, 그래도—"

"코니. 무슨 소식이라도?"

"아무 소식도요. 그건 당신도 아직 애를 못 찾았단 말이네요?"

"아직은. 하지만 곧 찾을 거야."

"어떻게요, 더글라스?"

"내 방법이 있다니까."

그녀가 한숨지었다. “아직도 하루에 한 번은 문자를 보내요, 애한테. 연속극 같은 내용은 아니고, 그냥 ‘전화 주렴. 우린 네가 그리워’ 같은 거.” 그녀의 목소리에 애써 또박또박 말하려는 기색이 역력했다. 술을 마시고 있었던 거다. 그러니까 경찰관 앞에서 똑바로 걸어보는 거와 같은 말투였다. “애한테는 우리 둘 다 잉글랜드 있다고 했어요. 한 줄의 답장도 없지만, 더글라스.”

“그렇다고 애한테 뭔 일이 있는 건 아니잖아. 걔가 여전히 날 벌주고 있단 거뿐이야.”

“우리요, 더글라스. 우리 둘 모두를요.”

“당신이 뭘 잘못했다고 그래. 다 내 잘못이지.” 그녀가 반박하지 않았다. “애한테서 연락이 와도 내가 여기 있단 말은 말아요. 어디 있는지만 물어보고, 내가 찾고 있다는 말도 하지 말고.”

“애 이메일이랑 페이스북 계정도 들어가 봤는데, 거기도 감감무소식이에요.”

“어떻게 그걸 알아? 그건 앨비만 아는 줄 알았더니.”

코니가 웃었다. “제발요, 더글라스. 난 걔 엄마잖아요.”

“당신 지금 어디야?” 내가 물었다.

“소파에요. 뭐 좀 읽으려고.”

“당신이 집에 온 거 누가 알아?”

“이웃들만 알아요. 조용히 지내고 있죠. 호텔은 어때요?”

“좀 을씨년스럽고, 좀 축축하고 그래. 앨비가 닦는 거 안 하겠다고 버티던 그 낡은 어항 생각 나? 꼭 그것 같은 냄새가 나.” 이 말을 하는데 그녀의 웃음소리가 들렸다. “매트리스는 날 마구 빨아 먹을라 그래.”

"그 소음은 뭐예요?"

"호텔 보일러야. 괜찮아. 사람들이 수돗물을 틀 때만 저래."

"오, 더글라스. 집으로 와요."

"나 정말 괜찮아." 잠깐의 정적. "우리 멍청한 개는 어때?"

"개는 멍청한 게 아니라 알쏭달쏭한 거예요. 그리고 개는 별 일 없어요. 내가 와서 행복하죠."

"날씨는?"

"비 오죠. 베네치아는 어때요?"

"덥고, 습기 차."

"웃긴다. 난 겨울의 베네치아 밖에는 상상도 안 되는데."

"그래. 나도 마찬가지야."

"거기 못 간 게 안타깝긴 하네요."

"비행기 타고 오면 되잖아?"

"그건 좀 아니네요."

"오늘 우리의 그곳을 찾았어. 내가 프로포즈 했던 곳. 기억해?"

"생각 나요."

"거길 찾아간 건 아냐. 순례 온 게 아니니까. 내가 지나는 길에 그곳이 있었어."

"그랬군요. 당신이랑 같이 거기 못 간 거 유감이네요."

"그러게. 거기다 화환을 하나 놓아둘 수도 있었을 텐데 말야."

"더글라스—"

"농담이야. 뭐라 그러나, 다크 유머라구." 시간이 좀 흐른 뒤 내가 물었다. "당신, 후회하진 않지?"

"뭘요?"

"예스라고 말한 거?"

"내가 예스라고 말한 거 같진 않은데. 그랬어요?"

"글쎄, 결국엔 했지. 내가 엄청 들들 볶은 다음에 말이야."

"그랬죠. 그리고 나 그거 한순간도 후회한 적 없어요. 지금 그 얘기 하진 말아요, 우리. 내가 전화한 건 당신이 너무 보고 싶다는 말, 하려구요."

"아이구 기뻐라. 자, 이제 정말 자야겠네."

"그리고 더글라스? 지금 당신이 하는 일, 너무 고마워요. 내가 보기엔 그게 제정신으로 할 일은 아니지만, 그래도… 멋진 일이에요. 당신 사랑해요."

"우리 아직도 그런 말 쓰는 거야?"

"진심이 담겨 있다면요."

"그래? 그럼 나도 당신 사랑해."

108.
아프다

여섯 시가 될 때까지 나는 잠을 이루지 못했다. 그러다 일곱 시에 일어났더니 내 무릎 관절이 거의 화석처럼 굳어 있었다. 엉덩이는 차에라도 받힌 것처럼 아팠고, 따라서 매트리스의 깊은 구덩이에서 기어올라 침대 가장자리에 앉기까지 엄청난 양의 신음과 꽤 많은 시간을 투자해야 했다. 밤새 열에 들떠 엄청난 땀을 흘린 탓에 침대시트는 물냉이를 재배해도 좋을 만큼 흠뻑 젖어 있었다. 머리맡의 물 잔을 벌컥벌컥 비운 뒤 나는 구부정하게 일어나 비틀대며 조그만 싱크대로 가서 물을 마시고 또 마셨다. 발을 살펴보니 물에 젖어 창백하고 뼈대가 드러난 게 진공포장 된 돼지다리 같았다. 뒤꿈치와 발가락에는 물집이 불룩하게 솟아 있었다. 하루에 세 번씩이나 — 아니 한 번이라도 — 베네치아를 일주하다니, 말도 안 되는 짓이었던 게 분명했다. 계획을 수정해, 큰 길에 매복해 기다려야 했다. 리알토 다리? 아카데미아 다리? 상마르코 광장의 서쪽 입구? 앨비가 여기 온다면 언젠가는 그런 데를 지날 거였다. 물집들에 별 소용도 없을 밴드를 붙인 뒤 로봇의 걸음걸이로 아침 먹는 식당에 내려갔다. 통조림 복숭아와 칙칙한 뮤즐리로 내 접시를 채우고서는 아주 조심스럽게 의자에 몸을 앉혔다.

"아야… 아야… 아야."

"오, 성공하셨어요?" 그 여인이 물었다.

"성공이라구요?"

"하루에 베네치아 전체를 다 보는 거요?"

"그런 거 같은데요. 바로 그래서 제가 지금 다리를 못 쓰는 거거든요. 거기… 아카데미아는 어땠어요? 제 발음 맞나요?"

"잘하셨어요. 나도 결국엔 안 들어갔어요. 버스 타고 온 무리들이 내 앞에 서는 바람에. 제가 다른 사람들 어깨 너머로 보는 거 정말 싫어하거든요. 관광객이 너무 많더군요. 물론 나도 그중 한 명이지만."

"관광객의 패러독스죠. 어떻게 나랑 똑같은 사람들이 없는 곳을 찾을 것인가."

"비록, 물론, 다른 모든 관광객들처럼, 나도 내 자신은 여행자라고 생각하지만 말이죠." 우리는 서로를 보고 웃었다. "아마 제가 너무 편하게 생각했겠죠. 하지만 그런 군중을 예상하지는 않았거든요, 정말."

"맞아요. 난 여기 겨울에만 와봤어요."

"그럼 8월이 실수였던 건가? 베로나에서도 똑같았어요."

"정말 붐비죠."

"베로나에도 가셨던 거예요?"

"딱 두 시간만요. 기차를 갈아타느라."

그녀는 숨을 내쉬며 고개를 저었다. "난 줄리엣의 발코니를 보러 가는 실수를 저질렀네요, 거기서. 살면서 그렇게 우울해진 건 또 처음이었어요."

"나도 그랬어요! 나도 딱 그런 느낌이었죠."

"할 수만 있다면 날 거기서 멀리 확 집어던지고 싶었다니까요." 내가 웃었고, 이에 고무된 그녀는 몸을 앞으로 숙이며 물었다. "오늘은 어디로 가시려고…?"

난 내게서 멀어진 아들을 찾으러 갑니다.

"아직은 잘 모르겠네요. 난 아마… 직감이 시키는 대로 갈 듯요."

우리 두 사람은 잠시 침묵 속으로 미끄러져 들었다. 그리고….

"남의 방에다 대고 이렇게 막 고함치는 거 같아 창피하네요." 그녀가 말했다. "제가 옆에 앉아도 폐가 안 될까요?"

"전혀요." 그렇게 말하면서 난 펼쳐져 있던 지도를 접어 자리를 마련했다.

109.
프레야 크리스텐슨

어떤 사람들은 아마 이래서 여행을 하지 않을까? 새로운 누군가를 만나려고. 물론 내게는 이게 늘 꽤나 난처한 일이었다. 대화, 한 사람의 습관과 특성, 견해와 믿음, 점점 자신을 노출하는 일. 이 얼마나 난감하고 힘든 작업인가. 코니는 항상 사교적인 쪽이었고, 나는 늘 그녀가 나를 대신해서 새로운 사람들을 만나게 내버려두는 쪽이었다. 하지만 이 여인은 지금 사선으로 바로 내 앞에 앉아 있었고, 나는 손을 내미는 것 말고는 달리 어떻게 할 도리가 없었다.

"저는 더글라스입니다. 전나무의 하나죠." [Douglas fir라는 전나무 이름을 이용한 유머] 썩 훌륭한 농담은 아니었지만, 스칸디나비아 사람에게는 꽤 잘 먹힐 수도 있겠다 싶었다.

"제 이름은 프레야인데, 아무래도 이 이름으로는 무슨 익살을 부리기가 쉽지 않네요."

"이건 어때요? 왕뚱보 프레야?"[deep-fat fryer라는 튀김그릇 이름에서 프라이어를 프레야로 바꾼 유머] 내 머릿속에서 "안 돼!"라는 비명이 울림과 동시에 나는 그렇게 말하고 말았다. 우리 둘은 충격에 멍한 채로 잠시 침묵했다. 아, 지독한 낭패. 나는 그녀의 아침 얘기로 화제를 돌릴 수밖에 없었다.

"아침에 치즈를 드시네요? 치즈랑 살라미를 먹는 거, 전 그게 정말 유럽 스타일인 거 같아요."

"잉글랜드에서는 그렇게 안 먹어요?"

"아뇨. 아침에 치즈를 먹는 건 터부나 다름없어요. 마찬가지로 오이와 토마토도 우리의 아침식탁엔 오를 수가 없죠." 이런, 제기랄. 제발 평범하게 말하렴, 이 망할 멍청아.

"그런데 이건 사실 치즈라고 할 수도 없어요." 그녀가 두 손가락으로 그 허옇고 축축한 네모를 집어들고서 말했다. "제 집에 가면 이거랑 똑같은 물건을 화장실 바닥에 타일로 붙여뒀답니다."

"제 뮤즐리 안에는 초콜릿 칩이 들어가 있는 거 같아요."

"세상이 제대로 미쳤죠!"

"베네치아에서 제일 멋진 호텔은 아니니까요. 그쵸?"

프레야가 웃었다. "전 싸구려로 여행하는 게 재미있을 거라고 생각했어요. 하지만 불편한 생활을 견디는 게 이론적으로나 할 만하지, 실제로는 전혀 안 그래요." 불편한 생활을 견딘다? 그녀의 영어는 아주 훌륭했다. "제 방에 에어컨이 있다고 그랬는데요. 그게 글쎄 헬리콥터 착륙하는 소리를 내요. 그런데 그거라도 안 틀면 아침마다 전 축축한 껍데기를 한 풀 벗겨내야 한다니까요."

이 말에는 뭔가 은근히 은밀한 구석이 있는 듯했기에, 나는 얼른 다음 말을 꺼냈다. "어디서 오신 거예요, 프레야?"

"코펜하겐요."

"영어를 정말 잘하세요."

"그래요?" 그녀가 웃으며 말했다.

"제 아들보다 훨씬 훌륭한 영어를 쓰십니다!" 그렇게 말하고 보니, 나를 여기까지 데려다준 돛의 방향을 휙 바꿔놓는 요령 없는 소리 같았다.

"감사해요. 제인 오스틴을 아주 많이 읽어서 그런 거라고 시치미 떼고 싶지만, 사실은 형편없는 텔레비전에서 배운 거죠. 경찰이나 탐정 나오는 드라마들요. 아홉 살쯤 되면 덴마크의 모든 학생들이 '시체 하나 더 찾았어요, 서장님' 같은 영어를 알게 된답니다. 아, 팝송도 있네요. 아주 어릴 때부터 팝송의 공습을 받으니까요. 스칸디나비아 전역이 똑같아요." 그녀가 어깨를 으쓱했다. "웃기죠. 내가 스웨덴말보다 영어를 더 잘하는 건. 그렇지만, 나도 알고, 당신도 알고[knowing me, knowing you, 아바의 팝송 제목] 우리가 할 수 있는 게 뭐 있겠어요!"

"제가 덴마크말로 대답할 수 있었으면 좋겠네요."

"그러실 거 없어요. 온 세상이 우리말을 배우리라는 기대는 진작에 접었으니까요."

"제 아내가 덴마크 텔레비전 프로그램들을 아주 좋아해요." 이제 곧 청어 얘길 할 테고, 그 다음은 레고겠지, 난 속으로 그렇게 생각했다. 그러면서 난 이런 클리셰만 나오면 집착하는 게 영국인, 아니 잉글랜드인 특유의 국민성인 건가 싶었다.

"세상에 주는 저희의 선물이에요." 그녀가 웃으며 의자를 뒤로 뺐다. "더글라스, 내 판단은 날 말리지만, 그래도 이 토 나오는 과일주스 좀 더 마시려는데, 당신도 뭐 좀 가져다 드려요? 케이크도 있던데…?"

"아뇨, 됐어요."

나는 그녀가 가는 걸 보았다. 제 아내가 덴마크 텔레비전 프로그램들을 아주 좋아해요. 그 망쳐버린 문장이 다시 떠올랐다. 왜 난 자꾸 코니를 들먹이려고 하는 걸까? 그녀의 존재를 부인하고픈 맘은 없었지만, 내 목에 '유부남임'이라는 표지판을 걸고 다닐 이유도 없었다. 다만 프레야가 아주 매력적인 여인이라는 게 약간의 이유일 수는 있겠지만. 쉰 전후의 나이로 보이는 그녀는 단조로워 보이는 생김새에 쾌활하고 기운찬 홍조를 띠고 있었다. 그건 검은 빵과 차가운 호수에서의 수영을 떠오르게 하는 기운이었다. 웃을 때마다 아주 파란 눈가에 주름이 생겼고, 뭔가 꾸민 듯한 색감의 짙은 갈색 머리칼은 아마 염색한 듯했다. 그 색은 마치 체리블라섬 구두약 같았다. 그녀가 뒤를 돌아보며 웃었고, 나는 구부정했던 허리를 쭉 펴고 혀로 이빨을 쓱쓱 닦았다.

"그러니까," 그녀가 돌아오면서 물었다. "혼자 여행하시는 건가요?"

"그렇죠. 지금은요. 오늘이나 내일 제 아들을 만났으면 좋겠지만요." 내가 대답했다. 그리고 그 대답은 대충은 진실이었다. "당신은요?"

"저도요. 혼자 다녀요. 갓 이혼했거든요."

"저런, 유감입니다."

"이혼은 우리 둘 다에게 최고의 선택이었어요." 그녀가 으쓱하며 웃었다. "다들 그렇게 말하는 거, 맞죠? 당신 아내는 어디 계세요? 당신이랑 여행 안 해요?"

"그녀는 잉글랜드로 돌아갔어요. 좀 일찍 돌아가야 했죠. 집안 사정이 좀."

"아내랑 같이 가고 싶지 않았어요?"

여기서 달리 적당히 둘러댈 말이 떠오르지 않았다. "아뇨. 아니에요."

"혼자 여행하시는 거 좋아하세요?"

"이제 겨우 사흘째인 걸요."

"저는 2주째예요."

"그래요? 어떠셨어요?"

그녀는 잠시 생각했다. "난 이탈리아에 오면 기분이 좋아질 거라 생각했어요. 낮에는 좁은 중세 골목을 거닐고, 밤마다 조그만 레스토랑에 앉아 적당히 먹고 와인 한잔 곁들여 책을 보다 잠자리에 들리라 생각했죠. 내 생각 속에서는 그게 정말 멋져 보였어요. 그런데 레스토랑의 내 자리는 늘 화장실 길목이고, 웨이터들은 걸핏하면 누가 더 오냐고 묻고, 난 애써 느긋한 미소를 지어 보이며 '난 괜찮아'라고 모두에게 알려줘야 하는 거예요." 그녀가 딱딱한 웃음을 지어 보였고, 난 금세 고개를 끄덕였다.

"베를린에서 저는 혼자서 동물원에 가기도 했어요." 내가 말했다. "물론 실수였죠."

프레야가 손을 입에 갖다대며 웃었다. "아니, 왜요?"

"거기서 학술회의가 있었는데, 동물원이 멋지다고 그러더군요. 그래서…"

"저는 혼자서 극장에 간 적 있어요." 프레야가 말했다. "영화관은 뭐 괜찮은 거 같아요. 하지만 극장은, 뭐랄까, … 힘들어요." 우리는 이 말에 웃었고, 절대 혼자 가서는 안 될 곳들에 대한 조사 작업을 키득거리며 계속했다. 서바이벌 게임! 놀이동산! 트램폴린! 서커스! 서커스는 정말 최악이었다. 서커스 표 한 장요! 아뇨, 한 장만요. 어른 한 명, 네. 얘기 끝 무렵엔 둘 다 정말 정신없이 웃었다. "기분 좋아졌어요." 그녀가 눈물을 닦으며 말했다. "이제 혼자 앉는 테이블도 그럭저럭 나쁘지 않아 보이네요."

"간밤에 저는 너무 피곤해서 방에서 샌드위치 먹는 걸로 저녁을 때

웠는데, 그걸 먹으면서 고개를 창밖으로 쭉 내밀었다니까요. 안으로 부스러기 떨어지지 말라구요."

"축하합니다!" 그녀가 큰 상이라도 내리는 듯 내게 설탕통을 건넸다. "오늘의 국제 외로움 상을 당신께 드립니다."

"감사합니다, 고맙습니다!" 난 그 트로피를 받아들고 박수갈채에 응답하는 시늉을 했다. 그러다 좀 바보 같다는 생각을 하며 설탕통을 내려놓고는 말했다. "이제 가야겠네요." 나는 일어서려고 하다가, 신음을 내지르며 테이블 가장자리를 짚었다. "맙소사, 몸이 무슨 고대 화석 같네…."

"세상에, 대체 뭘 어떡하신 거예요?"

"어제 너무 무리했어요. 베네치아를 완전 빵빵 돌았죠. 세 차례나."

"도대체 왜 그러신 거래요? 그건 절대 즐거운 일이 아닐 텐데."

"첫 번째 말고는 안 그랬죠. 전혀요."

"그런데 왜 그랬어요?"

"난 지금… 얘기가 좀 길어요. 차라리—"

"미안해요. 제가 꼬치꼬치 캐물었네요."

"아뇨, 아뇨. 아니에요. 하지만 정말 가야겠어요."

"저런. 만약 좀 쉬시려면…"

나는 떼려던 발걸음을 멈추고 돌아섰다. 그녀가 말했다. "혼자서 미술관 다니는 거 어떻게 생각하시는지 모르겠지만, 저는 그다지 좋아하지 않아요."

"음…."

"오늘 아침에 아카데미아부터 먼저 갈 건데. 여덟 시에 연대요. 여기서 그리 멀지도 않잖아요. 같이 천천히 걷다가 벤치에도 앉고, 어때요? 괜찮으시면?"

거기서 앨비를 찾을 수 있을까? 걔가 베네치아 예술을 모아둔 미술관에 들어가려고 개장시간에 줄을 선다? 그럴 리는 거의 없겠지만, 한 시간 정도 짬을 내서 그랜드 투어에 투자한들 뭐가 그리 나쁘겠는가?

"그럼 15분 후에 여기서 만날까요?"

그렇게 프레야와 나는 함께 길을 나서 리바 데글리 스키아보니를 따라 걸었다. 아침 햇살 아래 그곳은 여전히 서늘하고 조용했다. 어느새 나는 얄궂게도 맘을 바꿔 내 아이와 마주치지 않기를 바라고 있었다.

110.

다른 사람과 함께하는 미술품 감상

프레야와 나는 아카데미아가 참 좋았다. 여러 그림들로 미루어 보건대, 700년 동안 거의 변한 게 없어 보이는 베네치아라는 도시가 예술을 품은 듯했다. 힘차고 생기 넘치는 벨리니, 절묘하고 환한 카르파치오의 그림들이 그랬다. 한 전시실에는 큰 광고판 크기의 거대한 베로네세의 그림이 있었다. 커다란 세 개의 아치 아래 2,30명의 사람들이 북적대는 그 그림에서, 모든 인물들은 모두 개성이 뚜렷했고 아주 시대착오적인 베네치아 전통의상 차림이었다. 중앙에는 성서에 묘사된 복장을 한 그리스도가 좀 이상하게도, 멋진 양다리 요리를 막 먹으려고 준비하고 있었다.

"〈레비 저택에서의 식사〉네요." 프레야가 벽의 캡션을 보고 말했다.

덜컥 내 덫에 걸려든 것이다.

"베로네세가 결국 그런 이름을 붙였지만, 처음엔 〈최후의 만찬〉이었어요. 그런데 종교재판소가 그 그림을 안 좋아했어요. 경건하질 못하다는 거죠. 사람들이 북적대잖아요. 독일인들, 애들, 개들, 흑인들까지. 고양이 보여요? 저기, 탁자 아래, 그리스도의 발께? 그들은 이게 불경스럽다고 봤어요. 그래서 베로네세는 동물이나 난쟁이들을 지우는 대신 그림 이름을 바꾼 거죠. '최후의 만찬'이 아니라 '레비 저택에서의 식사'로."

프레야가 아래위로 나를 훑어보았다. 난 이게 클리셰란 걸 깨달았지만, 그녀는 진짜로 나를 위로 훑었다 다시 아래로 내려갔다. "예술에 대해 정말 많이 아시나 봐요."

나는 슬쩍 어깨를 으쓱했다. "아내가 진짜 전문가죠. 나야 뭐 따라다니다 하나 둘 주워들은 거구." … 인터넷에서 봤다고 할 걸. 내가 아는 건 죄다 이것저것 검색해서 아는 거예요. 하지만 난 털어놓지 않은 채 계속 걸었다. 마치 학자인 척 뒷짐을 지고서 말이다.

"그럼 하시는 일은 뭐예요?"

"과학자예요. 생화학 전공이죠. 예술과는 아무 상관이 없네요, 아쉽게도. 당신은?"

"전 치과의사요. 생화학이라니, 멋진데요. 치과도 그다지 예술적이지는 않잖아요."

"하지만 꼭 필요한 거죠!"

"아마도요. 하지만 마스크 쓰고 앉아서, 표현의 자유도 없고, 답답해요."

"이빨이 정말 멋지세요." 바보같이 난 그런 말을 건넸다.

"그러니까요. 제가 치과의사라고 얘기하는 그 순간부터 사람들은 제 입만 본다니까요. 아마 확인하고 싶은 거겠죠. 쟤들은 설교하는 대로 지키며 사는지?"

"설교하는 대로 지키며 산다— 봐요, 당신 영어는 진짜 놀라워요."

"상투어 많이 안다, 그 말이죠?"

"상투어가 아니라 상용구죠. 상용구 표현에 아주 능숙하세요."

"너무 과찬하신다?"

"미안해요."

"아뇨. 괜찮아요. 안 괜찮을 이유가 없죠."

마지막 전시실에서 우리는 카르파치오의 놀라운 벽화를 만났다. 방을 가득 메운 벽화는 우르술라 성인의 생애에 얽힌 전설을 코믹북 형태로 보여주고 있었다. 내가 르네상스 예술에 대해 아는 게 있다면, 그건 성자들의 이야기가 해피엔딩으로 끝나는 경우는 거의 없다는 사실이다. 이 경우는, 고결한 성자 우르술라가 그녀의 약혼자에게 작별인사를 하고 만 명의 처녀 추종자들과 함께 순례를 떠나지만, 쾰른에서 훈족에게 모두 참수 당한다는 내용이었다. 한 그림에서는 화살이 우르술라의 가슴 정면에 꽂혀 있었는데, 난 대체 그로부터 어떤 메시지를 읽어내야 하는지 의아했다.

"교훈은, 쾰른에는 가지 마라, 이거죠." 프레야가 말했다.

"쾰른의 학술대회에 간 적 있어요. 예쁜 도시 같던데."

"그런데 그중에 처녀는 없었어요?"

"그게, 다들 생화학자들이었으니까, 그렇겠네요. 틀림없이 있었을 거예요."

그녀가 그림 쪽으로 가까이 다가가 고개를 갸웃했다. "불쌍한 우르술라 성자. 불쌍한 만 명의 처녀들. 그래도 좀 위안이 되긴 하네요. 누군가는 당신보다 더 참혹한 휴가를 보내기도 한다는 게."

마지막 그림이 처참한 핏덩어리이긴 했지만, 그건 정말 놀라운 그림이었다. 색감과 생동감, 희한함이 넘치는 가운데, 코발트블루 색의 하늘 아래 가상의 도시들이 초기 르네상스 미술에서 아주 특징적으로 나타나는 정확한 투시도법으로 그려져 있었다. 마치 모든 그림들이 멋진 기하학 세트를 활용해 그려진 것처럼 말이다. "거만 떨려는 건 아니지만, 내가 만약 초기 르네상스 시대에 살았다면 아마 틀림없이 내가 투시도법 이론을 만들었을 거예요."

"맞아요!" 프레야가 내 팔뚝을 잡으며 말했다. "왜 아무도 그전엔 저걸 발견하지 못했는지 늘 궁금했어요. '여러분, 있잖아요. 제가 지금 보니까, 멀리 있는 물건일수록 더 작게 보이는 거 같네요.'"

나는 웃으며, 예술사학자인 척하던 걸 다시 떠올렸다.

"물론 그것보다는 좀 더 복잡하죠."

"물론, 물론이죠."

"카르파치오가 그린 잉글랜드 모습이 난 맘에 들어요."

"그렇네요." 프레야가 말했다. "어쩐지 딱 베네치아 같기는 하지만 말이죠."

"아마, 베네치아에서 평생을 보내서 다른 데도 다 베네치아 같을 거라고 여기게 된 거 아닐까요?"

"다른 델 꿈꿀 리가 없겠죠?"

그리고 우리는 상큼하게 푸르른 아침 햇볕 속으로 나왔다. 주변이 뭔가 쾌청해지고 더 선명해진 느낌이었다. 옛 그림들 속에서 그랬던 것처럼 말이다. 이상하게 생긴 지붕 위의 커다란 굴뚝들은 여전히 거기 그 자리를 지키고 있었고, 건물들의 기하학도 같은 식으로 강조되어 있었다. 분홍과 오렌지, 그리고 복숭아 빛 노랑의 과일 바구니 같은 색감도 여전했고, 아카데미아 다리 꼭대기에서 동쪽으로 펼쳐진 거창한 투시도풍 경관도 마찬가지였다. 우리는 그 모든 걸 음미했다.

"정말 멋지다." 프레야가 말했다. "이런 곳이 있다니, 실감이 안 나네요."

"산타 마르게리타에 가면 근사한 카페가 있어요." 내가 말했다. "바쁘지 않으시면."

111.

폰테 데이 푸니

우리는 서쪽으로 갔다. 프레야는 2년의 별거 후 이혼한 지 6개월째였다. "뻔한 이야기죠. 반복해서 얘기할 필요도 없는. 그 사람이 바람을 폈고, 그걸 보복한다고 나도 멍청하게 맞바람을 폈죠. 그리고 그 사람이 또 다른 바람을 피고. 무슨 엉터리 포커 게임처럼 말예요. 다만 그 사람은 자기 여자랑 사랑에 빠졌고, 난 그렇지 않았다는 거. 정말 싫었어요. 거의 재앙이었죠. 혼란스럽고 충격적이고 슬펐죠. 병원도 함께 세운 거라서, 우리 둘은 날마다 같은 데서 일했어요. 날이면 날마다 말다툼하고 싸우고 비난을 주고받았어요. 누가 치과에 갔는데 의사가 울어요, 일하다 말고 말이죠. 누가 그런 걸 원해요? 당치 않죠. 눈물이 막 당신 입으로 뚝뚝 떨어진다고 생각해 봐요. 흥분 상태의 여자가 막 전동 드릴을 휘두르는데 말이죠. 애들도 우리 둘 다에게 엄청 화를 냈구요."

"애들은 몇이나?"

"둘요. 다 딸이에요. 둘 다 대학 가느라 집을 떠났으니, 다행이라면 다행이죠. 안 그랬으면 더 심각할 수도 있었으니까."

"당신 생각엔 그것도 이혼하는 데 하나의 요인이었다 싶어요?" 내가 태연한 척 목소리를 꾸며 물었다.

"애들이 집을 떠난 게요?"

"그리고 당신 할 일도 어느 정도… 다한 셈이고?"

프레야가 어깨를 으쓱했다. "아마 남편은 그렇게 생각했겠지만, 저는 아니예요. 난 우리 가족이 좋았어요. 자랑스러웠죠. 난 한 번도 우리 가족을 내 할 일이라고 생각해 본 적이 없어요. 물론 남편 때문에 미치게 힘들곤 했지만, 그게 중요하진 않았어요. 중요했던 건 우리가 결혼했다는 거고, 죽을 때까지 함께일 거라는 사실이었죠." 잠깐 침묵한 뒤 그녀가 말을 이었다. "처음엔 정말 힘들었어요. 고함 치고, 비명 지르고, 눈물에, 딸애들 생활도 엉망이 될 거 같았어요. 비유가 좀 그렇긴 하지만, 난파선 속에 갇혀 있다 문득 허리를 숙여 다리를 만져보니, 다리가 아직 거기 있는 거죠. 팔도 머리도 다 별 탈 없이 제자리고. 모든 감각을 되살려보니 다시 일어설 수 있을 거 같은 거예요. 그럼 그래야 하는 거죠. 벌떡 일어서서 숨을 고르고 휘청휘청 나아가기 시작하는 거. 내가 말이 많네요. 이게 다 지난 3주 내내 '그라찌에'나 '한 명용 테이블' 같은 말만 해서 그래요."

"나는 정말 괜찮아요. 진짜로."

우리는 그새 그늘진 골목길을 빠져나와 캄포 산 바르나바에 이르렀다. 정면으로 보이는 교회가 수수하면서도 환하고 우아했다.

"이 광장은 못 본 거 같은데. 정말 좋네요." 프레야가 그렇게 말했고, 난 그녀의 여행가이드로서 아주 뿌듯했다.

"이건 꼭 보셔야죠." 나는 한 번 더 전문가 놀이를 펼쳤다. 광장의 저쪽 다리의 석물에는 네 개의 하얀 대리석 발자국이 깊이 박혀 있었다. "이건 싸움의 다리예요. 당신이 누군가와 분쟁에 휘말리면 여기 와서 풀어야 하는 거죠. 일종의 대중용 권투장 같은 거랄까요. 이 발자국들은 그런 싸움의 시작점을 표시해요."

"정말 향토사학자 같으세요, 더글라스."

"가이드북에서 본 거예요. 내가 이러면 아내는 미치겠다고 그러는데. 아내는 늘 그 가이드북 좀 던져버리고 고개 들고 보라고 그래요. 고개 들어 좀 봐!"

우리는 움푹한 대리석의 발자국에 우리 발을 맞춰보았다. "내 남편을 여기 데려왔어야 했던 걸까요?" 그녀가 말했다.

"이젠 잘 지내는 거예요?"

"한때 증오했던 사람과 다시 어울려 지내는 만큼은 잘 지내요. 그걸 '다정하다'고 그러나요? 다정하다?" 그렇게 말하며 그녀는 권투선수처럼 양 주먹을 들어 보였다.

112.

겨울 음악

카페 로소에서 커피를 시켰더니 기차의 보일러 같은 소음과 증기를 내뿜는 우람한 황동 기계에서 커피를 뽑아주었다. 우리는 그걸 받아들고 아름다운 광장의 햇살 바른 테라스 자리로 나갔다. 광장 서쪽 끝의 종탑은 마치 거대한 가위로 싹둑 잘라낸 듯 꼭대기가 잘려 나가고 없었다.

"저 교회 종탑에는 무슨 일이 벌어졌던 건가요?"

"전혀 모르겠는데요."

"더글라스, 당신이라면 뭔가 재미난 얘기를 들려주실 줄 알았는데. 뭐든 다 아시는 거 아니었어요?"

"그건 찾아볼 겨를이 없었네요. 미안해요."

뭔가 기대에 부푼 침묵이 이어졌다. 프레야는 내게 솔직히 자기 얘기를 들려주었고, 이젠 내 차례였다. 왜 부스스한 중년 남자가 10대들이나 신는 신발을 신고 베네치아를 뱅뱅 돌고 있단 말인가. 그런 설명 대신, 난 광장 건너편에서 연주를 시작한 젊은 바이올린 연주자에게 눈길을 주었다. 단조로 시작하는 애절한 음악이었다. 바흐인가, 나는 짐작했다. 믿기 힘들 정도로 우울한 음악을 접하면 난 늘 그게 바흐라고 가정하곤 한다.

"음, 더글라스. 당신과 당신 아내는 말이죠, 여전히 함께예요, 아니면 별거중인 거예요?"

커피 잔을 내려놓으며 나는 입을 열다가 다시 다물었다.

"제가 괜한 질문을 드린 건가요?" 프레야가 말했다. "이제껏 제 이야길 하느라 엄청 지루하게 해드렸으니까, 이제 절 지루하게 만들 기회를 드릴까 싶었는데…."

"당연히 그래야죠. 속 시원히 말씀드리고 싶긴 한데. 우리는 지금 … 일종의 과도기예요. 그러니까 물리적으로는 떨어져 있지만, 아직은 함께다 이거죠. 그 과정이… 우린 아직 과정 중이에요. 이거 설명이 잘 안 된다, 그죠?"

"그러니까 같이 있고 싶은지 어떤지, 아직 결정을 못하셨단 말씀인가요?"

"아뇨. 저는 결정했고, 아내가 아직 못한 거죠."

"그렇군요. 그런 거 같긴 한데요. 그럼 그 말씀은—?"

"프레야, 미안해요. 당신은 나한테 아주 솔직했고 나도 내숭 떨고 싶진 않아요. 하지만 내가 여기에 있는 거, 베네치아에 와 있는 거, 이게 보기보단 훨씬 복잡한 게… 그게 완전히 시원하게… 그러니까 제 말은, 제 스스로 좀 삭혔으면 해요. 무슨 말인지 아시겠어요?"

"아— 저런. 죄송해요."

"그러지 마세요. 사과하실 일 아니에요."

바이올린 연주자는 반복되는 단조의 리듬에 온갖 떨림음과 변주를 넣어 연주했고, 우리는 잠시 그 음악에 귀를 기울였다. 허름한 신발에 셔츠 차림의 그 젊은이는, 때때로 음악가들이 과학자나 수학자와 공유하곤 하는, 그런 세상 물정 모르는 분위기를 풍기고 있었다. 나는 앨비가 기타 대신 바이올린을 좋아했으면 어땠을까를 생각했다. 애를 그런 쪽으로 이끌어줬어야 했던 건지도 몰랐다.

"저 청년 참 잘하네요." 프레야가 말했다. "그런데 음악이 너무 슬픈 거 아녜요?" 내게도 슬픔이 밀려왔다. 난 벌을 받아야 해. "저 곡 겨울 음악이에요." 그녀가 덧붙였다.

우리 애가 한 짓 사과드릴게요. 난 내 목표를 잊고, 내가 왜 여기 와 있는지를 까먹었다. 멍청하게 아무 상관도 없는 여자와 노닥거리는 데나 정신을 팔다니. 힐끔힐끔 곁눈질이나 하고, 비밀 얘기나 주고받고, 웃기지도 않게 문화애호가인 양 세련된 척이나 하고— 이런 터무니없는 짓을. 당장 떠나야 했다.

"제가 본 것들 중에 이 광장이 저는 제일 맘에 들어요." 프레야가 말했다. "무엇 때문에 이렇게 달라 보일까 생각해 봤는데, 아마 그건 나무 때문인가 봐요. 베네치아에 있으면서 자동차가 그리운 적은 한 번도 없었는데, 초록의 숲이 머금은 색깔은 너무 그립단 말이죠."

"가야겠어요." 벌떡 일어서며 나는 말했다.

"네? 정말로요?"

"네. 정말 가야 해요. 일정이 많이 지체됐어요. 이제 다시… 걷기 시작해야 해요."

"그럼 저도 같이 걸을까요?"

"아뇨. 저 사실 엄청 돌아다녀야 해요. 설명하긴 어렵지만." 가슴이 갑자기 달음박질치기 시작했다. 커피를 너무 많이 마셨던가? 아니면 두려움 때문에? "사실은 말이죠, 프레야. 내 아들이 사라졌어요. 그렇게 말하니 애가 납치라도 된 것 같군요. 그건 아니고, 애가 달아난 건데, 내 추정으로는 걔가 여기 베네치아에 있을 거고, 난 걔를 찾아야 해요. 그래서…"

"그렇구나. 정말 안됐네요. 걱정 많이 되시겠어요."

"맞아요. 미안해요."

"왜 영국 사람들은 괴로움 겪는 걸 미안해 하죠? 당신 잘못이 아니잖아요."

"그런데 제 잘못이 맞아요. 제 잘못이죠! 제 잘못이란 거, 그게 바로 빌어먹을 요점이라구요." 난 거의 공황 상태에 빠져, 선 채로 황급히 지갑을 뒤져 돈을 꺼냈다. "미안해요. 저한테는 20유로뿐이네요."

"제가 낼게요."

"아뇨, 제가 내고 싶어요. 여기요, 받으세요."

"더글라스, 제발 좀 앉아요."

"아뇨, 아뇨. 계속 가야 해요, 저는—"

"2분간 앉아 있는다고 해서 달라지는 건 없어요."

"여기요, 20유로 받으시고—"

"더글라스, 저는 내일 아침에 떠나요."

"잘됐네요, 잔돈은 필요 없어요, 다만 전 지금 바로—"

"더글라스, 저 떠난다구요. 베네치아를. 어쩌면 다시는 못 볼지도 몰라요."

"아, 그래요. 가신다구요? 저런, 이걸…." 바로 그때 나는 앉았어야 했는지도 몰랐다. 하지만 나는 계속 서 있었다. "음, 만나 뵈어서 아주 좋았어요, 프레야." 나는 그렇게 말하며 손을 내밀었다.

"당신도요." 프레야가 마지못해 내 손을 잡으며 말했다. "행운을 빌어요. 당신이 찾는 게 무엇이든 꼭 찾으시길 바랄게요."

하지만 난 이미 달려가고 있었다.

113.

더 서펜타인

그 불륜 사건 이후 우리는 달라졌다.

불행한 건 아니었지만, 보다 정중하고 진중한 사이가 된 것이다. 코니의 말수가 줄고 내성적인 성향이 커진 만큼, 나는 마치 음식 어떠냐고 끊임없이 물어대는 웨이터처럼 지나친 배려를 일삼는 사람이 되었다. 오늘은 어땠어? 오늘밤엔 뭐 하고 싶어? 뭐 먹을까? 뭐 볼래? 하지만 아무것도 변하지 않은 척하는 것 자체가 이미 변화였다. 둘 중 하나는 나쁜 짓을 저질렀고, 또 하나는 나쁜 짓을 당했다는 사실에는 변함이 없었다. 다만 그 사실을 눈감아주기로 한 내 결심 탓에, 나는 아주 입에 발린 소리를 늘어놓으며 환심을 사려 애쓰는 가석방 죄수 담당직원이 되고 말았다.

그녀의 귀가에는 조건이 있었다. '단단히 못 박아 두자'는 취지였지만, 그렇다고 아주 부담스럽거나 말도 안 되는 것들은 아니었다. 물론 코니는 '그 사람'을 다시 보거나 말을 나눠서는 안 되었다. 불만이나 짜증이 생기면 서로에게 보다 더 솔직하게 털어놓기로 했다. 함께 외출하는 걸 더 자주 하고, 얘기도 더 자주 하며, 서로에게 보다 더 친절을 베풀자고도 했다. 특히 나는 그 불륜 사건을 다시 거론하지 않기로 했다. 그걸 잊을 수는 없었다. 어떻게 잊겠나? 하지만 그걸 무기나 협상의 수단으로 삼지도 않아야 했다. 혹은 그게 내 불륜을 정당화하는 게 되어서도 안 되었다. 나는 그런 조건을 아주 기쁘게 받아들였다.

보다 중요한 건, 우리가 더욱 열심히 새로운 가족 구성원을 맞이하기 위한 노력을 기울이기로 한 점이었다. 그리고 거의 결별 직전까지 갔던 그때로부터 불과 몇 달 후 나는 코니의 전화를 받았다.

"점심 먹었어요?" 그녀가 물었다. 감동을 받은 뒤 평범해 보이려고 애쓰는 그런 말투였다.

"아직."

"나와서 나랑 공원에서 만나요. 더 서펜타인 어때요. 우리 피크닉 가기로 해요!"

창밖을 보니 시월 하순의 을씨년스러운 바람이 휘몰아치고 있었다. 피크닉 갈 날씨는 결코 아니었다. "그래, 그래. 그래요." 그렇게 말하며, 나는 이미 눈치를 챘다. 그녀가 왜 만나자고 하는지 나는 알았다. 전화를 끊고 책상에 앉아 나는 한참을 생각했다. 감동에 젖은 게 아니라 속으로 뿌듯한 웃음을 지으면서 말이다. 우리는 부모가 되는 것이었다. 내가 아빠가 된다. 남편이면서 또 아빠가. 마치 멋진 승진 소식을 들은 기분이었다. 나는 동료들에게 좀 늦을 거라고 말하고 실험실을 나왔다.

하이드파크에 들어서며 나는 그녀가 멀리 더 서펜타인 근처에 서 있는 걸 보았다. 주머니에 손을 넣고 코트 깃을 세운 모습이었다. 웃음을 억누르고 있는 그녀의 표정은 내 짐작을 확인시켜 주었고, 그런 그녀에게 다가가며 나는 너무나 큰… '사랑'을 느꼈다. 그건 거의 쓸모없을 정도로 그 뜻이 오만 가지인 말이지만, 달리 적당한 말이 없었다. 굳이 끼워맞추려 한다면 '사모'라는 말 정도는 가능할 법도 했다.

우리는 짧고 평범한 키스를 나눴다. 난 둔한 척하기로 했다. "그래. 이거 참 멋진 깜짝쇼구만."

"잠깐 걸어요, 응?"

"먹을 거 아무것도 안 들고 왔는데?"

"나두요. 그냥 걸어요, 우리." 우리는 걸었다. "실험실에 언제까지 돌아가야 해요?" 그녀가 물었다.

"바쁠 거 없어. 왜?"

"왜냐하면 당신한테 말하고 싶은 게 있으니까."

"그것 참 흥미롭구만…." 아마 나는 턱을 쓰다듬었을 거다. 잘 기억이 나진 않지만. 난 과학과 무대 경력 사이에서 고민했던 인물은 아니었으니까.

"더글라스, 나 애기 가졌어요!"

이제는 더 이상 연기할 필요가 없었다. 우리는 그저 웃고 껴안고 키스했다. 그녀가 내 팔을 잡았고, 우리는 더 서펜타인 둘레를 세 바퀴 혹은 네 바퀴 정도 돌았다. 얘기하고 상상하고 온갖 계획들을 짜면서 말이다. 그러는 새 날이 저물고 가로등이 켜지기 시작했다. 그녀가 멋진 엄마가 될 거라는 덴 의심의 여지가 없었고, 나는, 뭐, 최선을 다하리라 마음먹었다. 생명을 앗아가는 게 아니라면 무엇이든 당신을 더 강인하게 만든다는 말은 틀림없이 말도 안 되는 소리지만, 내 아내와 나는 거의 난파 직전까지 항해한 뒤 끝내 살아남았고, 이제 새로워진 열정을 품고 다음 장을 향해 막 나아갈 참이었다. 다시 우리가 헤어지는 일은 없을 것이었다.

114.

가정 만들기

어떤 익살꾼은 말하길, 결혼한 사람들이 아기를 갖는 이유는 얘깃거리가 필요해서라고 했다. 다분히 냉소적인 말이긴 하지만, 코니의 임신이 우리 결혼에 일종의 르네상스를 가져왔다는 건 틀림없는 사실이었다. 임신 과정의 온갖 사연들은 텔레비전과 영화에 소상하게 소개되어 있으므로 여기서 시시콜콜 다시 거론할 필요는 없겠다. 다만 아침마다 아파서 끙끙대는 거나 불면증, 저린 발, 폭풍 치듯 기분이 요동치는 일 따위가 한바탕 몰아쳤음을 밝혀두면 되겠다. 갑자기 웃기는 게 먹고 싶다는 경우도 있었고, 날마다 점점 무거워지는 데 따른 고통 탓에 코니가 눈물을 펑펑 쏟으며 폭발하기도 했다. 이런 비합리적인 요구와 난데없는 분노 앞에서 나는 아주 배려심 깊은 집사의 가면을 꺼내 썼다. 낯 두껍고 불평을 모르며 유능한 이 집사는 정성 들여 요리를 하고 손님들을 조절하고 차를 만들었다. 내겐 그 역할이 제격이었다.

한편 코니에게는 임신이 제격이었다. 그녀의 퉁퉁 부은 몸은 활짝 피어난 꽃처럼 놀라웠다. 자욱한 파티나 심야의 외출, 숙취 따위를 너무나 쉽게 금세 잊어버린 그녀는 이제 어딜 가든 말린 과일 봉지를 꼭 챙겼고, 무슨 걸쭉한 연못물 같은 초록 주스를 갈아마셨다. 그렇다고 그녀가 무슨 성직자나 성인처럼 굴기 시작했다는 건 아니다. 그녀는 다시 재미난 사람이 되었다. 부풀어 오른 배를 가리키며 코니는 짜증내듯 혹은 화난다는 듯 말하곤 했다. "이것 봐! 당신이 나한테 한 짓을 좀 보라구!" 우리는 계속 집에 머물렀다. 겨울 내내 거기서 동면한 뒤

봄을 맞았다. 영화와 뻔한 퀴즈쇼를 보면서. 소파에 널브러져 책을 읽으면서. 여유 방은 드디어 아기방으로 공식 인정되었고, 집 안에는 클래식 음악이 흘렀으니, 그렇게 우리는 제대로 성인이 된 거였다. 밤이면 나는 그녀의 아픈 발바닥을 엄지로 꾹꾹 눌렀다. 우리는 그렇게 가정을 만들었다. 누구에게나 따분하고 재미없는 그 일이 우리에게는 그렇지를 않았다. 우리는 행복했다.

두 번째 초음파 검사를 위해 병원을 찾았을 때도 벌벌 떨고 그러지는 않았다. 그저 맘 놓고 있지는 않을 정도만큼의 두려움뿐이었다. 우리는 20세기의 거의 마지막 해에 의학적으로 선진국인 나라에서 살아가는 건강하고 책임감 있는 성인이었으니까. 일이 잘못될 확률은 거의 제로에 가까웠고, 모니터 위에서는 보드라운 살과 뼈를 뜻하는 희미한 점들이 마치 나무 인형의 엉성한 몸짓처럼 까닥까닥 움직이고 있었다. 예쁘다, 우리는 말했다. 물론 객관적으로 말해 세상에 예쁜 초음파 영상 따위는 없다. 그건 아마 동굴 속의 연못에서 볼 수 있는 생명체 같이 생긴 어느 척추동물의 모습을 저질 복사기로 다시 찍어낸 것 정도일 뿐이다. 하지만 이걸 예쁘다고 안 할 부모가 어디 있겠는가? 저기 저게 심장이지? 산딸기만 한 게 콩닥거리네. 손가락도 보여. 어느 부모가 이 사진을 보고 별거 아니란 듯 외면할 수 있으랴? 우리는 손을 맞잡고 환히 웃었다.

그런데 이 생명체의 성별을 모른다는 건 골칫거리였다. 아기의 성별을 알고 싶으시냐고? 물론이다, 라고 우리는 말했다. 아무리 눈을 찡그리고 봐도 난 알 도리가 없어 보였지만, 결국 그 아이는 딸로 판명되었다. 내게 딸이 생기는 것이었다. 어느 쪽이 더 좋다고 말하지는 않았지만, 난 그때 내심 아주 기뻤다. 나는 이미 아버지-아들 관계가 얼마나 힘든지를 경험하였고, 지금도 그 때문에 시름겹다. 그렇지만 딸들은 모두 아버지를 사랑하지 않나? 또 그 반대도 사실이고 말이다. 어쩌면 약간 마음이 놓인 효과도 있었을 것이다. 우리 딸은 아마 코니에게 충고와 지도를 바라겠지? 코니가 애의 롤모델이자 소울메이트가 될 것이고, 격렬한 싸움의 표적 역할도 해주겠지? 둘은 옷도 바꿔 입을 테고 비밀도 서로 털어놓을 것이다. 그러다 사춘기가 닥치면 문짝은 엄마인 코니의 얼굴 앞에서 꽝꽝 닫히지 내 얼굴 앞에서는 아닐 테고. 딸에게 아버지가 해야 할 일은 그저 번쩍번쩍 들어주고, 용돈 좀 주고, 다 이해한다는 듯 들어주고, 졸업식에 가서 장하다는 듯 안아주는 것 정도 아닐까? 내가 할 일이라곤 딸애를 걱정해 주는 게 전부 같았고, 그런 거라면 자신 있었다.

우리는 그 흐릿한 사진을 가져와 코르크 판 위에 붙여 놓았다. 그 둘레로는 우리가 좋아하는 이름들을 쓴 포스트잇이 빼곡했다. 사실 내 상상력은 에밀리나 샬롯, 제시카, 그레이스 정도보다 더 심오한 이름들을 떠올리지 못했기에, 그 대부분은 코니가 좋아하는 이름들이라는 게 맞았다. 희한하게도 코니는 제인이라는 이름을 유독 좋아했다. 그건 너무 평범해서 거의 전위적인 느낌을 자아내는 작명이었다. 우리는 오일로 그 동그란 배를 문질렀다. 코니는 일을 쉬면서 집을 꾸몄다. 나는 새 프로젝트인 제브라피시에 매달리느라 오랜 시간 일하면서, 전화가 걸려 오기만을 기다렸다.

여기서, 마뜩찮기는 하지만, 시간을 루프로 만드는 그 이야기로 되돌아가야만 한다. 첫 번째 가위질을 할 곳은 내가 아내를 처음 만난 날 밤의 런던 브리지 위라고 했지만, 다음 가위질은 어디에다? 그녀의 불륜이 경악스럽긴 했지만 그 뒤에 찾아온 행복을 염두에 둔다면 다시 그때를 사는 것은 충분히 가치 있는 일이 된다. 그녀가 임신한 그해 겨울과 이듬해 봄 동안 우리의 결혼은 완벽하게 앞뒤가 맞는 일이었다.

하지만 어떤 일은 절대 두 번 경험할 수 없으니, 만약 내가 두 번째 가위질을 꼭 해야 한다면 나는 바로 지금쯤을 택할 것이다.

115.
퐁피두 파리 아코디언 캣 놀라운

현기증을 유발할 수준의 기술 변화 속도를 보여주는 사례로서 인터넷카페의 종말보다 더 나은 게 있을까? 한때 그토록 최첨단의 유행을 타면서, 지식과 판타지에 이르는 관문 역할을 한 인터넷카페들은 저렴한 와이파이와 스마트폰에 밀려 구시대의 유물이 되어버렸다. 마치 전보송신소나 비디오 대여점처럼 고색창연하고 시대착오적인 것이 된 것이다.

베네치아에는 오직 하나의 인터넷카페만 남아 있었다. 카나레지오의 주거단지 근처 조그만 상점들이 음침하게 밀집한 곳이었다. 그 도시를 두 번째 도느라 탈진해 절뚝대면서 나는 그곳의 시원하고 어둑한 실내로 피신했다. 인도인과 파키스탄인들, 아랍인과 아프리카인들이 잔뜩 늘어서서 급박한 목소리로 통화중인 전화박스들을 지나, 나는 겨우겨우 그 컴퓨터들의 골짜기로 접어들었다. 가난하고 절박한 사람들이 사기꾼과 공갈범, 스토커들과 합류하는 그곳에서, 우리는 모두 회전의자에 은밀하게 웅크리고 앉아 사람을 잡아먹을 듯 번득대는 모니터가 뿜어내는 누런 거품에 젖어 허우적댔다. 내 오른쪽의 아홉 살 소년이 외계인을 때려잡느라 키보드를 박살내듯 두들기면 온갖 폭발음과 레이저총의 굉음이 들려왔다. 왼쪽에서는 아주 성실해 보이는 청년이 빽빽한 아랍 문자에 눈을 꽂고 있었다. 나는 그에게 빙긋 웃으며 인사를 건네고 내 모니터로 눈을 돌렸다. 그 기계와 키보드는 아주 오래되어 크림색 플라스틱 표면이 진득거리며 더러웠다. 하지만 난 피곤했고 내 태블릿은 남은 데이터가 거의 없었기 때문에, 거기, 축축한 마분지와 인스탄트 커피 냄새가 진동하는 그곳에 앉을 수 있다는 데 그저 감사하면서 온라인 검색을 시작했다.

의문이 나를 괴롭히기 시작했다. 앨비가 호텔에 전화했다는 사실로부터 나는 앨비와 캣이 이리 올 것이라고 추정했다. 하지만 그 애들이 마음을 바꿨으면 어떡하나, 아니면 벌써 떠났거나? 다시 확인해 보려고 나는 검색했다.

아코디언 베네치아
버스커 베네치아
캣 아코디언 연주
베네치아 버스커 캣 아코디언

제발 황금을 만들어 달라면서 가마솥에 부질없이 이것저것 넣어보는 연금술사처럼, 나는 또 검색했다.

캐시 앨비 이탈리아 버스커

캐더린 베네치아 락 아코디언연주자

이탈리아 아코디언 캣

이런 검색들은 나로 하여금 세상 그 누구도 보지 않을 것들을 보게 해주었다. 그래도 내 아들은 보이지 않았다. 보다 정공법을 택해 나는 앨비 피터슨을 검색했다. 늘 반골인 앨비는 소셜 미디어의 노예도 아니었고, 더군다나 그의 계정은 잠겨 있었다. 하지만 그의 친구들은 그리 폐쇄적이지도 신중하지도 않았고, 덕분에 내 모니터는 내 아들의 스냅사진들로 어느새 꽉 채워졌다. 쑥 내민 입술 끝에 보란 듯이 담배를 물고 있는 파티 사진, 애가 함께했던 끔찍스런 칼리지 밴드의 연주 사진(나도 거기 갔었지만 도저히 듣고 있을 수가 없어서 차 문 잠갔는지 확인한다면서 밖으로 빠져나와 차에 앉아 있었다). 앨비가 〈카바레〉에서 나치 역할을 연기했던 모습도 있었고(그 주 내내 나는 야근에 시달렸다), 잘 기억나지도 않는 한 여자친구와 찍은 사진도 있었다. 아마 전전전 여자친구쯤 될 텐데, 아주 조용하고 예쁜 여자애로 앨비가 그녀의 첫사랑이라고 했지만, 지금은 슬픔에 잠겨 있을 터였다. 어느 해 여름의 찌푸린 날에 찍은 듯한 사진 속에서 앨비는 강가에 앉아 있었다. 깡마른 체구에 창백한 앨비의 벗은 몸 가득 닭살이 돋아 있는 게 선명했다. 뒤이은 사진들 속에서는 줄을 잡고 그네를 타다 강물로 떨어지며 팔다리를 휘젓는 스냅도 있었다. 내가 킬킬대며 소리 내어 웃자 옆자리 손님들이 나를 보고 내 모니터를 훔쳐보았다. 나는 얼른 다른 사진으로 옮겨가, 어느 온라인 전시회에 출품한 앨비의 사진작품들을 더블클릭했다. 어느 주말농장에서 발견한 다 쓰러져가는 헛간, 나무껍질의 클로스업, 같은 주말 농장에서 찍은 두 할아버지의 하이-콘트라스트 흑백사진 등이었는데, 마지막 사진은 꽤 좋았다. 할아버지들의 얼굴은 아주 심하게 비틀리고 주름이 져 있어서 마치 나무껍질처럼 구겨져 있었는데, 아마 그게 포인트였던 듯싶다. 난 이 사진이 참 좋았고, 애한테 말해야겠다고 맘먹었다. 애를 만나면, 그때 말이다.

이제 아이를 찾을 방법은 없어 보였다. 이렇게 쫓아다니는 건 멍청한 짓이었다. 이 재앙 수준의 여행으로부터 그나마 위신을 세우려는 망상이 빚어낸 시도일 뿐이었다. 그것은 또 지난 수년간 지리멸렬하게 더듬거리고 중얼거린 시간을 보상하려는 망상의 산물이기도 했다. 유럽을 여행하는 사람들은 서로 우연히 만나고 그러지 않는다. 그건 아예 불가능한 것이다. 만약 아이가 돌아온다면, 틀림없이 언젠가는 돌아오겠지만, 그건 걔가 원할 때의 일일 것이다. 내가 맘속에 품었던 이미지, 즉 마치 불타는 건물에서 걸어나오는 소방수처럼 애를 데리고 아내에게로 돌아가려고 했던 생각은 제멋대로 꾸며낸 헛된 환상일 뿐이었다. 내가 유럽에 머물고 있는 유일한 이유는, 집으로 돌아가 미래를 직면하기가 너무 무섭고 창피해서일 뿐이다. 나는 앨비의 사진 창들을 닫았다.

그 아래에 유투브 검색창이 열려 있었다. 나는 마지막으로 '퐁피두 파리 아코디언 캣 거리공연'을 쳐 넣었다. 비트박싱에 맞춰 플루트를 부는 사람, 피아노 건반 위의 샴 고양이, 살아 있는 동상 연기를 하는 짜증나는 영상 등의 검색결과들을 휙휙 넘길 때였다. 검색결과 4페이지의 저 밑 구석에 말도 안 되는 벨벳 톱햇을 쓴 캣의 모습이 보였다.

퐁피두 앞마당에서 〈사이코 킬러〉를 연주하는 영상이었다. "예스!" 나는 크게 소리쳤다.

그 영상을 플레이시켜 놓고 아래를 보니 내가 486번째 시청자였다. 그 밑의 설명은 이랬다.

"파리 갈 때 만난다는 멋진 버스커. 그녀는 멋있고, 완전 돌아이고. CD도 샀다. 캣은 락 아코디언 연주한다 — 스타이!!!"

그 밑의 평가는 보다 비판적이었다.

"하하 이 여자 노래는 당신 영어 같네... 먼말이냐면, 웨이 웨이 힘들어 닌 영어 어데서 배웠니 멍청아 하하하"

이 논쟁은 소크라테스식 문답법의 형태로 몇 번 더 진행되었다. 그 영상은 2년 전 것이었다. 그건 상관없었다. 작은 돌파구가 하나 열렸으니까. 캣의 이름은 Cat가 아니라 Kat였다!

이에 고무된 나는 다시 검색을 시작했다. '캣 아코디언 커버 버전', '캣 거리공연' 등을 넣으니 다시 그녀의 모습이 나왔다. 촛불을 밝힌 방안의 침대 위에 사람들이 가득했다. 그곳은 멜버른이었고, 약 6개월 전에 업로드된 영상이었다. 겨우 46명이 본 그 영상에서 캣은 아주 발랄하게 〈헤이 주드〉를 연주했고, 다른 파티 손님들은 서로 맥주병을 두드리거나 봉고를 두드리거나 했다. 22분이 넘는 영상이었는데, "널리 입소문을 탈" 그런 건 아닌 듯했다. 내가 가진 시간이 무제한이라면 그걸 다 봤을까? 하지만 그럴 필요도 없었다. 밑의 설명에서 이걸 봤기 때문이다.

"우리의 오랜 친구, 씨어터 팩토리의 캐서린 '캣' 킬고어. 여전히 노래 부르면서 살고 있음. 사랑해 캣 베이비, 홀리."

캣 킬고어. 이제 성도 알았다. 스미스나 에반스가 아니다 이거지. 난 다시 검색했다. 이제 검색 결과도 점점 풍성해졌다. 한 영상에서 다음 영상으로 넘어가며, 찾으려고 하는 걸 찾을 때까지 계속 검색했다.

이탈리아의 어느 광장이었다. 쏟아지는 햇살 아래에서 캣과 앨비는 어느 금빛 찬란한 교회의 계단에 앉아 사이먼과 가펑클의 옛 노래인 〈홈워드 바운드〉를 부르고 있었다. 저런 옛 노래를 선곡하다니, 뜻밖이었다. 앨비한테 그 노래는 나한테 [1920년대에 유행한 춤인] 찰스턴처럼 낯설 텐데 말이다. 어쩌면 그건 내가 앨비에게 물려준 아주 자그만 문화적 소양의 증표인지도 모른다. 코니는 사이먼과 가펑클을 좋아한 적이 없었다. 그들이 너무 온건하다고 생각한 것이다. 하지만 어릴 때 앨비는 그들의 노래를 참 좋아했고, 장거리 자동차 여행 때면 그들의 히트 앨범을 틀어놓고 앨비와 내가 따라 불러 코니의 귀를 틀어막게 하곤 했다. 앨비가 캣에게 이 노래를 추천했나, 아니면 반대일까? 얘는 이런 게 나한테서 물려받은 거란 걸 생각이라도 할까? 얘는 과연 집으로 가고 싶어 할까?

"너무 시끄러워요!" 전쟁놀이에 심취한 꼬마가 말했다. 어느새 나도 따라 부르고 있었던 것이다. 나는 사과하고, 끈적거리는 헤드폰을 머리에 쓰고서 화면을 유심히 살폈다. 이틀 전에 올라온 그 영상은 딱 3회 플레이되었다. 그 밑의 설명은 아무리 읽어봐도 별 도움이 안 되었다. "이들을 이탈리아 여행 때 만나 나중엔 얘기도 나눴다. 그녀의 이름은 캣 킬고어였고, 정말 재주가 넘쳤다." 아니, 그럼 앨비는, 흠? 사실 그들의 화음은 좀 실험적이었고, 관중은 적었으며 무덤덤한 반응이었다. 그래도 나는 앨비를 다시 보는 게 너무 기뻤다. 아이의 모습은 괜찮아 보였다. 어쩌면 그리 '괜찮은' 게 아닌지도 몰랐다. 마르고 구부정한 게 생기라곤 찾아볼 수가 없었으니. 하지만 그건 딱 배낭여행자의 모습이었고, 무엇보다 애는 안전했다.

그런데 이들은 어디 있었던 걸까? 나는 단서를 찾으려는 탐정처럼 그 영상을 다시 돌렸다. 교회, 카페, 비둘기, 광장, 관광객들. 그건 이탈리아의 어디서나 볼 수 있는 모습이었다. 화면을 정지시키기도 하고, 캡처한 화면을 살피기도 했다. 앨비의 모습을 확대해서 그의 옷과 얼굴을 살피면서 어떻게든 뭔가를 찾으려고 애썼다. 무덤덤한 얼굴의 관광객들 모습도 확대해서 보았다. 혹시 무슨 이름이 나오지 않나 해서 가게의 앞모습이나 벽도 살폈다. 그렇게 거듭해서 영상을 살피고 또 살피다 마지막 몇 초쯤 내 눈길을 잡아끄는 장면이 나왔다. 그때 영상 속으로 들어온 한 남자는 몸을 숙여 카페 테이블의 어느 관광객과 뭔가를 협상 중이었다. 스트라이프 티셔츠에 리본 달린 검은 모자 차림의 그는….

곤돌라 사공이었다.

"예스! 예스, 예스, 예스, 예스, 예스!"

116.

비발디 체험

온라인의 익명성을 십분 활용해 나는 내 신분을 속이고 댓글을 남겼다. "정말 멋지네요! 특히 남자 분! 제발, 제발 베네치아에 머물러 주세요!" 그리고 그 영상의 링크 주소를 내 이메일로 보낸 뒤, 서둘러 숙소로 돌아갔다. 절뚝거리는 걸음걸이였지만 기분은 최고였다. 그 다음 날이 우리가 선불한 호텔의 예약기간이 시작하는 날이었다. 그 호텔은 안락하고 편리하고 낭만적일 것 같아서 선택한 곳이었다. 그런 훌륭한 호텔에서 공짜로 묵을 수 있다는 데 끌려 아마 앨비는 그 방으로 체크인하지 않을까? 코니가 애한테 건 전화는 잉글랜드의 우리 집 전화번호였다. 그렇다면 부모 없이 감쪽같이 호텔에 들어가 샤워도 하고 여자친구가 좋아하는 아침 뷔페도 제공하면서 그녀를 감동시킬 기회가 아니겠는가? 나는 앨비가 확실히 올 것 같은 기분이 들었다. 나는 그저 그 근처의 길거리 카페 의자에 앉아 기다리면 될 일이었다. 미안하다거나 집으로 가자는 거 말고 무슨 말을 할지는 여전히 미스터리였지만, 드디어 뭔가 올바른 일을 한 번 하게 될 것이었다.

펜시오네의 프론트에서 나는 비발디 체험을 권유하는 전단지의 뒷면에다 쪽지 글을 적었다.

프레야, 오늘 무례하게 군 거 사과드릴게요. 미친 사람 아닌가 싶으셨겠죠. 누가 봐도 그랬을 겁니다.

오늘 저녁을 사는 걸로 제가 용서를 구하면 안 될까요. 그러면 제가 자초지종을 좀 설명드릴 수도 있을 것 같은데.

이런 제안이 끔찍스럽지 않으시다면, 제 방은 56호예요. 지붕 바로 밑의 완전 뜨거운 벽장 같은 곳이죠. 저녁 8시까지 전화 기다릴게요. 혹 그냥 가신다면, 미리 인사 남길게요. 당신을 만나 무지 즐거웠어요!

행운을 빌며, 더글라스

마음이 바뀌기 전에 나는 그 쪽지를 프론트 직원에게 맡기면서 혼자 여행하는 덴마크 부인에게 전해 달라고 부탁했다. 프레야 크리스텐슨? 그라찌에 밀레. 그리고서 뻣뻣한 몸으로 계단을 올라가 침대에 털썩 앉아 망할 놈의 운동화를 벗었다. 뭔가 느글느글하게 꿈틀대는 소리가 울렸다. 그 신발이 약속했던 편안함은 그저 헛말일 뿐이었다. 반창고에 밴드를 덕지덕지 붙인 노력에도 불구하고 내 발은 마치 게들이 덤벼들어 뜯어먹은 듯 너덜너덜해져 있었다. 엄지발가락의 마디에 잡혔던 물집은 이미 터져버려서 마구 씹힌 생살이 쓰라렸고, 발바닥의 각질은 어찌나 험하게 일어났는지 찢어진 깃발 같았다. 발이 너무 퉁퉁 부어 그래도 쓸 만했던 밤색 브로그 구두도 이제 신을 수가 없었다. 그래서 나는 발의 상처를 어떻게든 꼼꼼하게 덧대려고 애쓰면서 부인 친구의 전화를 기다렸다.

117.

데이트는 아니고

물론 그건 데이트가 아니었다. 우리는 그냥 서로 함께하는 데서 잠시 편안함을 느끼는 두 여행자일 따름이었으니까. 하지만 새 셔츠를 꺼내고 머리를 빗으며 나는 깨달았다. 아내 아닌 다른 여자와 식사를 함께한 게 거의 20년 동안 한 번도 없었다는 걸. 그 느낌은 참 묘했다. 나는 이 모든 걸 아주 무심하게 대하기로 결심했다. 이번에 돌아다니면서 발견한 조그맣고 꾸밈없는 트라토리아 한 군데를 가기로 미리 점찍었다. 거기라면 쾌적하고도 거추장스럽지 않게, 또 빨간 양초나 집시들의 바이올린에 시달리지 않으면서 식사를 할 수 있을 터였다.

반면 프레야는 제법 공을 들인 모습으로 나타났다. 로비에서 기다리고 있던 그녀는 은근하면서도 빼어나게 화장을 한 얼굴로 편안하게 딱 맞는 치마 차림이었다. 위에 입은 옅은 베이지 톤의 광택이 감도는 흰색 새틴 셔츠는 오직 '블라우스'라는 이름으로만 불릴 수 있는 종류의 옷이었다. 그녀는 생기 넘치고 건강하며 우아해 보였다. 그런데 나는 본능적으로 그녀의 셔츠 단추를 하나 더 채우고 싶은 충동을 느꼈고, 이어서 생각했다. 눈으로 여자의 옷 단추를 채우는 남자가 이 세상에 나 말고 또 있을까?

"하이." 나는 '하이이이이이이'라는 발음으로 인사를 건넸다. 그렇게 약간의 스칸디나비아식 덧칠을 하면 그 어려운 단어의 뜻이 좀 더 쉽게 전달되지 않을까 기대하면서 말이다.

"안녕하세요, 더글라스."

"정말 멋지시네요." 내 혀도 비단결처럼 부드러워졌다.

"고마워요. 저 정말 그런 신발 너무 좋네요. 아주 놀랍고 훤하잖아요."

"이런 새 신발을 '박스-프레시'라 부를 거예요, 아마도."

"농구 좋아하셨던 거예요?"

"이건 사실 걷는 데 좋을 거 같아 산 거예요. 그런데 이놈들이 무슨 지독한 외계 기생충처럼 내 발에 들어붙더니, 이젠 다른 신발 신지도 못하게 만들었어요."

"전 그거 좋아요." 그녀가 손을 내 팔에 살짝 올리며 말했다. "그거 신으시니까 아주 날렵해 보이세요."

"제 스케이트보드는 저 바깥에 주차해 뒀어요." 난 그녀의 팔을 잡고 절뚝대며 현관 쪽으로 걸었다. 밖으로 나서니 후끈하면서도 안개가 낀 게, 때에 따라 '후텁지근하다'고 묘사되곤 하는 날씨였다.

우리는 물고기의 꼬리 끝 부분인 카스텔로 지구를 가로질러 동쪽으로 걸었다. 뒷골목을 걸어가며 우리는 낮 시간의 당일치기 관광객들이 자신들의 버스나 크루즈 선박으로 돌아간 뒤 진정한 여행자들이 만끽하는 그런 소속감을 즐겼다.

"이젠 지도도 안 보시네요?"

"그렇죠. 이젠 거의 지역주민 같죠?"

우리 앞에 거대한 아르세날레의 문짝이 나타났다. 벽에는 마치 장난감 요새처럼 총 쏘는 구멍들이 뚫려 있었다. 가이드북에서 이 부분을 읽은 기억이 났다.

"베네치아인들이 달성한 위대한 혁신 중의 하나가 배를 조립식으로 대량생산하는 거였어요. 모든 부품들을 규격화해서요. 바로 여기에서 베네치아의 배 만드는 장인들이 프랑스의 헨리4세를 깜짝 놀라게 했지요—"

"—그가 저녁 먹는 동안 대형 범선 하나를 뚝딱 만들어서요. 그리하여 오늘날의 생산 라인이 탄생하게 된 거죠." 프레야가 말했다. "그리고 그건 아마 프랑스의 헨리3세일걸요. 우리 가이드북이 같은 건가 보네요."

"에휴, 저 정말 찌질하죠." 내가 말했다.

"별 말씀을. 저도 마찬가지죠. 뭘 가르치고픈 맘을 갖는 건 참 좋은 일이죠. 아마 그건 아이를 가진 사람들의 특성일 거예요. 내 남편, 그러니까 전 남편과 난 딸들을 태우고 온갖 구경을 다 시켰어요. 온갖 폐허

와 공동묘지와 먼지 자욱한 낡은 미술관들로 말이죠. '이것 봐, 입센의 묘지야, 여기가 시스틴 성당이네, … 이것 봐! 이것 봐! 이것 봐!' 물론 딸들이 원한 건 그냥 해변으로 가서 남자애들과 노닥거리는 거였지만요. 이제 걔들도 나이 들어서 그때 일을 고마워하지만, 당시에는…."

"우리도 이번 여름을 그렇게 보낼 작정이었죠. 아내와 난 우리 아들을 데리고 유럽의 위대한 미술관들을 두루 돌아보려 했거든요."

"그런데 결국에는?"

"아들은 쪽지를 남기고 아코디언 연주하는 여자애랑 달아나버렸어요. 아내는 잉글랜드로 갔고, 나랑 헤어져야겠다는 생각을 하고 있죠."

프레야가 웃었다. "미안해요. 그런데 그거 정말 형편없는 휴가였네요."

"즐겁기도 했지만 비참했죠."

"그럼, 더 나빠질 건 없지 않나요?"

"이 바다에 상어는 없나요?"

"죄송해요. 안 웃어야 했는데. 그렇게 정신없으신 게 당연하기도 하네요. 오늘 밤에 근심을 더해 드리진 않도록 노력할게요." 그러면서 프레야가 내 팔을 잡는 바로 그 순간, 마치 그녀가 무슨 비상벨이라도 누른 듯, 내 전화가 울렸다.

118.
뒤죽박죽

"여보세요?"

"안녕, 나예요. 당신 지금 어디예요?"

"아, 걷고 있지, 밖에서. 늘 그렇듯."

"아무 소식도 없는 거네요, 그럼?"

"아직까진." 나는 프레야에게 입모양으로 '미안해요, 1분만'이라고 말하곤, 앞으로 먼저 걸어가라고 손짓했다. "하지만 이제 멀지 않았어."

"멀지 않다뇨?"

"훌륭한 단서를 잡았다 이 말이지. 포위망이 좁혀지고 있어!"

"무슨 사설탐정처럼 말하네요, 당신?"

"지금 나 매킨토시 코트 입고 있어. 아냐, 아냐."

"아니죠. 그럼— 뭐예요, 말해 봐요."

"두고 봐."

"앨비한테서 무슨 소식이라도 들은 거예요? 애랑 얘기했어요?"

"두고 보라니까."

"당신 왜 나한테 얘길 안 해줘요?"

"날 믿어요. 애는 아주 건강하게 잘 있다는 거는 아주 확실하니까."

"자꾸 그럼, 내가 그리 갈까요?"

"아냐! 아냐, 내가 말했잖아. 내가 애를 데려갈 거라고."

"벌써 5일이나 지났다구요. 이젠 정말 뭘 하는지 알아야겠어요, 더글라스."

"아주 확실해지면, 그때 얘기해 주고 싶어. 그뿐이야."

침묵이 흘렀다.

"집으로 와요. 그게 좋겠어요."

"그럴 거야. 애만 찾으면."

"당신이 정말 애를 찾고 있는 건지 잘 모르겠어요."

순간 나는 이성을 잃고 허둥지둥댔다. 다음 다리에서 참을성 있게 나를 기다리던 프레야에게 등을 보이며 나는 버럭 소리쳤다. "찾고 있어. 지금도 찾고 있다니까."

"그 뜻이 아니잖아요. 내 말은 당신이 지금 딴 일을 하고 있는 것 같다는 거죠."

'오른쪽이에요, 아니면 왼쪽 길?' 프레야가 몸짓으로 그렇게 물었다.

"지금 막 먹을 걸 좀 사려던 참야. 내가 다시 걸게." 그렇게 말하며, 입으로는 다시 '1분만요' 모양을 지어 보였다.

"아, 그래요? 난 얘기하고 싶었는데, 당신이 정 바쁘면…"

"지금 테이블에 앉아 있는데, 금방 식사가 나올 거 같아. 식사가 아니지. 메뉴가. 메뉴가 금방 나온다고."

"당신 걷고 있다고 했잖아요."

"그랬지. 지금 막 앉은 거야. 레스토랑에서 전화에다 대고 떠드는 거, 나 너무 싫어하잖아. 정말 무례한 짓이지. 웨이터가 날 막 쏘아봐." 이 마지막 디테일은 도를 넘은 것이 분명했다. 전화기 너머에서 코니가 얼굴을 찡그리는 소리가 들릴 정도였다.

"대체 지금 어디 있는 거예요?"

"카스텔로야. 아르세날레 바로 옆에. 바깥 자리에 앉아 있는데, 웨이터가 서서 쳐다본다니까. 사진이라도 찍어 보낼까?"

잠깐의 정적이 무슨 수십 년처럼 길게 느껴졌다. 그녀의 목소리가 한결 낮아져 있었다. "더글라스, 나 당신 걱정돼요. 내 생각엔 당신 지금—"

"끊을게." 끊다니. 내가 먼저. 이런 적은 전혀 없었다. 내가 코니 전화를 끊다니. 이어서 놀랍게도 난 전화기 전원도 꺼버리고, 프레야 쪽으로 급히 절룩대며 걸어갔다.

"미안해요, 이거. 코니 전화였어요. 제 아내."

"전화벨 울렸을 땐 난 당신이 운하로 뛰어들겠구나 싶었어요."

"놀랐을 뿐이에요. 뭐 한잔 마셔야겠네. 우리 레스토랑 바로 저기예요." 그리고 모퉁이를 도니 자그만 광장이 눈앞에 펼쳐졌다. 카니발 가면이나 엽서를 파는 가게조차 하나 없는 곳이었다. 대신 건물과 건물 사이의 빨랫줄에 꼭 무슨 축하용 장식천처럼 주렁주렁 빨래가 널려 있었다. 2층의 방에서는 텔레비전이나 라디오 소리가 흘러나왔고, 그 광장의 한쪽 귀퉁이에 앙증맞은 트라토리아가 자리 잡고 있었다. 그곳은, 내 의도와는 달리, 부인할 수 없이 낭만적인 분위기의 식당이었다.

"어떠세요?"

"너무 완벽한데요?"

119.
딸들

우리는 바깥 자리에 나란히 광장을 마주 보고 앉았다. 그 식당에는 메뉴가 따로 없었으며, 미심쩍을 정도로 검은 머리칼의 키 작은 할머니 한 분이 우리에게 프로세코 두 잔을 가져다주었다. 그리고는 움푹한 작은 접시에 간장에 절인 오징어와 문어, 멸치가 담겨 나왔다. 기름에 버무려 톡 쏘는 맛의 그 음식은 완벽하게 고소했다. 마치 그날 밤의 플라토닉한 성격을 확인이라도 시키려는 듯 프레야는 전화기에 담긴 딸들 사진을 보여주었다. 놀랍도록 아름다운 두 처녀는 모두 푸른 눈이었고 한 살 터울로 태어나 몽타주처럼 자라서 뽀얀 이에 팔다리도 길고 머리도 긴 젊은 여인들로 성장했다. 마치 건강과 활력의 화신을 보는 듯했다. 배경은 참으로 다양했다. 바람이 드센 대서양의 해변이었다가, 타이의 야자수였다가, 스핑크스나 어딘가에 떠 있는 빙하를 배경으로 한 사진도 있었다. 좀 짓궂은 편집술을 발휘하면 아무리 우울하고 처참한 디킨스풍의 어린 시절 사진들이라도 아연 경쾌한 슬라이드쇼로 둔갑시킬 수 있겠지만, 프레야의 앨범에 담긴 증거들로 미루어볼 때 그녀의 딸들은 특히 축복받은 아이들인 듯했다. 그들은 다들 건강하고 완전무결한 한 가족을 이루고 있어서, 하나의 칫솔을 돌려가며 써도 아무 문제가 없는 사람들 같았다. 물론 프레야는 나를 놀리려 들기에는 너무 착한 여인임에 틀림없었다. 하지만 프레야가 자신의 포토제닉급 딸아이들과 주로 한데 엉켜 사진을 찍은 반면, 나는 아들과 함께 찍은 사진을 단 한 장도 떠올릴 수가 없었다. 아들이 어릴 땐 당연히 그랬겠지만, 지난 8년, 10년 사이에는 그런 적이? 어떡하겠는가. 돌고래와 수영하고 있는 아나스타샤 크리스텐슨의 사진이나 보고, 어느 아프리카 마을에서 자원봉사 일을 하고 있는 바베트 크리스텐슨의 사진이나 봐야지. 마침 파스타도 나오네. 포도주도 더 시키면 되고.

"아나스타샤는 이제 다큐 작가가 됐어요. 바베트는 환경운동을 하고 있구요. 난 애들이 너무 자랑스러워요, 벌써 아셨겠지만. 애들 이야기로는 사람들을 무한히 지겹게 만들 수 있다니까요. 이제 그만할게요. 안 그럼 당신이 링귀니 접시로 빨려 들어갈 거 같아요."

"괜찮아요. 정말 사랑스러운 애들 같네요." 내가 말했다.

"정말 그래요." 전화기를 가방 안에 집어넣으며 그녀가 말했다. "물론 조그말 때는 어린 암컷들이었죠…" 그녀가 손으로 입을 막았다. "아무리 사실이더라도, 그런 말을 쓰면 안 되는데. 아, 그땐 정말 대단하게 싸웠죠, 우리. 다행히 시간이 많은 걸 다독거려주더군요. 이런 거…." 그녀가 다시 전화기를 꺼냈다. "이런 사진 보여드려도 되는지 모르겠지만, 이해하시겠죠…."

사진 속에서 스무 살의 바베트는 병원 의자에 발가벗고 앉아서 파랗게 질려 가지색을 한 갓난아기를 안고 젖을 물리고 있었다. 바베트의 머리카락이 땀에 젖어 이마에 엉겨 붙어 있었다. "맞아요. 올해에 전 사실 할머니가 되었네요. 믿을 수 있겠어요? 이제 쉰둘인데 제가 벌써 모르모르(mormor)라니! 세상에!" 그녀가 머리를 흔들며 잔을 집었다.

"여기 이분은 누구죠?" 의자의 왼쪽에 눈에 띄는 외모의 후리후리한 남자가 서 있었다. 수술복을 입고 멍청한 웃음을 짓고 있음에도 불구하고 기가 막히게 잘생긴 그는 로마의 원로원 의원 같았다.

"전 남편이에요."

"영화배우 같군요."

"그리고 그 사실을 너무 잘 알고 있는 사내죠."

"눈이 정말 끝내주는군요."

"제가 거기 낚인 거랍니다."

"그런데— 따님 출산할 때 거기 있었네요?"

"그럼요. 물론이죠."

"자기 손자가… 태어나는 걸 보러?"

"네, 네. 우리 둘 다 보러 갔죠."

"그것 참 스칸디나비아 식이네요."

프레야가 웃었고 나는 다시 사진을 보았다. "이분 정말 미남이세요."

"내 딸애들의 미모도 다 거기서 나온 거죠."

"글쎄요, 과연 그렇기만 할까요?" 내가 아주 자상하게 그렇게 말하자, 프레야가 팔꿈치로 나를 쿡 찔렀다. "애들은 자기 아버지랑 서로 친하게 지내나요?"

"그럼요. 딸들이 아빠를 얼마나 좋아하는지 몰라요. 내가 한사코 그러지 말라고 일러줘도, 애들은 무조건 아빠를 숭배해야 한다고 우겨요."

내 아들은 나를 숭배하지 않았지만, 그런 건 괜찮았다. 숭배 받는 건 나도 불편하니까. '얼마나 좋아하는지'도 마찬가지고. 그래, '서로 친하게 지내기'가 최고였다. "저는 늘 딸들이 자기 아빠한테 훨씬 더 후하다고 생각했어요." 내가 말했다. "아버지랑 아들들 관계보다 그게 훨씬 더 편한 관계 같았구요. 왜 그랬는지, 참."

"어쩌면 롤모델이 되어야 한다는 부담감이 없으니까 그런 거 아닐까요? 혹은 직접 비교당하지 않아도 되니까? 그렇지만 아들이랑은…."

"아마도요. 그런 생각은 못해 봤네요." 앨비는 나를 닮고 싶다는 생각을 한 번이라도 한 적이 있을까? 어떤 점에서? 시간을 두고 곰곰이 생각해 보면 그런 게 한두 가지쯤은 생각이 날 것도 같았지만, 지금은 프레야가 와인을 따르고 있었다.

"저도 아들에 대해서는 같은 느낌이었어요. 아들이 있었으면 아주 좋아했겠죠. 잘생기고 좀 구식인 소년을 제가 직접 꾸미고 옷 입혀서 내보내곤, 여자친구가 생기면 막 미워하는 거죠. 그리고 여자애들이라고 맹목적으로 좋아하실 건 없어요. 만약 딸이 있었다면 또 그 나름대로 문제를 일으켰을 테니까요."

"저한테도 딸이 있었어요."

"있었다구요?"

"아내와 저 사이에요. 우리의 첫애가 딸이었죠. 제인이라고 불렀는데, 죽었어요."

"언제요?"

"태어난 지 얼마 안 돼서요."

시간이 흘렀다. 지난 여러 해 동안, 아기를 잃었다고 말하면 어떤 사람들은 거의 화를 내려고 들었다. 마치 우리가 놀리기라도 한 것처럼 말이다. 어떤 이들은 그런 건 별일 아니라는 듯 어깨를 으쓱해 버리곤 말려고 한다. 다행히 이런 사람들은 드물다. 대부분의 경우 사람들은 아주 사려 깊고 친절하게 대응한다. 그리고 종종 그렇듯 그런 상황이 닥치면 내가 늘 짓는 표정이 있다. (코니도 코니 특유의 표정이 있다.) 우린 괜찮다고 사람들을 안심시키는 그런 웃음 같은 표정인데, 지금 내가 막 그런 표정을 짓고 있었다.

"더글라스, 정말 안됐네요."

"아주 오래전 일이에요. 이제 20년도 넘었네요." 내 딸이 올해 스무살이 되었겠구나.

"아뇨, 그래도— 그건 커플한테 일어날 수 있는 최악의 일이잖아요."

"드라마틱해 보이려고 그 얘길 꺼낸 건 아니에요. 코니랑 저는, 우리는 이 주제를 피하지도 말자는 생각을 갖고 있어요. 우린 그게 비밀이나 터부 같은 게 되길 원치 않아요. 우린 그 일을… 거리낌 없이 대하려고 해요."

"이해해요." 그렇게 말하면서도 프레야의 눈은 벌게지고 있었다.

"프레야, 제발. 이 밤을 망치고 싶진 않아요…." 아니구나, 스무 살이 아니라 열아홉이네— 딱 그 나이네. 이제 대학에서 둘째 해를 맞겠구나.

"그래도, 여전히—"

"우울한 주문을 걸고 싶었던 게 아니에요." 약대, 아니면 건축과, 그런 공부를 하지 않을까? 아니면 배우나 아티스트가 된다 해도, 난 아무 걱정 안 했을 텐데….

"그럼 당신 아들은…"

"앨비가 우리의 유일한 아이랍니다. 우리의 두 번째 아이죠."

"그 애 때문에 여기 계시다구요? 당신 아들 때문에?"

"맞아요."

"그 아들이 실종됐다?"

"도망친 거죠."

"그리고 아들은 지금…?"

"열일곱 살요."

"아!" 그녀가 끄덕였다. 마치 모든 게 설명된다는 듯이. "그 애는 현명하죠?"

난 웃었다. "늘 그렇진 않죠. 아주 가끔인가?"

"뭐, 이제 겨우 열일곱인데, 꼭 현명해야 하나요?"

"난 열일곱 때 아주 현명했어요."

프레야가 고개를 가로저으며 웃었다. "난 안 그랬는데. 아들과는 특별히 가까웠나 봐요?"

"아뇨. 정반대였죠. 그래서 내가 여기 있는 거예요."

"서로 얘기는 하고 지냈구요?"

"별로요. 당신은요? 딸들이랑 얘기해요?"

"물론. 우린 뭐든 다 얘기해요!"

"제 아들이랑 저는, 무슨 엉터리 채팅 쇼 하는 거 같았어요. 앨비는 원래 여기 별로 오고 싶지 않았던 무뚝뚝한 팝스타죠. '그래, 어떻게 지내냐? 요즘 뭘 하지? 미래 계획은?'"

"그런데 서로 얘기를 안 한다면 그건 좀 걱정스럽겠네요."

"맞아요. 걱정이죠."

"우리 화제를 좀 바꿔요. 그렇다고 당신 근심을 과소평가— 맞나요, 과소평가? 과소평가하겠다는 건 아니랍니다. 다만 걔가 돈이랑 비상시에 쓸 전화기를 가지고 있다면—"

"갖고 있어요—"

"그리고 어느 정도는 다 큰애잖아요. 그냥 하고 싶은 대로 하게 내버려두면 안 되나요?"

"아내에게 그 애를 찾겠다고 약속했죠."

"별거하자고 한 그 아내한테요."

"아직은 아니에요." 뭔가를 방어하려는 목소리였다. "아직은 별거가 아니고, 그저 둘이 딴 도시에 있는 것뿐이에요. 우린 그냥… 지리적으로 별거중인 거네요."

"알겠어요."

우리는 조용히 앉아 웨이터가 우리 접시를 치우는 걸 지켜보았다.

"우리는 또 싸우기도 했어요. 아들과 나는. 해서는 안 될 말을 했고, 난 그걸 바로잡고 싶어요. 직접 보면서 말이죠. 이게 그렇게 말이 안 되나요?"

"전혀요. 아주 훌륭한 생각이에요. 하지만 만약 내가 딸들에게 퍼부은 멍청한 말들을 죄다 낱낱이 사과해야만 한다면, 우린 아무 얘기도 안 나누게 될걸요. 부모라면 말예요, 실수를 저지를 권리도 있고, 또 그 실수를 용서받을 권리도 있는 거 아니겠어요? 내 말 틀려요?"

120.
딸

분명 나는 제인에게 닥친 일이 내 잘못인가 싶었다. 합리적으로 생각하면 그럴 것도 없었지만, 사실 죄책감이란 게 합리적인 경우란 드물다. 그 일에 우리가 할 수 있는 일이라곤 아무것도 없었다고, 우리 딸의 목숨을 앗아간 패혈증이 우리의 행동거지나 생활방식 탓은 아니라고, 그 병이 임신중에 생긴 건 아니라고 거듭 얘기를 들었다. 비록 약간 미숙아이긴 했지만, 태어났을 때 제인은 누가 봐도 건강하고 튼튼하게 자랄 아이였다. 죄책감보다는 분통을 터뜨리는 게 더 편했으므로 나는 비난할 대상을 찾았다. 산전 간호, 산후 간호 및 병원 직원들 말이다. '패혈증'이란 말은 감염을 뜻했다. 그럼 누군가의 잘못이 있어야지? 하지만 거기 직원들이 비난받을 일은 없다는 게 금세 명확해졌다. 비난받을 일이 없는 정도가 아니라, 그런 상황을 다루는 데 있어 너무나 완벽한 일처리가 돋보일 정도였다. 그건 아주 드물지만 일어날 수도 있는 여러 일들 중의 하나라고 그들은 설명했다. 그건 좋았다. 그런데 그럼 우리의 그 모든 분노와 죄책감은 어쩌란 말인가? 코니는 자신의 분노와 죄책감을 안으로 삭혔다. 담배나 술 등 과거의 어떤 잘못된 행동 탓일까? 너무 자만했던 걸까? 내가 뭔 짓을 한 게 틀림없어. 아무 범죄도 저지르지 않았는데 이런 죄를 받다니, 이보다 더 가혹한 벌이 또 있을까? 아니다, 우린 잘못한 게 없어, 우리가 할 수 있었던 건 아무것도 없어. 그건 일어날 수도 있는 여러 일들 중의 하나였을 뿐이야. 그게 다야.

애를 낳던 그 순간에는 아무런 위험의 징조도 없었다. 모든 게 순조로웠고, 아주 힘든 경험이었지만 짜릿하기도 했다. 익숙하면서도 동시에 완전히 새로운 경험이기도 했다. 코니의 양수가 터진 건 한밤중이었다. 처음엔 우리 둘 다 믿을 수가 없었다. 겨우 37주밖에 안 됐으니까. 하지만 흠뻑 젖은 매트리스는 거짓말을 안 했고, 우리는 비상행동요령에 따라 움직였다. 차로 병원으로 이동해 서두르고 기다리고를 반복했다. 지루함과 득의만만, 근심이 번갈아 들었다. 아침나절에 산전 진통이 시작되었고, 그 후 일은 일사천리였다. 코니는 내가 알고 있던 대로 강인하고 굉장했으며, 오전 11시 58분, 우리는 제인을 품에 안았다. 가냘프게 울다가 고함을 지르다, 조그만 주먹을 허공에다 휘두르고 발을 젓던 제인은 2킬로그램이 채 안 되는 몸무게였지만 힘은 대단했다. 아, 아이는 정말 아름다웠고, 모든 근심과 걱정, 고통은 그 완벽한 생명체와 그 모든 기쁨에 의해 씻겨 사라졌다. 제인은 건강했고 우리가 꿈꾸던 모습 그대로 우리 품에 안을 수 있었다. 사진도 찍었고, 깊이 맹세도 했다. 이 아이를 돌보고 위험으로부터 지키기 위해 나는 무엇이든 하리라. 코니는 아이에게 젖을 물렸고, 처음에는 서툴렀지만 이내 편안해 보였다. 인큐 베이터에 넣어야 할 필요도 없었고, 단지 유심히 살피기만 하면 된다고 했다. 우리는 분만실에서 일반 병실로 옮겼다.

오후 내내 나는 침대 곁에 앉아 엄마와 아이가 자는 모습을 지켜보았다. 코니는 탈진해 창백한 모습이었지만 아주 아름다웠다. 내가 왜 그리 놀랐는지 누가 알겠냐마는, 나는 분만실의 격렬함에 충격을 받아 멍한 지경이었다. 그 피와 땀, 미묘함이라곤 전혀 찾아볼 수 없던 그 분위기. 내가 만약 그 상황이었다면 나는 진통 가스와 산소뿐만 아니라 완전한 전신마취에 6개월의 요양 옵션을 선택했을 것이다. 그런데 코니에게는 아이를 낳는 게 그렇게 자연스러울 수가 없었다. 나는 그게 너무 자랑스러웠고. "당신 정말 대단해." 그녀가 눈을 떴을 때 난 그렇게 말했다.

"나 욕했어요?" 그녀가 물었다.

"했지. 많이. 엄청 많이."

"잘했네." 그녀가 웃었다.

"그래도 너무 자연스러웠어. 당신은 마치… 바이킹 세탁부 같았어."

"아이구, 고마워라." 그녀가 말했다. "애 보니까 어때요? 아주 작지 않아요?"

"애는 완벽해. 너무 기뻐."

"나도 기뻐요."

병원에서는 코니와 제인이 거기서 밤을 보내기를 권했다. 걱정할 건 아무것도 없다고 했고, 우리는 아무 걱정도 하지 않았다. 코니는 마지못해 그런다는 표정으로 내게 집으로 가 엄마와 아이를 맞을 준비를 하라고 했고, 나는 그렇게 집으로 갔다. 그렇게 집으로 가는 길은 한 남자가 떠나는 여행 중 가장 희한한 것이 아닐까 싶었다. 우리가 떠나올 때의 모습 그대로 남아 있던 그 집으로 가는 길은 말이다. 그 몇 시간 동안은 뭔가 기념비적인 것을 준비하는 의식 같은 느낌이었다. 마치 그 시간이 내 인생에서 홀로 지내는 마지막 순간인 것처럼 말이다. 멍한 상태로 움직이며 나는 물건들을 치우고 씻었고, 냉장고를 채웠고, 온갖 기기들을 다 제자리에 놓았다. 문자에 답장을 했고, 엄마와 애 모두 괜찮다는 전화 통화를 여럿 했다. 새 시트를 꺼내 침대에 깔고 모든 준비가 끝났다 싶자, 나는 코니에게 전화를 걸고 잠자리에 들었다….

…전화 소리에 깬 건 4시가 막 지났을 무렵이었다. 끔찍한 시간이었다. 놀라실 필요는 없어요 — 아, 이 끔찍한 말이라니 — 아기 제인이 좀 무기력해서요. 애가 숨 쉬는 데 어려움을 겪어 다른 병동으로 옮겼다는 것이다. 항생제를 투여했고 그게 도움이 되리라고 확신한다는 말이었는데, 그럼 나는? 곧장 병원으로 오란 말인가? 차 몰고 오시는 건 피하는 게 좋겠네요. 난 옷을 주워 입고 집을 나오며 그 통화의 긍정적인 면을 — "놀라실 필요는 없어요" — 움켜쥐려 애썼으나, "숨 쉬는 데 어려움"이라는 말을 떨쳐낼 수가 없었다. 대체 숨 쉬는 것보다 더 근본적인 게 뭐가 있다고? '숨 쉬다'와 '살다', 이 두 단어는 같은 말 아닌가? 나는 킬번 하이 로드를 달려 내려가 후다닥 택시를 잡아타고 다시 내려 병원으로 뛰어 들어갔다. 코니의 병동으로 달려가는 내 발자국 소리가 요란했다. 그녀의 침대 둘레에는 커튼이 쳐져 있었고, 코니의 울음소리가 들렸고, 나는 알았다. 커튼을 한쪽으로 젖히자 몸을 동그랗게 만 코니의 등이 내 쪽을 보고 있었다. 나는 알았다.

아침이 되자 사람들이 우리를 개인실로 데려가 제인과 얼마간의 시간을 보내라고 했다. 나는 내키지 않았지만 말이다. 나는 겨우 몇 장의 사진을 찍었고, 손이랑 발도장도 찍었다. 그게 좀 이상하다고 느끼더라도 그렇게 하는 게 훗날 기쁜 일이 될 거라는 게 병원 전문가들의 충고였고, 우리는 그에 따랐다. 우리는 그렇게 작별인사를 한 뒤 집으로 갔다. 텅 빈 손으로 말이다.

121.

그 후

그래서 우리는, 사람들에게 성공적인 출산을 알렸던 것처럼, 그 좋은 소식을 거둬들여야 했다. 소문은 물론 빨랐다. 나쁜 소식은 좋은 소식보다 더 빨리 전파되니까. 금세 친구와 동료들이 우리를 둘러쌌다. 모두가 친절했고, 그들의 위로는 진심이었고 선한 의도였지만, 나는 그들이 우리 딸의 죽음을 이상한 완곡어법으로 묘사하는 걸 볼 때마다 점점 퉁명스럽게 뾰족해지는 걸 느꼈다. 아니, 그 애는 "고이 잠든" 게 아냐. "고이 떠나"거나 "고이 사라지"거나 "훌쩍 떠났다"는 표현도 나를 미치게 했다. 또 우리가 그 애를 "잃었다"는 표현도 마찬가지였다. 우리는 제인이 어떤 상태였는지 너무 잘 알았다. 애가 "우리를 떠났다"는 표현은 마치 애 스스로 그랬다는 것 같았고, "앗아갔다"는 어떤 예정이나 운명을 뜻하는 것 같았기에, 난 진심을 담은 친구들의 위로에 쏘아붙이기 일쑤였고, 친구들은 그러면 어쩔 줄 모르면서 사과했다. 논쟁을 벌일 수도 없으니, 친구들로서는 사과할 도리밖에 없었다. 물론 지금은 그때의 옹졸함을 후회한다. 그렇게 언어를 완곡하게 표현하는 건 품위 있고 인간적인 행동이기 때문이다. 의사가 사용한 표현은 "쓰러졌다"였다. 너무 급속도로 쓰러졌어요, 그는 그렇게 말했고, 난 그 말이 이해가 되었다. 하지만 만약 누군가가 그 애는 "더 좋은 데로 갔을 것"이라고 말했다면 두들겨 팼을지도 몰랐다. "억지로 헤어진"이라는 표현은 보다 정확했다. 억지로 혹은 강제로 헤어진.

어쨌든 나의 이유 없는 퉁명스러움은 유쾌한 것이 아니었고, 내가 '그 사태를 잘 받아들이지 못한다'는 징표처럼 여겨졌을지 모른다. 비통함은 종종 무감각함과 비교되기도 하지만, 우리 경우에 그건 어불성설이었다. 무감각함이야 반가울 수도 있었다. 대신 우리는 가죽이 벗겨지는 듯한 고통을 느끼며, 세상이 아무 일 없는 듯 굴러가는 데 분노했다. 특히 코니의 분노는 걷잡을 수 없이 폭발하곤 했다. 물론 대부분의 경우에는 그걸 안으로 주저앉히거나, 혹은 아무 해도 일으키지 않을 나에게 퍼붓곤 했지만 말이다.

"제발 내가 젊다고 말해 줘요, 응." 어느 폭발 후 잠잠하게 있다 말고 그녀가 했던 말이다. "시간은 아주 많다고, 그래서 다른 애를 가질 수 있을 거라고? 내가 언제 다른 애를 원했다구 그래? 난 이 애를 원했다구."

그렇게 우리에게는 품위도 현명함도 없었다. 우리가 배운 건 아무것도 없었다. 우린 추하고 성난 상태였으며, 붉은 눈에 막힌 코에 제정신이 아니었다. 우리는 스스로를 그렇게 가두었다. 친구들은 편지를 썼고 우린 그걸 읽었지만, 그리곤 아무데나 버렸다. 우리가 다른 무얼 할 수 있었겠나? 그걸 크리스마스 카드처럼 선반에 예쁘게 진열하나? 코니의 친구들 중 감정적으로 몹시 걱정하는 이들이 특히 견디기 힘들었다. 눈물을 머금고 감싸안는 듯한 목소리로 그들은 가서 같이 있어주겠다고 말하곤 했다. 아니, 우린 괜찮아, 우린 그렇게 말하고, 다음에는 전화벨이 울다 끊어지게 내버려두자고 맘먹었다. 우리는 낮 시간에 치러진 장례식에 끌려 나갔다. 그건 짧고도 고통스런 일이었다. — 우리가 할 이야기가 뭐 있겠나? 그렇게 짧게 살다간 아이와의 다정했던 기억이 대체 뭐가 있다고? — 그때 난 다시 한 번 그 생각에 잠겼다. 비통함은 당신이 잃어버린 것들에 대한 슬픔이기도 하지만, 그에 못지않게 우리가 아예 해보지도 않았던 것들에 대한 후회라는 걸 말이다. 어쨌든 우리는 어찌어찌 그 일을 치러냈다. 코니의 어머니가 거기 함께 있었고, 그녀의 가까운 친구들 몇 명과 내 여동생도 함께했다. 아버지는 내가 원하면 오겠다고 하셨지만, 난 안 오셔도 된다고 했다. 우리는 식을 마치고 바로 집으로 돌아가 장례식 옷을 벗고 침대로 갔으며, 거의 그 다음 주까지 내내 거기 머물렀다. 낮에는 누워 있거나 잠을 잤고, 맛도 모르는 채 형편없는 음식을 먹고, 눈은 그 옆쪽 어딘가에 고정시킨 채 텔레비전을 보았다. 그 무렵 우리는 무감각했다. 내가 몽유병을 앓은 적은 없기에 그게 얼마나 유사한지는 모르겠지만, 우리는 살아 있다는 느낌이 전혀 없는 채로 앉고 서고, 걷고 먹었다.

간혹 코니는 늦은 밤에 일어나 눈물을 터뜨렸다. 사랑하는 사람이 비통해 하는 모습을 보는 게 끔찍한 일이긴 하지만, 그때 코니는 정말 걷잡을 수 없이 동물처럼 울었고, 나는 그걸 어떻게 해서든 멈추게 하고 싶었다. 그래서 다시 잠들 때까지 그녀를 꼭 안고 있거나, 아예 잠을 포기하고 밝아오는 창밖을 함께 바라보았으며 — 여름이라 낮 시간이 잔인하게 길었다 — 그런 새벽시간에 나는 엄숙한 약속 하나를 계속

되새겼다.

물론 그럴 때 하는 약속은 대개 말도 안 되는 것들이다. 이 경기에서 꼭 우승하겠다고 맹세한 선수가 8위로 들어오고, 피아노 곡을 완벽하게 연주하겠다고 약속한 아이는 첫 소절부터 실수를 연발한다. 그 분만실에서도 나는 약속하지 않았던가, 내 딸을 잘 돌보고 어떠한 위험으로부터 지켜내겠다고. 아내와 나의 결혼식 서약은 겨우 6개월 만에 깨졌다. 더 친절할 것. 더 열심히 일하고. 더 많이 듣고. 물건 잘 치울 것. 옳은 일을 할 것. 실제 닥치면 여지없이 깨지고 마는 결심들이 끝도 없이 많은데, 약속 하나 더 못 지키는 게 무슨 대수라고?

그래도 나는 스스로에게 다짐했다. 내 온 힘을 다해 이 여자를 계속 보살피리라. 항상 전화를 받고 그녀의 전화를 툭 끊지 않으리라. 그녀가 행복해진다면 뭐든지 할 것이고, 절대, 절대 그녀를 떠나지 않으리라. 좋은 남편이 되리라. 좋은 남편이 되고, 그녀를 실망시키지 않으리라.

122.
블루

시간은 흘렀다. 나는 직장으로 돌아가 동정의 말들을 견디며 일했다. 코니는 계속 집에 있으면서 우리가 '우울증'이라고 부르기를 주저했던 어떤 상태로 빠져들었다. 어쩌면 그건 그냥 비통한 슬픔이었는지도 모른다. 우리는 좀 애교스런 완곡어법으로 그 상태를 '블루'라고 불렀다. 그녀는 '블루를 느끼고' 있었다. 실험실에서 나는 전화를 걸었다. 그녀가 집에 있는 것도 알았고, 그녀가 전화를 받지 않으리라는 것도 알았다. 드물게 그녀가 전화를 받을 때도 대답은 중얼거리는 단음절이거나, 짜증이나 화를 내는 말투였다. 그녀가 그냥 전화를 받지 않으면 좋겠다고 바랄 지경이었다. "블루한 거야?" "응. 좀 블루해." 나는 일을 하려고 애썼다. 그러나 근심에 녹초가 되어 부서 미팅 시간에 묵묵히 앉아 말을 흘려듣기 일쑤였다. 그러다 저녁이면 아파트 계단을 올라가 엄청나게 크게 틀어둔 텔레비전 소리를 들으며 손에 열쇠를 들고 망설였다. 돌아서자, 그리고 계단을 내려가 어디로 가서… 저 방이 아닌 다른 데로 가기만 한다면, 그런 생각을 할 때가 있었음을 인정하지 않을 수 없다.

하지만 난 그러지 않았다. 대신 나는 심호흡을 하고 문을 열고 아무렇게나 옷을 입은 코니가 벌건 눈으로 소파에 누워 있는 모습을 보았다. 어떨 때는 와인 병이 따져 있을 때도 있었고, 어떨 때는 비어 있기도 했다. 간혹 그녀는 어떤 강박관념의 포로가 되어 순화의 의식을 벌여놓기도 했다. 찬장을 죄다 노랑으로 칠한다든지, 다락방을 싹 치운다든지 하는 일들 말이다. 대개 그런 의식은 반쯤 하다 내팽개쳐져 있었다. 나는 최선을 다해 그 피해를 수습하고, 뭔가 건강식을 만들어 그녀의 소파 옆자리에 앉았다.

그녀를 이 끔찍스런 상태로부터 건져내기 위해 내가 만든 연설문들을 여기 옮길 수 있으면 좋겠다. 다시 생활을 시작하는 일, 혹은 다시 사는 법을 배우는 일에 관한 그 연설문은 아마 온갖 화려한 말들로 끝맺었을 거다. 아마 창문을 활짝 열어젖혔을 수도 있겠고, 혹은 자연에서 어떤 영감을 찾았을지도 모르겠다. 어쩌면 쓸 만한 연설 덕분에 어떤'일단락' 같은 게 찾아왔을지도 모른다. 나는 밤늦게 잠을 설치며 그 연설문을 쓰려고 여러 차례 시도했다. 평범한 생각들을 시적으로 표현하고, 낙관론이나 오늘을 즐기는 것에 대해, 계절에 대해 얘기하는 글을. 하지만 나는 연설문 작성자는 아니었다. 유창하지도 않았고, 상상력도 모자랐다. 그래서 그로부터 20년이 흘렀지만 우리는 일단락 같은 단순하고 깔끔한 걸 쥐꼬리만큼도 경험하지 못했다. 설사 일단락이 가능했다 해도 나는 그게 우리가 진정 갈구한 것이었을지 의문스럽다. 기억하지도, 애틋해 하지도 않는다? 무엇 때문에?

그래도 나는 그 거대한 불행 속에서 그녀와 함께 앉아 기다렸다. 결국 우리는 생활을 재개했고, 지금 보기에 우리의 결혼생활은 그 무렵에 시작되었다. 우리는 허리를 쭉 펴고 집 밖으로 나가기 시작했다. 함께 극장엘, 전시회엘 다녔다. 그리곤 저녁을 먹고, 서로 얘기하는 일도 다시 시작했다. 물론 처음부터 웃고 지낼 수는 없었다. 전화를 받는 데 아무 문제가 없을 정도일 뿐이었다. 시시한 친구들 중 몇몇은 우리의 칩거생활 때 소원해졌지만, 그런 건 아무래도 좋았다. 다른 친구들은 자기네 가족을 꾸리기 시작했고, 자신들의 행운을 우리에게 뽐내지 않으려고 신중하게 처신했다. 우리는 이해했고, 멀찍이 떨어져 있는 걸로 만족했다. 이제부터 우리는 보다 작게, 보다 단순하게 살아가리라.

여전히 그림을 그릴 수가 없었던 코니는 직업을 바꾸었다. 상업 갤러리에서의 일은 그녀에게 진정한 기쁨이나 만족을 주지 못했고, 그녀는 대신 예술경영 공부를 시간제로 시작했다. 코니는 그 과정을 정말 좋아했다. 그와 함께 그녀는 박물관 교육부서에서의 일도 시작했다. 금세 요령을 익힌 그녀의 프로그램은 오늘날까지도 큰 성공을 거두고 있다. 가을이 되어 우리가 더 서펜타인 둘레를 돌고 또 돌았던 날로부터 1년이 지났을 때, 우리는 스카이 섬으로 가는 침대열차를 한 번 더 탔다. 특별한 의미가 있어 그곳을 고른 건 아니었다. 단지 우리 둘 다 좋아했던 곳이었고, 아마 제인을 데리고 갔을 법한 곳이기도 했으니까. 어느 날 아침, 일찍 일어난 우리는 호텔에서 바닷가까지 끊임없이 내리는 빗줄기 속을 걸어가 그녀의 재를 거기 뿌렸다.

몇 장 안 되는 사진들은 침실의 서랍에 넣어두고 이따금 꺼내보곤 했다. 매년 우리는 그녀가 세상에 오고 또 떠난 날을 기념하기로 했고, 매년 그렇게 하고 있다. 코니는 가끔 우리 딸의 미래를 상상해 보곤 한다. 딸이 어떤 모습으로 자랐을지, 관심은 뭐고, 재능은 뭘지. 그러면서도 코니는 감정에 복받치거나 감상에 젖어 눈물을 흘리지는 않는다. 오히려 약간 허세 같은 걸 부리기도 한다. 가령 코니는 그런 상상을 얘기하며 촛불 위에 손바닥을 올리곤 하는데, 그건 자신이 얼마나 강해졌는지를 보여주기 위한 것이다. 하지만 나는 이런 억지를 늘 싫어했다. 적어도 그런 상상을 입 밖에 내고 싶지는 않았다. 나는 귀담아 듣기만 할 뿐, 내 생각은 내 안에만 묻어두었다.

이듬해 5월, 파리의 자코브 가의 호텔에서 우리 아들이 만들어졌고, 18년 뒤 나는 그 아이를 찾으러, 또 집으로 데려가려고 길을 떠났다.

123.

지리적 별거

하지만 여기서 내가 앨비를 찾을 리는 만무하다. 베네치아의 어느 뒷골목, 작지만 아늑한 이 레스토랑에서는 말이다. 사실을 말하자면,

앨비는 내 관심사에서 잠시 벗어났다. 나는 매력적이고 다정한 덴마크 여인이랑 어깨를 나란히 하고 앉아 너무나 멋진 시간을 보내고 있었다. 어느새 우리 둘 다 약간 취했다. 해물파스타는 기가 막혔고, 화이트 와인은 시원했고, 먼저 날것으로 보여준 뒤 그릴에 구워 나온 생선도 얼마나 신선했는지 모른다. 그런 요리법에 나는 말도 안 되는 죄책감을 느꼈다.

"왜요?"

"바다에서 나온 이 아름다운 은빛 생명을 우리한테 보여줬는데, 우린 그걸 뼈다귀 더미로 만든 거잖아요. 게다가 저 대가리는 우릴 쳐다보고 말하네요. '보이냐, 너네가 나한테 저지른 이 처참한 짓이!'"

"더글라스, 당신 정말 이상한 분이네요."

그리곤 후식으로 딸기와 달콤한 시럽 같은 리큐어가 나왔고, 그리곤, 오호, 커피가! 평일 밤에 마시는 커피라니!

"이걸 털어내려면 열심히 걸어야 할 거 같은데요." 프레야가 말했다.

"좋은 생각이네요." 베네치아에서의 밥값으로는 아주 적당했다. 우리는 반반씩 계산한 후, 웨이터에게도 팁을 두둑하게 남겼다. 웨이터는 서서 우리랑 악수하면서 연신 고개를 주억거렸고, 까치발을 하고서 프레야의 뺨에 키스까지 했다. 그의 떠들썩한 이탈리아 말 속에 '포르투나토'[영어의 fortunate]가 거듭 등장하는 걸로 보아 날더러 아주 행운아라고 얘기하는 듯했다.

"저 사람, 나더러 아주 아름다운 아내를 뒀다고 말하나 봐요."

"그런 거 같죠? 그게 저는 아니지만."

"그걸 어떻게 설명해야 좋을지 모르겠네요."

"그냥 내가 당신 아내인 줄 생각하게 놔두시는 게 좋겠네요." 프레야가 그렇게 말했고, 난 그녀의 말을 따랐다.

우리는 널찍하고 멋진 길인 비아 가리발디로 되돌아갔다. 노천 레스토랑에서 저녁을 먹는 동네 주민들로 거리는 아직도 붐볐다. 다시 접어든 길은 대저택들 사이로 나무가 늘어선 행사용 도로 같은 길이었다. 우리는 걸었다. 아마 포도주, 혹은 그 밤의 아름다움, 혹은 치료용 반창고 덕분인지 몰라도 내 발가락의 물집과 발바닥의 상처 난 피부는 전혀 아프지 않았다. 나는 프레야에게 오늘의 성과를 들려주고 다음날 그 호텔 밖에서 기다릴 거라는 계획도 얘기했다.

"그런데 아들이 오지 않으면요?"

"아빠엄마도 없이 베네치아의 호텔에서 공짜로 묵는 건데요? 틀림없이 올 거예요."

"좋아요, 만약 아들이 오면요? 그때는 어쩌시려구요?"

우리는 계속 걸었다.

"난 애한테 한잔 하자고 할 거예요. 사과해야죠. 우리 모두 너를 너무 그리워한다고, 앞으로는 더 좋은 일만 있을 거라고 얘기해야죠."

그러나 내가 말하는 그 순간에도 그 계획은 도무지 그럴 듯하게 들리지를 않았다. 아버지와 아들이, 둘이 앉아 솔직하게 서로의 앙금을 털어놓고 마음을 나눈다고? '소가 음메' 이래 우리 사이에 느긋한 대화라고는 거의 없었다. 그런데 느닷없이 맥주를 앞에 두고 서로의 느낌을 두런두런 나눈다? "만약 사태가 좀 봉합되면, 코니를 여기로 다시 오라고 해서, 그랜드 투어를 계속할 수 있을지도 모르죠. 피렌체, 로마, 폼페이, 나폴리까지 갈 데가 아직 많아요. 아들이 원하면 걔 여자친구까지 같이 가도 되구요. 그게 아니면, 애를 잉글랜드로 데려갈 겁니다."

"그런데 아들이 가고 싶지 않다면요?"

"그럼 클로로폼에 적신 손수건과 밧줄을 써야죠. 차를 렌트해서 짐칸에 녀석을 싣고 돌아갈 겁니다." 프레야가 웃었고, 나는 어깨를 으쓱했다. "아들이 우리 없이 여행하고 싶어 하면, 그것도 좋아요. 편히 잘 지내고 있다는 걸 알려주기만 한다면요."

어느 높은 구름다리의 꼭대기에 우리는 서 있었다. 동쪽으로 리도섬이 건너다 보였다. "저 막 당신이랑 같이 기다리고 싶어지는 맘인 거 있죠. 물론 그랬다가는 아드님한테 설명하기가 좀 난감하겠지만."

"'앨비, 내 새 친구 프레야야. 프레야, 얘가 앨비랍니다.'"

"그래요, 난감하겠어요."

"그럴지도요."

"그럴 이유는 없는데!"

"없죠. 그럴 이유는 없는데…." 서로 말은 그렇게 했지만, 아래쪽에서는 프레야의 손이 은근히 내 손을 잡았다. 그리고 우리는 그 상태로 리바 데글리 스키아보니를 따라 숙소를 향해 걸었다.

"그럼, 내일은 어디로 가시는 건가요?" 내가 물었다.

"기차 타고 피렌체로요. 그 다음 날 우피치 미술관을 예약해 뒀거든요. 로마에서 사흘 머물고, 그 뒤로는 폼페이, 헤르쿨라네움, 카프리, 나폴리 등등, 당신이랑 거의 비슷한 여정이죠? 그렇게 2주가 지나면 팔레르모에서 코펜하겐으로 가는 비행기를 타요."

"생애 최고의 여름휴가네요."

그녀가 웃었다. "한 번 더 하고 싶지 않은 건 분명해요."

"그렇게 나빴나요?"

"아뇨, 아뇨, 아네요. 굉장하고 어여쁜 것들을 많이 봤죠. 저것 좀 보세요— 세상에, 멋지다!" 수평선으로 눈길을 돌리니 불을 밝힌 원양여객선이 무슨 우주 비행선처럼 엄청난 위용을 자랑하며 리도 섬에서 쥬데카 섬 쪽으로 미끄러져 아드리아해로 나아가고 있었다. "또 예술품들과 건물들, 호수와 산들도 굉장했죠. 다시는 보지 못할 대단한 것들이었고, 난생처음 그런 걸 나 혼자 보고 있었죠. 정말 입을 다물 수가 없었어요. 그럴 필요가 없더라구요. 물론 혼자 다니는 게 건강하고 자신에게 좋은 일이라고 스스로 다짐했지만, 우리가 과연 혼자 살 수 있는 건지는 아리송했어요. 그러니까… 우린 인간들이 말예요. 무슨 시험 치는 기분이더라니까요. 야생에서 살아남기 같은 게… 해볼 만한 경험이고 성공하면 기쁘지만, 그래도 그게 최선은 아닌 거죠. 누군가 동행이 있으면 좋겠다 싶었어요. 내 딸들과 손녀가 그리웠어요. 집에 돌아가 그 애들을 안으면 얼마나 기쁠지 모르겠어요." 프레야는 갑자기 숨을 내쉬고, 마치 뭔가를 털어내려는 듯 머리와 어깨를 빙빙 돌렸다. "지난 3주 동안 제일 많은 말을 한 것 같네요. 와인 탓인가. 성가시게 했죠?"

"전혀요." 우리는 곧 펜시오네에 도착했다. 현관 앞에서 우리는 마주 보고 섰다.

"오늘은 제 여행 중의 최고의 시간이었어요. 갤러리며 이 밤까지. 당신이나 저나 이렇게 늦게 만난 게 아쉬울 따름이네요."

"저도 그래요."

침묵이 흘렀다.

"누웠는데 천장이 빙빙 돌고 그러지 않았음 좋겠네요." 그녀가 말했다.

"저도요."

다시 침묵.

"그럼!"

"그럼…"

"우리 둘 다 내일 아침 일찍부터 일정이 있죠. 이제 자러 가야겠네요!"

"슬프지만 그렇네요."

내가 문을 열었지만 프레야는 꿈쩍하지 않았다. 난 다시 문을 닫았다. 그녀는 웃음을 터뜨리며 머리를 젓고는 쏟아 붓듯 말했다.

"난 알코올을 핑계 삼아 어쩌는 거 정말 싫어하지만, 내가 술도 안 마신 정신에 이런 얘기를 할지는 잘 모르겠어요, 그런데 당신 얘기로 짐작해 보면, 뭐 상관 안 하실 수도 있겠지만, 저는 말이죠, 당신이 그 끔찍한 골방에서 씨름하는 거 생각만 해도 못 견디겠어요, 그러니까 만약 저랑 함께하고 싶으시다면, 오늘밤에 말이죠, 제 방에서요, 무슨… 끈적끈적한 거 말구요, 그런 거 아니더라도, 그저 따뜻하게— 음, 따뜻한 건 좀 그렇네요, 따뜻한 거 찾기엔 너무 덥죠— 그냥 곁지기로, 안전항처럼, 맞나요 안전항? 피난처인가? 그래요, 죄책감이나 근심 없이 그러실 수 있을 것 같으면, 저로서는 너무 기쁘겠어요."

"그래요." 내가 대답했다. "저도 아주 그러고 싶어요." 그렇게 우리는 그날 밤 바로 그런 걸 했다.

124.

격렬한 밤들, 격렬한 밤들

음, 그건 실수였다.

그날 밤, 임상적으로는 아주 피곤한 몸이었지만 나는 전혀 잠을 이루지 못했다. 흔히 생각하실 그런 이유 때문은 아니었다. 카페인과 와인, 윙윙 어질거리는 가슴 탓에 잠을 설친 것인데, 그 힘은 그 어떤 에로틱한 열기보다도 더 강렬했다. 사실 프레야는 내 팔을 베개 삼아 금세 잠들었다. 그녀의 숨에는 강한 술 냄새와 낯선 향의 치약 냄새가 섞여 있었다. 그녀가 코를 곤 것은 아니지만, 코를 킁킁대고 목에 뭔가 걸린 듯 꿀꺽 삼키는 소리며 꾸르륵대는 소리가 상당했다. 겸손과 자의식 탓에 우리는 모두 티셔츠를 입고 자리에 누웠는데, 그게 부대껴 불편했다. 그리고 그 하늘거리는 면 시트가 내 발에 닿을 때마다 나는 몸을 뒤틀며 안간힘을 써야 했다. 결국, 점점 시간이 흐름에 따라, 그 밤의 황홀했던 기쁨들이 불편과 죄책감과 근심으로 서서히 둔갑했다. 아무리 생각해 봐도 이 여인의 옆에 꼼짝 않고 누워 있는 게 내 결혼생활을 되살리는 데 어떤 도움이 되는 건지 알 수 없었다. 그러다 뭔가에 찔린 듯 나는 깨달았다. 의자 위에 걸쳐 둔 바지 주머니 안의 내 전화가 아직도 꺼진 채라는 걸. 코니가 다시 전화했을까? 뭔가 새 소식이 있었으면 어떡하지? 만약 그녀가 내 도움을 원했다면? 그녀도 잠을 못 이루고 있을까? 라디오의 알람이 새벽 네 시를 알릴 때 나는 잠에 대한 모든 희망을 접고, 내 어깨를 프레야의 머리에서 조심조심 떼어낸 뒤 내 핸드폰을 꺼냈다.

새벽 네 시의 번쩍이는 액정 화면은 그 어떤 에스프레소보다 더 효과적인 각성제였고, 나는 순식간에 제정신을 차렸다. 아무것도 없었다. 음성 메시지도, 문자도, 이메일도 없었다. 좀 더 마음을 안심시키기 위해, 또 웃음 짓고 움직이는 내 아들의 모습을 보고 싶다는 감상적인 마음에, 나는 베네치아의 어느 이름 모를 광장에서 〈홈워드 바운드〉를 부르는 그들의 모습을 다시 플레이시켰다. 그들의 공연은 음성 없이 들으니 더욱 호소력이 있었다. 심지어 둘이 바보처럼 서로를 원한다는 표정으로 쳐다보는 시선도 — 이전에는 못 본 시선 교환이었다 — 살필 수 있었다. "그냥 걔들 하고 싶은 대로 하게 내버려둬라." 프레야는 그렇게 말했지. "앨비가 원하는 대로."

그럴 수는 없었다. 검색창에 '캣 킬고어'를 다시 입력했다. 두어 차례 쓸 데 없는 결과를 뒤적거린 뒤, 어느 사진 공유 사이트에서 그녀의 여행 사진 일기를 찾아냈다. 사진들이, 정말 어마어마하게 많았다. 캣과 앨비가 리알토 다리에서 찍은 사진도 있었다. 둘 다 입술을 불룩 내밀고 뺨을 서로 맞댄 채 전화기의 피시아이 렌즈에 이마를 바짝 붙인, 한창 유행하는 그런 포즈였다. 앨비가 잔뜩 쓸쓸한 포즈를 잡고 있는 사진도 있었다. 자기 기타의 목 부분에 볼을 대고 분위기를 잡은 그 사진은 서글픈 분위기의 흑백사진이었고, '연인이자 친구인 앨비 피터슨'이라는 설명을 달고 있었다. 그 밑에는 KK의 친구와 팬들이 입력한, 구두점과 문법을 파괴한 댓글들이 달려 있었다. "멋지구리!!! 꺼져라 쌍년 갠 내꺼임, 최오최오, 애 시드니 델꾸와, 보기 좋구만, 망할 지지배 아름다운 남친인걸." 이런 댓글들을 보면서 나는 한편으로 뿌듯하면서도, 앨비의 영토인 이 뻔뻔한 신세계가 무척 곤혹스러웠다. 거기서는 모든 것에 평점이 매겨진다. 심지어 생판 처음 보는 사람의 섹시함에 대해서도 말이다. 또 거기서는 표현 못할 의견이란 없다. 아무런 제약도, 억압도 없는 것이다. "나도 좀!"이라는 댓글도 있었다. 그게 다였다, "나도 좀!" 숨겨진 뜻들로 가득했던 뒷골목의 트라토리아에서의 대화들은, 술에 취해 속삭이던 그 비밀 이야기들은 다 어디로 갔을까? 아이구 세상에, 사람들이 자기가 느낀 걸 거리낌 없이 다 말해 버리는 세상에서 나는 대체 어떻게 살아갈 수 있을까?

이번에는 앨비가 어느 침대에서 찍은 사진이었다. 앙상한 상체를 다 드러낸 채 어느 프랑스 영화의 배우처럼 담배를 물고 있었는데, 보다 인신공격에 가까운 댓글들이 달려 있었다. 나도 들킬 염려 하지 않고 댓글 하나를 남길 수도 있겠다 싶었다. '담배 피는 건 쿨한 게 아닌데' 정도에다 썩어 문드러진 폐 사진 하나를 덧붙이면 좋겠다고 생각은 했지만, 그냥 다음 사진들로 넘어가버렸다. 기차역 플랫폼에서 잠자는 캣의 모습에 이어 피사의 사탑 앞에서 찍은 사진도 나왔다. 캣은 기우뚱한 그 탑을 다시 밀어 세우는 시늉을 하고 있었다. 나는 그 사진을 보며 웃었다. 앨비가 이런 모습을 보고 가슴이 설렌다고 생각하니 웃음이 나온 것이다. 그러다 나는 숨을 멈추고 생각했다—

피사의 사탑? 말도 안 돼!

피사의 사탑은 베네치아에 있는 게 아니다. 피사의 사탑은… 물론 피사에 있는 거다.

그 사진의 날짜를 확인했다. 오늘인가? 어제였다. 빌어먹을 피사의 썩을 사탑 같으니, 나는 그렇게 욕을 내질렀다. 그리곤 입을 손으로 가렸다.

나는 얼른 그 전 사진들을 다시 살폈다. 캣이 플랫폼에 있던 그 사진. 벤치 위의 표지판에는 — 볼로냐! 사진 설명은 이랬다.

"베네치아 너 땜에 뒈질 뻔. 관광객 졸라 많아. 다시 이동중!"

나는 더 큰 목소리로 욕을 뱉었고, 그 때문에 프레야가 몸을 뒤척이며 웅얼거리기까지 했다. 가슴이 허둥지둥 요동쳤다. 침착하자. 당일치기로 다녀오려고 그런 거 아닐까? 피사가 정확히 어디지? 프레야가 싸둔 짐 위에 이탈리아 여행 가이드가 있었다. 이탈리아의 장딴지 한복판이 볼로냐였고, 피사는 음음… 토스카나? 난 엉뚱한 도시에 있는 것일 뿐만 아니라 엉뚱한 해안 쪽에 있었다.

나는 다시 앞으로 가서 피사 사진을 보았다. 앨비는 아르노 강가의 긴 산책로에서 머리를 기타 케이스에 기댄 불편한 자세로 지루하고 화난 표정을 짓고 있었다. "우울한 앨비. 귂~ 귂~. 여행은 힘들기도 하단다, 얘야. 뼈마디까지 쑤시네. 우리 머리 어디다 눕히나." 그럼 레딩으로 돌아오란 말이다, 이 바보 같은 녀석아! 밤에 찍은 다음 사진에서는 앨비가 연안경찰들과 실랑이를 벌이고 있었다. 빈정대는 표정의 앨비를 바라보는 경찰의 눈은 모자 아래 가려져 있었다. "경찰이잖아, 앨비!" 나는 고함을 지르고 싶었다. "경찰이랑 시비 붙으면 안 돼!" "파시스트들에게 끌려감"이 캣이 말한 전부였다. 다음 사진은 뭘까? 앨비가 몽둥이 찜질 탓에 피 흘리는 모습? 아니었다. 길고양이 한 마리가 버려진 물병 주둥이에 입을 대고 물을 빠는 장면이었다. "안녕 안녕 꼬마고양이"라는 설명은 "내일은 시에나!"로 이어져 있었다.

내일. 그 내일은 오늘 아침을 뜻했다. 오늘 시에나로? 현재 시간 4시 8분. 내 바지를 집어 들고 손가락 끝으로 그 망할 신발을 챙긴 나는 까치걸음으로 그 방을 나왔다.

125.
프레야의 방문 밑으로 밀어 넣은 편지

프레야에게,

이런 걸 '프랑스식으로 빠져나가기' 라고 한다죠. 간다는 인사도 없이 훌쩍 떠나는 거요. 혹시 아시는 관용구인지 궁금하네요? 다른 건 다 아시니까. 좀 드라마틱하고, 또 좀 무례하다는 거 잘 알아요. 기분 나빠하지 않으시길 바랍니다. 하지만 워낙 평화롭게 주무셔서 깨우고 싶지 않았어요.

이렇게 급하게 떠나는 건 내 아들의 소재에 대해 우리 탐정들끼리 '뜨거운 단서' 라고 부르는 걸 발견해서입니다. 그 탓에 저는 점심시간이 되기 전에 이탈리아를 통째 가로질러 저쪽 해변에 가 있어야 하거든요. 제 시간에 거기 갈 수 있을지, 또 그래 봤자 헛수고가 아닐지는 아무도 모르지만, 그래도 해봐야죠. 당신도 부모니까, 부디 이해해 주시리라 믿습니다.

당신을 깨우지 않은 또 다른 이유는, 내가 무슨 말을 해야 할지 몰라서입니다. 그래서 비록 이 신새벽에라도, 종이 위에 내 생각을 적는 게 더 성공할 확률이 높겠다 싶었죠. 이 종이의 맨 위에 전화번호나 주소를 남기고 싶다는 생각을 아주 많이 했지만, 그래서 뭐하겠어요? 간밤에 우리가 나눈 대화는 정말 즐거웠어요. 하지만 그 덕분에 제가 왜 애초에 여기엘 왔는지 다시 깨닫기도 했습니다. 또 내가 늘 다짐하는 약속과 의무를 상기하기도 했구요.

우리가 다시 만날 일은 거의 없을 듯해 보이지만, 그렇다고 해서 당신을 향한 나의 따듯한 마음, 혹은 나의 감사하는 마음이 바뀌는 건 아닙니다. 당신은 너무나 흥미롭고 지성적이며 열정적인 여인이며, 정말 빼어난 어휘를 구사하시죠. 난 운명의 힘 따위를 믿지 않지만, 내 여행의 아주 힘든 부분에서 당신과 마주칠 수 있었던 걸 아주 큰 행운이라고 생각합니다. 당신은 너무나 멋진 동행이고, 또한, 이 말씀은 안 드릴 수가 없네요, 너무나 매력적인 여인이에요. 또 할머니에, 또, 아닙니다! 당신과 함께 피렌체로, 로마로, 나폴리로 여행하며 즐거워하고 싶은 마음이 굴뚝같지만, 슬프게도 그럴 수가 없네요.

그렇더라도 남은 여정 즐기시길 바랍니다. 그리고 그 뒤로도 혼자서든 혹은 새로운 누구와 함께든 행복을 찾으시길 빌게요. 당신의 어여쁜 아이들과 손주들과도 계속 즐거운 시간 보내실 테지요. 저는 우리가 서로 함께했던 날들을 늘 기억하렵니다. 늘 당신을 떠올리며 빙긋 웃음 지을 테고, 그럴 때마다 무한한 감사와 더불어, 아마도 상당한 후회를 느낄 듯하네요.

늘 행복이 함께하길,

더글라스 피터슨

126.

새벽기차에 오르다

새벽빛을 받은 도시는 덩그러니 버려진 모습이었다. 나는 그 누구와도 마주치지 않은 채 고요한 거리와 광장들을 가로질러 갔다. 스트라다 누오바에 이르렀을 때에야 새벽 근무를 하는 사무실 청소부와 호텔 종업원, 웨이터들이 나타났다. 고개를 푹 숙이고서 걸음을 옮기는 그들은 장밋빛 여명에 잠긴 그곳의 아름다움에 너무나 익숙한 듯했다. 나는 오로지 얼른 떠나야 한다는 생각뿐이었다.

피렌체행 첫 기차는 3분 만에 출발할 예정이었다. 그래도 꼭 있어야 할 것 같았던 두 잔의 더블 에스프레소를 사다 나는 손을 데었다. 함께 산 파이 같은 빵은 감자칩 봉지처럼 기름투성이였다. 조그만 냅킨으로 손의 기름을 닦자 냅킨은 즉시 산산조각이 났고, 그때 놀랍도록 찬란한 아침 햇살 속으로 기차가 꿈틀대며 달리기 시작했다. 기차는 베네치아를 본토와 연결하는 탯줄 모양의 좁은 길을 따라서 조심스레 미끄러졌다. 내 왼편으로 이제껏 내가 본 것들 중 가장 낯선 풍경이 펼쳐졌다. 자동차들이었다.

본토 해변부터 시작하는 베네치아의 교외지대는 초라하고 단조로웠다. 나는 알람을 두 시간 후에 맞춘 뒤 눈을 감고 잠을 청했다. 하지만 에스프레소 샷을 네 개나 마신 오판 탓에 이 야심찬 계획은 좌절되었고, 내 머릿속에서는 프레야에게 남긴 쪽지에 써내린 말들이 둥둥 떠다녔다. 지금쯤 잠자리에서 일어났겠지? 문 아래로 밀어넣은 내 편지를 발견해 읽을 테고 어떤 느낌을— 글쎄? 당혹감? 후회? 짜증? 내가 일방적으로 착각하는 걸 읽으며 키득댈까? 자기 가이드북에다 그 편지를 고이 접어 끼워두며 씁쓸한 지혜의 미소를 머금을까, 아니면 단숨에 찢어버릴까? 어쩌면 그녀를 깨워 작별 인사를 했어야 좋았는지도 모른다. 문득 생각이 달음질쳤다.

앨비 경우와는 달리, 나는 오늘 프레야가 정확히 어디 있을지를 안다. 두 시간 후 그녀는 바로 이 기차에 올라 말라비틀어진 교외의 뒷마당과 산업단지와 고층 업무단지들을 볼 테고, 지금 내가 그렇듯, 와인을 두 병씩이나 마신 걸 후회할 것이다. 그렇다면 나는 피렌체 역에서 편안히 그녀를 기다리기만 하면 된다. 아마 꽃다발 선물을 들고서? 우리는 그렇게 인사와 이메일 주소를 나눌 것이고 — "서로 연락하며 지내요, 친구처럼" — 그런 뒤에도 나는 오후면 충분히 시에나에 도착할 수 있을 것이다.

아니면 보다 환상적으로 내 추적 작업을 싹 다 잊어버리고 가능한 한 그녀와 오래도록 함께할 수도 있으리라. 전화기는 차창 밖의 저 바다호수에다 냅다 던져버리고, 앨비는 제 운명대로 살게 내버려두고, 아내도 그녀가 원하는 대로 하게 하는 거다. 코니는 늘 이렇게 충동적이고 열정에 휩쓸리는 사람이 아니었던가? 그토록 근면하고 믿음직한 모습을 오래도록 보여줬으니, 이제 나도 드디어 이기적으로 순간순간을 살아볼 권리를 누릴 수 있는 것 아닐까?

하지만 순간순간 살아가는 것의 문제는 그 순간이 훌쩍 지나가버린다는 데 있다. 충동과 순간성은 긴 시간을 염두에 두지 않는다. 책임과 의무 따위도 뒷전이고, 갚아야 할 빚이나 지켜야 할 약속 따위도 안중에 없다. 나는 내가 아끼던 사람들을 잃어버렸다. 지금이야말로 나의 원래 임무, 아들을 구하고 아내를 되찾는 데 집중해야 할 때였다. 그게 핵심이었다.

그렇게 나는 프레야 크리스텐슨을 잊고 내 여행을 계속하기로 맘먹었다.

6부

…

토스카나

127.

딱 36분간의 피렌체

36분. 내가 이 르네상스의 보석 같은 도시를 보는 데 할애한 시간은 딱 그만큼이었다. 그래야 시에나행 연결편에 무사히 탑승할 수 있었다. 그리 쉽지 않겠지만 꽤 재미있는 도전이 될 듯했다. 또 베네치아와 전날 밤의 기억을 털어낼 기회이기도 했다. 기차에서 총총 내려온 나는 왠지 지어낸 말 같은 느낌의 '데포지또 바가글리'에다 가방을 맡겼다. 휴대폰의 알람을 맞춘 뒤 기름내 자욱한 역 광장으로 나섰다. 엉성한 관광용품점들과 스낵 바를 지나고 수상쩍은 호스텔, 여러 약국들, 그리고 환전소도 지났다. 이런 국제적 현금카드의 시대에 누가 저런 환전소를 사용한다고? 그 길의 끝에서 고개를 돌리니 은빛으로 빛나는 유명한 두오모가 보였다. 멀리서 보는데도 그 규모와 정교함이 탄성을 자아내기에 충분했다. 하지만 내게는 시간이 없었다. 벌써 8분의 시간이 흘렀다. 관광정보 지도를 힐끗 본 뒤 오른쪽으로 방향을 틀어 전화가게와 우아한 아치 아래에서 허름한 가죽 제품을 파는 노점들을 지나 꼬불꼬불한 길을 따라 커다란 광장에 이르렀다. 지도를 보니 그곳은 피아짜 델라 시뇨리아였다. 총안을 뚫어둔 성채가 그 광장을 압도하고 있었다. 그 성채는 꼭 어린애가 마분지를 가지고 만들어낸 모양 같았다. 거기서 오른쪽으로는 어느 미친 체스 게임에서 꺼내온 듯한 거대한 동상들이 잔뜩 모여 있었다. 신이나 사자, 용, 칼을 쥐고 머리통을 쳐든 전사들도 있었고, 또 다른 나체의 병사는 자기 동료의 품 안에 안겨 지나치게 요란을 피고 있었다. 비명을 지르는 여인들도 있었고, 몽둥이로 괴물 켄타우로스를 때려죽이는 미친 벌거숭이 사내도 있었다. 그리고 이 모든 초현실적인 과잉 폭력의 현장을 지극히 못마땅하게 굽어보는 자리에는 미켈란젤로의 다비드 상이 서 있었다. 이제 15분이 흘렀고, 내 가이드북에 따르면 이건 단지 복제품일 뿐이었기에 나는 유달리 큰 다비드의 손만 다시 확인한 뒤 우피치 미술관 쪽으로 계속 걸어갔다. 아직 아침 10시도 안 됐는데 돌기둥들 밑으로 이미 엄청난 줄이 만들어져 있었다. 왜 거기 있는지 알 수 없는 자유의 여신상과 이집트 파라오의 모습을 한 인간 동상들이 지오토와 도나텔로, 피사노의 대리석상들을 보여주는 그림 아래에 네모상자를 두고 올라가 공연을 펼치고 있었고, 줄 서서 기다리는 사람들은 연신 지도를 펴서 부채질을 했다. 19분 경과. 거기서 한 여인은 분홍색 전신 스타킹 차림으로 긴 금발 가발을 쓰고서 종이 조가비 위에 올라가 균형을 잡고 있었다. 줄 서느라 지친 몇몇 관중들이 그걸 보고 즐거워했다. 더욱 애가 타는 건 우리 머리 위의 그 우아한 전시장에 실제 작품들이 걸려 있다는 사실이었다. 우첼로의 작품들 옆에 카라바지오와 다빈치의 작품들이, 티치아노의 그 유명한 〈우르비노의 비너스〉가, 그리고 세 개의 — 무려 세 개씩이나 — 렘브란트 자화상이 그 안에 있었다. 코니는 학창시절에 이 미술관엘 갔었는데, 정말 다시 가고 싶다고 얘기했었다. 너무나 쿨하고 아름다운 작은 보석, 그녀는 그렇게 말했다. 그래서 난 똑똑한 여행자답게 나흘치 관람권을 미리 예매해 두었다. 그러니까 — 19분 경과 시점에 난 좋은 생각이 떠올랐는데 — 오늘 오후에 앨비와의 재회가 잘 이루어지면 우리는 내가 예매한 그 티켓을 사용할 수 있다는 뜻이었다. 어쩌면 아들과 함께 토스카나의 언덕 위 도시들을 돌아다니다 여기서 코니와 다시 만날 수 있을지도 몰랐다. "이건 뭐 우피치가 아니라 큐-피치라 불러야겠네."[영어로 큐는 줄서기임] 우리가 그 현명하지 못하고 앞을 내다볼 줄 모르는 관광객들의 무리를 지나칠 때 나는 그런 농담을 날리리라. "미리 예약해 두시다니, 아빠, 정말 멋진 생각이었어요!" 앨비는 그렇게 말할 것이고, 다시 〈프리마베라〉 앞에 선 코니는 내 손을 꼭 잡을 테지. "고마워요, 더글라스." 코니의 그 말에, 나의 모든 걱정과 준비가 완벽하게 옳았음이 입증되리라. 하지만 몽상에 젖을 시간은 없었다. 어느새 20분 경과. 난 혹시 폰테 베키오 다리를 볼 수 있을까 해서 강 쪽으로 성큼성큼 걸었다. 하지만 그때 휴대폰의 알람이 삑삑 울기 시작했고, 그건 내가 역으로 돌아가기까지 14분이 남았다는 뜻이었다. 이제껏 내가 본 것은 우피치 입장객들의 긴 줄뿐이었다. 그걸 제외하면 저 위대한 두오모를 살짝 한 번 본 것, 가짜 다비드 상, 비너스 연기를 하는 인간 동상뿐이었다. 22분에 걸쳐 구경한 피렌체는 황갈색 가죽 핸드백 안에 든 냉장고 자석 위 보티첼리 그림 같았다. 하긴, 그래도 상관없었다. 우린 하나의 가족으로 다시 올 거니까. 나는 길을 되밟아 갔고, 29분 경과 시점에 역 건물이 내 눈에 들어왔다. 한숨도 못 잔 몸으로 땀을 뻘뻘 흘리고 숨을 헐떡대면서 나는 강한 커피와 알코올을 번갈아 마시는 건 삼가기로, 또 시에나행 기차에서는 푹 쉬기로 결심했다. 그렇게 1010 기차의 내 자리에 편안히 몸을 기댔을 땐 출발시간까지 3분의 여유가 남아 있었다. 나는 기차 방송에 귀를 기울였다. 몬테루포-카프라이아, 엠폴리, 카스텔피오렌티노, 산 기미그나노, 그런 이름들부터가 벌써 그림 같았다. 11시 38분이면 나는 시에나에 도착할 테고, 그 무렵 앨비는 침대에서 일어나겠지. 나는 눈을 감고 자리를 최대한 뒤로 제꼈다. 유럽 기차 여행의 기쁨이란! 도시의 외곽이 휙휙 지나갔다. 눈꺼풀이 점점 무거워지고 있었다. 그때 난 화들짝 놀라며 깨달았다. 산타 마리아 노벨라 역의 물품보관소에 맡겨둔 내 물건들을 찾지 않고 떠났다는 걸.

128.

시에나행 기차

갈아입을 옷도, 신발도 없었다. 주머니에 든 지폐와 동전 몇몇을 제외하면 돈도 없었다. 겨우 23유로 80센트였다. 여권도, 가이드북도, 칫솔이나 면도기도, 태블릿이나 전화 충전기도 없었다. 물론 휴대폰은 있었지만, 간밤에 내 방에서 자지 않았던 탓에 전화기 배터리는 18퍼센트로 떨어져 있었다. 그런데 갑자기 코니가 보낸 문자들이 한꺼번에 도착했다. 우수수 돌멩이 비가 떨어지듯이.

어디에요? 왜 내 전화를 끊어요?

당신 말 이상해요 걱정스러워요 디, 전화줘요 응.

화난 거 아녜요 걱정스럽다구요. 첨엔 에그, 이젠 당신이.

내가 당신 찾으러 갈게요. 지금 어딘지만 얘기해요. 안전하다고 말해 줘요.

제발 당신 편히 잘 있다고 말 좀 해줘요.

나는 응답 버튼을 누르고서 망설였다. 내가 과연 편히 잘 있는 건지 이젠 확신이 없었다.

129.
꼭대기까지 꽉 채운 컵

그도 그럴 것이, 예정일까지의 몇 달 동안은 긴장의 연속이었다. 코니는 자신의 건강과 능력을 믿지 못해 두려워하며 안절부절 온갖 짜증을 부렸다. 이번에는 아무 일도 없을 거라고, 나는 코니를 안심시키는 데 최선을 다했다. 코니는 단호하고 강인하며 유능하고 용감했다. 어느 누가 더 잘할 수 있단 말인가? 하지만 우리의 확신, 우리의 느긋함은 지난번에 이미 잔인하게 짓밟혔던 터라, 이번에 우리가 보인 신중함은 거의 편집증 수준이었다. 비타민, 오일과 토닉, 유기농 식단, 명상, 요가, 모든 게 동원되었다. 물론 그것들은 거의 다 객쩍은 주문 같은 것이었고, 지난번에 그녀가 뭔가를 잘못했다는 허황된 믿음에 근거한 것이었지만, 그게 코니의 맘을 편하게 했으니 나는 그저 잠자코 있었다. 게다가 첫 번째 임신과는 달리 떠들썩한 농담을 주고받는 일도 많이 줄었다. 꼭대기까지 꽉 채운 컵을 36주 동안 들고 다니며 한 방울도 흘리지 않는다? 그건 신중함과 고심, 인위적인 것이어서 깨지기 쉬운 평화였고, 거기엔 어떤 슬픔마저 깃들어 있었다.

하지만 출산이라는 그 충격적인 사건의 피땀 어린 혼돈 속에서는 슬프게든 평화롭게든 가만히 있는다는 게 어려웠다. 첫 진통은 새벽 두 시에 시작되었다. 앨비가 그 시간에 우리를 깨운 최초의 — 그 후 번번이 계속된 — 경험이었다. 황급히 분만실로 이동하는 그 순간에 코니는 내게 다짐하라고 했다. "아무 일도 없을 거라고 말해 줘요, 응?" 그녀의 손톱이 내 손바닥을 파고들었다. "물론이지. 당연히 아무 일도 없지." 난 그렇게 말했다. 달리 뭐라고 말하겠는가?

그런데 정말 아무 일도 없었다. 정말로. 다른 재앙이 또 찾아온다는 건 너무나 잔인한 일이었을 터인지라, 앨비는 순탄하게 이 세상에 나왔다. 심지어 우리가 눈치 채기도 전에 말이다. (코니는 이런 평가에 대해 다른 생각을 가질지도 모르지만.) 푸르딩딩한 얼굴에 이름 모를 걸쭉한 액체를 줄줄 흘리고 있었지만, 그래도 앨비는 사랑스러웠다. 이목구비가 뚜렷한 얼굴에 엄마의 진한 검은 머리칼까지. 섬칫했던 그 보랏빛 기운이 아이의 피부에서 사라지면서 얼굴이 조화를 찾았고, 또 호기심 많은 두 눈을 반짝 뜨면서부터는 '사랑스럽다'를 넘어 새로운 단어가 수면 위로 떠올랐다. '잘생겼다'. 잘생긴 남자애였다. 자기 누이가 아름다웠던 것처럼 이 아이는 그만큼 잘생긴 애였다. 아침 내내 코니가 자는 동안 나는 침대 곁의 비닐 의자에 앉아 아이를 안고 있었다. 겨울 햇살이 아이의 얼굴을 비췄는데, 맙소사, 난 그 애를 사랑했다. 내 아버지도 나를 이렇게 안았을까? 아버지 세대는 대기실에서 잡지를 읽거나 담배나 태우라는 권유를 받던 세대였다. 아이를 그들에게 보여주는 건 출산에 따른 혼란과 핏덩어리가 싹 치워진 다음이었다. 내 여동생이 병원에서 집으로 돌아올 무렵의 일은 내 기억에도 또렷이 남아 있다. 아버지가 여동생을 안은 모습은 참으로 부자연스러웠고, 그 얼굴은 정말 마지못해 한다는 표정이었다. 담배를 이 손에서 저 손으로 연신 옮기면서, 어떻게든 애를 누구에게 넘기려고 애쓰는 모습이었다. 그런 아버지가 의사였다는 건 정말 놀라운 일이다. 자기 애도 그렇게 못 만지면서 어떻게 피와 살을 능수능란하게 다룰 수가 있다는 것인지? 아무튼, 난 그러지 않겠다고 결심했다. 나는 항상 편안하고 느긋한 태도로 내 아들을 — 세상에, 내 아들이 생겼다! — 대하리라. 우리는 아주 친한 친구가 되리라.

우리는 거의 신경과민에 걸린 사람처럼 앨비를 탈지면으로 꽁꽁 싸서 집으로 데려갔다. 우리를 위로하러 왔던 사람들이 이제 축하하러 우리를 찾았고, 우리는 기쁜 마음으로 그들의 카드와 선물을 받았다. 약간의 위로가 묻어 있는 완벽한 품위의 축하들이 이어졌다. 우리는 밤마다 울어대는 앨비의 울음소리를 피곤한 안도감으로 귀에 담았다. 코니의 어머니가 일손을 돕기 위해 우리 집으로 옮겨 오셨고, 내 여동생도 걸핏하면 찾아와 애한테 구구구나 까꿍까꿍만을 연발하거나 끔찍해 보이는 아기 카디건을 뜨개질하곤 했다. 나도 내가 해야 할 일을 했다. 주전자 물을 끓이고, 청소하고 세탁하고 쇼핑하고… 그 무한한 능력의 소유자인 집사 가면을 다시 걸친 것이었다. 밤에 일어나 비명을 질러대는 앨비를 달래는 일도 맡았다. 그러면서 나는 자신에게 타일렀다. 긍정적으로, 적극적으로, 사랑과 보살핌으로 충만하게. 유심히 살펴서 둘 다 아무런 해도 입지 않게 할 것. 지켜야 할 약속들이 더욱 많아진 것이다.

130.

돌보는 직업

앨비가 충분히 튼튼해졌을 때 우리는 차를 규정속도 이하로 몰면서 어머니 돌아가신 후 내 아버지가 이사한 조그만 아파트로 갔다. 아버지가 그 집에 막 들어갔을 때는 충분히 쾌적한 곳이었는데, 어느새 재떨이 냄새에 찌든 컴컴하고 구슬픈 곳으로 바뀌어 있었다. 냉장고는 텅 비어 있었고, 박스는 뜯지 않은 채 쌓여 있었으며, 사진 액자들은 걸지 않은 채 굴러다녔다. 거기는 이미 지나간 삶의 저장소 같았지, 미래를 위한 집 같지는 않았다. 병원에서 일찍 퇴직한 아버지는 오후 내내 집에서 스릴러 소설을 읽고 옛 흑백영화들을 보면서 소일하고, 인스턴트 커피와 담배, 그리고 계란 스크램블, 삶은 콩 통조림, 포장 수프 따위의 아기 음식 같은 것들만 먹었다. 보건소의 의사로서 아버지는 항상 지시에 따라 움직였지, 적극적으로 모범사례를 따라하는 법이 없었다.

늘 별로 튼튼하지 못한 분이었지만, 아버지가 문을 열자마자 홀로 사는 걸 버거워하고 있음이 분명히 보였다. 이빨에는 백태가 끼어 있었고 피부는 창백했으며 면도 상태도 들쑥날쑥 엉망이었다. 뺨 위와 콧잔등, 그리고 양쪽 귀에서는 뻣뻣한 털이 비죽 삐져나와 있었다. 태어나서 처음으로 나는 아버지의 키가 나보다 작다는 걸 그때 깨달았다. 물론 아버지는 자신의 손자를 보고 흐뭇해 했고, 우우우 얼러댔고, 앨비의 손톱 크기와 머리칼, 눈에 대해 얘기하기도 했다. "얘가 널 닮았구나, 코니. 정말 다행이다." 아버지는 그렇게 말하며 웃었지만 편안해 보이지는 않았다. 손자를 안은 모습이 몸무게를 가늠해 보는 자세 같다 싶더니, 얼른 아이를 우리에게 넘겼다. 그리곤 예의 그 경계심과 불편한 기색으로 돌아갔다.

아버지는 사실 돌보는 직업에 어울리는 기질을 타고난 분이 아니었다. 보건소 의사로서 그는 아무리 심각한 질병이라도 죄다 부주의와 태만함 탓으로 돌렸다. 내 생각엔 아버지가 겁을 준 덕분에 건강해진 환자들이 많을 것이다. 한번은 앵글시 섬으로 가족 휴가를 갔는데, 거기서 나는 쇠붙이에 정강이를 긁혔다. 상처를 보니 피가 나오기 직전의 참으로 하얀 피부가 마치 기름종이처럼 거기 너덜너덜 매달려 있었다. 아버지는 그런 나를 보며 마치 내가 아버지 차의 페인트를 긁어먹기라도 한 것처럼 한숨을 지었다. 그게 사고였다는 사실은 중요치 않았다. 애초에 내가 놀지를 않았으면 그런 사고도 안 일어났을 테니까. 아버지는 항생제를 처방할 때처럼 마지못해 나를 동정해 주었을 뿐이다.

그렇다고 내가 억울했다는 건 아니다. 나의 아버지는 내가 생각하는 아버지 상과 딱 일치했다. 직업을 가진, 유능하고 자신감 넘치면서도 일면 내성적인 남자지만, 가족을 물질적으로 부양하는 자신의 의무에 대해서만은 철저한 사람 말이다. 무릇 아버지라면 좋아하는 팔걸이의자에 우주선 선장처럼 앉아 명령을 내리고 찻잔을 받고 반박 따위 염려하지 않으면서 뉴스에 대해 고함을 질러대야 마땅했다. 무릇 아버지라면 텔레비전과 전화, 보일러 온도조절장치를 장악하고, 식사시간, 취침시간, 휴가계획 등에 대해 전권을 행사해야 마땅했다. 일종의 무정부주의적 사회주의 가정에서 자란 코니와 그녀의 가족들은 음악과 정치, 섹스와 소화력 따위를 두고 항상 서로에게 으르렁대고 고함을 쳤지만, 내 아버지와 나는 여러분이 '친밀한 대화'라고 부를 만한 어떤 것도 서로 나눈 적이 없으며, 내가 그런 걸 원했을 리도 없다는 걸 나는 100퍼센트 확신한다. 아버지는 내게 계산자 쓰는 법과 자전거 튜브 가는 법을 가르쳐 주었지만, 날 안아주느니 차라리 탭댄스를 추고 말 분이었다.

아버지와 함께한 그 어색한 오후 시간은 참으로 더디 흘렀다. 나는 우리가 새로 만든 이 가족이 너무 자랑스러워 마구 뽐내고 싶었다. 보세요, 아버지, 나는 말하고 싶었다. 봐요, 내가 이 놀라운 여자를 찾았어요. 아님 그녀가 날 찾았거나. 우리한테도 사건이, 끔찍한 사건들이 있었지만, 바로 지금 여기 아버지 소파에 손을 잡고 함께 앉아 있잖아요. 제가 아들을 얼마나 잘 안는지 좀 보세요, 얼마나 능숙하고 편안하게 기저귀를 가는지도요! 아버지, 괘씸하게 듣진 마세요, 아버지한텐 깊이 감사하고 있으니까요. 하지만 전 아버지 같진 않다구요.

아, 초보 부모의 그 의기양양함과 그 자아도취란! 우리가 얼마나 잘하는지 보세요! 그거 어떡하면 되는지 보여드릴게요! 아마 내 부모님도 틀림없이 자신의 부모님들께 비슷한 걸 가르치려 들었을 거라고 생각한다. 그렇게 역사 속의 모든 자식들이 까불었을 것이고, 앞으로도 그럴 것이다. 아마 앨비도 틀림없이 언젠가는 우리가 — 내가 — 뭘 틀렸는지 마구 충고하면서 내게 앙갚음을 하려 들 것이다. 하지만 어느 세대든 자신들이 자기 부모보다 더 잘 안다고 생각하는 건 착각일 것이다. 그게 사실이라면 현명한 부모 노릇의 기술이 컴퓨터 칩의 처리 능력 만큼이나 기하급수적으로 늘어났어야 마땅하다. 세대가 거듭될

수록 그 기술은 점점 세련되어졌을 테고, 그래서 지금 우리는 허심탄회와 상호이해가 널리 충만한 낙원에 살고 있어야 옳다.

"그럼, 가볼게요." 저녁이 되자 내가 아버지에게 먼저 그렇게 말했다. 알전구 하나만 달랑달랑 매달려 있는, 마분지 박스들로 가득 찬 여유 방에서 자고 가라는 아버지의 권유를 나는 거절했다. "라디에이터 켜주마." 아버지가 건넨 당근책이었다. "아뇨, 갈 길이 멀어요." 갈 길이 전혀 멀지 않다는 걸 모르는 사람은 없었다. 어쩌면 양심에 찔리지 않으려고 내가 상상한 것인지 몰라도, 아버지는 안심하는 표정으로 우리가 떠나기도 전에 다시 뉴스를 켰다. 안녕히 계세요, 아버지! 잘 가거라! 앨비, 할아버지한테 빠이빠이 해! 안녕히 계세요, 곧 다시 뵐게요!

아버지는 6주 후에 돌아가셨다. 물론 나는 다음 생 같은 걸 믿지 않지만, 특히 신문 만화란에 그려진 그런 건 정말 질색이지만, 그래도 만약 아버지가 저 구름 위에서 이 시에나 기차를 내려다보고 있다면, 아버지는 당신께서 평소 애용하던 말들을 내게 맘껏 퍼부어도 좋으리라.

봐라, 봐. 똑똑한 척하더니 꼴좋다!

131.

타르타르산

뭔가 저기압에 짓눌린 기분이었다.

그건 단지 내 물건들을 잃어버린 거라기보다는 — 그 물건들이야 결국 잘 맡겨진 채로 있으니 되찾을 수도 있었다 — 내가 점점 통제력을 잃어가고 있다는 사실이었다. 코니와 통화한 지도 한참이었다. 그녀의 목소리를 듣고 싶었지만 내 목소리를 도무지 믿을 수가 없었다. 시에나가 어떤 전환점을 이룰 거 같긴 했고, 성과가 있으면 코니에게도 알릴 것이었다. 그런데 좋은 소식이 없으면, 집으로 도대체 어떻게 가지?

엠폴리에서 줄무늬 조끼 차림의 세 살쯤 된 꼬마가 내 테이블에 합석했다. 아이는 큰 덩치에 아주 쾌활한 할아버지할머니와 함께 여행 중이었다. 아이가 과자 봉지의 내용물을 꺼내는 모습을 할아버지할머니는 뿌듯한 미소를 머금고 지켜보았다. 인공착색 젤리 열두 개는 빨강 넷, 파랑 여덟 개였고, 타르타르산을 입힌 것이어서 혓바닥 위에서 지지직거리는 거였다. 아이는 그걸 헤아리고 또 헤아렸다. 그걸 줄과 칸으로 세우기도 했다. 세 줄 네 칸으로, 다시 두 줄 여섯 칸으로 말이다. 아이는 본능적으로 그 놀이를 즐겼다. 우리가 수학이라고 부르는 순간, 그 재미가 싹 사라져버리는 놀이 말이다. 아이는 손가락 끝을 빨았고 떨어진 설탕 알갱이들을 톡톡 두드렸다. 그것은 어느 과자를 먼저 먹을지를 고르는 쇼 치고는 최고였다. 난 진짜 열심히 그 아이를 보았다. 아마 요즘 기준으로 너무 열심히 본 건지도 모른다. 아이는 관중을 의식하는 공연자였다. 마침내 빨강 젤리를 먹기로 결정하고 그걸 입에 넣고서 시큼한 맛에 입술을 오므렸다. 그 모습에 내가 웃었고 이어서 우리 둘 다 함께 웃었다. 그의 할아버지와 할머니도 고개를 끄덕이며 함께 웃고 미소를 머금었다.

아이가 내게 킬킬대면서 이탈리아 말로 뭐라고 말했다. "잉글레세." 내가 대답했다. "노 빠를로 이딸리아노." 아이는 알아들었다는 듯 고개를 까딱하고선 파랑 젤리 하나를 내게로 내밀었다. 팔을 쭉 뻗은 그 몸짓은 너무나 아낌없이 주는, 너무나 익숙한 모습이었다. 나는 생각했다. 오 하느님 맙소사, 저건 앨비야. 예전에 앨비가 바로 저랬어.

132.

'녹화' 버튼

왜냐하면 앨비는 정말 귀여운 소년이었기 때문이다. 꼭 만화에서 걸어 나온 아이처럼 기분 좋은 장난기로 가득한 아이였다. 물론 힘든 때도 있었다. 특히 처음 몇 달 동안은 정말 힘들었다. 크루우프! 애는 쿠루우프에 걸리기도 했다. 이건 [기침을 많이 하면서 호흡 곤란을 일으키는 병인데] 특별히 부모들을 놀라게 하려고 자연이 만들어낸 질병이었다. 놀랄 일은 계속 잇따랐다. 원인 불명의 발진이나 눈물이 거듭되면서 우리는 잠 부족에 늘 신경이 곤두선 상태였다. 그러나 우리는 이 모든 것들을 기쁘게 견뎠고 아주 가끔 평정심을 잃을 뿐이었다. 우리가 그토록 갈망했던 게 바로 이런 '한결같지 않은 삶' 아니었던가? 나는 다시 일을 시작했다. 일터로 가는 내 맘속은 후회가 절반이었고, 한숨 돌리는 데 대한 감사가 또 절반이었다. 다시 집으로 돌아와서는 애를 씻기고 먹이는 내 임무를 완수했고, 그렇게 여러 날이, 여러 주가, 여러 달이 흘렀다.

아마 이 무렵의 어느 지점에서 앨비는 첫 기억들을 머릿속에 새겼을 것이다. 부디 그랬기를 바란다. 왜냐하면 당시 나와 코니는 대부분 놀랍도록 사이좋은 관계를 유지한 부모였고, 그런 부모로부터 더 사랑받고 더 보살핌을 받은 아이를 상상하기란 쉽지 않기 때문이다. 아이의 기억을 통제할 수 없다는 건 참으로 실망스런 일이다. 내 부모님이 햇살 좋은 날의 피크닉이나 아동용 물놀이장을 마련하느라 최선을 다했다는 건 잘 알지만, 고작 내가 기억하는 거라곤 광고 문구들과 라디에이터 위에 올려둔 젖은 양말, 공허한 텔레비전 테마 음악들, 밥 남긴다고 들었던 꾸중 따위뿐이니까 말이다. 앨비와 함께하면서 내가 '이건 꼭 기억해 줬으면' 하고 생각한 때들이 있었다. 한여름의 초원에서 웃자란 풀들 속으로 뛰어가며 자빠지던 모습, 한겨울날 침대에서 셋이 나른하게 누워 있던 기억, 어느 웃기는 노래에 맞춰 셋이서 부엌이 좁다고 춤추던 기억 같은 것 말이다. '녹화' 버튼이 있어 꾹 눌렀으면 좋겠다 싶었던 그런 순간들. 우리 셋은 마침내 하나의 가족을 이루어 대부분의 경우 아주 사이좋게 지냈던 것이다.

133.

무조건적인 사랑의 과학적 토대

어느 날 밤 우리는 함께 목욕을 하고 있었다. 그럴 때가 있었다. 앨비는 엄마의 다리 사이에 앉아 엄마 배에 머리를 대고 누웠는데, 그걸 보며 나는 그런 생각을 했다. 우리가 다른 사람의 삶이나 직업, 다른 이의 짝을 탐내기는 하지만(나는 그런 적이 없지만, 다른 이들이 내 아내를 탐내는 건 경험해 본 바 있다), 자기 아이보다 다른 누군가의 아이를 더 좋아하는 경우는 아주 드물구나(이런 건 들어본 적도 없고, 심지어 터부시될 것이다)라는 생각 말이다. 누구나 자기 애가 사랑스럽다고 생각하지만, 사실 모든 애들이 사랑스러운 건 아니지 않은가. 그런데 왜 부모들은 이런 사실과 무관하게 한결같이 자기 애들을 사랑하는 걸까? 이런 단단하고 뿌리 깊은 유대감의 이유는 무엇일까? 신경학적인, 사회학적인, 유전적인 이유 때문일까? 아마 이것은, 내 생각으로는, 우리가 생존 메카니즘의 일환으로, 즉 종의 번식을 위해 다른 애들보다 자기 자신의 애들을 더 사랑하게 굳어진 것일 터이다.

코니는 얼굴을 찡그렸다. "그러니까 당신 아이에 대해 느끼는 사랑이 진짜가 아니라, 그저 과학이라는 거죠?"

"그 말이 아니지. 이게 진짜인 거지. 왜냐하면 과학이니까! 친구나 연인에 대해서, 심지어 자기 형제들에 대해서 느끼는 감정은 다 조건부잖아. 그들이 하는 짓에 따라 달라진다는 거지. 그렇지만 아이들에 대해서는 이게 적용 안 돼. 애들이 뭔 짓을 하든 상관없는 거지. 못 말리는 개구쟁이들의 부모는 자기 애들을 덜 사랑한다? 과연 그럴까?"

"아니죠. 장난 좀 그만 치라고 가르치겠죠."

"바로 그게 차이지. 애들이 성공을 못 해도, 계속 못 말리는 짓만 해도 부모는 애들 편이야. 애들을 위해 모든 걸 다 바치지."

"앨비는 못 말리는 애 아닌데."

"아니지. 앨비야 예쁘지. 그런데 누구나 자기 애가 사랑스럽다고 생각해. 안 그렇더라도 말야."

"그럼 안 되나요?"

"물론 그래야지! 그런데 그게 바로 사람들이 말하는 '무조건적 사랑'이라는 거야."

"그러니까 당신은 그게 나쁘다 이건가?"

"아니—"

"아니면, 환상이다? '행태적 본능'이다?"

"아니, 난 그저… 생각난 걸 얘기하는 거야."

우리 둘은 잠시 말을 삼켰다. 목욕물이 식고 있었지만, 그렇게 나간다는 건 얘기에서 밀리는 꼴이 될 것이었다.

"앨비 앞에서 그런 말을 하다니, 진짜 어처구니없다!"

나는 웃었다. "이제 18개월 됐잖아! 애가 뭘 알아듣는다고 그래."

"그리고 당신도 그게 어처구니없다는 걸 알지 않아요?"

"그냥 생각나는 대로 말한 거야. 다른 거 없어."

"이 출중한 어린이 심리학자를 어째?" 앨비를 품에 안고 물에서 갑자기 벌떡 일어서며 코니가 말했다.

"생각나는 걸 얘기한 거라니까 그러네! 그냥 이론적으로 그렇다 이거지."

"어휴, 난 이론 따위 필요 없다구요. 더글라스." 아이를 수건에 싸서 밖으로 데리고 나가면서 그녀가 말했다. 내 아내는 이런 효과적인 출구전략을 찾는 데 언제나 재능이 빼어났다. 나는 한참동안 욕조에 그냥 누워 있었다. 내 주변의 물들이 점점 미지근해졌다. 코니가 피곤한가 봐. 나는 생각했다. 별일 아니니까. 그리고 그 언쟁은 모두에 의해 거의 즉시 잊혀졌다. 나만 빼고.

혹은 그녀가 그걸 잊었으리라고 내 맘대로 생각해 버렸거나.

134.

레고 사건

그렇지만 처음부터 그녀가 그 모든 것에 있어 더 낫다는 건 너무나 분명했다. 나보다 훨씬 능숙하고 다정하며 참을성이 많았고, 그 따분한 놀이터에서의 시간도 지겨워하지 않았으며, 신문을 펴드는 일도 없었고, 스무 번째, 스물한 번째, 스물두 번째 미끄럼틀 타기를 지켜보면서도 행복해 했다. 그네 밀어주는 것보다 더 따분한 일이 있긴 있나? 하지만 코니는 앨비가 휩쓸려 다니는 시간이 몇 시간이든, 며칠이든, 몇 주가 된다 해도 화를 내지 않는 — 혹은 아주 가끔씩만 화를 내는 — 듯했다. 그런 코니의 태도는, 애가 아무리 보채도, 애가 아무리 짜증나는 눈물을 남기고 가버려도, 파괴와 물감의 난장판과 으깬 당근을 남기고 가버려도 흔들리지 않았다. 우리의 새 소파에 애가 토해도 넌더리를 내지도, 화를 내지도 않았다. 아무데나 똥을 싸는 바람에 그게 마룻바닥 틈새로 떨어져 아마 지금까지도 어떤 분자의 형태로 거기 남아 있을 텐데도 말이다. 앨비는 자라면서 점점 더 노골적이고도 극단적으로 엄마에게 매달렸다. 처음 몇 년 동안은 이런 상황이 너무 당연해서 그다지 눈에 띄지도 않았다. 아무리 노력한들 아빠가 젖을 물릴 수는 없는 노릇이니까. 아빠와의 유대는 좀 더 나중에 생기는 것 아니겠나? 화학 세트나 모델 비행기를 사주고, 캠핑 여행을 함께하고 운전 교습을 시키고 하면서 말이다. 배드민턴 시합에서 애가 나를 꺾는 날이 올 테고, 그럼 나는 그에 대한 상으로 레몬을 전지로 바꾸는 걸 보여주리라. 그러니까 당분간은 크게 할 일이 없어 보였다. 그저 우리가 가까워지는 그날을 묵묵히 기다리는 것 말고는.

그런데 가면 갈수록 나는 숨은 재능을 발휘했다. 앨비를 돌게 만드는 재능 말이다. 애가 내 품에서 몸을 비틀며 괴로워하는데도 난 어찌할 바를 모르고 가만 서 있기 일쑤였고, 결국은 코니가 와서 내 시름을 덜어줘야 했다. 코니가 곁에 없으면, 우리는 안절부절 잘 견디질 못했다. 젖먹이 시절을 지나 걸음마를 배우기 시작하면서는 온갖 사고들이 일어나기 마련이긴 하지만, 유독 코니만 없다 하면 애는 발을 헛디디고 자빠져서 상처를 입곤 했다. 코니는 그런 흉터들을 지금도 척척 잘도 짚어낸다. 다 나 때문이라면서 말이다. 저기 저거, 저게 그때 커피 탁자 사건 때고, 저건 나무에서 떨어졌을 때, 저건 천장 선풍기 사건 때. 그리고 항상, 항상, 앨비는 엄마가 돌아오자마자 엄마를 향해 팔을 벌리고 달려갔다. 그러면 자신이 안전하다는 걸 아니까.

아무리 내가 선의를 베풀어도 항상 역효과를 낳았고, 심지어 내가 애용하려 한 애칭조차도 설 자리가 없었다. 에그[계란]는 코니가 만든 애칭이었다. 앨비, 앨뷰먼[계란 흰 자], 에그 화이트, 에그, 그렇게 말이다. 잘 어울리는 귀여운 애칭이었다. 원숭이처럼 엄마의 엉덩이에 달라붙는 앨비를 보고 나는 '몽키'라고 부르는 놀이를 시작했지만, 아무도 재미있어 하지를 않았다. 1, 2주 후 나도 그 놀이를 접었다. 그 뒤 레고와 관련된 사건이 벌어졌고, 그 후 이 사건은 피터슨 가문의 전래동화로 면면히 구전되었다. 그 얘기는 회자될 때마다 마치 나의… 음, 그게 나의 어떤 모습을 보여주는 얘기로 들먹여지는지, 사실 나는 잘 모르겠다. 왜냐하면 그때의 내 행동은 내가 보기엔 너무나 이성적인 것이었기 때문이다. 말할 것도 없이 나 또한 레고와 함께 자랐다. 당시에 레고는 지금보다 훨씬 금욕적이고 엄격한 장난감이었지만, 그래도 난 그걸 나만의 은밀한 비행(卑行)처럼 즐겼다. 그 딸깍 소리의 만족감, 그 비례, 그 단정한 모자이크 그림. 수학, 엔지니어링, 디자인, 그 모든 게 레고에 있었다. 놀이로 변장한 채 말이다. 그래서 나는 앨비와 내가 나란히 앉아 비닐 포장을 뜯고 조립설명서의 첫 페이지를 펼쳐 레고를 착착 쌓아올리는 날을 기다리고 또 기다렸다!

하지만 앨비는 쌓아올리는 테크닉 따위에는 관심이 없었다. 애는 너무나 단순한 설명서의 그림도 따라하질 못했고, 대신 다른 색깔의 조각들을 아무렇게나 붙여버리고서는 좋아라 했다. 아니면 물어 씹어서 사용할 수 없게 만들거나. 공작점토와 한데 뭉쳐버리거나, 라디에이터 뒤로 떨어뜨리기, 벽에다 던지기도 앨비의 레고 놀이법 중 하나였다. 대신 내가 무언가를 — 가령 경찰서, 혹은 정교한 우주선 같은 걸 — 만들어 놓으면 앨비는 단 몇 분 만에 그걸 박살 내서 이름도 형체도 없는 걸로 바꾸고서는 소파 뒤쪽으로 밀어 넣기 바빴다. 이런 식으로 수명을 다한 레고 세트들이 부지기수였다. 완벽하고 멋진 장난감이 앨비의 손 안에서 진공청소기에 빨려 들어갈 운명의 부스러기들로 둔갑한 것이다.

어느 날 밤이었다. 나는 내 아들이 가지고 놀, 뭔가 부서지지 않고 영구적일 것 하나를 만들기로 결심했다. 코니와 애가 잠자리에 들기를 기다린 뒤, 나는 큰 잔에 위스키를 따라 마시며 어느 잼 병 뚜껑에다 애럴다이트 본드를 갰다. 설명서를 펼쳐 놓고 나는 조심조심 접착제를 발라가며 해적선 하나, 트롤의 성 하나, 앰뷸런스 하나를 조립했다. 그렇게 나의 헌신과 노력 덕분에, 그 값비싼 자투리들의 박스 하나가 세 개의 완벽하고 오래 갈 장난감들로 변신하였다. 나는 그것들을 식탁 위에 올려놓고 잠자리에 들었다. 아침이면 엄청난 칭찬이 쏟아질 것이었다.

다음 날 아침 나를 깨운 것은 대성통곡의 울음이었다. 뭔가 실망했다는 뜻인데, 내 범죄에 비해 너무 턱없이 큰 울음소리였다. 하지만 앨비, 이것 봐. 내가 말했다. 이제 얘들은 영원할 거야! 절대 안 부서져! 하지만 애는 그게 영원하길 바라지 않아요, 울부짖는 앨비를 달래며 코니가 말했다. 애는 그걸 부수고 싶어 해요. 그걸 원한다구요! 레고는 그래서 창조적인 거구요. 부수는 게 창조적이라는 말은 왠지 아티스트들이 하는 말 같았지만, 나는 잠자코 실험실로 출근해 버렸다. 기분은 상했고 낙심은 천만이었다. 이제 레고의 기쁨은 더 이상 우리 것이 될 수 없단 말인가? 그 범죄의 결과물들은 찬장 높은 데로 유배되었고, 그 이야기는 몇 년 뒤 어느 저녁자리에서 웃기는 일화로 소개되었다. 그 일화는 무언가를 보여주는… 아니, 대체 뭘 보여주는 일화란 말인가, 그게? 내 상상력의 결핍, 창조성의 결핍? 재미란 걸 모르는 사람. 오 예, 두 사람은 그런 걸 기억하는 거였다.

어쨌든 이 일화는 어김없이 큰 웃음을 자아냈고, 한 아버지로서 나는 낯두껍게 앉아 나를 겨냥한 농담들도 즐길 줄 알아야 한다는 걸 배웠다. 우리 식구 중 누구도 우리 아버지를 두고 낄낄거린 적은 없었으니, 이 또한 일종의 진보라고 해야 할까?

135.

시에나

하지만 시에나 기차의 그 꼬마는 내게 충분히 호감을 느낀 것 같았고, 내가 목적지에 도착했을 무렵 우리는 끈끈한 친구가 되어 서로를 보며 고개를 연신 끄덕대고 또 끄덕댔다. 나는 애가 준 젤리가 고마웠고, 아무리 많이 줘도 다 먹을 수 있을 것 같았다. 언제 다시 또 먹겠는가? 하지만 기차는 이미 시에나 역에 당도하고 있었다. 챠오, 챠오! 저 멋진 미친 사람에게 인사해. 꼬마의 끈적거리는 손을 잡고 악수한 뒤 나는 토스카나의 무시무시한 대낮 뙤약볕 속으로 내려섰다.

구도심으로 가는 셔틀버스는 만원이었고, 배낭과 여행가방들로 가득한 거기서 막 도망친 정신병자처럼 털레털레 빈손인 걸 우쭐해 하는 사람은 나밖에 없었다. 버스는 중세 성문을 통과했고 우리는 버스에서 내렸다. 앞장서 걷는 내 뒤로 여행가방 끄는 소리들이 요란했다. 그렇게 또 하나의 성문을 지나니 뜻밖에도 거대한 빛의 광장이 홀연 눈앞에 펼쳐졌다. 광장 바닥은 아홉 개의 가는 쐐기들이 부채 모양으로 펼쳐진 게, 공작의 꼬리나 스코틀랜드 쇼트브레드 틀 같았다. 그 쐐기들의 중심점에는 커다란 고딕 저택이 서 있었고, 그 모든 광경이 햇볕에 그을린 붉은 테라코타의 빛깔로 반짝였다. 정말 압도적이면서 또 한편으로는 힘이 나게 하는 풍경이었다. 시에나는 성곽도시여서, 성곽 안에 모든 게 밀집되어 있는 작은 곳이었다. 베네치아가 내게 미로였다면, 여기는 신발상자였다. 피아짜 델 캄포는 어딜 가나 눈에 띄는, 든든하고 분명한 초점이었다. 확대경 밑의 개미처럼, 캣과 앨비가 내 앞을 지나지 않기란 불가능했다. 그 생각에 고무되어 정신을 바짝 차린 나는 경사진 광장의 중간쯤 헤링본 무늬로 깐 벽돌 바닥 위에 자리를 잡고 앉았다. 야구모자를 눈 바로 위에까지 눌러쓴 뒤 나는 깜박 잠이 들었다.

136.

재회

눈을 떠보니 세 시가 넘은 시간이었다. 어찌나 거세게 욕을 했던지 주변 관광객들의 눈총을 살 정도였다. 어쩜 이렇게 멍청할까? 일어나려는데 다리가 후들거렸다. 너무 피곤했던 나머지 누워 있는 새 머리가 한쪽으로 돌아갔고, 그 결과 내 얼굴과 목의 오른쪽은 화상 직전의 그 익숙한 팽팽함으로 후끈거렸다. 나는 비틀거리면서 다시 그 뜨거운 벽돌 바닥에 주저앉았다. 세 시간씩이나! 그 세 시간 동안 그들은 틀림없이 나를 지나쳤으리라. 앨비가 서서 주정뱅이처럼 자빠져 있는 나를 굽어보는 이미지가 선명하게 그려졌다. 옷은 땀에 흠뻑 젖어 있는데 입은 바짝바짝 탔다. 벽돌이 내 몸에서 남은 수분들을 마저 쪽쪽 빨아낸 자리에도 땀에 젖은 자국이 축축하게 남아 있었다. 내 머리는 틀림없는 일사병 증세로 지끈거렸다. 물, 물을 마셔야만 했다. 나는 끙끙대며 다시 몸을 일으켰고 잠시 서서 숨을 고른 뒤 태양이 달궈놓은 그 거대한 테라코타 사발의 변두리를 따라 휘청휘청 걸어 올라갔다. 마치 모래언덕을 오르는 아라비아의 로렌스처럼.

광장 끄트머리의 가판대에서 거금을 주고 물 두 병을 사서 한 병 반을 마시고서야 나는 벽에 붙은 유리에 내 모습을 비춰보았다. 수직선 하나가 내 목과 얼굴을 진홍색 부분과 하얀 부분으로 반분했고, 내 이마에는 야구모자의 그림자 탓에 적도 선 하나가 좍 그려져 있었다. 얼굴이 무슨 덴마크 국기 같은 꼴이었다. 피부를 손으로 만져보고 — 그 통증은 더 심해질 게 틀림없었다 — 나는 웃었다. 거대한 흐느낌에 앞서 터뜨리는 그런 웃음을 말이다. 그리고 나는 열기 속으로 다시 발을 옮겼다.

어질어질 메스꺼웠다. 그리고 나의 불합리한 행동에 치가 떨렸다. 피아짜의 가마솥으로 돌아가는 건 상상도 할 수 없었지만, 가서 드러누울 호텔도 없었고 주머니에는 12유로뿐이었다. 내 지갑과 여권이 있는, 지금도 차곡차곡 벌금이 쌓여만 가는 피렌체의 그 물품보관소로 돌아가기에도 부족한 돈이었다. 대신 나는 휘청거리며 인파들 속으로 걸었다. 손에는 물병을 쥐고, 어질어질 미친 듯이, 마치 뱀파이어처럼 그늘에 집착하면서, 머릿속에 남은 합리적인 생각이라곤 쥐뿔만큼도 안 되는 채로 말이다. 길거리가 광장으로 열린 곳에 이르니, 분홍색 가로 줄무늬로 장식된 화사한 두오모의 정면이 위로 불룩 솟구쳐 있었다. 종탑에서 갑자기 종소리가 울리자 사람들의 눈이 일제히 하늘로 향했다. 그리고 나서… 교회 종소리보다 훨씬 더 또렷하게 내 귀에 들려온 건 캣 킬고어가 그녀의 아코디언으로 〈빗 잇〉을 연주하는 천상의 음악소리였다.

나는 마지막 소절이 연주될 때까지 기다린 뒤 앞으로 나가 두 팔로 그녀를 둘렀다. "캣 킬고어!" 바싹 마른 입술을 움직여 나는 그렇게 말했다. "당신을 보다니, 정말, 정말 기쁘네!"

"이크, 미스터 피터슨." 그녀가 몸을 살짝 움찔하며 말했다. "얼굴이 완전 엉망진창이시네요."

아, 나로서는 가슴 뭉클한 재회였다. 하지만 난 지금도 그때 경찰이 개입되지 않았으면 좋았을 거라고 생각한다.

137.
오 사랑스런 나의 아들

나는 '경찰의 만행' 같은 표현을 쓰는 게 꺼려진다. 그건 전부 오해였다. 아니면 그들의 과잉대응이었거나. 내 과잉대응도 좀 있었고. 만약 내가 침착성을 잃지 않았더라면 사태 처리를 달리 했을 것이다. 그렇지만….

"캣, 내가 어떤 일을 겪었는지 상상도 못할 거야, 당신은."

그녀를 봐서 기쁘다는 걸 숨길 수가 없었다. 그녀가 나를 보고 반기는 것보다는 내 기쁨이 훨씬 더 컸다. 그녀는 벌써 다음 곡을 연주하고 있었으니까 말이다. 기가 막힌 〈스윗 차일드 오브 마인〉[사랑스런 나의 아들]이었다. 노래가 쉽지 않았기에 나는 차분히 기다리다 간주 부분이 나오자 물었다.

"캣, 나 앨비 좀 봐야 해. 지금 당신이랑 같이 있어?"

"말 못해요, 미스터 피—"

"아니. 진짜로, 나 걔한테 아무 일 없는지 알아야 해. 조금 있다가, 그럼?"

"말 못해요, 미스터 피—"

"아, 그래. 그래요. 미안해요, 연주 중인데. 그런데 그냥 어디 있는지만 내가 좀—"

"갠 여기 없어요."

"그럼 이 근처에? 응? 응?" 그녀가 다음 가사를 부르기 시작했고, 난 그녀의 중절모에 동전을 던져야 할 때로구나 싶었다. "그냥 걔가 있는 쪽을 손으로 가리켜 주기만 하면?" 5유로, 10유로 지폐까지 넣었다. 내 현금이 전부 그 모자 속으로 들어간 것이다. 동전이 더 없는지 주머니를 뒤졌다. "캣, 당신한테 뭐라 안 그래요. 다만 내가 정말 먼 길을 이렇게 왔으니까…."

노래가 끝났다. 하지만 그녀는 곧바로 〈라이더스 온 더 스톰〉 연주를 시작했고, 그렇다면 그녀의 연주는 끝이 안 날 수도 있었다.

"캣, 내가 돈 넣는 건 당신 연주 좀 그만하라고 그러는 거야." 내가 소리를 지르면서 그녀의 아코디언의 주름통에 손을 댔다. 그리고는 너무했다 싶어 얼른 손을 뗐다. 당연히 캣의 반응은 뜨거웠다. 그녀는 노래를 관두고 집게손가락으로 내 얼굴에 삿대질을 했다.

"어딜 만져요, 미스터 피! 아저씨 아들이 아저씨한테서 달아나려고 한다면, 그건 아저씨가 신경 쓸 일이 아니잖아—"

"글쎄, 어쩌면 그런 일일 수도—"

"내가 말야, 저 폭압적이고 고압적인 아버지랑 산다는 게 어떤 건지 잘 아는데—"

"폭압적이라고? 난 폭압적인 사람 아니야."

"…비록 아저씨 아들이 지금 내가 좋아하는 사람이 아니긴 하지만, 내가 걔를 고자질하는 일은 없을 거예요. 절대로!"

"좋아하는 사람이 아니라니… 왜, 둘이 싸운 건가?"

"뭐 틀린 해석은 아닌 거 같네요."

"그런 두 사람… 헤어진 거야?"

"그래요, 우리 헤어졌어요! 고소하시겠지만 표시는 하지 마셈, 미스터 피."

"언제?"

"간밤에요. 별 걸 다 물으셔."

"그럼, 그럼 앨비는 지금 어디에? 어디로 간 거지? 캣, 말해 줘요, 제발…." 그러면서 내가 손으로 그녀의 팔을 잡았다. 이 또한 실수였다.

"손 대지 말라니까!" 그녀가 고함쳤다. 주변에서 〈스윗 차일드 오브 마인〉을 즐기던 소수의 관중들이 내게 적의를 보인다는 게 느껴졌다. "말했죠. 앨비가 뭘 하든 그건 아저씨 일이 아니라고. 그리고… 아, 젠장." 그녀가 내 어깨 뒤를 봤다. "또 온다, 또 와."

아마 우리의 논쟁이 두 경찰관의 관심을 끈 것 같았다. 짧은 하늘색 셔츠 차림의 키 크고 잘생긴 남자 두 명이 곧바로 우리 쪽으로 다가오고 있었다. 캣은 무릎을 꿇고 앉아 서둘러 돈을 집어들고 자신의 찢어진 청바지의 꽉 끼는 주머니 속으로 구겨넣었다.

"걱정 말아요. 내가 얘기할게요."

"쟤들이 아저씨 땜에 그러는 줄 알아요? 나라구요, 나."

그랬다. 경찰들은 곧바로 캣에게로 가서 그녀의 양쪽에 서서 급박한 목소리로 빠른 말을 쏟아냈다. 사람들이 우리 주위로 모여들고 있었고, 허가증 얘기가 나오고, 그 동네의 규칙 얘기가 나오고 했다. 캣이 그들에게 얘기하는 목소리는 짜증나고 건방진 어조였는데, 그건 내가 보기에 무장한 공무원들에게 써서는 안 될 말투였다. "예에, 알죠. 허가증 있어야죠, … 아니 난 없죠, 잘 아시면서… 좋아요, 좋고. 잘 알겠으니까, 짐 싸서 가는 걸로…." 그녀가 아기를 안 듯 아코디언을 가슴에 품은 뒤 고개를 푹 숙이고 슬슬 빠져나가려고 시도했지만, 더 건장한 경찰관이 그녀의 어깨에 손을 얹어 막았다. 어깨가 딱 벌어진 고집쟁이 인상의 그가 수첩을 꺼냈다. "돈도 못 벌게 하는데 내가 어떻게 벌금을 내—? 웃겨, 뭘 주머니를 비워? 안 해! 꺼져, 이 씨발놈들아! 내 몸에서 손 떼!" 경찰들이 캣을 데리고 차 있는 데로 이동하자 구경꾼들이 길을 내주었다. 그럼, 어디로 데려가겠네? 앨비가 어디 있는지 일러주지도 않고?

"안 돼!" 내가 외쳤다. "안 돼, 안 돼, 안 돼, 안 돼, 이러면 안 돼!" 그러면서 나는 급히 그들을 쫓았다.

이렇게 뛰어든 게 이기심 탓이 아니라 내가 용맹해서였다고 말하고 싶지만, 캣은 내 마지막 희망이었다. 앨비에게 나를 데려다 줄 유일한 끈. 그래서 나는 두 경찰 사이를 비집고 들어가 내 손을 누군가의 팔에 올리고 손아귀를 풀려고 힘을 썼다. 그리 공격적인 동작은 아니었다. 내 딴엔 살살 달래는 몸짓이었을 뿐이다. 물론 외부인이 보기에는 이게 무슨 실랑이 같았을 수도 있고, 사실 내가 차분하지는 않았다. "끼어들지 마요, 미스터 피!" 캣이 돌아보며 소리쳤지만, 이미 엎질러진 물이었다. "이럴 필요 없잖소!" 난 계속 소리쳤다. "과잉대응이야, 이건! 이럴 필요 없어. 과잉대응 하지 마!" 내가 끌어당긴 팔은 더 큰 경찰의 것이었다. 여담으로 하는 말이지만, 흔히 대머리 사내들이 그렇듯, 그의 팔에도 털이 억세게 많았고, 손목에는 스쿠버 다이빙용 시계처럼 바늘이 네 개씩이나 달린 어마어마한 걸 차고 있었다. 그가 잽싸게 내 몸을 휙 돌리면서 살짝 빠져나가서는 내가 집에서 텔레비전 뒤의 전선들을 갈무리할 때 쓰는 그런 케이블 타이 같은 걸로 내 손목 둘을 한 데 묶을 때, 나는 문득 궁금해졌다. 이 경찰관, 주말엔 다이빙을 다니는 걸까?

138.

감옥의 단골손님

어릴 때 간간이, 감옥에 가면 내가 얼마나 잘 지낼까를 고민하곤 했다. 이런 걱정은 어른이 된 뒤에도 나를 따라다녔고, 나는 나름대로 결론을 내렸다. 잘 못 지낼 거라고. 물론 그런 상황이 일어날 것 같지는 않았다. 사실 최근 뮌헨 공항의 뉴스 가판대에서 소프트 민트 한 봉지를 훔치기는 했지만, 그런 걸 이탈리아 사법체계에서 다루진 않을 것이었고, 더욱이 증거는 이미 사라진 지 오래였다. 그렇기에 나는 시에나 중앙경찰서의 책상에 앉아 있는 동안 비교적 평온을 유지했다. 아니, 내가 무슨 죄를 저질렀냐고?

그럼에도 불구하고 내가 괜한 소란을 일으킨 것 같기는 했다. 이 미스터리 맨은 누구지? 무슨 관광객이 여권이나 운전면허증도 없고, 지갑, 돈, 열쇠, 호텔 예약 등 아무것도 없어? 신분증이 없다는 게 나를 어떤 절박한 인물로 보이게 했는데, 내가 절박한 건 사실이었다. 그들이 생각하는 것과는 다른 방식으로 말이다. 나는 그들에게 설명했다. 만약 돈을 좀 빌려서 피렌체로 돌아갈 수만 있다면 모든 걸 다 설명할 수 있다고 말이다. 그리고 캣의 것까지 포함해 모든 벌금을 다 내겠다고.

하지만 누구도 내게 그 기차요금을 꿔주려 하지 않았고, 가도 좋다고 말해 주지도 않았다. 캣과 내가 어떻게든 연결되어 있다고 믿었던 것이다. 내가 항의하는데도 그들은 그녀를 내 여자친구라고 불렀다. 캣이 그런 소리를 듣고서 어떤 느낌일지는 너무 뻔했다.

시간이 지날수록 경찰관들은 관심을 잃었고, 내게 대기실의 의자를 가리키며 나를 거기 내버려두었다. 캣은 책상 너머 사무실 어딘가에 있었고, 내가 치러야 할 벌은 아마 그녀를 기다려야 한다는 것인 듯했다. 딱딱한 플라스틱 의자에 앉아 몇 시간이 지나도록 하염없이 그녀를 기다리는 동안, 끝도 없는 관광객들의 행렬이 — 잘 그을린, 여권도 잘 가지고 있는 합법적 관광객들이었다 — 잃어버린 가방이나 지갑, 카메라를 신고하러 드나들었다. 모두 보험금을 받아내려고 신고하러 온 것이었다. 물론 나는 기다릴 수 있었다. 달리 내가 할 수 있는 게 없었다. 적어도, 이렇게라도 태양을 피하는 거다!

겨우 초저녁이 되어서야 그들은 나와 내 '여자친구'를 합석시켰고, 그렇게 앉아 또 기다리라고 했다. 처음에 캣은 아는 척을 안 했지만, 끝내 말을 걸었다.

"신발 좋은데요, 미스터 피?"

"고마워요."

"얼굴은 왜 그래요?"

"응? 아, 이거. 땡볕에서 그만 잠이 드는 바람에."

"무지 따갑겠다?"

"정말 따가워요. 정말."

"혹시 저 경찰들한테 내가 뷔페서 크로아상 훔치던 거 얘기한 건 아니죠?"

나는 손바닥을 위로 한 채 팔을 옆으로 벌렸다. "헤이, 난 경찰 앞잡이 같은 거 안 해." 코미디언 흉내를 내며 내가 말했다.

그녀가 웃었다. "아니, 거기서 왜 끼어들고 그러셨대."

"저 사람들이 좀 과잉대응 한 거였지. 안 그래요?"

"직업이니까 저러죠, 뭐. 허가증이 있어야 하거든요. 그치만 그건 죄다 관료들의 개뻑다구라구요. 글구, 저 사람들 날 좀 알아요. 내가 여기 단골손님쯤 되거든요, 그래서…"

"난 저들이 당신을 어디로 데려가버릴까 봐 두려웠어요."

"정말 고결한 분이십니다, 네, 네."

"사실, 난 내 생각만 했어요."

"이걸 고깝게 듣진 마세요, 미스터 피. 근데 왜 이렇게 냄새가 구려요?"

"아니, 아뇨. 나도 알아요. 내가 당신이라면 멀찍이 떨어져 앉을 거요."

그녀가 웃으며 의자 하나를 더 가깝게 앉았다. "그래도 앨비가 어딨는지는 얘기 안 할 거예요."

"그래도 걔가 괜찮은지는 얘기해 줄 수 있겠어요?"

"'괜찮다'는 게 뭐예요. 걔는 골치가 좀 아픈 애예요, 당신의 앨비는."

"그렇죠. 그런 것 같소."

"걔는 졸라… 칙칙해요."

"나도 알아요—"

"엄청 골만 내고. 정말 뭐가 그렇게 화나는지. 걔는 문제가 많아요. 뎁따 많죠. 아저씨랑요. 아저씨 얘기를 얼마나 많이 했는데."

"그랬소?"

"별로 좋은 얘기들은 아니었어요."

"그래요. 그래서 내가 여기까지 온 거요. 난 그때 그 일을 보상하고 싶어요. 그러니까… 참, 당신도 거기 있었네…"

"그거 참 싸늘했죠, 미스터 피. 졸라 싸늘했어요."

"나도 알아요. 그래서 내가 그 애를 봐야 한다는 거요."

"그게 그렇게 간단하진 않아요. 그것보다 훨씬 전부터 쌓인 거라구요."

"그래요. 그랬을 거요."

그녀가 눈을 가늘게 뜨고 나를 보며 말했다. "아저씨가 정말로 앨비 레고를 죄다 본드 칠을 해서 붙여버렸어요?"

"약간만요. 전부는 아니고, 약간만."

"글구 앨비를 멍청하다고 말하고?"

"세상에, 아니오! 애가 그렇게 말해요? 그건 사실이 아니오."

"앨비는 자기가 아저씨를 실망시켰다고 말했어요."

"그리고 그것도 사실은 아니오—"

"아저씨가 걔 때문에 실망한 것처럼 보인다고 그러던데요?"

"절대 안 그래요!"

"아저씨랑 미시즈 피랑 갈라설 거라는 얘기도 했어요."

이건 부인할 수가 없었다.

"그래, 그건… 사실일 수도 있어요. 아직… 정해진 건 아니지만. 걔 엄마가 그걸 말해 줬대요?"

"앨비 말로는 너무 뻔한 일이래요, 그게. 두 분이 여러 해 동안 사이가 좋지 않았다면서요. 그런데, 맞긴 맞네요. 미시즈 피가 말했다 그랬어요."

가슴 깊은 곳이 따끔했다. "우리가 헤어질 거라고? 아니면 헤어질지 모른다고?"

"헤어질지 모른다고."

"좋아요, 좋아—"

"하지만 앨비는 두 분이 헤어질 거라고 생각해요."

"아."

잠시 후 내가 겨우 물었다. "그래요. 관계란 게 절대 쉽질 않으니까요."

나의 그 말은 기껏해야 진부한 생각이었지만, 어찌 된 영문인지 캣에게는 그 말이 탁월한 지적처럼 보였던가 보다. "정말 옳은 말씀이세요!" 캣은 그러면서 울음을 터뜨렸고, 난 어느새 팔을 둘러 그녀의 어깨를 감쌌다. 책상의 그 경찰관이 측은한 눈빛으로 쳐다보았다. "나 그 사람 정말 사랑했어요, 미스터 피."

"안됐군요, 캣—"

"하지만 우린 정말 시도 때도 없이 싸웠어요." 그녀가 코를 훌쩍이며 웃었다. "그 자식은 졸라 다루기 힘든 애새끼예요, 안 그래요?"

"가끔은 그럴 수 있겠죠. 뭘 그렇게 싸웠소?"

"모든 것을요! 정치, 섹스—"

"아-하—"

"점성술도요. 심지어 점성술 가지고도 싸웠다니까요!"

"애가 뭐라고 그랬기에?"

"정말 버럭 화를 내잖아요. 행성들이 인간의 성격을 좌우한다는 건 순 헛소리고, 그딴 걸 믿는 인간은 전부 바보라고…."

"저런, 그런 말을 하다니"라고 말하며 나는 '역시 내 새끼!'라며 내심 뿌듯했다.

"그게 나더러 너무 늙었대요, 글쎄. 이제 겨우 스물여섯인데, 망할! 나 때문에 숨막히다면서, 혼자만의 시간이 필요하대나, 참 나."

어느새 그녀가 내 어깨에 머리를 기대고 있었다. 나는 팔을 둘러 한참 동안 그녀를 위로하면서, 다음 작전을 펴기 시작했다. "어쩌면, 캣, 내가 걔한테 말할 수 있으면, 잘 얘기해 볼 수도 있지 않을지?"

"무슨 소리예요, 미스터 피? 무슨 빌어먹을 소리예요, 그게?"

"그래도, 애가 묵고 있는 호텔 이름이라도 좀?"

"호텔에 없어요, 갠."

"그럼 호스텔에?"

"호스텔에도 없어요."

"그럼, 어디 있는 거요, 캣?"

캣은 코를 훌쩍이고서 헛기침을 했다. 콧물이 줄줄 흐르고 있었는데, 대체 무슨 영문인지 그녀는 내 팔뚝의 맨살에다 그걸 닦았다. 그녀의 눈물과 콧물 자국이 내 팔뚝 위에서 천장의 불빛을 받아 번득이는 게 보였다.

"스페인요."

"스페인?"

"마드리드요."

"앨비가 마드리드엘?"

"앨비는 교회 보는 거 지겹댔어요. '게르니카'가 보고 싶다고 했죠. 싼 비행기표를 구했다면서, 지금쯤 벌써 갔을걸요."

"마드리드 어디에 있을 거래요, 캣?"

"내가 그걸 어떻게 알아요."

앨비가 가버렸다. 이건 옳지 않아. 당치 않아. 왜냐하면, 모든 걸 다 걸었는데, 그러면 반드시, 반드시 성공해야 하는 거 아닌가?

하지만 상황은 그렇지 않아 보였고, 그 순간 나는 깨달았다. 아이만 잃어버린 게 아니구나. 어쩌면 내 아내까지도 잃어버린 거겠구나. 그렇게 완전히 허물어져 내리는 나를 이번에는 캣이 위로할 차례였다.

139.
감방에서

나는 그날 밤을 감방에서 보냈다. 하지만 그리 나쁜 일은 아니었다.

어쩌면 내가 오열한 것과 관련이 있을지도 모르지만, 몇 시간째 아무 짓도 안 하던 경찰관들이 벌떡 일어나더니 나를 캣에게서 떼어내 뒷방으로 데리고 갔다. 거기서 내가 흥분을 가라앉히자, 그는 온갖 몸짓을 다 하며 내게는 아무 기소도 하지 않을 것임을 설명했다. 하지만, 나는 어디로 가라고? 이미 자정이 가까웠고, 난 여권도 돈도 없었다. 담당 경찰관은 유치장을 보여주면서, 이것밖에는 방이 없다며 미안해하는 호텔 지배인의 표정을 지었다. 창문이 없는 조그만 방에서는 레몬 향의 소독약 냄새가 났다. 그 상황에선 오히려 그 냄새 덕분에 마음이 놓였다. 파랑색 비닐 커버를 씌운 매트리스는 살갗이 닿자 너무 시원해서 기분이 좋아질 정도였다. 스테인리스로 만든 변기에는 시트가 따로 없었고 필요 이상으로 침대와 가까웠다. 베개도 걱정스럽긴 했다. 감옥의 베개는 다른 베개들과는 달랐다. 베개는 셔츠로 감싸고 화장실은 안 쓰기로 한다면 그럭저럭 괜찮았다. 이것보다 더 형편없는 데서 자느라 140유로가 넘는 돈을 쓰기도 했거니와, 그 대안이라 할 시에나의 노숙도 그다지 끌리지 않았으니까 말이다. 그리하여 나는 즐겁게 흥정을 마쳤다. 다만 감옥의 문은 살짝 열어둔다는 조건 하에.

"포르타 아페르타, 씨?"

"씨, 포르타 아페르타."

그리고 나는 홀로 남겨졌다.

패배의 기쁨 중 하나는, 일단 받아들이고 나면 적어도 휴식을 허락해준다는 점이다. 해피엔딩을 일구겠다는 환상에서 벗어나고서야 나는 편히 잠들 수 있었다. 꿈을 하나도 꾸지 않은, 놀랍도록 깊은 잠이었다.

140.
목록

"내 생각엔 우리 애가 날 그다지 안 좋아하는 것 같아?" 어느 날 밤 침대에서 내가 코니에게 말했다.

"웃기지 말아요, 더글라스. 뭣 때문에 그러실까?"

"나도 몰라. 당신이 집을 떠나면 애가 막 우니까. 아, 그리고 나한테 그렇다는 얘기도 해."

그녀가 웃으며 가까이 왔다. "걔가 '엄마 시기'란 걸 거치고 있는 거예요. 모든 남자애들이, 여자애들도, 그걸 거쳐요. 몇 년만 있어 봐요. 당신이 앨비의 아이돌이 될걸요."

그래서 나는 앨비의 아이돌이 되기를 기다렸다.

앨비는 학교에 다니기 시작했고, 학교생활을 즐거워했다(고 생각한다). 그러면서 내가 퇴근하면 애가 잠자리에 든 경우가 많아졌다. 애가 벌써 자고 있으면 나는 가서 아이를 보면서 머리칼을 넘겨주고 이마에 입을 맞추곤 했다. 갓 목욕한 아이에게서 나는, 페어스 비누와 딸기 치약의 향기가 나는 참 좋았다.

만약 깨어 있으면:

"오늘밤엔 아빠가 책 읽어줄까?"

"아뇨. 엄마가 책 읽어주는 게 더 좋아요."

"진짜? 내가 얼마나 책을 읽어주고 싶은데—"

"엄마! 엄마아아아!"

"알았다, 엄마 데려오마." 그러면서 문을 닫으며 한마디 더. "젖은 머리로 자면 안 돼, 앨비. 그러다 감기 걸려." 과학적으로는 아주 미심쩍은 이런 말을 나는 왜 상습적으로 했을까? 참을 수가 없었던 것이리라. 휴가 가서 애에게 위경련 나니까 밥 먹고 바로 수영하지 말라는 말 만큼씩이나. 아니 물과 피부가 어떻게 반응하기에, 내장이 갑자기 경련을 일으키고 수축을 일으키고 한단 말인지? 이유가 뭘까? 사실 이유불문이다. 그건 그냥 목록에 있는 말이었던 것이다.

내 어린 시절과 10대 때를 통틀어 나는 꾸준히 하나의 목록을 만들어왔다. 내가 부모가 되면 절대, 절대로 쓰지 않을 진부하고 짜증나는 말들의 목록이었다. 모든 아이들이 이 목록을 만든다. 각각의 목록은 아주 독특하다. 물론 상당 부분 겹치기도 하겠지만. 손대지 마라, 더러워! 고맙다고 편지 써라, 아니면 선물도 끝이다! 굶주리는 사람들이 얼마나 많은데, 어떻게 음식을 남기니. 앨비가 어렸을 때도 이런 말들이 난무했다. 비스킷 그만 먹어라, 밥맛 없어! 방 좀 치워라! 잠 잘 시간 한참 지났다! 다시는 아래층으로 내려오지 마! 그래, 불 꺼야 한다니까! 대체 뭐가 무섭다는 거니? 울지 마! 애기처럼 왜 그래. 울지 말라고 했지. 울·지·마!

141.
설거지 대화

"질문 하나 해도 돼요?"

"뭔데?"

"직장에서 말예요, 당신이 아는 사람 중에 신발끈 못 묶는 사람이 얼마나 되죠?"

"아무도 없지."

"그리고 당신이 아는 어른 중에 칼을 쓸 줄 모르거나 채소를 아예 안 먹는 사람은 몇 명이나 되나요?"

"코니—"

"아니면 저녁 먹을 때 똥이나 오줌 얘기를 하는 사람은, 아니면 펠트펜 뚜껑을 열어놓는 사람은, 아니면 어두운 걸 무서워하는 사람은 얼마나 되요?"

"당신이 말하려는 게 뭔지는 알지만—"

"그러니까 우리 그냥 생각해 버려요. 앨비가 그 모든 걸 언젠가는 다 배울 거라구요. 그러니까… 당신이 끊임없이 애한테 야단치는 그 시간들 말예요, 안 하는 때가 없으니 항상이네, 그 모든 시간은 다 낭비라구요."

"그건 말이 안 돼."

"왜 안 돼요?"

"왜냐하면 내가 그러는 건 애한테 신발끈 묶는 거나 브로콜리 먹는 걸, 똑바로 얘기하는 걸 가르치겠다는 게 아니니까. 그건 뭘 하든 제대로 하라는 거잖아. 애한테 응용의 힘과 인내, 규율을 가르치는 거라고."

"규율이라니!"

"난 애한테 우리 삶의 모든 게 쉽거나 재밌지만은 않다는 걸 가르치는 거야."

"맞아요." 코니가 한숨을 내쉬며 고개를 저었다. "틀림없이 그런 걸 가르치고 있죠."

내가 권위주의자였던 걸까? 분명 난 내 아버지보다는 덜했고, 이치에 맞지 않게 권위만 앞세우지도 않았다. 코니는 어느 정도의 건방진 행동과 무례함, 반항은 — 벽에 크레용 칠하기, 먹기 싫은 꽃양배추를 신발 속에 숨기기 따위는 — 너그러운 끄덕거림과 윙크, 머리 헝클이기로 대응해야 한다고 믿는 학파였다. 난 그렇지 않았다. 내 본성도 그렇지 않았고, 그렇게 자라지도 않았다. 나는 또 아무 때나 칭찬해 줘야 한다는 학파 소속도 아니었고, "사랑해요"란 말을 아무렇게나 건네는,

그게 마치 "잘 자라"나 "잘했어", "나중에 보자"는 말이나 헛기침 대신 써도 되는 어떤 말인 듯 남발해야 한다는 학파 소속도 아니었다. 내가 아들을 사랑하지 않은 건 아니다. 나는 물론 정말로 사랑했다. 하지만 애가 어딘가에 불을 놓으려 했을 때는 아니었다. 수학 숙제를 하지 않으려고 떼를 쓸 때나, 사과 주스를 내 노트북컴퓨터에 쏟았을 때, 내가 텔레비전을 껐다고 징징대며 우는 소리를 낼 때는 아니었다. 결국에는 애가 나한테 감사하게 될 것이다. 그리고 만약 내가 선을 넘어버렸다면, 내가 분통을 터뜨렸다면, 웃음을 지어 보였어야 했을 때 으르렁거렸다면, 그건, 음… 너무너무 피곤해서였을 뿐이다.

142.
기회들

그 무렵 나는 해 뜨기 전에 아침을 먹고 장거리 통근을 했다. 패딩턴역에 내려 런던으로 출근하는 인파들을 뚫고 나는 기차에 올랐고, 레딩 외곽의 연구실험실로 출근해 프로젝트 매니저로 일했다. 지하철, 기차, 다른 기차, 그리곤 걸어야 하는 긴 통근길이었다. 그리고 저녁이면 같은 길로 돌아왔다. 평일의 그 전쟁은 정말 진이 빠지고 지독한 일이었고, 그렇다고 다른 누구를 비난할 수도 없었다.

대학을 떠난 건 내 결정이었으니까. 앨비가 학교에 다니기 시작하고 얼마 뒤 나는 민간 부문으로부터 새 일자리를 제안 받았다. 당신도 뉴스나 다큐에서 들어보았을 다국적회사였다. 이 거대한 글로벌 회사는 의약품이나 농약 부문에 다양한 투자를 하고 있는 데였고, 과거에는,

종종, 윤리 문제를 자신의 전략 중심에 두지 않았던 회사였다.

그런데 하루는 옛 동료가 선탠을 하고 날렵한 수트 차림으로 내게 와서 그런 제안을 한 것이다. 당시 내 가족은 완벽하게 멋진 아파트에서 살고 있었다. 다만 은행잔고나 연금계획이 없었고, 주택담보대출만 잔뜩 안고 있는 게 문제였다. 앨비가 태어나기 전 나는 상당하지만 놀랄 정도는 아닌 봉급을 받으며 단기 프로젝트들을 여럿 맡았었다. 우리 가계의 큰 부분을 차지하던 영화표나 보드카 앤 토닉을 사는 데는 충분한 돈이었다. 그새 나는 학위를 받았고, 날 위해 일하는 조교들도 있었으며, 몇 년 안에는 교수가 될 가능성도 아주 커 보였다. 그렇지만 당장에 애 밑에 들어가는 돈과 끝도 없는 새 신발 요금 청구서를 감당하기에는, 코니가 박물관에서 받는 시간제 봉급이 있어도 빡빡했다.

다른 힘든 점도 있었다. 장기적인 보장의 부재, 관리자로서의 부담, '지명도 높은' 학술지에 논문을 발표해야 한다는 압박감, 뻔뻔하게 끌어와야 했던 펀딩까지. 과학 공부를 시작했을 때 나는 순진하게도 정치가들이 인류의 지식을 진일보시키기 위해 안간힘을 쓸 것이라고 짐작했다. 분명, 자신들의 정치적 색깔과 무관하게 모든 정부는 과학기술의 혁신이 부와 번영을 가져온다는 걸 알아볼 것이다? 옳다. 하지만 모든 연구가 즉각 상업적으로 적용될 수는 없고, 한눈에 봐도 '번역 가능한' 것이지는 않다. 그런데 대체 누가 어떤 생각의 틀이 어떤 결과로 이어질지를 미리 알 수 있단 말인가? 너무나 많은 위대한 업적들이 처음에는 너무나 보잘것없어 보이는 어떤 관찰로부터 말미암지 않았던가. 아니, 그리고 인간의 지식 총량을 늘리는 데 이바지하는 것이라면 어떤 것이든 가치 있는 것 아닌가. 가치 있는 것을 넘어, 그것은 반드시 필요한 것일 터이다.

그런데 우리한테 투자한 기금이 그냥 사라지는 것이라면 그런 필수성조차 묵살되었다. 가면 갈수록 연구조교들에게 최저임금 중의 최저임금을 주는 데도 충분한 돈을 찾기가 여의치 않았다. 국가의 미래는 분명 혁신과 개발이 아니라 지구 금융 체계와 텔레세일에, 연예산업과 커피숍에 달려 있는 것 같았다. 영국은 커피에 얹을 우유 거품 내는 것과 시대극 만들기로 세계를 선도할 것이었다.

그때 내 앞에 이 거대 다국적 기업이 나타나 내 업적과 학위에 걸맞은 온갖 복지 혜택과 연금, 연봉을 보장한다는 것이었다. 최신 장비를 갖춘 실험실, 최고로 똑똑한 석박사들도 거기 있었고, 그리고 내 옆엔 가족이 있었다. 나는 가족을 먹여 살려야 한다는 새로운 의무감을 느꼈고 — 이런 건 새로 아버지가 된 사람들에게 공통적인 것일까? — 그게 아무리 원시적인 소리로 들리더라도 실제 그랬다. 물론 내가 혼자 결정을 할 수는 없었다. 코니와 나는 밤늦도록 여러 날에 걸쳐 얘기했다. 그녀는 그 회사의 이름을 신문이나 뉴스에서 보고 들어 알고 있었다. 비록 그녀가 '신념을 버리는 짓'이라는 표현을 드러내 쓰지는 않았지만, 그녀의 입술에서 그걸 읽을 수 있었다. 대기업에 대한 그녀의 반응은 감정적이고 본능적인 것이었고, 내 생각에는 순진한 것이었다. 그래서 나는 문제를 합리적으로 따지자고 했다. 의미심장한 변화를 만들려면 큰 조직을 통해 일하는 수밖에 없으니, 그렇다면 바깥보다는 그 안으로 들어가는 게 낫지 않나? 이윤이라는 게 정말 그렇게 지저분한 말인가? 든든한 가계, 더 나은 벌이는 어떻게 하고? 방 하나 더 있으면 좋지 않을까? 우리들만의 정원, 훨씬 더 좋은 학교가 있는 집, 아마도 런던 바깥의? 코니를 위한 스튜디오— 그녀가 그림을 다시 그릴 수 있는 것이다! 학교에 낼 돈은 어쩌지?

코니가 고개를 치켜들었다. "난 그런 거 안 원해요—"

"지금은 아니라도 말이지—"

"그리고 그걸 우릴 위해 한다는 척하지 말아요."

"그게 사실인데? 내가 거길 간다면, 그건 우릴 위한 거지, 어느 정도는…."

"중요한 건, 돈 때문에 그런 결정을 하지는 말라는 거예요. 딴 게 아니라."

그건 참 고결한 생각이고, 가르치는 일을 하는 아티스트인 코니다운 생각이었다. 하지만 '돈'이라는 그 싸늘한 말을 '보장' 혹은 '안전'으로 바꿔보자. '돈'을 '안락' 혹은 '마음의 평화' 혹은 '안녕'으로, '좋은 교육'이나 '여행' 혹은 단순히 '행복한 가정'으로 바꿔보자. 자주 — 항상이 아니라, 자주 — 이런 것들은 동의어가 아니던가?

"아뇨." 코니가 말했다. "전혀 안 그래요."

"그럼 당신한테 결정권이 있다면, 날더러 어떻게 하라고 할 거야?"

"그 결정권이 왜 나한테 있어요? 그건 당신 직업이고, 당신 경력인데—"

"하지만 만약 당신한테 결정권이 있다면 말야?"

"난 그리 안 갈 거예요. 당신은 자유를 잃을 거고, 회계사들을 위해 일해야 할 거예요. 당신 자신을 위해서가 아니라. 당신이 돈벌이를 못해 주면 그들은 당신을 잘라내 버릴 테고 당신은 그걸 무지하게 싫어하겠죠. 또 재미도 없을걸요. 일을 해도 아무런 기쁨이 없을 거라구요.

돈을 더 주고 보다 안정적인 자리를 찾아야죠, 어떻게든. 하지만 이 일은 아니에요."

난 그 일을 선택했다.

그녀가 이 선택을 두고 나를 질책하지는 않았다. (아주 드물게는 그랬던가? 물론 앨비는 훗날 내가 이런 데서 일하는 걸 대놓고 싫어했다.) 그렇지만 그녀는 내가 밤 여덟 시, 아홉 시, 열 시까지 직장에 묶여 있다고 해서 나를 측은해 하지도 않았다. 아무리 보아도 그녀가 보기에는 내가 실수를 저지른 게 분명했다. 그런 느낌은 정말 처참했다. 가파른 자갈 비탈에서 마구 미끄러지는데 아무리 뭔가를 움켜쥐려 해도 잡히는 건 먼지뿐인 느낌이었다. 우리가 처음 만났던 그날 밤 코니의 관심을 끌었던 그 빛, 어떤 이상론 같은 게 사라져버린 것이었다. 그게 영원할 수는 없지만, 그래도 나는 사라진 그 빛을 후회했다. 내가 일 얘기를 할 때 가장 멋있었다고 코니는 늘 얘기했다. "빛이 켜지는 느낌이라니까요." 그녀는 그런 말을 했었다. 이제 나는 새로운 빛을 밝힐 방법을 찾아내야 했다.

143.

자유의 몸

아침 일곱 시 조금 전, 한 옥지기가 정말 맛있는 커피 한잔을 들고 와 나를 깨웠다. 시에나 기차에서 그 꼬마가 준 젤리 과자 이후로는 먹은 게 아무것도 없었기에, 그 걸쭉한 검은 액체가 내 입을 얼얼하게 하고 내 뱃속을 널뛰게 했지만, 그 맛은 일품이었다. 감방 벤치의 끄트머리에 앉아 플라스틱 컵으로 커피를 마시며 나는 눈을 부볐다. 그렇게 눈을 뜨자마자, 나는 내 상황이 얼마나 깊고 완벽하게 모든 면에서 절망적인지를 인정해야 했다.

런던으로 퇴각하는 내 모습을 쓸쓸히 그려 보았다. 언덕길을 내려가 시에나 역으로 가서 피렌체행 편도표 값을 알아보고 그곳 직원에게 — 아마도 영어로? — 내 시계와 전화기를 맡기며 표를 구해야겠지. 다시 찾으러 오겠다며. 그렇게 되면, 피렌체에 가서 내 물건을 찾고, 돈을 꺼내 시에나로 돌아가 시계와 전화기를 되찾고, 피사에서 런던으로 가는 다음 비행기를 잡아타려고 헐레벌떡 움직여야겠지. 그건 정말 재미없고 낙담스러운 계획이었다. 우선 이탈리아 철도청의 관용이 필수적이었다. 그래도 다른 대안보다는 — 코니에게 전화해서 돈을 좀 송금하라고 한다? — 해볼 만했다. 아니 그런데 '돈을 송금한다'(wiring money)는 게 대체 무슨 뜻인가? 이건 오로지 영화 속의 등장인물들이나 하는 일이 아닌가.

전화기의 전원버튼을 누르니 배터리가 겨우 2퍼센트 남아 있었다. 무슨 말을 할지 생각해 보지도 않고 나는 집으로 전화해야겠다고 맘먹었다. 코니가 자고 있고 그 옆의 책더미 위에 전화기가 놓여 있는 풍경이 눈에 선했다. 침대 시트의 그 편안한 향기도 그리웠다. 모든 게 계획대로 술술 풀렸으면 어땠을까? 집 앞 진입로에 차가 들어오는 소리가 들리고 코니가 창문으로 내다보며 앨비와 내가 택시에서 내리는 걸 확인한다. 앨비는 약간 부끄러운 미소를 머금고서 손을 들어 침실 창문 쪽으로 인사하고, 그 옆에서 나도 함께 인사한다. 앨비의 어깨에 팔을 두르고서. 문으로 달려오는 코니의 눈에는 감사의 눈물이 그렁그렁하다. 나는 약속했듯이 아이를 안전하고 온전하게 집으로 데려온 것이다. "당신이 찾은 거예요? 그 넓은 유럽을 뒤져서? 더글라스, 아니 어떻게 이런 일을? 당신 정말 기발하고 멋져—"

다시 실제 세계로 돌아와, 코니가 전화를 받았다. "여보세요?"

"여보, 나야—"

"아침 여섯 시예요, 더글라스!"

"알아. 미안해요. 그런데 전화기가 곧 죽을 것 같고, 얘기하고 싶은 게 있어서—"

그녀가 침대에서 몸을 일으키느라 내는 시트의 바스락거리는 소리가 들렸다. "더글라스, 애를 찾은 거예요? 애는 안전해요?"

"애를 잃어버렸어. 거의 다 찾았는데, 거의, 거의 다. 그런데 잃어버렸어."

한숨. "아, 더글라스."

"걱정은 말아요. 애는 아주 잘 있대. 그건 알아냈는데—"

"어떻게요?"

"캣을 찾았거든."

"아니 대체 어떻게—?"

"얘기가 좀 길어. 이제 배터리 바닥나겠다. 어쨌든, 미안해. 실패했잖아."

"더글라스, 당신 '실패'한 거 아녜요."

"글쎄, 얻으려던 결과를 못 얻었으니, 맞지, 실패한 거야."

"그래도 이제 우리 애가 안전하단 거는 알잖아요. 지금 당신은 어디예요? 사람들이랑 같이 있는 거예요? 당신은 안전해요, 몸은 괜찮고?"

"여긴 시에나고, 호텔이야." 스테인리스 변기를 발끝으로 툭 차며 나는 말했다. "아주 좋은 데야."

"내가 그리 갈까요?"

"아니, 아냐. 내가 집으로 갈게."

"잘 생각했어요, 더글라스. 집으로 와요. 여기서 우리 함께 애를 기다려요."

"오늘 밤이면 도착할 거야. 적어도 내일은."

"기다릴게요. 그리고, 더글라스? 너무 애썼어요. 고마워요—"

"더 자요."

"그리고 당신이 집에 오면—"

삐 소리가 나면서 전화기가 꺼졌다. 시계를 차고 전화기를 주머니에 넣고 덮었던 담요를 잘 개서 벤치 위에 올려둔 뒤 감방을 나섰다. 뒤에서 문이 철컹 닫혔다.

화창하고 서늘한 여름 아침이었다. 공기는 맑고 깨끗했다. 경찰서는 중세성곽 바로 밑의 현대식 외곽 지구에 위치해 있었다. 역을 향해서 언덕길을 내려가려는데 〈대부〉의 테마 음악이 들렸다. 아코디언 연주였다.

한 경찰차의 보닛 위에 캣이 건방진 자세로 걸터앉아 있었다.

"헤이." 그녀가 맞대자는 듯 주먹을 들어보였다. 맞장구칠 수밖에 없었다.

"안녕, 캣. 여기서 뭐하는 거야?"

"아저씨 기다렸죠. 감방에서의 첫날밤은 어떠셨는지?"

"내가 묵었던 어떤 호텔들보다는 더 좋았어요. 그래도 문신은 하지 말 걸 그랬나 봐."

“무슨 문신을 하셨는데요, 미스터 피?”

“그냥 갱단들 하는 거. 커다란 용 문신.”

“아저씨 얼굴 탄 거, 이젠 좀 봐줄 만한데요? 이젠 그다지 도로표지판 같지 않아요.”

“그거 잘됐네. 다행이야.” 그녀가 미소 지었고 시간이 좀 흘렀다. “자, 캣, 난 이제 가야 해요. 만나서 반가웠어요—”

“앨비한테 문자 보내 봤어요, 미스터 피?”

“물론이죠. 전화도 했고. 그딴 거 싹 다 무시하겠다고 그러더니, 정말 아무 대꾸도 없어요.”

“그렇다면 걔가 도저히 무시 못할 걸로 함 보내보세요. 자요, 스티브 잡아 봐요.” 캣이 보닛에서 미끄러져 내려오며 아코디언 스티브를 내게 건네고 주머니에 손을 넣어 자기 핸드폰을 꺼내더니 머리를 박고서 손가락을 재게 놀렸다. “이런 짓 하면 안 되는 건데. 이건 믿음을 저버리는 거잖아요, 미스터 피. 정말 기분 좀 그렇다. 거기다, 나의 개인적인 위신과 진실성에도 금이 가고. 그렇지만 아저씨가 이렇게까지나 하셨는데….”

“뭐라고 쓰는 거요, 캣?”

“…그리고 ‘센드’! 짜잔. 다 됐다. 함 봐요.”

그녀가 전화기를 내게 내밀었다.

앨비 나 너한테 꼭 얘기할 게 생겼어. 급한 일이야. 직접 만나 말해야 하니까 전화는 하지 마! 그냥 내일 오전 11시 프라도 계단으로 와서 날 만나. 늦음 안 돼!!! 아직도 사랑해 캣

“여기 있슴당.” 캣이 말했다. “앨비 받으세욤, 아저씨.”

"세상에." 내가 탄성을 질렀다. "뭐라고 말해야 좋을지…."

"고맙단 말은 됐어요."

"그렇지만… 그렇지만, 이 메시지가 뜻하는 건 당신이…?"

"…앨비가 날 임신시켰다? 앨비가 거기로 오기를 바라는 거 맞죠, 네?"

"그거야, 그렇지. 하지만—"

그녀가 내 손에서 전화기를 가져갔다. "뭐 그럼 농담이었다고 그럼 되니깐…."

"아니, 아니, 아니, 내 생각엔… 그냥 두는 게 좋겠소. 그런데 내일 아침이면? 내일까지 내가 마드리드로 갈 수 있을까?"

"열심히 달리면 가능하겠죠."

나는 크게 웃으며, 숨을 쌕쌕거리는 아코디언을 그녀의 품에 안겨준 뒤 약간 머뭇대며 — 우리 둘 다 들꽃처럼 향긋하진 않았으니 — 캣을 안았다. 그리고 날랜 걸음으로 주차장을 가로지르다 우뚝 멈춰 서서 뒤로 돌아섰다.

"캣, 내가 행운을 너무 과신하는 건지 모르겠는데, 있잖소, 내가 어제 준 돈들. 그거 좀 돌려줄 수 있을까요? 내 지갑이 지금 피렌체에 있어서 말이오…."

그녀가 고개를 천천히 가로저으며 한숨을 쉬었다. 캣이 몸을 숙여 배낭을 열었다.

"그리고 가능하다면 20유로, 아니 30유로쯤 빌려줄 수 있겠소? 그리고 은행 계좌번호도 좀. 내가 돌려줄 수 있게…."

말은 그렇게 했어도 그녀가 거절할 줄 알았다. 하지만 그녀는 천천히 꼼꼼하게 IBAN과 SWIFT 코드까지 포함해 은행 계좌를 적어 내게 건넸다. 나는 돌아가는 대로 내가 진 빚을 꼭 갚겠다고 약속했다. 그리고 나서 나는 언덕길을 달렸다. 달리고 달리고 또 열심히 달렸다. 스페인을 향해.

7부
…
마드리드

144.

반짝이 전쟁

시간은 늘 그대로인데, 우리는 나이를 먹는다. 젊었을 때는 설마 그럴까 싶었고, 그냥 웃어넘기곤 했지만, 어느새 피부는 흐물흐물 처지기 시작한다. 우리 아들도 그랬다. 우리 눈앞에서 아이의 키가 죽죽 길어지기 시작한 것이다. 우리가 쌓아둔 것들은 엄청났다. 엄청난 양의 플라스틱 물건들, 그림책, 스쿠터, 세발자전거, 자전거, 신발, 옷, 코트 등, 원래의 쓸모를 잃어버렸으나 차마 던져버리지 못하는 물건들이 참으로 많았다. 코니와 나는 차례차례 40대에 진입했고, 젖병소독기나 흔들 목마를 다시 쓸 일은 절대 없을 거라고 생각하면서도 선뜻 버리지는 못했다. 그러다보니 피아노도 첨가됐고, 기차 세트, 성채, 찌그러진 상자형 연까지 또 쌓였다.

새 직장의 봉급은 더 꽉 찬 냉장고, 더 맛좋은 와인을 뜻했다. 우리는 더 큰 차를 샀고, 앨비를 데리고 외국으로 여행을 떠났다. 그리고 돌아오는 집은, 그랬다, 우리가 결혼하기 전에 산 그 조그만 아파트였다. 그새 좁아 터져서 지저분하기 짝이 없어 보이는 곳이 되어버린. 우리는 집을 옮겨야 한다는 걸 알고 있었지만, 거기 들여야 할 노력은 내가 감당할 수 있는 게 아니었다. 런던으로 통근하는 사람들의 거센 파도를 뚫고 5년 동안 교외로 출퇴근하면서 나는 만성피로의 포로가 되어버렸다. 스트레스에 짓눌려 언제나 신경질을 부려대는 내가 밤이 되어 집으로 온다고 해서 그게 앨비나 코니에게 어떤 기쁨이지는 못했다. 사실 나조차도 그 집으로 돌아가는 게 기쁘질 않았으니까.

가령 앨비가 아홉 살 때의 12월을 처참하게 망가뜨렸던 저 유명한 반짝이 전쟁을 살펴보자. 앨비와 코니는 식탁에서 크리스마스 카드를 만들고 있었다. 필 스펙터의 〈크리스마스 앨범〉을 틀어놓고 둘은 늘 그러듯 머리를 맞댄 채 집에서 하는 거창한 공작예술활동에 몰입해 있었다. 물론 나는 그 시간에 쏟아져 내리는 눈꺼풀을 억지로 밀어올리며 패딩턴행 1957 기차를 타고 런던으로 돌아와, 역 뷔페에서 따뜻한 진토닉 한 잔을 스스로 처방한 뒤, 너무 작고 아무도 반겨주지 않는 그 아파트로 빗속을 서둘러 걸어갔고. 사랑의 키스도 없고 "아빠!"를 외치며 쫓아와 안기는 아들의 포옹도 없는 그곳은 끝내주는 난장판 그 자체였다. 음악은 쿵쾅거렸고, 얇은 종이와 면 뭉치가 여기저기 어지러웠으며, 식탁 위는 포스터 물감 얼룩으로 야단법석이었다. 내 아들과 아내는 자신들만의 좁은 세계 속에서 자신들만의 농담에 킬킬대고 있었고, 앨비는 반짝이를 연신 뿌려대고 있었으니 그 목적지는 PVA 접착제 위라야 했지만, 테이블에도, 바닥에도, 자기 파자마에도 반짝이는 내려앉았다. 다량의 흩뿌려진 반짝이를 치워본 사람이라면 알 것이다.

이게 얼마나 치명적이고 용납하기 힘든 것인지를 말이다. 그건 일종의 축제의 석면 같은 것이어서, 옷에 들러붙고 카펫 올 사이에 기어들며, 피부에 찰싹 붙어 떨어지려 하질 않는다. 그때, 이 끔찍한 놈의 반짝이 눈보라가 식탁을 가로질러 거대하게 휘날렸다.

"이게, 이게, 이게 대체 뭐하는 거야!" 내가 말했다. 고함쳤다고 해야 하나? 둘은 그제야 내가 온 것을 알아챘다.

"크리스마스 카드 만들고 있어요!" 코니가 말했다. 여전히 웃는 얼굴이었다. "봐요! 너무 예쁘지 않아요?" 그녀가 앨비의 작품 중 하나를 들어 보였고, 금빛 은빛 폭포수가 바닥으로 우수수 떨어졌다. "당신 아들은 아티스트에요!"

"저것 봐! 뭘 어쨌는지 좀 보라구. 온 데 다 떨어진다! 이게 대체 뭐야, 코니." 난 서류가방을 팽개치고 싱크대로 가서 천에 물을 적셨다. "신문 깔고 나서 하면 누가 죽는대?"

"그거 그냥 반짝이예요, 더글라스." 그녀가 억지웃음을 지으며 말했다. "크리스마스니까?"

"이제 난 음식에서 반짝이 건져내고 옷에서 반짝이 털어내고 그래야 할 테지. 내년 7월까지 말야. 이 물감은 또 뭐야! 식탁에 물감에, 접착제에. 이거 지워지는 거 맞아? 아냐, 바보 같은 소리. 물론 지워질 리가 없지—" 나는 문지르기를 멈추고 걸레를 집어던졌다. "이것 봐, 이것 봐! 내 손에 붙었어!" 나는 그걸 불빛에 비췄다. 반짝이가 얼마나 반짝이는지를 보여주려고 말이다. "미팅 갈 때도 이 모양 이 꼴일 거 아냐. 프레젠테이션도 해야 하는데! 봐! 내가 이 망할 반짝이로 도배가 되어 있는데 누가 날 진지하게 봐주겠어…." 내 아들은 고개를 숙이고 식탁을 노려보고 있었다. 눈썹을 찡그리고 입술을 비쭉 내민 채. 여기 있다, 나의 사랑하는 아들아. 네가 기억할 만한 일 하나 만들었잖아.

"에그, 옆방으로 좀 가줄래, 응?" 코니가 말했다.

애가 의자를 옮겨 일어났다. "미안해요, 아빠."

"네 크리스마스 카드 예쁘네!" 애의 등에다 대고 그렇게 말했지만, 이미 너무 늦었다. 코니와 나만 남았다.

"당신, 요즘, 진짜 뭐든지 물고 늘어지는 거 알아요, 기쁜 꼴을 못 보겠다는 심보로?"

코니가 말했다.

하지만 난 아직 사과할 준비가 되어 있지 않았고, 전투는 그 뒤로도 크리스마스에 이르는 여러 날 여러 주 동안 계속되었다. 여기서 시시콜콜 되살리기엔 너무 아프고 유쾌하지 못한 일이었다, 그건. 예견했던 대로 반짝이는 옷과 머리카락, 부엌가구의 나뭇결 속으로 파고들었다. 혼자 어둠 속에서 아침을 먹을 때면 그 반짝거림이 내 눈길을 끌곤 했다. 크리스마스까지 우리의 침묵과 날선 말들과 말다툼은 계속되었다.

내가 얼굴을 찌푸리거나 뿌루퉁 입술을 내밀거나 비웃는 표정을 하고 있으면 내 어머니는 "그러다 바람 방향 바뀌면, 너 평생 그러고 살아야 된다"고 말하곤 했다. 당시엔 그 말을 믿지 않았지만, 이렇게 세월이 흐르고 보니 과연 그게 틀린 말일까 싶다. 일상 속의 내 얼굴, 쉴 때나 혼자일 때의 내 얼굴은 딱딱한 표정으로 굳어져버렸고, 나도 더 이상 그 얼굴을 좋아하지 않으니 말이다.

145.

크리스마스

크리스마스 날은 항상 코니의 부모님 댁에서 보냈다. 그건 아주 떠들썩하고 활기 넘치는 술판이었다. 그 조그만 테라스 하우스가 경탄스러운 숫자의 조카와 이모, 삼촌들로 가득 찼다. 자연스럽게 키프러스 사람들과 런던 사람들이 두루 뒤섞였고, 아이들의 숫자는 끊임없이 늘어갔다. 텔레비전을 켜둔 연기 자욱한 방 안에서 모두가 웃고 농담하고 목소리를 높여 떠들어댔다. 그러다 웃기는 춤판이 벌어지면, 텔레비전에서는 〈퀄리티 스트리트〉[캐서린 햅번 주연의 1937년 영화]가 흐르는 가운데 네 세대의 친척들이 한데 어울려 바닥의 호두껍질들을 짓뭉개며 놀았다. 한때는, 이런 유쾌한 크리스마스 경험이 내 어릴 적의 춥고 조용했던 그날들과 견주어 아주 신선한 변화이기도 했지만, 부모님이 모두 돌아가신 후 이 행사는 나를 살짝 울적하게 만들기 시작했다. 거기서 나는 이방인이었다. 나이 든 고아였고, 다른 누군가의 가족에 덧붙여진 부록이었다. 아내와 나 사이의 불화는 내 우울함을 더욱 증폭시켰다. 집에 가면 서류가방 안에 처리해야 할 일이 있었으니— 일찌감치 슬쩍 빠져나가 그거나 해? 아뇨, 저는 레몬에이드면 충분해요. 아뇨, 고맙지만 괜찮아요, 저는 안 펴요. 아뇨, 괜찮아요, 콩가 춤 안 출래요.

물론 앨비는 거기 있는 걸 좋아했다. 보는 사람이 없을 때 크림이 잔뜩 든 칵테일을 홀짝거리고, 사촌 여자애들과 노닥거리고, 삼촌들 어깨 위에서 춤을 추는 걸 말이다. 그래서 나는 앉아서 그 모습들을 보며 기다렸다. 집에 돌아온 건 자정이 넘어서였고, 그새 앨비는 뒷좌석에서 잠이 들어버렸다. 나는 꼭대기 층의 우리 아파트까지 애를 안고 올라갔고 — 그렇게 할 수 있는 마지막 해였다 — 우리 침대에 벌렁 자빠졌다. 침대에 함께 누운 우리 셋은 옷 벗기도 귀찮을 정도로 피곤했다. 뺨에 와 닿는 아들의 숨결이 따뜻하고 달콤했다.

"당신 불행해요?" 코니가 말했다.

"아니, 아니야. 그냥 약간 블루한 거야." 이 멍청한 말을 또 쓰다니.

"우리 변화가 필요한지도 몰라요."

"어떤 변화 말이야?" 내가 물었다.

"장면의 전환 같은 거요. 당신이 피곤한 거, 좀 덜하도록."

"런던을 떠나자, 이 말인가?"

"그래야 한다면요. 시골 어디에 집을 구하면 당신도 차를 몰고 출근할 수 있잖아요. 공립학교 좋은 데도 근처에 있는 곳으로. 당신 생각은 어때요?"

내 생각이 어떻냐고? 사실 런던이라는 도시가 더 이상 사랑스럽질 않았다. 예전처럼 우리 것이라는 생각이 안 드는 데가 되어버린 것이었다. 난 앨비에게 왜 저 철책에 꽃다발들이 매달려 있는지를[테러 희생자들을 추모하는 꽃다발들] 설명하는 게 싫었다. 일요일 아침 쇼핑하러 가면서 [차가 밀려] 앨비더러 토하지 말라고 꾸짖는 것도 싫었다. 도로공사나 건설현장도 너무 많았다. 이곳이 다 완성되는 때는 대체 언제란 말인가? 왜 그냥 놔두질 못할까? 밤에 집에 올 때면 이 도시는 뭔가 섬뜩하고 위협적인 곳으로 바뀌어 있었다. 지하철역을 나설 때면 서류가방을 쥔 손에 힘이 들어가는 게 느껴졌다. 다른 손은 열쇠를 꽉 쥐고 있고 말이다. 그 모든 사이렌 소리와 테러 경보들이 다 급박하게 들렸고, 다 내

일 같았다. 위대한 예술품과 놀라운 공연장은 많았지만, 코니가 마지막으로 공연장엘 간 게 언제였더라?

어쩌면 시골생활이 답일지 몰랐다. 너무 감상적인 건지는 몰라도, 까치와 비둘기 말고 다른 새들 이름을 배우는 게 앨비에게도 좋은 일이 아닐까? 내가 어릴 때 어머니는 함께 산책하면서 온갖 풀과 꽃, 새와 나무들의 이름을 습관처럼 일러주었다. 퀘르커스 로버는 참나무, 트로글로다이츠는 굴뚝새 같은 식으로 말이다. 그건 어머니에 대한 내 기억 중 가장 따스한 것이며, 지금까지도 나는 흔한 영국 새들의 라틴어 학명을 줄줄 꿴다. 아무도 묻는 사람은 없지만 말이다. 그렇지만 앨비의 자연에 대한 지식은 도시농장 방문에서 익힌 게 고작이고, 중앙난방의 변화가 곧 계절의 변화를 뜻했다. 자연과 더 많이 접촉하면 나를 대하는 아이의 뚱하고 시무룩한 원망 섞인 태도도 어쩌면 나아질지 몰랐다. 아이가 자전거에 고기 잡는 그물과 야생 조류 관측 가이드북을 싣고 볼이 발개진 채 머리칼을 흩날리면서 내달리는 모습이 상상되기까지 했다. 그러다 해질녘이면 잡은 큰가시고기를 핸들에 매달린 잼병 가득 담고서 집으로 돌아오는 거다. 내가 꿈꿨던 어린 시절이 바로 그랬다. 훗날의 생물학자는 그렇게 생겨나느니. 자연과학이라고 부르긴 뭐해도, 시작으로서는 좋지 않겠는가.

그러나 런던을 떠난 코니는 훨씬 상상하기 어려웠다. 그녀는 여기서 태어나고 공부하고 일했다. 우리가 사랑에 빠지고 결혼한 곳도 여기였고, 앨비도 여기에서 길렀다. 런던은 날 힘들게 하고 돌게 만들었지만, 코니와 런던은 어딜 가나 한 몸 같았다. 펍과 바와 레스토랑들, 공연장의 홀과 도심 공원들, 22·55·38번 더블데커 버스의 위층 좌석들까지!

그녀가 시골을 반대하지는 않았지만, 콘월의 후미진 곳이나 요크셔 고원지대의 황야 한복판에서도 코니는 손을 들어 "택시!"라고 소리칠 것 같았다.

"어때요오?" 그녀가 말했다.

"미안. 난 그저 2월의 어느 비 내리는 화요일에 들판에 나가 서 있는 당신을 상상해 보려고 한 것뿐야."

"응, 맞아요." 그녀가 눈을 감았다. "쉽지 않겠다, 그쵸?"

"당신 일은 어떡하게?"

"통근하면 되죠. 그 정도 변화야… 정 급하면 프랜네 집에서 묵어도 되고. 그런 건 천천히 해결할 수 있겠죠. 중요한 건, 당신이 거기 가면 행복하겠냐는 거죠?"

내 대답이 없자, 그녀가 말을 이었다.

"난 당신이 그럴 수 있을 것 같아요. 더 행복하게 사는 거 말예요. 아님 스트레스 좀 덜 받는 거든. 그래야 우리 모두 그렇게 살 수 있으니까. 결국에는 말이에요." 앨비가 자면서 몸을 뒤척이더니 엄마 쪽을 보고 몸을 말았다. "난 당신이 다시 행복했으면 좋겠어요. 그리고 그게 만약 교외 도시나… 작은 마을에서의 새로운 생활을 뜻한다면…."

"그래요. 생각해 봅시다."

"그래요."

"사랑해요, 코니. 그거 알지?"

"알죠. 해피 크리스마스, 내 사랑."

"당신도 해피 크리스마스."

146.
비행기 여행의 기적

바싹 마른 열기와 먼지 속에 8월의 마드리드가 보이기 시작했다. 그날 오후 스페인 중부의 대평원 위를 날아가며 아래를 보고 있자니, 바다에서 그렇게 멀리 있다고 느끼기도 처음이 아닌가 싶었다.

지난 며칠간의 혼돈이 끝나면서 스페인으로의 여행은 너무나 기쁘고 순조로웠다. 시에나를 떠난 0732 기차는 90분이 조금 안 걸려 나를 피렌체로 옮겨 놓았다. 엄청난 규모의 포도밭과 산업지역들을 통과하는 그 여행길은 느리지만 쾌적했다. 나의 기쁨은 마치 무슨 동굴인처럼 먹어 치운 끝내주는 샌드위치 덕분에 더욱 배가되었다. 뒤이어 바나나와 사과, 멋진 오렌지까지 쉬지 않고 삼켰다. 턱에서 주스가 뚝뚝 떨어졌다. 면도도 안 하고 아직 씻지도 않은 터라 난 무슨 야생동물 같았을 것이다. 끈적거리는 얼굴로 나는 구석자리에 조용히 웅크리고 있었다. 엠폴리에서 기차에 오른 통근자들은 나를 경계하는 눈초리로 쳐다보았다. 나도 마주 노려보았다. 겁날 것 없지 않은가? 막 출소한 상습범처럼 난 다시 거리를 활보했고, 열차 좌석에 몸을 묻고서 뜨거운 목욕과 새 면도날, 깨끗한 흰색 시트를 상상했다.

러시아워 시간의 피렌체에 내려 직원과 내 물건의 반환에 대한 언쟁을 벌였다. 또박또박 영어로 말이다. 지갑이 가방에 있는데 어떻게 내가 추가요금을 낼 수 있죠? 물건부터 줘요, 그럼 돈을 줄 테니! 저 표지판 보세요. "아시스텐차 알라 클리엔텔라". 내가 바로 클리엔텔라인데, 왜 날 아이스텐차 안 해요[왜 안 도와줘요]? 그랬다. 난 좀 진상을 떨었다.

아주 못 말리는 진상 고객이었다.

9시 20분. 여권과 지갑, 충전기, 태블릿이 내 손으로 돌아왔다. 거의 얼싸안고 싶은 기분이었다. 역 카페의 구석 자리에서 나는 마치 공기를 마시러 올라온 잠수부처럼 전기와 와이파이를 빨아 마셨다. 피렌체나 피사에서 마드리드로 출발하는 아이베리아 항공 비행기는 없었다. 하지만 볼로냐에서 1235 비행기가 있었다. 볼로냐가 어디더라? 성가시게도 아펜니노 산맥이 그 비행기와 나 사이를 가로막고 있는 것 같았다. 하지만, 잠깐, 37분? 37분 만에 저기까지 간다고? 뭐 이런 기적 같은 기차가 다 있지? 비행기 타고도 남겠네. 나는 온라인으로 마드리드행 비행기 표를 샀다. 윈도우 석! 수하물뿐임! 그리고는 볼로냐행 기차에 올랐다. 화장실에서 나는 도배할 때 풀칠하듯 막대형 탈취제를 온몸에 문질렀다. 이를 닦고서는 이보다 더 좋은 느낌이 또 있을까 싶었다.

아펜니노를 넘어가는 방법은 사실 그걸 관통해 가는 것이었다. 그래서 그 여행의 대부분은 엄청나게 긴 터널 속에서 진행되었다. 가끔 햇볕 속으로 나올 때면 마치 커튼을 열어젖히듯 나무 울창한 산악지형이 나타났고, 이내 커튼이 홱 닫히기를 반복했다. 너무 일찍 볼로냐에 당도한 느낌이었다. 볼로냐의 공항은 황당할 정도로 도심 가까이에 있어서, 쇼핑한 걸 잔뜩 들고 편안히 걸어갈 수 있을 정도였다. 하지만 피렌체에서 당한 경험도 있고 해서 나는 택시를 잡았다. 내 가이드북은 볼로냐에 대한 칭송으로 가득했지만, 내가 탄 택시는 구도심 외곽의 순환도로로 올라가버렸기에 내가 본 건 고작해야 현대적이고 깔끔한 나지막한 집들과 회전교차로 한복판에 남겨진 옛 성곽의 흔적, 그리고 공항의 따분한 창고건물들 정도였다. 그래도 괜찮았다. 나중에 우리 모두 다시 오면 될 테니까. 당장은 내가 공항터미널에 있다는 게, 체크인을 하고도 한 시간 15분이 남았다는 게 너무 행복했다. 비행기 여행이 이렇게 멋지고 살떨리게 간편하며 희망에 찬 일인 줄은 미처 몰랐다.

147.
지도

비행기는 정시에 출발했고, 나는 아이처럼 목을 길게 빼고 창밖을 내다보았다. 모든 게 또렷하고 깨끗했다. 공기는 맑았고 구름 한 점 없었다. 인간이 대체 언제부터 이렇게 높이 올라와서 지구를 내려다보았던가? 이 놀라운 능력, 이 새로운 경험을 우리는 너무 당연하게 생각하는 것 아닌가? 이렇게 볼 게 많은데 왜 사람들은 잡지나 읽고 있지? 막두 시간 전에 내가 뚫고 지난 산맥이 바로 저기로군. 저건 코르시카 섬이다. 기가 막히게 뚜렷한 윤곽선이네. 파란 바다 위에 이끼색의 초록 섬! 지중해가 뒤로 물러나자 사막 같은 평원이 펼쳐지기 시작했다. 유럽의 사막이라니! 스페인은 너무 넓어 보였다. 여기서 서부극을 찍기도 했다더니, 과연! 저길 실제 가면 어떤 모습일까? 그런 모습을 볼 일이 있긴 있을까? 내 여정이 이제 거의 끝나간다는 걸 알아서일까. 여행을 할 수 있다는 게 다시 나를 흥분시켰다. 집에 갈 수 있게 되었다 하더라도, 내가 정말 집에 가고 싶긴 했던 걸까?

그리고는 고속도로와 교외지역, 엄청나게 넓게 퍼진 도시가 나왔다. 물에서 너무나 멀리 떨어진 도시였다. 공상과학영화의 세트장 같은 공항터미널에서 스페인의 탁한 오후 공기 속으로 빠져나와 택시를 탔다. 사람 없는 건설현장과 새로 지은 아파트 단지를 지나는데 사람의 흔적이 전혀 보이지 않는 게, 마치 버려진 것 같은 도시로 가는 고속도로였다. 마드리드는 내게 뜻밖의 도시였다. 가이드북이나 지도도 없었고, 아는 것도 기대한 것도 없었다. 파리의 어느 구석은 여전히 파리일 수밖에 없었고, 그건 뉴욕이나 로마도 마찬가지였다. 하지만 마드리드는 뭐라고 콕 집어 말하기 어려웠다. 거대한 도로 옆으로 늘어선 건물들은 80년대식 오피스 단지와 궁궐처럼 거창한 주거 단지, 세련된 아파트 건물들의 신기한 혼합물이었는데, 그 모두가 아주 오밀조밀하게 엮여져 있었다. 유럽의 약국 탐닉은 여기서도 눈에 띄었고, 도시의 상당 부분이 형형색색의 라바 램프만큼이나 70년대풍이었다. 그 밖의 건물들은 웃기지도 않게 웅장하고 장식투성이였다. 코니가 나와 함께 있었다면 이런 걸 보고 뭐라고 이름을 붙였을 거다. 바로크? 이게 맞을까? 네오-바로크?

"저건 뭔가요?" 기가 막힌 장식으로 뒤덮인 어느 왕궁 같은 건물을 가리키며 내가 택시운전사에게 물었다. 케이크에 뿌리는 아이싱 설탕처럼 투명하게 뽀얀 색의 건물이었다.

"우체국이죠." 운전사가 그렇게 말했고, 나는 거기서 우표책을 사는 사람을 상상해 보려 애를 썼다. "저쪽이에요." 그가 가지런하게 심긴 어느 공원의 나무들 사이로 복숭아 빛의 신고전주의 건물을 가리키며 말했다(코니, 맞아? 신고전주의?). "저게 프라도예요. 아주 유명하죠. 아주 아름답죠. 벨라스케스, 고야. 꼭 가보세요."

"가야죠." 내가 말했다. "내일 거기서 내 아들을 만날 겁니다."

148.

우편함에 넣어둔 열쇠

앨비가 '큰 학교'에 진학하기 전의 여름에 우리는 정원이 없던 킬번의 조그만 아파트를 떠나 시골로 이사했다. 이 모든 경험이 '흥미진진한 모험'일 거라고 내가 열심히 설명했지만, 앨비는 시큰둥했다. 어쩌면 코니도 그랬을지 모르겠다. 그래도 그녀는 앨비처럼 입을 내밀고 칭얼거리며 뚱해 있지는 않았다.

"진짜 지루할 거야." 앨비가 밝힌 본심은 그런 거였다. "내 친구들이랑 완전 멀어지는 거잖아요." 애가 말했다. "새 친구들 사귈 거야." 우리는 마치 친구는 낡은 신발처럼 새걸로 바꾸면 된다는 듯 그렇게 대답했다.

코니에게도 그 이별은 아주 쓰라린 일이었다. 밤이나 주말 시간이 '물건들 정리하는 데' 투자되었다. 그건 낡은 공책이나 다이어리, 사진, 아트스쿨 시절의 프로젝트, 아티스트용 재료 등을 내다버리는 일이었는데, 어찌나 가차 없이 그 일을 해치우는지, 이 사람 지금 화난 건가 싶을 정도였다.

" 이 물감들은 왜? 당신이 쓰면 안 돼? 앨비가 쓰거나?"

"아뇨. 안 쓸 거니까 버리려는 거죠."

혹은 재활용품 상자의 빈 병과 깡통들 밑에 코니의 그림들이 처박혀 있기도 했다. 나는 그림을 꺼내 먼지를 털어내고 집어 들었다. "이건 왜 버려? 정말 좋은데."

"끔찍해라. 얼굴이 다 화끈거리네."

"난 이 그림 아주 좋아. 우리 만났을 때 본 그거잖아."

"그건 그냥 항수예요, 더글라스. 그걸 어디다 걸겠어요, 어쩌겠어요? 휴지조각이니까 그냥 버려요."

"아니, 갖고 있고 싶은데?"

그녀가 한숨지었다. "내 눈에만 안 띄게 해요, 그럼." 그렇게 챙긴 그녀의 스케치와 그림들 중 몇몇을 나는 직장에 걸어두었고, 나머지는 내 서류 캐비닛에 넣어두었다.

앨비의 어린 시절 물건들도 많이 버렸다. 아기 옷들도 마찬가지였다. 여자애 옷도 있었는데, 그건 우리 딸을 위해 사뒀다가 서랍 뒤쪽에 잘 보관해 온 것들이었다. 그건 우스운 감상이나 어떤 이상한 부적으로서가 아니라, 실용적인 목적 때문이었다. 애를 하나 더 가지면, 그게 딸이면? 한동안 우리는 노력했지만, 이제는 아니었다. 그러기에는 너무 늦은 것 같았다.

하지만 우리에겐 변화가, 모험이 앞에 있었다. 앨비가 초등학교[7~11세 과정]에서 마지막 학기를 마친 토요일에 이삿짐센터의 사람들이 와서 그 계단으로 열심히 짐을 날랐다. 거의 15년 전에 두 사람의 젊은이가 이 아파트로 들어와 살기 시작했고, 거기서 나온 우리 물건들은 빌려온 밴의 짐칸에 거뜬하게 실렸다. 그새 우리는 가족을 이루었고, 가구도 생겼다. 제대로 된 액자에 넣은 그림들도 있었고, 자전거와 스노클, 기타, 드럼 세트, 업라이트 피아노, 디너 세트, 무쇠 주방용품도 있었다. 그 밖에도, 기껏해야 학생용 아파트일 뿐인 공간에 두기엔 너무 많은 물건들이 있었다. 그 집으로 이사 올 사람들은 20대의 젊은 커플이었고, 곧 아이가 태어난다고 했다. 처음 이사 와 카펫을 뜯어내고 직접 페인트칠을 했던 마룻바닥 중간에 우리는 이 집의 새 주인들에게 주는 샴페인 한 병을 남겨 두었다. 앨비가 차에서 기다리는 동안 코니와 나는 이 방 저 방을 걸어다니며 문을 닫았다. 이삿짐 차가 도로를 막고 있었기에 감상에 젖고 어쩌고 할 시간은 없었다.

"준비 됐어?" 내가 물었다.

"그런 거 같아요." 벌써 계단을 내려가고 있던 그녀의 목소리에 힘이 없었다. 나는 대문을 닫고 문에 뚫린 우편함으로 열쇠뭉치를 집어넣었다.

149.
모험

웨스트웨이를 따라가는 내내 나는 임박한 모험을 연신 떠들어댔다. 새집이 얼마나 널찍하고 웅장한지, 여름에 정원이 있다는 건 얼마나 멋진 일일지를 말이다. 그건 배불리 먹은 뒤 허리띠를 풀 때의 그런 기분이었다. 드디어 숨 쉴 공간이! 앨비와 코니는 조용했다. 열쇠뭉치와 보일러 이용 요령과 더불어 우리는 옛집에 눈에 보이지 않는 것도 남기고 떠나왔다. 그 조그만 아파트에서 우리는 무척 행복했고, 또 상상 이상의 슬픔도 맛보았다. 앞으로 어떤 일이 벌어지든 그런 극단을 오갈 리는 없었다.

잔뜩 찌푸린 하늘 아래 차는 서쪽으로 달렸다. 도시가 사라지고 교외가 나왔고, 이어서 산업단지와 전나무 재배지를 지나친 뒤 우리는 고속도로에서 빠져나왔다. 레딩 외곽 길을 돌아간 짐차는 밀밭과 유채

밭 옆으로 달렸다. 쾌적한 시골임에는 틀림없었지만, 부동산 사람들과 함께 왔을 때의 한적하고 그림 같은 전원풍경과는 상당히 달랐다. 고압선 송전탑이 너무 많았고 높은 울타리들도 많았으며, 자동차와 트럭들이 걸핏하면 지나다니는 마을이었다. 그래도 상관없었다. 우리는 짐차를 따라 자갈 깔린 진입로로 접어들었다. 우리 집의 자갈 진입로로. 그 집은 20세기 초반에 지어진 것으로, 겉모양으로는 꼭 [16세기] 튜더 양식의 집 같았고, 마을에서 가장 큰 집이었다! 근처에는 훌륭한 공립학교도 있었고, 내 일터가 차로 20분 거리에 있었으며, 철도 연결편도 아주 좋았다. 안 막히는 날이면 차로 런던까지 한 시간 거리였다. 귀를 기울이면 40번 고속도로의 소리가 들릴 정도로 가까웠다! 손 봐야 할 곳도 있었지만, 주말 시간을 투자하면 충분히 해결할 수 있을 정도였다. 여기서 우리는 행복할 것이었다. 거기엔 의심의 여지가 없었다. 진입로에서 — 차를 세 대나 더 세울 수 있었다! — 나는 피겨스케이팅 코치처럼 팔을 벌려 아내와 아들을 안았다. 저것 봐, 나무에— 까치랑, 까마귀다! 우리는 잠시 그렇게 서 있었고, 그리고 둘이 내 품에서 빠져나갔다.

커다란 부엌에서 — 널돌 바닥에, 아거[무쇠 레인지 겸 히터. 영국 중산층 주부들의 로망]까지 — 나는 샴페인 병을 땄다. 신문지에 싼 잔을 꺼내 앨비에게도 손톱만큼 따라주었고, 우리 셋은 새로운 시작을 위해 건배했다. 하지만 각 방에 짐 박스들을 올려놓고 짐꾼들이 떠나고 보니, 뭔가 계산을 잘못했음이 밝혀졌다. 아무리 우리가 노력한다 해도 우리 셋이 그 집을 다 채우기란 불가능해 보였다. 앨비의 드럼 세트와 기타로도 그 높고 넓은 방들을 가득 메울 소리를 낼 수는 없었다. 내 의도는 이

집이 번영과 성숙을 상징하리라는 것이었다. 도시의 혼돈에 맞서, 좋은 철도교통을 갖춘 고요한 시골의 안식처 같은 집. 그런데 그건 넣어둘 인형이 모자란 나머지 반쯤은 텅 빈 인형의 집 같은 느낌이었고, 계속 그런 느낌일 것 같았다.

그날 밤 늦게 나는 코니가 그 집 꼭대기의 조그만 박공 다락방에 말없이 서 있는 걸 보았다. 고색창연한 꽃무늬 벽지 위에는 온갖 낙서들이 요란했다. 장미 줄기와 꽃잎에 볼펜으로 그린 조그만 개미들이 기어다니고 펠트펜으로 그린 나비들이 날아다니고, 하는 식으로 말이다. 코니가 거기서 무슨 생각을 하는지 충분히 짐작할 만큼 난 코니를 잘 알았다. 하지만 우리는 그걸 소리 내 표현하지는 않는 쪽을 선택했다.

"이 방은 당신 스튜디오로 쓰면 되겠다. 햇볕이 엄청 좋을 거잖아! 그럼 다시 그리면 되겠다. 응?"

그녀는 내 어깨에 머리를 기대고 아무 말이 없었다.

우리는 개를 한 마리 샀다.

150.
슈웹스!

나는 코니에게 내가 어디로 가는지 말하지 않았다. 시에나에서 나는 다음날이면 집에 갈 거라고 했으니, 앨비를 내 옆에 두고서 그녀에게 전화하는 게 더 낫지 않겠는가? 지금 히드로가 아니라 마드리드야, 마드리드! 아주 긴 얘기지. 잠깐만, 여기 당신한테 얘기하고 싶어 하는 사람이 있어…. 계획은 그랬고, 그날 밤 난 미친 듯 즐거웠고 미래를 낙관했다. 게다가 즉흥적으로 예약했던 호텔 스위트룸은 놀랍도록 적당한 가격에 엄청나게 호화로워서 — 스위트룸! 방이 두 개! — 내 기분을 더욱 끌어올렸다. 대리석으로 마감해 금빛으로 번쩍이던 프런트에서 직원들은 초라한 행색의 홀로 여행하는 손님이 어떻게 이런 호사를 부리나 싶어 나를 미심쩍게 쳐다보았다. 짐이 없으세요? 다른 손님은 안 오신단 말씀이시죠? 아뇨, 나 혼잡니다. 오호, 앨비가 오면 소파베드에 재우면 되겠네. 물론, 애가 원할 때 말이다.

그 방, 아니 그 스위트룸은 죄다 하얀 대리석에 크림색 가죽으로만 꾸며진, 1973년의 세계가 꿈꾼 현대식 주거를 보여주었다. 문을 닫고서 나는 먼저 지난 며칠간의 상처부터 매만졌다. 화상의 상처를 달래는 건 서늘한 오닉스 욕조 안에서 해결했고, 머리를 감고 면도를 한 뒤에는 발의 상처도 처치했다. 나는 가지고 있던 마지막 깨끗한 옷으로 갈아입고 다른 건 모두 세탁 서비스를 불러 맡겼다. 호텔 아래의 쇼핑가에서 백화점을 찾아낸 나는 새 셔츠와 타이, 바지를 사서 방으로 돌아와 마치 취업 인터뷰를 준비할 때처럼 그걸 의자에 잘 걸쳐놓았다. 너무 들뜬 나머지 나는 내 인생의 핵심 규칙 하나를 깨버리고 미니바에서 보드카 앤 토닉을 꺼내 마셨다. 그리고도 호사를 부리는 기분에 젖어 땅콩까지 꺼내 먹은 뒤, 현대판 칼리굴라처럼 발코니에 앉아 14층 아래의 그랑비아를 달리는 자동차 행렬을 굽어보았다. 내 앞쪽의 교차로 모퉁이에는 근사한 현대식 빌딩이 서 있었다. 둥그런 쐐기 모양의 그 건물은 — 코니, 아르데코 맞아? — 꼭대기에 거대한 네온사인을 얹고 있었다. 어둑어둑해지면서 나는 그 네온사인에 불이 켜지는 순간을 목격했다. 무지갯빛 세로줄을 배경으로 '슈웹스'가 소리 지르듯 불을 밝힌 것이었다. 그러자 그 거리 전체가 훨씬 부드럽고 느긋한 타임스 스퀘어 같아 보였다.

스페인 사람들은 밤늦게 저녁 먹는 걸로 유명하지 않은가. 그래서 나는 앨비가 아마 '디스코 낮잠'이라고 부를 법한 잠을 잠깐 자고 일어나서 길거리로 나가볼까 생각했다. 그렇지만 스위트룸의 침대가 너무 크고 편안해서, 또 아주 고운 최고급 면사로 촘촘하게 짠 시트가 너무 뽀얗고 시원해서 난 기계식 차양을 내리고 9시 15분에 잠자리에 들기로 했다. 내일 아들을 다시 만날 때 타파스를 먹으면 될 일이었다. 시간은 충분하니까. 미래에 대한 가장 멋지고 깨지지 않을 믿음을 자장가 삼아 나는 잠이 들었다.

151.
미래

밤이면 밤마다 나는 근심이 많아 잠을 못 이루는 아이였다. 특히 10대 때 나는 핵전쟁이 일어날 거라는 두려움에 떨었다. 교육용으로 만든 홍보영화는 원래 사람들을 안심시킬 목적이었지만, 모두를, 특히 나 같은 어린이들을 병적인 판타지의 도가니로 몰아넣었다. 그러다 나는 확신하는 지경에 이르렀다. 워싱턴이나 북경, 혹은 모스크바에서 단추 하나가 눌러지면 — 난 에스컬레이터의 비상정지 단추처럼 커다랗고 빨간 단추가 정말 있다고 생각했다 — 내 부모님과 나는 입스위치 도심의 불에 탄 폐허 속에서 돌연변이한 쥐를 잡아먹으며 연명해야 할 것이라고 말이다. 이런 심판 이후의 피터슨 집안의 동굴에서는 "손대지 마라, 더러워" 같은 말은 없을 것이었다. 오직 하나의 질문만이 남을 것이니, 그것은 "더글라스를 먼저 먹어요, 아님 카렌부터?"였으리라. 이런 걱정에 너무 시달린 나머지, 나는 드물게도 아버지에게 내 밤의 공포에 대해 털어놓았다. "글쎄다, 실제 그런 일이 벌어지면, 그만 일 하고 말고 할 시간이 어디 있겠냐? 3분쯤 놀라서 허둥지둥대다 보면 넌 통째로 바삭바삭한 베이컨으로 굽혀 있을 거니까." 아버지는 날 그렇게 안심시켰다. 3분이라? 그 3분 동안 우리는, 우리 가족과 나는 서로에게 무슨 말을 할까? 내게는 급히 중앙난방을 끄러 가는 아버지 모습부터 떠올랐다.

바람직한지 어떤지는 몰라도 핵전쟁에 대한 그 두려움은 점차 사라졌다. 하지만 걱정은 사라지지 않았고, 이제 내가 그 미래의 폐허 속에서 떠올리는 건 내 얼굴이 아니라 앨비의 얼굴이었다.

여러 해에 걸쳐 나는 미래에 대한 책들을 아주 많이 읽고 또 읽었다. 코니는 그런 책들을 가리켜 "당신의 '우리 다 죽을 거야' 책들"이라고 했다. "당신은 어떻게, 과거가 얼마나 끔찍했는지에 대한 책 아니면 미래가 얼마나 처참할지에 관한 책밖에 안 읽어요? 그렇게 될 리가 없잖아요, 더글라스. 아무 일 없을 거라구요." 하지만 그 책들은 제대로 된 연구에 바탕한 개연성 있는 내용들이었고, 그 결론의 설득력도 아주 빼어났다. 그래서 그 주제만 나오면 나는 열변을 토하곤 했다.

가령 중산층의 운명을 예로 들어보자. 앨비와 나는 태어나면서부터 중산층 집안 출신이었고, 코니도 본인은 저항할지 몰라도 이제는 엄연한 중산층 소속이다. 이 책 저 책에서 나는 중산층이 곧 사라진다는 걸 거듭 읽었다. 지구화와 기술 발달 탓에 한때 안정적이었던 일자리들이 사정없이 파괴되었고, 3D 프린팅 기술 탓에 그나마 남은 제조 산업들도 죄다 사라질 운명이라는 것이다. 인터넷이 그런 일자리를 마련해 줄 리도 없고, 만약 열두 명으로 공룡기업을 굴릴 수 있다면 중산층 자리가 어디 남아나겠는가? 나는 공산당 선동가가 아니지만, 가장 광적인 자유시장 신봉자조차도 시장 중심의 자본주의가 — 모든 인구에게 부와 사회보장을 균등하게 제공하는 대신에 — 빈부간의 격차를 터무니없게 벌려 놓았음을 인정할 수밖에 없을 것이다. 그에 따라 전 세계의 모든 노동력이 위험하고 불안하며 전혀 규제받지 않는 저임금 노동으로 내몰리는 반면, 극소수 엘리트 사업가와 테크노크라트만이 그 보상을 독차지하고 있음을. 이른바 '안정적인' 직업들은 갈수록 불안해진다. 첫째로 광부들이 그랬고, 조선과 철강 노동자들이 그 뒤를 이었으며, 이제 곧 은행원과 도서관 사서, 선생, 자영업자들, 슈퍼마켓 계산원들도 같은 운명이 될 것이다. 과학자들은 쓸모 있는 과학을 전공한 사람이라면 살아남겠지만, 택시가 스스로 운전하고 돌아다니게 되면 세상의 모든 택시운전사들은 다 어디로 간단 말인가? 그들은 어떻게 자식을 먹이고 난방비는 어떻게 댄다지? 그에 따른 좌절감이 분노로 바뀌면 대체 무슨 일이 벌어질까? 테러리즘, 도저히 안 풀릴 것 같은 종교적 근본주의의 문제, 우파 극단주의자들의 발호, 일자리가 없는 젊은이들과 연금이 없는 노인들, 취약하기 짝이 없고 부패한 은행시스템, 엄청난 환자와 노인들을 돌보기에는 역부족인 건강보건체계, 유례없는 수준의 공장형 농장 탓에 빚어진 환경의 역습, 유한한 음식, 물, 가스와 석유를 둘러싼 혈투, 멕시코 만류의 흐름 변화, 생태계의 파괴와 확률적으로 임박한 전 세계적 유행병의 도래 등, 이 모든 것들을 두고 어떻게 편안히 잠을 이룰 수 있단 말인가?

앨비가 내 나이가 될 때쯤이면 나는 이미 죽은 목숨일 것이다. 만약 아직 살아 있다면 그때의 최상의 시나리오는 충분한 비상식량을 갖춘 나만의 피난처에 꼭꼭 숨어 여생을 보내는 것이리라. 하지만 바깥 상황은 처참할 것이다. 아무런 정부의 제약도 받지 않는 거대한 공장들에서 노동자들은 하루 18시간을 죽어라 일하면서도 스스로를 행운아라고 생각할 것이다. 생활임금보다 더 낮은 봉급을 받는 이 행운아 노동자들은, 가스 마스크를 쓴 채, 돌연변이 닭과 화폐로 쓰는 빈 깡통을 바꾸려고 씨름하고 있는 실업자들의 무리를 헤치고, 쥐구멍만 한 판잣집으로 돌아갈 것이다. 그들의 거대도시에는 나무 하나 없을 테고, 공기는 탁하고, 날아다니는 경찰 드론들로 득실댈 것이다. 거기서는 자동차 폭탄 테러나 태풍, 사람 기겁하게 만드는 우박 폭풍 따위는 너무 흔해 일언반구 언급되지도 않을 것이다. 한편, 발암물질로 가득 찬 스모그 위로 우뚝 솟아 있는, 문자 그대로 금투성이인 초고층 타워에서는 1퍼센트 특권층 사업가와 유명인, 기업가들이 방탄유리 너머로 아래를 굽어보며, 근처에서 날아다니는 로봇 웨이터들이 주는 이상하게 생긴 잔의 칵테일을 홀짝거리면서 쩡쩡 울리는 웃음을 날릴 것이다. 그 아래, 저 지옥 같은 폭력과 가난, 절망의 도가니 속 어딘가에, 내 아들 앨비 피터슨은 기타를 든 음유시인으로 사진에 대한 간절한 열망을 품은 채, 여전히 제대로 된 코트 입기를 거부한 채, 방황하고 있을 것이다.

152.

유전자의 장난

“그러니까 당신 말은…” 코니가 소설을 보다 말고 고개를 들었다. “…미래가 그러니까 〈매드 맥스〉 비슷한 게 될 거다, 이거네요?”

“정확히 그런 건 아니지. 그래도 그런 측면이 있긴 있을 거야.”

“그래 〈매드 맥스〉네. 이건 무슨 다큐멘터리도 아니고—”

“내 말은 미래가 당신이나 내가 자랐던 것처럼 그리 친절하진 않을 수도 있다는 거야. 진보의 꿈은 죽었어. 내 부모님은 달로 캠핑 휴가 가는 걸 상상하셨지. 우리는… 아주 다른 미래에 익숙해져야 할 거야.”

“그럼 앨비더러 중등자격과정(GCSE) 올라갈 때 이 매드 맥스식 미래관에 입각해 과목을 고르게 할 거란 말이죠?”

“놀리지 마. 나는 걔가 쓸모 있고 실용적인 과목들을 했으면 하는 거지. 제대로 된 직업을 얻게 해줄 그런 걸로 말야.”

“당신은 애가 그 금빛 타워에서 살기를 바라는 거죠. 로봇 집사들 시중을 받으면서.”

“나는 애가 성공했으면 하는 거야.” 내가 말했다. “내 아들한테 그런 야망도 못 가지나?”

“우리 아들요.”

“우리 아들.”

그 무렵 앨비는 잘하고 있지 못했다. 시골은 앨비를 고요하게 만들기는커녕 분노케 했다. 흔한 영국 새들의 라틴어 학명을 배우는 데는 아예 관심이 없었고, 내가 가져다준 개구리 알도 아무 관심을 끌지 못했다. 앨비는 자기 친구들과 갔던 영화관, 버스의 위층 자리를 아쉬워했고, 놀이터의 그네에서 감자튀김 과자를 먹던 걸 그리워했다. 하지만 전원이야말로 하나의 놀랍고 거대한 놀이터가 아닌가? 분명 아닌 것 같았다. 앨비는 마지못해 산보에 따라다녔다. 휘파람새를 원망의 눈초리로 쏘아보고, 지나가는 길의 꽃이란 꽃은 죄다 따버리면서 말이다. 그 전원을 싹 다 불태워도 된다면 아마 그렇게 했을 것이다. 학교 성적은 꾸준히 형편없었고, 학습태도 통지표도 마찬가지였다. 아이는 공부를 안 했고, 집중을 안 했으며, 어떤 때는 출석을 안 하기도 했다. 코니는 걱정을 하면서도 이런 상황에 비교적 차분하게 대처했지만, 내게 그건 너무 화나고 충격적인 일이었다. 아이가 아주 순종적일 거라고 기대하지는 않았지만, 그렇다고 그런 교장선생의 전화나 그런 학부모 통지문을 기대한 것도 아니었다. 바로 내 아이가 불시에 나를 충격으로 몰아넣은 것이었다. 그 애는 내가 기대한 애가 아니었고, 전혀 나 같지를 않았다. 가장 쓰라린 것은, 애가 그런 자신의 모습에 대해 비뚤어진 자긍심을 가진 듯 보인다는 점이다.

그렇다고 내가 화를 낸 건 아니었다. 아주 가끔씩은 그랬을지 모르지만. 또 앨비가 나를 실망시킨 것도 아니었다. 나를 실망시킨 건 단지 앨비의 행동일 뿐이었다. 열세 살짜리 남자애가 이런 의미론의 차이를 분간하기는 어려웠던 걸까? 아이는 똑똑하고 영리하며 머리가 좋았다. 필요한 건 조금의 구조(構造)와 적용 능력뿐이었다. 나는 어떤 분야에 더 관심을 기울여야 할 것인지를 찾아냈고, 이걸 직접 해결하기로 했다. 아무리 피곤해도 밤마다, 주말마다 부엌 식탁에 앉아 우리는 화학, 물리학, 수학을 함께 파고들었다. 나는 그게 아주 힘이 되는 아버지로서의 역할일 것이라고 기대했고, 코니는 마치 권투 레퍼리처럼 우리 근처를 맴돌았다.

"어떻게 넌 장제법 나눗셈을 못 하니, 앨비? 이건 아주 기본이잖아."

"할 줄 알아요. 그냥 다른 식으로 하는 것뿐이에요."

"그럼 여기다 4를 쓰고, 3을 저쪽으로 넘겨야지."

"지금은 그렇게 안 해요. 3을 저쪽으로 넘기는 거 같은 그런 거요."

"하지만 바로 이게 장제법이야, 앨비. 이렇게 해야 해."

"그런 거 아녜요!"

"그래, 그럼 보여줘 봐! 다른 마법의 나눗셈을 어떻게 하는 건지 보여줘 봐…."

아이의 펜이 종이 위를 맴돌다 식탁 저쪽으로 튕겨져 나갔다. "그냥 계산기 사용하면 안 돼요?"

힘이 되었어야 할 학습지도의 많은 밤들이 결국은 높아진 목소리와 벌게진 눈으로 끝나고 말았다는 건 — 그랬던 날이 더 많았던 듯 — 자랑할 일이 못 된다. 한번은 애가 주먹으로 자기 침실의 벽을 쳐서 구멍을 낸 적도 있었다. 물론 딱딱한 내력벽이 아니라 얇은 석고보드 칸막이일 뿐이었지만, 그래도 문득 멈춰 서서 '애가 그게 내 얼굴이라고 상상하지 않았을까'에 생각이 미치자, 나는 충격에 입을 다물 수 없었다.

그래도 나는 앨비를 포기할 수 없었고, 그것 하나는 확실했다. 밤마다 우린 공부를 했고, 밤마다 싸웠다. 나는 최대한 사태를 수습한 뒤 잠자리에 들었다. 그럴 때면 눈앞에 앨비 또래의 중국 학생이나 한국 학생들 얼굴이 어른거려 잠을 이룰 수가 없었다. 바로 내 아들이 머지않아 그런 아이들과 경쟁하며 살아가야 할 텐데.

153.

색깔 칠하기

내 아들의 공부가 삐걱거리는 만큼 우리 관계도 더 식어갔다. 간질이고 손을 잡는 등 한때 우리가 나누었던 자잘한 신체적 공감대는 서로의 자의식이 커지면서 사라져버렸다. 나는 특히 손 잡는 그 일이 너무 그리워서 놀랄 지경이었다. 머리가 깨지고 손목 삐는 게 걱정되어 레슬링을 좋아한 적이 없던 나였지만, 이제는 그저 팔을 어깨에 두르기만 해도 움찔거리고 툴툴대며 털어내기 일쑤였다. 침실과 화장실 문은 언제나 꼭꼭 잠겨 있었다. 주말이면 아들에게 어서 올라가 자라고 하던 건 옛일이 되었고, 앨비가 코니의 무릎을 베고 누웠거나 그 반대로 하고 있는 두 사람을 아래층에 남겨두고 내가 먼저 잘 자라는 인사를 하고 침실로 가야 했다. 잘 자, 둘 다! 잘 자라고! 잘 자요! 잘 자요!

내 나름대로 앨비의 청소년기를 맞이할 준비를 잔뜩 하고 있었지만, 그건 마치 오래도록 부글부글 끓고 있던 내전이 발발하는 것처럼 닥쳤다. 우리는 걸핏하면 싸웠다. 하나의 예만 들어도 충분할 것이다. 난 연극이나 예술보다 과학, 수학 같은 게 어찌하여 더 나은 전공인지를 설명하고 있었다. 이건 어느 집에서나 일어나는 아주 진부한 논의겠지만, 문제는 코니가 런던에 가 있었다는 거고, 그에 따라 이 주제는 아주 위험천만한 것이 되었다.

"내가 말하려는 건 이거야." 내가 말했다. "보통사람들을 한 방에 여러 명 넣어두고 붓이나 카메라를 줘 봐. 무대를 주고, 펜과 종이를 주면, 다들 뭔가 만들어낼 거야. 아주 서투르거나 볼썽사납거나 대충 만들어낸 것들이겠지. 아니면 뭔가 잠재력을 보여주는 것도 있을 테고, 어쩌면 숨은 재능을 맘껏 발휘하는 경우도 있겠지. 하지만 누구든, 모든 사람이 그림이나 시, 사진 아니면 뭐든 만들어낼 수 있다는 거야. 이번엔 사람들한테 원심분리기를 줘 봐. 실험장비들이나 화학약품을 말야. 아무것도 못 만들어내. 뭔가 가치 있는 걸 전혀 못 만든다는 거지. 그냥… 소꿉장난 때 쓰는 진흙 파이나 만들까. 왜냐하면 과학은 방법론적이거든. 과학엔 엄정함과 응용력, 연구가 필요하거든. 보다 어렵지. 그냥 그래. 그렇지."

"그래서요? 아빠 지금, 난 과학자고 그러니 남들보다 더 똑똑하다, 이 말씀이세요?"

"내 분야에서는, 그렇지! 그리고 그래야만 하는 거고! 내가 이제껏 연구한 게, 10년 넘게 밤잠 설치며 한 게 다 그 때문이거든. 내 분야에 탁월해지기 위해서."

"그럼 만약 제가 너무 싫고 이해도 안 되는 과목을 포기해 버리면, 아빤 저를 엄청 깔보시겠네요?"

"난 네가 인내심을 갖고 꾸준히 하지 않았다고 생각하겠지. 너무 일찍 포기했다고 말야."

"내가 쉬운 길을 선택했다고 말이죠?"

"어쩌면—"

"겁쟁이 같다고—"

"그런 말은 안 했다. 왜 자꾸 말을 그렇게 꼬아서—"

"아빠가 잘하는 걸 하지 않고, 내가 잘하는 걸 하는 거니까?"

"아니지. 어려운 것 대신 쉬운 걸 하는 거니까. 도전에 몸담는 건 좋은 거야. 네 정신세계를 크게 확장하는 거니까."

"그럼 내가 할 수 있는 거면, 누구나 할 수 있다는 거죠? 특별할 게 아무것도 없단 말이죠?"

"특별할 수는 있지. 하지만 그렇다고 해서 수입이 좋다는 건 아냐. 성공은 열심히 일하는 사람에게 오는 거야. 어려운 일에 매진하는 사람에게 말이다. 내가 너한테 바라는 건 성공뿐이다."

"아빠처럼요?"

아이의 말에서 조롱의 기운이 느껴졌다. 그에 따라 나도 살짝 화가 난 목소리가 되었다. "미래는 말이다… 정말 끔찍할 거다, 앨비. 넌 아무것도 몰라. 난 네가 잘 준비하고 미래를 맞았으면 좋겠어. 기술과 정보로 잔뜩 무장하고서 미래를 맞아, 잘살고 성공하면서 행복하길 바란다는 거다. 밤낮없이 색깔 칠하기에만 매달린다고 해봤자 그런 건 아무 소용 없을 수도 있다는 거지."

"그러니까, 요약하자면—" 앨비가 눈을 엄청 깜박였다. "아빠 말은, 그러니까, 내가 졸라 겁을 먹고서—"

"앨비!"

"공포에 근거해서 결정을 해라, 이거네요? 왜냐하면 난 재능 따위는 없는 놈이니까."

"아냐, 너한테도 당연히 재능이 있지. 하지만 그 재능은 다른 수백만의 사람들도 가지고 있는 거야. 수백만이라고! 알겠니?"

아, 그건 좀 형편없는 단어 선택이었다. 이런 예를 들다니, 내가 그때 좀 저질이었다는 걸 인정한다. 하지만 그렇다고 내가 앨비더러 자기가 원하지 않는 뭔가가 되라고 몰아붙였다고 비난하다니? 음, 그래, 내가 그러긴 했다. 하지만… 자기 아이의 모습을 책임지지 않는 부모라면, 그건 대체 뭐 하는 부모란 말인가?

154.
아버지라면 마땅히

코니와 나도 싸웠다. 앨비를 키우면서 우리 둘의 차이가 더 불거졌다. 부모가 되기 전의 걱정 없던 시절에는 그 차이가 그저 즐거워 보이기만 했는데 말이다. 내 눈에 그녀는 웃기게도 틀을 싫어하는 자유방임주의자였다. 식물원의 비유를 들자면 그녀는 아이를 아직 피지 않은 꽃봉오리라고 생각했다. 부모는 빛과 물을 제공하되, 한 발 떨어져 지켜봐야 한다는 것이다. "자기가 하고 싶은 건 뭐든지 해봐야죠." 그녀는 말했다. "자신이 행복하고 쿨하다 싶으면 말이죠." 반면, 나는 그 꽃에 얼마든지 대나무 작대기로 버팀목을 대고, 가지치기를 하고, 인조 광선을 쪼일 수 있다는 생각이었다. 그렇게 해서 보다 튼튼하고 강인한 화초를 만들 수 있다면, 안 될 게 뭐 있겠나? 물론 코니도 아이를 구슬리고 용기를 심어주었으며, 숙제를 시키기도 했다. 하지만 그녀는 앨비의 타고난 재능과 특성이 아무 도움 없이 스스로 발현될 것이라고 믿었다. 난 타고난 재능을 믿지 않았다. 내게 자연스레 일어난 일은 없었다. 과학조차도 그랬다. 나는 억지로 열심히 공부했다. 어떨 때는 부모님이 내 양쪽 어깨 뒤에 서 있기도 했다. 왜 앨비가 그러면 안 된단 말인지?

그리고 앨비는 정말 사람을 돌게 만드는 짓들을 일삼았다. 자기연민에 빠지고 무책임하며 게을렀다. 내가 정말 그렇게나 폭압적이고 재미없는, 걸핏하면 화를 내고 유머라곤 모르는 아버지였단 말인가? 운동회나 기금 마련 바비큐 같은 학교 행사에 가면 난 다른 아이들의 아버지를 유심히 관찰하면서 실마리를 찾으려고 했다. 그들의 부드러운 자상함, 가볍게 놀리는 말투는 마치 유망한 어린 선수를 살살 달래는 축구 감독을 연상시켰다.

앨비의 절친인 라이언의 아버지는 농장 노동자였다. 텁수룩한 수염에 잘생긴 용모의 그는 걸핏하면 웃통을 벗고 다녔다. 그에게서는 항상 맥주와 엔진오일 냄새가 났다. 마이크는 아내가 죽은 뒤 마을 끄트머리의 단층집에서 라이언을 혼자 키웠다. 앨비는 이 두 사람에게 푹 빠져서 방과 후에 거기 가서 미친 듯 비디오 게임을 하곤 했다. 커튼이 열리는 법이 없고, 한 주치 장을 주유소에 딸린 가게에서 해치우는 그 집에서 말이다. 어느 날 밤 앨비를 데리러 그 집엘 간 적이 있었다. 그 집으로 들어가는 길은 이동식 주택과 뼈대만 남은 차와 오토바이들, 컹컹 짖어대는 개들로 어수선했다. 마이크는 셔츠를 벗은 채 접이의자에 앉아 담배가 아닌 뭔가를 피고 있었다.

"안녕하세요, 마이크! 앨비 이놈 어디 있나요?"

그가 캔맥주를 들어 보이며 인사했다. "그 녀석 마지막으로 본 건 지붕 위에서였죠."

"그래요. 지붕 위에?"

"저 위요. 과녁 맞추기 연습을 하는 중이에요."

"아. 그렇군요. 총으로요?"

"그냥 내가 가지고 있던 낡은 공기총이에요."

마침 그때 파편 알갱이 하나가 내 귀 바로 옆의 공기를 가르고 날아 시멘트 믹서기를 때리고 수북하게 자란 잔디밭 속으로 튕겨 날아갔다. 고개를 드니 앨비의 웃음 가득한 얼굴이 홈통 뒤로 사라지고 있었다. "뭘 어쩌겠어요." 마이크가 말했다. "남자놈들이 다 저렇죠, 뭐."

그해 여름 라이언의 집은 일종의 낙원이 되었다. 라이언의 아빠는 일종의 신이었고. 그는 애들한테 트럭을 몰게 했고, 산만 한 나무에 올라가게 했고, 밤낚시를 다니게 했다. 아이들을 데리고 채석장으로 차를 몰고 가면서는 아이들끼리 트럭 짐칸에서 풀쩍풀쩍 뛰어놀게 했고, 두 녀석을 양팔에 끼고 높은 바위에서 시커먼 물속으로 뛰어들기도 했다. 녹이 많이 슬고 날카로운 물건일수록, 전선이나 칼날이 더 많이 노출된 것일수록, 두 아이에게는 더 적합한 놀잇감이 되었다. 애들은 용접도 했다. 마이크가 용접을 하게 내버려둔 것이었다. 마이크는 라이언을 조용히 앉혀두고 주기표를 설명하는 아버지가 절대 아니었다. 마이크의 영토에서는 '방과 후 학습' 같은 건 아예 없었다. 오 맙소사, 마이크와 함께하는 삶은 그저 오래도록 불타는 하나의 매트리스일 따름이었다. "앨비가 라이언네 집에서 너무 많은 시간을 보내는 것 같아." 또 한 차례 눈물과 뇌물, 악다구니로 얼룩진 복습 시간을 마친 뒤 내가 말했다. "애를 못하게 막을 수는 없잖아요." 코니가 말했다. "하지 못하게 하면 점점 더 하고 싶어질 뿐이에요." 무슨 저런 말이 다 있나 싶었다. 내 아버지가 금지하면, 그건 그냥 금지였다. 더 하고 싶어지다니, 그건 불가능했다.

간혹 마이크는 아주 늦은 시간에 앨비를 집으로 데려오기도 했는데, 그럴 때면 그와 코니는 앞마당에 서서 하염없이 얘기를 나누었다. "아주 매력적인 사람이에요." 그렇게 말하며 돌아오는 코니의 낯빛은 살짝 발개져 있었다. "사람이 생기발랄해요. 반짝반짝한다니까. 존경스럽지 않아요. 혼자서 저렇게 라이언을 키우다니."

존경스럽다? 자기 자식을 아무렇게나 내버려두고, 그 아이의 미래에 대해 아무 생각 안 하는 게 뭐가 존경스러운가? 그리고… 내 일은 존경스럽지 않은가? 그 자리에 가기까지 지난 몇 년간을 밤늦게까지 연구에 매달렸는데. 앨비는 내 일터로 와서 실험실을 보고 내 동료들을 만나고 싶은 마음이 전혀 없었다. 내 일에 대한 애의 생각이라면 희미한 경멸 정도가 전부였다. 그건 아마 그에게서 자라고 있던 '정치적' 의식의 일부였을 텐데, 애는 그 문제를 나와 얘기하려 들질 않았다. "라이언 아빠는 대체 뭘 하니, 정확하게 말야?" 내가 물었다. 앨비는 몰랐다. 애가 아는 거라고는, 마이크가 늦은 밤 펍에서 데리고 온, 10대를 벗어난 지 얼마 되지 않는 그런 여자애들뿐이었다. 아니면, 마이크가 자신의 진득진득한 청바지 주머니에 찔러 넣고 다니는 돌돌 말린 지폐 뭉치들이거나.

155.
체육관에서의 대결전

한 판의 결전은 불가피했고, 전투는 학교의 연례행사인 학부모-선생님 퀴즈대회 날 벌어졌다. 새 공연장을 짓기 위한 기금 마련을 위해 — 필요한 건 언제나 새 공연장, 아니면 도자기 구울 가마, 아니면 피아노였지, 새 원심분리기나 가스배출장치가 달린 실험용기가 아니었다

— 온갖 행사들이 끝도 없이 이어지던 시기였다.

내가 퀴즈는 제법 하리라는 생각에 나는 흐뭇했다. 물건이나 사실, 방정식 등 내가 아는 게 꽤 되니까. 그건 또 내 정신이 작동하는 방식, 내가 늘 그래왔던 방식과도 부합했다. 단지 과학뿐만이 아니라 말이다. 10대 때 나는 〈기네스 북〉에 완전 꽂혀서 그 엄청난 분량을 달달 외울 정도였다. 태양의 온도, 치타의 달리기 속도, [공룡] 디플로도쿠스의 길이, 그런 게 파티에서의 내 단골 화제였다. 그런 얘기가 등장하는 파티는 거의 없었지만 말이다. 그래도 괜찮았다. 몇몇 기억들은 잊어버렸지만, 핵심 사항들은 — 가장 높은 산, 가장 깊은 바다, 빛과 소리의 속도, 여러 장소의 넓이, 세계의 국기들 — 문신처럼 지워지지 않고 남아 있었다. 코니가 예술과 문화를 담당하면 될 테니, 그 체육관으로 입장하면서 나는 피터슨 집안사람들의 활약을 꽤나 자신만만하게 기대했다.

"죄송하지만, 부부끼리 같은 팀이 될 수는 없어요!" 바로 그 주에 내게 앨비의 기초적인 산수 실력이 모자란다고 말했던 여선생 화이트헤드 씨가 그렇게 일러주었다. "오이! 코니! 일루 와요!" 마이크가 고함쳤다. 그는 휘황찬란한 보일러 수리공의 작업복을 배꼽까지 지퍼를 내린 채 입고 있었다. 코니는 아연 들떠서 거의 깡충깡충 뛰어 그의 팀에 합류했다. 앨비는 라이언과 함께 벤치로 가서 앉았고, 나는 금방이라도 달아날 것처럼 문간에서 서성거리던 혼자 온 학부모 몇몇을 모아 억지로 팀을 꾸렸다. 아주 막강한 구성원들은 아니었지만, 그래도 상관없었다. 나는 손을 들어 앨비에게 흔들어 보였고, 다음 날 교실에서의 대화를 상상했다. "너네 아빠 어제 정말 끝내주더라!" "혼자서 팀을 다 끌고 다니고. 너희 아빠, 뭐 좀 아시던데!" 아들이 아버지의 지성미를 높이 사지는 않는다는 걸 나보다 더 잘 아는 사람도 없을 테지만 — 내가 보기에 마이크는 정말 멍텅구리였다 — 그래도 앨비가 나의 승리를 지켜본다는 건, 그것도 이런 학교 행사에서 그런다는 건 흐뭇한 일일 것이었다. 우리는 병맥주와 몇몇 과자를 받아들고 우리의 나무 탁자에 가서 자리를 잡았다.

퀴즈 팀 이름을 재미난 걸로 지으라는 숙제만큼이나 유쾌하지 못한 일이 또 있을까. 그냥 '빨강', '파랑', '초록' 팀이면 안 되나? 아무리 생각해도 그 이유가 기억나진 않지만 오랜 숙의 끝에 우리는 '끄라니움 끄루셔즈'[두개골 파괴자들]를 이름으로 정했고, 내가 이 팀의 캡틴(혹은 깹틴)이 되었다. 마이크와 코니의 팀은 '모바일 출동준비'였는데, 그 이름에 큰 웃음이 일어났다. 하지만 나한테는 그런 무정부상태가 그저 견디기 힘든 것이어서 염려스러울 따름이었다. 나는 그런 생각을 떨쳐내고 다시 가장 깊은 호수와 가장 긴 강, 가장 높은 봉우리에 집중했다. 관중석에서 휘파람이 일었고 게임이 시작되었다.

물론 그 퀴즈는 내가 '일반상식'이라고 알고 있는 것들의 졸렬한 모방이었다. 음악 질문들은 거의 대부분 오늘날의 팝송들에 관한 것이었고, 스포츠 질문도 거의 전부 축구에 관한 것, 뉴스나 시사 문제도 죄다 타블로이드 계열의 하찮은 것들이었다. 대신 과학이나 지리, 발명이나 암산에 관한 것은 아무것도 없었다. 우리는 우리 나름대로 문제를 풀었지만, 모바일 출동준비라는 이름의 마이크네 팀은 중간에 서서 머리를 맞대다시피 하고 있는 마이크와 코니를 둘러싸고 똘똘 뭉쳐서 서로 귓속말을 나누며 키득거렸다. 그들은 서로에게 "예스!"라는 탄성을 질렀다. "잘했어요! 그걸로 적어요!" 마이크는 내가 상상했던 것만큼 멍청하지는 않은 것 같았다. 적어도 노래 가사나 연예인의 문신에 대해서는 말이다. 코니의 손은 그의 팔뚝을 단단히 잡고 있었다. "예스, 마이크, 예스! 당신 정말 멋져요!"

다른 팀들은 거의 맘껏 부정행위를 저지르고 있었다. 조그만 키보드를 타닥타닥 두드리는 소리가 곳곳에서 들렸고, 주머니 속의 전화기로도 연신 삑삑 문자들이 도착했다. 시간이 흐르면서 점점 화가 치밀어 올랐다. 공연장 기금 마련을 위해 팔아달라고 했던 병맥주들 탓에 더 발끈해진 것도 사실이었다. 이러다가는 우승을 못할 것 같았다. 나는 포개 쌓는 의자에 몸을 묻었다.

"자, 이제—" 퀴즈 사회자가 말했다. "—마지막 라운드를 앞두고, 세계의 국기들 문제를 풀어보겠습니다!"

드디어! 나는 몸을 곧게 폈다. 다른 팀들이 머리를 긁적이는 사이, 나는 그들 모두에게 핀잔의 눈빛을 날리면서 엄지 둘을 세워서 앨비에게 흔들었다. 아이는 딴짓을 하느라 나를 보지 못했다. 그 다음은, 오 놀라워라, 강 이름 대기, 또 호수 이름까지! 나의 주도 아래 우리 팀은 힘을 되찾았고, 정답이 쌓였다. 채점 시간이 왔다.

우리는 답안지를 마이크와 코니 팀과 바꿨다. 우리 팀의 팝음악 답변들을 보면서 그들은 낄낄거리며 야유를 보냈다. 그 답례로, 나는 그들의 국기 답안을 보면서 고개를 절레절레 저었다. 베네수엘라? 아이구, 마이크, 미안하지만, 땡입니다! 나는 정성껏 채점을 하려고 애썼지만, 전반적으로 그 과정은 아주 엉성하고 엉망이었다. 보너스 문제는 1점짜리, 아니면 2점? 마이크가 의기양양한 웃음을 머금은 가운데 우리의 답안지가 마침내 돌아왔으나, 보자마자 나는 두어 개의 채점 실수를 짚어냈다. 보나마나 악의적인 채점이 이뤄진 것이었다. 러시아 대신에 USSR을 썼다고 점수를 안 주다니! 실은 USSR이 더 정확한 답인데 말이다. 하지만 너무 늦은 것 같았다. 우리 점수가 취합되었고, 이제 최종결과가 발표될 순간이었기 때문이다.

6위, 5위, 4위, 3위. 2위로는 — 끄라니움 끄루셔즈. 마이크와 코니의 팀이 우리를 2점 차로 눌렀다는 것. 마이크와 코니는 환호와 박수에 맞춰 얼싸안고 즐거워했고, 관중석에서는 라이언과 앨비가 주먹을 꽉 쥐고서 원숭이 소리 같은 걸 냈다.

하지만 나는 유심히 따져보았다. 보너스 문제들이 1점이네? 우린 2점씩 줬는데? USSR은 0점이라고? 나는 우리의 제대로 된 점수가 얼마인지 암산해 보고, 다시 계산해 보았다. 분명했다. 우리는 속임수에 의해 우승을 강탈당한 것이었다. 나는 어쩔 수 없이 퀴즈 사회자에게 가서 점수를 다시 계산해야 한다고 요구할 수밖에 없었다.

잠시 관중들과 퀴즈 팀들이 웅성거렸다. 행사는 끝난 거 아닌가? 아직은 아니었다. 나는 앨비의 학년 주임인 오코넬 선생에게 우리 정답지의 채점 오류를 지적하며 설명했다.

오코넬 선생은 마이크에 손을 얹고 말했다. "정말로 이걸 다시 하자는 말씀이세요?"

"예. 그런데요. 그래요."

어느새 체육관 안의 분위기가 전범재판소처럼 엄숙하게 가라앉았다. 난 내가 처음 문제제기를 할 때 의도했던 대로 편안하고 유쾌한 기분으로 이 일이 진행되길 기대했지만, 학부모들이 고개를 저으면서 코트를 걸치는 가운데 검표 시간은 너무나 길게 느껴졌다. 드디어 이미 반도 넘게 비어버린 관중석을 향해 재검표 결과가 발표되었다. 역시 끄라니움 끄루셔즈가 그 이름값을 하면서 0.5점 차로 우승이라는 것이었다!

나는 내 아들을 보았다. 아이는 환호하지 않았다. 허공을 향해 펀치를 날리지도 않았다. 애는 양손으로 머리를 쥐어뜯고 있었고, 라이언이 한 팔로 앨비의 어깨를 두르고 있었다. 우리 끄루셔즈 팀원들은 묵묵히 10파운드짜리 정원용품 구매용 상품권을 전리품으로 나눠가진 뒤 주차장으로 향했다.

"축하해요, 더그." 마이크가 트랜짓 밴 옆에 서서 웃으며 말했다. "보스가 뭔지를 보여줬어요!" 그리곤 내 아들에게 혐오스러운 윙크를 하며 말했다. "네 아버지 말이다, 정말 천재셔!" 옛날 같았으면 우리는 서로 곤봉과 돌멩이를 들고 치고받고 했을 것이었다. 어쩌면 그게 더 나았을지도 모르겠다.

어쨌든 우리 셋은 아무 말 없이 차를 타고 집으로 왔다. "내가 살아있는 한, 절대로, 오늘 밤 일을 다시는 입에 올리지 않을 거야." 코니는 현관문을 열면서 그렇게 조용히 혼잣말을 했다. 그리고 앨비는? 애는 아무 말 없이 자기 방으로 올라갔다. 아마도 자기 아버지가 얼마나 똑똑한지를 생각하면서 말이다. "잘 자라, 아들. 내일 보자!" 계단 밑에 서서 나는 올라가는 애를 보며 생각했다. 뭔가를 붙잡으려고 손을 내뻗는데 계속 허공만 젓고 있는 이 끔찍한 느낌이란. 돌아보니 그때가 처음도 아니었고 또 마지막도 아니었다.

156.

만남의 장소

흠칫 놀라며 잠에서 깼다. 땀에 젖은 몸이 후드드 떨렸다. 차양의 성능이 너무 좋아 방 안은 마치 깊은 바다 속 블랙박스 안 같았다. 침대 옆을 더듬거려 스위치를 켜니 금속 차양이 요동치며 열렸다. 아침 햇살인데도 거의 정오의 그것 같아 눈을 뜰 수가 없었다. 눈을 가늘게 뜨고 시계를 보니 일곱 시 조금 전이었다. 마드리드. 여기는 마드리드였고, 아들을 보러 가는 날이었다. 그 만남까지 시간이 충분했다. 심장 박동이 다시 정상이 될 때까지 침대에 누워 있으려 했지만, 젖은 시트가 슬슬 차갑게 느껴져서 일어나 창문으로 갔다. 푸른 하늘과 그랑비아의 이른 아침 교통행렬이 보였다. 화사한 새 아침이었다. 천천히 샤워를 하고 완전 새옷들로 갈아입었다.

아침으로 맛난 햄과 투박한 계란 스크램블을 잔뜩 먹고 태블릿으로 영국 뉴스를 살폈다. 외국여행이 불러일으키는 저 유서 깊은 고립감을 느껴보려는 듯 말이다. 옛날에는 '외국'이 훨씬 더 멀어 보였다. 영국 매체로부터 차단되어 있어서 더욱더 말이다. 하지만 이제는 모든 게 온라인에 있었다. 저 흔한 강간과 가십, 부패와 폭력, 그리고 형편없는 날씨까지, 판에 박힌 형태로 골고루 섞여서. 맙소사, 앨비가 도망가고 싶었던 것도 당연하네. 기분이 처질까 봐 나는 대신 마드리드 연구를 시작했다. 앨비와 함께 보러 가는 경우를 대비해 위키피디아에서 피카소의 〈게르니카〉 항목을 검색했다. 11시, 프라도 계단이라고 했지. 아직 8시도 안 됐기에 나는 산책을 나섰다.

마드리드는 꽤 맘에 들었다. 곳에 따라 웅장한 장식들이 화려하기도 하고, 다른 곳의 상업지역은 시끌벅적 어수선하기도 했다. 지저분하고 가식 없는 게, 마치 멋진 옛 건물에 덕지덕지 스티커와 벽그림들이 도배되어 있는 듯한 느낌이었다. 앨비가 이리로 온 것도 당연하네. 내 착각인지도 모르지만, 거기엔, 이 도시의 한복판엔, 보통사람들이 사는 것 같은 느낌이었다. 런던이나 파리 사람들에게는 이미 오래전에 불가능한 일이 되어버린 그 일이 말이다. 내 길잡이는 호텔에 비치된 약식 지도밖에 없었지만, 9시 45분쯤 되니 대충 다 둘러본 느낌이어서 나는 곧바로 프라도 쪽으로 갔다.

1월 세일 때의 쇼핑객들처럼 소수의 관광객들이 벌써 줄을 서서 문이 열리기를 기다리고 있었다. 그 모든 예술품을 기대하며 눈에 띄게 흥분한 표정들이었다. 나도 그 줄에 합류하며 걱정하지 말자고 애를 썼다. 나는 "아들이 오면 그때는 어쩔 거냐?"는 프레야의 질문을 눌러두려 했지만, 그 대답을 생각하면 머리가 멍해졌다. 떠오르는 거라곤 사과와 합리화가 뒤죽박죽 뒤섞인 것뿐이었다. 거기엔 자책과 더불어 분노도 숨어 있었다. 이 휴가가 — 어쩌면 우리의 마지막 휴가일 이게 — 앨비의 실종 때문에 납치되어 버렸으니까. 그런데 한마디도 없다니, 단 한마디도! 앨비는 우리를 걱정시키고 싶은 걸까? 그렇다면 틀림없이 성공한 셈인데, 전화기를 드는 게 애한텐 그렇게 힘든 일이었을까? 걔는 정말 우리 마음의 평화 따위는 안중에도 없는 걸까? 내 머릿속의 목소리들이 점점 화를 냈다. 당장은 반드시 침착하게 화해의 기운으로 충만해 있어야 했다. 나는 휴식을 찾아서 프라도 안으로 느릿느릿 들어갔다. 한동안 나를 괴롭혀온 숙제 하나를 해결해야 했다.

157.

지상의 쾌락 동산

"이게 프라-도예요, 아니면 프레이-도예요?" 매표소의 여직원에게 내가 물었다. 머릿속에서 이쪽 저쪽을 번갈아 쓰고 있던 나는, 앞쪽이 맞음을 기쁘게 확인했다. "프라-도." 그렇게 혼잣말을 하며 자꾸 발음해 보았다. "프라-도. 프라-도."

이 박물관이 아주 특별한 곳임은 금세 눈에 띄었다. 거기서 만난 보스의 〈지상의 쾌락 동산〉은 어릴 적에 보고서 그 미친 듯한 디테일에 매료되었던 작품이었다. 실물로 보니 그것은 하나의 그림이면서 동시에 하나의 물건이기도 했다. 커다란 나무 상자를 펼치면 그림이 등장하는 형식이었는데, 그건 내가 1970년대에 즐기던 어느 프로그레시브 락 밴드의 접이식 앨범 속지를 연상시켰다. 펼쳤을 때의 왼쪽 패널에는 아담과 이브가 그려져 있었는데, 너무나 생생하고 선명해서 마치 어제 그린 그림 같아 보일 정도였다. 천국의 모습을 보여주는 중앙의 큰 패널에는 볼록한 배를 드러낸 수많은 나체의 인물들이 거대한 딸기에 기어오르거나 되새의 등을 타고 놀았다. 오른쪽은 괴기스럽고 악몽 같은 지옥의 풍경이었다. 천국 사람들과 똑같은 볼록한 배의 벌거숭이 인물들이 이번에는 모닥불의 땔감으로 쓰이고 있었다. 목을 관통한 칼, 잘라낸 두 귀를 찌르고 있는 깃털 펜, 무시무시해 보이는 거인, 이 거인과 한 몸으로 엮인 돼지, 또 거기에 엮인 나무. 학술적인 말은 아니겠지만, 그건 정말 '짱'(trippy)이었다. 10대 소년이 좋아할 만한, 살 떨리게 끔찍한 그림이 아닌가 싶어서, 나는 소망했다. 만약 애가 내 사과를 받아들인다면 아이와 함께 다시 이리로 와서 저 환각제 같은 디테일들을 죄다 흡수하고 싶다고.

이제 시간이 없었다. 나는 엘 그레코와 리베라 전시실을 지나쳐 위층의 놀라운 방으로 올라갔다. 둥글게 만 콧수염을 단 귀족들의 초상화가 즐비한 그 방에는 벨라스케스가 그린 합스부르크 황실 사람들로 가득 차 있었다. 그래서일까, 하나의 얼굴이 계속 등장하는 느낌이었다. 홀쭉하고 긴 턱에 촉촉한 입술의 그 얼굴은 부끄러워하는 표정으로 분홍빛 뺨을 한 10대의 왕자가 완전 새 갑옷을 입고 있는 모습이다가, 다른 그림에서는 가장무도회 복장을 하고 사냥하는 사람 같은 차림새이다가, 중년 후반의 울적한 스패니얼 같은 얼굴을 한 왕족이었다. 나는 문득 궁금했다. 실물이랑 너무 똑같이 그려진 걸 보고 우리 모두가 그러듯 '미남왕' 필립4세도 부끄러워했을까? 이 그림을 보고 어떤 반응을 보였을까? "디에고 선생님, 제 턱 좀 어떻게 조금만 작아 보이게 해주실 순 없을까요?"

이 초상화들만으로도 충분히 대단했지만, 그 방 전체를 압도하는 것은 이제껏 한 번도 본 적이 없는 화풍으로 그린 희한한 작은 소녀의 그림이었다. 너댓 살쯤 되어 보이는 그 소녀는 뻣뻣한 새틴 드레스 속에 마치 포장된 듯 들어가 있었다. 엉덩이 부분이 거의 테이블 너비로 부풀어 있는 그 드레스를 어린애한테 입혀 놓으니 너무 이상했다. 그 그림의 제목은 〈라스 메니나스〉 즉 '공주를 모시는 여관(女官)들'이었다. 공주 주변에는 그래서 여관들이 많았다. 수녀와 잘 차려입은 여자 난쟁이도 있었다. 한 꼬마소년은 — 혹은 또 다른 난쟁이일지도 — 발로 개를 툭툭 짚고 있었다. 그림 왼쪽에는 우스운 스페인 콧수염을 한 화가 한 명이 — 아마도 벨라스케스 자신의 모습이 아닐까 — 거대한 캔버스 앞에 서 있었다. 그의 눈길은 화면 밖을 향하고 있어서, 마치 그 작은 소녀를 그리는 게 아니라 관람객들을 그리고 있는 것 같았다. 특히 마치 나를, 더글라스 티모시 피터슨을 말이다. 그 눈길이 어찌나 생생한지 나는 캔버스 저쪽으로 돌아가 그가 내 코를 어떻게 그렸나 확인해 보고픈 충동까지 느꼈다. 뒤쪽 벽의 거울에도 두 인물이 그려져 있었는데, 아마도 그 소녀의 부모인 마리아나 왕비와 필립4세이리라. 그러니까 아까 본, 지금 내 왼쪽의 저 벽에 걸려 있는 큰 턱의 그 신사양반 필립4세 말이다. 비록 멀찌감치 있는데다 흐릿한 모습일 뿐이지만, 그림 속의 화가가 진짜 주인공으로 삼은 이들은 아마 그들이 아닐까 싶었다. 그렇지만 화가와 소녀, 여자 난쟁이 모두 그림 밖의 나를 너무나 지긋이 쏘아보는 듯해서 나는 그만 쑥스러워질 정도였다. 또 혼란스럽기도 했다. 한 그림 속에 무슨 주인공이 저렇게 많을 수 있다는 건지? 소녀 공주, 기다리는 여관들, 화가, 왕과 왕비, 그리고 나까지. 그건 마치 두 거울 사이에 서는 순간처럼 갈피를 못 잡고 어질어질해지는 느낌이었다. 내 모습이 무한히 비춰져서 계속 다음 모습을 보여주다가 무한 속으로 사라지는, 그런 경험 말이다. 이 그림에서도 틀림없이 '참 많은 것이 진행중'이었고, 나는 앨비랑 다시 보러 오고 싶었다.

나는 중앙 아트리움으로 돌아가 여러 전시실들을 들락날락하며 멋진 그림들을 힐끔힐끔 눈에 담았다. 만약 거기서 〈검은 그림들〉이라는 표지판을 보지 못했더라면 — 그 제목은 꽤나 해머-호러 영화 같은 방식으로 관심을 끄는 것이었다 — 나는 아마 정문 계단으로 가서 거기서 기다리기 시작했을 것이다.

158.
프란시스코 고야

그 문제의 그림들은 마치 뭔가 어두운 가족사의 비밀이라도 된다는 듯 — 일단 슬쩍이라고 그걸 보면 왜 그런지를 금방 깨닫는다 — 미술관 지하의 음침한 전시실에 걸려 있었다. 그건 그림도 아니었다. 고야가 어느 집의 벽에 직접 그린 벽화들이었고, 엄청난 충격에 시달리는 사람의 작품임이 분명했다. 한 장면에서는 웃음을 머금은 얼굴의 여인이 칼을 들고 막 누군가의 머리통을 날려버리기 직전이었고, 다른 데서는 기괴하게 생긴 여인들이 괴물 염소의 모습을 한 사탄을 둘러싸고 앉아 있었다. 지저분한 수렁 속에서 무릎까지 잠긴 채로 허우적대는 두 남자는 곤봉을 들고 서로의 피투성이 머리를 후려갈기고 있었다. 모래늪에 빠져 죽어가는 개의 슬픈 눈망울은 휑하니 처연했다. 아무렇지 않은 그림에도 — 〈웃는 여인들〉, 〈수프를 먹는 두 노인〉 같은 — 공포와 악의가 덕지덕지 배어 있었다. 하지만 최악은 따로 있었다. 어떤 동굴 같은 데서 미친 거인이 시체를 입에 물고 뜯고 있는 장면이었다. 제목은 〈자기 아들을 잡아먹는 새턴〉이었는데, 이 신은 내가 프랑스나 이탈리아에서 보았던 그 어떤 그림 속 훈남들과도 닮지 않았다. 그는 단단히 미친 얼굴이었고, 그의 몸은 처지고 잿빛인 게 늙어 보였다. 그의 잔혹한 검은 눈에는 지독스런 자기 멸시의 기운이 역력했으며….

갑자기 이명(耳鳴) 탓에 어지러웠다. 가슴이 답답했고, 두려움과 불안에 떠밀려 나는 후다닥 그 방에서 나왔다. 그 그림을 안 보았으면 좋았을걸. 그런 그림은 저 머나먼 곳의 버려진 집 벽에 그냥 남아 있는 게 좋았을걸. 나는 미신을 믿는 사람이 아니지만, 그 그림에는 뭔가 불가사의한 게 있었다. 나의 재회를 이제 딱 10분 앞두고, 나는 뭔가 해독제 같은 게 필요하다는 걸 느꼈고, 서둘러 위층으로 올라갔다. 미술관의 중앙복도를 따라가며 잠시 쉬면서 생각을 가다듬을 조용한 곳이 없는지 두리번거렸다. 내 오른쪽으로 벨라스케스 전시실이 있었고, 나는 머리를 비우기 위해 〈라스 메니나스〉의 그 작은 소녀 앞으로 다시 가서 잠시 앉아 있자고 맘먹었다.

하지만 미술관은 아까보다 훨씬 붐볐고, 그 그림은 관광객 무리들에게 가려 아예 보이지도 않았다. 그럼에도 불구하고 나는 거기 앉아 침착을 되찾고자 노력했다. 손가락으로 양쪽 눈을 꾸욱 누르고 있느라 나는 한참 후에야 인기척을 깨달았다. 고개를 들어보니 내 아들이 바로 내 앞에 서 있었다. 모든 아버지들이 그토록 듣고 싶어 하는 말을 하면서 말이다.

"세상에, 아빠, 왜 날 그냥 내버려두질 못해요?"

159.

파세오 델 프라도

"안녕, 앨비야. 나다!"

"그렇네요, 아빠."

"널 찾아 온 데를 다 헤맸다. 다시 보니 반갑구나. 난—"

"캣은 어딨어요?"

"캣은 안 온다, 앨비."

"안 온다구요? 나한테 문자 보냈는데?"

"그래, 나도 거기 있었지."

"캣은 왜 안 와요?"

"그건, 앨비, 솔직히 말하자면, 그녀는 올 게 아니었어."

"진짜 모르겠네. 그럼, 캣이 날 속인 거예요?"

"아냐, 널 속인 게 아니라—"

"그럼, 아빠가 속인 거예요?"

"속인 게 아니라, 도와준 거야. 캣이 도와준 거라구. 날 도와서, 널 찾을 수 있게."

"내가 아빠더러 날 찾으라고 했어요?"

"아니지. 나도 그건 안다. 하지만 네 엄마가 너무 걱정했고, 나도 그래서—"

"아빠가 날 찾기를 바랐으면, 어디 있는지 내가 말했죠, 아빠한테."

"그렇지만 우린 네가 걱정됐어. 네 엄마랑 내가—"

"하지만 그 문자 메시지 보고, 난… 난 캣이 임신한 줄 알았다고요!"

"그래, 그렇게 생각했을 수도…"

"내가 아빠가 되는 줄 알았다니까요!"

"그래. 그런 뜻이 있긴 했지. 그건 미안하구나."

"그게 어떤 느낌인지 아빠가 알긴 해요?"

"알다마다, 그럼."

"난 열일곱이라구요. 나 완전 돌아버리는 줄 알았다구요!"

"맞다. 너한테 그게 얼마나 충격이었을지 나도 알겠다."

"그거 아빠 생각이었어요?"

"아니야!"

"그럼 씨발 대체 누구 생각이었는데, 그게?"

"야, 앨비. 그 정도면 됐다!" 사람들이 쏘아보기 시작했고, 미술관 경비원도 다가올 기세였다. "우리 다른 데로 가자꾸나…."

아마 앨비도 그런 생각이었던지, 앞서서 성큼성큼 걸어가기 시작했다. 고개를 푹 숙인 앨비는 아트리움 안으로 물 밀듯 들어오는 관광객들을 뚫고 걸었다. 나도 연신 "스쿠시"와 "포르 파보르"라고 말하면서 그 뒤를 열심히 따랐다. 그렇게 밖으로 나오니 빛의 밝기가 어마어마했고 열기는 충격 그 자체였다. 우리는 계단을 구르듯 내려가 박물관 둘레를 싸고도는 가로수 늘어선 길로 향했다.

"어디 앉아서 얘기하면 내가 설명하기가 훨씬 쉽겠구나."

"설명할 게 뭐 있어요? 난 생각하고 싶어서 혼자 있으려고 했는데, 그런 것도 안 돼요?"

"우린 걱정했어."

"날 믿지 않으니까 걱정했겠죠. 날 절대 안 믿으니까—"

"우린 그저 네가 어디 있고 안전한지가 알고 싶었을 뿐야. 그게 이상한 거니? 우리가 신경도 안 썼으면 좋겠니?"

"말은 항상 그렇게 하죠, 아빠! 나한테 고함치고 소리 지르고 삿대질하고, 그러고선 바로 그러죠. 널 아끼니까 그런 거라고. '우린 널 아껴!' 말로는 그러면서 베개로 내 얼굴을 짓누르고."

"연속극처럼 그럴 거 없다. 내가 대체 언제 그랬다고…? 앨비…." 아이의 발이 아주 날렵하게 움직였고, 나는 말하기가 점점 힘들어졌다. "제발, 얘야, 우리… 우리 좀 서서 얘기하는 게… 낫지 않겠니…?" 나는 멈춰 서서 양손으로 무릎을 짚었다. 제발 애가 사라지지 말아야 할 텐데. 고개를 들어보니 아직 앨비가 거기 있었다. 뒤꿈치로 길을 차면서 말이다.

"난 말이다… 사과하고 싶었어… 암스테르담에서 내가 했던 말을…."

"암스테르담에서 뭐라고 말했는데요, 아빠?" 앨비가 그렇게 물었고, 난 내 아들이 이 일을 쉽게 넘어가려 하지 않는다는 걸 깨달았다.

"너도 잘 알고 있을 거라 생각한다, 앨비."

"그래도 확실히 말해 봐요…."

이마에 흐르던 땀이 바닥으로 떨어졌다. 땀방울이 길바닥을 때리는 걸 보며, 나는 그 숫자를 셌다. 하나, 둘, 셋. "내가 한 말은… 너 때문에 창피하다고 했지. 지금은 안 그렇다는 얘기도 하고 싶구나. 난 내 행동이 도를 넘었다고 생각했고, 싸움을 벌일 필요도 없다고 생각했어. 그래도 내가 표현을 잘한 게 아니니까, 사과하고 싶었어. 직접 만나서. 그때 그 일을 말야. 그리고 내가 과잉반응했던 다른 경우에 대해서도 말이다. 요즘 내가 온갖 스트레스를 받다 보니… 직장에서, 또 그래, 집에서도, 그리고… 그래. 변명할 거 없지. 내가 잘못했다." 나는 허리를 폈다. "내 사과, 받아주겠니?"

"아뇨."

"그렇구나. 왜 그런지 물어봐도 될까?"

"왜냐하면 아빠 진짜 생각을 사과한 건 아니니까."

"내 진짜 생각이 뭔데, 앨비야?"

"내가 창피한 놈이라고 생각하는 거요."

"어떻게 그런 말을, 앨비? 내가 널 얼마나, 얼마나 많이 아끼는데. 그걸 늘 분명하게 표현하지 않은 건 미안하다. 하지만 네가 보다시피—"

"아빠가 하는 건 다 그래요, 아빠. 아빠가 나한테 하는 말 전부 다. 거기엔 온통… 경멸하고, 끝도 없이 싫어하고 짜증내고—"

"그랬니? 내가 무슨—"

"날 마구 비하하고 비난하고—"

"오, 앨비야. 그게 아니다. 넌 내 아들이야, 내 사랑하는 아들—"

"아, 정말. 난 심지어 엄마아빠가 제일 좋아하는 아이도 아닌 것 같던데요."

"그게 무슨 말이냐, 앨비?"

애가 코로 숨을 세게 들이마셨다. 아이의 얼굴이 딱딱하게 오므라들었다. 그건 어릴 때 울지 않으려고 애쓸 때 짓던 표정이었다. "감춰둔 사진 다 봤어요. 아빠랑 엄마가 그 사진들을 애타게 쳐다보는 것도 봤구요."

"그건 감춰둔 거 아니다, 앨비. 너한테 보여주기도 했잖아."

"그거 이상한 거라고 생각 안 하세요?"

"아니야, 그건! 절대 아니다!. 네 누나 얘기를 우리가 언제 감춘 적 있니? 걔는 무슨 비밀이 아니야. 세상에, 그런 생각은 너무 끔찍하구나. 우린 제인이 태어났을 때 애를 사랑했어. 그리곤 너도 사랑했지. 더하고 덜하고 그런 거 없이 말이다."

"다만 제인은 망할 짓을 안 했겠죠, 네? 사람들 앞에서 아빠를 창피하게 만들지도 않았고, 학교에서도 망쳐먹고 안 그랬겠죠. 제인은 완벽했는데, 반면 나는, 아빠의 이 멍청하고 빌어먹을 아들은—"

이 대목에서 나는 거의 웃음을 터뜨릴 뻔했다. 물론 악의에 찬 웃음이 아니라, 이 연속극스러운 상황에, 이 청소년의 자기연민에 웃을 뻔했다는 말이다. "앨비야, 왜 이러니. 그렇게 자꾸 자신을 깎아내려—"

"웃지 마요! 웃지 말라구! 봐요, 아빠가 하는 거 전부 다, 아빠가 날 얼마나 멍청하게 생각하는지 보여주잖아."

"난 네가 멍청하다고 생각 안 한다—"

"그렇게 말했잖아요! 내가 멍청하다며! 내 코앞에서 그렇게 말해 놓고!"

"내가 그랬다고?"

"예, 그랬어요, 아빠! 그랬다구요!"

어쩌면 그랬던 것 같기도 했다. 한 번 혹은 두 번?

난 눈을 감았다. 갑자기 너무 피곤하고 너무 슬펐다. 여긴 집에서 너무 멀리 떨어진 곳이로구나. 이 모든 게, 이 모든 탐험이 다 쓸모없는 짓 같구나. 그런 생각들이 나를 덮쳤다. 너무 늦은 건 아니라고, 높았던 언성과 이빨을 드러낸 으르렁거림, 무관심, 생각 없이 던진 말들을 보상하기엔 아직도 시간이 남았다고 스스로 다짐했었다. 내가 말했던 것들, 내가 했던 일들에 대해 물론 나는 후회했다. 하지만 그 모든 것의 뿌리에는 항상… 너무나 뻔한데도 그걸 몰랐네, 거기엔 항상….

나는 돌 벤치에 털썩 주저앉았다. 벤치에 앉은 한 노인이었다.

"괜찮으세요?" 앨비가 물었다.

"그래. 괜찮다. 난 그저… 너무너무 피곤하구나. 엄청나게 긴 여행이었으니까."

앨비가 내 앞에 와서 섰다. "신발이 그게 뭐예요?"

한쪽 발을 앞으로 내밀고 좌우로 돌려보았다. "괜찮니?"

"웃기잖아요."

"그래, 나도 안다. 앨비야. 에그, 1분만 앉아볼래? 딱 1분만. 그러면 널 가게 해줄게." 애가 왼쪽을 봤다. 이어서 오른쪽도. 벌써 탈출을 준비하다니. "이번에는 널 뒤쫓지 않으마. 맹세할게."

앨비가 앉았다.

"너한테 무슨 말을 해야 좋을지 모르겠다, 앨비. 말이 술술 나올 거라고 기대했는데, 아무래도 내 뜻을 잘 얘기한 거 같질 않네. 내가 후회한다는 걸 알아줬으면 좋겠다. 내가 안 했어야 했을 말들에 대해 말이야. 아니면, 꼭 했어야 할 말들인데 안 한 것도 있겠지. 그런 것들도 후회한다. 어떨 땐 그런 게 더 나쁜 일이니까. 너한테도 후회할 일이 있겠지, 아마. 우리 둘 사이, 늘 쉽게 넘어가게 하는 법이 없었지, 앨비 넌?"

앨비가 어깨를 구부렸다. "안 그랬죠. 나도 알아요."

"네 방 꼬락서니, 그건… 마치 일부러 날 약 올리려고 그러는 거 같더라?"

"그랬어요." 애가 그렇게 말하고, 웃었다. "그래도, 뭐. 이젠 아빠 맘대로 하셔도 되잖아요."

"그럼 칼리지엔 갈 거로구나? 10월에?"

"왜요? 안 갔으면 좋겠어요?"

"아니지. 그런 건 아니고. 그게 네 인생에서 정말 하고 싶은 거라면—"

"맞아요. 그게 하고 싶어요."

"좋아. 좋아. 네가 간대니 기쁘구나. 내 말은, 그러니까, 네가 집을 떠나서 기쁘다는 게 아니라, 네가 공부하러—"

"뭔 말인지 알아요."

"네 엄마는 떨고 있어. 너 없이 사는 게 대체 어떨지 말야."

"알아요."

"너무 겁이 나서 자기도 떠나는 걸 생각할 정도지. 날 떠나는 거 말이다. 넌 엄마랑 항상 친했으니까, 그건 알고 있을지도 모르겠네."

"네, 알아요."

"엄마가 말하디?"

애가 으쓱 어깻짓을 했다. "그냥 추측한 거예요."

"어떻게?"

애가 다시 어깻짓을 했다. "엄마는 그닥 행복해 보이지 않아요."

"그래, 아니다. 엄마는 행복하지 않아. 그 문제를 어찌해 보려고 나 나름대로 무척 노력했어. 이번 여름, 우리가 함께하는 마지막 이 여름이 모두에게 재밌는 시간이 되길 바랐지. 엄마의 마음을 돌려놓고 싶었어. 어쩌면 내가 너무 열심히 노력한 건지도 모르겠네. 이제 곧 다 판명 나겠지. 어쨌거나. 내가 너한테 했던 말들, 미안하다. 내가 그렇게 믿어서 한 말들이 아니었어. 내가 무슨 말을 했든, 난 네가 무척 자랑스럽다. 비록 내가 그런 걸 보여주진 않았어도 말야. 네가 앞으로 멋진 일들을 해낼 거라는 것도 잘 안다. 넌 내 아들이니까. 그리고… 네가 세상으로 나가기 전에, 이 말이 꼭 하고 싶었다. 우리가 널 그리워할 거라는 거. 네가 안전하고 행복하길 바란다는 거. 그리고 우린 널 사랑한다는 거 말이다. 네 엄마뿐만 아니라, 나도 그렇다는 걸. 네 엄마가 널 얼마나 사랑하는지는 너도 잘 알 테고. 앨비야, 나도 널 사랑한다. 아마

이게 내가 여기 와서 하고 싶었던 말인 것 같네. 그러니까 이제 넌 가도 돼. 가서 뭐든 네가 원하는 걸 하려무나. 안전하기만 하다면 말이다. 이제 더 이상 널 따라가지 않을 테니. 난 여기 좀 앉아 있을게. 앉아서 좀 쉬어야겠어."

160.
레이나 소피아 박물관

그날 오후에 우리는 함께 〈게르니카〉를 보러 갔다. 그 무렵 우리는 둘 다 평정을 되찾았고, 마음이 그다지 편안하지는 않았지만 — 우리가 서로 그렇게 편안해지는 날이 오기는 올까? — 둘 사이의 침묵이 한결 편하게 느껴지기는 했다. 레이나 소피아 박물관 둘레를 걸어가면서 나는 곁눈질로 앨비를 훔쳐보았다. 내가 보기에 앨비는 암스테르담에서 입던 그 옷을 그대로 입고 있는 것 같았다. 앙상한 가슴을 훤히 드러낸 때 묻은 티셔츠에, 허리띠 좀 매라고 고함치는 듯한 모양의 청바지, 시커먼 발에 걸친 샌들까지. 이제 막 나기 시작한 수염은 듬성듬성 비위생적으로 보였으며, 씻지 않은 긴 머리카락이 더부룩했고, 아주 말라 보였다. 달리 말해 크게 변한 게 없어 보였고, 그래서 나는 기뻤다.

아이와 함께 〈게르니카〉 앞에 서 보니, 내가 생각했던 것보다 훨씬 크고 충격적이었다. 이제껏 내가 추상작품들을 보며 접할 수 없었던 그런 감동이 일었다. (세상에, 코니, 듣고 있나?) 나는 그 그림을 조용히 음미하고 싶었지만, 그래도 앨비가 그 작품의 역사적 맥락과 의미 등을 설명할 때 잠자코 내버려두었다. 그건 내가 아침 먹을 때 뒤져본 위키피

디아의 내용과 완전히 똑같았다. 애가 말할 때 나는 애를 지켜봤다. 말을 참 많이 하는구나. 예술을 드문드문 아는 사람이라면 누구에게나 자명한 그런 내용들을 하나하나 짚어가면서 말이지. 나를 교육시키려는 건가, 싶었다. 사실 앨비의 설명은 꽤나 지루했지만, 난 가만히 그걸 들으면서 맘속으로는 떨어진 사과와 사과나무 사이의 거리에 대한 옛이야기를 떠올리며 편안한 기분이 되었다.

아토차 역 건너의 한 통근자들용 카페에서 우리는 츄로스 콘 초콜라테를 먹었다. 천장의 불빛이 아연 테이블에 반사되어 번쩍거렸고, 더러운 냅킨들이 굴러다니는 바닥은 지저분했다. 이 계절, 이 시간에 기름에 튀긴 밀가루 반죽을 진한 핫초코에 찍어먹다니, 분명 어처구니없는 일이었지만, 대낮 태양의 가공할 열기로부터 벗어났다는 것만으로도 쾌적했다. 앨비는 그러는 게 여기 사람들의 방식이라고 했고, 카페에 아무도 없음에도 불구하고 나는 반박하지 않는 쪽을 택했다.

"어디서 묵고 있니?"

"여기 호스텔요."

"거긴 어떤데?"

어깻짓. "호스텔인데요 뭐."

"난 호스텔엔 가본 적이 없어."

"네? 아빠처럼 노련한 인터레일 여행자께서요?"

"어떻냐니까?"

애가 웃었다. "칙칙해요. 호전적이고. 호전적 호스텔이에요, 거긴."

"난 그랑비아의 스위트에 묵고 있어."

"스위트요? 아빠가 무슨 재벌이세요?"

"알아. 정말 호화롭더구나."

"미니바에서 뭐 꺼내 드시진 마세요, 아빠."

"앨비, 난 안 미쳤어. 자, 그 스위트룸엔 방이 하나 더 있고 훨씬 편안할 거야. 펼치는 소파베드가 있더라. 네가 다음에 어디로 갈지 정할 때까지 말이다."

문득 동작을 멈춘 앨비는 까칠하게 자란 수염에서 설탕 털어내는 데 전념하는 척했다. "아빠 츄로스 안 드실 거예요?"

접시를 아이한테로 밀었다. "그렇게 많이 먹는데 어떻게 그렇게 깡말랐니?"

아이가 앙상한 어깨를 빙빙 돌리더니 도넛을 하나 더 입으로 집어넣었다. "신경 에너지겠죠, 아마."

"그래, 나도 그건 좀 안다."

161.
현명한 사람

우리는 애 물건을 가지고 오후 늦게 호텔로 돌아왔다. 앨비가 지지리도 오래도록 샤워를 하는 동안 난 침대에 누워 있었다. 지난 24시간 동안 전화기를 켜지 않았기에, 나는 살짝 두려움에 떨며 그걸 켰다. 코니에게서 온 문자들은 조바심에서 짜증 단계로 넘어가고 있었다.

집에 언제 와요? 못 기다리겠어요.

제발 알려줘요. 살아 있어요?

오늘 와요? 아님 내일? 오긴 와요?

미친다 정말. 더글라스, 제발 전화 줘요.

보이스메일도 온 게 있었다. 이번에는 내 여동생이었다. 그걸 켜서 귀에서 멀찌감치 떨어뜨리고 들었다.

"전화를 왜 안 받으셔? 전화는 항상 받잖아. 더글라스, 나야 카렌. 뭔 일을 꾸미는 거야, 대체? 코니 지금 미쳤거든? 코니 말이, 지금 앨비 찾아 유럽 삼만리 하고 계시다며? 코니가 이 얘긴 하지 말라고 그랬는데, 코니는 오빠가 무슨 신경쇠약에 걸린 줄 알고 있다니까? 아님 중년의 위기인가? 아님 둘 다거나!" 카렌은 한숨을 쉬었고, 나는 웃음 지었다. "포기해, 더글라스. 앨비는 지가 오고 싶음 올 거야. 어쨌든, 전화 줘. 전화하라구, 디. 명령이얏!"

호텔 가운을 입고 나온 앨비가 문간에 서 있었다. 20분간 샤워하고 나오고서도 여전히 지저분해 보일 수 있는 자신만의 놀라운 재주를 시연하면서 말이다.

"아빠 면도기 좀 빌려도 돼요?"

"부디."

"누구 전화예요?"

"카렌이야. 네 이모."

"무슨 고함치는 거 같던데?"

"네 엄마한테 전화할 거다, 앨비. 엄마랑 통화할 거지?"

"당연하죠."

"지금?"

애가 잠깐 망설였다. "그래요."

즉시 전화를 걸고 기다렸다. "여보세요?" 코니였다.

"안녕, 여보."

"더글라스, 집에 온다면서요! 오늘 아침에 온다고 했잖아. 지금 공항인 거예요?"

"아냐, 아냐. 비행기 안 탔어."

"아직 이탈리아라고요?"

"사실, 지금 마드리드야."

"아니 거기서 뭘 하는…?" 그녀가 말을 멈추곤 정신을 가다듬은 뒤, 절벽에서 떨어지려는 사람을 설득하는 목소리로 말을 이었다. "더글라스, 우리 그러기로 했잖아요. 이제 집으로 돌아올 시간이라고…" 나는 웃음을 참았다.

"코니? 코니, 잠깐만 기다려 봐. 여기 당신이랑 얘기하고 싶어 하는 사람이 있으니까."

내가 전화기를 건넸다. 앨비가 주춤주춤 전화기를 내 손에서 건네받았다. "올라." 애는 그렇게 말하며 문을 닫았다.

내가 집어든 잡지도 바로 그 이름이었다. '올라'. 낯선 유명인사들의 사진들을 처음부터 끝까지 샅샅이 훑어보았다. 한 번, 두 번. 코니와 앨비의 통화 시간이 길어지면서 내 승리의 기쁨은 전화요금에 대한 걱정으로 바뀌었다. 대화에 끼어들어 코니더러 다시 전화를 걸게 해야겠다는 생각도 했다. 하지만 문틈으로 옆방을 보니 앨비의 눈이 어느새 붉어져 있었고, 그건 또 코니도 운다는 뜻이었고, 그래서 국제전화요금에 대해 운운할 계제가 아님을 깨달았다. 나는 또, 예상했던 대로, 앨비가 여덟 장의 호텔 수건을 죄다 사용했다는 것도 깨달았다. 크고 작은 그 수건들은 방 이곳 저곳에 널브러져 전시되어 있었으니, 그중 하나는 전등갓 위에 올라가 있어서 금세라도 불이 붙어버릴 것 같았다. 깊은 숨. 이 또한 지나가리라. 활활 타는 수건도 지나가리라. 그 잡지를 세 번째 보고 나서야 침실 문이 조금 열리고 손 하나가 튀어나와 전화기를 흔들어댔다.

"수건 좀 주워주세요. 부탁해요, 에그." 그렇게 말하며 나는 전화기를 받아 들었다.

"호텔처럼 생각하라면서요!" 문을 닫으며 앨비가 말했다.

나는 잠깐 멈추고 있다가 전화를 귀에 댔다. "여보세요?"

침묵.

"여보세요, 코니?"

그녀의 숨소리가 들렸다.

…

…

"코니, 거기 있어?"

"현명한 사람." 그 말과 함께 전화가 끊어졌다.

162.

추에카에서

그 통화에서 코니가 앨비에게 무슨 말을 했는지 나는 알지 못한다. 하지만 나중에, 아주 나중에, 아주 늦은 새벽 시간에 마드리드 게이 지구의 한 타베르나에서 마실 걸 시키면서 나는 미래계획에 대한 얘기를 슬쩍 꺼내보았다. 나무 패널을 붙인 그 바는 어두웠고, 매력적인 마드리레뇨스들이 세라노 햄과 안초비, 그리고 기름진 초리조 소시지를 곁들여 떠들썩하게 술을 — 셰리였나? 베르무트였나? — 마셨다.

"이거 맛있구나!" 내가 턱에 묻은 기름을 훔치며 소리쳤다. "그런데 사람들이 채소를 별로 안 먹는 거 같구나. 이 나라 사람들 말이다."

"저 내일 떠나요!" 앨비도 소리쳤다. "바르셀로나로요. 아침 일찍요."

나는 실망을 감추려고 애썼다. 사실, 코니가 다시 우리한테 와서 저 그랜드 투어를 다시 시작하는 꿈을 완전히 포기하지 않았던 나였다. 피렌체에서 여기로 왔던 길을 다시 돌아가면 좋지 않을까 싶기도 했다. 우리의 호텔 예약은 아직도 유효했고, 우피치 미술관의 관람권들도….

"아. 그렇구나. 안됐네. 난 우리가 다시 돌아갈 줄—"

"아빠도 같이 가셔도 돼요!"

실내가 워낙 시끄러워서 난 애한테 다시 말해 달라고 부탁했다. 앨비가 내 귀에 대고 말했다.

"저랑 같이 가실래요?"

"어딜?"

"바르셀로나요. 딱 하루나 이틀쯤."

"난 바르셀로나 가본 적 없는데."

"그러니까요."

"바르셀로나라?"

"바닷가예요."

"바르셀로나가 어디 있는지는 안다, 에그."

"바다에서 수영하는 거, 좋을 거 같아요."

"그래, 좋겠구나."

"아빠 얼굴 선탠도 좀 고르게 하고. 왼쪽에 색깔 좀 입혀요."

"아직도 보이니?"

"조금요."

내가 웃었다.

"그래. 그러자. 같이 가자. 같이 헤엄치자, 바다에서."

8부

…

바르셀로나

163.

바다를 향해 뛰다

바르셀로나에는 미술관이 거의 없는 거나 마찬가지라는 걸 알고 나는 적잖이 맘이 놓였다.

물론 그건 사실이 아니었다. 피카소 박물관에 미로 박물관도 있었으니, 그 숱한 옛 거장들의 뒤를 이어 비현실 추상 미술의 세계에 발을 담그는 것도 마땅해 보였다. 하지만 루브르나 프라도 같은 거대한 덩치의 미술관이 있는 건 아니어서 부담스러울 것도 없었다. 대신 바르셀로나에서는 '나가서 놀 수 있는' 기회가 많았다. 하루나 이틀쯤. 우리는 나가 놀 것이었다. 그냥… 나가 노는 것.

앨비의 일정표는 그게 다였다. 아이는 9시 30분 기차 시간에 맞춰 우리를 아토차 역에 데리고 갈 만큼 제법 능숙했다. 아토차 역 자체가 꽤나 볼만했다. 여느 교통 허브 같지 않고, 식물원 온실 같은 분위기의 역 안 중앙 아트리움에는 엄청난 열대식물들의 정글이 옮겨져 있었다. 아마 인생 최악의 숙취에 시달리는 상태가 아니었다면 그 건물이 나한테 더욱 그럴듯했을 것이다.

추에카에서 함께 보낸 밤은 앨비가 "대박"이라고 표현한 지경으로 변해 갔다. 우리는 같은 바의 높다란 스툴에 여러 시간 동안 앉아 있으면서 내 안전지대의 경계에 걸칠 법한 놀라운 음식들을 먹었다. 어묵 같은 것과 오징어, 잘게 썬 낙지, 매콤한 양고추 튀김 등의 이런 음식들은 아주 짜고 목이 마르게 하는 것들이어서 우리는 베르무트를 — 희한하게도 이 베르무트란 술이 너무 맛있었다 — 점점 더 많이 마실 수밖에 없었다. 그래서일까? 우리는 낯선 이들과 스페인에 대해, 경기침체와 유로화, 앙헬라 메르켈, 프랑코 총통의 유산에 대해 기분 좋게 얘기를 나눴다. 아주 평범한 바에서의 잡담들 말이다. 유쾌하게 취한 앨비는 그곳의 손님들에게 나를 "제 아빠예요, 유명한 과학자죠"라고 소개하고선 다른 데로 획 사라지기를 거듭했다. 하지만 모두가 우호적이었고, 국적이 다른 사람들과 표를 사거나 음식을 주문하는 게 아닌 실제적인 대화를 한다는 게 퍽 신선한 재미였다. 그렇게 그날 밤은 아주 잘 흘러갔다. 실은 너무 잘 흘러간 나머지 바에서 나왔을 때는 어느새 뿌연 동틀녘이었고, 추에카 광장에서는 벌써 새들이 지저귀고 있었다. 내게 새벽은 근심걱정과 불면증의 시간이었지만, 우리를 지나쳐 집으로 가는 그곳의 파티피플들은 모두 활기차 보였다. "부에노스 디아스!" "올라!" 모두가 아주 다정하고 개방적이었다. 우리는 마드리드가 너무 좋았다. 특히 추에카는 더욱더! 몇 달 후 앨비는 코니와 나에게 자신이 게이이며 학교 친구와 진지한 관계임을 선언했는데, 그때 나는 깨달았다. 그날 밤 추에카에서의 밤 나들이가 앨비가 보여준 아주 묵직한 첫 힌트였다는 걸. 당시에는 내가 그걸 알 수는 없었다. 그냥 '사람들을 아주 좋아하는구나' 정도를 느꼈을 따름이었다.

네 시간 후 우리는 역 대합실을 황급히 가로지르고 있었다. 속은 메스껍고, 입에서는 베르무트와 양고추 썩은 내가 진동했다. 앨비의 몸은 나보다 더 튼튼했기에 내 팔꿈치를 잡고 기차에 오르는 걸 도와주었다. 마드리드를 벗어나자 이틀 전 내가 비행기에서 보았던 그 지형이 펼쳐졌다. 하지만 나는 그 풍경을 나풀대는 눈꺼풀 사이로 이따금씩 보았을 뿐, 해변까지 가는 내내 곯아떨어졌다. 눈을 뜨고 처음 안 사실은 앨비가 해변에 딱 붙은 커다란 현대식 호텔에 트윈룸을 이미 예약했다는 것이었다. "아빠 카드로 예약했어요. 괜찮으심 좋겠네요." 나야 물론 아무렇지도 않았다.

164.
바르셀로니타

그 호텔은 2003년 이후 바뀐 게 거의 없는 그런 최신식 숙소들 중 하나였다. 연미색 가죽에 넘치도록 대나무를 많이 쓴 인테리어에 큰 액정 텔레비전을 갖춘, 그런 곳 말이다.

"야, 이것 참 근사하구나!" 왼편의 침대에 앉으며 내가 말했다.

"아빠 방 따로 안 잡아도 괜찮겠어요?"

"내 스타일 때문에 쥐라도 날까 봐 그러니? 우린 괜찮을 거야." 나는 발코니로 나가 보았다. 지중해가 보였다. 4차선 도로 건너편의 해변은 마치 여느 쇼핑가처럼 사람들로 빽빽했다.

"아빠, 그럼, 뭐 좀 드실래요? 아님, 바로 해변으로 갈까요?" 애가 너무 사근사근했다. 그건 앨비답지를 않았다. 아마 전날 밤 통화 때 코니가 시킨 대로 하고 있는 것이리라. 나이 든 네 아빠 잘 돌봐야 한다. 하루 이틀 정도 가급적 친절을 베풀고, 그리고 집으로 돌려보내렴. 아마 그런 말들이 오갔을 테지. 엄격한 연출에 따라 앨비는 연기를 하고 있었으니, 그게 계속될 리는 없었다. 하지만 당장에는 이 신선한 동행을 즐겨야지. 나는 그렇게 맘먹었다. 우리 둘 다 예전의 우리가 아니었고, 어쩌면 그게 최선의 조합이었는지도 몰랐다. 나는 바짓단을 접어 올리고 화장실의 수건을 챙겼다. 호텔 로비의 선물가게에서는 몇 안 되는 것들 중 복숭아색 스피도 수영복을 샀다. 원래 내 것보다 두 사이즈나 작은 것이었다. 그렇게 우리는 바다로 출발했다.

내게 해변은 늘 유난히 적대적인 곳이었다. 끈적거리는 모래투성이의 그곳에서는 너무 밝아 책을 읽을 수도, 너무 뜨거워 잠을 잘 수도 없었다. 그늘이 너무 모자라 경악할 만한 수준이었고, 화장실의 부족 또한 마찬가지였다. 다만 이는 다른 많은 수영객들처럼 바다를 화장실로 활용하는 경우를 제외했을 때의 얘기이다. 인파로 붐비는 해변에서는 푸른 바다조차도 어느 낯선 이의 목욕물 같았다. 그리고 거기 바르셀로나의 해변은 정말로 붐비는 해변이었다. 하늘을 수놓은 크레인들과 콘크리트 건물, 증기 따위로 인해 그곳은 마치 유난히 느슨한 건설현장 같은 분위기였다. 젊은 바르셀로나 사람들은 잘생긴 젊은이들이었다. 그들은 건방진 표정에 엄청나게 그을린 근육질의 몸을 드러내고 다녔다. 가슴을 드러낸 아가씨들도 많았는데, 앨비와 나는 그게 크게 호들갑 떨 일은 아님을 보여주려고 떠들썩하게 호들갑을 떨었다. "월

버스윅(Walberswick)[더글라스가 자란 입스위치 동북쪽의 영국 동해안 해변마을]과는 좀 다르네, 그치?" 나는 거의 옷을 입지 않은 아가씨들이 우리 자리 옆에 앉는 걸 무심하게 지켜보면서 그렇게 말했다. 거기가 월버스윅과는 너무 다르다는 데 우리는 동의했다.

그 기가 막힌 운동화는 마드리드에 버리고 온 터였다. 그 해변에서 비치웨어를 걸치지 않은 이는 나뿐인 듯했다. 가죽신의 끈을 푼 뒤 나는 수건 밑에서 용케 몸을 움직여 규정 위반인 바지를 벗었다. 그 성가신 과정은 풍선 끝을 묶는 일을 연상시켰다. 그리고 뜨거운 모래 위에 좀 쑥스럽게 몸을 눕혔다. 그렇게도 바다에 대해 열의를 보이던 앨비는 왠일인지 수영이 별로 하고 싶지 않은 눈치였다. 하지만 오후의 열기는 마치 풍로 그릴처럼 뜨거웠다. 내 머릿가죽이 지글지글 타들어가는 느낌에 나는 더 참지 못하고 일어나 앉아 머리에 선블록을 뿌리고 말했다. "앨비야, 물안경 좀 빌려주겠니?"

165.
야광원양해파리

선탠 로션을 풀어놓은 듯한 해변 가까이의 바닷물은 흐리멍덩하게 탁했고, 마치 일요일 저녁에 고기를 구워먹은 뒤의 싱크대처럼 끈적거렸다. 사람들은 엉덩이에 손을 올리고 멍한 표정으로, 열쇠를 어디 뒀는지 생각하는 듯 가만히 서 있기만 했다. 정강이에 와서 부딪치는 물고기들도 해변 가까운 데까지 와서 대체 뭔지도 모를 어떤 걸 뜯어먹는 청소부 동물처럼 우중충하고 병들어 보였다. 나는 좀 더 멀리 나갔다. 바닥이 깊어지면서 물은 맑아졌고, 그 색이 놀라운 파랑으로 바뀌자 나는 다시 기분이 좋아지기 시작했다. 나는 앨비의 물안경을 쓰고 물속으로 들어가 보았다. 그러자 간밤의 베르무트가 남긴 마지막 숙취도 싹 씻겨 사라졌다. 나는 수영을 아주 잘했고, 머지않아 주변에 아무도 없는 데까지 나아갔다. 다시 도시 쪽을 바라보니 라디오 송신탑과 크레인, 케이블카 너머로 안개 자욱한 구릉지가 펼쳐졌다. 너무 희한했다. 그토록 유럽이 좁다는 듯 온갖 곳을 비틀대며 느릿느릿 기어오르듯 다닌 뒤, 이제야 바다에 몸을 담그다니. 바다에서 보는 바르셀로나는 근사했다. 잘생긴 현대식 도시였다. 내 아들과 함께 그곳을 둘러볼 생각을 하니 가슴이 부풀었다. 해변을 가득 메운 사람들 중 어딘가에 내 아들이 있었다. 아주 편안하게 잘 말이다. 여행은 자연스럽게 그 끝에 다다랐고, 이틀이나 사흘 후면 나는 코니에게 돌아가, 뭐가 됐든 내가 증명했음을 보여줄 것이었다. 그게 뭘지 벌써부터 걱정하지는 말자. 나는 눈을 감고 태양을 보면서 드러누웠다.

그 다음에 무슨 일이 벌어졌는지는 흐릿하기만 하다. 분명히 기억나는 건 발바닥의 중간 부분이 뭔가에 쏘였을 때의 충격이다. 그건 마치 칼날에 베었을 때 같은 엄청난 고통이었다. 고통의 원인이 무엇인지는 너무나 분명했지만, 처음에 난 깨진 병 조각 같은 걸 찬 줄로만 알았다. 하지만 머리를 물속에 집어넣어 보니 모래바닥은 저 밑 깊은 데 있었고, 내 주변에는 분홍빛에 푸르른 색을 한 해파리들이 엄청난 떼를 지어 몰려 있었다. 나는 깨달았다. 앗, 이거 큰일 났구나. 난 숨을 고르면서 스스로를 안심시켰다. 이 엄청난 지뢰밭을 살살 뚫고 나가 해변까지 가는 게 얼마든지 가능하다고. 그런데, 정말 그렇게 엄청나게 많왔던가? 나는 다시 숨을 들이마시고 물속으로 들어갔다 놀라서 무심결에 숨을 내뿜었다. 그건 마치 해변에 상륙한 외계인의 침입을 내가 처음 목격하고 있는 장면 같았다. 게다가 나는 적진 깊숙이 들어와 있었고. 그 당혹감은 허리의 잘록한 부분을 채찍으로 때리는 것 같은 날카로운 고통에 의해 재차 강조되었다. 손을 돌렸더니 물에 젖은 화장지처럼 물컹한 게 손에 잡혔고, 그때 다시 채찍질이 가해졌다. 이번에는 손목이었다. 몸을 확 일으키며 나는 상처를 점검했다. 상처 부위는 벌써 짙은 분홍빛으로 부풀어 오르고 있었고, 해파리 촉수가 닿은 부위가 피부 위에 아주 선명했다. 입에서 욕이 절로 나왔다. 그러면서 나는 가만히 있으려고 노력했지만, 이게 나를 다시 물속으로 쑥 가라앉게 했다. 마치 낚시꾼의 찌처럼 수직으로 쑤욱 말이다. 순간, 그 끔찍한 생명체가 바로 내 코앞에서 어른거리는 게 마치 일부러 나를 겁주려는 것 같았다. 나는 너무 놀라 숨을 뱉어야 할 시점에 들이마시고 말았다. 너무 놀라서 그랬을까? 나는 멍청하게도 해파리를 주먹으로 가격했다. 왜 그랬냐고? 아니 그보다 더 해파리를 아프게 할 게 뭐가 있겠는가? 해파리의 얼굴을 정통으로 때리는 수중 가격 한 방보다 더 그들의 위엄을 짓밟고 모욕하는 게 달리 뭐가 더 있을라고? 다시 쏘이는 걸 피하고자 나는 뒤로 물러나 손과 발을 살살 돌리면서 가만히 물 위에 뜬 채로 머물렀다. 수면을 둘러보니, 제일 가까이서 수영하던 사람도 50미터는 떨어진 곳에 있었다. 내가 보고 있는 새 그도 해파리에 쏘였는지 비명을 질러대며 황급히 해변으로 헤엄쳐 갔다. 그 바다에 나만 홀로 남은 것이었다.

입을 열어 고함을 쳐야 했다. "헬프"라는 고함을 쳐야 했는데, 그 말이 목구멍에 걸려 나오질 않았다. 갑자기 그 말이 너무 멍청한 말처럼 느껴졌다. "헬프!" 누가 진짜로 이런 고함을 친단 말인가? 진부하기 짝이 없구나! 그리고, 스페인어로 "헬프"는 대체 뭐란 말인가, 아니면 카탈로니아 말로 외쳐야 하나? "에이데 므아(aidez-moi)!"라고 외치면 어떨까? 물에 빠진 프랑스 사람들도 "에이데 므아!"를 외치면서 나처럼 바보 같은 생각이 들까? 그리고 누가 설령 내 고함을 듣는다 한들, 외계인에 포위당해 있는 나를 대체 어떻게 돕는단 말인가? 그들은 아마 내 창백한 다리에 주렁주렁 이 괴물들을 매단 채 나를 헬리콥터로 들어올려야 할 것이었다. "미안!" 내가 외쳐야 할 말은 그것이었다. "미안! 이렇게 뒈지게 멍청하다니, 진짜 미안!"

나는 해변 쪽을 보며 앨비를 찾으려 해보았다. 하지만 너무 멀었다. 쓸데없이 몸만 홱홱 놀리는 가운데, 발과 등과 팔의 통증은 가라앉질 않았다. 그러다 다시 물속으로 가라앉았는데, 이번에는 내 주변의 그 무엇도 보기 싫어 아예 눈을 질끈 감고 있었다. 아니나 다를까. 또 한 번의 채찍질이 날아왔고, 이번에는 어깨였다. 나는 생각했다. 아이고, 내가 이렇게 죽는구나. 물에 빠져서. 엄청나게 쏘여서 그 충격으로 숨을 거두고 저 밑바닥으로 가라앉겠구나. 내가 죽을 것이라는 그 느낌은 이제껏 경험한 그 어떤 느낌보다 더 확실했다. 그 죽음이 참으로 어처구니없는 것이로구나 싶어서 나는 피식 웃었다. 어쩌면 영국 신문에 날지도 몰랐다. 그리곤 내 수영복이 너무 살색에 가까운 것이고, 34나 36인치여야 하는데 30인치밖에 안 되는 걸 입고 있다는 데도 생각이 미쳤다. 아이고, 하느님, 제발 30인치짜리 수영복을 입은 제 시체를 저들이 찾지 못하게 해주세요. 코니가 이런 애기 수영복을 입은 내 시체를 확인하는 일은 없도록 해주세요. 맞아요, 제 남편 맞긴 맞는데, 저 수영복은, 아무래도, 다른 사람 거 같은데요? 어쩌면 그걸 그냥 입혀둔 채 날 묻을지도 몰랐다. "아이고, 맙소사." 그렇게 크게 말한 뒤 나는 또 웃었다. 바닷물이 입안 가득 들어오게 만드는 그런 웃음이었다. "아, 세상에, 코니, 미안해." 나는 의식적으로 애를 써서 코니의 얼굴을 떠올리려 했다. 내가 늘 생각하곤 하는 사진 속의 그 표정을 말이다. 이런 게 좀 감상적이라는 건 알지만, 이런 상황에서 감상에 젖는 걸 누가 탓한단 말인가. 그랬다. 그렇게 난 코니를 생각하고, 앨비도 생각했다. 우리의 조그만 가족을. 나는 다시 숨을 들이쉬고 온 힘을 다해 해변 쪽으로 헤엄치기 시작했다. 가능한 한 수면 위를 스치듯 헤엄치려고 최선의 노력을 다하면서.

166.
메두사, 메두사

바다에 들어가는 건 우아했지만, 그에 비해 나오는 내 모습은 너무나 처참했다. 마치 해변으로 떠밀려온 난파선의 승객처럼 얕은 물을 네 발로 엉금엉금 기어 나와보니 사람들이 열심히 배구 시합을 하고 있는 한복판이었다. 너무 놀란 나머지 앨비가 있는 데로부터 근 100미터 가량은 떨어진 데로 방향을 잘못 잡은 듯했다. 거기 있던 누구도 나를 일으켜 세우거나 무슨 일이냐고 묻지 않았다. 그렇게 무릎을 꿇고 숨을 헉헉거리고 있으니 내 머리 위로 다시 배구공이 날아다니기 시작했다.

드디어 다시 걸을 수 있게 되자 난 앨비를 찾아 나섰다. 태양은 돋보기로 초점을 맞춘 듯 세차게 내리꽂혔다. 바닷물은 그래도 시원하기라도 했는데, 밖에 나오니 그릴 속에 들어온 듯했다. 쏘인 상처에 공기가 스치는 것만으로도 아팠다. 가만 보니 나만 그런 것도 아니었다. 어느새 해변에 그 사태가 알려졌는지, 다시 한 번 더 앨비를 찾아 헤매는 중이던 내 뒤로 곳곳에서 "메두사, 메두사"라는 함성이 들렸다.

드디어 찾아낸 앨비는 늘어지게 자고 있는 중이었다.

"앨비야! 앨비, 일어나."

"아빠-!" 아이는 햇살을 가리며 신음을 토했다. "뭔대요?"

"나 뭐한테 물렸어. 해파리 같은 거야."

애가 일어나 앉았다. "물속에서요?"

"아냐, 땅 위에서지. 걔들이 내 열쇠랑 지갑도 들고 갔어."

"아빠 막 떨어요, 지금."

"무지 아프거든, 앨비. 지금 무지무지 아파."

내가 얼마나 불편해 하는지 본 앨비는 얼른 행동을 개시했다. 애가 후다닥 전화기를 꺼내 '해파리 쏘였을 때'를 구글링하는 가운데, 나는 큰 수건으로 몸을 덮다가 그게 상처에 닿는 바람에 다시 소스라치게 놀랐다.

"아빠한테 오줌을 싸라는데, 그건 좀 아니겠죠? 너무 프로이드스럽고 괴상망측한 게. 근데 저 동네에선 50년 동안 그렇게 해서 고쳤다네요."

"오줌이라니, 말도 안 돼."

앨비는 계속 전화기를 들여다보고 있었다. "맞아요. 말이 안 되죠!

사실은, 피부에 남은 촉수와 침을 다 제거하고, 진통제를 잔뜩 먹으래요. 어디 가시게요?"

끙끙대며 셔츠를 걸치는데, 속이 얼마나 메슥거리는지 정말 끔찍했다. "방에 가서 좀 누워야겠다. 가방에 패러시터몰도 있으니까."

"그럼, 저도 같이 갈게요."

"아냐. 넌 여기 있어."

"나도 갈래요—"

"뭐 하러, 앨비야? 여기서 그냥 놀아. 가서 한숨 자면 괜찮을 거다. 수영이나 하지 마. 그런데, 너 자외선 차단제는 몇 짜리 바르니?"

"차단지수 8요."

"제정신이니? 해가 저기 떠 있는데? 적어도 30은 돼야지."

"아빠, 그 정도는 제가 알아서 할 나이가—"

"자, 이거…." 나는 로션을 아이에게 던져주었다. "귀 위에도 잘 발라야 한다. 그럼, 있다 호텔에서 보자." 신발과 바지를 손에 들고 양팔을 벌린 채 나는 사람들 사이를 뚫고 휘청휘청 호텔로 돌아갔다.

사람들로 붐비는 호텔 로비에 어울리는 복장은 아니었지만 난 상관 안 했다. 방에 도착할 즈음엔 고통이 좀 가라앉은 반면 속은 더 메슥거렸다. 쏘인 곳의 고통은 곧 무시할 정도가 되었지만, 그 고통이 내 심장으로 옮겨갔다. 묵직한 망치로 내 흉골을 세게 때려대는 것 같은 고통이 순식간에 여러 번씩이나 거듭되었다. 그 첫 번째 가격에 나는 바닥으로 풀썩 쓰러졌고 숨이 턱 막혔다.

167.

벽장 아래에서

공포 소설에 등장하는 아주 낡은 반전 하나를 나는 어릴 적 은밀하게 즐기곤 했다. 그건 주인공이 사실은 내내 죽은 인물이었다고 밝혀지는 것이었다. 영화에서도 이런 반전을 보았는데, 그것이 내게 놀라웠다면 이는 인간의 의식과 후생(後生)을 보여주려는 의도 덕분이라기보다는 단지 너무 싸구려 속임수 같아서였다. 그러므로 여기서도 내가 죽지는 않았음을, 또 어떤 하얀 빛을 향해 걸어가는 경험을 한 것도 아님을 미리 확실히 일러드리고 싶다.

사실은 내 아들이 내 생명을 구했다. 죄책감 때문인지 혹은 걱정이 되어서인지 앨비는 해변에 가만히 누워 있을 수가 없어 몇 분 후 나를 따라왔다. 방에 들어선 앨비가 처음 본 것은 두 싱글 침대 사이로 삐져나온 내 두 발이었다. 통증은 가슴을 뒤덮은 뒤 팔과 목, 턱으로 퍼져나갔다. 숨 쉬기는 어려웠고, 무엇보다 구조의 가능성이 전혀 없다는 게 너무 경악스러웠다. 앨비가 도착하기 전까지는 말이다. 원목 나무바닥 위에 마치 거대한 낡은 벽장 아래 눌린 듯 옴짝달싹하지 못한 채 누워, 침대 아래 먼지 덩어리만 멀뚱멀뚱 쳐다보고 있었다. 그 뒤로는 내 아들이 아무렇게나 던져둔 양말, 신발, 수건 따위가 보였다. 그리고… 기적이 일어났다. 내 아들의 지저분한 발 두 개가 축복처럼 현관에 나타난 것이었다.

"아빠? 무슨 놀이를 하시는 거예요, 거기서?"

"이리 와라, 앨비. 얼른."

앨비는 침대 위로 기어올라 나를 내려다보았다. 내 몸은 침대 옆 탁자에 밀려 잔뜩 찌그러져 있었다. 애한테 무슨 일이 일어났는지를 설명했다. 앨비는 이번에는 구글에서 '심근경색'을 찾는 대신 프론트로 전화를 걸어 이제껏 내가 한 번도 들어본 적 없는 분명한 어조로 딱 부러지게 통화를 했다. 끝내주게 침착하게 통화하는 앨비의 모습이 내가 일처리하는 모습과 어쩜 그리도 똑같은지! 구조대가 오고 있다는 걸 확실히 확인하고 난 뒤, 애는 내 몸 위에 걸터앉아 겨드랑이에 손을 넣고 나를 앉히려고 했다. 하지만 내 몸은 쐐기로 박힌 듯 딱딱하게 굳어 있었고, 내겐 아이를 도와줄 아무런 기운이 없었다. 그래서 대신 아이는 내 옆으로 구겨 들어와 침대 사이의 바닥에 누워, 기다리는 새 내 손을 잡아주었다.

"거 봐요." 한참 그러고 있다 앨비가 말했다. "그 수영복 너무 꽉 낀다니까."

내가 움찔했다. "웃기지 마라, 앨비야."

"많이 아파요, 아빠?"

"그래. 많이 아프다."

"미안해요."

"아스피린이 있으면 좋을 텐데."

"여기 어디 있어요?"

"패러시터몰은 있지."

"그것도 될까요, 아빠?"

"아마 아닐걸."

"그렇구나. 그럼, 가만히 누워 있어요."

시간이 조금 흘렀다. 3분 혹은 4분쯤이었을 것이다. 아무리 잠잠하게 있으려 애를 써도 내 아버지 생각을 떨칠 수가 없었다. 아버지도 아마 꼭 이런 자세로 누워 있었을 테지? 그 아파트에서, 옆에 같이 눕거나 멍청한 농담을 해줄 사람도 없이 혼자서. 아무도 없이, 나 없이 말이다. "아버님 심장은 폭발한 거나 다름없어요." 부적절해 보이는 어조로 의사는 그렇게 말했다. 가슴 한쪽이 또 발작을 일으키는 듯해 나는 움찔움찔했다.

"괜찮으세요?"

"그래. 그래."

"계속 숨 쉬어요, 아빠."

"노력 중이다."

시간이 흘렀다. 아주 느리게.

"아빠가 의식을 잃으면 어떻게 되는 건가요?"

"뭐 다른 얘기를 하는 게 좋지 않겠니, 에그?"

"미안해요."

"내가 의식을 잃으면, 그건 심장마비일 거다. 그럼 넌 심폐소생술을 해야지."

"생명의 키스라는 그거 말이에요, 입 대고 하는?"

"아마 그렇지."

"세상에. 아빠, 제발 의식 잃지 마세요, 네?"

"아주 열심히 노력 중이다."

"좋아요."

"어떻게 하는지는 아니, 심폐소생술, 에그?"

"아뇨. 구글에서 찾아야죠. 지금 찾아둬야겠네."

나는 또 웃었다. 만약 뭔가가 날 죽인다면, 그건 아마 미친 듯이 심폐소생술 요령을 읽고 있는 앨비의 모습일 것이었다. "아니다. 그냥 여기 누워 있어, 내 옆에. 난 괜찮을 거야. 다 괜찮아질 거야." 앨비가 숨을 천천히 내쉬며 맞잡은 손에 힘을 꽉 주고는 엄지손가락으로 내 손등과 손가락을 문질렀다. 이런 다정함을 되찾기 위해 그렇게 엄청난 비용을 치르다니, 부끄러웠다.

"앨비—"

"아빠, 말 너무 많이 함 안 좋아요, 응?"

"그래—"

"다 괜찮아질 거예요."

"그럼. 그래도 만약 내가 안 괜찮으면. 혹시라도 내가…."

이런 경우가 사실 세상을 향한 최후진술 같은 뭔가 확고한 이야기를 남길 절호의 기회라고 생각하는 사람들도 있을 테고, 내 머릿속에서도 여러 생각들이 오갔다. 하지만 내겐 그게 그저 껄끄럽고 연속극스럽게만 느껴졌고, 그래서 그 대신 우리는 침대 사이에 꼭 끼인 채 손을 잡고 가만히 아무 말 없이 누워 앰뷸런스의 도착을 기다리기만 했다.

168.
아따께 알 꼬라손

스페인 의료서비스는 아무리 칭찬해도 모자랄 정도였다. 구급대원들은 너무나 진지했고 진정한 '마초'처럼 든든해 보였다. 털이 북실북

실한 팔로 나를 들어 올린 그들은 가까운 병원으로 나를 데려갔고, 엑스레이를 비롯한 몇몇 검사와 혈액희석제 투여 후 요란다 히메네스라는 이름의 여의사는 아주 분명하고 훌륭한 영어로 내가 수술대에 오를 것임을 설명했다. 그 말을 듣자마자 수술용 톱이 돌아가는 모습과 내 늑골이 마치 랍스터 껍데기처럼 활짝 열어젖혀지는 장면이 떠올랐지만, 그 의사는 그것보다 훨씬 국부적인 수술 과정일 것이라고 얘기했다. 국부마취 상태에서 내 허벅지로 조그만 튜브가 삽입되어, 내가 보기엔 말도 안 되지만, 거기서 심장까지 올라가 동맥의 확장을 돕고 그 안에 스텐트를 영구 삽입시킨다는 것이었다. 머릿속에서 파이프 클리너, 치실, 풀어 헤친 철사 옷걸이 따위가 그려졌다. 수술은 다음 날 아침이었다.

"뭐, 그리 험하게 들리진 않네." 의사가 떠난 뒤 난 그렇게 기분 좋게 말했다. 사실 허벅지로 삽입된 관이 내장기관들을 지나 꿈틀꿈틀 위로 기어 올라가는 게 즐거운 일일 리 없었지만, 앨비를 걱정시키고 싶지는 않았다. "이 사람들이 너무 밀어올리면 내 귀로 쑥 튀어나올지 몰라." 내 말에 앨비가 억지웃음을 지었다.

앨비는 호텔로 돌아가 갈아입을 옷을 들고 왔다. 그 음란한 수영복을 드디어 벗고서 우리는 밤을 보낼 병동으로 옮겨졌다. 뭔가 바르셀로나만의 독특한 분위기를 전할 수 있으면 얼마나 좋았으랴. 회랑 아래쪽에서 사람들이 밤새도록 산보를 하며 칵테일 꼬치에서 낙지를 뽑아 먹는 그런 병원을 말이다. 하지만 거기도 욕설과 신음, 흐느낌의 말투가 달랐을 뿐, 세계 어디의 병동과 다름없이 근심에 차 가라앉은 곳이었다. 태어날 때 말고는 병원에 가본 적이 없는 앨비는 잔뜩 겁먹은 표정이었다. "아빠, 만약 이 모든 게 내 금연을 위해, 치밀하게 연출한 책략이라면 정말 효과 만점이에요."

"그래? 그것 참 잘됐구나. 앨비야, 가고 싶으면 이제 가도 괜찮아."

"왜요? 가서 파티나 하라구요?"

"아니면 호텔로 가면 되지. 의자에서 어떻게 잘래?"

"나중에 갈게요. 이제 엄마한테 전화해야겠죠?"

"그렇구나."

"아빠가 하실래요, 아님 제가 할까요?"

"내가 얘기를 하고, 너한테 넘겨주마."

그렇게 코니에게 전화를 했고, 다음 날 수술이 끝나고 진정제 투여에 따른 수면상태에서 깨어났을 때 내 아내가 내 곁에 있었다.

169.
그녀의 얼굴

내 얼굴 아주 가까이 자기 얼굴을 두고서 몸의 반만 침대에 걸친 꽤나 불편해 보이는 자세로 코니는 누워 있었다.

"좀 어때요?"

"난 괜찮아! 좀 따끔거리고 약간 뻐근한 정도야."

"난 키홀(keyhole) 수술인 줄 알았어요."

"열쇠 구멍도 크기가 다 다르잖아."

"많이 아파요? 내가 나가 있을까요?"

"아냐, 아냐. 당신 거기 있는 게 좋아. 꼼짝 말아요. 냄새가 난다면 좀 미안하지만." 지중해 물에 몸을 담근 뒤로 나는 제대로 씻지 못했고, 고통 속에서도 내 몸과 숨결이 퀴퀴하다는 건 알 수 있었다.

"저런, 별 걱정을 다 하시네. 살아 있다 이거죠? 거긴 좀 어때요…?"

"좀 불편해. 심장이 묵직해. 누가 내 심장에 기어들어가 손가락으로 거길 꾹 누르고 있는 거 같아."

"아이구, 당신도 참!"

"괜찮아. 이렇게 멀리 오게 하다니, 너무 미안해."

"사실 그냥 내버려두자, 당신 혼자 수술하게 놔두자 싶기도 했어요. 그런데 텔레비전에 별거 안 해서, 그래서 그냥 온 거예요." 그녀의 손이 내 뺨을 만졌다. "이 정신 나간 수염 좀 봐. 당신 무슨 난파선에 탔던 사람 같아요."

"너무 보고 싶었어."

"아, 나도 정말 보고 싶었어요." 코니가 그새 울고 있었다. 아마 나도 울고 있었을 것이다. "우리 내년에 이번과 정말 똑같은 휴가를 가요, 응?"

"정말 똑같이. 하나도 안 바꾸고. 매년 이번과 똑같이 했으면 좋겠어."

"생애 최고의 여행인 거죠."

"생애 최고의 여행이지."

170.

베개

혈관 촬영 사진 결과와 혈관확장술의 성공으로 미루어 내 심근경색은 그리 "심각하지 않은" 것으로 판명되었다. 내가 침대 사이의 그 나무바닥에 큰 대자로 누워 있어야 했을 만큼 심각했던 건 사실이었지만, 난 전혀 투덜대지 않았다. 왜냐하면 하루만 더 있으면 병원에서 나갈 수 있는데다 약물치료를 잘하면 열흘 가량이면 잉글랜드행 비행기에 오를 수 있다는 좋은 소식도 있었으니까.

코니와 앨비는 놀라운 재능을 발휘하여 아파트를 구했다. 호텔보다는 그게 더 편안하고 갇힌 느낌도 덜할 터였다. 우리는 온갖 병원 서류들을 작성하고 여러 검사 일정을 잡은 뒤 택시를 타고 에샴플르(Eixample)로 갔다. 그 동네는 아주 웅장한 아파트 단지들로 빼곡한 부르주아 주거지구였다. 우리가 묵을 아파트는 출장중인 어느 교수의 집으로 그리 많지 않은 계단, 집 뒤쪽으로 난 발코니, 인근의 여러 산보할 만한 곳들 등 조건이 아주 좋았다. 동네에 가우디가 설계한 건물들과 레스토랑이 있었고, 사그라다 파밀리아도 일곱 블록 거리였다. 모든 게 세련됐고, 그만큼 재앙 수준으로 비싸기도 했다. 그렇지만 내 인생 최초로, 난 제대로 된 여행보험의 가치가 바로 이것이라고 보여줄 수 있었다. 그러니까 돈 걱정은 없었다. 내가 이제 걱정할 게 전혀 없다는 사실이 중요했다.

요양에는 사치의 기쁨 같은 게 있다. 어찌나 조심해서 나를 이리저리 데리고 다니는지, 나는 무슨 골동품 꽃병이 된 듯한 기분이었다. 특히 앨비는 이제까지 죽음 따위는 뻥이라고 믿었던 사람처럼 너무너무 끝내주는 관심과 신경을 기울였다. 몇 달 후 안 일이지만, 내가 병원에 당도하는 과정은 베리테[다큐멘터리풍 영화] 스타일의 사진 연작으로 기록되었다. 자면서 눈을 뜨고 멍한 표정을 짓고 있는 내 모습을 담은 강한 콘트라스트의 흑백사진, 내 가슴에 붙인 여러 심박 측정기나 내 피부 속으로 주입된 관 등의 초근접 촬영 사진으로 말이다. 10대들에게 모든 재난은 통과의례이다. 그래도 내가 행복했던 건 내가 앨비에게, 드디어, 어떤 영감을 불러일으켰다는 점이었다. 적어도 이제 애가 내 사진을 가지고 있지 않은가.

내가 금세 죽을 건 아니란 게 분명해지자 앨비는 관심을 잃었다. 코니와 나는 우리끼리 남겨두고 나가 놀라고 애를 떠밀었고, 앨비는 눈에 띄게 안도하는 표정을 지었다. 아이의 칼리지 동창생들이 곳곳으로 뿔뿔이 흩어지기 전에 이비사에서 모인다고 했고, 앨비는 이야기보따리를 두둑이 챙기고 이비사로 날아갔다. 어쩌면 걔는 얘기를 좀 가공해서 인공호흡 얘기도 곁들일지 모른다. 어쩌면 내가 살아나지 못했다면 어땠을까를 이야기할지도? 이 위기의 당사자는 나였지만, 나는 앨비가 주목도 받고 칭찬도 받았다는 게 참 좋았다. 나는 내 아들이 자랑스러웠다.

그해 여름 이비사에서 앨비에게 일어난 일이 무엇인지를 나는 당연히 알지 못하리라. 아이는 날마다 우리에게 자신의 안전과 행복을 알렸다. 그게 우리가 요구한 전부였다. 그렇게 당분간 나는 내 사랑하는 아내와 홀로 남을 수 있었다.

171.
카탈로니아 찬가

아마 아주 괴팍하게 들리겠지만, 내게는 바르셀로나에서의 요양 생활이 우리 결혼의 가장 행복했던 시간들 중 하나였다.

알람시계에 놀라는 법 없이 늦게까지 잘 수 있었고, 일어나면 코니가 발코니에 앉아 오렌지와 차를 즐기며 책을 읽고 있었다. 두 사람 다 준비가 되면 함께 산책을 했다. 우리 둘 다 너무 좋아한 시장인 라 보케리아까지 내려가는 날이면 난 커피나 술 대신 과일주스를 마셨다. 내가 앞으로 계속 지중해식 식사를 즐겨야 하리라는 얘기도 많이 나누었는데, 버크셔에서는 그렇게 끔찍해 보이던 그 생각이 바르셀로나에 있는 동안에는 전혀 성가신 일이 아니었다. 우리는 좋아하는 가게에서 빵과 올리브, 과일을 사서 계속 걸었다.

우리는 이미 현지인 같아서 람블라스는 너무 관광지스러웠고, 그 좌우의 라발이나 고딕 지구의 뒷골목들로 들어서곤 했다. 자주 카페에 들러 쉬면서 걷는 산보였다. 그라씨아의 한 조그만 영어책 서점에서 코니는 조지 오웰의 『카탈로니아 찬가』와 스페인 내전을 다룬 역사책 한 권을 발견했다. 우리는 그늘에 앉아 책을 읽고 신선한 오렌지주스를 마셨다. 늦은 오후 시간엔 낮잠을 잤고, 일어나 여느 관광객들처럼 야외석이 있는 레스토랑에 가서 이른 저녁을 먹었다. 마음은 아쉬웠지만 초리조 소시지, 튀긴 오징어, 찬 맥주의 유혹은 물리쳤고, 이어 천천히, 아주 천천히 걸어서 집에 가 쉬고 잠을 잤다.

어느 날 아침에는 택시를 타고 후안 미로 재단엘 들렀다. 언덕 위 높은 곳에서 도시를 굽어보고 있는 그곳은 코니를 끊임없는 전율 속으로 밀어넣었지만, 나로서는 도대체 종잡을 수가 없었다. 다만 내가 추상미술과 관련해서는 아직도 갈 길이 멀다는 것만 확인했을 뿐. 그리고 우리는 몬쥬익 공원에서 바다로 내려오는 놀라운 케이블카를 탔다. 항구도, 크레인과 수영장도, 창고와 고속도로도, 원양여객선과 컨테이너 화물선의 갑판도 모두 우리 발아래 있었다. 저기 저거 보여? 사그라다 파밀리아! 저게 그 호텔이야. 내가 앨비 손을 잡고 있던 곳, 이제 죽을 거라고 생각했던 그곳 말야. 케이블카는 우리를 산에서 바다로 아주 부드럽게 옮겨주었다. 바르셀로나에서의 시간들도 내게는 그 케이블카 같았다. 나는 저 높은 곳으로 훌쩍 솟아올라 엄청난 대접과 애정을 받고 있었다. 그건 거의 젖먹이 어린 시절 같았고, 따라서 영원히 유지될 수는 없는 것이었다. 언젠가는 나도 문설주에 머리를 부닥치곤 훌쩍 실제 세계로 되돌려질 테니까. 그러면 앞으로 염려되는 게 뭔지, 어떤 검사와 절차들을 거쳐야 하는지, 내 생활방식과 일과 관련해서는 어떤 걸 유의해야 하는지 따위의 결과표를 받아들어야만 할 것이었다.

하지만 당분간은 코니와 나 사이의 조화와 만족감, 상대에 대한 관심, 그리고 사랑이(더 적당한 표현이 뭐가 있으랴) 함께했던 그 어느 때보다 더 완벽해 보였다. 성공적인 결혼생활을 오래도록 계속할 수 있는 열쇠는 내 경우에 분명해 보였다. 향후 40년 동안 석 달에 한 번씩 목숨과는 무관한 심근경색을 겪는 거다. 내게 만약 그런 재주가 있다면 우리 사이에는 아무 문제도 없을 듯싶었다.

어느 날 밤, 크고 서늘한 침대에 누워 내가 물었다. "당신 언젠가는 우리가 다시 섹스를 할 수 있을 거 같아? 내 말은, 내가 가슴 부여잡고 당신 위로 풀썩 쓰러져 죽는 그런 일을 걱정할 필요 없이 말이지."

"아하. 나 그거 찾아봤어요."

"진짜?"

"그럼요. 4주쯤을 추천하던데요? 그런데 내 생각엔 내가 다 하고 당신이 흥분하지만 않는다면 아무 때나 괜찮을 것 같은데?"

"아무 변화도 없는 셈이네, 그럼."

그녀가 웃었다. 나는 그게 너무너무 기뻤다.

"우리 아무 문제 없을 거 같아. 안 그래?" 내가 말했다.

"내 생각도 그래요." 그녀가 말했고, 우린 정말 그랬다. 우리에겐 아무 문제도 없었다.

172.
집으로

약 일주일쯤이 지나자 우리는 영락없는 바르셀로네세 같았다. (바르셀로네세가 맞는 말이라면 말이다.) 지도도 가이드북도 아무 일정표도 없이 다녔으니까. 심지어 몇 마디의 카탈로니아 말을 알아듣게까지 됐다. "보나 따르다!"[영어의 Good afternoon] "씨 우스 쁠라우!"[영어의 please] 며칠에 한 번씩 우리는 병원으로 가서 스페인 병원의 대기실에 편안히 앉아 기다렸고, 마침내 이제 가도 좋다는 통보를 받았다. 나를 영국 보건당국의 손으로 되돌려도 좋겠다는 것은, 내가 여행을 하기에 아무런 문제가 없다는 뜻이었다. 우리는 집에 갈 수 있었다.

"음. 좋은 소식이지?" 내가 말했다.

"아닌가요?" 코니가 말했다.

짐을 싸는 우리의 동작은 정말 마지못해 하는 것이었고, 코니가 그 가방들을 택시로 끌고 가는데 나는 아무 도움도 주지 못하고 쳐다보기만 했다. 택시 안에서 우리는 손을 잡고 각각 양쪽의 창문을 내다보았다. 비행기에서도 우리는 손을 잡았고, 검지를 길게 뻗어 내 팔목에 댄 코니의 손동작은 마치 비밀리에 내 맥박을 재는 듯한 모양새였다. 스트레스 제로 여행에 도전한 우리의 노력은 그 나름대로의 근심을 낳았고, 우리는 서로 거의 말이 없었다. 나는 창문 쪽 자리에 앉아서 이마를 창문에 대고 있었다.

그날 모든 유럽이 화창하게 개어 있었다. 스페인 너머로 지중해가, 다시 프랑스의 드넓은 초록의 내륙이 펼쳐져 보였다. 잉글랜드도 우리 앞에 모습을 드러냈다. 해변의 뽀얀 절벽, 고속도로, 질서정연한 옥수수와 밀, 유채꽃밭, 순환도로와 슈퍼들을 갖춘 하이 스트리트와 로타리들을 갖춘 단조로운 잉글랜드의 도시들까지. 히드로 공항에 마중 나온 프랜은 온갖 농담에 그녀답지 않은 걱정까지 연신 곁들이면서 우리를 집 앞까지 태워주었다. "차에서 내리는 거 도와드려요?" "계단 올라가는 건 문제없어요?" "커피 한 잔은 마셔도 되시나?" 이런 배려의 말들은 이내 나를 돌게 만들었다. 팔꿈치를 쥐고 안내하는 거며, 머리를 갸우뚱하는 표정, 잘 알겠다는 목소리의 어조까지, 그 모든 게 내가 족히 나이 80을 훌쩍 넘기고서야 받아 마땅한 대접들이었다. 내가 회복을 위해 온 힘을 다 기울인 것도, 그러니, 당연하다. 단순한 회복이 아니었다. 예전보다 더 건강하고 더 탄탄해지겠다는 결심이 거기 있었다. 그 결과, 여름 이후 겨울까지 그해 내내 나는 눈에 띄는 성과를 일

궈냈다. 의사들은 지금 내게 아주 만족한다. 시골길을 따라 자전거도 타고, 예전보다는 훨씬 덜 격렬하지만, 친구들과 함께 항상 복식으로 배드민턴 비슷한 게임도 즐긴다. 나는 간간이 조깅도 한다. 손을 어찌 해야 할지 몰라 살짝 부끄러운 건 여전하다. 예후는 좋다.

내가 너무 앞서 간 것 같다. 미스터 존스는 나를 보고 잔뜩 흥분했고, 난 녀석이 내 얼굴을 핥도록 내버려두었다. 코니가 여행가방을 들고 위층으로 올라가는데도 나는 아무 도움도 주지 못했다. 가방을 풀어 늘 있던 그 자리로 돌려놓을 때는 나도 도왔다. 칫솔은 걸이에, 여권도 자기 서랍에. 마침내 프랜이 떠나고 다시 우리 둘만 남겨졌다. 오래 떠나 있다 돌아온 데 따르는 애처로움과 흐뭇함의 혼합 감정을 우리는 음미했다. 뜯지 않은 우편물들, 차를 곁들인 토스트, 라디오 소리, 공기 속의 먼지 알갱이들까지. 현관 탁자 위에는 우리가 일어난 줄도 몰랐던 일들을 다룬 신문들이 읽지도 않은 채 쌓여 있었다.

"신문 끊는 걸 까먹었구만." 재활용품 통을 한 번에 가득 채우며 내가 말했다.

"다른 것들로 내 맘이 꽉 차 있었거든요." 코니의 말에 살짝 가시가 돋아 있었다. "당신이 죽는 줄 알았잖아요. 벌써 까먹으셨나?"

우리는 미스터 존스를 데리고 산보를 나갔다. 언덕을 올랐다 돌아오는, 늘 가던 길이었다. 여느 8월보다 한결 시원했다. 공기에서 가을의 기운이 느껴졌다. 계절이 바뀌는 조짐이 내 어깨를 톡톡 치며 일러주는 것 같았다. "코트를 가져왔으면 좋았을걸." 팔짱을 끼고 좁은 시골길을 느릿느릿 걷다 내가 말했다.

"내가 가서 가져와요?"

"코니, 난 당신이 말야—"

"달려갔다 올게요. 얼마 안 걸릴 거예요…."

"난 당신이 날 떠나는 거 싫어."

우리가 겪은 그 모든 일들에 대해 나는 한참을 얘기했다. 어디서부터 일이 잘못된 것이었는지, 앞으로는 그런 걸 어떻게 바로잡을지, 나는 오래도록 고민했다. 아마 우리는 다시 런던으로 집을 옮기거나, 적어도 거기에 작은 집을 구해 놓고서 주말을 런던에서 보내야 할 것이었다. 제대로 된 시골에 더 작은 집을 구해 이사하고, 더 자주 외출하고, 더 멀리 여행하고…. 우리는 새로운 출발을 얘기했고, 우리가 함께 했던 과거를 얘기했다. 거의 25년에 가까운 그 시간들을, 우리의 딸과 우리의 아들에 대해서, 그 모든 걸 어떻게 함께 겪어냈는지, 그러면서 우리 사이가 얼마나 가까워졌는지를 얘기했다. 헤어질 수 없어, 나는 그렇게 말했다. 그녀가 없는 삶은 도저히, 아무래도 생각할 수조차 없었으니까. 그녀가 내 곁에 없는 미래를 그린다는 건 아예 불가능했다. 따로보다는 함께일 때 우리가 더 행복할 수 있고, 그래야 한다는 게 내 뜨거운 믿음이었다. 나는 우리가 함께 늙어가기를 원했다. 혼자서 늙는다는 것, 혼자서 죽는다는 것은 정말 — 음, 또 이 표현이다 — 도저히 생각조차 할 수 없는 일이었다. 그저 생각할 수 없는 게 아니라 끔찍하고 두려운 일이었다. 나는 그게 어떨지 어렴풋이 보았고 너무나 무서웠다. "그러니까 당신이 떠나는 건 안 돼. 이제부터 우리한텐 좋은 일만 일어날 거야. 내가 당신을 다시 행복하게 해줄게. 약속할게."

저녁 공기가 선선했지만 우리는 언덕 한쪽의 길게 자란 풀밭에 누웠다. 코니는 내게 입을 맞춘 뒤 머리를 내 어깨에 기댔고, 우리는 그렇게 한참을 머물렀다. 저 멀리서 40번 고속도로의 웅웅대는 소음이 들려왔다. "천천히요." 한참 후 그녀가 말했다. "서두를 거 없잖아요. 천천히요. 어찌될지 천천히 기다려 봐요."

우리가 함께한 여행을 시작할 때 나는 그녀를 되찾겠노라고 맹세했다. 하지만 그 맹세는 지킬 수 없을 것 같았고, 나의 갖은 노력에도 불구하고, 어쩌면 그 때문에, 나는 그녀를 다시 행복하게 해줄 수 없었다. 그녀가 원하는 건 그런 행복이 아니었다. 이듬해 1월, 함께한 지 25년이 되는 날을 2주 남겨두고 우리는 포옹과 작별 인사와 더불어 별거를 시작했다.

9부
…
다시, 잉글랜드

173.

보는 관점에 따라

자, 아마도 당신이 이제껏 들었던 이야기를 다른 관점에서 한 번 살펴보자.

소년은 자신이 우러러보는 엄마, 그리고 도무지 제 아빠인지조차 의심스러운 아버지와 살았다. 소년과 아버지는 말다툼이 잦았고, 그런 다툼이 아니면 아예 입을 닫고 살곤 했다. 선의를 보일 때도 그 아버지는 상상력이나 정서적 능력, 감정이입 따위가 너무 모자랐다. 그 결과 그 부모의 결혼생활도 갈등과 침묵 속의 분노로 얼룩졌고, 소년은 거기서 달아나고 싶었다. 다른 10대들처럼 소년도 허세는 많고 책임감은 적었다. 자기 인생을 멋지게 꾸려 나가고 싶었고, 자신이 과연 누구인지도 알고 싶었다. 하지만 당장은 아버지가 짠 일정을 따라 길고 지루한 휴가를 떠나야 했다. 그건 여러 형편없이 고색창연한 박물관들을 거닐면서, 부모가 언쟁을 벌이다 평온해졌다 다시 언쟁을 벌이는 걸 지켜보는 일이었다. 그는 한 여자애를 만나는데, 집에서 뛰쳐나온 반골인 그녀와는 예술과 정치와 인생에 대해 말이 통했다. 아버지가 남들 앞에서 그를 모욕하는 사건이 벌어지고, 소년은 그 여자애와 함께 달아난다. 소년은 부모의 걱정 어린 전화를 무시하고, 함께 버스킹을 해서 번 돈으로 생활한다. 하지만 그 모험은 금방 어긋나기 시작하여, 소년이 아무리 노력해도 여자애는 보답을 할 줄 모른다며 쏘아붙였다. 여러 해 동안 머릿속에 품고 다닌 질문에 대한 해답을 이제는 찾아야 할 때였고, 그래서 소년은 아는 사람 하나 없는 도시로 가서 스스로에게 물었다. "난 대체 누구니?" 죄책감에 시달린 그의 아버지는 용케 아이를 찾아온다. 불안한 평화협정이 맺어지고, 소년은 바르셀로나의 어느 호텔 방에서 아버지의 생명을 — 실은 자신의 생명을 — 구하면서 평화는 더욱 다져진다. 이 통과의례를 마친 후, 이 카리스마 넘치고 까다로우며 관습을 싫어하는 젊은이는 감사해 하는 부모를 남기고 자기 길을 떠난다. 그 길 위에서 그는 과연 어떤 모험담을 쌓을까, 등등등.

이런 이야기를 흔히 성장소설이라고 부른다던가? 이상주의, 회의주의, 자기애, 자기정당화 등이 섹스, 마약이라는 양념과 잘 버무려진 이런 이야기가 물론 매력적이긴 하지만, 나하고는 그닥 관련이 없다. 아마 나는 "난 누구지?"라는 의문을 품어본 적이 없기 때문이리라. 10대 때도 나는 내가 누군지 늘 잘 알았고, 사실 그에 대한 대답 따위 크게 신경 쓰지도 않았다. 하지만 앨비의 고민이 나보다 제법 깊다는 건 이해한다. 또 그의 얘기가 누군가에겐 꽤 흥미로운 것임도 잘 안다.

별로 흥미롭지 않으시다고? 그럼 이런 얘기는 어떠신가?

젊은 아티스트가 있다. 그녀는 아름답고 재치 넘치며 살짝 불안정한 기질의 소유자이다. 재능이 넘치지만 기분 내키는 대로 사는 남자친구와 함께 그녀도 책임 따위 뒷전으로 하고 마구 살았다. 심각한 말다툼 끝에 둘은 헤어지고, 곧 어느 파티에서 그녀는 다른 남자를 만난다. 이번에는 과학자다. 상당히 매력적인 이 남자는 약간 틀에 박힌 느낌이긴 하지만 충분히 멋있었고, 둘은 만나기 시작한다. 이 남자는 믿을 만했다. 똑똑했고, 무엇보다 그녀를 완전 아꼈다. 둘은 사랑에 빠진다. 하지만 그가 청혼했을 때 그녀는 망설인다. 그림 그리던 건 어떡하지? 지난 삶의 열정과 예측불가능함은 또 어쩐다? 이런 의문들을 뒤로 하고 그녀는 결혼을 결정한다. 둘은 결혼하고, 한동안 행복했다. 하지만 그들의 첫애는 죽고, 둘째는 갈등의 원천이 된다. 그녀의 맘속에서는 의문들이 일어난다. 화가가 되겠다던 그녀의 야망은 어디로 갔나? 늙은 뒤의 삶은 어떠할 것인가? 남편은 충실하고 훌륭하며 그녀를 아주 사랑하지만 당장의 삶이 너무 시골뜨기 같고 지루했던 그녀는, 시간이 무르익자 갖은 용기를 다 끌어모아 한밤중에 그를 깨워 떠날 것임을 선포한다. 그는 물론 슬픔에 빠지고, 그런 모습을 보며 그녀도 슬픔에 젖는다. 혼자 된 삶은 두 사람 모두에게 힘들어 보인다. 그는 그녀에게 돌아오라고 하고, 그녀도 유혹을 느낀다.

하지만 이따금 외롭긴 해도, 조그만 아파트에서 보내는 그녀의 새 런던 생활은 가슴 뛰는 일이었다. 그림도 다시 그리고! 그녀는 남편의 간청을 뿌리쳤고, 남편은 개를 맡았다. 쉰둘의 그녀는 불확실한 미래에도 불구하고 혼자인 게 행복하다. 그런데 — 또 사태가 꼬인다 — 옛 친구가 연 런던의 한 파티에서 그녀는 옛 연인을 만난다. 그는 거칠고 교만했던 옛날의 그 예술가가 아니다. 그는 북요크셔 무어 지대에서 자동차 정비공으로 일하며 일정치 않은 수익으로 생활하지만, 남는 시간에 그가 그리는 그림은 여전히 멋지다. 술에 떡이 되어 아무데서나 자던 자신의 과거로부터 크게 순화된 그는, 후회와 겸손으로 가득 찬 인물로 다시 태어났다.

배가 볼록하고 머리카락에 힘이 없긴 해도 이 예술가는 여전히 잘생겼고 카리스마가 넘친다. 그녀의 허리도 더 굵어졌고 머리도 희끗하지만, 둘은 다시 서로에게 끌린다. 그날 밤 둘은 함께 침대로 향하고, 곧 둘은 다시 사랑하게 된다. 여인은 다시 행복을 찾는데, 그 행복은 정말 때마침 찾아온 것이었다.

바로 이 대목이 내게는 너무 힘들었다. 코니와 안젤로의 얘기는 내 얘기보다 훨씬 근사한 거다! 둘이 함께 다니는 파티에서 그들이 사람들에게 얘기하는 모습이 눈에 선하다. "두 분 어떻게 만났어요?" 모르는 사람들은 그렇게 묻겠지. 어쩌면 그렇게 서로에게 딱 붙어 지내는지, 어쩌면 그들 나이의 절반밖에 안 되는 연인들처럼 키스하고 손을 잡고 다닐 수 있는지. 그럼 둘은 번갈아가며 설명하겠지. 30년 전에 어떻게 만났는지, 각기 다른 사람들과 결혼했다가 마치 혜성처럼 긴 궤도를 돌아서 (이런 웃기지도 않는 멍청한 비유를 들먹이겠지) 다시 만났는지를. "우와! 대단한 러브스토리네요. 정말 낭만적이다." 그런 탄성이 쏟아지겠지. 그러는 새 그 사이의 세월들은, 우리가 함께 겪었던 그 수많은 일들은, 우리의 결혼은, 괄호 속으로 홀연 사라져버릴 테고.

174.

기술적으로는

"그렇게 단순하지 않아, 더글라스." 코니는 내게 말했다. "우리에겐 우리들의 방식이 있어. 우린… 느긋이 두고 볼 거야. 그는 자기가 변했다고 말하지만, 그렇게나 바뀌는 사람이 세상에 어디 있어, 안 그래? 다들 그러고 싶어도 못하지." 나도 동의했다. 못하지, 다들. "아무튼 당신한텐 말하고 싶었어. 이건 당신도 꼭 알아야겠다 싶었지. 당신도 나한테 얘기할 거지? 만약 누군가를 만나면 말야. 그래줬으면 좋겠어."

이때는 6월이었고 런던에서 함께 점심을 먹을 때였다. 별거를 상의하면서 우리는 그렇게 정기적으로 만나기로 약속했다. 이혼도 하지 않았고 당장 이혼할 거 같지도 않았지만, 언젠가는 그 얘기도 나오리라 싶었다. 그러니까 기술적으로 우리는 여전히 남편과 아내인 것이다. 기술적으로는. "서둘러 그걸 고치고 싶진 않아요. 당신은?" 그녀가 물었고, 내 대답도 '아니오'였다. 서두를 거 전혀 없었다.

소호에 있는 그 레스토랑은 옛적을 떠올리게 하는 스페인풍이었고, 꽤나 인기 있는 곳이어서 한참을 줄 서야 들어갈 수 있었다. 줄 서서 기다리는 것도 요즘은 꽤나 유행인 모양이다. 그렇게 앉게 된 자리를 두고 당신은 감격스러워하고 감사해야 한다. 이러다가는 손님더러 깨끗이 씻고 앉으라고 할 날도 머지않았으리라. 어쨌든 우리는 기다리는 동안 서서 와인을 마셨고, 우리보다 훨씬 젊은 커플들 사이의 벤치로 된 자리에 앉았다. 아주 세련되고 쾌적한 곳이었다. 우리를 보는 사람들은 모두 오랜 결혼생활을 함께한 커플이 시내에 나와 낮시간을 즐기는 걸로 알 테고, 그건 어느 정도 사실이기도 했다. 서로 편안하고 익숙했으며, 테이블 위로 손을 잡기도 했으니까. 다만 코니는 케닝턴의 지하실로 돌아가고 난 옥스포드행 기차에 오를 거라는 게 달랐을 뿐.

"당신 아파트는 어때요?" 코니가 물었다. 뭔가 긍정적인 대답을 듣고 싶어 하는 눈치였다. "편해요? 누구 만나는 사람 없어요? 거기서 사는 거, 행복하죠?" 부디 그렇다고 대답해라.

175.
갖고 사는 물건들

나는 옥스포드 외곽의 정원 딸린 아파트로 이사했다. 작지만 안락한 곳이었다. 우리의 옛집은 나 혼자 살기엔 너무 크고 침울했다. 또 밤마다 집 구경 온 사람들을 맞이하면서, 부엌이 얼마나 깔끔하고 멋진 조명이 달렸는지, 넓은 침실들이 대가족에게 얼마나 매력적인지 설명하며 보내고 싶지도 않았다. 그래서 집이 팔리길 기다리며 아파트를 세얻은 것이다. 아버지의 경우에 비추어, 나는 아주 밝고 화사한 곳을 고르느라 애썼다. 앨비가 와서 머물 때를 대비해 여유 방도 하나 있었고, 작은 정원, 강가의 산책로, 근처의 친구들까지 완벽했다. 회사도 45분 거리였다. 비 내리는 평일 밤이나 일요일 오후 세 시처럼 끔찍한 슬픔이 그곳을 덮칠 때도 물론 있기는 했다. 그건 마치 바닥에 붙어 퍼져나가는 가스처럼 모든 방의 구석구석을 파고들었다. 그러면 나는 미스터 존스를 차에다 싣고 기운차게 산보를 가야 했다. 그렇지만 대개의 경우 나는 거기서 흡족하게 행복했다. 정말 필요한 것들만 가지고 생활해 보니, 갖고 살아야 하는 게 생각보다 적다는 걸 알 수 있었다. 나는 이 생활의 깔끔함과 단순함이 좋았다. 마치 〈비글〉호의 다윈 선실처럼 모든 게 제자리에 가지런했다. 나는 늦게까지 일했고, 건강에 좋은 음식을 간단하게 요리해서 먹었다. 텔레비전도 내가 원하는 걸 맘껏 볼 수 있었다. 운동도 하고 책도 읽었다. 미스터 존스를 산보시켰고, 식기세척기는 일주일에 두 차례만 돌렸다.

176.

굿 프라이데이

새해 들어 처음 맞는 따듯한 날이었다. 그날, 코니는 빌린 밴을 몰고 런던에서 우리가 함께 살던 집으로 왔고 (“할 수 있겠어?” “그럼요, 할 수 있지.” “내가 기차 타고 런던 가서 밴 몰고 올까?” “더글라스, 할 수 있다니까!”) 우리는 그 긴 부활절(Easter) 연휴를 얽혀 있던 우리 삶을 따로따로 풀어헤치는 데 썼다. 험악하고 지독한 분위기가 절대 아닐 거라면서, 아마 무슨 카니발 같은 분위기일 거라면서, 우리는 앨비도 오라고 초대했지만 그 애는 바쁘다고 했다. 아마 사람들 뒤통수나 뭐 그런 것들을 찍으러 다니는 것이려니 싶었다. 아이의 물건들, 그의 옛날 작품들, 어린 시절 장난감들을 다 어떡하냐고 물어보러 전화했더니 녀석은 이렇게 말했다. “태우세요. 다 태워버려요.” 코니와 나는 그 얘기를 나누며 한참을 웃었다. 우리는 가죽장갑을 끼고 아이의 방을 함께 치우면서, 냄새에 찌든 낡은 신발이나 고색창연한 속옷이 튀어나올 때마다 킬킬대며 외쳤다. “태우자! 다 태워버려!”

실제로 뭘 태우지는 않았다. 그건 너무 연속극 같지 않은가. 그렇지만 사실 그 부활절 연휴는 꽤나 멜랑콜리한 의식의 기운을 품고 있었다. 각기 다른 방에 다섯 개의 더미가 생겨났다. 코니 거, 내 거, 버릴 거, 팔 거, 채러티에 기부할 거. 우리가 소유했던 모든 게 이 다섯 분류 중 하나로 쏙쏙 나뉘는 게 너무 신기했다. 우리는 신나게 일하려고 최선을 다했다. 코니는 새로 발견한 음악들을 — 그녀는 음악을 다시 듣고 있었다 — 편집해 왔고, 토요일에는 와인을 마시고 그릇이 별로 들지 않는 간단한 음식을 먹었다. 일요일 아침에는 초콜릿으로 만든 계란을 나누었고, 그날 오후에는 다락방을 치우느라 먼지와 거미줄을 왕창 뒤집어 쓴 채로 코니와 나는 침대로 가 마지막으로 사랑을 나누었다. 그 얘기를 시시콜콜 하고 싶지는 않다. 다만 감사하게도 그게 전혀 우울한 일이 아니었다는 정도만 말해 두자. 실제로 우리는 많이 웃었고, 온정과 애착으로 서로를 안았다. 그것은 다정함, 같은 거였다. 그 후 우리는 그 텅 빈 방에서 말도 없이 한참을 누워 있다가, 서로의 품에 안겨 잠시 눈을 붙인 뒤 일어나 옷을 입고 아래층으로 내려가 부엌 찬장을 비웠다.

177.
이스터 선데이

그 주말의 다른 때에 우리가 했던 건 거의 고고학 탐사에 가까웠다. 점점 파고들수록 발굴되는 유물들은 점점 탁하고 초라해졌다. 대부분의 항목들은 분류하기 쉬웠다. 비록 시간이 지나면서 약간 수렴하기는 했지만 코니와 내 취향은 늘 달랐고, 내 것이 무엇이고 코니 것이 무엇인지는 논란의 대상이 아니었다. 연애 초기에 우리는 좋아하는 책과 음악을 상대에게 퍼부었다(혹은 코니가 나한테 퍼부었다). 그런 것들을 도로 돌려받는 건 치사한 짓 같았다. 그래서 존 콜트레인 CD와 카프카 단편집, 보들레르 시집, 자크 바렐의 레코드판 따위는 내 차지가 되었다. 레코드플레이어도 없고 있더라도 틀지 않았겠지만, 난 그 물건들을 갖는 게 좋았다. 우리가 하나가 된 과정을 보여주는 것들이니까. 랭보의 시집 앞에는 "해피 발렌타인 데이, 멋진 당신. 당신 정말 사랑해요, ??? 사인함"이라고 적혀 있었다. 코니에게 보여주며 말했다.

"이거 당신이 보낸 거야?"

그녀는 웃으며 고개를 저었다. "난 아닌데."

나는 그 책을 내 짐 더미에 올려놓았다. 그 책을 읽지도 않겠지만 버리지도 않을 것이다.

어디로 놓아야 하나 망설이게 한 건 몇 안 되었다. 고대의 유물이라 할 35밀리 필름을 담아둔 양철통에서 열두어 개의 조그만 노란 이빨들이 나왔다. 앨비의 젖니였다. 애가 삼켜버렸거나 놀이터에서 잃어버리고 온 것들 말고는 거기 모여 있었다. 사실 이런 건 썩 유쾌한 것일 수 없다. 박물관의 이집트관에서 이런 걸 보면 눈살을 찌푸리게 되니까. 하지만 그걸 버리는 것도 옳아 보이지는 않았다. 여섯 개씩 나눠 가져? 젖니 때문에 옥신각신하는 건 좀 어리석은 짓 같았다. "당신이 가져요." 내가 말했다. 앨비의 젖니는 코니가 챙겼다.

정말 힘든 건 사진들이었다. 네거티브 필름도 잔뜩 있었지만, 그건 비디오테이프나 오디오카세트 만큼이나 고색창연한 고대문명의 유물 같았으므로 그냥 내버릴 수 있었다. 몇 안 되는 사진이 든 우리 딸아이의 앨범은 코니에게 갔다. 코니는 그 사진들의 카피를 잘 만들어 내게 주겠다고 했고, 금세 그 약속을 지켰다. 디지털 등장 이전의 다른 사진들을 앞에 두고 우리는 주저앉아 카드게임을 하듯 나누었다. 밋밋하거나 초점 어긋난 것들은 버리고, 정말 멋진 사진들도 따로 모았다. 따로 카피를 만들어 우리 둘 다 갖고 싶은 사진들 말이다. 끝도 없던 파티와 결혼식들, 스카이프 섬에서 비에 흠뻑 젖어 엄지를 치켜세운 모습, 이번에는 베네치아에서 비를 맞던 모습, 엄마의 가슴을 빨던 아기 앨비의 모습도 거기 있었다. 그 과정은 고통스러울 정도로 느렸다. 사진 하나 하나가 우리를 또 다른 향수의 세계로 데리고 다녔다. 저 아무개는 왜 저러고 있는 거야? 맙소사, 저 차 생각나? 킬번의 아파트에서 책꽂이를 짜 올리는 사진 속의 내 모습은 미끈한 뺨에 불가능하다 싶을 정도로 젊었다. 결혼식 날의 코니 사진도 나왔다.

"저 끔찍한 드레스 좀 봐. 대체 내가 무슨 생각을 한 걸까?"

"정말 멋져 보이는 데, 뭘."

"수트 입은 당신 모습도. 정말 딱 90년대네."

"이 사진들도 카피 가질 거지?"

"물론이지!"

다른 휴가 때 앨비가 수영을 배우는 사진, 두 살, 세 살, 네 살, 다섯 살 생일 때 촛불을 끄는 사진. 내 가슴에 안긴 채 둘이 함께 해먹에 누워 잠든 사진. 크리스마스 아침, 학교 운동회 때, 그리고 이번보다 더 행복하던 시절의 부활절 때 사진까지. 그렇게 한참을 지나고 나니 너무 힘에 겨웠다. 진화론적 입장에서 보건대 대부분의 감정(두려움, 욕망,

분노)은 어떤 실용성을 지니지만, 유독 향수만은 쓸모없고 무익하다. 영원히 사라져버린 것들에 대한 갈구인 탓이다. 갑자기 이 모든 게 다 쓸데없는 짓 같아서 나는 아주 심술궂게 사진들을 바닥에 팽개치곤 험한 소리를 내뱉으며 코니더러 다 가지라고 해버렸다. 그녀는 카피를 만드니 어쩌니 중얼대면서 사진들을 '코니' 더미에 올려놓았다. 그날 밤 나는 혼자 다른 방에 가서 잤다.

178.

이스터 먼데이

대체연휴 월요일이면 아무래도 침울해진다. 다음날이면 풀죽어 찌무룩하게 보내야 할 걱정이 앞선다. 점심 무렵 코니는 트랜짓 밴에 짐을 다 실었다. 밴은 그래도 텅 비어 보였다.

"런던까지 내가 차 몰아줘?"

"내가 할 수 있어요."

"고속도로 대단할걸. 내가 갔다가 기차타고 밤에 오면 돼."

"더글라스, 괜찮아요. 런던에서 봐요. 다음 주잖아. 레스토랑은 내가 골라 놓을 테니." 그게 조건이었다. 한 달에 한 번씩, 점심 같이 먹기. 예외 불가! 테라피스트나 복지사들처럼 그녀는 이 만남에 대해 아주 엄격했다. 아마도 그녀는 나를 살피고 싶었던 건지도 모르겠다.

"조심해. 사이드 미러 잘 보고."

"그럴게요."

시간이 흘렀다.

"그거 쉽진 않구만." 내가 말했다.

"나도 그랬어요. 하지만 더 힘들 수도 있었다구요, 더글라스."

"그랬겠지?"

"벽에다 집어던진 것도 없고, 반으로 부욱 찢은 것도 없잖아요."

"없지."

"고마워요, 더글라스."

"뭐가?"

"날 원망하지 않은 거요."

사실은 여러 차례 그녀를 원망하기도 했다. 하지만 그건 지난 몇 달간 쓰라린 고통과 눈물 속에서였지, 이번에는 아니었다. 서로 입맞춤을 한 뒤 코니가 모는 밴이 기어 소리 요란하게 도로로 사라진 뒤, 나는 다시 집으로 돌아가 머그잔을 씻고 전기주전자를 싸고 물과 가스를 잠갔다. 내 차의 뒷자리와 짐칸을 채운 뒤, 나는 방마다 돌아다니며 마지막으로 창문과 문을 닫았다. 빈집은 정말 텅 비어 보이는구나, 싶었다. 여기서 일으켰던 온갖 다툼들에도 불구하고 나는 우리가 이렇게 떠나는 걸 원하지 않았다. 그런데도 지금 나는 현관문을 잠그고 열쇠를 우편함 속으로 밀어넣고 있다. 이제 돌아와야 할 이유가 없었고, 나는 그게 패배처럼 느껴졌다. 확 밀려든 부끄러움이 나를 덮쳤다.

179.
친근하게

하지만 4월과 5월의 런던 점심 회동은 유쾌하고 편안했다. 일찍이 나는 그녀가 내 곁에 없는 삶을 생각도 할 수 없다고 떠들었는데, 이제는 슬슬 우리가 친구 사이가 된 미래를 그려보기까지 한다. 그녀는 분명 도시로 돌아가 행복한 눈치다. 케닝턴의 아파트는 쥐방울만 하지만 그녀는 개의치 않는다. 그녀는 친구들을 만나고 전시회를 다니며 그림까지 다시 그리고 있다. 그런 새로운 삶이 그녀에게 잘 어울림을 나는 인정할 수밖에 없다. 코니에게서는 빛이 났다. 불꽃이 튀는 듯한 빛이었다. 그리고 번득이는 기지, 또 명예 따위 신경 안 쓴다는 듯한 태도까지, 그건 마치 내가 코니를 처음 만났을 때를 보는 듯했다. 그리고 이건 나를 행복하게 하면서 동시에 슬프게 했다. 그녀의 삶에 생기가 도는 걸 보는 건 물론 즐거웠지만, 그녀의 기질을 가로막고 있던 장애물이 바로 나였음을 확인하는 건 가혹한 일이었다. 그렇게 우리는 생기 넘치고 친근한 분위기를 위해 노력했고, 대부분 결과는 만족스러웠다. 그러니까, 그녀가 나한테 안젤로 얘기를 꺼낸 6월의 회동까지는 그랬다는 말이다.

"양다리 걸친 적도 있었나? 얘기해 봐."

"아뇨—."

"서로 연락도 안 했다 이거야?"

"3주 전까지는 전혀요."

"맹세해?"

"그게 그렇게도 중요한 일인가, 지금?"

"만약 그 때문에 우리 결혼이 끝난 거라면, 그래, 중요한 문제지, 암!"

"그 사람이 무슨. 아닌 거 알잖아요."

"글쎄, 안젤로는 내심 아주 흐뭇해 하고 있을걸, 모르긴 몰라도."

"왜?"

"뭐, 결국엔 그가 이긴 거니까."

"미쳤군요, 더글라스!"

"코니!"

"아, 진짜, 대체 어떻게 그딴 소리를! 내가 무슨 안젤로나 당신이 다투는 트로피라도 된다는 거야, 뭐야. 안젤로가 날 '따낸' 것도 아니란 말이지. 우린 서로 만나고 있을 뿐이야. 우린 서둘지 않아. 난 당신이 알아도 된다고—."

하지만 난 벌써 일어나면서 지갑을 찾고 있었다.

"그렇게 가지 마! 드라마 그만 찍으라고, 제발."

"코니, 당신이 이 이별을 왜 고통 없이 치르고 싶어 하는지 이해해. 하지만 어떻게 안 아파? 응? 뭘 이렇게… 억지로 떼어내고선 아무도 안 아플 거라고 생각하다니."

"정말 가는 거야?"

"그래, 간다, 그래."

"우선, 1분만 앉아 봐. 그리고 계산서 달래서 같이 나가자구."

"난 당신이랑 같이 나가고 싶지—."

"그렇게 훽 나가고 싶으면, 우리 둘이 함께 훽 나가자는 거예요."

나는 도로 앉았다. 입을 꾹 다문 채 우리는 밥값을 나눠 낸 뒤 소호부터 패딩턴까지 걸었다. 우리 둘은 침울한 얼굴에 말이 없었다. 매릴본 하이 스트리트에 이르렀을 때 코니가 갑자기 내 팔을 잡았다. "내가 나쁜 짓 저질렀을 때, 그때 기억해요?"

"같은 직장의 그 남자랑?"

"앵거스."

"앵거스. 맙소사, 그 남자까지 다시 보고 있는 건 아니지?"

"차 앞으로 확 밀어버린다? 그 남자, 걔는 바보였어, 그건 그렇고. 내가 하고 싶은 말은, 당신이 날 내쳤을 때, 당연히 그랬어야지, 그런데 그리고 나한테 최후통첩을 했을 때, 난 정말 오래도록 그 문제를 생각했어요. 그때 난 누군가의 아내라는 데 현기증이 났어요. 내가 누군가의 아내가 된다는 건 생각도 해본 적이 없었고, 그래서 내가 과연 다시 돌아가야 하나, 생각했죠. 결혼을 했던 게 실수였나?"

"그렇네. 틀림없는 실수였네."

"아냐, 아니었어! 왜 그걸 몰라?" 이제 그녀는 화가 잔뜩 나서 내 두 팔을 모두 쥐고 그녀를 마주보게 했다. "그건 실수가 아니었어. 그게 내가 하고 싶은 말이에요. 난 그게 실수라고 생각한 적이 한 번도 없었어요. 절대로, 한 번도. 그리고 그 후로 그걸 후회한 적도 없었고, 앞으로도 안 할 거예요. 당신을 만나고 당신과 결혼한 거, 그건 내가 한 일 중에 최고로 잘한 일이었어요. 당신이 날 구한 거예요, 그것도 여러 번씩이나. 왜냐하면 제인이 죽었을 때 나도 죽고 싶었으니까. 내가 그러지 않은 유일한 이유는 당신이 거기 있었기 때문이었어. 당신이! 당신은 멋진 남자야, 더글라스, 정말로. 당신은 내가 당신을 얼마나 사랑하는지, 또 당신과 결혼한 걸 얼마나 좋아했는지, 잘 몰라. 당신은 나를 웃게 만들었고 내게 여러 가지를 가르쳐줬어요. 그리고 이제 당신은 나의 멋지고 훌륭한 전 남편이 될 거야. 우리한텐 완벽한 열여덟 살 소년처럼 기가 막히고 웃기지도 않는 근사한 아들이 있잖아. 그 애는 우리 아들이야, 우리 애라고. 내 아이면서 또 당신 아이라고. 그리고 당신과 내가 영원히 함께하지 못했다는 그 사실을, 그러니까… 그걸 실패나 패배라고 생각하진 말아요. 지금 기분 더러울 거 나도 알아. 하지만 이게 당신 세상의 끝은 아니잖아, 더글라스. 그게 아니에요. 끝이 아니야."

그래, 그런데 길거리에서 나누기엔 너무 격한 대화가 이어져서, 우리는 어느 바로 들어가 웃다가 울다가를 반복하며 오후 시간을 거기서 보냈다. 한참 뒤, 아주 한참 뒤 우리는 헤어져, 다시 친구 사이가 되어 집으로 돌아가는 내내 여러 애정 넘치는 문자들을 주고받았다. 집에 도착하니 밤 아홉 시가 갓 지난 뒤였다. 문간까지 달려온 미스터 존스가 꼬리를 흔들며 나를 맞았다. 개를 데리고 산보를 나가줘야 하겠다 싶었지만, 나는 갑자기 너무 피곤해져서 불을 켤 생각도 하지 않고 코트도 벗지 않은 채 소파에 풀썩 몸을 묻었다.

낯선 방 안에 들어찬 익숙한 물건들이 내 눈을 가득 메웠다. 아직 걸지 않은 그림과 포스터들, 창문에 희미하게 부딪치는 저녁 햇살, 나라면 절대 고르지 않았을 카펫, 유독 불거져 보이는 꺼진 텔레비전.

정적 속에 몇 분이 흘렀을까. 전화벨이 울렸다. 집전화였다. 그 소리가 너무 낯설어서 나는 깜짝 놀랐다. 전화를 받는데 이상하게 겁이 났다.

"여보세요?"

"아빠?"

"앨비, 놀랐잖아."

"이제 겨우 아홉 시 아니에요?"

"그게 아니라, 집전화가 울려서 말야. 아주 낯설구나."

"아빠는 핸드폰보다 그걸 더 좋아하는 줄 알았어요."

"그렇지. 그런데, 그냥, 익숙하질 않다 이 말이지."

"그럼, 핸드폰으로 다시 걸까요?"

"아니다, 이게 좋아. 뭐 안 좋은 일이라도 있는 거니?"

"아뇨. 아무 일도 없어요. 그냥 얘기나 나누려고요. 딴 거 없어요."

'엄마한테 전화했던 거로구나.' 나는 생각했다. '코니가 아마 얘기했을 거야, 아빠한테도 전화 드리라고.' "그래, 어떠니? 학교는 어때?"

"완전 끝내줘요."

"뭘 하는데, 요즘?"

그렇게 아이는 자기 프로젝트들을 상상도 할 수 없을 만큼 상세히 얘기했다. 앨비 특유의 나무랄 수 없는 자만심이 — 질문은 전혀 없고, 확실한 답들만 가득한 — 느껴졌다. 우리는 아주 편안한 대화를 나눴다. 무려 11분 30초, 아버지와 아들 사이 국제전화 세계신기록 작성의 순간이었다. 얘기를 나누는 동안 나는 지난 밤 끓여둔 맛난 수프를 다시 데웠고, 앨비와 작별 인사를 나눈 뒤 서서 그걸 먹었다. 그리고 미스터 존스를 데리고 산보를 나갔다.

집으로 돌아와 문을 닫으니 기분이 흡족하고 기운도 넘쳤다. 잠이 오려면 아직도 멀었구나 싶어, 나는 오래도록 은밀하게 맘속에 품고 있던 일을 시도했다. 자리에 앉아 컴퓨터를 켜서 나는 다음과 같은 말들을 검색했다.

180.

프레야 크리스텐슨 치과 코펜하겐

내게 충고와 격려를 아끼지 않은 한나 맥도날드, 마이클 맥코이, 로안나 벤, 다미안 바, 엘리자베스 킬가리프에게 감사의 말을 전하고 싶다. 또한 전문가의 손길로 도움을 준 폴라 알렉산더, 리애넌 로즈 와이트, 맬콤 로간, 새디 홀란드, 나탈리 도어티, 닥터 클레어 이삭, 앨리슨 몰딩, 그렌빌 폭스, 제인 브룩스, 앤드류 셰넌에게도 감사드린다. 모든 오류는 내 탓이다.

조니 겔러, 크리스텐 포스터를 비롯한 커티스 브라운 출판사의 모든 이들에게 감사드리며, 내 편집자인 닉 세이어스, 로라 맥도걸, 엠마 나이트 등 호더 & 스터튼 출판사의 모든 팀원들에게도 고마움을 전한다. 또 앰버 벌린슨, 아이스 타쉬키란, 소피 헤우드, 특히 에리카 스튜어트와 사산과 신생아 사망 관련 채러티인 샌즈(https://www.uk-sands. org/)에도 감사드린다.

에른스트 곰브리치의 『서양미술사(The Story of Art)』는 위키피디아, 구글맵스와 더불어 큰 도움이 되었으며, 에반스 S. 코넬의 멋진 소설인 『미스터 브리지』에 소개된 나다니엘 호손이 소피 피바디에게 보낸 편지도 그랬다.

더글라스의 여행을 정확하게 기술하는 데 최선을 다했지만, 실제와 다르게 살짝 각색한 부분도 없지는 않다. 가령, 빨라싸 데 씨벨레스에서 프라도를 볼 수는 없으며, 〈라스 메니나스〉 앞에 벤치가 있지도 않다.

마지막으로 한나 위버가 내게 보여준 참을성과 유머, 격려와 영감에 사랑과 감사의 말을 전한다.

더글라스의 여정

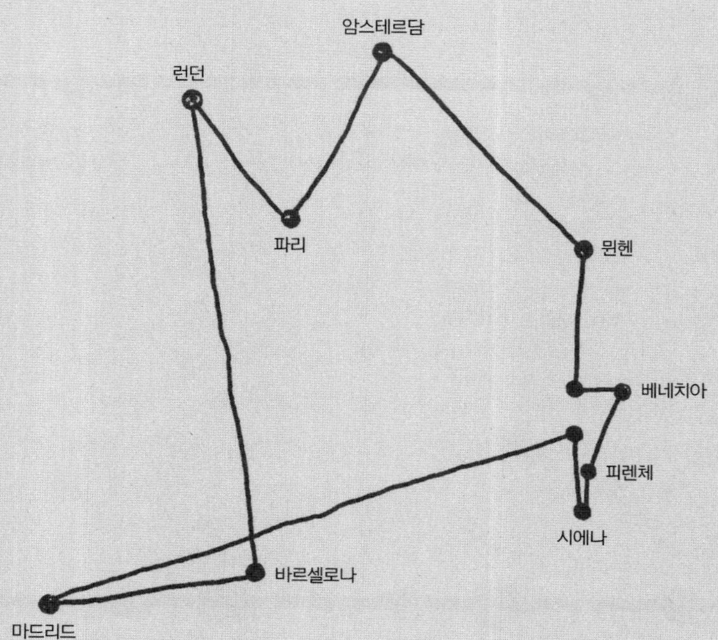

그랜드 투어

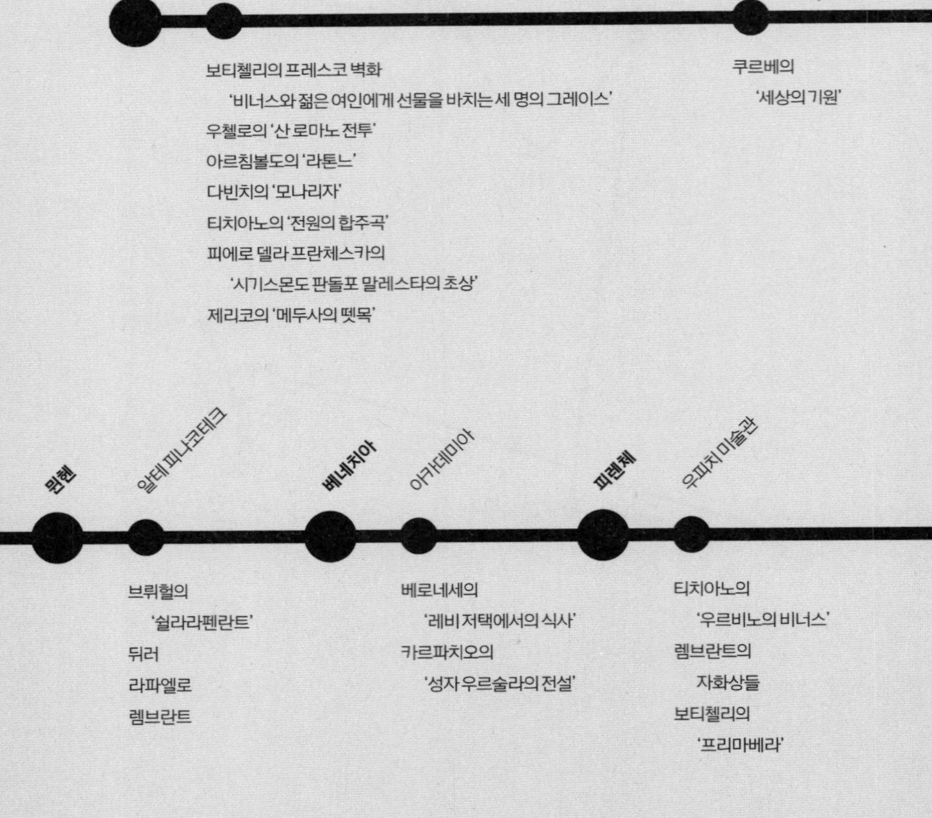

파리
루브르
오르세
보티첼리의 프레스코 벽화
'비너스와 젊은 여인에게 선물을 바치는 세 명의 그레이스'
우첼로의 '산 로마노 전투'
아르침볼도의 '라톤느'
다빈치의 '모나리자'
티치아노의 '전원의 합주곡'
피에로 델라 프란체스카의
'시기스몬도 판돌포 말레스타의 초상'
제리코의 '메두사의 뗏목'
쿠르베의
'세상의 기원'
뮌헨
알테 피나코테크
베네치아
아카데미아
피렌체
우피치 미술관
브뤼헐의
'쉴라라펜란트'
뒤러
라파엘로
렘브란트
베로네세의
'레비 저택에서의 식사'
카르파치오의
'성자 우르술라의 전설'
티치아노의
'우르비노의 비너스'
렘브란트의
자화상들
보티첼리의
'프리마베라'

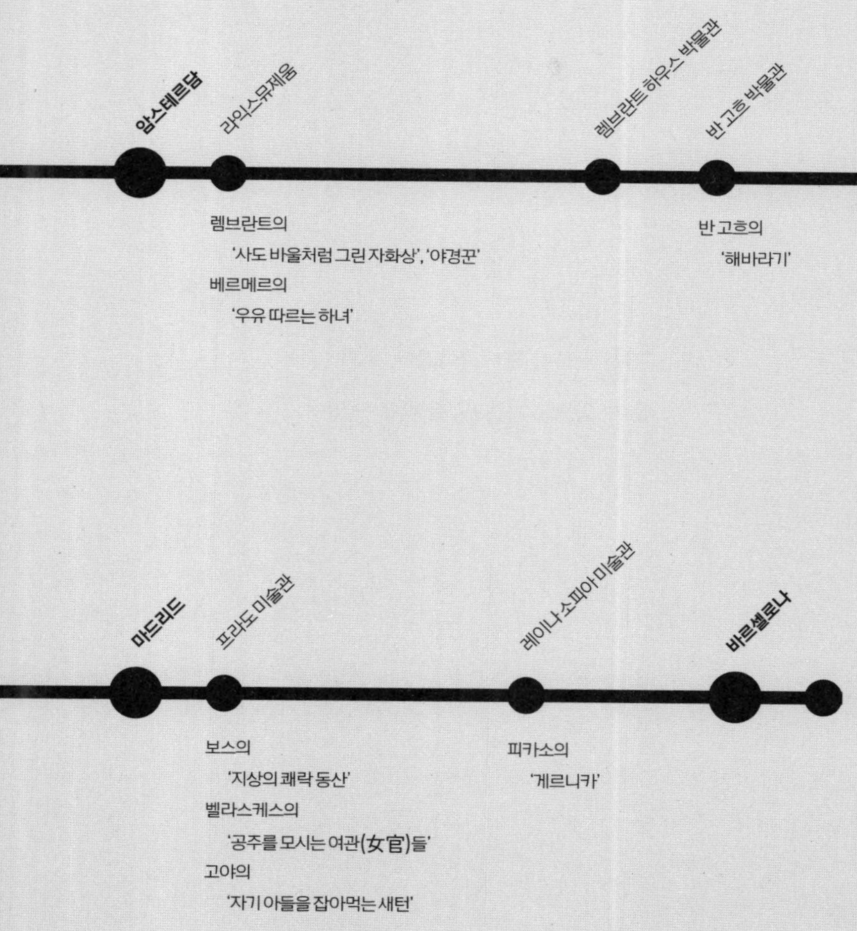
암스테르담
라익스뮤제움
렘브란트 하우스 박물관
반 고흐 박물관
렘브란트의
'사도 바울처럼 그린 자화상', '야경꾼'
베르메르의
'우유 따르는 하녀'
반 고흐의
'해바라기'
마드리드
프라도 미술관
레이나 소피아 미술관
바르셀로나
보스의
'지상의 쾌락 동산'
벨라스케스의
'공주를 모시는 여관(女官)들'
고야의
'자기 아들을 잡아먹는 새턴'
피카소의
'게르니카'

"신선한 공기 좀 마셔야겠어. 잘 자.

잘 자. 집으로 가는 길, 잘 찾을 수 있어."

어스

1판 1쇄 발행 2015년 1월 23일

지은이 데이비드 니콜스
옮긴이 박유안
펴낸이 김제구

펴낸곳 호메로스
출판등록 제22-741호(2002년 11월 15일)
주소 121-841 서울시 마포구 잔다리로 77 대창빌딩 402호
전화 02)332-4037
팩스 02)332-4031
이메일 ries0730@naver.com

ISBN 978-89-90522-90-0 03840

호메로스는 리즈앤북의 인문, 소설 브랜드입니다.